U0928796

理论阐释与批评实践

主编 刘小新 杨健民 郑海婷

上册

镇江

图书在版编目(CIP)数据

理论阐释与批评实践:全二册/刘小新,杨健民,郑海婷主编.—镇江:江苏大学出版社,2019.9
ISBN 978-7-5684-1134-9

Ⅰ.①理… Ⅱ.①刘… ②杨… ③郑… Ⅲ.①文艺美学-文集 Ⅳ.①I01-53

中国版本图书馆 CIP 数据核字(2019)第 194600 号

理论阐释与批评实践
Lilun Chanshi yu Piping Shijian

主　　编/刘小新　杨健民　郑海婷
责任编辑/吴小娟　张　冠
出版发行/江苏大学出版社
地　　址/江苏省镇江市梦溪园巷 30 号(邮编:212003)
电　　话/0511-84446464(传真)
网　　址/http://press.ujs.edu.cn
排　　版/镇江文苑制版印刷有限责任公司
印　　刷/镇江文苑制版印刷有限责任公司
开　　本/718 mm×1 000 mm　1/16
总 印 张/38.25
总 字 数/722 千字
版　　次/2019 年 9 月第 1 版　2019 年 9 月第 1 次印刷
书　　号/ISBN 978-7-5684-1134-9
总 定 价/98.00 元(全二册)

如有印装质量问题请与本社营销部联系(电话:0511-84440882)

在“新时代文艺美学的使命与创新”青年博士论坛开幕式上的讲话

福建省社科联党组成员、副主席
兼东南学术杂志社社长、总编辑 陈文章

（2018 年 11 月 17 日）

尊敬的各位专家学者、各位青年博士、同志们：

大家上午好！

今天，由省社科联主办，省美学学会、福建师范大学协和学院、福建社科院马克思主义文艺理论与批评研究中心、东南学术杂志社、省海峡文化研究中心和省艺术教育协会联合承办的“新时代文艺美学的使命与创新”青年博士论坛在这里举行，这是我省社科界 2018 年学术年会分论坛之一。在此，我谨代表省社科联，同时也代表东南学术杂志社，对论坛的召开表示热烈的祝贺！向出席会议的各位专家学者、青年博士、同志们表示诚挚的欢迎！也向福建师大协和学院等六家承办单位为这次论坛的举办提供的大力支持和所做的精心安排与周到服务表示衷心的感谢！

福建省社科界学术年会是促进我省哲学社会科学繁荣发展的重要平台，今年年会的主题是“新时代　新征程　新使命——哲学社会科学的新作为”。今天的青年博士论坛以“新时代文艺美学的使命与创新”为题，聚焦新时代文艺美学的文化使命、历史担当和实践面向，回应伟大时代的新要求，体现了省社科联学术年会的主题。

习近平总书记在党的十九大报告中强调了文化建设的极端重要性，提出了“坚定文化自信，推动社会主义文化繁荣兴盛”，中国开启了迈向社会主义文化强国的新征程。新时代的文艺美学肩负着新时代的文化使命，必须要有新担当和新作为。对社会主义建设的生力军——青年一代而言，更要以习近平新时代中国特色社会主义思想和十九大精神为指引，进一步坚定文化自信，继承优秀传统文化的精神内核，在美学趣味上“讲品位、讲格调、讲责任，抵制低俗、庸俗、媚俗”，坚持以人民为中心的导向，将新时代文艺美学与文化创新相联系，努力探索如何立足于当代中国的文化实践，不断开拓21世纪中国马克思主义文艺美学新境界。

东南学术杂志社很荣幸成为这次博士论坛的协办单位之一，在座的各位专家学者、青年博士平常也应该都比较关注、关心《东南学术》，同时还因为我兼任了东南学术杂志社社长、总编辑，所以我想借此机会，向在座的各位介绍一下《东南学术》今年以来的工作简况，并希望继续得到各位的支持。《东南学术》今年在执行总编辑杨健民的具体策划、精心组织、全力推动，以及杂志社郑珊珊副总编辑等全体人员的共同努力下，已出刊6期，共刊发论文167篇，完成2018年全部出刊计划任务。截至目前，刊文已被《新华文摘》《中国社会科学文摘》《高等学校文科学术文摘》《人大复印资料》等重要文摘类刊物转载27篇次，其中被《新华文摘》全文转载4篇，1篇还上了封面要目。今年3月，福建省委常委、秘书长梁建勇对《东南学术》做出重要批示，肯定和表扬了《东南学术》的政治导向和办刊成效，并希望刊物能继续发挥理论宣传阵地和学术引领作用，为福建省的理论建设和学术研究再立新功。6月和10月，福建省委常委、秘书长、宣传部长梁建勇和福建省人大常委会党组书记、副主任张广敏先后调研东南学术杂志社，对杂志社所取得的成绩给予了充分肯定，并鼓励大家继续为推动哲学社会科学的繁荣发展做出贡献。《东南学术》今年新推出的“新时代新思想研究”专栏，围绕习近平新时代中国特色社会主义思想和党的十九大精神进行持续深入解读，发挥学术期刊理论引导作用，获得梁建勇部长的肯定性批示。“改革开放40年经济发展研究”和“构建中国特色哲学社会科学学科体系”两个专题，引起了社会各界的高度关注，全国哲学社会科学规划办公室《情况通报》（2018年第7期）和《福建日报》（2018年7月30日）均对此做了专题报道。6月，《东南学术》被中共中央宣传部出版局确定为全国重点期刊，我应邀去北京参加了由中宣部出版局举办的为期一周的全国重点期刊负责人培训班。9月，《东南学术》再度入编《中文核心期刊要目总览》（第8版），并在全国“综合性人文、社会科学”类的核心期刊（共114种）中排名第40位，比前一版上升了17位。11月5日，全国哲学社会科学工作办公室公布了国家社科基金资助学术期刊2018年度考核结果，《东南学术》获得考核“优秀”等次，并另获专项资金资助（资助期刊共 192 家，考核“优秀”仅 32 家）。就在昨天（11 月 16 日），《东南学术》再度入选中国社科院“中国人文社会科学核心期刊（AMI）”。近期，我们正在认真做好《学而论道——〈东南学术〉优秀论文集（1998—2018）》的编辑出版工作，同时也在编印《东南学术》宣传画册和 1998—2018 二十年大事记。《东南学术》的办刊成绩与专家学者们的支持是分不开的，在此表示衷心感谢！也希望在座各位继续给予更大的支持和鼓励，多提宝贵意见，多赐优质稿件，争取让《东南学术》成为新时代文艺美学研究的重要平台。

本次论坛以青年博士为主体，旨在发挥青年学者的聪明才智，开拓美学研究与文艺批评的新空间。青年是最富朝气和创造力的群体，我省青年学者在拓展美学研究空间的探索与实践中已经展现出蓬勃向上的风采，也取得了令人瞩目的成绩。希望大家继续坚持正确的政治方向和学术导向，充分发挥求知欲强、知识面广、思想活跃、锐意创新的优势，围绕论坛主题，敞开思想，畅所欲言，深入交流、研讨和互动，提出自己的真知灼见，为提升美学研究的学术水平，为繁荣发展我省哲学社会科学事业，为建设新福建、实现中国梦做出积极贡献！

省美学学会稍后还要按规定程序进行换届，我们都衷心感谢省美学学会第二届理事会，特别是杨春时、杨健民、俞兆平、颜纯钧、戴冠青等会长、副会长们所做的工作和付出的辛劳，并祝贺他们取得了丰硕的成果！在这里也提前祝贺即将当选的省美学学会第三届领导班子全体成员！同时也期待省美学学会在新一届理事会的领导下取得更大的成绩！

最后，预祝论坛和省美学学会换届工作取得圆满成功！祝福各位身体健康，工作顺利，生活愉快！

谢谢大家！

序
新时代文艺美学再出发

刘小新

学界一般认为文艺美学的开山之作是王梦鸥的《文艺美学》，该著出版于20世纪70年代初，聚焦于文艺的“审美目的”和审美特性。20世纪80年代，伴随着思想解放运动的展开与改革开放的历史进程，作为一个学科的文艺美学才真正兴起并获得了长足的发展，构成20世纪80年代美学热的重要表征之一。学界有不少学者认为文艺美学属于中国学界的独创，这个说法或许有些言过其实，但文艺美学在当代中国的兴起与兴盛确实有其自身的发展脉络与理论逻辑。20世纪80年代的美学是思想解放运动的重要构成部分，它在审美主体论和文艺心理学两个互相关联的层面展开。文艺研究的历史钟摆又从工具论朝自律论回摆，从反映论到主体论，从客观到主观，从现实到心理……20世纪中国美学也发生了一次重大转折。与1920年相似，审美概念同样扮演着解放人的感性进而重建审美现代性的重要角色。文艺美学的兴起意味着对文艺审美特性的重新确认，意味着对感性生命的重新确认，也意味着对独断论理性思维魔障和工具主义及庸俗社会学的突破与消解。今天，我们已经很难想象20世纪80年代人们对文艺美学、文艺心理学不断高涨的特殊热情。

回顾当代中国文艺美学的发展历程，20世纪80年代至今大略可以分为以下三个阶段：

20世纪80年代为开创期，这个时期的主要工作是提出“文艺美学”概念并初步勾画出知识地图。胡经之、金开诚、周来祥、卢善庆、皮朝纲、王世德、杜书瀛等学者的开拓居功甚伟。第一，完成了文艺美学学科的初步建制化。1980 年，胡经之在北京大学首次开设文艺美学课程，1981 年开始招收文艺美学方向的硕士研究生，为文艺美学的学科建制化及文艺美学研究人才的培养做出了重要贡献。第二，召开学术研讨会，聚焦文艺美学理论建设。1984 年，福建省美学研究会举办学术年会，集中探讨艺术观察、艺术思维、艺术鉴赏的美学问题，以及各门艺术的美学，并将文艺美学确定为美学研究的重点方向。1986 年，中华全国美学学会和山东大学美学研究所联合举办“全国首届文艺美学讨论会”，围绕周来祥的《文艺美学原理》展开讨论，涉及文艺美学的研究对象与任务、文艺美学的体系框架、文艺美学与文学批评的关系，以及文艺美学与美育的关系等重要问题。同年，安徽青年美学研究会也召开当代文艺美学研讨会，聚焦文艺美学研究的方法论问题。第三，出版文艺美学丛书。北京大学出版社分别于 1984 年和 1988 年推出了两批文艺美学丛书，集中展示 20 世纪 80 年代文艺美学研究的精品成果。第一批包括金开诚的《文艺心理学论稿》、谭沛生的《论戏剧性》、叶朗的《中国小说美学》、伍蠡甫的《中国画论研究》和龙协涛的《艺苑趣谈录》等。第二批包括宗白华的《艺境》、肖驰的《中国诗歌美学》、王鲁湘等编译的《西方学者眼中的西方现代美学》，以及叶纯之、蒋一民的《音乐美学导论》和佛雏的《王国维诗学研究》等，对当代中国文艺美学研究产生了深远的影响。20 世纪 80 年代末，人民文学出版社推出“文艺新学科建设丛书”，包括杨春时的《艺术符号与解释》和杨健民的《艺术感觉论——对于作家感觉世界的考察》等，从符号学和感觉论等层面推进了文艺美学研究。此外，江苏文艺出版社也推出了“东方文艺美学丛书”。

20 世纪 90 年代为第二阶段。胡经之的《文艺美学》和王朝闻主编的“艺术美学丛书”（包括王朝闻的《雕塑雕塑》、于民的《气化谐和——中国古典审美意识的独特发展》、卢善庆的《台湾文艺美学研究》）及戴冠青的《文艺美学构想论》等的出版，延续了 20 世纪 80 年代开放研究的多元化格局。同时，20 世纪 90 年代的文艺美学发展也呈现出新的特点。一是马克思主义文艺美学成为研究的重点之一。20 世纪 90 年代初，理论界产生了一场关于马克思主义文艺美学本质问题的小规模论争，论争由陆梅林的《何谓意识形态》和《观念形态的艺术》两篇文章引发。邵建发表《马克思主义文艺美学本质辩识——兼与陆梅林先生商榷》和《从人类学本体论角度论马克思主义文艺美学的建设问题》，李心峰发表《再论从马克思艺术生产理论看艺术的本质——兼与邵建同志商榷》，朱日复发表《关于马克思主义文艺美学本质的再辨析：与邵建先生商榷》，刘珙发表《“超越”还是否定——用波普尔的科学方法论否定马克思主义文艺思想的谬误》等参与讨论，陆梅林以《马克思主义美学探微——从逻辑起点谈开去》予以回应，围绕着马克思主义美学实现的根本性变革，该文论及以下问题：马克思主义美学的逻辑起点、研究对象、学科性质和生产劳动美学、文艺美学、生活美学三大分支。论争进一步扩大了马克思主义在文艺美学建设领域的影响。嵇山的《逻辑·历史·“自己运动”——关于马克思主义文艺美学当代建设的一点探讨》触及了文艺美学与审美实践及马克思主义文艺美学的当代性问题。赵宪章和佴荣本主编的《马克思主义文艺美学基础》与刘文斌的专著《马克思主义文艺美学研究》等对马克思主义文艺美学做出了较为系统化的阐释。二是马克思主义文艺美学的中国化成果，尤其是毛泽东和邓小平的文艺美学思想成为研究的焦点。相关论文包括黄南珊的《典型美 崇高美 理想美——毛泽东美学思想研究之一》、张松泉的《颠扑不破 弥久常新——论〈讲话〉对马克思主义文艺美学的贡献》、任范松的《〈讲话〉与文艺美学——重读〈在延安文艺座谈会上的讲话〉》、刘志洪和贺凤阳的《略论毛泽东文艺美学思想的伟大贡献》、孙国林的《毛泽东的诗论——毛泽东文艺美学思想研究之一》、于苐的《第三世界文化背景中的毛泽东文艺美学思想》、张居华的《毛泽东的文艺美学观》《艺术美——艺术审美创造的追求——毛泽东文艺美学思想探略》和《典型美——艺术审美创造的理想境界——毛泽东文艺美学思想探略》、秦忠翼的《毛泽东文艺美学思想生命力源泉试探》、韩福奎的《毛泽东文艺美学思想的时空透视》、郭德强的《论毛泽东文艺美学思想确立的理论基础》、薄刚的《毛泽东文艺美学的最高原则：人民性和共产主义实践》、林宝全的《建设有中国特色社会主义文艺的理论纲领——邓小平文艺理论研究》《简论邓小平的文艺审美观》，以及牟豪戎、梁天相、黄应寿主编的《甘肃毛泽东文艺美学思想研究专集》等。三是开始关注当代文艺美学建设的中国传统理论资源。学界意识到孔子、荀子、墨子、司空图、刘勰、严羽、钟嵘、刘熙载等中国古代文艺美学资源对当代文艺美学建设的至关重要性，当然，这个时期的文艺美学对中国传统资源的启用还处于初步阶段。

新世纪近20年为第三阶段。这一阶段是文艺美学研究的深化期，表现在以下方面：一是文艺美学学科意识的构建。“随着文艺美学研究的深化，文艺美学的学科性质、学科定位、学科发展等问题越来越引起学界关注。”①文艺美

① 李鲁宁：《“文艺美学学科建设与发展”研讨会综述》，《东方丛刊》，2001年第4辑。

学定位和学科合法性问题引起了广泛的讨论，如王德胜的《文艺美学：定位的困难及其问题》、谭好哲的《论文艺美学的学科交叉性与综合性》、姚文放的《关于文艺美学的学科定位问题》、王元骧的《“文艺美学”之我见》、曾繁仁的《中国文艺美学学科的产生及其发展》、陈炎的《文艺美学、文艺社会学、文艺心理学的学科分野》、王岳川的《当代中国文艺美学的学术拓展》、赵奎英的《论文艺美学的规范化与开放性》、胡经之的《发展文艺美学》、陈定家的《中国当代学者对世界学术的贡献：关于文艺美学研究状况的一种描述》、骆贞辉的《文艺美学学科地位的论争与建构》、张晶和杨杰的《中国文艺美学的学科特性与理论渊源》、李世葵的《对文艺美学的“学科”误解及其科学定位》、杜吉刚的《试析中国文艺美学学科的历史起点问题》、时胜勋的《思想史视域下的中国文艺美学》、冯宪光的《对“文艺美学”学科的再认识》和《论文艺美学作为学科的事实性存在》、毕日生的《反思文艺美学的“合法性”问题》、马龙潜的《文艺美学与文艺研究诸相邻学科之间的互动关系》、高迎刚的《论文艺美学应有的学科属性》、王杰的《中国审美经验的理论阐释与文艺美学的发展》、张政文的《从文艺学、美学到文艺美学建构——论康德对近现代文艺美学的理论贡献》、李西建的《本体论创新与视界开放——对文艺美学学科问题的哲学思考》、张法的《中国语境中的文艺美学》、杜书瀛的《文艺美学产生的时代必然性》等，文艺美学的学科定位与合法性问题引起了学界的普遍关注和深入讨论。二是重视文艺美学的价值论建构。新世纪文艺美学研究的最大进步在于发掘与强化文艺美学的价值论意义与内涵，从人学、人文精神和启蒙思想等层面深入阐述了文艺美学对于当代价值建构的特殊意义。某种意义上，文艺美学被视为抗衡与批判消费主义文化的一种审美力量。三是探索文艺美学的新方向、新方法和新空间，生活实践论文艺美学、阐释论文艺美学、后现代文艺美学、间性文艺美学、新儒家文艺美学、文艺美学的解释学转向、中西文艺美学比较与对话等一系列新问题都获得了一定程度的关注，拓展了文艺美学的研究空间。

在学界对文艺美学学科建设问题展开集中讨论之后，晚近几年，有关文艺美学研究的专题论文的数量明显有所下降。这表明产生于20世纪80年代的文艺美学的阶段性历史任务业已完成，以审美特性论为中心的文艺美学达成了对社会学美学的有力反驳，尤其是对庸俗社会学倾向的彻底瓦解，进而重构了文艺美学的知识范式。但文艺批评的社会历史批评规范也随之逐渐被削弱。这个过程可视为以“去社会历史化”的方式达成另类介入社会历史的目的。但随着历史条件的巨大变化，文艺美学的“去社会历史化”不断削弱了其有效介入社会历史的能力。这显然与美学及文艺理论的再次政治转向的新趋势不相适应，文艺美学只有再次转型才能顺应当代文化实践的变化。审美主义转向之后，如何重建文学艺术与社会历史的关系这个至关重要的问题再次摆在了新时代文艺美学的面前。

新时代为文艺美学的再出发提出了新课题和新任务。党的十九大报告提出了“建设美丽中国”的现代化目标，在建设美丽中国的新征程中，文艺美学应当有所作为。美丽中国建设的伟大实践为文艺美学的再出发提供了新动力，也提出了新要求。正如李咏吟教授所指出的:“中国思想界，应该为美丽生活世界做出自己的贡献。文艺美学的思想任务，就是要整合政治、经济、法律等文化思想的视野，从审美创造意义上保证审美的自由，从政治经济法律意义上保证审美创造的权利，从而真正实现审美自由的目的与社会正义的目的，最终，构造自由美好的世界，享受自由美丽的幸福生活。”① 十九大报告指出，中国特色社会主义进入新时代，我国社会主要矛盾已经转化为人民日益增长的美好生活需要和不平衡不充分的发展之间的矛盾。这种矛盾在文化领域也有突出的表现，人们在审美文化领域的需求越来越多，为文艺美学的再出发创造了新的历史契机。我们策划组织“新时代文艺美学的使命与创新”为主题的学术论坛，主要意图就在于将新时代文艺美学与文化创新相联系，以习近平新时代中国特色社会主义思想和十九大精神为指引，共同探讨如何立足于当代中国的文化实践，不断开拓21世纪中国马克思主义文艺美学的新境界。议题分为四大方面：一是新时代文艺美学的新使命与新作为。包括四个子题：1. 十九大精神引领新时代文艺美学建设；2. 从新时期到新时代：文艺美学再出发；3. 新时代文艺美学的文化使命；4. 新时代文艺美学的新作为。二是文艺美学的传统重认与话语创新。包括四个子题：1. 重返中国传统美学与文艺美学的创造性转化；2. 新时代马克思主义美学的中国化；3. 中国文艺美学的价值重估与话语创新；4. 21世纪闽派批评的创新性发展。三是文化自信与“中国故事”的美学表述。包括四个子题：1. 文化自信时代，文艺美学何为？2. “中国故事”的美学表述新形态；3. 文艺美学视域中的中国经验；4. 以中华美学精神讲好新福建故事。四是文化与科技融合视野下的视觉传达美学再出发。包括三个子题：1. 文艺美学创新与视觉传达实践；2. 文化与科技融合与视觉传

① 李咏吟：《美丽中国与文艺美学的时代思想任务》，《温州大学学报》，2014年第4期。

达美学再出发；3. 新时代视觉传达美学教育的变革。期望参与论坛的青年学者提出富有时代特色的新思考，以马克思主义美学为指导，始终坚持以人民为中心的学术导向，积极回应伟大实践提出的新课题，不断开拓新时代文艺美学研究的新境界。

目 录

第一辑 马克思主义文艺美学的意义及其中国化实践

第二辑 西方文艺美学史及其前沿问题

第三辑　发掘文艺美学的传统资源

第一辑　马克思主义文艺美学的意义及其中国化实践

人民性：马克思主义文艺思想及其中国化的实践与发展

陈舒劼

200 年前马克思诞生之时，或许没人会想到他如此深刻地改变了整个世界。170 年前，马克思、恩格斯撰写的《共产党宣言》发表，为全世界无产阶级和共产党人认识世界和改造世界提供了强大的思想武器，共产主义运动点亮了人类历史的苍穹。马克思诞辰 100 年后，中国宣传马克思主义的第一人李大钊于 1918 年 7 月发表了《法俄革命之比较观》，马克思主义逐渐被古老东方的民众所认识、接受。在马克思主义中国化的伟大历程中，以“人民性”为核心的马克思主义文艺思想对中国的革命和建设起到了重大的作用。站在新的历史起点上，一个高举马克思主义理论大旗、实践马克思主义文艺人民性思想“再出发”的历史机遇已经到来。

一

马克思主义思想滋养了诸多领域。从文艺的角度来看，尽管马克思主义的文艺论述并没有形成一本形式完整的著作，但分散在许多文章中的论述依然形成了思想上的体系。其中对文艺的基本理论、有关文艺家的世界观和方法论，以及文艺重大问题的判断和论述，展现了马克思主义具有普遍意义的关于文艺问题的精神与认识的智慧。在文艺生产方面，马克思、恩格斯指明了文艺生产独特的规律性和能动性：“宗教、家庭、国家、法、道德、科学、艺术等等，都不过是生产的一些特殊方式，并且受生产的普遍规律的支配”（马克思《1844 年经济学哲学手稿》）；“关于艺术，大家知道，它的一定的繁盛时期绝不是同社会的一般发展成比例的，因而也决不是同仿佛是社会组织的骨骼的物质基础的一般发展成比例的……当艺术生产一旦作为艺术生产出现，它们就再不能以那种在世界史上划时代的、古典的形式创造出来；因此，在艺术本身的领域内，某些有重大意义的艺术形式只有在艺术发展的不发达阶段上才是可能的。如果说在艺术本身的领域内部的不同艺术种类的关系中有这种情形，那么，在整个艺术领域同社会一般发展的关系上有这种情形，就不足为奇了”（马克思《〈政治经济学批判〉导言》）；“艺术对象创造出懂得艺术和具有审美能力的大众——任何其他产品也都是这样。因此，生产不仅为主体生产对象，而且也为对象生产主体”（马克思《〈政治经济学批判〉导言》）。在创作方法上，马克思恩格斯认为，“现实主义的意思是，除细节的真实外，还要真实地再现典型环境中的典型人物”（恩格斯《致玛格丽特·哈克奈斯》）；“较大的思想深度和自觉的历史内容，同莎士比亚剧作的情节的生动性和丰富性的完美融合，大概只有在将来才能达到……无论如何，我认为这种融合正是戏剧的未来”（恩格斯《致斐迪南·拉萨尔》）；“用一些定能引起公众注意的政治暗喻来弥补自己作品中才华的不足，越来越成为一种习惯，特别是低等文人的习惯”（恩格斯《德国的革命和反革命》）。在文艺作品的评价上，马克思、恩格斯强调了文艺作品评价的历史性和整体性：“任何一个人在文学上的价值都不是取决于他自己，而只是取决于他在整体中的地位”（恩格斯《评亚历山大·荣克的〈德国现代文学讲义〉》）。这些揭示和判断对于当前的文艺创作和文艺研究而言，都仍不可或缺。

在马克思的文艺思想的内容体系之中，“人民性”是其核心要素。人民是文艺作品的创作主体、表现主体、评判主体和服务主体，这是马克思主义文艺人民性的理论指向和价值主线。众所周知，马克思主义最为关注的是“人的解放”，实现人的自由全面发展是马克思毕生奋斗的理想和追求。马克思的辩证唯物主义历史观和剩余价值理论，奠定了马克思主义文论的标志、基调及文艺人民性的核心思想。“历史唯物主义指明，人类社会的基础是生产，特别是人类生存的基本物质产品的生产，从事这种生产的基本力量是劳动者，是人民。因此，历史归根结底是人民创造的。”① 在文艺创作朝向“人的解放”的目标发展的过程中，自然必须围绕着“人民性”的核心。马克思在《第六届莱茵省议会的辩论》中论证人民理应享有新闻出版的权利时说：“人民历来就是什么样的作者‘够资格’和什么样的作者‘不够资格’的唯一判断者”。②

① 冯宪光：《文艺人民性是马克思主义文艺理论的核心思想》，《文艺报》，2015 年 1 月 12 日。

② 中共中央马克思恩格斯列宁斯大林著作编译局编译：《马克思恩格斯全集》（第 1 卷），人民出版社，1995 年，第 195 – 196 页。

人民确立了文艺创作的价值评判标准，也是文艺创作价值最终的仲裁者。

马克思主义的文艺工作者历来都拥护“人民性”核心价值理念，并结合自身所处的时代语境和具体任务加以阐发。列宁在《党的组织和党的出版物》中明确提出，在广大劳动者一贫如洗的社会中没有任何真正的自由，而写作的责任就是“要用真正自由的、公开同无产阶级写作相联系的写作，去对抗伪装自由的、事实上同资产阶级相联系的写作”。他强调:“把一批又一批新生力量吸引到写作队伍中来的，不是私利贪欲，也不是名誉地位，而是社会主义思想和对劳动人民的同情。这将是自由的写作，因为它不是为饱食终日的贵妇人服务，不是为百无聊赖、胖的发愁的‘几万上等人’服务，而是为千千万万劳动人民，为这些国家的精华、国家的力量、国家的未来服务。”① 列宁通过鲜明地将写作与劳动人民和国家的未来相联系，确立了人民在文艺创作中的核心价值。列宁还以欧仁·鲍狄埃为例，从广大无产者的热爱的角度，高度评价了欧仁·鲍狄埃在贫穷的一生中创作出的伟大作品。列宁指出，欧仁·鲍狄埃所创作的《国际歌》能使有觉悟的工人无论在怎样的情况下都能迅速找到自己的同志，“他在自己的身后留下了一个真正非人工所建造的纪念碑。他是一位最伟大的用歌作为工具的宣传家。当他创作他的第一首歌的时候，工人中社会主义者最多不过几十人。而现在知道欧仁·鲍狄埃这首具有历史意义的歌的，却有千百万无产者……”② 在马克思主义者的眼里，人民的肯定才是历史的肯定，才是文艺创作真正意义上的价值所在。

二

毛泽东《在延安文艺座谈会上的讲话》是马克思主义文艺思想中国化的经典文献，是马克思主义中国化的一座里程碑。马克思主义文艺思想作为马克思主义的有机组成部分，是随着马克思主义进入中国而逐步与中国文化发生融合的。毛泽东接受马克思主义思想，是一个渐进的过程。“在他成为马克思主义者之前，不断地选择，也不断地放弃。西方近代文化中的各种思想和思潮，诸如社会进化论、改良主义、无政府共产主义、新村主义、泛劳动主义、实用主义等等，他都触摸过，有的还躬行实践过，但似乎都没有使他成为其中某种

① 中国社会科学院文学研究所文艺理论研究室编:《列宁论文学与艺术》，人民文学出版社，1983 年，第 71 页。

② 列宁:《欧仁·鲍狄埃》，中国作家协会，中央编译局编《马克思恩格斯列宁斯大林论文艺》，作家出版社，2010 年，第 216 页。

主义的坚定信仰者。在种种如饥似渴的选择和尝试都失败或无效的情况下，他才最终选择了马克思主义这一‘无可如何的山穷水尽诸路皆走不通了的一个变计’。”① 在毛泽东那里，马克思主义中国化有两个主要的层面，即马克思主义与中国革命实际任务的相结合，以及马克思主义与中国传统文化的相融合。马克思主义文艺思想的中国化，也必须完成这两个方面的任务。马克思主义文艺思想中国化的必然性和必要性，都是由马克思主义文艺思想“人民性”的核心理念所决定的。马克思主义文艺思想的中国化，在毛泽东的文艺思想理念、文艺政策表述和文艺创作评论等方面都体现得非常鲜明。

毛泽东文艺思想的“人民性”首先体现在将中国当时的文艺实践与革命武装斗争和社会主义建设的具体任务相结合，使文艺工作在“人民性”的指引下成为革命事业的有机部分，诞生了一批影响深远的革命文艺经典作品。毛泽东领导的中国共产党人所从事的革命和建设事业，都是为了中国最广大的人民的利益，《在延安文艺座谈会上的讲话》将文艺“为了人民”和“怎样为人民”提到“完成民族解放任务”的特殊高度，在以马克思主义为指导的中国革命事业中，“人民性”是连接文艺和革命工作的枢纽。《在延安文艺座谈会上的讲话》在承认文艺阶级属性的基础上强调了文化强大的能动作用，以文艺的“人民性”为核心，详细阐述了文化与革命的关系、文化普及与文化提高的关系、文化主体的辩证关系等重大理论问题，闪耀着马克思主义唯物辩证法的思想光芒。毛泽东在这份经典文献中指出，当时文艺的任务就是要很好地成为整个革命机器的组成部分，作为团结人民、教育人民、打击敌人、消灭敌人的有力的武器，帮助人民同心同德地和敌人做斗争。以人民群众喜闻乐见的形式将人民团结起来，投身于伟大的革命事业，这就是以“人民性”为核心的文化工作之于革命事业的重大意义。毛泽东进而强调，以“人民性”为核心的文化工作，必须处理好普及与提高的关系。“只有从工农兵出发，我们对于普及和提高才能有正确的了解，也才能找到普及和提高的正确关系。”② 普及是向工农兵普及，提高是从工农兵提高；必须以工农兵自己所需要、所便于接受的东西进行普及，提高也必须沿着工农兵自己前进的方向去提高，沿着无产阶级前进的方向去提高。而普及和提高，又是一个在循环中前进的辩证发展过程。总体而言，人民既是革命文艺服务的对象，又是革命文艺创作的主体，

① 陈晋：《毛泽东与文艺传统》，东方出版社，2014 年，第 2 页。
② 毛泽东：《在延安文艺座谈会上的讲话》，《毛泽东选集》（第三卷），人民出版社，1991 年，第 860 页。

这生动地体现了马克思主义文艺思想关于艺术生产的主体和对象的辨证理解。

毛泽东还将马克思主义“人民性”的文艺思想与中国文化传统中的“人民性”理念相结合，充分发掘出优秀传统文化中人民性思想的革命能量，赋予马克思主义文艺思想以生动的民族美学形式，从而锻造出具有强烈“人民性”色彩的文艺思想理念表述。中国传统文化中有着源远流长的民本思想，文艺人民性的价值立场一脉相承。《在延安文艺座谈会上的讲话》的经典性之一，在于鲜明地表述了文艺“人民性”的立场，指明了文艺实践“人民性”的具体方法。毛泽东在这份经典文献中强调，革命文艺的中心问题就是“为群众”和“如何为群众”的问题，中华民族的最大部分、其最广大的人民大众，就是文艺要服务的对象。这种观念，显然是吸收了马克思主义和中国传统文化的养分，最广大的人民大众包括“工人、农民、兵士和城市小资产阶级”的阐释，包含着马克思主义对工人阶级先进性的文化认知，也包含着对传统中国农业文化的理解。《在延安文艺座谈会上的讲话》尤其强调要彻底解决“为什么人的问题”:“我们的文艺工作者一定要完成这个任务，一定要把立足点移过来，一定要在深入工农兵群众、深入实际斗争的过程中，在学习马克思主义和学习社会的过程中，逐渐地移过来，移到工农兵这方面来，移到无产阶级这方面来。只有这样，我们才能有真正为工农兵的文艺，真正为无产阶级的文艺。”① 文艺的“人民性”要“在学习马克思主义和学习社会的过程中”树立起来，这同时也是马克思主义“人民性”的文艺思想与中国文化传统中的“人民性”理念融为一体的过程。

作为马克思主义者和深谙中国传统文化的艺术家，毛泽东的文艺创作和文艺批评代表了马克思主义文艺人民性思想与民族优秀传统文化相结合的历史高度。有研究指出：“说到毛泽东同志的文艺思想……我们的工作决不能限于研究一篇《在延安文艺座谈会上的讲话》，或者加上一篇《同音乐工作者的谈话》；它要包括研究毛泽东同志所创作的优美诗词和大量的优美散文，研究这些作品的美学观点和美学价值，以及他对历史上和现代一些作家和作品的评论、评价、鉴赏。”② 毛泽东《七律·到韶山》就是一首饱含着对人民深情的诗作:“别梦依稀咒逝川，故园三十二年前。红旗卷起农奴戟，黑手高悬霸主鞭。为有牺牲多壮志，敢教日月换新天。喜看稻菽千重浪，遍地英雄下夕

① 毛泽东：《在延安文艺座谈会上的讲话》，《毛泽东选集》（第三卷），人民出版社，1991 年，第 857 页。

② 中共中央书记处研究室文化组编：《党和国家领导人论文艺》，陈晋《毛泽东与文艺传统》，东方出版社，2014 年，第 24 页。

烟。”这首写于1959年的诗，内容横跨革命战争年代和社会主义建设时期，反映了革命的必然性和社会主义建设的美好前景，赞美“人民”是历史和时代的“英雄”。在文学批评和研究方面，毛泽东同样秉持着马克思主义的文艺思想，他的《关于〈红楼梦〉研究问题的信》即反映出希望中国古典文学研究界树立起马克思主义思想的指导地位的愿望。

三

《在延安文艺座谈会上的讲话》发表72年后，习近平总书记《在文艺工作座谈会上的讲话》发表，马克思主义文艺人民性思想在21世纪中国特色社会主义实践中的发展，树立起了新的理论丰碑。坚持马克思主义文艺“人民性”的立场和观念，使这两次“讲话”形成了紧密的内在关联：习近平总书记《在文艺工作座谈会上的讲话》中“坚持‘以人民为中心’创作导向的重要思想，突出了马克思主义文艺思想一以贯之、一脉相承的‘人民性’。毛泽东同志的《在延安文艺座谈会上的讲话》，是20世纪40年代马克思主义中国化进程中文艺思想成果的集中体现；习近平同志此次文艺工作座谈会上的讲话，则是在新的历史阶段马克思主义文艺思想中国化的最新的理论成果，为进一步繁荣发展中国特色社会主义文艺提供了强大的理论指南”。[①]《在文艺工作座谈会上的讲话》秉持马克思主义文艺人民性的核心理念，承继毛泽东等老一辈无产阶级革命家的文艺人民性思想，在新的历史条件和时代语境上，科学分析了当前我国文艺领域的新情况和新形势，针对当前我国文艺发展出现的新症候，创造性地回答了繁荣发展我国当代文艺的系列根本性的重大问题。

《在文艺工作座谈会上的讲话》在新的时代背景中重新确立了马克思主义“人民性”文艺思想的指导思想地位，强调“以人民为中心”的创作导向与新实践需求的结合。距离毛泽东《在延安文艺座谈会上的讲话》发表已经70多年，革命战争的时代背景已经转化。当年毛泽东所提出的文艺“为什么人”和“如何为”的问题，其答案是否也随之产生变化？在市场经济的大环境中，还要不要坚持以人民为中心的创作立场？改革开放40年来，世情国情党情都已经发生了明显的变化，但“人民性”的文艺立场依然不能有任何的松动。“习近平总书记深刻地阐述了文艺与人民的关系，重申文艺创作的人民取向，

① 仲呈祥，张金尧：《坚持以人民为中心的创作导向》，《光明日报》，2014年10月17日。

定位文艺发展的人民坐标，强调坚持以人民为中心的创作导向”①，这是马克思主义者必然而坚定的回答。广大文艺工作者现已对《在文艺工作座谈会上的讲话》的许多表述耳熟能详：“社会主义文艺，从本质上讲，就是人民的文艺”，“文艺工作者要想有成就，就必须自觉与人民同呼吸、共命运、心连心”，“人民既是历史的创造者、也是历史的见证者，既是历史的‘剧中人’、也是历史的‘剧作者’”，“人民的需要是文艺存在的根本价值所在。能不能搞出优秀作品，最根本的决定于是否能为人民抒写、为人民抒情、为人民抒怀。”这些观点是对毛泽东同志《在延安文艺座谈会上的讲话》精神的继承与创新，也是在新的时代条件下对马克思主义“人民性”文艺思想的重树。

马克思主义强调不仅要认识世界，还要改变世界。《在文艺工作座谈会上的讲话》以马克思主义“人民性”文艺思想为指导解决当前文艺创作中存在的问题，生动地体现了马克思主义文艺思想的指导性和实践性理论气质。当前文艺创作离人民真正的精神需求尚有距离，就文学领域而言，历史虚无化、道德消解化、情绪负面化、价值低俗化、取向市场化等病症已经十分明显。某些作家、评论家、出版商和管理者忘记了自己为人民服务的责任，忘记了文艺“人民性”的初衷。在这样的背景下重提文艺的“人民性”，无疑为处于价值迷惑的当代文艺实践提供了坚实的价值基础。习近平总书记《在文艺工作座谈会上的讲话》中语重心长地指出，人民是文艺创作的源头活水，一旦离开人民，文艺就会变成无根的浮萍、无病的呻吟、无魂的躯壳。“坚决反对拜金主义、享乐主义、极端个人主义，不为虚名所累，不为利益所缚，不为欲望所惑”，“站稳人民立场，坚守价值底线，这既是文艺工作者必须履行的社会责任，也是文艺工作者自身的价值要求。”② 在文艺如何承担时代使命、如何真正做到“为人民服务”、如何创作无愧于时代的优秀作品的问题上，《在文艺工作座谈会上的讲话》提出了系统性的指导思想和许多极富指导意义的观点，如将思想性和艺术性有机统一、力戒浮躁、把创新精神贯穿文艺创作生产全过程、不能当市场的奴隶、高度重视和切实加强文艺评论工作等，为广大文艺工作者“从高原到高峰”的攀登之途指明了方向。

《在文艺工作座谈会上的讲话》还在继承马克思主义文艺“人民性”的基础上，结合新媒体技术等时代特征，实现了对马克思主义文艺人民性思想的创

① 中共中央宣传部编：《习近平总书记在文艺工作座谈会上的重要讲话学习读本》，学习出版社，2015 年，第 54 页。
② 同①，第 88 页。

新。这份经典文献提出的“以人民为中心”，“将文艺与人民的关系扩大到了文艺创作的各个方面和文艺工作的各个环节，使‘讲话’中所涉及到的许多文艺问题都拥有了新的涵义，具有了新的特征……形成了新的围绕‘人民’而开展文学活动的‘五要素’说，构建了具有鲜明中国特色和内涵的社会主义文艺的新图景”。[①] 数字化生产形式在革命战争年代根本无法想象，但面向未来的文艺“人民性”创作必须正面新型传播媒介所携带的能量。新媒体技术带来的挑战和机遇，是马克思主义文艺工作者所必须认真思考的时代命题。如何通过新型传播媒介实现文艺的“人民性”？“互联网技术和新媒体改变了文艺形态，催生了一大批新的文艺类型，也带来文艺思想和文艺实践的深刻变化。由于文字数码化、书籍图像化、阅读网络化等发展，文艺乃至社会文化面临着重大变革。”《在文艺工作座谈会上的讲话》充分肯定了文艺生产形势变化带来的创新可能性，还以马克思主义的发展眼光肯定了新型文艺群体的潜力：“这些人中很有可能产生文艺名家，古今中外很多文艺名家都是从社会和人民中产生的。”[②] 以人民为中心的马克思主义文艺思想，贯穿了这份经典文献的始终。

在马克思200年诞辰之际，重温马克思主义文艺人民性思想及其中国化的实践与发展，既是为了纪念这位伟大的思想家，也是再度指认中国当代文艺发展的价值基座和前行方向。马克思主义文艺人民性思想及其中国化实践的历史，要求当代的文艺工作者高举习近平新时代中国特色社会主义思想的伟大旗帜，在新的时代语境中不忘为人民服务的初心，以深厚的文化修养、高尚的人格魅力、文质兼美的文艺作品讴歌党、讴歌祖国、讴歌人民、讴歌英雄，这就是纪念马克思的最好方式。

（作者单位：福建社会科学院文学研究所）

① 丁国旗：《“以人民为中心”文艺思想的理论突破》，《湖南社会科学》，2015年第3期。

② 中共中央宣传部编：《习近平总书记在文艺工作座谈会上的重要讲话学习读本》，学习出版社，2015年，第13－14页。

《人民诗歌》与新中国成立初期诗刊“人民话语”的建构

巫洪亮

在20世纪50—70年代中国当代诗刊的研究版图中，人们往往把目光聚焦于1957年创刊且对当代诗歌生产与传播产生深远影响的《诗刊》和《星星》，有意无意忽略了1950年创刊的两份“当时最有影响的南北两种诗刊”① ——《人民诗歌》和《大众诗歌》。其中，1950年1月由上海诗歌工作者联谊会创办的诗歌月刊《人民诗歌》，虽然在1950—1951年发行12期后便匆匆“夭折”，但其不断寻求诗与意识形态关联的编辑理念，探求与尝试新颖而独特的栏目设置、办刊策略和传播方式，为《诗刊》和《星星》创办与发展转型提供了诸多有益的镜鉴与启示，尤其是，《人民诗歌》在建构当代诗歌的“人民话语”方面累积了较为丰富的经验。所谓“人民话语”是指“以人民概念为中心的一系列相互联系构成的整体”，“是中国共产党人建构的独特的话语体系”。② 本文试图从“人民话语”空间的多维构筑、“人民话语”体系的创制和“人民话语”资源的创化整合三个维度，探析新中国成立初期《人民诗歌》是如何迅即有效地建构“新的人民的诗歌”话语系统，打造独具时代与民族特色的诗刊风格的。

一、“人民话语”空间的多维构筑

虽然诞生于1950年的《人民诗歌》性质上属于同人期刊，但是作为革命进步团体“上海诗歌工作者联谊会”的会刊，它的办刊宗旨是“为人民服务，

① 韦泱：《“诗联”〈人民诗歌〉及其他》，《新文学史料》，2011年第4期。
② 周建伟：《从国民性话语到人民话语》，《现代哲学》，2016年第2期。

启发人民的政治觉悟，鼓励人民的劳动热情”①，一方面“团结更多的诗歌工作者”，另一方面“藉诗刊的发行，在工厂里和学校里进行组织群众的文教活动工作”②。由此可见，《人民诗歌》的服务对象“人民”或“群众”，更确切地说，是“直接参与劳动或战斗的同志”③，瞄准“工农大众的方向”④。刊物要实现服务“人民”的读者定位，要想“诗歌成为群众自己的东西”⑤，就是要让“人民”在文艺的舞台中拥有自身的话语权，要在权力的赋予与补偿中实现“文化翻身”的获得感。尽管在20世纪50年代，“‘人民’话语获得了某种天然上的话语优势”⑥，但对于《人民诗歌》的编者而言，要把这种话语优势转化为现实优势，首先要解决的是言说空间问题，因为言说空间“是话语生存的家园”⑦，是话语表达、传播和接受的信息交流平台与载体，是“人民”实现话语权的基本前提和条件。《人民诗歌》采取的一个重要举措，就是坚持为“工农兵”诗人开设诗歌专栏（见表1）：

表1 《人民诗歌》开设的“工农兵”专栏

期　数	专栏名称	编选者	数量（首）
1950年第1期	工人诗选（一）	屈楚	5
	战士诗选（一）	杨里冈、陈道用	17
1950年第2期	工人诗选（二）	屈楚	5
	战士诗选（二）	杨里冈、陈道用	5
1950年第3期	战士诗选（三）	杨里冈、陈道用	6
	工人诗选（三）	屈楚	5
1950年第4期	华东农村生产救灾的诗歌	庄辛	6
	战士诗选（四）	杨里冈	6
1950年第5期	战士诗选（五）	杨里冈	3

① 《稿约》，《人民诗歌》，1950年第1期。

② 劳辛：《十月来工作总结》，《人民诗歌》，1950年第6期。

③ 同①。

④ 《编后》，《人民诗歌》，1951年第1期。

⑤ 同②。

⑥ 刘杰：《历史社会学视野中的“人民”话语：表达与实践》，《东南学术》，2017年第6期。

⑦ 祝敏青：《多维言说空间中的话语权》，《语言文字应用》，2005年第2期。

续表

期　数	专栏名称	编选者	数量（首）
1950 年第 6 期	工人诗选（选辑）	屈楚、枫岚	5
	战士诗选（六）	杨里冈	9
	江西生产民谣二首	黄志坚、阿峰	2

由表 1 可知，在 1950 年相较于北京的《大众诗歌》不定期设置“工农兵”诗歌栏目，《人民诗歌》几乎每期都开设“工人诗选”和“战士诗选”专栏，第 4 期和第 6 期还专设“农村生产救灾”和“生产民谣”专辑，这种革新力度和持续度在新中国成立初期的刊物中并不多见。虽然这些诗歌大多篇幅短小，但总数达 70 余篇，更为重要的是，屈楚、杨里冈、陈道用等人还专门负责诗稿的组稿和编选，并且以系列专栏的形式固定下来，足可以反映《人民诗歌》的编辑为开拓“工农兵”的诗歌发表空间所做的不懈努力。尤其是，“工农兵”作为业余诗人与专业诗人或诗评家在刊物中共享诗歌的言说空间，这种“有意味”的空间政治背后传递和释放出一系列重要的诗刊话语转型迹象与信号：其一，“工农兵”是有资格言说的历史新主体。他们跳脱了国民性话语的牢笼，在“人民话语”谱系的烛照下从国民“劣根性”的幽暗历史隧道中挣脱出来，成为新民族国家生产和文化建设的新主体。“五四”以来，以鲁迅为代表的一批启蒙知识分子操持着国民性话语，“对中国民众，特别是工人、农民等底层民众的消极否定尤为突出”①，包括阿 Q 在内的一大批农民身上潜藏着不易根除的国民“劣根性”，被知识分子视为亟待“启蒙”和“唤醒”的“负价值群体”。新中国成立之后，“人民话语实现了对国民性话语的‘价值反转’”②，在《人民诗歌》的编者看来，“劳动人民的诗歌工作者”“是劳动与斗争的直接参与者，他们具有实际生活的体会与坚定的阶级立场，这样，已经具备有诗歌创作的先天条件”③，“工农兵”的主体性价值在阶级分析的基础上得到充分肯定，不管是缝制工厂的女工也好，还是铁路或印刷厂的工人也罢，不管是炊事班的战士也好，还是水陆空战士也罢，他们不再是“沉默的大多数”，而是有资格面向历史与时代进行言说的新主体，《人民诗歌》为“工农兵”敞开的言说空间其实就对其“翻身作主人”后具备合法身

① 周建伟：《从国民性话语到人民话语》，《现代哲学》，2016 年第 2 期。
② 同①。
③ 劳辛：《十月来工作总结》，《人民诗歌》，1950 年第 6 期。

份和言说资格的一种特殊的认定方式。其二，“工农兵”是有能力言说的文化新人。“战士诗选”的编选者说：“工农出身的人，在旧社会中，一向是受人鄙视‘没有文化的’，现在全中国即将全部解放，由工农兵政治翻身而带来的是文化上的大翻身。”① 这其实就从今昔对比中，指出了新的国家“工农”实现“文化翻身”的必然性和可能性。他们以仰视目光阅读“工农”的诗稿：“那种直率的称呼，生动的语言，坚定的信念，强烈的爱和深切的恨，开阔像海洋的胸怀，朴素健康的感情，充满了每一行诗句。”② 也就是说，编选者从诗歌的情感、语言、精神等维度发现了工人诗歌书写中的殊异风貌，这种风貌足以让那些“苍白鬓发的亭子间诗人看看也要吃惊的”③，人们也就没有理由不相信“工农兵”有能力在新开辟的诗歌空间里展示自我的文化风采。总之，《人民诗歌》一以贯之开辟“工农兵”诗歌专栏，充分表明了刊物以顺应时代潮流为发展方向，以对“工农兵”的充分信任为基础，在满足人民的精神文化诉求的同时，建构当代的“人民话语”空间。

不过，作为一种带有实验性质的“工农兵”诗歌专栏，虽然体现了《人民诗歌》的编者对时代新主体的信任，但信任依然无法遮掩“工农兵”在知识拥有与诗歌创作经验方面的贫弱：“我决不以为这些诗歌都很好，相反，这些诗都是我们工人同志的试作，大部分的作者都是第一次运用诗这庄严的形式来表现自己的感情，从技术水平乃至思想性上要求都很不够。”④ 为了搭建富有民族特色和群众喜闻乐见的诗歌空间，提高“新的人民的诗歌”的传播辐射效应，彰显刊物的人民性，《人民诗歌》的编者通过有组织地培养“工农兵”诗人中的新生力量来提升“工农兵”诗歌的话语质量，维护诗歌空间的良好声誉。1950 年，上海“诗联”一方面通过建立诗歌工作小组，组织诗歌写作组，进行集体创作。一些凝聚了集体智慧的诗歌最初在广播电台、工会大会上进行朗诵，而后在《人民诗歌》上发表（如《工运史》），这样既可以“培养他们对新诗歌的兴趣和提高他们的写作技巧”，又可以提高他们的写作热情。另一方面则对“工农兵”的来稿“不厌其烦地跟他们提意见和修改”，在反复指导与沟通过程中开展诗歌交流活动，借此“培养群众中新的诗歌力量”⑤。

① 杨里岗，陈道用：《战士诗选》，《人民诗歌》，1950 年第 1 期。
② 屈楚：《工人诗选年第一》，《人民诗歌》，1950 年第 1 期。
③ 同②。
④ 同②。
⑤ 劳辛：《十月来工作总结》，《人民诗歌》，1950 年第 6 期。

1951 年 6 月，南京诗歌工作联谊会曾举办“诗歌研究班”，“参加的对象为青年工人、大专中学生、社会青年和诗联会员”[①]，课程内容包括“中国诗歌史”“怎样写诗”“诗歌朗诵”“诗歌欣赏与批评”“民间歌谣”等。这些有组织的诗歌活动是发现和培养新人的途径，它在一定程度上弥补了新中国成立初期“群众中新的诗歌力量”薄弱的“短板”。其实，这是一种南北遥相呼应的诗歌潮流与现象，早在 1950 年，北京市文艺主管部门及其他各级组织就“非常重视工人文艺队伍的培养”[②]。国家权力主体借助行政的力量有组织地培养“工农兵”诗人，这既在潜移默化中提升了人民群众的文化水平，竭力塑造了他们国家治理的主体意识，又充分激发了人民群众作为时代新主体的主观能动性，不断释放其“文化翻身”的巨大潜力与能量，让他们尽快从文学的荒漠地带移位到“新的人民的诗歌”宏伟蓝图的建设中来，有力撼动与打破了现代诗歌既定的创作格局，有效增强了包括《人民诗歌》在内的当代文学期刊的人民性。

虽然《人民诗歌》极其重视发现和培养群众中的新生力量，但是毕竟“工农兵”专栏中的绝大多数诗歌都是“试水之作”，为了打造与维护这一具有品牌与特色栏目，期刊编者们借助“人民话语”的强力阐释来确定、托举和抬升“工农兵”诗歌的价值。比如在《工人诗选》（第一辑）的编选导言中，屈楚指出，尽管这些诗歌在艺术上稍显稚嫩，然而“没有一个真正的思想通顺的批评家会有这一勒索的要求的”，因为“这是我们工人阶级的诗”，“这是我们工人阶级在今天写出的诗呀”[③]。这里，编选者一方面突出强调工人诗歌的阶级属性——“工人阶级的诗”，由于“人民话语以阶级分析为基础，以人民性为旨归，强调通过唯物主义的阶级分析，特别是阶级地图测绘来寻找人民这一具体的革命主体”[④]，因此工人阶级作为新的民族国家领导阶级，其先进的阶级属性决定了其在新的历史时空中的主体地位，在人民文学“政治标准第一，艺术标准第二”的价值评判系统中，工人阶级的诗歌书写因具有鲜明的阶级性，自然具有不容置疑的政治价值；另一方面，编选者着重点明工人诗歌的时间属性——“工人阶级在今天写出的诗”。“今天”显然是语义的重心，论者意在与“昨天”或“过去”的比对中凸显“今天”的断裂性，意在“明天”或“未来”的无限延绵的时间流中昭示“今天”的延展性，它具

① 《诗讯》，《人民诗歌》，1951 年第 6 期。
② 刘北汜：《跨向前去》，《人民诗歌》，1950 年第 5 期。
③ 屈楚：《工人诗选年》（第一辑），《人民诗歌》，1950 年第 1 期。
④ 周建伟：《从国民性话语到人民话语》，《现代哲学》，2016 年第 2 期。

有两重意涵：一是在国民性话语中曾经是“沉默的大多数”的工人与农民，今天已经能写诗歌了，这是一个翻天覆地的变化，更是一个全新的起点；二是“今天”的工农诗歌虽稍显稚嫩，但就像一个初生的婴儿，未来向他们敞开了无限的可能，为此，只要是“真正的思想通顺”的“亭子间诗人”，就没有理由不对工农诗人及其诗歌充满真诚的期待。于是，在人民话语的逻辑系统中，“工农兵”诗歌的价值优势被发掘出来并紧紧锁定。另外，在新中国成立初期，“工农兵”诗人因艺术储备贫乏而鲜少有诗歌创作经历，“在短时期内出现的诗歌多套用老形式”①，于是出现了一股“旧瓶装新酒”的写作潮流，这种现象曾引发一些诗评家的忧虑和讨论②。为了确证此类诗歌创作的合理性与正当性，编选者巧妙地回避过度套用“老形式”阻碍诗歌艺术创新问题，而是从诗歌的工具性价值维度进行意义阐发：“老形式在目前农村中一般比较为群众所接受，加入新内容后可以发挥很大的宣传效果，这也是农村诗歌的一个特色。”③ 显然，“新的人民的诗歌”已经超越了既往“为艺术而艺术”的价值追求，它的特色与优势就在于能最大限度发挥诗歌教育人民、团结人民和打击敌人的重大宣传作用，这种价值阐释与认定方式避免了“工农兵”诗歌意义的耗散或消解。比如1950年第4期由庄辛编选的《华东农村生产救灾的诗歌》从诗歌之于生产救灾工作的指导性意义维度对每一篇入选诗歌进行“引导性”评价，这种方式旨在通过诗歌批评维护“工农兵”诗歌“普及性”专栏的良好声誉，精心耕耘这一能有效彰显《人民诗歌》人民性的新创“园地”。

二、“人民话语”体系的创制

人民话语体系的创制是建构《人民诗歌》人民性的另一重要维度。《人民诗歌》1950年第1—6期有一个相对固定的栏目“理论与介绍”或“诗论”，1951年1—6期这一栏目名称变成了“诗歌批评”，如果说“理论与介绍”栏目属于“人民话语体系”的“正向建构”，那么，“诗歌批评”栏目则可视为“负向建构”。

首先，“理论与介绍”与“人民话语”的“正向建构”。所谓“正向建

① 《诗讯》，《人民诗歌》，1951年第6期。

② 劳辛在《把诗作提高一步》中就谈道：“一部分诗作者的作品，有很浓厚的旧诗词的味道，不是我们今后诗歌创作应走的方向。”参见《人民诗歌》，1951年第1期。

③ 同①。

构”是指诗评家通过系统介绍人民诗歌“写什么”与“怎么写”等相关问题，正面引导并逐步建立起“新的人民的诗歌”的话语体系。一是“写什么”，即诗歌的思想内容问题。劳辛认为“写什么是诗作者的宇宙观和人生观的问题，是创作的思想问题”①，诗的思想性表现为诗的倾向性，新时代的诗人“应该有无产阶级的立场”，“诗的创作接受马列主义和毛泽东思想作为基础”，“在人们思想火线里高度发挥战斗的功能”。② 这明确回答了“新的人民的诗歌”的指导思想和诗人思想倾向性等问题，突显思想的“战斗功能”。就内容而言，劳辛认为“今天新诗歌必须从歌咏自然与书写个人情感的传统上的宪章中摆脱开来。把广大劳动群众为建设新民主主义社会的热忱与斗争，写进我们的诗，他们的集体主义的英雄性格与行为是我们新史诗所需塑造的典型与个性”。③ 这里论者重点指出了“新诗歌”书写内容的转变，即由自然风物向社会斗争转变，由个人小天地向集体（广大劳动群众）转变。他还进一步具体强调诗人“要具有革命浪漫主义的精神”“透视未来的能力”及“对于新民主主义未来的乐观信心”，诗歌“要写正面的人物，像参与革命的劳动英雄和战斗模范，要写本质的东西，像土改运动生产热潮和爱国的行动”，要“配合每一个政治事件或群众运动”④，写“反映现实与配合政治任务的诗作品”⑤。这其实从精神取向、发展视野和革命信念等方面，指出诗人的“创作思想”与精神境界应该达到的高度，只有达到这种高度才能更好地理解“新的人民的诗歌”的本质追求和写作伦理。也就是，诗歌要精心打造英雄模范形象，以榜样示范力量教育人民；要展现民众生产建设热潮，以饱满的激情与斗志鼓舞人民；要“配合政治任务”，以强有力的政治力量动员人民，唯其如此“才能产生好的为广大人民所需要的诗”⑥。劳辛作为《人民诗歌》的“代表人”之一，他在文论里所秉持与追求的诗歌内容的人民性特质深刻地影响了刊物对稿件的遴选标准与尺度，仔细翻阅《人民诗歌》，可发现其刊发内容主要有以下几大类（见表2）：

① 劳辛：《写什么与怎样写》，《人民诗歌》，1950 年第 1 期。
② 同①。
③ 同①。
④ 劳辛：《论诗的思想性》，《人民诗歌》，1950 年第 3 期。
⑤ 同①。
⑥ 同①。

表 2 《人民诗歌》刊发内容的主要类别

内容类别	诗歌题目
配合政治任务	反轰炸特辑：《认清今天的凶手》《凶手和主犯》《血的歌》（1950. 3）； 抗美援朝：《朝鲜母亲的仇恨》《告美国士兵》（1951. 1）；《给战死在朝鲜的美国兵》《鸭绿江的召唤》（1951. 2）；《让我的血，再输出一点吧》（1951. 6）； 保卫世界和平运动：《不准武装日本》《签名》《农民示威大游行》（1951. 2）； 镇压反革命运动：《他们终于伏法了》《保卫劳动果实》《检举坏人不再怕》（1951. 3）；《路条》《镇压他》《彻底肃清反革命到了十里湾》《智擒特务》《给一个牺牲者》（1951. 4）； 土改运动：《谈不出问题》《王阿四》（1951. 2）；《更辛》（土改侧记之一）（1951. 3）
反映工农业生产建设	《地里多上粪》（1950. 1）；《发电厂锅炉旁的诗歌》《打铁歌》《打夯歌》（1951. 2）；《大嫂翻粪》（1950. 4）；《人民的铁路》《夫妻上堤工》《生产竞赛》（1950. 6）；《春耕小唱》（1951. 2）；《耐火砖》《劳动竞赛歌》（1951. 3）；《第一次麦收》（1951. 5）
歌颂党、领袖、国家或英雄	《握手》（1950. 1）；《孙厂长》（1950. 4）；《五月的太阳红又亮》《歌声跟着红旗飞扬》（1950. 5）；《红旗呼啦啦飘》《新中国的颂歌》《英雄颂》（1951. 1）；《歌颂祖国的春天》（1951. 2）；《伟大的祖国》（1951. 3）；《我爱毛主席》《毛主席万岁!》《荣誉属于伟大的党》（1951. 5）；《毛泽东的光辉普照着各族人民》《歌唱解放军》（1951. 6）
反映阶级斗争	《地主和长工》（1950. 5）；《小黄牛回来了》（1951. 2）；《在滨湖的荒洲上》（1951. 2）；《三个女团员》（1951. 3）

由表 2 可见，《人民诗歌》的选题与内容几乎是围绕“配合政治运动”“反映工农业生产建设”“歌颂党、领袖、国家或英雄”“反映阶级斗争”等方面展开的，因为“从革命年代开始，‘人民’话语担纲着动员规训、道德生产、阶级识别、精英训练”，以及确证新的民族国家合法性等方面的重任①，“配合政治运动”和“反映工农业生产建设”的诗作显然有助于国家权力主体对人民进行政治和生产动员，那些“歌颂党、领袖、国家或英雄”的诗歌则有利于建构新的民族国家政权的合法性，广泛传播反映阶级斗争的诗歌可以有效训练和培养人民的阶级觉悟和政治敏锐性。这些诗歌的思想内容在同一文本（或同一期）和不同文本（或不同期）之间存在诸多相似的“同质因素”，这些“同质因素”的反复呈现，一方面参与了《人民诗歌》人民性话语风格的建

① 刘杰：《历史社会学视野中的“人民”话语：表达与实践》，《东南学术》，2017 年第 6 期。

构；另一方面又确实有效地唤醒和重塑了人民的主人翁意识、阶级意识、感恩意识、家国意识、忠诚意识和英雄崇拜意识等，体现了当代同人期刊响应时代召唤的积极努力。

其次是“怎么写”，即诗歌的“写作技巧”问题。《人民诗歌》刊发了一系列诗歌理论文章，从以下几个方面探讨“新的人民的诗歌”的写作技巧：(1) 诗歌语言问题。劳辛认为，“过去诗歌的语言是被知识分子所僵化了的文字”，“只有在广大的群众当中和现实的生活中来觅取诗的语言，才能增加诗的色彩与情调”①。他鲜明地否弃了现代新诗语言的“欧化”“精致”或“晦涩”现象，倡导当代新诗的语言应从“群众”中来，应“具有音乐美”，但这种语言不是原生态的“大众语”，而是“须从大众中提炼，然后还给他们”②，须区分其“精华与糟粕”。但究竟怎样提炼“群众”的语言，如何实现诗歌语言的音乐美？劳辛并未做出详细的回答。而许杰在另一篇文章中努力回答劳辛的问题，他提出要追求“人民的活的语言”，这种语言是“能上口”的语言，它“要以民歌或五七言的形式”为主，“能上口就能合乐”③，这种解答似乎也过于零散与浮面。只有哈华在《诗歌杂谈》中的分析较为具体深入，他说：“既为了工农兵，应从工农兵中选择最富于智慧有韵律的或音节自然谐和的生动的语言，而加工成为诗的语言”，“最好能注意到一念就懂，一看就明白。”也就是诗的语言源自于“带着方言和粗犷的气息”的“工农兵”生活用语，它以谐和的节奏与韵律为目标，追求语言的易懂性和晓畅性。同时，他反对某些“错误”观点，比如认为“越土里土气使人费解的方言或‘歇后语’，就是工农兵的语言”，“以为民间的语言都是好的”，将工农兵暂时不懂但“富有概括性的深刻的准确的语言”“拒它们于千里之外”，等等④。上述观点可以看出新中国成立初期上海“诗联”成员对“新的人民的诗歌”语言的理解，即诗歌语言的人民性应契合“工农兵”读者语言能力、审美习性与趣尚，应进行提纯、加工与创化，使之满足“工农兵”的审美诉求。虽然《人民诗歌》有部分诗歌语言仍有“文绉绉”或“咬文嚼字”的现象，但总体朝着“一看就懂，一念就明白”的方向变化和发展，甚至有些诗歌就是采用山歌的形式，如徐经谟的《劳动妇女——胡大嫂的山歌》等。(2) 诗歌的形式问题。诗歌

① 劳辛：《写什么与怎样写》，《人民诗歌》，1950 年第 1 期。

② 同①。

③ 许杰：《对于诗歌创作内容与形式问题的意见》，《人民诗歌》，1950 年第 5 期。

④ 哈华：《诗歌杂谈》，《人民诗歌》，1950 年第 6 期。

形式决定内容，形式深刻地影响和制约着内容的表达。《人民诗歌》重点关注诗歌形式中的诗的分行问题。史卫斯曾专门论及当代诗歌出现了一种不良的倾向，就是有些诗人模仿“马雅可夫斯基的诗”，“一个字一行两字一行的排列”，“把中国语言像外国语言一样排列”，他认为这种形式“是人民大众无法接受的”，诗歌的分行应该“不生硬，像中国话就行”，要有民族特色，应该“是人民大众所能接受的”。[①] 这种观点得到了另一诗论家哈华的支持与赞同，他亦指出有些诗的分行出现“不必要的出奇的颠三倒四的排列”，“有时还把一句话硬劈成几段来炫惑读者”，认为这是一种不顾“中国语言的特点”和“群众习惯”的生搬硬套的形式。由此可见，这些诗论家对译诗之于当代诗歌形式所产生的负面影响是高度警惕的。为此，《人民诗歌》所刊发的诗歌绝少采用马雅可夫斯基的“楼梯式”诗歌形式，从中也说明为了创作“工农兵”大众习惯接受的诗歌形式，域外诗学资源引入与诗歌民族形式的创造之间可能发生难以预料的龃龉与冲突，当代诗评家既要谨慎剥离或剔除“非民族化”诗歌形式，又要保留马雅可夫斯基诗歌的斗争与革命诗学。除此之外，许杰对诗歌的音节与韵律问题进行探讨，他在强调诗歌不能“叫人看不懂”而成为“叫人猜谜的玩意”的基础上，提出“真正的诗，应该不靠分行的形式”，而是靠“天然的音节”“自然的韵脚”“音乐的抑扬”[②]。他的这些思考似乎是为史卫斯、哈华提出的“分行”问题寻找解决的办法。（3）诗歌的想象问题。劳辛曾撰文指出诗歌的想象“要求诗作者要能正确了解人民大众的生活与感情，并要照他的思想来运用想象，否则是不为老百姓所乐于接受的”，“想象须以朴素即为老百姓的常识所及为原则，奢华的想象往往失了它原来的泥土味道和劳动的精神”，因此，我们需要的是“太阳出来满山红，毛主席是咱们的大救星”朴素的想象，而不是“一匹失恋的蚊子”这类奢华的想象。在劳辛看来，想象是朴素的还是奢华的成为是否具有人民性的重要分野，诗歌工作者应提倡浮士德式的虽“怪诞离奇”却贴近“丰富的、繁复多样的人生”的想象，而反对“象征主义”式的呈现“变态心理或梦境”“醉醺状态的幻觉”想象。[③] 基于此，在《人民诗歌》中几乎不见象征主义诗歌的踪迹，即便是一些“怪诞离奇”的想象，也是基于民间传说改编而成且具有重大教育意义的，如栾星的《幸福——改编自苏联民间故事》等，想象的意识形态属性可见一斑。

① 史卫斯：《关于诗的分行》，《人民诗歌》，1950 年第 5 期。
② 许杰：《音节与韵律》，《人民诗歌》，1951 年第 2 期。
③ 劳辛：《诗的想象短论》，《人民诗歌》，1950 年第 2 期。

综而观之，《人民诗歌》紧扣“写什么”与“怎么写”两个议题刊发系列文章，努力通过“正向”引导方式创建诗刊的人民话语体系。

再次，“诗歌批评”栏目与“人民话语”的“负向建构”。所谓“负向建构”是指诗刊对一些具有不良倾向的诗作给予批判性与标签式的负面定性，生成一种诗歌批评反作用于诗歌生产的压力传导机制，筑牢“新的人民的诗歌”体系。在1950年，“上海的报纸杂志很少看到关于诗歌的批评文字”，即便有一两篇也表现出“拘谨”和“和和气气”的态度，严重“削减了整个诗运的生气”①。有些读者甚至写信到诗刊编辑部“希望本刊加强批评工作”②。为了活跃新中国成立初期诗坛批评氛围，提高诗歌批评的战斗性，确保当代诗歌“具有严肃的为人民服务的思想和对人民负责的态度”③，《人民诗歌》采取诗评家的个案批评和读者来信相结合方式展开。其中，典型个案主要是针对“两首诗歌”（《不准狼再爬起来》《不准武装日本》）和“一本诗集”（《翻一个浪头》）进行“以点带面”式的严肃批评。批评者重点分析“两首诗歌”里的“非人民性”问题：一是“不正确”的“人民”形象。李澍严厉地指出《不准狼再爬起来》一诗的重大错误是“把敌人描写得像老虎，把自己写得像羔羊”，而且对英雄的形象描写显得“凌乱不堪”和“概念化”，“对于中国人民……作者好像是在教训着一些无知的人”④。洛雨则认为《不准武装日本》“在表现中国人民坚决与日寇进行斗争”方面的描写似乎告诉读者“反抗是不中用的”，甚至把“抗日英雄”写成了“天天‘憧憬着晴空的彩霞’的懦怯的人物了”，这是“何等不恰当”⑤。也就是说，在抗日战争和国内革命战争中，“中国人民”显示出的“正确形象”应该具有崇高思想、高贵品质、英勇不屈等本质特征，在这一“本质化”形象谱系的比照下，这些诗歌所建构的“不正确”或不纯粹的人民形象“相当地损害了作品的教育意义”⑥。二是“很难理解”的形式。为了使诗歌形式最大限度满足“人民”的审美需求，诗评家对那些有悖于“工农兵”喜闻乐见的诗歌形式展开批评。李澍不无尖锐地指出《不准狼再爬起来》“用了高高低低的分行”把诗句“排列成了一些文字的图案，看起来眼花缭乱”，认为这样的诗行排列法，“是‘文字游戏’，称为

① 刘北泛：《跨向前去》，《人民诗歌》，1950年第5期。
② 《编后》，《人民诗歌》，1951年第3期。
③ 劳辛：《把诗歌提高一步》，《人民诗歌》，1951年第1期。
④ 李澍：《读〈不准狼再爬起来〉》，《人民诗歌》，1951年第2期。
⑤ 洛雨：《评〈不准武装日本〉》，《人民诗歌》，1951年第3期。
⑥ 同⑤。

‘诗’是值得考虑的”[①]，由于诗歌“违反民族形式与大众喜爱的原则”，它的价值自然可疑。在指出问题之后，《人民诗歌》一方面对发表“问题”诗歌的期刊施加舆论压力，批判者质问道:“《文学界》经常刊登像这一类的诗，是否认为这是代表一种主流？一种倾向?”另一方面则让作者在同一期刊登检讨文章，表明积极接受改造的态度，沙金发表《答〈评不准武装日本〉》表示“诚恳的接受这样的批评，而且欢迎对我的诗作多提意见”[②]。这种“问责—检讨”的批评与接受方式，其实仿照了《文艺报》惯常使用的文学批评模式，其影响可谓深远。除此之外，卞之琳的诗集《翻一个浪头》也受到较为严苛的批评。柳倩认为卞之琳的这本诗集在“表现形式和语言的处理上，都发生了不少问题”，包括“平常而又笼统的比喻”、“含义不明确”的诗句、“敌我不分”且“失去中国人民固有”的立场，以及“使人不懂、费解”的语言[③]，这些问题使得他的诗歌思想立场模糊，表现形式僵化，无法与“工农兵”打成一片，因而与当代诗歌人民性的追求背道而驰。

此外，《人民诗歌》还收到很多读者“提意见和展开讨论的来信”，于是编辑们也尝试引入读者的批评力量，建立诗歌接受反馈机制影响诗歌生产，增强刊物的“人民性”。其中，1951 第 5 期的“读者中来”栏目“保持原样”地发表了三位读者对本刊《伟大的祖国》一诗的批评意见，他们认为这首颂歌主要的缺点是“阶级观点模糊”、“政治立场”不稳定，同时作者是以“小资产阶级知识分子”而不是“工农兵的感情来歌颂”祖国的，词句又“很难令广大劳动人民理解”，这些缺点极大降低了诗歌的人民性本质特征[④]。由上述的援引和分析可知，不管是专业诗评家的个案批评，还是读者来信批评，都旨在以“问题”为导向逐渐形成诗歌书写禁忌，增强公开批评的舆论“震慑”力和压力传导机制，遏制个别具有不良“倾向”诗歌的蔓延与传播，为思想纯正、形象正确、阶级观点明晰、感情“工农兵化”和形式民族化的“新的人民的诗歌”成长，提供一个更加纯净、有序和安全的诗歌生产、传播与接受空间。

① 李澍:《读〈不准狼再爬起来〉》,《人民诗歌》, 1951 年第 2 期。
② 沙金:《答〈评不准武装日本〉》,《人民诗歌》, 1951 年第 3 期。
③ 柳倩:《评〈翻一个浪头〉》,《人民诗歌》, 1951 年第 4 期。
④ 普金，焦仲恺，朱俊:《对〈伟大的祖国〉的意见》,《人民诗歌》, 1951 年第 5 期。

三、“人民话语”资源的创化整合

对于“新的人民的诗歌”工作者而言，古今中外的诗学传统是一座巨大、丰富且危险的资源宝库，如何甄别、筛选、吸收和创化传统诗学资源，构建一种独具时代特色的人民话语，对于当代文学期刊“把关人”来说，既是一种责任与担当的体现，又是一场智慧与识见的考验。在1950—1951年，《人民诗歌》的编辑通过有选择地译介系列外域诗论，来实现人民话语资源的创化生成（见表3）：

表3　《人民诗歌》译介的外域诗论

诗论题目	作者	译者	期数
伟大的人民诗人：巴勃罗·聂鲁达	屠岸		1950年第1期
一年来苏联诗歌的趋向	苏联·A. 马卡洛夫	沙金	1950年第2期
人民诗人普希金	张白山		
战争与和平的歌——评卢可宁的两集诗集	不详	屠岸	1950年第3期
略谈马雅可夫斯基与中国新诗	劳辛		1950年第4期
诗人巴格立次基的道路	屠岸		
普希金的伟大意义	不详	屠岸	1950年第6期
当斯大林号召的时候	苏联·伊萨科夫斯基	彭玲	
为和平而斗争的苏联诗歌	马加洛夫斯基	屠岸	1951年第1期
伟大的世界诗人——普希金	苏联·D. 布莱古衣	伊洛	1951年第3期
回忆一个伟大的诗人和战士	捷克·拉第斯拉夫·许托尔	上海世界语者协会	1951年第4期

从表3可发现《人民诗歌》诗论译介的一些重要倾向：一是从数量上看，以苏联诗论居多，几乎占三分之二，其中介绍普希金的论文多达3篇，还有与中国文坛交往甚多的智利诗人聂鲁达和捷克的作家、诗人、政论家和政治家纽曼，这说明在新中国成立初期“向苏联老大哥学习”的时代风潮中，苏联诗论是“新的人民的诗歌”极为重要的话语资源，它深刻影响了当代诗歌诗学理念建构。二是注重从人民性维度发掘和传承域外诗论中的有益资源。以有关普希金的译介为例，诗刊以周年纪念的形式，不断寻绎、唤醒和激活普希金诗

歌之于人民诗歌的诗学资源。《人民诗人普希金》《普希金的伟大意义》和《伟大的世界诗人——普希金》三篇文章从两方面阐发了普希金诗歌的诗学价值与话语资源：（1）重塑人民新主体形象。论者认为，普希金诗歌“描写俄罗斯人民的刚健的灵魂，刻画坚决、积极、爽朗的人民性格”①，“反映了俄罗斯人民底最优秀的品质——爱自由、博爱、民主精神，对文化与教养的高度关怀，对社会正义的不竭的渴望”②，这种价值形象是当代诗歌工作者塑造人民形象的重要参照和榜样③。（2）蕴藉提升人民政治觉悟和唤起人民行动的力量。普希金的诗歌价值不仅在于重绘和表现了人民新形象，更在于具有教育人民的重大功能，“他的作品在全世界人民当中，起了重大的教育作用”④，他的诗“起了唤醒俄罗斯人民的作用，对他们底解放斗争很有贡献”⑤。由于普希金诗歌中的人民话语在国家治理，尤其是政治认同和社会动员等层面蕴藏着丰富的遗产，因而被提取出来作为“新的人民的诗歌”的重要传统资源。三是有意屏蔽现代主义诗学的异质传统。翻检《人民诗歌》的目录可以发现，中国现代主义诗学传统在诗刊中处于“断流”状态，这是一种“症候式”空白，折射出期刊的编辑们正努力摆脱被视为诗坛“逆流”的现代主义诗歌传统的影响，他们一面“阻断”传统，诸如“象征诗派”“新月诗派”“现代诗派”“中国新诗派”等现代主义诗歌理论都被有效屏蔽；一面“打通”与“活化”传统，诸如聂鲁达、普希金、卢可宁、巴格立次基、可斯特卡·纽曼等诗人的诗学理念与诗歌实践经由“人民性”这一话语资源脉线被充分激活。

除了外域诗论之外，《人民诗歌》的编者试图通过引介外域诗歌作为“新的人民的诗歌”的话语资源（见表4）：

从表4中译诗的作者国籍来看，既有来自亚洲国家的，如日本、土耳其等；也有来自欧美国家的，如美国、法国、保加利亚、智利、捷克等，虽然这些译诗来源比较广泛，但《人民诗歌》的编选者严格依循一定的选译标准，具体表现为：（1）优选国家意识形态属性鲜明的诗歌。反对“反人民”的战争、

① 张白山：《人民诗人普希金》，《人民诗歌》，1950年第2期。

② 屠岸译：《普希金的伟大意义》，《人民诗歌》，1950年第6期。

③ 在20世纪50年代强调阶级斗争的时代语境中，关于自由、博爱和民主精神是很难转化为当代诗歌价值追求的。《西蒙诺夫论普希金》一文指出，“我们之所以珍视普希金”，是由于他“曾在对反动派进行的长久斗争中大获胜利，建立了俄国文学的荣光”，由此可见外域诗学资源分离、提纯和创化生成过程的复杂性。参见《人民诗歌》，1950年第4期。

④ 同①。

⑤ 同②。

表 4　《人民诗歌》译介的外域诗歌

诗歌题目/作者	期数
《伦敦的大钟》（苏联·M. 巴桑）	1950 年第 4 期
《基洛夫和我们在一起》（苏联·吉洪诺夫）	1950 年第 5 期
《第一次祝杯》《歌颂斯大林》（苏联·M. 伊萨科夫斯基）	1950 年第 6 期
《法斯特诗选译》（美国·法斯特）；《在巴库》（卢可宁）；《永别之歌》（苏联·M. 伊萨科夫斯基）；《母亲的信》（苏联·G. 鲁勃尔郁夫）	1951 年第 1 期
《保加利亚人民共和国颂》（保加利亚·富那捷夫等集体创作）；《每个人为着生命和肢体恐惧》（捷克·S. K. 纽曼）；《遗言要被执行》（日本·森山启）；《巴黎女人》（俄罗斯·马雅可夫斯基）；《为黑种女孩而歌》（美国·休士）；《再回家来》（俄罗斯·L. 斯的伐诺凡）	1951 年第 2 期
《革命》（J. 贺拉）；《寄五月之风》（日本·进壶繁治）；《五月一日》（保加利亚·斯米尔能斯基）	1951 年第 3 期
译诗特辑：《布拉格的斯大林街》（捷克·L. 鲁勃列夫）；《献给党》（法国·阿拉贡）；《波力伐之歌》（智利·聂鲁达）；《橙光》（苏联·M. 伊萨科夫斯基）；《老板的小恩惠》（美国·多玛士·麦克拉斯）；《一棵杏树》（土耳其·A. 卡拉苏）；《夜》（日本·森山启）；《S. K. 纽曼诗二首》（捷克·S. K. 纽曼）	1951 年第 4 期
《在游击队员的坟墓上》（白俄罗斯·柯拉斯）；《在巴尔干底星空下…》（苏联·M. 伊萨科夫斯基）	1951 年第 5 期
《给一个罪犯的妻子》（美国·D. 特伦坡）；《和平与诗歌》（法国·J. 马桑纳克）；《田桂英》（苏联·斯·华西里耶夫）	1951 年第 6 期

呼唤和平是 20 世纪 50 年代前后的时代主题，译诗的选题大多与此相关，如《伦敦的大钟》《每个人为着生命和肢体恐惧》《和平与诗歌》《给一个罪犯的妻子》《遗言要被执行》等。（2）优选可有效确证社会主义国家合法性的诗歌。这些诗歌歌颂党、领袖和祖国，以及为了“人民的胜利”而战斗或牺牲的英雄，如《歌颂斯大林》《保加利亚人民共和国颂》《献给党》《永别之歌》《母亲的信》《田桂英》等。（3）优选具有正确政治、阶级等的诗歌，如《为黑种女孩而歌》《老板的小恩惠》《五月一日》等。这些译诗的优选准则透露了《人民诗歌》编者们的“良苦用心”：“希望能够介绍些反映新民主主义国家里的建设生活或正在斗争中的资本主义及殖民地国家里争民主、争自由的战斗

诗作，给大家观摩研究，这对于今后我们的新诗创作也有些帮助的。”[①] 所谓“观摩研究”就是希冀这些译诗中所呈现的新民主主义国家的“建设生活”和资本主义及殖民地国家的“斗争生活”，可以有效构筑新中国文学“人民话语”的外域资源补给链，发现和建构“人民”的主体力量，继而充分释放“新的人民的诗歌”蕴藏的政治说服、革命动员、阶级识别、国家治理等巨大能量，为新诗的转型发展提供镜鉴与助燃剂。

综而观之，在新中国成立初期《人民诗歌》正是通过“人民话语”空间构筑、话语体系的创制和话语资源的创化整合，多方位稳步构建了《诗刊》当代诗歌的“人民话语”系统，体现了1950年前后时代文化巨大转轨过程中一份同人诗刊难能可贵的责任与担当。虽然在“当时中央对各地文化部门有整顿文化期刊的要求”[②]，《人民诗歌》出版发行至1951年第6期就“无征兆”停刊，但在政治与文化相互胶合的文学生产、传播和阅读空间里，它为1957年国家级权威期刊《诗刊》的创办，累积了较为丰富的可资借鉴的办刊经验，《人民诗歌》与《诗刊》的复杂关联研究亦是一个值得深入探究的课题。

（作者单位：龙岩学院文学与传媒学院）

① 《编后》，《人民诗歌》，1951年第3期。
② 韦泱：《“诗联”〈人民诗歌〉及其他》，《新文学史料》，2011年第4期。

身份、角色与图像

——20世纪40年代陕甘宁边区“劳动英雄”形象的塑造逻辑

吴 静

“劳动”与“英雄”的结合发端于苏联的斯达汉诺夫运动①，是社会主义工业化的产物。20世纪40年代初，陕甘宁边区为突破南京国民政府的经济和军事封锁，借鉴了这一模式，在边区大力推广劳动英雄。在此过程中，劳动英雄转变了传统英雄的形象表征②，成为党改造群众、巩固执政地位、塑造自身形象的工具。为适应这种转变，如何重塑英雄形象，成为向群众推广新理念时首先要解决的问题。

皖南事变后，重庆政府对陕北进行了经济与军事封锁。为突破这一困境，边区政府将公粮数额从1940年的9万担突增至20万担。在沉重压力下，边区政府与群众的关系变得紧张起来，有些农户甚至选择离家不归。对边区农民而言，革命式的生产动员仍十分困难，即要求被动员者（边区农民）主动履行阶级义务，加强生产，而非只关注自身利益。如何使边区农民能够自觉自愿地履行生产义务？塑造“劳动英雄”便成为一个十分现实的政治策略。

1941年年底，边区政府决定推举“劳动英雄”，以此激发群众的生产与政治热情。《解放日报》也在同年开始大量报道边区劳动英雄的光辉事迹。1943年，边区政府进一步明确了公开选拔英雄的标准：（1）积极生产，成绩特出；

① 20世纪30年代苏联为解决集体劳动中的怠工现象、提高生产效率发起斯达汉诺夫运动。贫困农民家庭出身、后成为挖矿工人的斯达汉诺夫被推举为工农群众的榜样。其后，各行业劳动英雄纷纷涌现，形成了“斯达汉诺夫运动”。

② 托马斯·卡莱尔在《论英雄、英雄崇拜和历史上的英雄业绩》中提出:“世界历史不过是伟人们的传记。”这很大程度上代表了传统英雄理念的本质。英雄需具有异于常人的“天赋”或“崇高品德”，是特殊的、超越性的个体。他们常被放置在“人民”的对立面或拉开与“人民”的距离，扮演救赎者与领袖角色，成为决定历史进程的关键。当“英雄”与“劳动”结合后，英雄的神圣性与超越性被现实消解，英雄角色也从拯救变为自我救赎。

（2）能推动他人生产，并获有成绩；（3）恪守法令政策，拥护政府和军队，热爱边区。[①] 从这些条件来看，“劳动英雄”除了要有勤劳努力等个人品质，还应当具有理想的公共人格，包括高度的政治觉悟、成为群众骨干和沟通上下的桥梁[②]：凡事从公共利益出发，愿意服务社会，并能将自己的命运跟“昨天的土地革命，今天的民族抗战结合在一起”[③]。显然，边区政府所提倡的不是能力突出的个人，而是具有奉献精神和集体主义意识的“榜样”。

一、“像”与“不像”：英雄形象的日常化改造

1942年春耕时节，《解放日报》记者莫艾开始在边区农村寻找“能叫每一个人心里都折服的劳动英雄”[④]，最终他在柳林区第二乡吴家枣园找到一位名叫吴满有的富农。[⑤] 吴满有于是成为陕甘宁边区第一位“劳动英雄”。此后两年，《解放日报》在显要位置陆续发表《模范农村劳动英雄吴满有连年开荒收粮特多影响群众积极春耕》《边府号召边区农民，向吴满有看齐，政府予以奖励，各机关纷纷送礼》《忘不了革命好处的人》等系列报道。吴满有成了边区“最荣誉的公民之一”，他的个人事迹被上升到“吴满有方向”和“学习吴满有运动”的高度。延安文艺界以木刻、小说、歌曲、长诗、秧歌剧、影片等形式对他进行了大量宣传。

图1　《向吴满有看齐》
（1943年　古元刻）

古元木刻《向吴满有看齐》（图1）是这一运动中较早出现的美术作品，发表于《解放日报》1943年2月10日第四版。作者吸收了民间年画与窗花的形式，用延安文

① 《劳动英雄与模范生产工作者激起代表选举办法》，《解放日报》，1943年10月14日，第1版。
② 《劳动英雄公约》，《解放日报》，1943年12月29日，第1版。
③ 莫艾：《模范农村劳动英雄吴满有》，《解放日报》，1942年4月30日，第1版。
④ 莫艾：《模范英雄吴满有是怎样发现的》，《解放日报》，1942年4月30日，第2版。
⑤ 吴满有，1893年生，陕西横山人，1928年逃荒到延安。据莫艾在《模范英雄吴满有是怎样被发现的》中的记载，土地革命后，吴满有分得一座荒山，开始辛勤劳作，日子过得日渐红火，成为全村“首富”。

图 2　《五谷丰登六畜兴旺》(1940 年)

艺座谈会后他常用的“单线轮廓和简练的刀法”来创作。这一图式非古元所创，它最早出现在沃渣 1940 创作的《五谷丰登六畜兴旺》（图 2）中。古元在此基础上对图式进行了改造：（1）放大画面中主人公的比例，以黑白块面替代线条，简化了沃画中的复杂边框，将焦点完全集中在人物身上。（2）保留沃画中围绕人物的粮食与牲畜，既填补了画面空白，保证了视觉充盈，也确认了主角“农民”的身份。但沃渣用来表征人民“普遍幸福”的粮畜，在古元画面中则成为确认吴满有由普通农民转变为英雄的关键——勤劳耕种后才获得的丰产。（3）沃渣画中头裹前扎结白巾、手握镰刀的陕北老农，是表征“农民”和“劳动”的重要符号，这一形象也成为此后表现中国农民的常见图式。与沃渣不同，古元试图塑造的不是一般“农民”，而是农民中的“英雄”——吴满有头戴绒帽，身披羊皮棉袄，陕北农民缝缝补补再三年的“旧”形象在他身上完全见不到，这成为政治意识正确的普通农民依靠勤奋劳动改变命运的象征。在该创作中，古元对人物形象做了完全“公式化”的处理：农民英雄的年龄在 50 ~ 60 岁，是拥有一定生产资料和社会经验的中坚阶层；他身体强健，面容苍毅，留短胡子，这些外形特点凸显中国农民的质朴与沉厚；英雄是富农装扮，因为他们是“共产革命后发展起来的富农”且符合“受过共产党的恩惠而发财的”① 的要求。这些公式化要素在同时期表现“劳动英雄”的作品，如罗工柳的《劳动英雄》（图 3）

图 3　《劳动英雄》(20 世纪 40 年代)

① 赵超构:《延安一月》，上海书店，1992 年，第 208 – 209 页。

图4 《战斗英雄与劳动模范》（20世纪40年代）

和李少言的《战斗英雄与劳动模范》（图4）中都可得到印证。

古元借鉴民间形式完成了图式修改，塑造出了“劳动英雄”。在同期《解放日报》上，主编陆定一对该作大加赞赏：“作品极富民族气派，老百姓看得懂；情调也是中国的，老百姓喜欢；画面是明朗的，快乐的，但又是严肃的，丝毫不苟的……这些特点，在当今的中国艺术界，即使不是独一无二，也是不可多得的”，作品将“艺术与宣传极其巧妙地统一起来了，给了我们一个很好的范例，很好的榜样”。① 有了这种定性，这幅以宣传“榜样”为目的的作品很快成了创作“样榜”，从最早的插图改印成套色年画，在边区大力推广，产生了持续而广泛的影响。

1944年7月，英国记者斯坦因在与周扬和胡一川的会见中，曾谈到如果自己是艺术家，要先画吴满有，“因他觉得吴满有美”。周扬拿出古元的《向吴满有看齐》给已见过吴本人的斯坦因看，问他像不像，他摇了摇头说不像。② 周扬的这一问题在特殊语境中有两种可能：一是像不像吴满有？二是像不像“英雄”？而斯坦因“不像”的回答却值得深究。其时，斯坦因在走访陕甘宁边区5个月后写成了《红色中国的挑战》。这位英国记者对边区积极而充满希望的氛围十分欣赏，他描述延安：

“看起来乡气、安静、朴素，太阳投射在这片半野蛮而具有特殊吸引力的地方，显得安静和谐。千年古塔闪耀在狭窄的三条河谷汇合的地方的山岩上，高大金黄……无论年龄多大，这里的人看起来特别年轻，而且充满了欢乐与信心，快乐和健康。”③

斯坦因用带有强烈情感色彩的词汇，将现实的延安景象幻化成内心理想的乌托邦。在这种强烈的理想主义期待下，吴满有本人给斯坦因留下了深刻的印象：

“吴满有穿着普通的工作服来看我们。他约有五十五岁，身体结实，坚毅而诚实的面孔，和善的笑容，眼神聪明和蔼，典型的中国农民，别人无法模仿

① 陆定一：《文化下乡——读〈向吴满有看齐〉有感》，《解放日报》，1943年2月10日。
② 胡一川：《红色艺术现场：胡一川日记（1937—1949）》，湖南美术出版社，2010年，第373页。
③ ［美］G. 斯坦因：《红色中国的挑战》，李凤鸣译，上海科学技术文献出版社，2015年，第49页。

训练的……在我看来，劳动英雄，群众合作和私有财产的热烈信仰者，共产党员，同时又是本村首富的吴满有，似乎正是延安新民主主义的象征。”①

当斯坦因对周扬和胡一川述说吴满有“美”时，他心里应当有对吴满有形象的预设——英雄应该像苏联对斯达汉诺夫的塑造，或历史上对英雄的表现那样充满视觉冲击力（图5），产生震撼心灵的能量。但版画里的中国农民沉静而质朴的状态，几乎不带任何动作与表情，没有叙事，没有抒情，通常意义上英雄所传达的超越感或神圣性根本无从体现。因此，斯坦因所言“不像”，应不来自与真实人物的对照，而是如此平静平常的“肖像”难以符合他内心对“英雄”的期待。

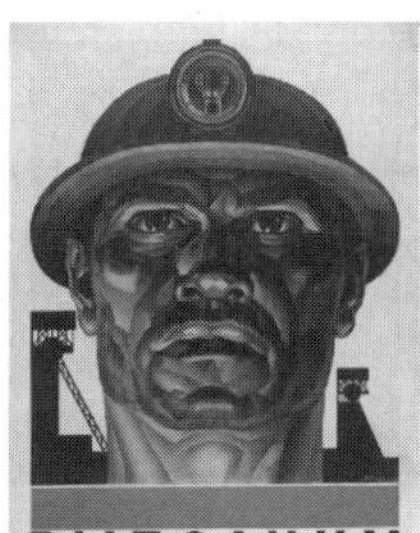

图5　苏联20世纪30年代宣传画“斯达汉诺夫运动”

斯坦因没有理解，将英雄日常化以消解神圣性与超越感，恰是延安塑造“劳动英雄”形象的重要特点，并在日常过程中被不断强化。为解决经济困难，动员全民投入生产，边区“劳动英雄”的作用并非激起群众对英雄的崇拜，而是希望群众通过日常视觉感知，对“劳动英雄”产生亲切与认同感，并将这一近在咫尺的目标转化为积极效仿的直接动力。日常化英雄是为了告诉所有普通观看者：只要“你”努力，就完全可能成为一名像“他”那样的“劳动英雄”。

在周扬的质询中，可能还有另一个问题，画中的人物到底和吴满有本人像不像？这同样涉及图式背后的塑造动机。除了斯坦因，边区围绕吴满有本人形象展开的描述文字如下：

“一个虎背熊腰的彪形大汉，双手粗硕有力，热情而好客。”（莫艾）②

“吴满有现年六十多岁，身体颇壮，红光满面，有一副愉快的眼睛及富于表情的笑，更有一绺白胡子及发亮的秃头。”（福尔曼）③

“你接受了礼物，又接受了敬礼，像采叶子一样自然，像娶新娘一样快

① ［美］G. 斯坦因：《红色中国的挑战》，李凤鸣译，上海科学技术文献出版社，2015年，第34页。

② 莫艾：《模范英雄吴满有是怎样发现的》，《解放日报》，1942年4月30日，第2版。

③ ［美］福尔曼：《中国解放区见闻》，朱进译，上海科学技术文献出版社，2015年，第23页。

活，像选举一样严肃”。“你站在吴家枣园的坡坡上，你的脸像一朵向日葵，在明亮的天空下面，连皱纹里都藏着欢喜。”① （艾青）

这些描写与古元画中身材魁梧、面形方正、骨骼粗壮、手脚有力的吴满有基本吻合。值得注意的是时任陕甘宁边区政府参议员的萧军日记中对吴满有的记录，他呈现了和以上描述并不一致的人物样貌：

“吴满有中等身材，面貌显得机智，清秀，动作轻便，不像一般画像与刻像那般沉重、苍老。”②

与大部分描写所用褒扬口气不同，萧军发现在选举现场吴满有“神情很不安”，有一种“不屑”的神气，“因为他对一些选出人全不热烈举手”，“他内心一定有一种心理不屑赞同的骄傲感”。萧军也由此对叙事与版画中塑造的强壮质朴的吴满有形象提出质疑。参考现存影像资料（图6、7），吴满有中等身材，略显佝偻，脸庞消瘦，这些都与萧军的描述更契合。也就是说，大部分文字描述和版画刻绘的吴满有与现实中的本人之间，无论是外貌还是神态都存在着相当差异。

图6　劳动英雄吴满有（1940年《东北日报》）

图7　吴满有与王震

文学作品从一个侧面提供了关于“不像”的证据。1948年光华书店出版的第一版《太阳照在桑干河上》中，作者丁玲写道：

“另外一次，他在一个县委家里吃饭，想找几句话同主人谈谈，他说：

① 艾青：《吴满有》，《解放日报》，1943年3月9日。

② 萧军：《延安日记（1940—1945）》（下卷），牛津大学出版社，2013年，第587页。

‘你的胖胖的脸很像你父亲。’那个主人很奇怪，问：‘你见过他老人家么?’他指着墙头挂的一张木刻像说：‘这不是你父亲么？你看你的两个眼睛多像他。’不防备把一屋子的人都惹笑了，坐在他对面的人，忍不住把满嘴的饭菜喷了一桌子。‘天呀！那是吴满有嘛，你不认识，同志，亏你还在延安住过。’”①

作为时代亲历者，丁玲的这段文字表明，木刻版画作为传播“劳动英雄”的载体，此时在边区的普及性和影响力都异常深广。这种并不像真实人物的英雄，随着图像的广泛传播已成为被广大边区群众普遍接纳的“公共印象”。

《向吴满有看齐》的创作者古元十分强调细致观察生活，注重艺术表现的真实性。他回忆20世纪40年代初在延安创作的情景:“我刻制每一幅作品的过程中，都把所要表现的生活作了详细的研究，生活本身成为我学习的最好范本。”② “《备耕》里的那个修犁的老汉就是按刘起生的速写刻的，《家园》就是画的刘起生的窑下边。《冬学》是在高生海家右起第三孔窑。《入仓》是在《冬学》窑前的院里。”③ 如果在群体性人物塑造中，古元注重每一人物、场景与原型的契合，那么在表现个体英雄时他何以舍弃了对真实性的追求？其中缘由可以从边区政府领导和文艺创作者的思想中找到线索。

在1944年的工作会议上，时任边区政府宣传部长的陶铸谈道：

“防止英雄二字用的太滥，当然是应该的，但不能因此而否定宣扬群众的革命英雄主义的方针……今后继续执行这个方针中，要注意不要使个人突出，脱离群众，我们表扬英雄是为了能使大多数激励前进。”④

版画家胡一川在1944年的日记中记载：

“你如果太强调了自己的爱好而忘掉了客观环境，你很容易跑到主观主义的路上去。在目前阶级社会里，没有与阶级无关的个性。与进步阶级的利益相一致的个性是应该发扬的。与进步阶级的利益相一致的英雄主义也是好的。”⑤

在陶铸防止英雄“个人突出”的言论中，英雄的设定是为了宣扬“英雄主义”，以鼓励群众英雄化。与这种逻辑一致，胡一川在创作中对克服“主观性”及“与阶级无关的个性”的深刻反省表明，在边区艺术工作者认知中，

① 丁玲：《太阳照在桑干河上》，光华书店，1948年，第71页。
② 古元：《第一步》，《古元木刻选集》，人民美术出版社，1958年。
③ 靳之林：《古元同志回碾庄记》，《美术研究》，1994年第2期。
④ 陶铸：《关于部队的报纸工作》，《解放日报》，1944年12月21日。
⑤ 胡一川：《红色艺术现场：胡一川日记（1937—1949）》，湖南美术出版社，第361页。

要创作符合时代方向的文艺作品，前提是艺术家首先要对个体的自我意识进行改造，努力将个体经验融入阶级话语，才能最终实现与“进步阶级的利益相一致的个性”。艺术家形塑英雄的过程既是对人物形象的塑造，也是对自我意识的改造。古元塑造“劳动英雄”与他创作其他日常人物不同，英雄需以个体之力表达群体意识，彰显阶级进步方向，英雄应当具有普遍性，带有理想化色彩。于是，在这一交织着个体经验和政治意识的英雄形象改造过程中，版画塑造出的吴满有最终消失在“像”和“不像”之间，注重表现真实性与个体性的古元，也最终隐匿在对“英雄主义”的普遍认同里。

二、从身份到角色：个体的结构式消隐

从宣传效果来看，斯坦因的担心并非没有道理，“劳动英雄”形象的日常化虽然能够激起普通群众的亲切感，却不能产生足够的道德震撼作用，肖像式英雄也因缺乏叙事功能而缺少足够的艺术感染力。于是，将英雄嵌入不同结构中，通过不同的角色安排，传达精神理念，成为边区塑造“劳动英雄”的另一思路。

1. 英雄与领袖的并置

1943 年 11 月 26 日，延安召开了第一次劳动英雄与模范工作者代表大会。《解放日报》在第二天进行了报道：

“中午12点半，（宝塔）山下的会场上红缨枪、国旗、锦旗林立，五颜六色的旗帜在耀眼的阳光中随风飘扬……主席台前排列着吴满有、申长林、黄立德、李位、冯云鹏、张振财、刘玉厚、赵占魁、郭凤英、张芝兰、贺保元等劳动英雄生动的肖像……记者访问他们，艺术工作者为他们画像，政府人员和他们谈话，显得十分忙碌……这次大会吸

图 8　陕甘宁边区第一次劳动英雄与模范工作者代表大会现场

引了三万群众……包括了来自机关、学校、部队和各团体的成员……全体大会人员，均着崭新冬装，精神饱满，步伐整齐，进入会场。参加会议的中共领导人有毛泽东、林伯渠、朱德、高岗等。”①（图8）

这一“群英会”场景中，主席台背后是象征革命胜利的宝塔山，红旗和红缨枪四周围绕，它们与面对主席台的人民群众共同组成了庄严的政治空间。其中，最醒目的是主席台正前方一字排开的英雄肖像。召开大会前，这些“劳动英雄”肖像就已经出现在《解放日报》头版——那是革命领袖与重要话语经常出现的位置。除了政治仪式之外，吴满有的画像还曾与“毛泽东、朱德及其他边区政府高级将领的肖像光辉夺目地一齐挂在美术馆、民众馆、边区政府的会议室等各种公共场所里”，他的名字也被“记录进了中共中央的重要文件”。②

“劳动英雄”出现在权力展示的中心位置，无疑会引起有关革命“领袖”的联想，在这一嵌入与并置结构中，日常英雄被“领袖化”了。版画家力群在1943年创作了《劳动英雄》（图9），画面中的英雄形象重叠了干部与人民双重身份——“劳动英雄”不再是农民装扮，而是头戴八角帽的边区干部。以上这些并置，表达了丰富的政治含义。首先，它传达了政党关于平等、民主等政治信息，优秀的人民一样可以享受领袖般的殊荣。其次，通过与领袖的并置，“劳动英雄”重新获得了被日常消解的神圣感，这种新的神圣感和超越感不再取决于个人，而是来自政党。这样，并置结构解决了普通人为何能成为英雄的问题，又凸显出政党的绝对权威，唯有政党才是确认神圣与超越性的唯一来源。最后，由于“劳动英雄”所代表的政治情感和觉悟，与政党所代表的进步方向完全一致，领袖化的英雄就成为政党的化身。在下文中可以看到，“劳动英雄”在图像中的出场很多时候是政党或政权出场的一种特殊方式。

图9　担任边区参议员的劳动英雄赵占魁（左）及力群依据人物原型创作的木刻版画《劳动英雄》（右）

① 《陕甘宁边区政府建设厅指示信》，甘肃省社会科学院历史研究室编《陕甘宁革命根据地史料选辑》第1辑，甘肃人民出版社，1981年，第372页。

② ［美］福尔曼：《中国解放区见闻》，朱进译，上海科学技术文献出版社，2015年，第21页。

2. 人民对英雄的围观

边区政府塑造的“劳动英雄”，需要经过普通群众的确认。没有观众，英雄的光辉也就无从表达。在前述表彰英雄的政治仪式中，观众对主席台的围观是庄严性产生的重要原因。《抗战日报》也大量报道此类“欢送”和“喜迎”英雄的围观时刻，如：

图10 《劳动英雄归来》

图11 《劳动换来光荣》

图12 《我们的老英雄回来了》

“各机关均派代表参加，完小全体师生排队欢送，妇联更发动城关妇女为劳动英雄献花，前面鼓乐齐奏，后面拉着‘欢送兴县劳动英雄参加劳英大会’的横旗，各劳动英雄头罩毛巾，胸挂鲜花，在汹涌的队列前绕城一周，一路观众塞途，高呼口号：‘尊敬劳动英雄’，‘劳动英雄是最光荣的’。”①

这种“围观”被熟练地运用到表现“劳动英雄”的图像里。夏风1943年创作的版画《劳动英雄归来》（图10）表现了“围观”：与村干部并置的劳动英雄是画面的中心，赶来迎接的村民围观了这种并置。领袖、英雄、围观群众、鲜花、横旗、口号、鼓乐齐奏……这些物像一同构成了此后——尤其是新中国成立后表现英雄主义题材的基本定式，如古一舟1950年的《劳动换来光荣》（图11）、冯真1950年的《我们的老英雄回来了》（图12）。

然而现实情况是，由于边区劳动英雄要参加各种会议，成为“公家人”

① 社论：《各地欢送劳动英雄，兴县庆祝劳英大会》，《抗战日报》，1942年12月17日。“完小”为完全小学的简称，指设有初级和高级两部的小学。

后要管理村里事务，群众对“劳动英雄”的态度及成为英雄的愿望与图像中表现出的热情有明显落差。很多群众对当“劳动英雄”甚至是抗拒的，认为“当了英雄会影响生产，误工厉害”，“劳动英雄应该轮着当，不然误工误不起”。① 因此，无论是政治仪式还是迎来送往，围观英雄不完全是群众自发行为，更可能是组织的结果，或者说“围观”在推广劳动英雄运动中被认为是一种必不可少的“表演”。

如果说在英雄领袖化的效应中，劳动英雄代表了政党或权威的在场，那么对劳动英雄的围观和欢呼也就成为对政权存在合理性与权威性的认同。需要指出的是，画外观众对于“围观”英雄之画面的观看形成了一种视觉上的“双重围观”——画内的群众对英雄的围观及画外观众对“围观”的围观。如果英雄在结构中心代表着政党理念和权威的在场，画里群众的围观表达着人民对理念和权威性的认同，那么画外观众对“围观”的观看，便是对图像所呈现的“集体认同”这一行为的感受和内化。由此，“围观”结构成为一种对缺乏政治觉悟的广大群众进行思想改造的视觉化策略。

3. 英雄的诉恩

在“并置”与“围观”结构中，处于核心位置的“劳动英雄”在舞台化和表演情境中被赋予了类似“领袖”的角色，并经由这一角色，实现了对政党的确认和群众的教育。作为绘画叙事的“角色”，“劳动英雄”会因演出目的的变化而发生调整，尤其是在真正的革命领袖在场时，英雄就被自然地转化为了“人民”。

第一届英雄表彰大会之后，毛泽东邀请了吴满有、孙万福等17位劳动英雄到延安西北局办公厅座谈生产经验。这一事件在莫朴（1944年）的素描《毛主席会见农民诗人孙万福》（图13）及石鲁1946年的版画《群英会》（图14）中得以表现。石鲁的图像陈述了平静的

图13　《毛主席会见农民诗人孙万福》

① 《关于劳动英雄的几个问题》，陕西省档案馆藏，档案号：6-1-242。

图 14 《群英会》

交流场景：吴满有正对着在场的其他劳模和领导讲述生产经验。与石鲁“朴素地把握和表现着他所理解的那种领袖与人民的关系”① 不同，莫朴的图像表现了极具舞台效果和象征性的瞬间——在简化了背景的空间中，孙万福激动地抱住了主席的肩膀。作者对这一场景的兴趣很可能来自《解放日报》对事件的报道：

“陇东老英雄孙万福在谈到这段光辉的历史时，从椅子上站起来走近毛主席，用两只手紧紧的抱住毛主席的肩膀，他沾着口沫的胡须，因兴奋而有些颤动，他说：‘大翻身哪！有了吃有了穿，账也还了，地也赎了，牛羊也有了，这都是你给的，没有你，我们这些穷汉爬在地下一辈子也站不起来！’”②

“握手”“抱住肩膀”，这类与领袖直接接触的行为在边区文献与图像中常被极力渲染。如当斯坦因问吴满有如何看待蒋介石时，吴满有“叹了一口气，想了一会儿‘这样说呢！我们和毛泽东握手，重庆老百姓能和他（蒋介石）握手吗?’”③ 当表彰会后英雄们接受采访时，最令他们激动不已的情形是：“毛主席，朱总司令和咱们拾粪的粗手抓握起来啦。”④ 这类行为虽同样是英雄与领袖的并置，但和引发英雄领袖化的联想不同，英雄角色在这种结构中被成功地转换为了具有特殊意义的、诉恩的“人民”。

与前述孙万福诉说“大翻身”的感激之情类似，吴满有也常作为向党诉恩的人民代表。当民众普遍反映公粮负担过重时，吴满有说：“革命刚开始，我啥也没有，政府不叫我缴一颗粮，只叫我好好生产，现在我不愁吃，不愁穿，我有我就多缴些，我这份家当，是革命给我的呢。”在表彰会现场，吴满有还代表在场劳动英雄高喊：“我们亲身体验到你是中国人民的救星！以后我们更要用一切力量来动员组织生产，发动革命竞赛，保证任务的完成……我们

① 李公明：《读画札记：石鲁版画〈群英会〉研究》，《石鲁与那个时代》，河北教育出版社，2008 年，第 28 页。
② 《毛主席参观生产展览会与劳动英雄亲密交谈》，《解放日报》，1943 年 12 月 13 日。
③ ［美］G. 斯坦因：《红色中国的挑战》，李凤鸣译，上海科学技术文献出版社，2015 年，第 51 页。
④ 赵超构：《延安一月》，上海书店，1992 年，第 211 页。

禁不住高喊：中国共产党万岁！毛主席万岁！”①

诉恩行为及话语的象征性在于，当作为人民代表的孙万福、吴满有，与作为政权代表的革命领袖进行接触时，这种接触一方面使其获得了政治神圣性，另一方面也将自身的自由解放与政党和国家的命运紧密联系起来。当他们向领袖诉说恩情时，“民意”通过英雄所代表的“人民”之口得以自然表达，诉恩结构同样成为人民对政权正当性与合理性的确认与强化。

英雄与领袖的并置、人民对英雄的围观、英雄对领袖的诉恩，这是边区“劳动英雄”宣传的三种图像模式。在这类结构图式里，英雄必须与周边事物发生关联才能产生意义，英雄的身份成为根据需要不断变化的“角色”：当他与领袖并置并接受围观时，他类似象征政权的“领袖”，向画外观众进行道德感化与政治教育；当图像核心转向现实的政党领袖时，英雄又变成“民意”的化身，成为诉恩的“人民”。这样，图像与叙述中的“英雄”实际上成了语义游移的“符号”。

20 世纪 40 年代陕甘宁边区对“劳动英雄”的形塑，是将普通民众转换为政治符号、产生动员效应的过程。通过对英雄的公式化和结构性改造，以个体形象出现的“劳动英雄”被成功地转化为普遍意义上的、身份与角色模糊的“榜样”。经由这些视觉化策略，陕甘宁边区使劳动英雄成为传递政党理念、激起群体性效仿的政治符号，这一思路奠定了新中国成立后动员式宣传图像的逻辑基础。

（作者单位：厦门理工学院）

① 柯蓝：《吴满有的故事》，《解放日报》，1942 年 8 月 13 日。

文化研究与中国当代文论话语体系的建构①

颜桂堤

一

文化研究作为一场声势浩大的人文思潮，崛起于20世纪50年代中后期。迄今为止，文化研究依然是当代学界最有活力的文化思潮之一。尽管“文化研究”这一概念已经显示出了强大的概括能力与阐释效价，但是其并未形成一套固定的研究阐释模式。而对文化研究起源的寻找则是“令人着迷的但又是虚幻的”，正如霍尔所言，尽管文化研究并没有“绝对的开端”，但重大意义的断裂使“陈旧的思想格局被替代，围绕一套不同的前提和主题，新旧两方面的因素被重组”。② 它的兴起有着多重“血统”，其先驱包括英国文化马克思主义、法国结构主义分析学派、德国法兰克福学派及美国新历史主义文学批评等。文化研究有着多种话语，它是由许多不同的立场和方法建构的，并且在争论过程之中形成了“理论的喧闹”。③ 斯图亚特·霍尔曾生动地将文化研究形形色色的构型比作一把伞，而诸如种族意识形态批评、后殖民主义批评、流行大众文化批评及女权主义批评等则构成了这把伞的骨架。文化研究追求的是对理论的灵活运用，众多的理论提供的只是背景、方法与视域。而从“文化主义”到“结构主义”，从“葛兰西转向”到“后现代转向”，文化研究的多次范式转换亦在一定程度上映射出了当代社会历史结构内部意味深长的转向。

① 本文为国家社科基金项目“文化研究——理论旅行与本土化实践研究”（项目批准号：14CZW007）的阶段性成果之一。

② ［英］斯图亚特·霍尔：《文化研究：两种范式》，罗钢，刘象愚主编《文化研究读本》，中国社会科学出版社，2000年，第51页。

③ Lawrence Grossberg, et al. *Cultural Studies*. Routledge, 1992: 278.

不言而喻，文化研究为我们提供了一种与传统文学研究全然不同的学术视野。

首先，文化研究的崛起与欧洲当时的各种社会文化危机有着密切关联。文化研究的崛起深深植根于英国“新左派”政治之中。具体到英国的历史语境，“新左派”承认二战后资本主义的发展已经产生了结构性的改变，因此必须重新分析新形式的生产组织方式和消费方式、社会阶级及由此产生新的社会认知。事实上，文化研究的崛起是当时英国社会客观条件的召唤，是社会的变迁在文化场域中的论述呈现。“文化”不再被认为是次要的，而成了社会的主要面向之一。更重要的是，“‘文化’一词发展记录了我们对社会、经济、政治生活领域的这些变革所做出的一系列重要而持续的反应”。因此，在雷蒙·威廉斯等人看来，“文化”本身就可以看作“一幅特殊的地图”①，有助于对种种历史变革的本质进行探索。显然，在社会剧变的浪潮中，“文化研究”成了重新提出新论题及认识新世界的一种新范式。此外，文化研究的兴起与英国成人教育密切相关，正如汤姆·斯蒂尔所言：“从独立的工人教育运动的余烬中出现了文化研究的凤凰。”② 某种意义而言，文化研究是一项为了工人阶级成人的大众教育而进行的事业。

其次，文化研究的崛起可以追溯到学术与社会历史的关系。文化研究“取决于自身与其他学科之间的关系”，“它的崛起是出于对其他学科的不满，针对的不仅是这些学科的内容，也是这些学科的局限性”。正是在这个意义上，詹姆逊将文化研究称为“后学科”。③ 霍尔将文化研究的许多长处归结于其源于“跨学科研究的焦点”，特纳异曲同工地指出文化研究的“动力部分源自于对既有学科的挑战”。文化研究不仅改写了传统学术的中心与边缘观念，而且对传统的学科理念和学科建制构成了强烈冲击。阶级、性别与种族往往被视为文化研究的“铁三角”。事实上，文化研究即是要打破学科之间的壁垒，重新将学术引向活生生的现实，恢复学术与社会历史的复杂通道。文化研究擅长将问题置于多重谱系之间加以考察，试图全面地打开视野，时常游刃有余地穿梭于文学、社会学、政治经济学、符号学或传播学、精神分析学等领域。尽管这种多学科的接合产生了激烈的碰撞与博弈，但是它们的汇合无疑使文化研

① ［英］雷蒙·威廉斯：《文化与社会》，高晓玲译，吉林出版集团有限责任公司，2011 年，第 5 页。

② ［英］本·卡林顿：《解构主义：英国文化研究及其遗产》，陶东风主编《文化研究精粹读本》，中国人民大学出版社，2010 年，第 12 页。

③ ［美］弗雷德里克·詹姆逊：《文化研究和政治意识》，《詹姆逊文集》（第三卷），中国人民大学出版社，2004 年，第 1 – 3 页。

究产生了丰富且深刻的成果。

再次，文化研究的崛起与现代社会的大量密集的符号生产有密切关系。现代社会已然成了一个符号的世界。无论是建筑、服装、汽车、化妆品、美食，还是书籍、报纸、广播、电视、电影、网络等，我们生活在符号的包围之中。符号就是世界。从结绳记事、竹简帛书到活字印刷术，从纸质媒介到互联网、自媒体，符号的传播体系随着技术革新出现了飞跃性的发展。现今，大数据、云计算、云支付及智能终端的普及化使得符号更为全面立体地织入我们的生活，成为我们生活不可或缺的重要组成部分。随着“互联网+”时代的到来，一系列新型的主题渐次浮现，而传统意义上的“真实”“意境”“灵韵”“典型”“形象”等基本概念在互联网的符号空间中遭遇了全面颠覆。文化研究有时甚至将整个世界当作一个符号或一个文本来加以考察。事实上，文化研究擅长的就是遨游于“符号帝国”之中，分析并解码符号背后隐含着的复杂关系。

现今，文化研究已经渗透到学术话语的各个层面，“从人文、艺术学科到社会与自然科学。尽管这一概念仍然存在高度争议，其复杂交织的发展历史却引导着学者和其他评论家通过一个认知、批判和审美诸多可能性并存的矩阵”。[①] 从文化研究的理论分析到批判性实践，从文本分析到民族志研究方法，文化研究的“文化”概念确实提供了一种宝贵的理论武库。不管是英国伯明翰学派的文化研究，还是法国罗兰·巴特的流行体系解读，抑或美国的新历史主义批评，都注重于辨明、阐释文化与社会之间的复杂关系。文化研究致力于阐明，文化应当如何在与经济、政治的关联中得到阐释与说明。经过葛兰西霸权理论、阿尔都塞的意识形态国家机器及福柯的“知识/权力”等思想的洗礼，文化研究更为自觉地关注文化与权力、意识形态的关系，并将其运用到各个研究领域。

文化研究最为重要的一点，即从与权力错综复杂的关系角度致力于文化实践的考察。它拒绝将自身圈死在一片静止的知识地图上，而是力图在活生生的生活中去关心生活。正如格罗斯伯格所指出:“文化研究审视特定实践如何置于，以及它们的生产性如何决定于社会权力结构和日常生活现实体验之间的关系。正是由于这个原因，当前的后现代研究与文化研究发生了交叉；这并不是要把后现代主义当作一种政治和理论主张，而是要注意它对当代文化和历史生

① ［澳］杰夫·刘易斯:《文化研究基础理论》，郭镇之，任丛，秦法，郑宇虹译，清华大学出版社，2013 年，第 154 页。

活性质的描述。”① 这就促使文化研究不仅去关注那些影响特定社会结构中的社会、政治、历史与文化等因素，而且关心具体生活对这些因素的发展所起的作用。文化研究关注的对象已不仅仅局限于某些被奉为经典的精品之作，更重要的是，它还应该囊括被其他文化定义所排斥的领域，诸如日常生活方式、生产机制、家庭结构、文化机制等。就传播媒介而言，文化研究不仅要对媒体产品进行文本分析，而且应该透视生产这些产品的社会机制，发现文本背后隐藏的运作机制。换言之，文化研究不仅以描述、解释当代文化与社会实践为目的，也以改变、转化现存权力结构为目的。

二

萨义德在其享誉盛名的《旅行中的理论》一文中论道，各种观念和理论就如同人之间的交往一样，也在人与人、境域与境域及时代与时代之间旅行。“当理论从一地向另一地运动时，这种理论到底发生了什么情况这个具体问题本身就成了一个兴趣盎然的探讨题目。”某一种理论从一地向另一地、从一种文化到另一种文化旅行的过程，它的阐释力是增强了，抑或有所减弱，甚或可能因为场域的变迁变得截然不同，这些情形显然值得玩味。萨义德认为，任何力量或者观念的旅行方式都需要经历三四个步骤：一是需要有一个源点或者类似源点的东西；二是需要有一段横向距离，一条穿过形形色色语境压力的途径；三是需要具备一些接受条件；四是在一个新的时空中由它的新用途、新位置使之发生某种程度的改变了。② 文化研究的理论旅行必然也逃脱不开这些步骤。文化研究作为一个“源点”，穿过英国到中国这一“横向距离”，闯入了中国学界。面对当前文化研究在中国的华丽转身及其崭新的学术面貌，我们有必要追问与反思萨义德提出的关于理论旅行的后两个步骤：20 世纪 90 年代的中国具备了哪些文化研究的接受条件？为何文化研究成为世纪之交中国大陆新的学术景观？在中国这一新时空之中，文化研究因为它在中国的新用途、新位置发生了哪些改变？它是如何创生发展的？文化研究的中国道路带给了我们怎样的思考？

① ［美］劳伦斯·格罗斯伯格：《文化研究的流通》，罗钢，刘象愚主编《文化研究读本》，中国社会科学出版社，2000 年，第 70 页。

② ［美］爱德华·W. 萨义德：《旅行中的理论》，《世界·文本·批评家》，生活·读书·新知三联书店，2009 年，第 400－406 页。

一是20世纪90年代的中国处于社会的转型时期，市场经济的改革大潮使当时的中国现实发生了巨大变化与分化，而人文社会科学界对这一重大的历史转型所产生的新变化和新现象在认识上产生了巨大的分歧。一部分人乐观地欢呼，中国已经进入了消费社会和大众文化的时代，因此急需引入文化研究来确认这一新现实；而另一部分人则对当时社会转型所带来的负面现象满怀忧虑，并且批判性地反思“中国正在向何处去？她将变得怎样？未来的出路在哪里？”他们更倾向于以批判的眼光看待当时的社会现实与文化现象，而且试图通过开展文化研究，获得对社会转型的理解与阐释。正是在这样的时代转型浪潮中，文化研究进入了当时中国知识分子的视野，成了他们重要的理论资源，并且通过借用“文化研究”之名来为自己的批判性分析命名。

二是随着中国社会转型与市场经济的崛起，许多长期被压抑的矛盾开始浮出历史地表。诸如传统与现代、全球化与本土化、学术与日常生活、激进与保守、人文精神与商品化逻辑、知识分子与专业主义等，构成了当代中国社会错综复杂的面貌。自20世纪80年代以来，中国文化场域之中产生了一系列理论思潮的论争，重要的如“人文精神大讨论”“现代性问题”“新左派与自由主义之争”“文学性”“全球化与本土化”“对文艺学学科反思”等，在某种意义上折射了当时中国社会中面临的思想观念上的冲突。各种原先被压抑的矛盾与能量，刚好在社会转型和碰撞中爆发出来，而文化研究所具有的批判精神恰恰与当时的时代氛围不谋而合了。

三是文化研究契合了20世纪90年代中国学术体制运转与研究范式转换的需要。文化研究作为西方的一门“显学”，是马克思主义在当代西方的一种新的推进与发展——“文化马克思主义”。对于20世纪90年代的中国而言，文化研究具有巨大吸引力。“无论对于学院知识生产，还是对于谋取话语权的学术政治，它都显得非常重要，成为关注、引进和模仿的对象。”① 同时，崭新的社会生活呼唤新的理论范式来加以有效阐释，因为传统的研究范式已无法全面有效阐释新的文化现象。许多迹象表明，文化研究消解了传统僵化的美学成规，有助于打开文学研究的多元化发展空间。

四是中国大众传媒的兴起与飞速发展对文化研究的引入与接受至关重要。由于英国文化研究的崛起本身与现代社会大量密集的符号生产密切关系，因

① 王晓明：《文化研究的三道难题——以上海大学文化研究系为例》，《上海大学学报（社会科学版）》，2010年第1期。

此，20 世纪 90 年代中国大众传媒的兴起为文化研究创造了一个重要的符号阐释领域。毫无疑问，大众媒介的兴起，尤其互联网技术的发展更是深刻地改变着人们的生活。大众传媒并不简单是一个声色地带，而是一个相互争斗的场域。中国大众传媒的飞速发展及其广阔领域为文化研究提供了用武之地。

五是文化研究在 20 世纪 90 年代进入中国大陆刚好契合了当时知识分子回应、参与新的社会现实的需求。面对社会转型和市场经济大潮，中国的知识界如何认识这些变化？它们又是怎样形成的？由于原有的知识系统与理论框架已无法有效应对新的社会现实，以王晓明、戴锦华、陶东风为代表的一批学者希望从一个更广泛的知识和问题意义上处理当下问题，而“文化研究”则适时地进入了他们的视域并成为选择。如戴锦华所述：“文化研究的兴起，不仅是对方兴未艾的大众文化、媒介文化与文化工业的回应，而且是对激变中的社会现实的回应与对新的社会实践可能的探寻；不仅意味着一种新的学术时尚的到来，或始自 80 年代的西方理论思潮的引入及其本土批评实践的又一浪，而且是直面本土的社会现实，寻找并积蓄新的思想资源的又一次尝试和努力。”① 显然，他们迫切想通过文化研究来阐释与剖析批判中国社会所特有的复杂性与独特经验。与其说文化研究是西方文化理论的又一次旅行，不如说是中国当代知识分子在面对社会与时代转型时所做出的学术选择，是他们力图重新参与社会现实的一种努力与尝试。

文化研究在西方显现的是西方问题史的结构，当其理论旅行到中国并介入本土问题之中时，这时的“文化研究”已然不能只是简单地被视为西方文化链条中的必然一环。显然，文化研究重新进入了另一个阐释结构——“中国问题”。正如南帆所言，“最近三十年的中国经验似乎不是纵向的线性延长，而是不断地扩张、叠加、膨胀、交织成为一个意象密集、内涵庞杂的空间”。② 在这一独特的历史结构中，文化研究要成功地爆发出其阐释力，至关重要的一环即是“历史结构的转换”。从某种意义而言，结构的转换意味着理论引渡与本土化接合实践的基础与前提。随着历史结构的转换，文化研究在中国大陆重要的不是作为西方理论的旅行，而应是聚焦“中国经验”。因为只有进入中国社会的历史纵深，才能历史地考察中国的社会文化，进而深入阐释文化研究对中国社会文化的有效参与。

① 戴锦华：《文化研究的理论与实践》（代前言），阿兰·斯威伍德《大众文化的神话》，冯建三译，生活·读书·新知三联书店，2003 年，第 1 页。

② 南帆：《经验、理论谱系与新型的可能》，《文艺争鸣》，2011 年第 13 期。

如果说，20 世纪 90 年代中国大陆文化研究更多的只是理论译介，大量的理论译介极大地丰富了中国文化研究的思想资源与理论资源，那么，新世纪以来，中国文化研究学者更强调的则是将文化研究作为理论工具来研究中国问题。[①] 从 1994 年《读书》发表李欧梵的访谈《什么是“文化研究”》与《文化研究与区域研究》开始，文化研究在中国大陆逐渐从理论旅行走向了本土化实践，从边缘走向了中心，从游离于学院体制迈向了学科化建制。迄今为止，文化研究在高校体制内的学科建制逐渐完善。“文化研究学院化的走向，应该是意味着更为精准的、有批判距离的掌握社会脉动，能够提出更为深刻的分析，才能逐渐累积、建立起批判思维的进步学术传统。”[②] 文化研究也开辟了自己相对稳定的学术阵地，相继创办了《文化研究》和《热风学术》两个专门性的刊物。经过文化研究学者们不懈的理论探索与批判实践，文化研究在中国大陆已经形成影响广泛且深刻的人文思潮，其影响已经扩散到文学、传播学、社会学、历史学、人类学、教育学、地理学等领域，呈现出充满思想活力的开放性态势。目前，中国大陆文化研究的创生性发展已经开启了国际交流与对话，西方一大批炙手可热的理论家如詹姆逊、大卫·哈维、格罗斯伯格、齐泽克、托尼·本尼特、莫利等纷纷访华，打开了文化研究交流与对话的新局面。

三

文化研究已经在中国大陆走过近 30 年的历史，成为中国学界一股影响广泛且深远的重要文化思潮。可以说，文化研究深刻地卷入中国近 30 年来的社会历史，这意味着其有效介入了中国本土问题脉络之中。文化研究作为一个重要的话语平台、一个重要的论述空间，诸多学者的观点、思想与方法汇聚在这一论述空间中形成互相对话与质疑，从而也形成了对“中国问题”多角度阐释的关系。因此，进入中国文化研究的接受现场，直面文化研究诸种差异性接受的立场与观点，既可以深刻体察中国学者在面对文化研究挑战与博弈的诸般

① 近三十年来中国大陆文化研究的基本问题广泛涉及了：大众文化、文化政治、高度发展的现代性与文化研究的分化、中国社会变迁与文化研究的论争、都市与文化地理学、女性主义与中国文化研究的性别视野、乡村建设与文化研究的行动主义、“新工人”与文化研究的阶级理论、器物文化与日常生活美学、商品帝国与资本批判、青年亚文化的崛起、网络文化与中国新生代文化研究、重建历史记忆等一系列命题。具体参见周志强：《紧迫性幻觉与文化研究的未来——近 30 年中国大陆之文化研究与文化批评》，《文艺理论研究》，2017 年第 9 期。

② 陈光兴主编：《文化研究在台湾》，台湾巨流图书有限公司，2000 年，第 19 页。

反应，同时也折射出了当代中国人文思想的发展状况。通过对20世纪90年代以来中国文学研究领域的学者对文化研究的立场与观点的梳理，我们大致可以图绘出中国文化研究的五种代表性观点：

一种代表性的观点，是对西方文化研究的肯定性接受与积极译介。这一观点主要以王逢振、罗钢、刘象愚、黄卓越、汪民安、陆扬、王晓路等人为代表，他们对文化研究进行积极肯定并全力引介，翻译出版了雷蒙·威廉斯、汤普森、萨义德、斯图亚特·霍尔、托尼·本尼特、罗兰·巴特、福柯、德里达、安德森、詹姆逊等思想家的主要论述。[①] 同时，他们通过对西方文化研究的阐释与研究，为中国文化研究的兴起与发展繁盛提供了重要思想资源与理论资源。

另一种代表性观点，是以王晓明、戴锦华、李陀等人为代表的对大众文化的激进批判。在他们看来，20世纪90年代文化研究之所以在中国崛起，是与这一时期中国的社会转型密切相关的。异军突起的大众文化参与了作为社会转型观念基础的"新意识形态"[②] 的建构，而这种"新意识形态"无疑遮蔽了现实的复杂性与差异性。李陀主编的"大众文化批判丛书"[③] 是文化研究进入中国之后，中国学者进行文化研究本土实践的第一批代表性作品。在《在新的意识形态的笼罩下——90年代的文化与文学分析》一书之中，王晓明敏锐地将当时诸如"进步""现代化""成功""消费社会"等一系列话语混合而成的"新思想"称为"新意识形态"。在中国的社会转型之中，这种"新意识形态"产生了新的压抑与遮蔽。他认为，文化研究要批判的正是这种新意识形态，尤其要反省知识界对这种新意识形态有意或无意识的参与与共谋。王晓明这种批判姿态具有鲜明的新左翼色彩。虽然他对"新意识形态"进行了激进批判，

① 涉及文化研究的一系列丛书陆续推出，主要有：王逢振和美国学者希利斯·米勒共同主编推出的"知识分子图书馆"丛书（中国社会科学出版社陆续出版，共26种）；周宪、许钧主编的"文化与传播译丛"（商务印书馆）；张一兵、周宪、任天石等主编的"当代学术棱镜译丛"（南京大学出版社）；王逢振主编的"先锋译丛"（天津社会科学出版社）。广西师范大学出版社在2005年推出了两套文化研究丛书：一套是"文化研究关键词丛书"，一套是"文化研究个案分析丛书"。

② 王晓明：《在新的意识形态的笼罩下——90年代的文化与文学分析》，江苏人民出版社，2000年，第1页。

③ 由李陀主编、江苏人民出版社出版的"大众文化批判丛书"，可以视为文化研究本土事件的第一批标本。本丛书出版了10种：《隐形书写——90年代中国文化研究》（戴锦华著）、《双重视域——当代电子文化分析》（南帆著）、《在新的意识形态的笼罩下——90年代的文化与文学分析》（王晓明主编）、《书写文化英雄——世纪之交的文化研究》（戴锦华主编）、《上海酒吧——空间、消费与想象》（包亚明等著）、《倾斜的文学场——当代文学生产机制的市场化转型》（邵燕君著）、《崇高的暧昧——作为现代生活方式的休闲》（胡大平著）、《在角色与非角色之间——中国的青年文化》（陈映芳著）、《从娱乐行为到乌托邦冲动——金庸小说再解读》（宋伟杰著）、《救赎与消费——当代中国日常生活中的消费主义》（陈昕著）。

但“新意识形态”的复杂结构与生产机制还可以更进一步进行深入揭示。从他其后由“新意识形态”批判大步迈向“新富人”“成功人士”形象及房地产广告等批判，我们可以发现其更多地以感性批判替代了对中国问题复杂性的理性分析。在这套丛书中，戴锦华与王晓明的批判立场相近，都认为大众文化对现实产生了压抑与遮蔽——“迷人的消费主义风景线，遮蔽了急剧的市场化过程中中国社会所经历的社会再度分化的沉重现实”。[①] 她通过借助福柯知识考古学与谱系学的方法，力图在历史维度之中揭示被“遮蔽”的东西。在她看来，20 世纪 90 年代的大众媒介文化是对重组中的阶级现实的遮蔽。每一次遮蔽的“合法化”都是由一整套的社会修辞与文化逻辑建构而成的。因此，文化研究的批判意义在于：一方面要揭示出在社会意识形态话语转换与重构过程中发生的遗忘、压抑与遮蔽，另一方面要揭示出知识分子参与这种话语转换从而获得话语/文化权力的隐蔽机制。显然，这样的反思是深刻的，但事实上，社会历史的转型远比“遮蔽”复杂得多，我们有必要追问——历史除了遮蔽之外还发生了什么？戴锦华的“反遮蔽”是否可能形成另一种“遮蔽”？戴锦华以“中产阶级”去想象 20 世纪 90 年代的大众文化，做出的判断在多大程度上是可靠的？

在我看来，在文化研究早期本土化实践的第一批代表性著作中，在“文化研究”的名目下聚集起来的这一批知识分子有着相同或相近的基本认识，他们都认为大众文化是 20 世纪 90 年代以来中国社会文化的重要组成部分。他们高度关注中国社会历史的转型和趋势，具有非常敏锐的现实感和洞察力，并及时参与到社会文化中进行发言。正如刘小新在《文化研究的激进与暧昧》一文中所指出:“对于中国人文知识界而言，文化研究的兴起以及与之相关的对专业化纯文学研究的攻击，都是企图重新介入当代文化场域以重获阐释现实能力的愿望表达。”[②] 因此，大众文化批评就成为他们重新返回与介入中国当代社会文化现场的一个重要入口。

第三种代表性观点，以童庆炳、孙绍振、朱立元等人为代表。这一批学者关注的重点不是“文化研究”本身，而是文化研究带给文学的影响。在关于文化研究与文学研究的论争过程之中，一些潜伏已久的观念分歧开始渐次浮出历史地表，主要分歧大致包括：文化研究对文学批评产生了什么影响？如何认

① 戴锦华：《隐形书写——90 年代中国文化研究》，江苏人民出版社，1999 年，第 266 页。
② 刘小新：《文化研究的激进与暧昧——评李陀主编的大众文化批评丛书》，《文艺研究》，2005 年第 7 期。

识文化研究视野中的“内部研究与外部研究”？怎样理解“文学性”？文化研究是否会造成审美和诗意的再度远离？知识分子是否能够“代言”？文化研究及其跨学科思维的蔓延及纵深化不断刷新了文学理论的版图。不言而喻，文化研究的崛起对文学理论产生了强大冲击，引发了对“文学性”、文学经典、文学研究的“文化转向”乃至文艺学的学科反思。以童庆炳、孙绍振等一批坚定的“审美主义”学者为代表，他们坚守着文学经典的审美立场，犹如布鲁姆所言，“审美批评使我们回到文学想象的自主性上去，回到孤独的心灵上去”。① 相对于文化研究而言，文学批评更加关注文学作品的虚构想象世界，关注文学的美学价值、人性书写与道德伦理。在他们看来，文化研究与文学研究存在着一种“难以相容的异质性”，文化研究是“反诗意”的，它造成了“审美”的再度远离。童庆炳在对现代性带来的种种文化失范及“反诗意”进行理性批判的基础上，作为对当代社会现实生活的一种积极回应，提出了建构一种文学理论的新格局——“文化诗学”。② 孙绍振认为，文化研究比传统的主流文论更不重视艺术本身的奥秘，从方法论上虽然有进步，但是造成了“审美价值”的撤退，产生了文化价值第一的潮流。③ 在他们看来，文化研究的出现在某种程度上对文学研究造成了难以弥补的伤害，因为文化研究转向了审美之外的社会历史、权力运作机制及符号编码与解码的阐释。这在学界是一种主流性观念，具有强大的影响力。

事实上，文化研究遭遇的这一挑战主要来源于对“文学性”的质疑与追问。一种主要的反对意见即是文化研究对文本分析技术的发展极大地精细化了。在阶级、性别、民族、意识形态、权力等因素的全面覆盖之下，焦虑之声再度响起：审美似乎已经远离，文学又到哪里去了呢？洪子诚曾针对此症候分析道：“人们忧虑的，恰恰不是‘审美’‘形式’的内部研究所造成的封闭性，而是阐释方向转向社会历史问题，转向种族、性别、政治制度、民族国家之后，对‘文学性’，对‘个人经验’，对‘形式因素’可能造成的遗漏。”④ 由于审美话语和文本分析更多关注的是经典文本，因而对那些毫无美感可言的公文、广告的文本从不涉足。但是，文化研究解除了仅仅从审美角度进行分析的束缚，它可以分析一个并无审美意味的文本，或对其做出意识形态的阐释，或

① ［美］哈罗德·布鲁姆：《西方正典》，江宁康译，译林出版社，2005 年，第 8 页。
② 童庆炳：《文化诗学——文学理论新格局》，《东方丛刊》，2006 年第 1 辑。
③ 孙绍振：《文学解读基础》，福建教育出版社，2017 年，第 2 页。
④ 洪子诚：《关于“文本分析”与“社会批评”的笔谈》，《郑州大学学报（哲学社会科学版）》，2004 年第 2 期。

分析其叙事模式与修辞手法，或分析其传播路径与受众的接受方式。必须承认，文化研究大胆地突破了审美的束缚。事实上，无论是逾越传统学科边界而进入跨学科领域，还是逾越传统的文学经典作品而进入通俗大众文化，文化研究都是试图将自身置身于其研究对象所栖身的社会文化网络之中。

我们有理由相信，文化研究谈论意识形态、性别、阶级、民族、空间等，并不意味着文化研究就抛弃了审美。重要的是，文化研究如何处理与审美之间的关系，以及二者之间构成的富有意味的张力。

第四种代表性的观点，是将文化研究视为一个“能指”、一种策略。以蔡翔、汪晖等为代表的一批知识分子，他们“接受或部分地接受所谓的‘文化研究’，并不仅仅只有一种知识上的需要，更多的，仍是现实使然，是我在一个批判知识分子的确立过程中，渴望找到的某种理论资源或者写作范式。因此，在另一种意义上，对我，或者对我的朋友来说，‘文化研究’更多的可能只是一个能指，我们依据这个‘能指’来重新组织我们的叙述，包括对文学的叙述”。事实上，对于蔡翔而言，文化研究的重要性并非是由于其西方理论资源，而更因为文化研究带来的学术转型可以更为有效地接通其历史记忆。显然，文化研究对于他们而言只是一种理论或方法论上的过渡，正如其所言——“如果哪一天，‘文化研究’控制或者开始限制我的思考，我想我也会毫不犹豫地离开它”。[①] 在我看来，蔡翔等人的观点只是将文化研究当作一种功能性的知识范式，这是一种“策略”。这种“策略”更多的是出于其自身的现实需求而借用的，他们对文化研究的认知往往会具有较强的个人倾向性。

第五种代表性观点，以南帆等为代表，充分关注与挖掘文化研究在阐释“中国问题”的复杂性。相对而言，南帆总是力图将问题看得更为复杂一些。从早期的《双重视域》《文化研究：转折的依据》《文化研究：开启新的视域》到近期的《文学研究：本质主义，抑或关系主义》《挑战与博弈：文化研究、阐释与审美》等著述，他都强调要回到历史现场，考察诸多因素之间的复杂博弈，挖掘文化研究在面对“中国经验”的复杂性。在《双重视域》中，他强调从“双重视域”考察大众文化的复杂性，要在相互辩论中勘探电子媒介的价值坐标。对于大众文化研究，重要的不是做出非此即彼的肯定或者否定判断，而是应该根据语境展开具体的分析，辨别出具体哪些方面呈现为一种解放或者一种压抑。他始终提醒人们，要关注大众文化研究的这种双重性。在

① 蔡翔：《当代文学与文化批评书系·蔡翔卷》，北京师范大学出版社，2010年，第8页。

《挑战与博弈：文化研究、阐释与审美》一文中，他从关系主义视角考察诸多话语系统之间的“博弈”关系。南帆的理论兴趣大多聚焦于文学与文化研究的关联性问题，从双重视域到关系主义，他以文化研究的视域敞开了文学与社会历史之间的多维联系。

当然，还存在形形色色关于文化研究的观点与论述，诸如陶东风、金元浦、周宪、赵勇、周志强、包亚明、罗岗、胡疆锋、周计武、邹赞、孟登迎等一大批学者关于文化研究的论述，我们无法一一进行全方位概述，但以上5个方面相对全面地涵盖了当前中国文化研究富有代表性的立场与观点。诚然，没有哪种观点是绝对客观或者“纯粹的”，事实上，每一种观点都在某种程度上是一种理论立场的产物，无论这种立场是否被意识到或者无意识。我们在接受与运用文化研究过程中，不能简单化约地加以肯定或者否定，而是应该将其放置到历史现场，考察其阐释“中国经验”的有效性与复杂性。一味地将文学研究与文化研究分离的看法既歪曲了它们内在的共生关系，又无助于我们研究视野的开拓与方法的更新。事实上，抽空了文化研究的发展背景、谱系与具体情境，而仅从诸如“冲击”“消解”“终结”等“危机感”十足的概念展开文化研究与文学研究的关系论辩，得出的论断显然缺乏说服力。因此，回到文化研究接受的历史现场考察诸多学者在接受过程中吸收的理论资源、持有的理论立场及学术观点就显得尤为重要。种种观点的论辩、交锋与博弈，不仅仅呈现了知识分子参与、介入当下社会的意识与立场，而且映射了这个时代的文化症候与思想活力。

四

20世纪以来众多的西方理论竞相登台，中国文学理论遭遇了前所未有的苦恼与压力。在西方文学理论的强势介入下，中国文学理论如何与之展开有效的对话？在开放与本土的天平上，中国文论如何保持本色？西方文论能否有效地阐释中国文学？这一系列问题在中国文学理论界引发了广泛的讨论。现今，西方逻各斯中心主义受到了理性的审视，西方各种理论及现代性话语也遭受了种种质疑。因此，重新审视西方文论与中国文论之关系，重新思考中国文学理论的未来与走向等议题亦再度驶入我们的视野。面对当前炙手可热的“文化研究”，如何看待它与中国当代文学理论的关联？不言而喻，文化研究的引入，为重建中国当代文论话语体系开启了一种崭新的挑战。从某种意义上说，这一挑战极为重要——它有效推进了中国当代文论话语的对话。因此，我们将着重考察这一挑战与对话之中，文化研究对中国文学理论原有的哪些概念、观念与体系产生了冲击，又对中国当代文论话语体系的重构打开哪些新的空间？

文化研究的引入，首先对中国当代文学批评的范式转变产生了重大影响。对于传统的批评家和文学研究者而言，故事是他们叙述的核心内容，而对主题、人物、情节、审美效果等方面的考察则是他们剖析文学的惯常手法。因此，诸如在对现实主义文学作品的研究中，“典型”这一概念就扮演了重要角色。而在相当长的一段历史时间内，经过俄国形式主义、结构主义和“新批评”等操练的一大批批评家，他们都围绕着“文本”这一轴心展开字斟句酌的文本分析。从字词的音义到词语的肌理，从语言的质感到叙事张力，从叙事视角到文本的结构，这些都是他们所倾心的研究焦点。对于《红楼梦》而言，在引入文化研究之前，研究者们大多聚焦于贾宝玉与林黛玉的爱情悲剧、贾府的兴衰史、人物命运的刻画、曹雪芹的身世、文本的考据等方面。文化研究的引入，对《红楼梦》的文本解读则敞开了阶级、性别、意识形态等向度，这样的解读显然集中于“非美学”的“外部研究”。文化研究学者可能从《红楼梦》中条分缕析出大观园内部的阶级斗争、性别政治与权力，也可能从《红楼梦》诸多版本的传播中解读出符号的增殖。再如莫言研究，文化研究导入之前更多的是从审美维度聚焦于莫言作品的主题、人物形象的塑造、故事情节的生动、叙事技巧及语言风格、作品意义等方面，而文化研究导入之后，则激发了我们从无意识、阶级、性别、民族国家等方面来切入文本。同时，叙事背后的意识形态支撑及其复杂的结构编码与解码亦成为文本解读所热衷的智力游戏。对于中国当代文学批评来说，文化研究的引入无疑进一步敞开了文学批评的阐释空间。

中国当代文论话语体系的建构是为了阐释中国文学与文化现象，那么，无论是在深度上还是广度上，都会与它所面对的外来理论及传统本土理论展开碰撞与博弈。文化研究的理论与方法深刻影响了当代文学研究的观念、命题及思维方式。我们将着重讨论文化研究的引入对中国文学理论原有的概念、观念与体系产生了怎样的冲击，同时又拓展了中国当代文论话语体系的哪些维度。

文化研究盛行之后，首先引发了对“什么是文学”及中国当代文论边界的重新思考。文化研究对于文学的考察，即是“发现文学卷入的种种关系”：文学与阶级、性别、种族、空间、历史、道德、宗教、媒介、意识形态等。从关系主义的理论视域而言，“考察文学隐藏的多种关系也就是考察文学周围的种种坐标，一般地说，文学周围发现愈多的关系，设立愈多的坐标，文学的定位也就愈加精确。从社会、政治、地域文化到语言、作家恋爱史、版税制度，文学处于众多脉络的环绕之中。每一重关系都可能或多或少地改变、修正文学的性质。理论描述的关系网络愈密集，文学呈现的分辨率愈高”。① 显然，文化研究观念与问题场域促使传统文学研究的场域发生了新的位移，拓宽了当代文学研究的视域，提供了新的理论资源。中国当代文论话语体系的构建必须要摆脱原本颇为僵化的教条，探讨新的主题，尤其是那些至今尚未触碰到的主题。诚然，文化研究时刻回应着不同情境中变化着的“错综复杂的问题域”，犹如英国伯明翰当代文化研究中心所开展的文化研究以其丰富的形态有力地回应了快速变化的社会现实。女性主义者、马克思主义者、拉康学派、新历史主义者、解构主义者、符号学派，这些被布鲁姆称为“憎恨学派”的文化研究学派，它们所集结的众多理论概念和不同的阐释模式为我们提供了多向的解读路线。而且，众多理论家持续不断为文化研究制造理论的升级版，为当代文论话语体系注入了前所未有的理论密度。

文化研究的介入，引发了对性别的重新思考。女性主义的横空出世对文学理论具有划时代的意义。诸多迹象表明，文化研究跨越的不同学科如传播学、教育学、社会学、流行文化、妇女研究、历史学与政治学等都受到了女性主义思想的影响。20 世纪 70 年代开始，由于女权主义运动的兴起和左翼知识界思想兴趣的转移，性别与种族的文化再现问题在文化研究中逐渐得到了重视。女性主义的兴起，打破了长期以来文学与性别这两个看似风马牛不相及的“神话”。文学与性别的关系浮出历史地表，它们二者的密切互动被发现了。以往不被关注的性别问题，终于进入了我们的视野。诸如在漫长文学史中，为什么女性作家寥寥，而男性作家占据了绝大多数？“维热・勒布伦与女儿的自画像激起了特别的争论，因为按照既有的社会偏见，女人就不应该成为艺术家，所以一个女人画一幅画表现一个女艺术家就具有双重挑衅意味。”② 甚或从形象的刻画、情节的安排、主题的确立、文体的风格到出版制度、推广形式、评奖体系，性别因素都交织于其中，或隐或显。长期以来，文学书写中对女性形象的塑造，要么如女娲、观音、洛神般的神圣化，要么如四大美人沉鱼落雁、闭月羞花般的美化，要么如母老虎、母夜叉般的妖魔化，要么如“女汉子”般

① 南帆：《文学研究：本质主义，抑或关系主义？》，《文艺研究》，2007 年第 8 期。

② ［英］尼古拉斯・米尔佐夫：《如何观看世界》，徐达艳译，上海文艺出版社，2017 年，第 14 页。

的男性化。无论是神圣化还是妖魔化，都并非对女性本身的客观描绘，而是隐含了男性的视角。根据女性主义学者的研究，大量的文学研究作品潜藏着男性中心主义和对女性的压迫，而为了维护男性中心主义的统治，意识形态则有意遮蔽了文学与性别的关系。女性主义者们试图竭力突破“男性的凝视”，打破“伟大的男人创造了历史”的神话。事实上，这样一种努力亦即突破意识形态的禁锢。毋庸置疑，女性主义对发展文化研究和文学理论的批判潜力是极为重要的，它对文学理论的贡献具有真正意义上的重要性。

后殖民主义的导入引发了对民族认同、自我与他者之间关系的重新阐释，为中国当代文论话语体系建构敞开了另一重要维度。萨义德的《东方学》犹如一声惊雷，推动了后殖民主义理论的迅猛崛起。在萨义德看来，“东方并非一种自然的存在”，“西方与东方之间存在着一种权力关系，支配关系，霸权关系”。“在18世纪晚期开始形成的欧洲对东方的霸权这把大伞的荫庇下，一个复杂的东方被呈现出来：它在学院中被研究，在博物馆中供展览，被殖民当局重建，在有关人类和宇宙的人类学、生物学、语言学、种族、历史的论题中得到理论表述，被用作与发展、进化、文化个性、民族或宗教特征等有关的经济、社会理论的例证。”① 文化研究中的“种族研究”与后殖民主义理论有着紧密的关联。当然，相比之下，文化研究的视野要更为广阔。一系列的理论成果已经表明，大量的文学作品隐藏着欧洲逻各斯中心主义及种族歧视等问题。显然，在后殖民主义理论破土而出之前，种族问题、民族歧视问题都隐而不彰，以各种形式散见于各种作品之中。然而，当文学与民族的关系被纳入考察视域之时，后殖民理论就将这些散落的信息谱系化了，显示出了极强的理论召唤能力。关于文学与民族的关系考察，已经超越了简单的民族不平等论述，进而讨论文化身份问题、被殖民者话语研究、第三世界文学及主体性问题等。正如霍米·巴巴所言，即使是在当前全球化时代，我们也必须不断地“重新思考‘民族’可能意味着什么。民族的存在是一种持续不断的刺激物。今天，当‘民族’一词被提起时，我们更多的是意识到它不做什么、它是如何不起作用的，而非它是如何起作用的”。② 后殖民主义作为一种新的理论视角，它撕开了文学与民族被长久以来所遮蔽的向度，恢复了文学与民族之间的关系，打开了文学理论新的阐释空间。

① ［美］爱德华·W. 萨义德：《东方学》，王宇根译，生活·读书·新知三联书店，2007年，第6、8、10页。
② Wallis, B., Berger, M. Art &National Identity: A Ctitics' Symposium. *Art in America*, 1991 (9).

大众传媒是文化研究游刃有余的另一个重要场域。某种程度而言，英国文化研究的发展与媒介研究是紧密交织在一起的，然而，我们不能过于轻巧地将二者画上等号。从威廉斯的“电视与文化形式”到霍尔的“编码/解码”，从麦克卢汉的“媒介即信息”理论到莫利的“能动的受众”，媒介研究实现了历史的新突破。然而在中国古代文学理论体系之中，媒介传播并没有得到重视，甚至是被忽略的领域。而文化研究的介入，则使我们充分意识到了大众媒介及其受众的重要性。媒介是一个重要的概念，围绕其能展开情势研究，通过理解媒介生产和媒介有效性的复杂话语，以媒介符号去阐释情节、事件、类型、位置、形式等，为我们提供了更为广阔的空间。当前强势兴起的网络文学，更是以“市场”“流量”“点击率”“资本运作”等另一套观念与话语建构起了网络文学与大众文化研究的话语体系。

文化研究的出现表明，人们不再将文学想象为一个“纯审美”高贵的殿堂。文化研究的介入，为文学理论、文学史及文学批评带来了持续的震撼，打开了“新的视域”，解放乃至制造了种种文学的意义。更重要的是，文化研究悄悄地重新连接了文学与社会及各种复杂的关系，它同时也促使文学理论话语不断适时而变及进行新的话语体系重构。

五

现在，似乎是应该认真考察与反思“重建中国当代文论话语体系”的一个微妙时刻了。重建中国当代文论话语体系是一个极其复杂的系统工程。经过文化研究的洗礼，在我看来，重建中国当代文论话语体系应该汲取文化研究提供的四个方面价值。

首先，文化研究重新激活了重建中国文论的危机意识。无论是将文化研究视为一种学科也好，一种研究方法也罢，“文化研究确实对人文学科和社会学科的正统提出了激进的挑战。它促进跨越学科的界限，也重新建立我们认识方式的框架，让我们确认‘文化’这个概念的复杂性和重要性”。①这也正是文化研究的魅力与精髓所在。一方面，文化研究通过具体的问题呈现了现代世界本身的危机状况；另一方面，作为资本主义结构性危机的产物的文化研究，通过强烈的批判精神创造出的一种“危机意识”并推动人们改造世界的勇气与

① ［英］特纳：《英国文化研究导论》，唐维敏译，台北亚台图书出版社，1998年，第298页。

动力。[①] 事实上，今天中国大陆的文化研究也面临着结构性困境的问题，面临着“双重悖论”。因此，要保持文化研究的活力与批判性，必然要不断地召唤与激活其危机意识，才能持续地对社会问题的结构进行深入的思考与批判。援引詹姆逊的说法，源于西方的文化研究理论本身为我们提供了探照文化研究的“认知测绘图”。文化研究摆脱了既有的僵硬轴线，把分析带入文化生活，同时不断激活危机意识，唤起我们对未来新的希冀。[②] 这是文化研究永远坚持的方向。换言之，文化研究本身及带来的挑战从某种意义上激活了重建中国当代文论话语体系的危机意识。

其次，提升了文学理论的实践品格，促使了文学理论与社会学的再度结合。文化研究特别注重实践性，这对中国当代文论话语体系的建设具有重要意义。中国当代文论话语体系的真正活力，在于力求进入当代社会，介入与回应社会历史的巨变，力争发现问题并解决问题。文化研究跨学科的特性，使文学理论与社会学再度结合，使得中国当代文论话语能够有效地与当前的社会现实紧密互动。在我看来，文化研究的实践性品格和跨学科优势让文学理论研究发现了新的突围方向，而文化研究的开放性旨趣和批判性精神也让文学理论研究增强了面向现实的勇气和力量。

再次，重建中国当代文论话语体系应该直面“中国经验”，有效把握“中国经验”，恰当表达“中国经验”，合理阐释“中国经验”。关于中国当代文论话语体系的构建曾有两种典型的路径：一是主张中国古典文论的现代转化，二是主张学步西方的全盘西化。历史实践已然证明二者都并不可靠。那么，中国当代文论话语构建的方向何在？直面“中国经验”无疑是建构中国当代文论话语体系的基点。当然，中国当代文论话语体系的建构是一个漫长而艰辛的过程，其建构也并非只是一堆概念、一批论著的堆积所能完成的，更为关键的是这个话语体系建构之后所具备的阐释效价的程度。一方面，我们应该充分肯定当代西方文论对中国文论话语体系建构产生的积极影响，同时也有必要对其进行批判性辨析，考察其对“中国问题”进行阐释的有效性；另一方面，重构中国当代文论话语体系，需要“中国经验”的有力支撑与话语表述，必须在话语光谱中找到自己的对话对象。

最后，重建中国当代文论话语体系应该坚持“历史化”的思维。正如詹

① 周志强：《紧迫性幻觉与文化研究的未来——近30年中国大陆之文化研究与文化批评》，《文艺理论研究》，2017年第9期。

② 陈光兴，杨明敏编：《Cultural Studies：内爆麦当奴》，台北岛屿边缘杂志社，1992年，第68页。

姆逊所宣称:“永远历史化!”① 重建中国当代文论话语体系的目的并非为了重建一套宏大的理论话语或者一座概念的殿堂，而是希冀不仅能够有效地阐释与回应具体文本及文学史，而且力图进入更大的文化场域，在横纵轴的时空中与政治、经济、历史、科学、传播学、地理等诸多话语类型展开对话与博弈。一种理论或一套话语体系在新的文化场域中能否获得新的生命力，是否具有阐释能力，是由各种复杂的因素之间的相互角力与博弈所决定的。历史并未预设一个标准的模式，我们必须根据自己所置身的历史做出自己的判断，当然，我们提交的观点、概念及建构的范式都将汇入庞大的历史文化网络之中。“回到特定的历史情境”，正如霍尔所宣称的那样，回到话语聚合的历史情境。因此，重建工作亦必须在历史的持续变动中进行。

面对全球化与信息技术的革新，我们没有理由退缩回到一个封闭的疆域，而应该以更加开放的姿态与各种西方理论展开对话，在对话中选择、吸收与重构。直面文化研究的挑战，才能为中国当代文论话语体系的未来打开更多的可能性。

（作者单位：福建师范大学文学院）

① ［美］弗雷德里克·詹姆逊：《政治无意识》，王逢振，陈永国译，中国社会科学出版社，1999年，第1页。

中国当代马克思主义美学教材研究①

周伟薇

引　言

中国当代马克思主义美学教材已经出版了不下百种，可谓蔚为大观，成为中国教材建设史上的一件盛事。马克思主义美学教材的建设依托马克思主义美学理论的建设，同时马克思主义美学教材又是马克思主义美学理论的系统化和成熟形态，它更集中地体现了马克思主义美学的发展水平，一些美学教材堪称美学体系的典范之作，对美学理论的普及作用甚大。目前，学界对马克思主义美学的系统研究已有大量研究成果，而对马克思主义美学教材的系统性的、专题性的研究却没有相应的成果。因此，研究马克思主义美学教材具有重要的学术意义。

一、中国马克思主义美学及其教材建设的概况

中国马克思主义美学的理论源头，一是辩证唯物论—反映论哲学，二是历史唯物论—实践论哲学。中国的马克思主义美学也经历了两个发展阶段，第一个是前实践论阶段，第二个是实践论阶段。由此，中国马克思主义美学形成了两个流派，就是反映论美学和实践论美学（包括实践美学和新实践美学）。

近代以来，中国主要是接受西方美学。只是在20世纪40年代以后，才有个别的马克思主义美学著作出现。但其时马克思主义美学并没有形成一个流派。这里很重要的一个原因是，苏联排斥美学学科，以文艺理论代替美学，导

①　基金：福建省教育厅中青年教师教育科研项目“中国当代美学教材与美学变革的互动研究”（JAS180213）。

致美学理论建设薄弱，而当时中国在社会科学方面追随苏联，美学建设也没有提到日程上来。作为个例，1946 年，蔡仪以日本为中介，接受了苏联的唯物论美学思想，出版了《新美学》，这可以看作中国马克思主义美学思想体系化的首部学术专著。这一时期，并未出现马克思主义美学教材。

20 世纪 50 年代中后期至 20 世纪 60 年代初期，发生了新中国成立后第一次美学论争。这次美学论争的起因是批判朱光潜的“资产阶级美学思想”的运动，背景是清除西方学术思想的影响。后来在朱光潜做检讨后，转入了关于美的主客观性的讨论。这个时期恰恰是苏联美学复苏，开始开展关于美的主客观性问题的讨论时期，苏联的美学理论就成为中国美学理论的蓝本。在第一次美学论争中，由于排除了西方美学，苏联美学理论就成为主导。除了吕荧、高尔泰的主观论以外，其余三派都服膺马克思主义美学，其中有本于辩证唯物主义，主张美是客观自然属性的蔡仪一派；以及本于历史唯物主义，主张美是客观社会属性的一派；还有转变思想后的朱光潜主张美是主客观的统一，也接受了马克思主义认识论。1960 年，中央书记处决定编写高校文科教材，因为美学大讨论对社会影响大，也由于当时主持教材编写的中宣部部长周扬的关系，美学被列入规划编写的 224 门课程 297 种教材之一，由王朝闻出任主编，由马奇、周来祥、刘宁等人组成美学编写组。在王朝闻主持下，当时的美学编写组开始收集大量的资料，反复讨论，有了初稿，但由于“文革”，编写工作被迫中断。所以这一时期，尽管已经开始了美学教材的编写工作，但仅有初稿，没有出版。

因此，从民国到改革开放之前，可称为马克思主义美学的前教材阶段，但这一阶段所产生的美学思想和教材初稿对 20 世纪 80 年代的马克思主义美学体系及教材建设做了准备。

中国美学教材的出现是在 20 世纪 80 年代之后。在改革开放的历史条件下，发生了思想解放运动即新启蒙运动。思想解放运动继承了五四启蒙运动的科学民主精神，重新启动了现代性的进程，它批判极“左”思潮，肯定人的价值。思想解放运动在美学领域结出了硕果，发生了第二次美学论争，主要是蔡仪代表的反映论美学和李泽厚代表的实践美学的论争。

在新启蒙主义运动中，美学的思想资源已经突破了苏联阐释的辩证唯物论和历史唯物论，而重新阐释了马克思主义，并且吸收了德国古典美学的思想资源，其中马克思的早期著作《1844 年经济学—哲学手稿》（也称《巴黎手稿》，以下简称《手稿》）以人的解放思想和人道主义符合了启蒙精神，成为经典。这次讨论的焦点是关于美的本质问题。一方面，李泽厚美学思想由第一次美学论争中的以历史唯物论为基础的社会客观论美学转化为以实践哲学为基础的实践美学。他主张美是社会实践的产物，美是自然人化的成果。另一方面，蔡仪坚持了在第一次美学论争中的唯物论美学，并且进一步建立了反映论美学。他主张美是客观的自然属性，具有不以人的意志为转移的客观性；美感是对美的认识和反映，并且得出了“美是典型”的结论。在20世纪80年代，实践美学与反映论美学的论争结果是实践美学成为主流学派，反映论美学衰微。

20世纪90年代发生了第三次美学论争，就是“后实践美学”与实践美学的论争，实践美学展开了对“后实践美学”的批判。这次论争的社会背景是中国进入市场经济，重启了现代性的历程；思想背景是现代美学思想的传播和影响，导致了对现代性的反思和批判，并且建立了现代主义美学。后实践美学对实践美学的批评集中在以实践规定审美的性质，以实践的物质性、理性、群体性、现实性抹杀了审美的精神性、自由性、个体性和超越性。这种批评也导致了实践美学内部的反思和自我修正，从而形成了“新实践美学”。新实践美学一方面肯定了美学的实践论基础，坚持了劳动创造美、美是人的本质的对象化等基本观点；另一方面也修正了实践美学的某些观点，主要有对积淀说的批判及对实践概念的扩展——把精神活动纳入实践范畴，力图解决物质生产实践与精神活动审美的矛盾。从20世纪80年代到2000年以后，实践美学与新实践美学一直成为中国马克思主义美学的主要形态。

中国当代马克思主义美学教材的建设大体上与马克思主义美学理论的发展同步。在第一次美学论争的基础上，20世纪60年代初期开始了马克思主义美学教材的建设。当时王朝闻受命组织编写美学教材，但在“文革”爆发后中止。20世纪80年代，在“美学热”的气氛中，形成了美学教材建设的高潮，主要是实践美学和反映论美学两派的教材。20世纪90年代以后，实践美学内部发生了变化，特别是在21世纪初产生了新实践美学。相应地，实践美学教材也有所变化，思想更加多样化，形成了新实践美学的教材群。这样，中国当代马克思主义美学教材的整体格局就这样确定下来。

二、反映论美学教材的建设

20世纪80年代，是马克思主义美学建设的高潮期，反映论美学和实践论

美学两派都开始编写教材。反映论美学教材主要代表是蔡仪主编的《美学原理提纲》《美学原理》和杨安仑主编的《美学纲要》。

1. 蔡仪：美是典型

蔡仪在其《新美学》的基础上，主编了《美学原理提纲》（1982 年）和《美学原理》（1985 年），前者是后者的写作提纲，后者是前者的展开论述。

蔡仪自述其美学的哲学基础是马克思主义的辩证唯物论和历史唯物论的统一。他说："在美学研究中，照我们看来，只有坚持辩证唯物主义和历史唯物主义的观点，才能正确地解决现实美的问题。"① 但实际上，蔡仪主要是依据辩证唯物论和反映论，因为在苏联哲学体系中，辩证唯物论才是本体论，而历史唯物论不具有本体论的地位，只是辩证唯物论在社会历史领域的应用。蔡仪之所以把历史唯物论也列为哲学基础，是因为他要解决自然美和社会美、艺术美之间的统一性问题，而仅仅用辩证唯物论无法说明社会美和艺术美。蔡仪的美学理论的根本特点就是把美的本质归结为客观自然属性，这对阐释社会生活美和艺术美来说缺乏效力。在 20 世纪 80 年代，蔡仪调整了自己的观点，认为自然美学是事物客观自然属性，而社会美和艺术美是社会客观属性，后一点实际上认同了李泽厚一派的观点，但却由此导致自然美与社会美无法统一定义，美的本质问题找不到答案。鉴于此，蔡仪把美的本质问题转换为美的规律问题，设法解决美的本质问题。他说："……而美的规律实际上就是美的事物的本质，或者说是美的事物的所以美的本质。这里的意思是说，任何事物凡是符合美的规律的就是美的，不符合美的规律的就不是美的。"② 蔡仪认为，美的规律，即社会的典型性，符合某种事物的典型特征的就是美，反之就不美。他说："照我们看来，美的规律是指以非常突出的现象充分地表现事物的本质，以非常鲜明、生动的个别性有力地表现事物的普遍性，那么，这实际上指的就是典型的规律。因此，概括地说，美的规律即典型的规律，或者说美的法则即典型的法则。"③ 蔡仪区分了自然美和社会美、艺术美，认为它们都具有典型性。他认为，自然美不在于"自然的人化"，而在于其体现了所属物种的典型性。他说："因此，一般地说，自然美的主要决定条件，是自然事物的种属的

① 蔡仪主编：《美学原理提纲》，广西人民出版社，1982 年，第 3 页。
② 同①，第 7－8 页。
③ 同①，第 10－11 页。

普遍性，也即这事物的本质……”① 关于社会美，蔡仪认为，社会事物的典型性是社会关系规定的，“所谓社会，根本上是由人和人的关系形成的，构成社会的决定因素是人的关系，最终则是生产关系。因此，社会美主要的是人在社会关系中的美；或者说，社会美根本上是关系美”②。

关于艺术美，蔡仪一方面定义为意识形态，同时又定义为社会生活的反映，虽然这两者一为主观性，一为客观性，但蔡仪似乎并没有意识到二者的差别，而是认为艺术美是二者的统一。他说：“总之，艺术反映全面的或整个的社会生活，反映从物质到精神的社会生活的各个领域……”而且，艺术的反映是一种“形象思维”，是形象的认识。同时，艺术反映具有典型性即“本质的真实”，把握现实生活的本质规律。由于艺术反映具有形象性、典型性，所以也是美的形态。

关于美感，这是蔡仪美学中的一个难点，因为按照反映论，对美的认识、反映是客观的，不包括感情，而审美是充分情感性的，美感很难用反映论来解释。蔡仪在其两本美学教材中对美感问题进行了着意论述，企图解决这个问题。他论述道：“因而我们可以简括地说，美感根本上就是对美的认识。这是我们对美感本质的看法，也是我们考察美感问题的出发点。”③ 他进一步论述了美感与美的认识活动的关系：“美的认识活动反映的对象是客观事物的美，在美感中只能作为客观内容而存在。至于感情，则是主体对认识客观所发生的反应，它是属于人的主观意识的。因此，尽管在美感中认识内容忽然和感情表现往往浑然一体，但两者有客观与主观的根本区别，既不容加以混同，又不容互换和偏执。”④ 而且，从根本上说“美感的感情表现决定于美的认识”。为什么美的认识会产生情感状态呢？他说：“首先具有鲜明的形象性并能引起感性的快适；其次，这种鲜明的形象能够充分表现本质，这样形成的典型因合乎美的观念而得到理智的满足，于是产生全身心的愉快而强烈激动”。⑤ 总之，他认为是典型的认识产生了美的情感，但把美感理智化，成为认识的附庸。这一认识与人们的审美经验是否相符？其理论的自洽性是有待商榷的。

① 蔡仪主编：《美学原理提纲》，广西人民出版社，1982 年，第 17 页。
② 同①，第 23 页。
③ 蔡仪主编：《美学原理》，湖南人民出版社，1985 年，第 111 – 112 页。
④ 同③，第 159 页。
⑤ 同③，第 165 页。

2. 杨安仑：美在客观事物

由于蔡仪代表的反映论美学在与李泽厚代表的实践美学的论争中处于下风，逐渐边缘化，并且后继无人，导致了反映论美学教材的稀少。除了蔡仪的两部外，笔者所见到的仅有杨安仑的《美学纲要》。《美学纲要》于1988年由湖南人民出版社出版，它进一步丰富了反映论美学，构成更为完整的反映论美学教材体系。

杨安仑认为："美在于客观事物自身。"① 由此，杨安仑批驳了实践美学的诸多论述与观点。与蔡仪的《美学原理》一样，杨安仑《美学纲要》的哲学基础是辩证唯物论和历史唯物论的统一。杨安仑说："我们认为，马克思主义美学的理论基础是马克思主义的整体理论，它的根本指导思想是马克思主义哲学，马克思主义哲学科学准确的提法应该是辩证唯物主义和历史唯物主义的统一。"② 承续蔡仪的美学思想，杨安仑也是以辩证唯物论为本体论，而把历史唯物论归于辩证唯物论的应用形式，并且用反映论来解释审美现象。实践美学以马克思《手稿》和实践论为依据，而杨安仑认为，这并不能成为解决美的本质问题的根本理论："我们认为，《巴黎手稿》是马克思创立历史唯物主义初期的一部重要著作，但不是一部成熟的马克思主义著作。"③ "马克思在手稿中既然受到了费尔巴哈人本主义的思想影响，那么书稿中关于人性和人道主义的思想就自然不是马克思主义的。而这正是这部手稿不成熟的重要标志。"④ 对于"劳动创造了美""人的本质力量对象化"等实践美学的命题，他也予以批评。他说："'劳动异化'理论是马克思创立历史唯物主义初期的一部不成熟的马克思主义著作中提出的特定概念，这一概念有着特定的内涵和明显的局限性，因而，它不能成为马克思主义美学的理论基础。至于书稿中提出的'人的本质力量的对象化''劳动创造了美''美的规律'等为美学界长期争论的一些命题……其前提都是异化劳动理论，因而对美学都有一定的局限性。"⑤ "马克思的'人化自然'的理论，在正确理解和运用的前提下，应当是马克思主义美学的一种指导思想，但不是根本的指导思想，更不是整个理论基础。"⑥ 针对实践美学的观点，杨安仑明确指出劳动（社会实践）与美尽管有统一性，

① 杨安仑主编：《美学纲要》，湖南人民出版社，1988年，第118页。
② 同①，第26页。
③ 同①，第21页。
④ 同①，第22页。
⑤ 同①，第24页。
⑥ 同①，第25页。

但又有所不同；尽管劳动（社会实践）创造了美，但“并非一切美都是由劳动创造的”[①]“未经人化的自然美先于人类而存在”[②]。

杨安仑也把美区分为自然美、社会美和艺术美。关于自然美，他还是从辩证唯物论出发，认为是自然对象的客观自然属性，自然美在于自然界自身，“自然美是由一定的物质条件和自然规律所构成的特定的自然形式和自然形象”。[③] 关于社会美，他认为“社会美以真为基础”，也就是符合社会发展的规律的事物才是美的。同时，社会美还要“以善为核心”。杨安伦认为这个善不是伦理学意义上的“善”，而是美学意义上的“善”，即除了包含“社会事物的审美属性是具有推动社会和发展作用的客观存在社会属性”，同时还必须包含“完美的形式和形象”。[④] 关于艺术美，杨安伦的叙述有点摇摆，一方面，他把艺术视为一种本体，艺术美则是艺术的审美特性；另一方面，他又认为，“艺术是作为意识形态的一种存在方式，艺术美是作为审美形态的一种存在方式，即自然美和社会美相并列的一种存在方式”。[⑤] 他还指出：“艺术美与现实美之间的关系是反映和被反映的关系。”[⑥] 可以看出，随着20世纪80年代“典型”理论的逐渐退场，杨安仑没有提出“美是典型”的命题，但他与蔡仪的美学思想是一致的，都是本于唯物论的反映论。

最后，关于美感问题，杨安仑也与蔡仪相同，认为美感是对客观美的反映。他说：“美感是美的事物的欣赏者对于美的认识”[⑦]；“美感是由美所引起的一种主观情感”[⑧]“美是美感的来源”[⑨]；“美感是美的能动反映”[⑩]。关于美感的问题，杨安仑的观点与蔡仪的观点一样，无法解决认识论、反映论与美感的矛盾。

反映论美学追求美的客观实在性，排除了人的创造，把美客观实体化，不能揭示美的本质。此外，反映论美学把作为审美对象的“美”等同于作为审美范畴的“优美”进行考察，排除了其他审美范畴（丑、荒诞等），这不仅显

① 杨安仑主编：《美学纲要》，湖南人民出版社，1988年，第143页。
② 同①，第169页。
③ 同①，第179页。
④ 同①，第212－213页。
⑤ 同①，第254页。
⑥ 同①，第255页。
⑦ 同①，第346页。
⑧ 同①，第358页。
⑨ 同①，第370页。
⑩ 同①，第374页。

示了“美是典型”命题的不合理，也与现代美学相悖。

反映论美学在20世纪80年代走向衰微，直至终结。同时，反映论一派的美学教材也就无法得到更大的发展，甚至没有后继者。这是由启蒙时代的社会氛围决定的，也是由这一理论的局限造成的。

三、实践美学背景下的马克思主义美学教材建设

20世纪80年代的主流学派是李泽厚代表的实践美学，这一时期的美学教材也多以实践美学为摹本。

从实践美学教材本身的理论建构来说，其哲学基础已转向以青年马克思与康德为代表的德国古典哲学，从客观社会论转为主体实践论，并提出了主体性、积淀说、情感本体等一系列核心概念。它主张美是实践的产物，是人化自然的成果，是人的本质力量的对象化；审美意识是实践活动的积淀，美感是内在自然的人化；等等。这些观念都融化在实践美学的教材理论建设之中。

以下结合王朝闻、五所院校和杨辛、甘霖所编的具体的教材案例进行具体分析，展示反映论到实践论的逐渐转变过程，并结合实践美学诸多较有影响的教材进行概括与分析。

1. 王朝闻：美在规律和创造

“文革”前，王朝闻受命主编美学教材，到1964年已经完成了《美学原理》40多万字的讨论稿，但由于“文革”爆发而没有出版。“文革”后，王朝闻再次组织编写，终于在1981年以《美学概论》为名出版了这部教材。这是新中国成立后第一部马克思主义美学教材，也是当代中国第一部美学教材，并且成为新中国前期美学体系的典例。这部教材呈现出20世纪50至60年代李泽厚的社会客观论美学到实践美学的过渡形态，因此有一些内在的矛盾。

王朝闻主编的《美学概论》的哲学基础有历史唯物论，有实践论，也有反映论的残余。《美学概论》先是论述美是客观的社会属性，而后又论述“美”作为生产劳动的产物，表现了“人类改造世界的能动性与创造性”。他给“美”下了一个定义：“美是人们创造生活、改造世界的能动活动及其在现实中的实现或对象化。”① 他对此阐述道：“美是一个感性具体的存在，他一方

① 王朝闻主编：《美学概论》，人民出版社，1981年，第30页。

面是一个合规律的存在，体现着自然和社会发展的规律，一方面又是人的能动创造的结果。”接着，他在同一段话里对美下了第二个定义：“美是包含或体现社会生活的本质、规律，能够引起人们特定情感反映的具体形象（包括社会形象、自然形象和艺术形象）。”① 他也认为美具有客观社会性，美感是对客观美的反映：“只有在物质领域内出现了具有社会性的客观现实，才有可能在观念领域内，出现思想感情对对象的能动反映，形成具有社会性的意识观念。”② 王朝闻对于美的定义，被一些学者批评为令人难以捉摸的定义，比如闫凤祥就认为这是“一个实难捉摸的定义”③。可以看出，他的思想混杂了反映论和历史唯物论的思想，以及马克思《手稿》中的实践论思想，这体现了早期实践美学的过渡性和不成熟性。

王朝闻主编的《美学概论》体例设置还没有摆脱艺术理论的框架，除了第一章“审美对象”、第二章“审美意识”属于美学论述外，其余各章都属于理论的范围，如第三章“艺术家”、第四章“艺术的创作活动”、第五章“艺术作品”、第六章“艺术的欣赏和批评”。这说明，当时的美学理论的建构还比较薄弱，没有形成独立自主的完满的美学教材体系，还要依靠艺术理论的填充。同时，这本教材在结构上没有把美学的哲学基础、美的起源、美的历史发展、美的功能等作为独立的章节设置，也说明当时美学理论的建构还处于初级阶段，还不够完备。

王朝闻的《美学概论》是当代中国的第一部美学教材，是从社会客观论美学转向实践美学的过渡性代表作，被称作新中国前期美学体系的典范之作，因此在美学史上具有重要的地位，王朝闻也被看作“中国马克思主义美学的建设者与开拓者”④。同时，这部著作具有自己的特殊风格。作为一位艺术评论家，王朝闻更注重对审美经验特别是艺术创作经验的考察，从而避开了僵硬的理论。这部教材的理论体系性不强，逻辑的推演和论证还不够严密，但长于对审美经验和艺术活动的分析，有丰富的审美经验的概括。这种风格正是继承了中国美学的传统。

2. 五所院校合编的《美学纲要》：美是劳动与本质力量

1982 年出版的早期马克思主义美学教材还有署名“《美学纲要》编写组”

① 王朝闻主编：《美学概论》，人民出版社，1981 年，第 29 页。
② 同①，第 30 页。
③ 阎凤祥：《诗意栖居　重读建筑学兼论广义艺术》（上），中国轻工业出版社，2015 年，第 119 页。
④ 刘纲纪：《中国马克思主义美学的建设者与开拓者——王朝闻美学研究的当代意义》，《文艺研究》，2005 年第 3 期。

撰写的《美学纲要》。这部教材没有正式出版，是由华东五所院校（华东师范大学、上海师范学院、山东师范大学、南京师范学院、安徽师范大学）的任课教师编写的。这部教材一方面运用了马克思《手稿》的思想，同时也保留着反映论的痕迹，但较之王朝闻的《美学概论》，其实践美学的思想已经比较鲜明了。它提出："美是人的本质力量的感性显现"的命题。它还以实践论来解释美的发生："人的本质力量的形成和发展，以生产劳动和整个社会活动为基础。"①

关于美感，五所院校所编写的《美学纲要》这部教材没有摆脱反映论的框架，提出："美感是美的能动反映"；"美感是由美所引起的一种主观情感"；"从反映论上看，美感就是美的反映"。但是，在具体的阐释中，仍然体现了实践美学的思想："美感正是人类对感性显现了的自身本质力量的自由观照，在这一观照中，由于审美主体能够从美的对象中直观自身，因而能在精神上获得一定的满足，唤起情感上极大的喜悦。"② 该书突破了认识论、反映论的框架。

值得注意的是，这部美学教材虽然篇幅不长，只有 10 多万字，但作为美学教材，体例设置上已经比较完备了。它分三编十二章。第一编由"美的本质与特性""美的形式与形式美""自然美、社会美、艺术美""崇高、滑稽与优美"四章组成，主要论述美论的核心问题；第二编由"美感的本质""美的欣赏与判断""美感的心理要素"三章构成，主要论述美感的核心问题；第三编由"美的创造的实质""现实美的创造""艺术美的创造""各类艺术的美学特征""美育"五章组成，主要论述美的创造与美育。这部教材的体例具有开拓意义，以后的美学教材也大体上遵循了这个体例。

3. 杨辛、甘霖：美是实践中的自由创造

早期马克思主义美学教材中影响比较大的还有杨辛、甘霖的《美学原理》。该教材首版于 1983 年，此后多次重印、重版与改编。杨辛、甘霖的《美学原理》作为实践美学教材中最为通行的教材之一，思想上比较成熟，体制上也比较完备。它从马克思《手稿》中汲取思想资源，摆脱了认识论、反映论的框架，鲜明地运用实践论哲学思想，建立起新的教材体系。它把实践与

① 《美学纲要》编写组：《美学纲要》，未出版，1982 年，第 15 页。

② 同①，第 57 页。

自由联系起来，提出美是自由的创造。它说：“我们认为美的事物之所以能够引起人们的喜悦，就是由于里面包含了人类的一种珍贵的特性——实践中的自由创造。……我们所谓自由创造是生产实践中的劳动创造。……自由创造是合目的性和规律性的统一。”① 由于劳动是自由的创造，因此人就可以“在他创造的世界中直观自身”②，这就是审美。这一论述比较彻底地贯彻了李泽厚代表的实践美学思想。但是，这部教材仍然有反映论的因子，如“十六　美感的社会根源和反映形式的特征”中，还有反映论的思想：“唯物主义美学从存在决定意识，意识是存在的反映出发，认为美感是美的对象的反映，具有一定的客观内容。”③ 但是，该教材又用实践论改造了反映论，得出了“美感是对美的对象的认识，是在对象中直观到作为社会的人的本质力量，从而感到一种快慰与自由的喜悦。这种认识必然带有鲜明的情感体验与情感态度。所以，美感作为一种特殊的反映形式，它的特点是认识与情感的结合。他不仅能够使人认识到生活的本质、真理，而且能够给人以精神上的深刻享受。因之，美感认识的本质在于：它是在生产实践的基础上产生的，由美的对象所决定的一种特殊的反映形式。它不同于逻辑的认识的反映形式。它的特征在于：情感与认识、感性与理性的统一”。④ 此外，该教材在体例上也有缺陷，如“十二　从故宫、人民大会堂看不同时代的美的创造”，以个案分析代替一般性的理论阐述，就明显地不符合理论著作和教材的体例，也与全书的结构不协调。

4. 其他实践美学教材

20 世纪 80 年代后期到 21 世纪初，马克思主义美学教材的主流一直是李泽厚代表的实践美学，其主要倾向是坚持美是劳动实践的创造，美是人的本质的对象化。总体说来，这些美学教材在思想上一致，在体例上也大同小异，创造性不多，主要有：刘叔成、夏之放、楼昔勇等合著的《美学基本原理》⑤、蒋孔阳、蒋冰海等著的《美与审美观》（职工轮训教材）⑥、仇春霖主编的《简明美学原理》、周忠厚编著的《美学教程》、戚廷贵主编的《美学：审美理

① 杨辛，甘霖：《美学原理》，北京大学出版社，1983 年，第 58 页。
② 同①。
③ 同①，第 307 页。
④ 同①，第 313 页。
⑤ 刘叔成，夏之放，楼昔勇，等：《美学基本原理》，上海人民出版社，1984 年。
⑥ 蒋孔阳，蒋冰海：《美与审美观（职工轮训教材）》，人民出版社，1985 年。

论》①、杨恩寰主编的《美学新论》② 等。2000 年以后，仍然有一些马克思主义美学教材属于主流实践美学，如董学文主编的《美学概论》③、张玉能主编的《美学教程》④（张玉能是新实践美学家，但其主编的美学教材在当时还没有体现出新实践美学的观点）、陈炎主编的《美学》⑤ 等。

尽管实践美学在 20 世纪 80 年代成了主流美学，但在理论上有其不足之处。实践美学强调集体理性，那如何解释审美的充分个体性呢？它强调“劳动（实践）创造了美”，那如何解释劳动的异化性呢？它强调审美的现实性，那如何解释审美的超越性？……这些问题在 20 世纪 80 年代即遭遇了高尔泰、刘晓波的批评，又在 20 世纪 90 年代遭遇了后实践美学的挑战与论争。这时，实践美学内部的一些人开始进行反思，力图改造和重建实践美学，这种努力最终形成了新实践美学，也开始了新实践美学背景下的马克思主义美学教材建设。

四、新实践美学背景下的马克思主义美学教材建设

大致在 2000 年前后，新实践美学开始形成。在这个学术背景下，马克思主义美学教材也发生了很大的变化。这个阶段的马克思主义美学教材仍然坚持实践论的美学观，但一些具体的观点却有所修正。这时，西方现代主义美学包括西方马克思主义美学的思想进入了实践美学的视野，并且有所改造和吸收。于是，马克思主义美学教材的思想观点就多样化了，其哲学基础有所扩展，美和美感的阐释也更加丰富，教材的体例等方面也有所变化，日益呈现出丰富多元的面貌。

以下以王德胜主编的《美学原理》、朱立元主编的《美学》、王杰主编的《美学》和尤西林主编的《美学原理》为典型案例进行分析。

1. 王德胜：超越性劳动说

王德胜主编的《美学原理》⑥，坚持认为审美起源于劳动，劳动创造了审

① 戚廷贵主编：《美学：审美理论》，东北师范大学出版社，1989 年。
② 杨恩寰主编：《美学新论》，辽宁大学出版社，1992 年。
③ 董学文主编：《美学概论》，北京大学出版社，2003 年。
④ 张玉能主编：《美学教程》，华中师范大学出版社，2002 年。
⑤ 陈炎主编：《美学》，高等教育出版社，2013 年。
⑥ 王德胜是生活美学的代表人物，但其主编的三本教材，即《美学教程》（人民教育出版社，2001 年）、《美学原理》（人民教育出版社，2001 年）与《美学原理》（高等教育出版社，2012 年），则秉持新实践美学观点。

美主体和审美客体，也形成了审美关系。它不同于一般实践美学之处在于，认为审美关系具有非现实的超越性，“审美关系的非现实性，推动着人类文化和社会的发展，也促进了人的现实的超越性追求”。① 这种观点吸收了西方现代美学和后实践美学的思想，与强调审美现实性的实践美学拉开了距离，也更符合审美经验，因此具有一定的合理性。此外，“人的本质在于非异化的劳动”“人的本质是审美的”等观点都是为了消除人和劳动的现实性、异化性与审美的自由性、超越性的矛盾。但是，从本质上来说，这种论述本身也与实践本体论哲学及实践美学的核心思想不兼容。

2. 朱立元：实践存在论

朱立元近年来主张“实践存在论”，旨在深化和扩展马克思的实践概念，把实践论与现代哲学的存在论打通，用以论证审美活动的自由性。他主编的《美学》（2001 年），还只是借着萨特的口来说“存在主义可以包容于马克思主义之中”②，那么在 2006 年《美学》修订版中则较为完整地构建了这种“实践存在论”的美学思想体系。它改造了实践美学，重建了马克思主义美学的哲学基础。它认为，“马克思实践概念与存在概念是内在融通的。实践的根本内涵就是指人的最基本的存在方式”。③ 同样，马克思的存在论也与实践论结合在一起，“马克思的存在论是以实践为根本基础的社会存在论”。从“实践存在论”出发，对于美的本质的研究，它提出需要自由作为中介。它说：“美学以马克思的实践论与社会存在论作为哲学基础，还需要借助自由概念和范畴作为中介，因为自由乃是通向审美的根本途径，也是哲学通向美学的桥梁。”④ 它指出，马克思的自由表现为三种形态：“一种是在人与自然的关系中，即物质生产劳动中取得的自由，这主要是认识和支配必然性的自由；一种是在人与社会关系中，即变革社会的革命实践中取得的自由，这主要是人作为社会存在所获得的解放；另一种是人与他人以及人与自我的关系中，即日常人生实践中的自由，这主要是感性个体获得的自我超越。”⑤ 它认为，这三种自由中，“根据马克思的观点，认识和支配自然的自由并不具有本体论的意义”。“人的存

① 王德胜主编：《美学原理》，高等教育出版社，2012 年，第 49 页。
② 朱立元主编：《美学》，高等教育出版社，2001 年，第 51 页。
③ 朱立元主编：《美学》（修订版），高等教育出版社，2006 年，第 59 页。
④ 同③，第 60 页。
⑤ 同③，第 61 页。

在是社会性存在，决定人类生存自由与否的根本因素是社会关系、社会制度，只有改变现实社会关系和社会制度的革命实践所取得的自由，才是本体论意义上的自由，才是对人的自由生存作出本体论的承诺，才标出人生在世的最高目标。"[①] 因此，它从"人生在世"出发，论证了审美的本质：审美是一种人生实践，"审美就是人的基本存在方式之一，审美活动就是一种特殊的、即与人生本体最切近、最易相通的人生实践"。[②] 朱立元主编的这本美学教材，把马克思主义的实践论与现代存在论结合起来，力图使马克思主义美学现代化，并且更切近地阐释审美的本质，并且克服以物质实践解释美的本质的困难。但这也产生了新的问题，就是马克思的"社会存在论"与西方现代哲学的存在论仍然有本质的区别，而以社会实践为基础的社会存在如何能够达到本体论意义上的自由？认为社会实践可以达到本体论意义上的自由，无疑是一种社会乌托邦，其可能性仍然是一个问题。而且，把审美归结为一种特殊的实践，意味着精神活动也是实践，这也违背了马克思的实践论，因为以物质生产为基础的社会实践是与意识活动和精神的生产相区别的，因此才有"社会存在决定社会意识"的基本观点。[③]

3. 王杰：审美意识形态论

2001 年，王杰主编了《美学》[④]。在此前，王杰已经主编过《现代美学原理》[⑤]，该书所论的美的本质，还仅仅从"美是人类丰富潜能的创造性实现"[⑥]，尚未提出意识形态问题。而他在 2001 年主编的《美学》，已鲜明地提出"美是以情感为中介的意识形态属性或价值"[⑦]，显示了伊格尔顿对王杰的影响。王杰的《美学》（2001 年）与实践美学不同，从另外一个方面阐述了马克思主义美学的思想。它的哲学基础是马克思主义的意识形态论，同时受到了西方马克思主义美学家伊格尔顿的美学思想的影响，而伊格尔顿认为存在着特殊的"审美意识形态"。王杰的教材首先认定美的观念是一个开放的系统，是人与对象世界之间的审美关系，"具有某种客观社会性和历史性的价值。这

① 朱立元主编：《美学》（修订版），高等教育出版社，2006 年，第 61 页。

② 同①，第 74 页。

③ 关于实践的概念，在西方马克思主义中也有拓展，比如哈贝马斯认为言语行为本身也是一种交往与实践活动。但显然这与马克思的实践概念并不一致。

④ 王杰主编：《美学》，高等教育出版社，2001 年。

⑤ 王杰主编：《现代美学原理》，广西师范大学出版社，1999 年。

⑥ 同⑤，第 55－65 页。

⑦ 同④，第 60 页。

一价值是人的自我创造，也是人的自我实现”。[①] 它进一步“立足于人生的维度来揭示美与人生之间的本质关联”，提出“美的问题在人生的维度与创造的维度之间”。更进一步，它认为美的本质有赖于对人的本质的预设，而人的本质是一历史地形成的“自然——精神、个体——社会、历史——文化这样三个主要逻辑层面或逻辑要素之间的整合”[②]。再进一步，王杰提出，“美是以情感为中介的意识形态属性或价值”，它论证了美具有一般的社会文化属性，而且“美在本质上是一种特殊的社会文化存在形式”。审美意识形态的特殊之处在于，“美和艺术的世界对人生有着本原性的意义，它们作为人生的基本存在方式，作为人生的本源性亦即真理性的世界，是人生的一种基本尺度，是人生的一种精神呼告……”[③] 在这里，“审美意识形态”已经摆脱了一般意识形态的局限性，而具有了自由性、超越性。它说：“为了超越现实，创造人生的价值，审美也就成为了一种意识形态。”王杰的审美意识形态论立足于马克思的社会存在论，同时又吸收了西方马克思主义的思想，建立了不同于主流实践论美学的理论体系，特别是肯定了审美的超越性，使得马克思主义美学具有了现代性，这是值得充分注意的。但是，关于“审美意识形态”的概念和思想也是有疑问的，因为一般认为意识形态是一种统治形态的思想观念，具有历史的局限性；而审美意识不是观念意识，并且具有超越历史局限的自由性。这本教材承认了审美性的自由和超越性，也意味着否定了审美的意识形态性。关于美感，王杰的教材依据马克思的实践论，论证了美感是“经过了很长的历史时期人类的社会实践的成果”，这里可以看出审美意识形态论美学与实践美学的关联。更重要的是，它没有仅仅把美感归结为一种意识形态，而是分析了美感的构成因素，包括认识因素、情感因素、意志因素等，从而构造了多维的审美心理结构。

4．尤西林：自由劳动说

尤西林主编的《美学原理》是“马克思主义理论研究和建设重点教材”。它坚持了马克思主义的实践论，指出：“审美活动的人类学原型是劳动以及劳动的更广泛形态的实践，以劳动为核心的实践及其结构成为审美本质的基础与

① 王杰主编：《美学》，高等教育出版社，2001 年，第 63 页。
② 同①，第 67 页。
③ 同①，第 74 页。

出发点。”① 但是，它对实践、劳动的定义不同于李泽厚代表的实践美学，认为实践不仅仅是现实的生产劳动，更是体现着人类活动的本质的自由活动。它区分了“实体性劳动”和自由的劳动，认为后者才是劳动的本质，也是人的本质和审美的本质。该书认为：“审美对于人类代表性活动的劳动并非外在条件或枝节功能，而具有普遍的必然性与根本的引导性。审美在人类的劳动中普遍必然性与根本价值功能，才是审美本质的根源所在。”② 这样，劳动就内在地与审美统一起来：“审美的普遍必然性根源于审美内在于劳动所代表的实践活动的普遍必然关系：就根源言，审美的本质是规律与目的的相统一的活动所产生的自由形式；就功能言，审美的本质是能动协调规律与目的的自由活动方式；就价值言，审美的本质是人的自由本质的对象化理想。”③ 它具体论述说：

审美本质所揭示的审美与劳动的根源、功能与价值关系也就是审美的内容：（1）劳动是审美的基础与来源（这被表述为“审美起源于劳动”“劳动积淀为审美”）；（2）审美是劳动不可或缺的运行协调功能机制。因而审美与劳动互为因果：产生自由形式的过程（劳动积淀为审美）与自由方式运行协调功能（因而劳动离不开目的与规律相统一的自由形式协调），是劳动有机体自我建构的同一构成的两个方面，自由形式是自由形式（方式）参与劳动实践而自我生成的；（3）审美是劳动的理想价值形态，它体现着人类自我超越的自由方向。……由于“自由”的无限性，对象化现实中的有限实体并不等同于“自由”。但生产这产品的过程与结果却使主体体验到自由……自由存在于既依托又超越于现实劳动的关系中。人的本质及其自由正是在现实劳动对象化中获得对象化“显现”并被体验。

……

相对于实体劳动而言，这种通过有限活动体验到的无限自由并非实体存在，而是自由的形式，因而，审美的本质是审美基于劳动并超越劳动的自由形式。

审美作为目的与规律相统一的自由形式……④

它在关于审美心理结构的论述中，也继承了李泽厚的积淀说，但是加以扩展，不仅有生产实践的积淀，还包括“生产积淀”“以巫术为主的原始文化积

① 尤西林主编：《美学原理》，高等教育出版社，2015 年，第 37－38 页。

② 同①。

③ 同①，第 39 页。

④ 同①，第 39－40 页。

淀”“以艺术为代表的日常文化的积淀”，其中“生产劳动积淀是最根本性的积淀”。

尤西林主编的美学教材虽然坚持了实践美学的基本观点，但却有独特之处，那就是把劳动的本质理想化，也就是区分为实体性的物质生产劳动和理想性的自由劳动，而后者才是劳动的本质和人的本质，从而也是审美活动的本质。这样，劳动不再是满足人的实际生存需要的活动，而成为一种乌托邦式的活动。但是离开现实的、异化的劳动来谈论自由的劳动，把劳动理想化、抽象化，用以解释审美的发生和本质，即认为在现实劳动中可以有自由劳动的情感体验，并且创造了美和美感，其逻辑推演如何令人信服是一个很大的问题。

五、传统文化影响下的马克思主义美学教材建设

在后新时期开始重视中国文化传统，中国美学建设也开始发掘中国传统美学的思想资源，这也体现在马克思主义美学建设中。自一开始，中国的美学教材在阐释美学原理、命题和范畴之时，就引用了大量的中国古典美学的例子，即中国传统美学是作为例证进入马克思主义美学的教材之中的，这是一种浅层的进入。如何让中国古典美学的范畴、精神等以理证的方式进入美学原理体系呢？朱立元主编的《美学》① 设立了专门一章介绍中国美学思想，即第六章“中国古代的基本审美形态”中，除了专节介绍西方的基本审美形态之外，还专节介绍了中国古代的基本审美形态，使得“中和”“神妙”“气韵”“境界”也作为现代美学体系中审美的基本形态。寇鹏程所著《美学》（2007 年）② 也设立了第五章“中、西美学精神论”，将中国美学精神的“和”与“妙”作为第一节来论述，同时在审美范畴论部分也将中国的“意境”与西方的“崇高”“优美”“悲剧”等范畴并列。尤西林的《美学原理》在第六章“自然美”部分设立专节论述中国古典美学的核心自然美范畴。还有更多的马克思主义美学教材虽然没有设立专门的章节，但也有介绍和研究中国美学思想的内容。这种趋势体现了马克思主义美学中国化的方向。

① 朱立元主编：《美学》（修订版），高等教育出版社，2006 年。

② 寇鹏程：《美学》，远东出版社，2007 年。

六、当代审美活动论影响下的马克思主义美学教材建设

前期马克思主义美学教材都以美为研究对象，探讨美的本质。这种研究方法默认了美是一种实体或实体的属性，也把审美对象变成了狭义的“美”（优美）。而在后期，相当一部分马克思主义美学教材摒弃了这种研究方法，转向研究审美活动，探索审美的本质。1988 年，出版了两本书，一本是蒋培坤所著《审美活动论纲》，另一本是叶朗主编的《现代美学体系》。这两部既是美学专著，也是美学教材，二者尽管思想资源不同，却共同指出审美活动应该是美学研究的中心，并以审美活动而非劳动实践为中心和出发点来构筑美学体系，悄悄地拉开了与实践美学的距离。这两本书对美学的影响非常大，两本书出来后，“审美活动”成了一个美学界的中心词和常用词。在随后一年，戚廷贵主编的《美学：审美理论》（1989 年）已经把审美活动作为美学研究对象，但却还在探讨美的本质，说明这种转变还没有获得自觉。在 20 世纪 90 年代，当代审美文化的美学研究获得更多的关注，这也体现在马克思主义美学教材之中，众多的马克思主义美学教材转向研究审美活动。这些美学教材有：彭吉象、郭青春主编的《美学教程》①，朱立元主编的《美学》（修订版），寇鹏程主编的《美学》，王杰、廖国伟主编的《新编现代美学原理》②，陈炎主编的《美学》，尤西林主编的《美学原理》等。其中，还有部分教材，比如杨恩寰的《美学引论》③，彭吉象、郭青春著的《美学教程》，王杰、廖国伟主编的《新编现代美学原理》，王德胜主编的《美学原理》④ 等，还设立了专门的一章来论述审美文化，使得中国美学更加注重当代的社会文化建设。

这种转变不仅仅是研究对象的转变，其实质是美学观的重要转变。它破除了中国美学研究的传统思维方式，扫除了美学研究实体论的障碍，开辟了美学研究的新的路径，即把审美作为一种独特的生存方式，这是从古典美学到现代美学转变的重要标志。

① 彭吉象，郭青春：《美学教材》（第二版），中央广播电视大学出版社，2008 年。

② 王杰，廖国伟主编：《新编现代美学原理》，广西师范大学出版社，2011 年。

③ 杨恩寰：《美学引论》，人民出版社，2005 年。

④ 王德胜主编：《美学原理》，高等教育出版社，2012 年。

结　论

百年来中国美学的发展、转型与中国的现代化进程是紧密相关的，而美学教材的建设也在呼应着现代化进程。中国当代马克思主义美学教材作为中国美学主流教材，其创制和发展与中国现代化进程有着密不可分的联系，唯物论美学教材、实践论美学教材、新实践美学教材的消长，都是对中国社会现代化进程的美学回应，同时也展现了中国美学理论的建设和发展历程。

（作者单位：集美大学文学院）

新时期以来文学审美论的多元建构与中国现代文论的建设

谢慧英

一、新时期文学审美论产生的历史文化背景

“审美论”是“aestheticism”的汉译，也常被译为“唯美主义”或“唯美派”，也有人将其译作“审美主义”。本文论及的“文学审美论”，是指在20世纪初由王国维、蔡元培、鲁迅等引入中国后经过本土化的吸收逐渐形成、发展出来的一种特殊的文学理论或观念体系，其要旨在于把审美作为文艺的根本属性，主张文艺的根本价值在于审美价值；坚持文艺有其自身的特殊规律——美的规律，强调文艺创作中的情感和想象因素，尊重文学的主体性和个性价值，反对“工具论”的艺术观和功利主义的文艺标准，要求用艺术自身的内在尺度对文学进行价值评判。20世纪上半期它主要体现在创造社、新月派及朱光潜等人的文学主张及实践中，但在新中国成立后则陷入停滞。新时期以来，文学审美论成为主要的理论流派之一，形成了多元性、多层次互动共生的发展态势。它瓦解了长期以来建立在认识论基础上的“工具论”“从属论”文艺观，真正确立了文艺学学科的独立性，使文艺学建设迈向对话化、学术化、常态化的新阶段。20世纪90年代中期以来，后现代主义美学代替了审美论在中国大行其道，对其价值立场和理论偏误进行反思和评判，但无法脱离来自审美论的探寻与映射。目下，随着“大众美学”“生活美学”时代的来临，审美与生活、与公众、与社会的既有界域正在弥散与渗融，“审美”之于文学的性质、功能、价值及标准等诸多问题，都有待于新的思考和阐释。因此，对新时期以来文学审美论的梳理和考察，就是我们观照当下现实问题的重要镜鉴，它同时也是新的语境中文艺学理论反思和建设的重要资源。

新时期之初建国文学“审美论”是在这样的背景下产生的：

一是经历新中国成立后十七年“从属论”对文学特殊规律、审美属性不断升级的批判，已经造成文学和文学理论在长期的“去人性化”“去主体化”“去个人化”“去审美化”之后的严重枯竭；经历了“文革”十年极“左”思潮极端化“工具论”的残害，高度政治性和封闭化的意识形态完全剥夺了文学生存的空间。这种长期的“匮乏”和“饥饿”状态，一旦文化气候有所松动，势必带来强烈的反弹和“补偿”，“审美”范畴就成为当时用以反拨“反映论“从属论”“工具论”最合乎自然的切入口。1979 年，在“中国文艺工作者第四次代表大会”的祝词中，邓小平明确提出党对文艺工作的领导不是“从属于临时的、具体的、直接的政治任务，而是根据文学艺术的特征和发展规律”，其后又撰文指出“不继续提文艺从属政治这样的口号”。① “解放思想、实事求是”的时代召唤和政治理性的复归，为文论界打开了新领地，一批杰出的理论家如蒋孔阳、李泽厚、钱中文、童庆炳、胡经之、王元骧、杜书瀛等怀着劫后逢生的喜悦不约而同开始从“审美”或“情感”的角度，重新探寻文学的界标。

二是由于长期以来国门封闭，新时期伊始，用于冲破极“左”思潮可资利用的思想资源极其有限，新时期之初用以阐发审美论的凭借主要是青年马克思《1844 年经济学—哲学手稿》中关于“美是人的本质力量对象化”的阐述、苏联布罗夫为代表的“审美学派”及欧洲古典美学的基本范畴。以此为基础，对“审美”范畴的新诠释为文论建构打开了新的话语空间，也由此开启了西方“新”思潮的入口，使新时期文论建设呈现出相当活跃的态势。

整个 80 年代是文学审美论建构的黄金时期。长期封闭、僵化、违背人性的极左思潮使文艺处于超常态的“审美饥渴”状态，当风向开始转变，禁锢解除，朝向另一极的强力反弹也就顺理成章。“针对着文学的极端政治功利主义和阶级斗争工具沦，新时期文学理论和批评界开始强调和探索文学的特性和独立价值，同时，正是由于这种强调和探索是与文学理论的‘从属论’和‘工具论’相对的，所以问题一开始就集中在文学自身功能的特殊性方面，形成了以审美功能论为核心的文学审美论观念。”② 就文学而言，“拨乱反正”首先是返回之前被政治清除掉的“人学”基础，因此诸如“人性”“人道主义”“共同美”“真实”“典型”“主体性”等之前被严厉打压、取缔的范畴要么被重新发掘出来，要么借用马克思主义哲学的外衣被赋予了“主体性”的新内涵

① 中共中央宣传部文艺局编：《邓小平论文艺》，人民文学出版社，1989 年，第 9－10 页。

② 杜卫：《走出审美城：新时期文学审美论的批判性》，东方出版社，1999 年，第 58 页。

而登场。而“审美”这一范畴，则是使文学的价值从一般意义的“主体性”内核向美学、文艺理论贴近的最直接、首要的范畴，因而也成为使新时期文学理论获得合法性的理论基石。

二、新时期以来文学审美论的多元建构

新时期以来文学审美论受到集中、广泛的关注，各位论者就审美范畴展开对于文学理论和美学问题思考的向度表现出了极大的多元性、丰富性、互动性，并逐渐向学理的深度和学科建设的系统性上推进。依据对文学本质的核心规定，新时期文学审美论的基本立场大致可分为四种倾向：审美反映论、审美形式论、审美意识形态论、审美超越论。下文分别对这些倾向加以概述和分析，以便从整体上把握文学审美论。

（一）审美反映论

新中国成立以后，主流的文学理论是从苏联接受过来的反映论，它认为：文学就是用形象来反映社会生活；文学的反映与科学的反映在内容上是相同的，不同之处只是文学用形象来反映。如别林斯基的经典论述：“哲学家用三段论法说话，诗人则用形象和图画说话，然而他们说的都是同一件事。”[①] 这成为文学反映论作为“铁律”的根本依据。审美反映论恰恰是在对上述旧的反映论的反思和质疑中逐渐形成的。

1978 年以来，李泽厚在历次演讲中指出艺术创作中形象思维有其独特性，“一方面有直觉性的特征，另一方面又有深厚的社会的理知逻辑基础”，而“情感因素是贯串在创作过程中的一个潜伏而重要的中介环节”[②]；文学的特征“不如说是情感性”“情感性比形象性对艺术来说更为重要”“艺术的情感性常常是艺术生命之所在”。[③] 李泽厚对情感性的强调，是区分和界定文艺特质的先声。1980 年，蒋孔阳提出艺术的本质和美的本质基本上是一致的，“美是艺术的基本属性”。他强调了“美”和“艺术”的差别之一“不在于它所反映的是不是生活中美的东西，而在于它是怎样反映的”。[④] 这些看法已经从“认识

① 别林斯基：《1847 年俄国文学一瞥》，伍蠡甫《西方文论选》（下卷），上海译文出版社，1979 年，第 390 页。

② 李泽厚：《形象思维续谈》，《学术研究》，1978 年第 1 期。

③ 李泽厚：《形象思维再续谈》，《文学评论》，1980 年第 3 期。

④ 蒋孔阳：《美和美的创造》，《学术月刊》，1980 年第 3 期。

论”“反映论”所指谓的一般社会生活的内容方面位移到“美”的属性上面，为审美反映论的提出打开了口子。

童庆炳是较早对文学审美反映的特征做出仔细辨证和深入研究的学者，开启并推动了审美反映论的学理建构。1981 年，他撰文对“文学的根本特征是用形象反映生活”这一“铁律”提出质疑，提出文学艺术与科学在内容上的区别是“文学所反映的生活是整体的、美的、个性化的生活”，认为“文学的独特内容是规定文学基本特征最根本的最主要的东西”，“文学的对象和内容必须具有审美的意义，或是在描写之后具有审美的意义”。[①] 他指明文学的本质特征在于对象、内容的“审美”特性，对“审美”的内涵做出较为深入和具体的界定，这是针对传统反映论对文学内容笼统界说的重大更新，是文学摆脱政治意识形态魔咒、从诸多社会意识形式中分离出来的关键一步。1983 年，他明确指出“构成文学之所以为文学的充分而必要的条件，不是认识而是审美”，它区别于非文学的关键所在就是审美特质。[②] 此后在其主编的《文学概论》教材中，他再次强调“文学对社会生活的反映是审美的反映。审美是文学的特质。”[③] 这一认知的重要性在于确认了文学的自足性，开启了理解文艺的新的价值视野和理论空间，为文艺学的学理建设开辟了弥足珍贵的新天地。随后，夏中义指出文学是一种“非纯认识性的精神活动”，科学反映的是纯客体的内在规律，文学所反映的却是“文艺家对现实对象的感受、情绪、评价与理想，即表现主体的再创造”，才“不得不付诸形象”。[④] 夏中义认为“形象性”只是文艺的外部特征，强调了文艺的精神创造性的重要意义。

将文学“审美反映”的质与主体心理和精神因素相联系并做出充分阐述的是钱中文。1984 年他提出文学创作是审美的反映，现实生活一旦进入审美反映，就转化成了作家的心理现实，成为审美的心理现实。“审美反映是与表现相统一的”，其丰富性在于“它的具体性与主观性”。[⑤] 两年后的另一篇长文中，他更大力申张要以“审美反映”代替反映论，审美反映有其自身结构，它是由心理层面、感性认识层面、语言形式层面、实践功能层面组成的统一体。钱中文从主体的能动性出发阐发了审美反映中主体心理层面的丰富性，指

① 童庆炳：《关于文学特征问题的思考》，《北京师范大学学报（社会科学版）》，1981 年第 6 期。

② 童庆炳：《文学与审美——关于文学本质问题的一点浅见》，赵勇《在历史与人文之间徘徊——童庆炳文学专题论集》，北京师范大学出版社，2007 年，第 32 页。

③ 童庆炳：《文学概论》（上），红旗出版社，1984 年，第 48 页。

④ 夏中义：《文学是非纯认识性的精神活动》，《文艺理论研究》，1982 年第 3 期。

⑤ 钱中文：《文艺理论的发展和方法更新的迫切性》，《文学评论》，1984 年第 6 期。

出它涉及个体精神心理的各个方面，“他的潜在的动力，潜伏意识的种种形态，能动的主体在这里复杂多样，而且充满种种创造活力，这是一个无所不在的精灵”。[①] 钱中文对审美反映多层次结构的细致剖析，启发了人们对艺术创作主体心理丰富性、复杂性的深刻理解，有力地回击了机械反映论的理论弊端，也是对主体论文艺观片面崇扬主体性、忽视和贬抑反映论的理论校正，推进了审美反映论向学理深度的迈进。它也是文艺学响应20世纪80年代“文学主体性”命题和“人”的价值重估的时代精神的理论应答。

另一位论者王元骧则强调艺术的特性是情感及其所蕴涵的价值，这种情感“体现着作家、艺术家对于他所描写对象的一种态度和评价”。[②] 由此出发，文艺反映现实就不同于认识，“它是以爱憎、喜怒等态度和体验的形式来反映现实的”，并且以客观事物是否满足人的主观需要为转移，是“带着某种特殊色彩的体验形式表现出来”的。[③] 文学艺术主要不是向人们提供知识，而是“向人们传达某种态度和体验、即以评价为实质内容的情感”。[④] 也就是说它提供了一种基于价值关系的评价，从而使得“个人性、独特性和不可重复性”之于文学有了特殊重要的意义。王元骧从艺术情感的价值属性出发，为审美反映论开启了一个价值论的新视角——它接续了之前惨遭批判和取缔的“文学是人学”的理论传统，复原了文艺学学科的人文特性和价值维度，对于思考文艺的本质和功能提供了学理的依据。

从最初对情感特性的发现，到对主体心理和精神创造性的推重，显示出审美反映论与当时风靡思想界的“主体性”热潮之间的密切互动关系；对于迫切需要思想解放的中国学界来说，它是感应时代召唤、重建“人”的价值的新号角。审美反映论与主体论文艺观相互促生，为文艺界和思想界“解放思想”发挥了有力的先导作用，同时它也避免了“主体论”的激进之偏，在吸收反映论合理内核的基础上，以人文价值的复苏彻底挣脱了僵化的“反映论”“工具论”的桎梏，带来了文学观念的全新变革。

新时期之初，文艺学学者们从既有的框架内部寻找其逻辑的谬误，这是走出泥淖的第一步，也是除旧布新的自然选择。审美反映论对于艺术自律的指向，“如果用西方美学作为参考标尺……实际上是古典的复归”，但这一迟到

① 钱中文：《最具体的和最主观的是最丰富的——论审美反映的创造本质》，《文艺理论研究》，1986年第4期。
② 王元骧：《情感——文学艺术的基本特征》，《文学评论》，1983年第5期。
③ 王元骧：《艺术特性与艺术规律》，《社会科学战线》，1984年第3期。
④ 王元骧《审美反映与艺术创造》，《文艺理论与批评》，1989年第4期。

的追求在当时的中国具有现实意义，它“为中国美学走出‘文革’时代的艺术理论铺平了道路，这确实是当时的时代要求”。[①] 审美反映论引发了学界的广泛呼应，许多论者以不同的思考对其进行扩充和深化，从主体的精神、心理层面强调审美反映的创造性方面的阐发尤为深入，使文学理论在突破机械反映论的拘囿之后继续走向更广阔的空间。

（二）审美形式论

20 世纪 80 年代国门打开之后，西方各种文学理论流派和观点迅速得到普及，俄国形式主义、英美新批评、结构主义、符号学和现代语言学理论等受到高度重视，引发了学界对语言和形式问题的热烈讨论。创作领域，许多作家吸纳了西方的新观念、技法，表现出探索文学形式的巨大热情，佳作迭出，卓有成效。理论和创作之间形成了密切的互动促生态势，使得语言、文体和形式成为倍受关注的热点问题。文学理论需要及时回应创作中的新动态，形式和语言问题成为激活理论界思考的新出口，也是审美论走向深化的必然趋势。

1980 年，何新指出旧美学理论“对艺术的内容和艺术的表现形式，恰恰作了一种完全颠倒的认识”，提出“通常认为只是形式的东西，即艺术家对于美的表现能力和技巧，恰恰构成了一件艺术品的真正内容”，“艺术的目的，就在于艺术本身”。[②] 1981 年，小说家高行健出版著作介绍西方现代主义小说的新技巧，对小说语言、结构、风格等进行了集中探讨，强调了形式的重要性。他把语言区分为“活的语言”和“死的语言”，认为提升现代语言表现力得自于叙述角度、字句感情色彩、语言的调子和行文节奏等要素。[③] 诚然，就艺术的审美特性而言，不仅存在“表达什么”的问题，更存在着“如何表达”的问题。20 世纪 80 年代伊始，学者和作家已然表现出了对形式问题的自觉和敏感，切中了审美论的重要问题，相当具有超前性。

1986 年，王晓明提出 80 年代以来，贾平凹、张承志、阿城、刘索拉、莫言等一批作家已显现出“当代中国小说早已经跨入了语言意识的觉醒期”，强调“作家酝酿自己审美感受的整个过程，它本身就是一个语言的过程”。他将其称为文学语言所具有的本体性的“构造功能”，即“语言不但帮我们表达了

① 高建平：《中国美学三十年》，《四川师范大学学报（社会科学版）》，2007 年第 5 期。

② 何新：《试论审美的艺术观》，《学习与探索》，1980 年第 6 期。

③ 高行健：《现代小说技巧初探》，花城出版社，1981 年。

对世界的感受，它更首先替我们把整个世界构造了出来”。[1] 此看法打破了传统的“工具论”语言观，体现出语言本体论的倾向，对于其时蓬勃旺盛的文学创作实践显示出更强的阐释力。1987 年，唐跃、谭学纯对“语言是文学的表现工具”提出质疑，指出“科学语言”只是传达意义的“载体”，而“文学语言”则是“作为本体的表现”，文学活动不同阶段语言具有不同的特殊功能：在创作阶段是表现功能，在文本实现阶段是呈现功能，在接受阶段是发现功能。[2] 语言关涉文学活动过程中的各个要素（作家、文本、读者），并赋予了意义的丰富性、开放性，它绝不仅是作为“载体”的工具，而是具有自足意义的本体。同年，汪曾祺发表系列文章富含洞见地谈到其语言观：“语言不是外部的东西。它是和内容（思想）同时存在，不可剥离的。语言不能像桔子皮一样，可以剥下来，扔掉。”“语言是小说的本体，不是附加的，可有可无的。”[3] 作家和学者们对语言探索的热情及对形式、语言问题的新见，显示出带着强烈现代意识的语言观开始成为推进和深化审美论建构的重要维度。

20 世纪 80 年代中期以来，形式（语言）作为文学本体的观点得到了更多的呼应。李陀等认为 1985 年以来的小说出现了语言和意义之间的巨大分裂，打破了传统语言的“先结构”而具有了“语言的解放”意味，产生了一种“反意义”的效果。[4] 李劼提出新时期文学具有“文学形式的本体性演化”的意义：“正如人是一个自足的主体一样，文学作品是一个自我生成的自足体。在其本体意义上，首先是文学语言的创造。”[5] 李洁非则指出“整个‘现代派’艺术的特点在于它作为一次艺术语言革命而非思想革命”，它使“那种越过形式系统而直接知悉‘内容’的阅读方式成为历史”。[6] 形式问题被赋予了前所未有的重要意义，成为“使文学成为文学”“使意义得以构造、生成”的本原性要素，恰恰是语言决定了意义呈现的方式和可能性。文学要成为语言的艺术，就必须回归自身，关注文学语言的形式意味。

赵宪章提出的“形式美学”，是“审美形式论”的重要突破和发展。通过学理的溯源和解析，他指出古希腊罗马时代即已形成了“形式”概念的 4 种

① 王晓明：《在语言的挑战面前》，《当代作家评论》，1986 年第 5 期。

② 唐跃，谭学纯：《语言功能：表现 + 呈现 + 发现——对“语言是文学的表现工具”的质疑》，《文艺争鸣》，1987 年第 3 期。

③ 汪曾祺：《中国文学的语言问题》，《文艺报》，1988 年 1 月 16 日。

④ 李陀等：《语言的反叛——近两年小说现象》，《文艺研究》，1989 年第 2 期。

⑤ 李劼：《试论文学形式的本体意味》，《上海文学》，1987 年第 3 期。

⑥ 李洁非，张陵：《现代派：语言的革命》，《文艺理论研究》，1987 年第 5 期。

含义：以毕达哥拉斯学派为代表的自然美学意义上的“数理形式”，柏拉图的作为精神范型的先验“理式”，亚里士多德的与“质料”相对应的“形式”，罗马时代出现的与内容相对而言的“形式”。它们在中古及近现代美学史中获得了丰富和发展。20 世纪以来各种形式概念及其理论学说，无非是 4 种“本义”的繁衍或变种。[①] 这就还原了形式概念的丰富哲学内涵，揭开了它被遮蔽的形而上学含义，为理解艺术形式问题提供了更加开放、更加多维的交互模式。赵宪章认为形式是“一个多元的和复杂的概念，绝非仅限于同‘内容’相对而言的意义”。他的“形式美学”，主要涉及“‘形式的审美规律’‘历史与形式的关系’两大主题，涉及物质的、物理意义上的形式和精神的、心理学意义上的形式两大形态”。[②] 这是区别于狭义形式概念而更强调哲性本原与历史文化意涵的“大形式观”，是从狭义形式观拓展到了更丰富和开阔的历史、文化、精神领域，由此文艺作品的符号、结构、体式等外在形式因素所蕴含的独特体验、思维、观念、价值等“内在形式”的潜在意义，就能被洞察。

这些来自文学语言、形式美学的新观念新视野，激发了文艺学对文学结构、符号美学、叙事理论和文体学的浓厚兴趣，推动了中国文论的“语言论转向”。它使语言、形式等历来被忽视的要素（如“辞达而已”体现的是儒家实用理性的语言观，“得意忘言”体现的是道家式的反语言立场，与现代以来“内容与形式辩证观”等，同样都是附属论、工具论语言观）被赋予空前的意义和价值：形式不仅体现主体精神创造的丰富性，而且本身就是意义本原所在。被提升到形上层面的“大形式观”，则联结着主体心理、个性、文体选择，以及与历史文化语境之间的交互关系，同时也是人之存在的确证，彰显了形式范畴潜具的历史文化内涵的深邃与丰富。20 世纪 90 年代以后审美形式论逐渐扩展到文体学、叙事学、文化修辞学和存在论美学等诸多领域，并向纵深发展。如王一川提出的“修辞论美学”，将语言要素置于文化语境、意识形态话语的密切关联中；童庆炳倡导的文体学研究和“文化诗学”的主张，表达了对“文学终结论”及“文化研究”之“去审美”“反诗意”取向的由衷不满，坚守文学的“审美”据点，致力于打通“外部研究”与“内部研究”，实现文学与文化的对话与融通。这些学者立足于文学的审美品格，却不拘囿于封闭的审美主义，以敏锐的审美感悟和历史主义视野探掘文化历史语境的丰厚内蕴，极大

① 赵宪章：《形式概念的滥觞与本义》，《文学评论》，1993 年第 6 期。
② 赵宪章：《形式美学与文学形式研究》，《中南大学学报（社会科学版）》，2005 年第 2 期。

地开放了文艺学研究的视野和思维，是审美形式论的深化、拓展和超越。

20 世纪 80 年代中期以后，各种西方理论思潮井喷式地被引进和接受，作家艺术家们以高度的热情将西方新观念、新技法用于文学创作的探索，使文坛充满着生机勃勃的活力和感染力。旧的理论机制中“形式主义”历来是一顶倍受非议的大帽子，除了遵循正统形式教条的规范，作家任何形式的尝试都可能遭到压制，谈理论问题时“形式”则是雷区。这样极端“去形式化”的后果，也恰恰是剥离文学的“审美”特质的肇因所在。审美形式论纠正了长期以来重内容轻形式的理论偏误，体现了文论向现代美学转型和自觉创新求变的趋势，是文艺学挣脱“工具论”文艺观之后对文学“自律性”的积极探索。从中国文论史进程来看，它既接续了由王国维所开启但却被搁置的审美现代性传统，又是新形势下文艺学积极吸纳西方资源、寻求变革融通的新阶段。

（三）审美意识形态论

“意识形态”是马列主义文艺思想的基本范畴，也是自 20 世纪三四十年代至新中国成立以来界定文学本质的基石。新时期文论一方面批评机械反映论的文学观，另一方面又批评意识形态论的文学观，这是对流毒广远的旧思想、旧观念的“破”的工作；当社会和文化秩序得以恢复，“立”的工作就极为紧迫了。在新的历史情境中，如何重审文艺与上层建筑和意识形态的关系，构建文学基本原理，是文艺学学科必须面对的问题，也是寻找和确认学科依据的核心理论问题。20 世纪 80 年代以来，在承袭“从属论”的“保守主义”与标举审美主义的激进立场这两种倾向之间，以钱中文、童庆炳和王元骧等为代表的学者们以审慎、务实却勇于创构融通的态度，各自在审美反映论深入探究的基础上，从学科基础理论构建的自觉意识出发对文学与意识形态的关系做了切实的考量，共同建构了“审美意识形态论”。这是新时期审美论建设的重要成果，是在审美特征论、审美反映论阐发的基础上不断走向闳深的过程，是基于更全面地涵盖文学本体（质）的规定性而提出的新概念，目的在于为文艺学学科寻找学理的基础。

钱中文与童庆炳在 20 世纪 80 年代初阐发审美反映论的同时，都曾提及“文艺是一种具有审美特征的意识形态”。1982 年，钱中文在探讨人性共同形态问题时就提出“文艺是一种具有审美特征的意识形态”，评价文艺应进行美学分析①；1984 年在批判分析苏联文论家波斯彼洛夫“意识形态本性论”时明确提出，

① 钱中文：《论人性共同形态描写及其评价问题》，《文学评论》，1982 年第 6 期。

“文学艺术固然是一种意识形态，但我以为是一种审美的意识形态；文学艺术不仅是认识，而且也表现人的情感和思想；审美的本性同样是文学的根本特性，忽视这种审美的本性，也就无法阐明文学的特性”。[①] 1986 年，他在阐发审美反映所包含的人的精神心理的具体性、主观性、丰富性时，提出“文学作为一种审美的意识形态，其重要的特性就在于它的审美性和意识形态性”，它在感性的、具体的、非理性的方式中又被赋予了理性的品格。[②] 1987 年，他又继续阐明人类的社会实践的发展使语言不断完善来表情达意，才完成了从审美意识向审美意识形态的过渡，“它是审美意识的，又是具有话语的、文学形态性的；它是审美的，又是具有意识形态性的，这就是它的本质特质”。[③] 至此，钱中文明确将“审美意识”而非“意识形态”作为逻辑起点，强调在社会实践的历史演进中，审美意识从自然形态逐渐演化为审美意识形式，通过语言的发展获得了心理形式的表现并导致了思维的丰富性、杂多性，逐渐融入蕴涵着文化精神的语言文字结构，生成为现代意义上的文学审美意识形态结构。[④] “审美意识形态论”的意涵从最初相对笼统、宽泛而变得明晰、具体，显示了审美论建设从初期的急进、躁动状态向更加稳健、笃实的学术理性沉落。

与钱中文相呼应，童庆炳从文学审美特征论走向了对文学审美意识形态论的建构。20 世纪 90 年代前后，审美意识形态论逐渐成为界说文学本质的主流观点，随着童庆炳主编的系列文学理论教材的广泛传播，是新时期以来影响最广泛的文学观念。童庆炳将“审美意识形态论”确认为“文艺学的第一原理”，认为文学既具有审美性，也具有意识形态性，二者存在于整一性关系中。在他那里，“审美反映”和“审美意识形态”是可以互文使用的两个概念：意识形态都是具体的，而非抽象的，不存在所谓一般的意识形态，文学就是具体意识形态的一种——审美意识形态，这是文学区别于其他意识形态的特性所在。[⑤] 他强调审美意识形态并非“审美”与“意识形态”的简单相加，而是“相对独立的整一的范畴和系统”；它又是一种“复合结构”的理论形态：既表现了集团的、群体的倾向性又体现了人类的共同性，既是认识又是情感，既是无功利的又有功利性，既是假定性又有真实性。[⑥] 这些“‘审美’不是纯粹的形式，是有诗意

① 钱中文：《评波斯彼洛夫的〈文学原理〉》，《文学评论》，1984 年第 4 期。
② 钱中文：《最具体的和最主观的是最丰富的——论审美反映的创造本质》，《文艺理论研究》，1986 年第 4 期。
③ 钱中文：《曲折与巨变》，《新理性精神文学论》，华中师范大学出版社，2000 年，第 119 页。
④ 钱中文：《论文学审美意识形态的逻辑起点及其历史生成》，《文学评论》，2007 年第 1 期。
⑤ 童庆炳：《审美意识形态作为文艺学的第一原理》，《学术研究》，2000 年第 1 期。
⑥ 童庆炳：《审美意识形态论的再认识》，《文艺研究》，2000 年第 2 期。

的内容的；‘意识形态’也不是单纯的思想，它是具体的有形式的”，“审美意识形态”有巨大的溶解力，可以包容政治的、道德的、教育的、宗教的、历史的甚至科学的内容，并且是一种复合性结构，具有双重的性质。①

童庆炳的“审美意识形态论”，在确认文学“审美”特性的基础上保留了传统反映论的合理要素，将“机械反映论”视“审美”特性与“意识形态性”为冲突关系的二元对立思维定式进行了根本性的扭转，使简单粗暴的对抗关系转换为“辩证统一”的张力结构：它既非二者平面化的“相加”，也非抹杀二者差异性的“调和”，而是一种相互依存、相互作用、相互生成的动态结构。尽管这个阐释引起了学界的讨论和争议，“保守派”和“激进派”就“审美”与“意识形态”所归属的价值取向表达了各自的质疑，但双方均无法完全否认和取消两个因素中的任何一方。从实际看，古今中外优秀的文艺作品总是兼具两个方面：一是对社会、时代吁求的对话与回应，它总是以不同方式去涵蕴群体、社会、历史、时代的内涵，但同时却又基于“人”的命运的关切而对社会历史逻辑、时代主流抱持着反思、疑虑、审视和批判的态度；既坚持人文价值取向，以鲜活、生动的感性形式表现个体生命的活性状态，又要抵达对人类生存境遇的普遍性观照。文学艺术的丰富意蕴和审美价值，确实是“审美”与“意识形态”在“动态的生成关系”中达成的某种特殊张力效果。

1987 年，王元骧以能动的反映论为起点阐述了文学的审美意识形态特性。他指出文学是以情感为中介对生活进行反映，总是基于作家的主观条件如思想、观点、兴趣、爱好、气质、能力等方面的制约和差异而有所差异，情感反映不是为了获取客观事实而是倾心于价值事实，不是采取抽象思维而是借助于感性直观，其目的不是获知“是什么”而是“应如何”，等等。文学作为意识形态的特殊性在于它对现实的反映属于情感的（审美的）把握，而非认识的（科学的、理智的）把握，它提供了科学认识所不具备的价值关系。② 他将文学的“意识形态性”与“非意识形态”做了区辨，认为文学的“非意识形态性”体现在审美意识中首先是个人意识、感性意识，且主要包含着对感性对象的态度和评价，始终不脱离活生生的人的生活，以及他们的感觉、情绪、意志、愿望，并能超越个体性的偏隘而达成普遍性和整体性的把握。③ 1989 年，在《文学原理》中，王元骧明确标举文学最根本的性质就是社会意识形态，

① 童庆炳：《怎样理解文学是审美意识形态》，《中国大学教学》，2004 年第 1 期。

② 王元骧：《文学的意识形态性质的再认识》，《社会科学战线》，1987 年第 3 期。

③ 王元骧：《文学的意识形态性与非意识形态性》，《高校社会科学》，1989 年第 1 期。

是“通过作家的审美感受来反映社会生活的，是作家审美意识的物化形态，因而又有自己特殊的反映对象和反应方式”。①

“审美意识形态”论的提出，是一代学人在冲破传统工具论、反映论、机械论的僵化模式之后，力图在保留传统意识形态论合理性的基础上为文学理论寻求新的基石，以保证文学的特殊性和自主性，在文学和其他的意识形态之间划分出相对的界限；同时又要坚持文学对社会现实的关怀和阐释能力。20世纪90年代以降，随着文学外部环境、价值向度的变化，随着文学理论界域的更加开放，“审美意识形态论”的倡导者以热切的现实关怀和人文立场，将对社会文化和精神领域诸多问题的反思纳入对理论问题的思考，从各自的角度对审美论进行了拓展和开掘。钱中文高张“新理性精神”，童庆炳倡扬本土化的“文化诗学”，王元骧则通过康德美学的再阐释、再评估将“人即目的”的内核导入审美意识形态论的新思考。他们以执着的探索精神和强烈的使命感投入文艺学理论建设的实践中，产生了广泛而深远的影响。如论者所言：“文学‘审美反映’论和‘审美意识形态’论是中国学者在认真研读马克思主义经典文本基础上的理论独创，它们‘形成了一张遍布理论体系全副躯壳的神经网络’，贯穿了当代文艺学的整个逻辑体系与理论视域。”② 因此，它“并非对此前‘意识形态论’文学本质观的全面颠覆，但可以称得上是实质性的改造和理论重建”。③ 面对新理论、新思潮的“眩晕”，处于转型期的新时期文论建设确实需要保持足够的理性和冷静，寻找一个坚实沉稳的立足点。“审美意识形态论”构建者们，选择了严谨、审慎而开放、包容的姿态，“从文艺理论发展的实际出发，抓住了有重大意义的时代问题”，“前所未有地推进了对于文学性质与文学观念的多元理解”，使“绵延了半个多世纪的文学本质审美论与意识形态论两脉实现了融合”。④ 新时期文论在合理保留历史连续性的同时，为文艺理论拓展自己的领地做出了切实的贡献，获得了更具涵括力的新维度，它被称为“中国学者对马克思主义文艺理论的一种创造性阐释，是中国现代文论观念走向成熟的一个重要标志”。⑤

① 王元骧：《文学原理》，浙江教育出版社，1989年，第25页。
② 吴子林：《“中国审美学派”：理论与实践》，《马克思主义美学研究》，2009年第2期。
③ 赖大仁：《当代文学本质论观念嬗变：从意识形态论到审美论》，《学习与探索》，2015年第5期。
④ 吴子林：《从“审美反映论”到“审美意识形态”论》，《中国政法大学学报》，2012年第4期。
⑤ 朱立元：《对反映论文艺观的历史回顾与反思》，《理解与对话》，华中师范大学出版社，2000年，第307-308页。

（四）审美超越论

审美超越论是新时期文论建设的重要收获，它以哲学本体论的视野为观照“审美”，提示了指向终极超越的新维度，其主要代表人物是杨春时和王元骧。

杨春时以哲学为根基，立足于人的终极解放来把握“审美”的价值和意义。1981 年，他提出，“审美意识不是一种认识形式，也不是普通的情感，而是在普通意识基础上人类自我创造的产物，是一种更全面、更自由、更高级的意识类型”。[①]“审美关系”则是“一种全面的、自由的‘实践—精神的掌握’关系”。[②] 他将“审美”的内涵理解为在比现实更高的层次上使人抵达精神的自由，是人获得精神解放的重要途径，实现了对现实中主客对立关系的超越而具有哲学本体论的深刻内涵。文学艺术不只是在其独特性上与现实相区分，而是从本质上对现实的超越。在 1985 年开始的文学“主体性”论争中，他指出苏联化的工具论、反映论文艺观的根本弊端，在于“把文艺仅仅当做现实环境的反映和产物，而割断了文艺超越现实的自由品格”，使“文艺成为无主体的历史文献”。[③] 这切中了自左翼文学以来持续被强化的文学意识形态性的症结所在。他还认为:“文艺作为‘自由的精神生产’（马克思语）的产物，具有更为充分的主体性，因而它又超越于其他精神产品，具有充分自由的品格。”[④]也就是说，一般实践活动的主体性是不充分的，文学作为“自由的精神生产”则拥有充分的主体性，这就使文学的主体成为全面发展的个性——艺术个性，使文学具有了超越性。因此，“审美”不只是用以界定文学核心特征的范畴，不只是构成文学本体自足性的基础，也不只是文学和社会意识形态的黏合剂，而是指向对社会现实局限性的超越，是使文艺的“自由品格”得以确立，使人摆脱异化、走向完善的最高形式。

王元骧从其审美反映论所揭示的“应如何”的维度，经由价值论和实践论的观照抵达了文艺本体论的新视野。按其理解，作为具有自我意识、能“感觉到自身”“思维到自身”的特殊物种，人的生活实践具有两个世界——“经验的世界”和“超验的世界”，后者“是相对于人的文化需要而言的精神的世界，只有进入这个世界，人才能找到自己所追求的无限的，亦即‘终极

① 杨春时:《论审美意识》,《求是学刊》，1982 年第 3 期。
② 杨春时:《论审美关系》,《求是学刊》，1983 年第 5 期。
③ 杨春时:《论文艺的充分主体性与超越性》,《文学评论》，1986 年第 4 期。
④ 同③。

的目的’，从而使得在两个世界、两种目的之间形成一种张力，不断地把人引向自我超越”。[①] 这种追求自我超越的人类本性使得文艺本体具有了超越性的审美特质：“使人从当下的生存状态和个人生活中超越出来，去思考和追求自己生命终极的目的……使自身的生命价值不断地得以提升和拓展。”[②] 这是对审美反映论的批判性发展，是对20世纪90年代中期以来泛娱乐化和消费主义背景下物欲膨胀、官能主义盛行的文化生态的理论回应。他将审美超越视作对抗人类全面异化困境的通道，是人的本体建构的途径，并提升到终极关怀的维度上加以诠释。这种看似理想主义的高蹈包含着他对文艺理论现实品格和承担意识的自觉。在价值失范和信仰缺席的时代返归原点对“审美”范畴进行学理溯源和发掘，由此重建审美之于现实、之于人生、之于道德、之于人类本体的积极价值。审美的超越特质作为艺术精神的内核，为人的存在提供了理想的尺度，并以精神和心理层面的特殊实践方式感染、激励和召唤着人对自我、对现实的超越，从而在终极意义上使破碎的、异化的主体有望获得修复和重构。

历史地看，五四以来从西方引进的“现实主义”范畴，从最初“为人生”“改良人生”的启蒙内涵逐渐演变为革命意识形态“为政治”“为阶级斗争服务”的进路中，围绕“现实”和“真实”等问题，在正统的“意识形态”一元化的诠释模式中留下了纠缠不清的各种歧异纷争，其中突出的弊病在于对文学主体性和审美性这两个基本要素的抑制和否定。抹杀了主体性，文学就丧失了独立性和具体性，成为呆板的历史文献和社会意志的机械复写；取消了审美性，文学就剥离了与人的生命体验直接关联的精神和情感特质，成为抽空生命灵性和价值内涵的公式和概念。杨春时、王元骧等学者从“审美”的超越维度，针对现当代文学史的经验、教训及其集结的各种矛盾，针对文化虚无主义和价值消解的现实乱象，以扎实的学理探索为文学审美论敞开了指向本体论的新视域，赋予新时期文论以丰富的当代内涵。

三、新时期文学审美论的意义与现代文论建设

新时期文学审美论在中国文论史上具有重要意义。它在新时期思想解放的时代潮流中领风气之先，以极大的勇气挣脱了“工具论”文艺观的束缚；它

① 王元骧：《我的学术道路（代序言）》，《审美超越与艺术精神》，浙江大学出版社，2006年，第11－12页。
② 同①，第13页。

广泛吸纳来自马克思文论和西方现代文论的新资源，在总结、吸收、承续五四新文学及现代文艺理论经验的基础上进行了创造性的发展和推进，拓展了文学理论的新视野、新路径、新空间。它批判性地吸收了传统反映论的合理要素，对当时大量涌入的西方新观念、新方法大胆拿来，为中国文论经历长期停滞之后获得发展和变革创造了有利条件。更重要的是，它以积极的理论建构的热情和自觉意识应对时代的吁求，使中国现代文论发展在历史性的偏误之后重新恢复到有序化、合理化的轨道中，真正实现了中国文论的当代转型。

立足于20世纪中国文论史发展历程，新时期以来文学审美论的意义是不容低估的：

（1）它以“审美”为核心，立足于新启蒙背景下人的价值重估，以多元维度和多样性视角敞开了文艺理论建设的新天地，恢复了现代学术理性和交往理性的既有传统。新时期审美论打破了半个多世纪来使文学发展陷入僵局的枷锁，使文艺学从机械反映论和庸俗社会学的泥淖中拔出脚来，开始转向对文学的特殊性、自律性的研究——这是对五四以来中国现代文论学理建设的自觉推进和发展，同时也为文艺学学科的独立性和合法性探寻学理依据做出了切实的努力。

（2）在对五四文学传统回归的基础上，它改变了自五四以来重思想、轻形式的缺欠，以及革命文学发生以来日益强调意识形态性而忽视、取消文学主体性、审美性的误区，使中国文论的现代品格得以凸显，为实现中国文论当代转型奠定了坚实的基础。

中国现代文论的基本观念最早在梁启超、王国维的著作中初显端倪，经“五四”新文化运动而得到确立。王国维尊崇“美术”的“解脱”功能和“游戏”属性，大力标举文学的独立价值，对政治功利主义进行了批评。但由于他的主张与为人生、为社会、为民族国家的救亡的五四启蒙精神和革命文学价值不相符，最终被搁置。现代文论发展中不断被强化的是梁启超所推崇的社会功利取向的这一条线索，也就是“起于文学研究会的文学为人生、反映人生、服务人生，到后来的文学反映社会、反映革命并服务于革命的现实主义的文学思潮”。① 由于现代民族国家诉求的日益强化，其集体指向和“载道”功能不断加强。许多有责任感和社会关怀立场的作家、理论家逐渐接受了文学必须为现实斗争和为革命服务的观念，造成文艺观念中“人”的萎缩，公式主义、客观主义泛滥。关于文学自律性、文学的审美特征、文学本体问题的深度

① 王元骧：《中国现代文学理论研究的世纪回眸》，《文学理论与当今时代》，浙江大学出版社，2000年，第246页。

思考，直至新时期文学审美论成为主流之前，始终没有得到充分的重视和对待。相对于西方20世纪美学、文学观念、思潮和派别的丰富与成熟，中国文学观念的现代性历程在接受了苏联马克思主义之后日益走向封闭，表现出明显的封闭性和保守性。新时期文学审美论一方面承接梁启超式的推重社会功利、政治功利的价值立场，合理吸收了既有的反映论、意识形态论的某些要素；另一方面针对前者忽视文艺特殊性、审美性的痼疾，以审美论资源的重新发掘和化用彻底扫清了历史的迷雾。围绕“审美范畴”展开了多向度的理论建构，是现代文论自“五四”以来在学理上的集体觉醒和切实建设，为20世纪90年代以来语言论和文化论转向准备了条件。

（3）新时期文学审美论深入探讨了文学与意识形态之间的关系，把文学的意识形态性与非意识形态性加以区分，打开了探究文学原理的广阔视野。

关于文学与意识形态的关系，是直至“拨乱反正”之前中国现代文论发展中始终没有条件细致清理的根本问题，也是造成革命意识形态成为主流之后文学日益失去生存空间的理论根源所在。五四启蒙文学确立的“人”的命题内在地归附于社会功利价值，随着历史逻辑的演进，文艺最终沦为极端政治功利主义的牺牲品，“人”的主题完全走向了反面。这个历史过程包含着沉痛的教训：即完全剥离了文学的主体性、审美性，唯政治意识形态的律令政策是瞻，也就从根子上绞杀了文学的生命。要冲破这一迷障，最基本的一点则是确认文学的“审美”特性，从学理出发对意识形态和“审美”做出区隔，对“审美”的内蕴详加探究，对二者之间的联系做出合理的诠释。借助“审美超越”的视角，可保持对现代性理性局限的警觉和批判态度，有望将现代文论跃进到本体论层面。这对于廓清百年中国文学在文艺与意识形态之间的漫长纠葛，迈出了历史性的一步，极大地开启了文艺学理论反思的视野。

（4）致力于新时期审美论建构的这一批学人，都经历过极左文艺思潮的荼毒，痛感于极端政治功利主义对文学的侵蚀，都怀着历史的沉痛感密切关注着社会现实的动向，其理论探求饱含着强烈的历史使命感和现实关怀精神。从严重禁锢状态中重获思考和求知的权利，使他们表现出对于知识和真理的空前热忱，抱持着对“人”的命题的执着关切。他们积极思考，各抒己见，围绕着共同关注的问题热烈探讨与争鸣，充满了理论创新的勇气与锐气。因此，虽然都是倚傍“审美”立论，但每个人的着眼点却都源于自己的独特体验、发现和思考，有对话，有碰撞，有争鸣，却都源于对学术真知的信念。这种学术理性精神和众声喧哗、和而不同的交往态势、开放格局是新时期审美论建构的

优良品格，也是对五四新文化运动以来形成的中国现代“学统”渊脉的自觉承续，对当下中国学术建设依然深有意义。

从百多年来中国现代文论历程看，反映论、意识形态论与审美论虽针锋相对，各执一端，但都属于一元论的本质主义模式。随着西方现代主义和后现代主义思潮的大量引进，通俗文学空前繁荣，文学的商品性和娱乐功能日益凸显，理论界围绕大众文化、消费文化的影响展开了关于“人文精神失落”的讨论，并对新时期文学理论进行了反思和调整，文艺学进入“众声喧哗”的杂语时代。20 世纪 90 年代中期后文化研究蔚成主流，审美论逐渐淡出，被目为已然消逝文化记忆和“80 年代精神的背影”。至新世纪，随着中国城市经济的迅猛发展，韦尔施提出的西方发达国家所经历“美学重构”的图景日渐在中国各地显现。“大众美学”“生活美学”的崛起成为新一轮社会转型的标志。艺术和美的需求得到极大的扩张，艺术实践被广泛应用于生活领域、商业领域、媒介领域，横亘于艺术与大众日常生活之间的传统壁垒已经打破。持续飞速发展的技术、媒介因素正深刻地影响着艺术的观念及其创造和接受方式，将所有人都卷入其中。对理论界来说，如何界定和诠释“审美”则成为一个全新的课题。一些敏锐的学者已从当前西方学术动态的探察中发出了“审美论回归”的宣告。[①] 立足于当下中国现实，特别是着眼于走向文化大国征途中民族文化和精神建设的远景考量，关于“审美”理论的新诉求再度浮现，并被纳入新时代的宏大召唤。

随着全媒介时代的来临，文化消费主义导致的“娱乐至死”现象和“信息碎片化”状况，难免造成人的主体性和人文价值的耗散、泯灭，使文学走向令人担忧的片面性和荒漠化困境。审美论所张扬的人文精神和美学品格可资成为对抗后现代陷阱的有力鉴镜。然而，面对正在发生的“审美泛化”的变迁，面对文学活动主客观条件的历史性重构，面对文学艺术形态的颠覆，文学理论迫切需要进行“接地性”的观照、阐释和有力的回应。对于公众来说，面对新旧杂陈、优劣混糅、高下参差的种种失序和混乱，尤其需要真正能切中现实、提升认知和赏鉴水准的清明理性的引领。

已然来临的新时代，赋予“文学审美论”新的历史出场的契机。文艺学能否响应它的号召，推动中国文论迈向新的历史高度？

（作者单位：集美大学文学院）

① 周宪：《审美论回归之路》，《文艺研究》，2016 年第 1 期。

“文学本质——建构/主义——关系主义”，抑或思辨唯物主义美学视域中的文学本质①

孙恒存

一、思辨转向

文学研究历来绕不过哲学思想的眼界，关于文学本质的探讨理应聆听一下当今世界哲学思想的新声——“思辨转向”（the speculative turn）。面对国内反本质主义的文学思潮，思辨转向将捍卫文学本质在文学研究中的合法地位并进而声明：文学本质依然是文学研究不可或缺的重镇。

思辨转向是一场在21世纪初期兴起并持续至今、起源于欧陆并迅速席卷世界的哲学思想运动。毋庸置疑，“思辨实在论”（speculative realism）扛起了思辨转向的大旗。2007年4月27日下午1点到7点，伦敦大学哥德斯密斯学院的阿尔贝托·托斯卡诺在本校本·皮姆罗特大楼的讲演厅发起并主持了一场名为“思辨实在论：一日工作坊”的哲学会议。该会议聚集了一批以昆汀·梅亚苏、格拉汉姆·哈曼、雷·布拉希耶、伊恩·汉密尔顿·格兰特为主的新锐哲学家，尤以梅亚苏为代表的哲学新星在世界哲学圈里炙手可热。无论是喜欢还是厌恶，任何哲学家如果在当今想聊哲学问题，就不得不谈论梅亚苏及其代表的思辨实在论思想。根据哈曼在其博客文章《思辨实在论/客体导向本体论教程简要》（2010年）中的介绍，布拉希耶在2006年创造了“思辨实在论”，哈曼用该术语首先指称在2007年参加“一日工作坊”会议的4位学者的哲学事业。事实上，这个术语在后来的使用中远为宽泛，它包括但不限于那4位学者，巴迪鸥、齐泽克、布鲁诺·拉图尔、弗朗索瓦·拉吕厄尔等哲学家

① 2016年内蒙古社科规划青年项目“内蒙古网络文艺审美实践研究”（2016NDC113）阶段性成果。

也被容纳进来。

可见，思辨实在论是一个具有联盟性质的旗帜，任何反对人类中心主义并对以恢复客体（object）、实在（real）的独立性为主旨的“物体转向”（the thing turn）进行思辨研究的哲学计划都可以聚集在这面旗帜下。在这面旗帜下，一批以“思辨实在论”为题的学术著作成为该哲学事件的有力注脚，例如哈曼的《迈向思辨实在论：随笔与讲座》（2010 年）、彼得·格拉顿的《思辨实在论：问题与前景》（2014 年）、史蒂文·沙威洛的《宇宙万物：论思辨实在论》（2014 年）等。在这些脚注中，列维·布莱恩特、尼克·斯尔尼塞克和哈曼主编的《思辨转向：欧陆唯物主义与实在论》（2011 年）收录了诸多思辨实在论扛旗者的经典文章，其中既有哲学老人巴迪鸥、拉吕厄尔，又有哲学新星梅亚苏。在该论文集的导言《迈向一种思辨哲学》中，三位编者为思辨实在论所汇集的哲学事业及其在世界范围内引起的哲学运动提出了一个既响亮又承继的口号：思辨转向。

思辨转向雄心勃勃，力图取代哲学的“语言学转向”（the linguistic turn）和“神学转向”（the theological turn）。以英美分析哲学为主导的语言学转向因理查德·罗蒂的那本同名论文集而被众所周知。20 世纪后期，以让·吕克·马里翁和埃玛纽埃尔·列维纳斯为主要代表的法国哲学家在现象学领域掀起了神学转向风暴，成为欧陆哲学的靓丽风景。思辨转向把哲学的焦点从人和神转换到物，是对语言学转向和神学转向的双重超越，尽管布莱恩特、斯尔尼塞克和哈曼并未提及神学转向。这三位编者在《迈向一种思辨哲学》中首先回顾了 20 世纪英语世界的三波欧陆哲学思潮：第一波是以海德格尔为首的现象学；第二波是以德里达和福柯为首的解构思想；第三波是以德勒兹为首的块茎和游牧思想。进入 21 世纪初期，世界各种哲学探索逐渐聚集在思辨转向的旗帜下，三位编者期待思辨转向是对语言学转向的接棒。同时，该论文集副标题的关键词“唯物主义”和“实在论”标示了思辨转向的两种主要趋势。

二、思辨唯物主义美学

思辨实在论从一开始就有不同的派别，包括梅亚苏的“思辨唯物主义”（speculative materialism）、哈曼的“客体导向哲学”（object-oriented philosophy）、布拉希耶的超验虚无主义和格兰特的超验唯物主义等。这里，我们只介绍思辨实在论的主将梅亚苏及其思辨唯物主义。

梅亚苏带着他的《有限性之后：论偶然性的必然性》（2006 年）冲破了“相关主义”（correlationism）哲学的藩篱，同时在与“独断主义形而上学”（dogmatic metaphysics）的区别中形成了自己的思辨唯物主义思想，奠定了思辨实在论的哲学基础。梅亚苏把康德批判哲学以来形成并被坚信的某种哲学共识称为相关主义。该哲学共识认为，人类只能把思维和存在关联起来，思维与存在的对称关系促使任何一方只要脱离另一方都无法被认识。在相关主义思维下，任何物都是为了人的物，都被笼罩在人的阴影之下，也只能在人那里获得认识，人类中心主义跟相关主义哲学如影随形。梅亚苏通过思考“先古性”（ancestrality）及其“原化石”（arche-fossil）来诊断相关主义。原化石是指先于地球上的生命而存在的、揭示了远古事实或事件之存在的物质；远古性则是指事物先于地球上的任何已知生命形式而存在的特性。相关主义哲学无法解释人类依然可以思考一个无思想的世界这个现实，而思辨唯物主义就是要思考这个不曾被人类甚至任何生命所给予的世界。梅亚苏通过思辨唯物主义解释了相关主义哲学无法解释的先古性及其原化石这种从未被给予的世界，从而将欧陆哲学带到了前批判时代。在康德哲学之后，梅亚苏跟相关主义论战；在康德哲学之前，梅亚苏跟独断主义形而上学论战。独断主义形而上学通过“充足理由原则”（the principle of sufficient reason）来思考绝对实在，认为任何事物一定有它的必然性，每个实体均是绝对必然的。思辨唯物主义借自相关主义的论证方式拒绝“充足理由原则”，认为任何物都是偶然的和相对的。如此，梅亚苏在两面作战后得出结论：任何物都是偶然的，而这一点是必然的——偶然性的必然性。总之，思辨唯物主义认为宇宙万物是无理由的偶然性和相对性，而这种偶然性可以脱离人为因素成为一种必然性和绝对性。

据此，梅亚苏在文学分析中发展出了思辨唯物主义美学。思辨唯物主义美学在新时代进入国内，引起学界的普遍关注，一种新的思想利刃正撬开日趋固化的堡垒。文学本质在思辨唯物主美学视域中取得新航道。

三、文学本质的潜能

在思辨转向的思想运动中，人类的认知边界得到了更新扩展，更为重要的是，思辨转向为文学研究中文学本质的追问提供了合法性。这主要体现于思辨实在论在文学研究中的两个层面：

首先，文学研究的科学方法可以是思辨的，我们可以对独立于人的文学进行思辨研究。思辨转向认为哲学研究的方法是一种思辨行为。其一，思辨转向抛弃了胡塞尔的还原、马里翁的给予等现象学的研究方法；其二，思辨转向抛弃了俄国形式主义、英美新批评的文本细读和法国结构主义的结构分析、符号分析的研究方法；其三，思辨转向抛弃了德里达的解构、福柯的话语谱系分析等解构主义的研究方法；其四，思辨转向抛弃了弗洛伊德的精神分析、马克思主义的意识形态批判和文化研究的研究方法。这些研究方法的共同点就是反实在论，承认人类认识的有限性并将认识局限在人类经验的立场上，至于现象之外、语言之外、文本之外、历史之外等一切与人及相关因素（现象、历史、结构、语言、文本、社会、权力、意识形态、无意识、意向性等）的地界之外，人类无法对其进行思考，例如康德不可知的物自体、拉康的实在界大荒漠。如此看来，思辨方法是想抛弃自康德批判哲学以来建基于人类中心主义的所有哲学研究方法，然后返回到前批判时代，把思辨的对象锚定在人性之外的实在。总之，思辨方法是人类的一种思考行为，该思考行为扩展了人类的认知界限，把人类思考的能力和范围延伸到人迹绝无的实在。当把任何人及相关因素从文学中剥离之后，“文学可能是什么”的追问成为一个文学思辨问题，换言之，我们可以思考没有人学的文学吗？如前所述，思辨唯物主义显然给出了肯定性回答。

其次，文学研究的哲学基础可以是实在论的，文学本质的潜能源自实在论。文学本质在国内文学研究中是一股持续而强劲的力量，该力量在概念、命题和理论上无疑首先源自西方古今学术资源。在这些相关的西方资源中，文学本质卷入了诸多家族相似的术语范畴中，由这些术语范畴所拱卫的西方学术理念是文学本质的力量之泉即文学本质的潜能。文学本质的潜能有两个内涵：其一，文学本质背后的思想力量；其二，文学本质本身的蓄积力量。就第一个含义来说，文学本质的潜能显然是形而上学中的本质主义思想。卡尔·波普尔在《历史决定论的贫困》中首创“本质主义”，并用其指称反唯名论的理论。显然，唯名论的对立面就是唯实论（实在论），本质主义是唯实论（实在论）的别名，实在论是文学本质的潜能。毋庸置疑，世界哲学的思辨转向意味着科学研究既要返回到思辨的研究方法去追问“文学可能是什么”的思辨问题，又要返回到实在论去重建文学的本质主义思想。如此，文学本质的追问成为文学研究的必要选项，文学又重新回到了本质主义的形而上学问题。问题是，难道这个文学思辨问题又要裹入传统形而上学的漩涡吗？这里，文学本质的确转了一个圈，但是没有像蚊子般飞起后落脚在原点，而是如 DNA 结构般呈现螺旋盘升状。形而上学和本质主义在思辨唯物主义视域中都发生了变异，文学本质在新潜能中焕发出勃然生机。那么，新潜能发生了哪些变异并进而影响了文学本质的探究？我们愿意在评述当今国内陶东风、南帆的反本质主义文学思想中展开论述。

四、文学本质——建构/主义——关系主义

从20世纪晚期到21世纪初期的20年左右的时间内，文学本质及本质主义思想被学界各路英雄豪杰声讨笔伐，反本质主义的文学思想在当下成为文学研究的主流趋势。反本质主义的文学思想以陶东风的建构主义和南帆的关系主义最为强劲和显赫，成为众多研究的讨论对象。思辨实在论或思辨唯物主义视域下的文学本质研究跟建构主义和关系主义的文学研究各居其位、各司其职，三者的相互关系是：文学本质——建构/主义——关系主义。把建构主义分开的斜杠即康德的批判哲学。

当文学被思辨唯物主义重新带到形而上学的地带后，文学本质、建构主义和关系主义异口同声地拒绝独断主义形而上学，它们也正是在拒绝这个漩涡后才各自走上了不同的文学研究道路。独断主义形而上学是一个音叉，文学本质、建构主义和关系主义使用异质音锤敲打它而发出不同音色的铃声。文学本质、建构主义和关系主义之间的比较成为一个有趣话题。

首先，建构主义既是形而上学的又是相关主义的，它按照独断主义形而上学来理解本质主义。如前所述，独断主义形而上学依靠一个充足理由原则，本质主义按照该原则就是坚信任何物存在一个永恒不变的本质。在坚决反对这种本质主义思想时，建构主义一方面转向梅亚苏所谓的相关主义哲学，并在此基础上认为文学是人以相关因素的建构物；另一方面又给文学本质以存活空间，并认为本质主义只是文学本质论的一种。陶东风将其建构主义思想追溯到《大学文艺学的学科反思》（2001年）。（参见陶东风《文学理论：建构主义还是本质主义？》）因此，建构主义允许文学本质的存在，并把文学本质锚定在人为因素的建构中，文学本质在建构主义的历史化、身份化后出现了偶然性和多样化而非独断主义形而上学的本质主义阴影下的唯一性和永恒性。问题在于，建构主义否认了本质主义对文学本质的决定关系，如前所述，文学本质的潜能是本质主义，这是无法否定的关系。当建构主义把形而上学仅仅理解为独断主义形而上学时，它不得不斩断本质主义和文学本质的联系，以此在拒绝独

断主义形而上学及其本质主义时还能为文学本质预留一个空间。但是，建构主义并未意识到，这个预留空间就是非独断主义形而上学的形而上学。因此，建构主义一脚踏在形而上学（文学本质）上，而另一脚则踏在相关主义哲学上。

其次，关系主义在拒绝独断主义形而上学后斩钉截铁地双脚踏在相关主义哲学上，关系主义恰恰因此反而在相关主义哲学中比建构主义走得更远。关系主义跟建构主义一样基于相同的理由拒绝独断主义形而上学，但是关系主义把独断主义形而上学、本质主义和文学本质看成环环相扣的锁链，所以当关系主义扔掉锁链的一端时，整条前批判的锁链都被抛弃了。关系主义没有建构主义的拖泥带水和含混犹豫，而是毅然决绝地转向相关主义哲学。南帆将自己的关系主义思想追溯到《艺术分析中多重关系的考察》（1984 年），在《文学研究：本质主义，抑或关系主义》中旗帜鲜明地提出来。具体来说，关系主义认为文学是在诸多话语光谱的关系网络中进行交叉比较和衡量博弈下显现出来的，这些话语光谱显然源自人类的社会历史文化，历史成为关系主义锁定文学的 GPS。(参见南帆《文学可以定义吗?》）可见，当建构主义把文学锁定在人及相关因素时，关系主义已经在建构主义的这个基础上把文学进一步放置在人及相关因素的关系网络的历史博弈中来看待了，关系主义也正是在这里比建构主义更为深刻。事实上，马里翁把尼采当作虚无主义形而上学的代表，以此对应柏拉图的独断主义形而上学。关系主义虽然比建构主义走得更远，但是也更容易掉进虚无主义形而上学（解构主义）的漩涡中，关系主义正是因故而只能更为器重历史语境的锁定和固型力量。但是，历史是时间的人类学向度，其本身在足够的时间和纷繁的人性内都变动不居——一切历史都是当代史（克罗齐），又该如何作为参照系去衡量文学呢？但是，关系主义似乎也无法找到比历史更为稳固的东西来作为参照，这就意味着：历史有多大程度的稳固，文学就有多大程度的定位，关系主义就有多大程度的价值。

最后，思辨唯物主义的文学本质首先是拒绝关系主义，然后是拒绝独断主义形而上学。在思辨唯物主义视角下，建构主义和关系主义分别是一种弱相关主义和强相关主义，建构主义所预留的文学本质如同康德在其哲学中悬置的物自体。如果建构主义把踏在相关主义哲学中的一只脚收回到形而上学同时像关系主义那样坚信形而上学、本质主义、文学本质如同一条依次挂扣并具有决定关系的锁链时，思辨唯物主义的文学本质的立场就形成了。文学本质在思辨唯物主义视域中依据梅亚苏对相关主义哲学的反驳而拒斥关系主义的文学研究，主张对独立于任何人以相关因素的文学进行思辨研究。换言之，当文学本质跟关系主义背道而驰时，文学研究已经转向并思辨文学的实在问题即文学的必然性和绝对性问题。此时，文学本质所要面临的是独断主义形而上学，如前所述，思辨唯物主义的文学本质只能依靠取消独断主义形而上学的充足理由原则来既拒绝形而上学的独断主义又接纳形而上学。文学本质和建构主义在这里要感谢关系主义，因为三者在取消充足理由原则方面分享着同一个秘诀：经由关系主义的论证方式而驳斥独断主义形而上学。文学本质与建构主义据此得出文学本质的偶然性和多样化——文学本质本身的蓄积力量，而这正是前述文学本质的潜能的第二个内涵。文学本质在这里异于建构主义的地方是，文学本质清醒地意识到了一种非独断主义的形而上学和本质主义思想——思辨唯物主义，我们可以称之为文学本质的新潜能。因此，文学研究在新潜能的催动下不仅思辨文学本质的潜能（第二个内涵）的偶然性实现，同时又坚信这种偶然性文学本质的必然性和绝对性。

如今，文学的本质主义和反本质主义思潮两大阵营持续攻讦、势不两立，其实文学本质、建构主义和关系主义各自占据了文学研究中的有利位置，甚至只有不禁止独断主义形而上学的文学本质论，才能不沦为形而上学的独断主义。哲学迈进了一小步，而文学则迈出了一大步。文学足够宽广，容得下本质主义和反本质主义的文学研究同时同台百家争鸣、百花齐放。

（作者单位：内蒙古大学文学与新闻传播学院）

第二辑　西方文艺美学史及其前沿问题

空间解释学论纲

杨春时

解释学是关于如何理解和阐释文本意义的学说，其任务是打通解释者与文本之间的时空间距，获得文本的意义。伽达默尔建立的现代解释学是时间性的解释学。时间解释学建立的背景是现代性开启了时间性，产生了现在与过去的间隔，对历史的理解发生了障碍。时间解释学的宗旨就是打通现在与过去，理解和阐释历史上的文本意义。但是，伽达默尔没有建构起空间性的解释学，也就是没有解决处于不同的社会文化体系之间的解释者与文本之间的解释问题，因此是不完善、不全面的解释学。在后期现代社会的历史条件下，对时间性的强调转向对空间性的强调，建立空间解释学具有了迫切性。解释学中存在着空间性的因素，并且已经发生了时间解释学向空间解释学的转向。因此，有必要和有可能依据这些思想资料建构一个空间性的解释学，使得解释学成为完备的意义之学。

一、时间解释学向空间解释学的转化

解释学在其早期阶段，是关于如何正确地阐释《圣经》的意义的技术。由于语言在历史中发生了变化，于是如何消除语义的变异以正确地理解文本的原初意义就成为一门学问。近代的施莱尔马赫把这门技艺发展为一种理论即古典解释学，其任务是克服历史造成的语义畸变，把握文本的原义。古典解释学认为时间性是可以克服的，文本的原义是可以还原的。在施莱尔马赫之后，解释学经过狄尔泰的生命哲学解释学的中介，向现代解释学转化。狄尔泰提出，解释学是精神科学方法论，它不同于自然科学的外在“说明”，而是内在的“理解”。这种作为精神科学方法论的解释学已经包含着历史性，但并没有得到明确的理论阐发。发端于海德格尔的“实存性解释学”（Hermeneutik der Faktizität）是时间性解释学的源头。海德格尔的实存哲学把理解和解释看作此在的生存结构，即此在对自身的可能性进行的筹划。由于“此在在世”的时间结构，理解和解释也就具有了时间性，是在时间之中对世界的理解和解释。这就是现代解释学的哲学根据。海德格尔的时间性解释学思想经过伽达默尔的阐发，建立了系统的哲学解释学，于是现代解释学得以确立。伽达默尔指出：“因为只有当海德格尔赋予理解以‘生存论的’（Existenzial）这种本体论转向之后，时间距离的诠释学创新意蕴才能够被设想。”[①] 从生存—理解的时间性出发，伽达默尔认为：“……理解从来就不是一种对于某个被给定的‘对象’的主观行为，而是属于效果历史，这就是说，理解是属于被理解的东西的存在。”[②] 这样，理解和阐释就成为现在和过去的中介。在海德格尔那里，由于此在的现实性与超越性的差异的模糊，现象学和解释学还没有分家，因而是一体性的生存体验的反思。于是，海德格尔的解释学也成为对生存本身的现象学阐释活动。尽管海德格尔强调生存—解释的时间性，但却由于死亡的先行性而中断。海德格尔认为，死亡是此在在世的先行结构，面对死亡而产生畏，畏启示着无，使生存虚无化，最终导致理解超越历史性而转化为对存在的意义的领会。因此，海德格尔的解释学最终归结为现象学，具有形而上学的指向性。而伽达默尔则使解释学脱离了形而上学，成为一种现实性、历史性的理解、阐释之学，从而与现象学分道扬镳。伽达默尔的解释学不是旨在超越历史而追寻存在的终极意义，而是进入历史之中获得文本的现实意义。伽达默尔认为，时间性是解释得以可能的根本。他说：“事实上，重要的问题在于把时间距离看成是理解的一种积极的创造性的可能性。”“正是这种经验在历史研究中导致了这样一种观念，即只有从某种历史距离出发，才可能达到客观的认识。”[③] 理解和阐释的时间性体现为主体的前理解构成的当下视域与文本所展示的历史视域之间的相互作用即“视域融合”，也就是打通了时间隔离而达到了对文本意义的历史性把握。由于理解和阐释始终是在历史之中把握对象，因而具有历史的规定性和局限性，即解释的结果是文本的历史意义，而不是现象学还原的绝对的存在意义。伽达默尔指出：“它（按指解释学）标志着此在的根本运动性，

① ［德］伽达默尔：《真理与方法》（上卷），洪汉鼎译，上海译文出版社，1999 年，第 381 页。
② 同①，第二版序言，第 8 页。
③ 同①，第 381 页。

这种运动性构成此在的有限性和历史性，因而也包括此在的全部世界经验。”①现代解释学还认为，解释的结果是在历史中变化的，因此不存在绝对不变的意义，意义是历史性的。这并不意味着可以随心所欲地进行解释，而是说解释也有正确的和不正确的，它是由“真前见”和“假前见”来决定的。解释的标准也是历史性的，那就是传统，传统规定了解释的标准和限度。这一切都表明，现代解释学建立在时间性的基础上，是时间解释学。

时间解释学是在现代性条件下形成的。现代性的本质是时间的启动和对时间性的自觉，从而才有了从古代到现代的变革和进步。时间解释学适应了现代性的需要，完成了沟通现在与过去从而把握历史的任务。但是，时间解释学毕竟不是完备的解释学，因为解释不仅要打通主体与世界之间的时间隔离，还要打通主体与世界的空间隔离。特别是在后现代社会，由于现代性的完成，时间性的主导位置让位给空间性，社会文化的隔离与冲突成为更突出的问题，因此就有诸如“历史的终结”（福山）和“文明的冲突”（亨廷顿）等理论的产生。在这种历史条件下，如何沟通不同的民族、社群、个体而建立空间解释学就成为一种时代的需要。总之，解释除了具有时间之维，还具有空间之维；不仅要建立时间解释学，还要建立空间解释学。

在伽达默尔之后，解释学开始了空间性转向。虽然迄今为止仅仅产生了一些带有空间性倾向的个别的理论，而没有建构出系统的空间性解释理论，但这些个别的理论可以成为建构空间解释学的思想资源。空间解释学的开创者首先是海德格尔。早期海德格尔在生存论的基础上首创了现象学和时间性的解释学，但后期在“本有论”的基础上转向空间性维度。他认为在“天、地、神、人”的亲密关系中，在“诗意地安居”中，可以克服空间距离，实现“本真的共在”即回归本真的存在，进而显现存在的意义。后期海德格尔认为本真的存在是一种“相互面对”的近邻关系：“但相互面对有深远的渊源，它源于那种辽远之境（Weite），在那里，天、地、神、人彼此通达。歌德和莫里克喜欢用‘相互面对’这个短语，而且不光是对人，对世界之物也这般使用。在运作着的‘相互面对’中，一切东西都不是彼此敞开的，都是在其自行遮蔽中敞开的；于是一方向另一方展开自身，一方把自身托与另一方，从而一切都保持其本身；一方胜过另一方而为后者的照管者、守护神，作为掩蔽者守护另

① ［德］伽达默尔：《真理与方法》（上卷），洪汉鼎译，上海译文出版社，1999 年，第 382 页。

一方。”① 这也就是所谓“天地神人——世界游戏”② 这一本有现象学思想蕴含了空间解释学的本体论根据。

在伽达默尔之后，保罗·利科尔在空间维度上发展了哲学解释学。他不注重理解和解释的时间性，而是从文本的象征、结构、语言等空间方面建构解释学。他认为文本已经脱离了作者的原意和语境而具有了自己的结构和语境，而解释就是揭示文本自己的结构和确定其语境。他认为，文本具有开放性，文本的话语与读者的话语结合在一起，使得文本具有了意义。他说:“在任何假设的基础上，阅读就是把一个新的话语和本文的话语结合在一起。话语的这种结合，在本文的构成上揭示出一种本来的更新（这是它的开放特征）能力。解释学就是连接和更新的具体结果。”③ 由于理解和阐释文本的意义就是要克服话语的距离，因而文本与读者的关系就不仅是时间性的，还是空间性的了，这种解释学就具有了空间的维度。

尽管在伽达默尔之后，时间解释学开始向空间解释学转化，也提供了建构空间解释学的思想资源，但空间解释学的建构还没有完成，没有形成像时间解释学那样系统的、完备的理论体系。与此同时，后现代主义却开始否定解释的可能性。德里达的解构主义认为，对文本的解读不过是意义的延异，永远没有终点，因此合理的解释是不可能的。福柯的话语权力理论则认为主体和世界都是话语权力的建构，因此也没有合理的解释。这种理论造成的后果是虚无主义的统治。面对这种后果，必须建立新的合理的解释学，特别是建构空间解释学，以重新为人们提供一个新的意义世界。

二、空间解释学的本体论根据

空间解释学同时间解释学一样，是解释学的一部分，其依据在于哲学本体论。解释学是什么？它是关于理解和阐释文本的意义的理论。解释学不同于传统认识论，认识论的前提是主客分离及认识对象的实体化，并试图客观地把握对象。这种认识论也脱离了社会历史条件，使得意义具有了绝对性。解释学否定了主体与客体的二元对立，而强调了主体与文本的对话与融合。它否定了意义的超越时空的绝对性，而把它置于时空之中，强调其相对性。解释学的依据

① ［德］海德格尔:《海德格尔选集》(下)，孙周兴选编，生活·读书·新知三联书店，1996 年，第 1115 页。
② 同①，第 1118 页。
③ ［法］保罗·利科尔:《解释学与人文科学》，河北人民出版社，1987 年，第 162 页。

是生存论。人的生存具有自觉性，也就是说人能够理解自己的生存，因此生存是解释性的。生存论的根源是存在论。理解和阐释之所以可能，在于生存与存在的本源关系。关于存在，有多种定义，我也有自己的定义。我认为，存在是一种逻辑的设定，而非实际的生存。其一，存在是生存的依据，因此具有本真性。这就是说，生存是存在的现实形态，也是存在的异化。其二，存在是我与世界的共在，因此具有同一性。这就是说，人与世界一体化，没有发生分离。存在的同一性范畴是时间和空间，这是本源的时间和空间，而非现实的时间和空间。本源的时空是我与世界的无差别的关系，它同一了我与世界。生存作为存在的现实形态和异化形式，主体与世界的同一性破裂，本源的时空转化为现实时空，现实时空既分隔又连接了主体与世界，使得主体性与主体间性并存。这样，我与世界之间存在着时空距离，产生了理解和阐释的障碍；同时也保留着理解和阐释的可能性。这就意味着在现实条件下对世界的理解和阐释必须打破时空距离，也必然发生于时空之中。理解和阐释就是生存体验及其反思，而这种体验和反思所获得的意义必然是有限的，它在历史之中，具有时间性；也在社会之中，具有空间性。现实生存体验及其反思的理论形态就构成了解释学。

生存体验包括非自觉意识层面的理解，还包括其反思形式即自觉意识层面的阐释。理解和阐释就是打通主体与对象之间的时空间距，从而在一定历史—社会水平上恢复存在的同一性，也在一定历史—社会水平上恢复存在的本真性。当然，这种有限的同一性和本真性不能完全消除我与世界的分离及生存的有限性，因为时空分隔未能完全消除，生存也未能完全回归存在。这时，存在的同一性就体现为现实生存中我与世界的主体间性（尽管它还不充分，还有主客对立），而存在的本真性就体现为生存的超越性（尽管它还不充分，还有现实性）。在理解、阐释过程中，我和文本（世界）不是作为对立的主体和客体，更是作为主体与主体发生关系即主体间性，它们互相对话、沟通，达到理解，从而克服历史和社会的隔离，把握文本的意义。这种现实的主体间性（和超越性）是不充分的，因此理解和阐释也是有限的，也就是具有时间和空间的限制，成为历史性和文化性的知识。解释的主体间性，在海德格尔和伽达默尔建立的时间解释学中已经体现出来了，如海德格尔提出的“本真的共在”，伽达默尔提出的“问答逻辑”“视域融合”。同样道理，空间解释学也要消除空间隔离而沟通主体与对象，实现主体间性，从而理解文本的意义。

正如时间不仅是自然时间（自然时间是一种抽象）更是历史即生存的过

程一样，空间也不仅是自然空间（自然空间也是一种抽象）更是社会文化即生存的环境。主体与世界的关系（以社会—文化关系为主）就是生存的结构即空间关系，它把主体与对象世界区隔开来，同时也连接起来，这既造成了理解的困难，也提供了理解的可能性。消除空间障碍，也就是打通社会关系造成的隔离，这是空间解释学的目标。理解和阐释的可能性在于存在的同一性，存在的同一性虽然在生存中破裂，但并没有完全消失，而是作为一种“残缺的样式”存在于社会—文化关系之中，体现为生存的主体间性之维。一方面，它虽然不充分，但却连接着主体与世界，使得文本可以理解。处于同时代的主体与对象之间虽然没有时间的距离，但存在着空间距离，也就是不同的民族、社群及个体特征等造成的思想文化的差异，从而导致了对对象（文本）的理解受到阻碍。但是，另一方面，作为社会—文化关系的空间也连接了主体与世界，使得理解成为可能。这就是说，主体与对象（文本）虽然有各自不同的空间，但又都处于同一个更大的空间之中，被更大的主体与世界的关系所连接，彼此交往、交流，从可能达成理解，形成空间性的“视域融合”，进而把握这个世界。这就是说，在空间性的阐释活动中，解释者与文本一定程度上突破了主体与客体的间隔，而恢复了主体间性的关系，从而跨越了社会—文化关系的障碍，建构了一种同一性，如此双方才能对话，才能理解文本，阐释其意义。

后现代主义建立在他者性哲学基础上，否定了存在的同一性，从而取消了解释的可能性。后现代主义哲学从空间性的角度否定了解释活动，这就是把语言、权力作为他者性的本体，强调语言、权力对主体与世界关系的支配。德里达代表的解构主义从客观方面否定解释的可能性。他认为语言的意义是不确定的，它随着能指关系的推移而不断“延异”，没有终点；而且具体的文本也不具有独立性，它与其他文本之间存在着“互文性”，因此文本的意义是不确定的。这样，阅读就不是获取意义，而是不断地解构意义。解构主义的偏差在于，把现实语言（而不是本源的语言）这个他者作为解释的根据，否定了存在及生存体验作为意义发生的源泉。因此，解构主义否定解释的可能性是片面的。后现代主义的另外一派代表福柯消解了主体，进而从主体方面否定了解释的可能性。他认为话语权力规训了主体，因此主体死了，丧失了解释世界的能力，文本的意义只是话语权力的生产和再生产。但这种理论把话语权力当作本体，把话语权力绝对化，从而排除了存在的本真性和同一性，也否定了生存、主体的实在性。因此，福柯否定解释的可能性也是片面的。

三、空间解释学的基本内容

空间解释学的建构还需要多方面的努力和长期的研究，但在现有的理论建设的基础上仍然可以进一步做出基本的构想。这些构想一方面可以依据解释学的本体论而加以生发；另一方面也可以吸收已有的空间解释学的思想资源来进行创造。从本体论上说，本源的时空是一体化的，只是在现实生存中发生了时间与空间的相对分离，但时空的同一性仍然残存。因此，时间解释学与空间解释学也是互相渗透、不能绝对分割开来的。时间解释学的基本理论中虽然没有直接的空间性论述，但也包含着空间性的因素，一些基本概念如“前理解”“视域融合”“对话”等都不仅包含着时间性的内容，也包含着空间性的内容，因此可以加以提炼、阐发，成为空间解释学的基本概念。

第一，空间解释学是解释者与解释对象的对话。解释活动包括理解和阐释。理解是解释活动的基础；阐释是理解的反思，是解释活动的完成，这是对所有解释学都适用的原则。在这个原则之下，应该确立这样一种观点：解释活动不是客观的认知（我注六经），也不是主观的判断（六经注我），而是主体与文本的对话，在对话中才能理解和阐释，才有意义的发生。理解、阐释作为对话不是主体与客体的关系，而是一种特殊的主体与主体的关系，也就是本体论意义上的主体间性。这一点在古典解释学中已经作为精神科学方法论及对理解的基础作用的强调而加以确定。伽达默尔确认了解释活动的主体间性，这不是胡塞尔的认识论意义上的主体间性即认识主体之间的达成共识的可能性，而是本体论意义上的主体间性即我（解释者）与世界（文本）之间的主体间性。尽管伽达默尔并没有（其他人也没有）在本体论意义上使用过主体间性的概念，而仅仅在认识论意义上使用过主体间性概念，但是他却在本体论意义上谈论过解释活动的主体间性性质。他说:“流传物像一个‘你’那样自行讲话。一个‘你’不是对象，而是与我们发生关系。……因为流传物是一个真正的交往伙伴（Kmmunikationsparther），我们与它的伙伴关系，正如‘我’和‘你’的伙伴关系。”[①] 解释者与文本之间的主体间性是理解的根据，而达成理解的途径就是对话，对话就是“视域融合”的途径。这个“视域融合”不是混合、叠加，而是一种冲突与接受、同化与顺应的双向运动。解释者的前理解

① ［德］伽达默尔:《真理与方法》（上卷），洪汉鼎译，上海译文出版社，1999 年，第 460 页。

要在一定程度上顺应文本的视域，而文本的意义也一定程度上被解释者的前理解所同化，在这种互相作用中克服了社会文化的鸿沟而达到了“视域融合”，也就是对文本的理解。相反，拒绝对话就导致解释的失败，变成了所谓“强制解释”。如果解释者固守前见，拒绝向对方开放，拒绝对话，必然丧失理解对象的可能，就会以自己的见解强加于对象，这就是“六经注我”，解释变成了一种主体性的行为。

第二，空间解释是意义的创造。解释是对解释者和解释对象之间的空间扩展。解释者与对象的对话是在特定的社会空间中发生的，解释者和文本都在社会空间中占据一定的位置，他们之间的空间距离是社会—文化关系造成的。文化间距造成了理解的障碍，也提供了理解的可能。解释者与文本具有各自的空间视域，也就是解释者的“前理解”与文本的隐含意义（这只是发生意义的基础和可能性，而非确定的意义，它在阐释活动中才能形成意义）。通过解释者与文本之间的对话，在前理解与文本的隐含意义之间发生了“视域融合”，视域融合克服解释者与文本的空间距离，也就是彼此扩展了自己的空间，彼此进入对方，从而扩大了彼此的视域。伽达默尔说:“但是，我们必须也把自身一起带到这个其他处境中。只有这样，才能实行自我置入的意义。例如，如果我们把自己置身于某个他人的处境中，那么我们就会理解他，这也就是说，通过我们把自己置入他人的处境中，他人的质性、亦即他人的不可消解的个性才被意识到。”① 他不仅是在时间意义上谈论“视域融合”，也在不自觉间进入了空间领域（“处境”概念)。这样，视阈融合就意味着彼此视域的扩展。解释空间的扩展超越了原初视域，产生了新的意义空间。解释的结果不是再现作者的思想，也不是复制解释者的思想，而是产生了新的意义。因此，解释活动不是复制既有的社会文化规范，而是打破规范，创造新的意义。这一点不同于伽达默尔的以传统、权威为依据的保守主义，也不同于哈贝马斯的乌托邦式的交往理性。空间解释学的解释标准不是现成的，而是生成性的。尽管有社会文化的规范规定着解释的范围，但在具体的解释活动中，解释者必须以生存的超越性（体现为解释的旨趣）为动力，以自己的前理解与文本对话，在对话过程中打破既有的解释规范，也打破自己的“前理解”，进行新的理解和阐释。这样，解释活动就可能具有创造性，从而打破既有文化规范的保守性，获得一定的批判性。伽达默尔对此也有所说明，他认为，解释的结果“……总是意味

① ［德］伽达默尔:《真理与方法》(上卷)，洪汉鼎译，上海译文出版社，1999 年，第 391 页。

着向一个更高的普遍性的提升，这种普遍性不仅克服了我们自己的个别性，而且也克服了那个他人的个别性”。[①]

解释不仅是认同，也是批判和否定。这是因为“视阈融合”不是绝对的融合，而是相对的融合，同时还存在“视域差异”，也就是各自空间的保留。理解活动并不能完全消除这种差异，而只是相对的沟通；只是一种设身处地的理解，而非完全认同，主体还保留着对文本的批判意识。这就意味着理解和阐释还包括对差异的认知即批判。

第三，空间解释的局限性与合理性问题。由于解释的空间性（及时间性），理解和解释不具有绝对性，也就是说文本的意义不是绝对的、唯一的，而是与解释者的前理解有关，从而解释的结果也不一样。由于对前理解造成的“成见”的必要性的肯定，因此没有完全确定的解释的标准，也不能达到唯一“正确的”解释。这个问题涉及解释的有限性和解释学的现实性问题。解释学不同于现象学，现象学是哲学方法论，具有形而上的性质，可以超越时空距离而获得存在的意义，因此具有绝对性；而解释学是人文科学的“认识论”，具有形而下的性质，是获得现实意义的理论，因此仅仅具有相对性。解释只能在时空之中获得文本的意义，因此从根本上说不能摆脱意识形态的纠缠，也不能有唯一的、绝对的标准和意义。同时，解释学也以现象学为哲学基础，解释也一定程度上体现了真理性，从而提供了解释的合理性。解释的相对性并不意味着解释是主观性的、随意的，从而导致一种相对主义。我认为，解释的合理性在于前理解的真实性及向解释对象开放的程度。前理解应该是具有相对的真实性的，也就是伽达默尔所说的“真前见”。但伽达默尔的时间解释学把解释的标准定位于传统，有保守主义的倾向。而所谓“真前见”应该是在一定条件下的相对符合真理性的见解和理论，而不是已经被证明为不具有真理性的见解和理论。

解释主体拥有的前见是否具有开放性，也是解释合理性的一个内容。因为只有向对象开放，才能进行对话和达成理解，而解释者的思想或理论的封闭、偏狭，则导致拒绝理解和阐释的失败。这就意味着，不仅存在着理解、解释的可能性，也存在着理解、解释的障碍。例如，“文革”中对几乎所有的古今中外的文学作品都加以批判和排斥，这就是解释者的思想和理论的落后和偏狭造成的。对于如何克服解释者的思想、理论局限问题，哈贝马斯提出了解释的旨

① ［德］伽达默尔：《真理与方法》（上卷），洪汉鼎译，上海译文出版社，1999 年，第 391 页。

趣概念，就是把意志、动机引入解释学的范畴，通过“解放的旨趣”来克服历史的和社会的视域限制，从而具有批判意识，而不是盲目地认同社会意识形态。他提出建立“交往理性”，以摆脱工具理性，实现人与人之间的互相理解。这种理论一方面指出了解释活动的局限性，另一方面也把解释活动理想化，制造了一个交往理性的乌托邦。在现实生活中，人与人的隔膜是实际利益和社会关系造成的，不是善良的意愿所能解决的，因此在现实解释中，“解放的旨趣”并不能完全克服历史的局限而摆脱意识形态的陷阱。但是，他强调了解释的开放性，这是具有合理性的。

解释有日常的解释，它以经验为前理解，处于经验性的理解水平上；也有理论的解释，它以理论为前见，处于理性的理解水平上，因此更为深刻。但作为解释前见的理论必须具有合理性，同时也必须具有开放性，它不仅要同化对象即依据自己而阐释对象，还要顺应解释对象而自我改变，从而与对象沟通。否则，固执于既有理论，就不可能理解对象，只会强制地阐释对象，导致解释的失败。这是因为，理论总是一种抽象，具有普遍性，而解释对象具有特殊性，理论应用于具体对象必须具体化，也就是被对象改变。另外，理论也总是一定社会历史条件下的产物，有一定的适用范围，因此运用于特定对象就可能产生“误解”。这就要求对原有理论进行改造，以适应阐释对象。例如，原封不动地运用欧洲的社会历史理论来解释中国历史，认为中国也有奴隶社会，而且存在着同样的封建社会，就不符合中国的实际情况。正确的解释是，把欧洲的社会历史理论与中国社会历史情况相结合，建立中国自己的社会历史理论，从而正确地解释中国的社会历史。

四、解释学的应用

伽达默尔认为，阐释活动分为理解、解释和应用三个部分，而应用突出地体现了解释学的实践性。古典解释学分为语文解释学、神学解释学和法学解释学，这种区分体现了解释学的实践性，也划分了解释学的应用领域。当然，这个应用领域的划分已经过时，现代解释学需要有新的划分。作为哲学解释学的一部分的空间解释学，也应该有其应用领域，并且形成专门的理论。笔者认为，可以把空间解释学的应用确定在这样几个领域：关于不同民族之间的解释活动的理论，就是文化解释学。关于不同社会群体之间的解释活动的理论，就是社会解释学；关于不同个体之间的解释活动的理论，就是心理解释学；关于艺术领域的解释活动的理论，就是艺术解释学。

空间解释学的应用，首先在不同民族的文化空间中进行。民族作为一个文化共同体，是现代性的产物。文化是巨大的意义体系，不同的民族之间存在着文化的差异，这是空间距离，造成了不同民族之间互相理解的障碍。这种障碍在后现代社会突显出来：在冷战结束后，由于现代性的实现，福山提出了“历史终结”论，亨廷顿提出了“文明的冲突”。在本民族接受其他民族的文化产品时，往往由于文化差异，不能充分理解和沟通，产生了诸如抵制、误解等。这样，如何沟通各个民族的文化，扫除文化交流的障碍，理解他民族的文化产品，就成为解释学的一个重要的应用领域。这就提出了建立文化解释学的必要性。

跨文化解释的可能性在于人类文化的统一性，从而使得异质文化能够被理解。空间解释学承认文化的差异，它是理解的障碍；但又强调文化的统一性，认为文化差异可以沟通、文化障碍可以克服。各个民族的文化体系虽然不同，但又同属于文明，是人类文明的一部分，文明人类可以互相沟通。所谓文明，就是区别于野蛮（原始文化）而具有人类理性和人的价值的文化形态。因此，不同的文化之间不仅有差异性，也具有共同性，也就是有某些共同的价值和认知。在这个基础上，不同民族之间可以进行文化交流，在承认和尊重文化差异的前提下可以达成互相理解，并且通过“视域扩展”而互相影响，互相吸收，从而实现文化沟通。这样，在不失去本土文化的主体性的前提下，对他种文化的接受就达成了空间性的“视域融合”，也就是一种文化融合。伽达默尔也谈论到文化阐释的必要性，他在《欧洲的遗产》（*Das Erbe Europas*，1989 年）中强调，不同文化之间的际遇不应是忽视成员国之间的差异的一体化，而是我们应该从差异中学习:“这种目的不是（单边地）掌握或者控制，而是我们有责任去体验确实异于我们预判背景的他者的他者性。在这种语境中，我们所奋斗的最崇高的目标就是参与他者，分享他者的特异性……这样，为了互相分享，我们可以学习把他者性和其他人类作为‘我们的他者’加以体验。”①

后现代主义一方面反对西方文化中心主义，要消除文化歧视，同时也走向了另外一个极端，形成了建立文化解释学的障碍。在理论思潮方面，产生了诸如“后殖民主义”等反现代性理论。这个理论认为，西方文化中心主义塑造

① ［荷兰］约斯·德·穆尔：《阐释学视界——全球化世界的文化间性阐释学》，麦永雄，方頠玮译，载于《外国美学》第 20 辑，江苏凤凰教育出版社，2012 年。

了一个“东方文化”，而发展中国家接受西方的文化观念就是被文化殖民了，失去了主体性，被他者化了。后殖民主义的肇始者爱德华·W. 萨义德在其《东方学》中认为，东方形象是西方塑造出来的，“东方并非一种自然的存在”，由于“西方与东方之间存在着一种权力关系，支配关系，霸权关系”，“……它可以被制作成——也就是说，被驯化为——‘东方的”。他明确地说：“我本人相信，将东方学视为欧洲和大西洋诸国在与东方的关系中所处强势地位的符号比将其视为关于东方的真实话语（这正是东方学学术研究所声称的）更有价值。”① 后殖民主义发现了文化传播和解释的不平等性，这是其合理性；但却夸大了文化差异，把它绝对化，从而否定了不同文化理解、融合的可能性，这是其偏差。

文化解释学首先遇到的是语言的问题。语言不是工具，而是文化的密码，是主体与世界关系的结构。不同的语言体现着不同的世界观，各民族文化的深层差异根源于不同的语言体系。不同民族的语言差异就构成了彼此交流的第一个障碍，这就产生了翻译的问题。一方面，翻译可以跨越语言的鸿沟，达到彼此的理解；另一方面，语言的翻译并不能完全克服交流的障碍，因为不同的语言体系之间不存在完全的可通约性，没有完全对等的词汇和相同的语法，结果就造成了翻译的不准确性，甚至造成了误解。这种误解是不同文化体系的根本差异造成的，是不可避免的。因此，奎因才提出了“译不准”原理，认为翻译不能准确地传达原意。翻译也必须实行两种语言之间的“视域融合”，寻找两种语言表达的意义之间的结合点，并且一定程度上改变原来的语义，才能完成意义的移译。例如，在中西语言的翻译中，产生了如“革命”“自由”“民主”等新的概念，这些新概念与中国语言的本义有所区别，像“革命”就不是原来的“天命变革”的意思了，而是社会制度的革新。这就是说，翻译就是文化解释的基础工作，也是文化解释的一种形式。它既要克服不同语言体系之间的差异，又不可避免地体现了这种差异。因此，作为空间解释学的应用学科的文化解释学也应包括翻译学。

文化解释学要解决文化冲突的问题，这在后现代尤其重要。文化解释并不是纯空间性的，它与时间性叠加在一起，而且时间性引导着空间性。在现代文化解释中，现代性起主导作用，从而决定了文化解释的方向。近代以来，在中西文化交流中，从西方引进的现代性打破了中西之间的空间隔离，使中国接受

① ［美］爱德华·W. 萨义德：《东方学》，王宇根译，生活·读书·新知三联书店，1999 年，第 8 页。

了科学、民主，进而融入了世界。因此，在现代化进程中，中国几乎全面地向西方的文化、学术开放，完成了从古典到现代的转型。但空间性的解释有自己的逻辑，中国在接受现代性的时候，并没有全盘西化，而是有所选择，有所批判和改造，甚至有所抵制，进而谋求建立中国特色的文化、学术体系。文化冲突不是在纯空间领域进行的，也是时间性的产物。这就是说，现代性引发了文化冲突，体现为某些传统文化对全球化和现代文化的抵制，如宗教激进主义对西方文化的抵抗，以及儒家文化对西方文化的批判等。解决文化冲突的根本途径不是文化对抗，而只能是以现代性为导向，并且克服现代性可能产生的弊端，通过扩大文化的开放和交流，在彼此尊重文化特性的基础上实行文化沟通和融合。

在学术交流领域，也应该克服文化差异造成的理论鸿沟。西学东渐以来，文化冲突也体现在学术领域，一直存在着中西学术孰为主体的争论，从清末的“中体西用”到五四的“全盘西化”，从新时期的“西体中用”到当代的回归国学，学术建构的重点不断地在中西之间挪移。这实际上是文化交流的时间性（现代性）与空间性（民族性）的互相作用所致。在时间性上，要接受现代学术，与世界接轨；在空间性上，既要进行交流，又要保持民族特性，拒绝完全同化。因此，要克服两种倾向，一种倾向是不加选择、批判地接受西方学术理论，摒弃本民族的学术思想，从而丧失了自己的特性；另外一种倾向是固守旧传统，排斥现代思想，企图重建传统学术。建立文化解释学要把时间性和空间性结合起来，并且以时间性统领空间性，一方面对西方的学术理论要保持开放的态势，在交流、对话中理解和接受，进行现代转换；另一方面要有自己的前理解，包括利用传统学术思想的资源，在接受西方学术理论的过程中有所选择、批判和改造，建构有中国特色的学术理论体系。

建立空间解释学还有一个应用领域，就是在同一个民族文化体系内，针对不同的社会群体（包括阶层、社团、性别、族裔等）之间的思想交流，建立社会解释学。不同的社会群体具有特定的亚文化，互相之间存在社会关系的差异，包括政治立场、道德观念、文化修养、生活习惯、宗教信仰等方面的差异。这些差异构成了各自的话语形式。这里的“话语”概念，是指特定的言说方式，它介于语言与言语之间，带有意识形态性。某种特定的生活方式和社会地位规定了特定的话语，形成了特定的思想规范，它成为解释的空间视域。特定社会群体的人在解读其他社会群体的文化产品时，由于有不同的话语，因此彼此之间存在着理解的障碍。例如一个社会的文化有雅俗之别，体现着不同阶层的价值观念，因此也存在着互相之间的隔离和歧见，甚至发生互相排斥。社会性的解释活动就是进行不同的话语之间的沟通，进而达成互相间的宽容和理解。这就需要打破话语的界限，改变各自原有的话语，打通解释者的话语和文本的话语，进行“视域融合”和“视域扩展”，产生新的话语，才能理解文本的意义。当然，这种话语沟通也包括对话语差异的承认，因此不仅仅是理解、认同，还包括选择、批判。

哈贝马斯针对社会关系造成的人与人之间的隔膜，提出了理想化的“交往理性”的理论。他认为，在社会生活中，由于工具性行为，人际关系受工具理性支配，造成了互相理解的障碍，从而形成了主客对立的人际关系；而在交往行为中，建立了交往理性，使得互相理解成为可能，从而形成了和谐亲密的、主体间性的人际关系。这一思想旨在解决社会关系的对立，具有空间解释学的意义。其要义在于：第一，解释学的理解不仅要克服时间距离，还要克服空间距离，也就是社会关系的隔离。第二，他提出了一个克服空间距离的途径，就是建立交往理性。当然，这种理论因其过于理想化而具有乌托邦的性质。以法兰克福学派为代表的西方马克思主义，对现代社会进行了意识形态性的批判，建立了社会批判理论。这种社会批判理论体现了强烈的批判性，具有激进主义的性质。由于这种批判集中于文化领域，因此也具有空间解释学的性质。此外，社会解释学还涉及其他一些领域，如女权主义理论就可以看作两性文化之间的解释学，它揭示了性别歧视的文化根源。只不过这种性别理论强调了男女两性之间的差异和对抗，而否定了两性的互补和沟通，体现了后现代理论的片面性。

空间解释学还可以应用到个体层次，建构心理解释学。解释者对于另外一个文本的解释，除了在文化、话语层面上进行外，还在个体层面上进行。个体之间存在着性格、心理、意识之间的差异，因此彼此的交流、理解也存在着隔膜。解释者解读其他个体的作品，就需要克服各自的个体差异，在个性、心理、意识等方面进行沟通，从而达到理解。在这方面，弗洛伊德建立了无意识理论，可以作为心理解释学的建构的一部分，但不是其全部。他对达·芬奇的“蒙娜丽莎”的解释，就是从心理层面的阐释（画家幼年丧母，画作体现了他的“恋母情结”）。总之，在个体层面上的理解也是一种空间性的“视域融合”，心理解释学能更为具体地领会文本的意义。

最后，空间解释学还有一个特殊的形态，就是艺术解释学。艺术具有现实层面和现实意义，也具有审美层面和审美意义。现实层面和现实意义是审美层

面和审美意义的基础，审美层面、审美意义是现实层面和现实意义的升华。因此，艺术解释学的对象就混合着现实层面和审美层面。艺术的现实层面既是时间解释学的对象，也是空间解释学的对象。艺术的现实层面也有空间性，体现为文化属性、意识形态（话语）属性和个性特征，可以说涵盖了空间解释学的所有层面。在这些层面上进行的理解和阐释，就可以打通空间距离，获取艺术品的现实意义。在现实意义的基础上，可以进入审美体验，并且通过审美体验（审美的现象学还原）获取审美意义。这就表明，艺术具有充分的主体间性和超越性，因此它不仅是解释学的对象，还超越了现实解释，成为现象学的对象。审美体验本质上是一种现象学还原，同时也可以看作特殊的解释活动，它是获取审美意义的途径，如杜夫海纳的审美现象学。关于艺术解释与一般解释的关系，伽达默尔提出“审美无区分”的观点，认为审美对象也是解释学的对象，而且认为审美对象与一般文本并无本质的差别，审美解释不过是一般解释的范例。这就抹杀了文本的现实层面与审美层面的区别，以及文本的现实意义与审美意义的差异。文本的审美层面不是直接的解释对象，而是审美现象学的对象。艺术解释达到对现实意义的理解还只是初步，还没有达到对审美意义的理解；只有升华至审美体验，进入现象学领域，才能获得审美意义。审美体验作为现象学还原，可以看作特殊的解释活动，即在于它彻底地克服了时空间隔，实现了完全的“视域融合”。其实，伽达默尔也承认艺术解释的特殊性，如他认为审美经验具有同时性，从而也就完全实现了“视域融合”。这种“视域融合”不同于一般解释活动的历史性的“视域融合”，而是超越历史的“视域融合”。他说:“无论如何，‘同时性’（Cleichzeitigkeit）是属于艺术作品的存在。同时性构成存在的本质。……这里‘同时性’是指，某个向我们呈现的单一事物，即使它的起源是如此遥远，但在其表现中却赢得了完全的现在性。”① 他还说，“在阅读过程中，时间和空间仿佛都被抛弃了，谁能够阅读流传下来的文字东西，谁就证实并实现了过去的纯粹现时性”。② 艺术解释的同时性原理也可以转换成空间的共在性原理，也就是解释者与艺术作品之间的无差别的思想认同，从而克服空间的距离即超越了文化、意识形态和个体的差异，实现了充分的理解。因此，可以把艺术解释看作特殊的解释学的应用。

空间性的艺术解释学在接受美学中得到了更为突出的体现。接受美学把文

① ［德］伽达默尔：《真理与方法》（上卷），洪汉鼎译，上海译文出版社，1999 年，第 165 页。

② 同①，第 214 页。

学作品作为接受对象，而读者与文本的关系主要是空间关系，并且具有主体间性的性质。尧斯的文学接受理论还主要是发挥伽达默尔的“效果历史”理论，突出了文学接受的历史性，强调文学史是文学接受构成的历史；而伊瑟尔则主要从空间角度来建立文学接受理论，其理论也被称为阅读现象学，而实际上更接近文学解释学。伊瑟尔认为“本文与读者的结合才产生文学作品”①，也就是说文学作品是解释的产物，从而否定了作品具有自身意义的观点。他提出文本具有“空白”和“空缺”，从而给读者的解读留下了创造的空间。这样，文学接受不是复制文本的意义，而是一种“否定”性的创造；阅读不是证实读者的期待，而是否定读者的期待，从而产生新的理解和新奇感。他还提出文本具有“隐含的读者”的思想，从而克服了文本与读者的二元对立，使得理解文学作品具有了内在的根据。

此外，巴赫金的文学理论中也包含有空间解释学的思想。巴赫金提出，陀思妥耶夫的小说属于“复调小说”，其主人公各自具有自己的思想，并且作为独立于作者的主体发出自己的声音，构成了“多声部”。读者要分别与这些主人公对话，从而产生了多主题、多线索的复式结构。这种理论强调了小说中的人物世界的独立性、主体性，以及文学阅读的主体间性和由对话产生的意义的多元性，具有空间解释学的性质。

西方马克思主义美学也属于空间解释学的应用领域，如阿多诺、马尔库塞等把社会批判理论延伸到美学领域，强调了艺术的否定性和社会批判功能；伊格尔顿把艺术作为意识形态的生产，提出了“审美意识形态”的概念；等等。

综上所述，可以看出，在空间解释学及其应用领域，已经有了许多理论建树，但是完备的空间解释学及其应用学科还没有形成，还有待于创造性的建构。本文只是提供一些初步的设想，希望能够推进空间解释学及其应用学科的建设。

（作者单位：厦门大学中文系）

① 转引自朱立元主编：《现代西方美学史》，上海文艺出版社，1992年，第914页。

“是其所是”的本然呈现

——“新小说”的书写策略及其深层意味

贺昌盛

能否创作一种“不是小说”或者“不像小说”的“小说”？这或许是个很荒诞的问题，但它却是每一个认真而富有创造冲动的小说家倍感焦虑又隐而未发的问题。如果就依照现有小说的“典范”样式去从事创作，那么，小说家的重复性写作到底有什么意义？直接阅读“经典”比阅读复制品所获得的不是会更多吗？以此来看，“不是小说”或者“不像小说”的评价，并不是对“小说”自身的否定，而恰恰是对所谓“小说”的“典范”尺度的质疑；当人们用“典范”将“小说”压制和限定在某种被“固化”的模型之中时，“小说”的创造潜力及其对自身的反思也就同时被激发出来了。20世纪五六十年代出现在法国的以阿兰·罗伯—格里耶和娜塔丽·萨洛特等人为代表的“新小说（nouveau roman）”实验，所尝试探索的就是这样的一种如何重新激发“小说”的创造潜力的问题。

一、质疑：当“小说”拥有了“标准”

依照通常的描述，“新小说”主要指的是集中出现于20世纪五六十年代的法国，以律师娜塔丽·萨洛特（Nathalie Sarraute）、农学家阿兰·罗伯—格里耶（Alain Robbe-Grillet）、哲学教员米歇尔·比托尔（Michel Butor）和葡萄园主克洛德·西蒙（Claude Simon）等人为主要代表的一批业余作家所创作的小说。也有人认为，塞缪尔·贝克特（Samuel Beckett）早期的小说、玛格丽特·杜拉斯（Marguerite Duras）的作品，以及莱里（Leiris）、巴塔耶（Bataille）和布朗肖（Blanchot）等人的小说创作及相关理论论述也应该归于“新小说”之列。但这类说法主要是评论家们的意见。尽管“新小说”的作家们也曾有过多种的理论论述，但他们并没有发表过共同的宣言，其彼此之间也并不认同他们属于同一个“流派”。比如，“（克洛德·西蒙）力求建立多重时间、空间、心理的令人困惑的同时性”，“（比托尔）运用不同体裁（以及所谓独特的观点、技巧、文笔），无疑是立志把作品当作理解整体的工具的结果”。[①] 阿兰·罗伯—格里耶曾明确指出：“新小说不是一种理论，它是一种探索。因此，它没有编定任何的规则。从这一点上说，它并不是一个严格意义上的文学流派。”“在我们文学史的每一个运动中，人们在每一个个体之间发现的共同点，尤其是摆脱某一种僵化的愿望，是对某种其他东西的需要。……在所有的艺术领域中。在所有的时代中，各种形式有生就有死，必须连续不断地更新它们：十九世纪类型的小说写作法，在一百年前还是生气勃勃的生命本身，到今天却只不过是一个空洞的形式，只能用作令人厌倦的戏仿。”“由此，我们远不是在发布规则、理论、规律，既不为其他人，也不为我们自己，正相反，我们是在与过分僵硬的清规戒律的斗争中，彼此聚集到了一起。”[②] 严格说来，“新小说”的作家们之间确实缺乏一般意义上的共同创作特征。而能够将他们归于“同一类型”的唯一理由恐怕就是：他们都在尝试创作一种“不是小说”的“小说”——萨特称之为“反小说（antinovel）”，莫里亚克则将其归于“反文学（alitt rature）”之列。

二战后的法国，学术和思想开始普遍转向，观念形态的形而上学逐步趋向于“结构—解构”的“形式/语言”分析，即“思想”的重心已经从追问“是什么”（本质论）和“为什么”（目的论）转向了探询“何以如此”（过程论和关系论）。由此催生了诸如列维-斯特劳斯的结构主义、福柯的知识论社会学、拉康的心理分析、德里达的解构主义、格雷马斯的结构语义学，以及罗兰·巴尔特的叙事学等的全新思想与学派。曾经被奉为“经典”的思想观念，几乎遭遇了全面的质疑，“小说”乃至“文学”同样也未能例外。布阿德福尔曾描述说：“厌恶‘常规’文学的根源在于这半个世纪中发生的悲剧里。1939—1945 年的战争留下了残酷的痕迹：欧洲的躯体遍体鳞伤，欧洲的精神受到了无法磨灭的警告。在集中营被摧毁之后，原子弹在广岛爆炸造成的后果

① ［法］皮埃尔·布吕奈尔，等：《20 世纪法国文学史》，郑克鲁，等译，四川文艺出版社，1991 年，第 312 页。

② ［法］阿兰·罗伯—格里耶：《新小说，新人》，《快照集/为了一种新小说》，余中先译，湖南美术出版社，2001 年，第 204－206 页。

是阴暗的预兆。人道主义幻想的破灭证实了当代世界的脆弱。”“上帝死了，康德离他们太远了，十九世纪的理想主义道德观在他们心目中不复存在了。何况人自己迟早要死去，而且谁也没有为了要去拯救人去操心。作家们丧失了信仰：世界不再使他们觉得是必要的了。在他们眼里，‘荒诞’成为摆明了的真理，它如同昨日上帝的存在一样，是无须讨论的。他们对传统艺术形式之否定是和他们对‘敏感的世界之真实性’及人的精神之能量提出质疑同时出现的。”① 如果说，自文艺复兴以来，人类凭借自身的力量建立起了一个以“人”为主体的“现代”世界的话，那么，在进入20世纪以后，人类的所谓“自主决断”的活动，特别是两次席卷整个世界的空前战争，几乎完全摧毁了这个世界，这恐怕绝非一种偶然的事件。在远离了中世纪的“上帝”之后，作为“万物之灵长”的“人”第一次开始受到根本性的普遍质疑。

卢卡奇认为，文学是人类的“心灵”赋予世界之“总体性”的“形式”，“史诗为从自身出发的封闭的生活总体性赋形，小说则以赋形的方式揭示并构建了隐藏着的生活总体性”。“小说是这样一个时代的史诗，在这个时代里，生活的外延总体性不再直接地既存，生活的内在性已经变成了一个问题，但这个时代依旧拥有总体性信念。”“小说的结构类型与今天世界的状况本质上是一致的。”② 自文艺复兴以来，正是“小说”记录和呈现出了“现代”世界被建构成型的完整历程——“小说”既描绘出了现代民族国家从设计构想到实施运作的宏大历史图景，同时也记录了众多普通的个体生存于世的“精神成长”的轨迹，“小说”因此成了对应于“现代”世界的“典范”形式。唯其如此，巴尔扎克、司汤达、福楼拜等的小说才被看作永恒的“经典”。“在他们看来，小说首先是——而且将永远是——‘叙述一个故事，从这故事中可以看见一些人物在行动和生活’；一个名副其实的小说家还必须能够‘真信’自己所塑造的人物，这样才能使他的人物‘栩栩如生’，而且具有一种‘小说人物丰满的形象’。”③ 换言之，以“讲述（Telling）”和“展示”（Showing）特定的人物在特定环境中展开行动的故事为根本特征的叙事，即被称为“小说”；人物、情节、环境，被看作“小说”所必不可少的核心元素，缺失或者偏离这

① ［法］布阿德福尔：《新小说派概述》，肖曼译，柳鸣九编选《新小说派研究》，中国社会科学出版社，1986年，第493、494页。

② ［匈］卢卡奇：《小说理论》，《卢卡奇早期文选》，张亮，吴勇立译，南京大学出版社，2004年，第36、32、65页。

③ ［法］娜塔丽·萨洛特：《怀疑的时代》，林青译，柳鸣九编选《新小说派研究》，中国社会科学出版社，1986年，第28－30页。

些核心要素，即不能称其为“小说”。这就是我们通常所认定的“小说”的一般原则或者“标准”。如罗伯—格里耶所言:“我们是那么习惯于听人说起‘人物’、‘氛围’、‘形式’、‘内容’、‘信息’、‘真正小说家’的‘叙述者才华’，以至于我们需要付出一种努力，才能摆脱这张蜘蛛网，从而明白到，它代表了一种关于小说的概念（现成的概念，每个人不经争论就接受，因而，可以说是死的概念），而根本不是人们想让我们相信的那种所谓的小说的‘本质’。”①

不难看出，所谓“小说”的原则或者标准，主要是理论家们对于“小说”之形式特质的某种概括性的理性提炼：一方面是为小说的评价提供可资参考的尺度，另一方面也是为作家的创作提供必要的可资借鉴的技术性范例。“小说”能够在19世纪达于顶峰，确实与小说“典范”的确立有着密切的联系。但是，任何“观念”一经“固化”，就可能成为某种限制性的工具，被确立和普遍认可的“小说”的原则与标准同样如此。人们已经熟悉并且习惯了关于“小说”或者“文学”的既有观念，于是就忘记了这种“熟悉和习惯”正是那些“观念”培育出来的结果——“观念”以仿佛是健康的智力训练的方式诱导和获得了人们的普遍认可，并最终成功地使“人”变成了“观念”的俘虏或奴隶，同时使人们成为压制所有质疑者和创造者的最为顽固的“敌人”。当然，从相反的角度来看，任何原则与标准在被确立的同时，也为背离和反叛埋下了伏笔。以“反小说”甚至“反文学”面目出现的“新小说”，即可以看作是对既有“小说”原则与标准的根本性质疑和反叛。罗伯—格里耶认为:“在今天，惟一流行着的小说观，实际上还是巴尔扎克的小说观。”“所有人都承认，他们的写作手法已经延续了好几个世纪，但是，丝毫看不出这有什么不正常。”② 他同时指出：“许多小说家知道，在文学中也是如此，文学是活着的，小说自从存在以来就一直是新的。在最近的一百五十年中，当一切都在周围进展——甚至相当地快——时，小说写作怎么可能一成不变，静止凝固呢？福楼拜写了1860年的新小说，普鲁斯特写了1910年的新小说。作家应该骄傲地接受带上他自己的日期。要知道，没有在永恒中的杰作，只有在历史中的作品；

① ［法］阿兰·罗伯—格里耶：《关于某些过时的定义》，《快照集/为了一种新小说》，余中先译，湖南美术出版社，2001年，第91页。

② ［法］阿兰·罗伯—格里耶：《未来小说的一条道路》，《快照集/为了一种新小说》，余中先译，湖南美术出版社，2001年，第79－85页。

作品只有当它们把往昔留在了身后并预告了未来时，才能留存下去。”①

罗伯—格里耶的论述并不是为了提出某种关于小说“形式”的创新问题，而是在质疑作为“小说”之原则与标准的合法性。也就是说，当人们确信了“小说”具有某种“恒定”的标准时，“小说”自身所固有的创造性活力就淡出了人们的视线之外，以至于总是习惯地把对应于当下时代的“小说”形式看成历史上所曾经出现过的“小说”——这正是无视于“现实”的变化而在以陈旧的“标准”来评价和“规训”当下的“事实”。“‘古典’文本在写作时，总带有一种有意识的和总体的考虑，评论家的工作，在于重新找出与文本自身意义融为一体的这种考虑的‘意义’（即人们所谈的‘唯一意义’和‘单向意义’）。但是，‘现代’文本要求另外一种读解方式。问题已不再是重新找出和再现已经存在的意义，而是依据可供评论家的主动性选用的各种可能的文本读解方式，去提出一些意义。……文本并非是一种完成品，即像是其它商品一样的产品。文本是一种标志集合体，这些标志提供了通往各个方向的无穷无尽的可能性。”② 与古典形态的“诗”“史诗”和“英雄传奇”等相对单一的“形式—意义”彼此对应的结构有所不同，“小说”是一种具有更大的包容性的现代文学形式。一方面，小说的“人物—情节—环境”等所谓核心要素正对应着“现代”世界的“主体—历史—空间”的一般结构；另一方面，它也同时对应着“多元观念—多样生存形态—多重境遇”等的更为丰富复杂的“意义”形态。以此来看，如果说巴尔扎克式的“现实呈现”是对塞万提斯的“浪漫想象”的反叛，那么，福楼拜式的“灵魂审视”同样是对巴尔扎克的超越，卡夫卡的符号化的“K”是对作为“主体”的“人”的质疑，而普鲁斯特的“絮语”则更是对“心灵”世界的最为细密的“洞察”。它们都是“小说”，但它们确实又是完全不一样的“新”的“小说”。

为自身所处的当下“世界”寻找到一种最为恰当的“小说”呈现形式，正是罗伯—格里耶等人极力倡导“新小说”的初衷。其“小说”之“新”，不在对既有的“小说”提出否定，而恰恰在于重新激发“小说”本身所固有的创造性活力。如果说当下的人和世界已经不再是巴尔扎克或福楼拜笔下所呈现的那种样态，那么，呼唤一种能够与当下“事实”相对应的“新”的“小说”也就是顺理成章的事情了。

① ［法］阿兰·罗伯—格里耶：《理论有什么用》，《快照集/为了一种新小说》，余中先译，湖南美术出版社，2001年，第74页。

② ［法］罗杰·法约尔：《法国文学评论史》，怀宇译，四川文艺出版社，1992年，第314、315－316页。

二、呈现:“它就在那里”如同“人正在活着”

尽管人们对“现代性（Modernity）”有着各种不同的理解与解释，但“现代”世界所具有的某些共同的特质却是不可否认的。一般说来，“现代”世界在器物层面上主要显示为工业化、城市化和信息化等物质形态的逐步成型，在社会体制层面则显示为马克斯·韦伯所说的新型民族国家的聚合及其契约化的“理智（管理）体系”的形成（社会制度与市场秩序等），而在思想层面上体现的即是“主体”的“人”的自主意志的全面实现（以“理性”来认识和掌控世界与人自身并以此形成可靠的“知识”系统）。当然，“现代”世界的成型也绝非一蹴而就的，如果把文艺复兴视为最初的开端的话，“现代”世界从构想、设计，到规划、修正直至初步实现，至少历经了若干个世纪。相对于这段漫长的“历史”而言，具体的“个人”所能经验和见证的只不过是其中的极为有限的“片段”而已。“小说”记录着“现代”世界的历史，同时也在呈现现代“人”的“心灵”轨迹，“小说”的“人物—情节—环境”因此被当成了现实的“主体—行动—物态”的最为“忠实”的“摹本”——“真实”地呈现世界与人的心灵形态的“写实性”也就自然地被奉为了“小说”创作的圭臬。

罗伯—格里耶认为:“从巴尔扎克到‘新小说’派，小说艺术发生了很深刻的变化，巴尔扎克笔下有真实，‘新小说’派笔下也有真实，两种真实是有差异的。巴尔扎克的时代是稳定的，刚建立的新秩序是受欢迎的，当时的社会现实是一个完整体，因此，巴尔扎克表现了它的整体性。但20世纪则不同了，它是不稳定的，是浮动的，令人捉摸不定，它有很多含义都难以捉摸，因此，要从各个角度去写，要用辩证的方法去写，把现实的飘浮性、不可捉摸性表现出来。”① 从罗伯—格里耶的论述中不难看出，“新小说”其实并未背离“小说”自身的“真实性”原则，但是，20世纪的“真实”不能等同于巴尔扎克时代的“真实”；当“世界”已经发生了根本性的改变时，“小说”需要呈现的正是“当下”的变化世界的“真实”图景，这才是“小说”之于“现代”世界的真正使命。

① 柳鸣九:《“于格洛采地”上的“加尔文”——访阿兰·罗伯—葛利叶》，柳鸣九编选《新小说派研究》，中国社会科学出版社，1986年，第567页。

在“小说”既有的“人物—情节—环境”的一般结构中，“人物/主体”与“情节/行动”始终是“小说”所关注的重心，相比之下，“环境/物态”的世界一直是作为某种背景性的“陪衬”而出现的。作家或读者之所以相对一致地把“人物—情节”看得比“环境”更为重要，根底就在于“主体”自身所蕴含的“人类中心”（人本）意识，以及人类创造了“历史”（情节）与“物”的世界（环境）的既定观念；人类生存于“历史/时间”之中的“现实”境遇决定了小说的“人物典范”及其“传记/史诗”式的“时间”（情节）结构。但是，随着“现代”世界的日趋成型，这一切都发生了前所未有的变化。事实上，在“新小说”出现之前，敏锐的作家们就已经觉察到了“现代”世界的这种深刻变化。一方面，“物”正在以无形的却又无处不在的力量不断规范和掌控着“人”的活动；另一方面，“人”在“物/事”的强力挤压之下已经完全丧失了保留其自主的独立个体“差异性”的可能（思想观念与生存形态的同质化趋向）。从陀思妥耶夫斯基到卡夫卡，再到贝克特、加缪和萨特，他们的笔下都已经出现了可称为“homo absurdus”的人物，即活着却没有生命的人。这类人物已经不再是卢卡奇所谓“成问题的个人”意义上的以灵魂的探险来寻求和确证“自我”的那种具有清醒的“主体”意识的“人”了——比如威廉·麦斯特抑或于连·索黑尔等有着“浮士德式”的自我探索精神的“人”，“他们”已经变成了地下室人（《地下室手记》）、苦苦寻找进入城堡之路的“K”（《城堡》）、一觉醒来成了“甲虫”的格里高尔·萨姆沙（《变形记》）、永远在等待戈多到来的流浪汉（《等待戈多》）、一切都与己无关的“局外人”（《局外人》）……“小说的主要人物是个无名无姓的‘我’，他既没有鲜明的轮廓，又难以形容，形迹隐蔽。这个‘我’篡夺了小说主人公的位置，占据了重要的席位。这个人物既重要又不重要，他是一切，但又什么也不是，他往往只不过是作者本人的反映。这位主人公周围的人物，由于失去了独立存在的地位，或者成为这至高无上的‘我’的附属品，或者只是一些幻象、梦境、恶梦、幻想、反照、模态等。”“这种变化说明，现在的作者和读者都具有一种特别复杂的精神状态。他们不仅不轻易相信小说人物，而且由于这些人物的存在，作者与读者也彼此相互提防了。……我们已进入怀疑的时代。”① 与崇尚个体价值时代的“自我”个人相比，处身于成熟的“现

① ［法］娜塔丽·萨洛特：《怀疑的时代》，林青译，柳鸣九编选《新小说派研究》，中国社会科学出版社，1986年，第28－30页。

代”世界的人对于“活着”却无法感知自身“存在”的体验变得要更加切实得多了。

当“人”创造“历史”及其“对象物”的既定意识遭遇到全面的怀疑时，“小说”所固有的“人物典范”与时间性“情节”结构就开始趋于解体，而一直居于“背景”状态的“环境/物态”就得以突显出来了。“写人物的小说彻底地属于过去，它是一个时代的特征：标志着个体达到顶峰的时代。”“今天，我们的世界已经不那么自信了，或许还更自谦了，因为它拒绝了个人的万能强力，但同时也更有野心了，因为它眺望着彼界。对‘人类’的专一崇拜让位于一种更宽泛的、更非人类中心论的意识。”① 不过，与加缪或萨特等人以“荒诞”和“虚无”来批判性地重新界定“世界”有所不同，“新小说”的作家们不是为了否定当下的“世界”，而是为了穿透那种由来已久的“主体”赋予“世界”以“意义”的固有幻象，去寻找属于“世界”自身的“本然”的“真实”——“物”的“世界”的“本然”样态，以及“人”及其“活动”的“本然”事实。如罗伯—格里耶所说：“世界既不是有意义的，也不是荒诞的。它存在着，仅此而已，而这，这正是它最值得注意的地方。……在我们的周围，事物无视我们那些泛灵的或日常的形容词的围捕，存在于此。”“我们必须尝试着构筑一个更坚实、更直观的世界，来代替充满‘意义’（心理学的、社会的、功能上的）的这一宇宙。首先，让物体和动作以它们的在场来起作用，随后，让这种在场继续凌驾于所有解释性理论之上，尽管这理论试图把它们囊括在任何一个参照体系之中，不论是情感上的、社会学上的、弗洛伊德主义的、形而上学的，还是任何别的体系。”②

“小说”在进入20世纪以后，其最为突出的变化就是“时间/情节”结构的日趋消逝与“空间/境遇”描述的逐步拓展。如果说普鲁斯特或柏格森式的“意识绵延”仍然在尝试保留“人”的“主体”地位（“意识”对直觉的捕捉和“言说/呈现”），并且认同于流动的“隐性时间”的“主宰/主导”权力（“延缓”仍然意味着对“时间”的肯定）的话，那么，“新小说”几乎完全“擦拭/消除”了所有与“时间”有关的“痕迹”或“线索”（如《橡皮》《窥视者》《在迷宫里》等），“空间”及偶然出现的“人”的不由自主的“活

① ［法］阿兰·罗伯—格里耶：《关于某些过时的定义》，《快照集/为了一种新小说》，余中先译，湖南美术出版社，2001年，第95页。

② ［法］阿兰·罗伯—格里耶：《未来小说的一条道路》，《快照集/为了一种新小说》，余中先译，湖南美术出版社，2001年，第79－85页。

动/动作”成了“小说”中唯一的“存在”事实。“小说”从“时间”形式向“空间”形式的转换绝非一种单纯的“技术性”策略，而恰恰意味着对“小说”所固有的“意义”系统的质疑。一方面，“小说”自诞生至繁荣时期，作为小说“人物”的“主体”，即卢卡奇所说“成问题的人”，始终是一个有着“自主决断”能力的“思想着”的“人”，这个“思想者”的“思想”在“小说”中即呈现为（实际由作者或隐含作者所赋予的）预设性的诸种“观念”（比如高贵、优雅、耻辱、堕落、顽强、诚实、道德等）；另一方面，依“时间”而延续的“情节”在更为隐蔽的层面上呼应的正是“进化”的认识论理念：从幼稚到成熟、从单纯到复杂、从堕落到忏悔、从低级到高级等。小说的“人物—情节”结构不仅建构出了一个清晰而自足的“意义”系统，而且同时赋予了“环境/物态”以相应的“先行”的“意义”——读者唯一能够做的事情就只能是“被动”地去寻找蕴涵于“小说”之中的“意义”了。自足的“意义”系统既参与了“小说”自身的“形式”特质的形成（界定其“何谓小说”），也参与了对“读者”的“观念塑造”（界定其“是否读懂”）。一个关于“小说”及其所对应的“真实的现实”的“神话”就这样诞生了，而“小说”所本有的功能和“现实”所本然具有的“真实”样态却彻底淡出了人们的视线。

据此而言，“新小说”对于“人物—情节”模式的放弃，以及对“物”和“行动/动作”的刻意突显，实际上正是对以往“小说”必须负载和传达“意义”这种必然策略的否定。如同现象学之所谓“现象的还原”，只有当“先行”的“意义”被“悬搁”起来以后，本真的“意义”才会在“言说/描述”之中得以自行“呈现”。也正是在这个层面上，布托尔才会认为:“小说是绝妙的现象学的领地，是研究现实以什么方式呈现在我们面前或者可能以什么方式呈现在我们面前的绝妙场所。”① 面对已经变化了的“人”和“世界”，“小说”必须放弃那种“人本性”的塑造“典范人物”，以及“时间性”的演绎“精彩情节”的叙事规范，进而“真实”地“描述”当下的“人”与“世界”的本然境况，借以进一步开掘“小说”自身的特定“言说”功能。“新小说在重新将其空间定义为纯文学性的同时，又使自己的空间与所有倾向于让人们忘记任何文学作品的言语性的外部包装隔离开，这种文学作品的言语性成了新小

① ［法］米歇尔·布托尔：《作为探索的小说》，柳鸣九编选《新小说派研究》，张裕禾译，中国社会科学出版社，1986年，第89页。

说优先发问的对象。20 世纪 50 年代，胡塞尔的现象学思想被新小说广为传播，取代了建立在实证主义和自然概念基础上的守旧的认识论的概括论说。现象学观点宣告了意识在与现实接触时的绝对权力，提出对外部世界的一种新的感知方式，即注重外部世界惟一的长久影响——事物超越一切意义的‘存在’。这正是罗伯—格里耶……给自己制定的计划。”①

三、还原:“异化/物化”世界与“小说”的“意义”

“新小说”放弃了“人物—情节”的叙事模式，但并不意味着小说已经与“人”和“事件”完全没有了关系。罗杰·法约尔认为:“问题发生了变化，不再是‘文学是什么’？而准确地讲，是‘文学意味着什么’？真正的问题还是意义的问题，而意义仍要依据一种主体的存在。不过，这种主体已不能归并为试图充当意义唯一占有者的一种意识。对于现代评论来讲，它要么是一种个体主体（sujet indiyiduel），这恰与生物学意义的主体一致，其深刻的冲动为精神分析学所描述和解释，按这第一种观点，作品的含义要在对烦恼与欲望的辨认之中来寻找。要么是一种多元主体（sujet pluriel），它恰与一个社会阶级吻合，其争执地位与特有意识可为辩证的思想所理解，根据这第二种观点，文学作品的涵义将通过确定属于这个或那个集团的集体意识和对世界的看法来阐述。”②必须承认，“现代”世界既不是一个依据“自然律”而“生成”出来的世界（如农耕文明世界），也不是一个依靠“上帝”的设计被“恩赐”而来的世界（如伊甸园）。“现代”世界是“主体”的“人”以“科学（理性）”为基础的“知识”作为前提，以产业和技术来取代人力扩大生产和再生产作为保障，以市场原则与社会秩序（法）来加以维护，同时以人性的自由与道德理想的最终实现作为目标，“人为”地逐步建构出来的一种“世界”。“同一性”是“现代”世界最为本质的特征，而世界整体的“同一性”（群体意志）与独立个体的“差异性”（异端思想）直接的对立，则成了“现代”世界永远也无法消除的根本矛盾。

以“群体生活”为基本形态的“社会”，在表面上强调的是“秩序”及其对“普遍法则”的遵从，实际所隐含的其实是一种“阶级”意识。如罗伯—

① ［法］克洛德·托马塞:《新小说·新电影》，李华译，天津人民出版社，2003 年，第 29 页。
② ［法］罗杰·法约尔:《法国文学评论史》，怀宇译，四川文艺出版社，1992 年，第 314、315－316 页。

格里耶所指出的那样:“叙述，……再现了一种秩序。这一秩序，人们确实可以形容为是自然的，跟整整一个理性主义的、有组织的体系联系在一起，该体系的繁荣正好与资产阶级夺取政权相吻合。在十九世纪这一前半期中，人们看到了一种叙述形式发展到了顶峰，……在这一时期。某些重要的确信已经有了：尤其是对事物的一种公正而又普遍的逻辑的信任。”① “小说”的“叙事”在传达和强化以“资本”为核心的“普遍阶级原则”的同时，也为“小说”自身建构起了一种隐性的“意识形态”的模型，其标志就是“语言规范”的确立——包括语音的共同化（能指）、语词意义的标准化（所指），以及统一的语法规则（结构）等。罗兰·巴尔特认为:“资产阶级意识形态的统一性产生了一种独特的写作，而且在资产阶级的（也就是古典的和浪漫主义的）时代，形式不可能分裂，因为人的意识尚未分裂。反之，当作家不再是一种不幸意识普遍性之证明时（大约在1850年左右），他的最初姿态就表现在其形式的选择方面，或继承或拒绝其过去时代的写作。因此古典时代的写作破裂了，从福楼拜到我们所处的时代，整个文学都变成了一种语言的问题。”②

也正是在这种意义上，萨特把包括纳博科夫、艾弗林·沃、纪德和娜塔丽·萨洛特等在内的小说创作通称为“反小说”。而与萨特所认定的“新小说”是“小说”对其自身的毁灭和否定完全相反，戈德曼则充分肯定“新小说”正是“小说”发展的全新阶段。他认为，资本主义的社会形态并非一成不变，它在总体上曾经历了从以市场竞争为核心的自由资本主义，向帝国主义的垄断经济过渡的变化。在这一变化过程之中，“人/物”的关系被彻底转换成“物/物”的关系，并不具备活力的“物”因此被赋予了具有交换价值的新的特性。这个过程即马克思所指出的“异化（AIienation）”现象，卢卡奇称之为“物化（Materialization）”。“小说”从讲述“成问题的人”在自由竞争时代的个人奋斗的“心灵成长史”，到呈现“物”的世界对于“人”的挤压和控制，正与资本主义的这种演进变化相互对应。“在文学方面，根本的变化首先在于……个人—物结构的统一性，这种统一性是朝着人物或多或少地彻底消失和物的自主性相应地大大加强的方向变化的。”“更重要的是一个世界的结构，在这个世界里，物获得了一种特有的、自主的现实性；人类不但不能控制这些物，反而被它们所同化；事感只有在它们还能通过物化来表现的范围内才能存

① ［法］阿兰·罗伯—格里耶：《关于某些过时的定义》，《快照集/为了一种新小说》，余中先译，湖南美术出版社，2001年，第98页。

② ［法］罗兰·巴尔特：《写作的零度》，《罗兰·巴尔特文集》，李幼蒸译，中国人民大学出版社，2008年，第4页。

在。”“如果现实主义一词的意义是创造一个其结构和产生作品的社会现实的基本结构相类似的世界的话，娜塔莉·萨洛特和罗伯—格里耶就处于当代法国文学的最彻底的现实主义作家之列。”[①] 有鉴于此，戈德曼将“物化”阶段的“小说”划分为两种，一种是乔伊斯、卡夫卡、穆齐尔、萨特、加缪及萨洛特等人笔下所描述的“人”的自主性的渐趋消失，一种就是罗伯—格里耶所呈现出来的“物”的自行“活动”。“小说”在这个意义上仍然保持着其“写真实”的本有特性。

不过，“新小说”作家们自身尝试以“新小说”来实现的最终目标，与萨特及戈德曼对于“新小说”的定位并不完全一致。首先，“新小说”所拒绝的是一切的“意识形态”对于“小说”的侵蚀。这其中不仅包括从巴尔扎克到福楼拜以来已经被广泛认同的资产阶级意识形态，也包括萨特式的将世界“虚无化/荒诞化”的批判性“介入”的既定观念，以及日丹诺夫所谓全新的“社会主义现实主义”。“在两种情况中，小说都被简化为一种事实上在它之外的意义，小说都被当作一种方法，以达到超乎于它之上的某种价值，某种精神的或是世俗的彼界，达到未来的幸福或者永恒的真理。而假如艺术是某种东西，它就是一切，所以，仅它自身便已足够，在它之外什么都没有。”[②] 其次，“新小说”虽然对卡夫卡、乔伊斯、普鲁斯特和福克纳等前辈小说家们的反叛式创作表示了足够的敬意，但并不认同现代主义的“异化/非存在”表现背后仍然隐含着的那种对于“人本”中心的潜在渴望。“人类中心主义虽然还很模糊，但却渗透在任何事物中，给予任何事物以它所谓的意义，就是说，用一种或多或少带有欺骗性的情感和思想的罗网，从内部把它包围起来。”[③] “新小说所做的只是跟踪小说体裁的一种持恒发展。”“福楼拜、陀思妥耶夫斯基、普鲁斯特、卡夫卡、乔伊斯、福克纳、贝克特……我们远远不是在彻底摧毁过去的一切，而是在最轻松地赞同着我们的那些先驱者；我们的抱负只是继续他们的事业。不是做得更好，那是没有任何意义的，而是紧跟在他们后面。在现在，在我们的时刻，位于他们之后。”[④] 最后，“新小说”真正希望回归的其实是

① ［法］吕西安·戈德曼：《新小说和现实》，《论小说的社会学》，吴岳天译，中国社会科学出版社，1988年，第200、219、223页。

② ［法］阿兰·罗伯—格里耶：《关于某些过时的定义》，《快照集/为了一种新小说》，余中先译，湖南美术出版社，2001年，第109–110页。

③ ［法］阿兰·罗伯—格里耶：《自然本性、人本主义、悲剧》，《快照集/为了一种新小说》，余中先译，湖南美术出版社，2001年，第118页。

④ ［法］阿兰·罗伯—格里耶：《新小说，新人》，《快照集/为了一种新小说》，余中先译，湖南美术出版社，2001年，第204–206页。

“语言”及其“书写活动”本身，以“语言”为载体的“言说/书写”——“痕迹”——本来就是“人”得以证明其“在世生存”的最初也最为本真的证据。“在绝对的无意义和用竭的意义之间，所留下的又一次只是事物本身，物体、动作等等。”“发现是最根本的，它标志着艺术的成功，标志着把文学从誊写或见证中解救出来。”①

“存在”既不是“人”的组织和安排（观念生产以赋予其意义）的结果，也不是“非存在”（消解意义）式的“荒诞/虚无”；“新小说”所试图呈现的就是“是其所是”，所谓“意义”只能在“语言”的“描述”之中自行“生成”出来。“那种被描绘的世界从某种意义上来说是没有完成的（没有组织起来的），它需要读者的合作和参与，需要读者的阐释。”② 即此而言，“新小说”所尝试的是与当代的哲学（现象直观）、历史学（演化轨迹）、美学（诗意境遇）及社会学（当下真实）等完全一致的路径，它确实是在努力激发和恢复“语言艺术”所本有的潜在活力。作为人类最为基本的生存形态，“言说/书写”活动既是在创造作者，同时也是在创造读者。当“小说”彻底摆脱了“典范”的束缚时，“小说”自身所蕴藏的巨大的创造性及其所呈现的“世界”的无限丰富性才会得到真正意义上的“释放”，“小说”和“世界”也因此才可能真正重新回归于“自由”的境地。“小说”对当下“物化”世界之本然样态的描摹，既使“语言”摆脱了“主体”的操控而重新获得了直呈“现象”的功能，同时也使读者在语言载体的引导之下参与了对世界及自身“意义”的重新寻找与建构，“小说”与“世界”因此获得了双重的“意义”还原。

（作者单位：厦门大学中文系）

① ［法］阿兰·罗伯—格里耶：《一部现代文选的因素》，《快照集/为了一种新小说》，余中先译，湖南美术出版社，2001年，第148、167页。

② ［美］戴维·米切尔森：《叙述中的空间结构类型》，［美］约瑟夫·弗兰克，等《现代小说中的空间形式》，秦林芳编译，北京大学出版社，1991年，第159页。

文学叙事与社会团结[①]

——建构主义视野中的罗蒂

王　伟

一、罗蒂思想的建构之维

理查德·罗蒂是美国新实用主义哲学的重要代表人物，他将实用主义的一些传统观点与欧陆哲学（主要是后现代主义）的某些观念相互结合，且以后者为基本立场。譬如，其成名作《哲学与自然之镜》就大张旗鼓地反对镜式真理，奋起打破了传统哲学的范式。在罗蒂接下来的其他著作中，这种反表象、反基础、反本质的哲学立场可谓一以贯之。正因罗蒂的实用主义具有鲜明的后现代色彩，因此，文艺理论界往往将其置于后现代反本质主义的脉络中予以阐发。这种定位把罗蒂与其他理论家一道镌刻在后现代的荣耀碑上，的确凸显了罗蒂思想的解构之维。问题在于，罗蒂思想不仅具有解构的伟力，还有强烈的建构意愿与行动。无论是罗蒂对“关系主义”的倡导，还是对“相对主义”的辨析等，都充分证明了这一点。就前者而言，罗蒂明确提出:“除了一个极其庞大的、永远可以扩张的相对于其他客体的关系网络以外，不存在关于它们的任何东西有待于被我们所认识。”[②] 也即是说，解构了事物不变的本质之后，并不意味着抛却客观性、稳定性。相反，在罗蒂看来，人们唯有借助繁复交错的诸多关系，方能锁定或认识客观与稳定。可以看出，罗蒂所极力强调的关系网络，其实就是其反本质主义之后的建构向度。不言而喻，这种建构是动态的而非一劳永逸的。就后者来说，面对涌向自己的“相对主义”指责，

① 2017 年度福建省社会科学规划项目“新实用主义文学理论及其在中国的接受研究”（项目编号：FJ2017B129）阶段性成果。

② ［美］理查德·罗蒂:《后形而上学希望》，张国清译，上海译文出版社，2009 年，第 31 页。

罗蒂厘清了该词的几种不同用法，既拒斥其中显得简单而情绪化的抨击——譬如，颇为流行的“怎么都行”，又大大方方地在人类中心论的意义上认可了相对主义。

罗蒂思想的建构维度并未在哲学层面受到应有的重视，导致他常以“破坏者”形象示人，而其“建设者”的形象自然被晾在一边。与此相应的是，其文学叙事促进社会团结的思想亦未得到足够的重视。在对罗蒂《偶然、反讽与团结》一著的研究上，这一点也多少有所反映。从根本上说，这是一本探讨团结问题的书，是否偶然与是否反讽不过是通向团结的不同路径罢了。或者说，必须明白的关键是，罗蒂评述了偶然与反讽的多种组合方式之后，最终的落脚点仍是团结。而学术界探讨“偶然”或“反讽”的热情与篇幅，却都让“团结”话题望尘莫及，就不免给人以喧宾夺主乃至买椟还珠之感。正是在这本著作中，罗蒂充分展现了文学促进社会团结的核心理念。

具体而言，罗蒂所言的文学是广义的文学：“‘文学’一词现在所涵盖的书籍几乎无所不包，只要一本书有可能具备道德相关性——有可能转变一个人对何谓可能和何谓重要的看法，便是文学的书。这与该书是否具备‘文学性质’毫不相干。现在文学批评家不再从事所谓‘文学性质’的发觉和阐述，而应该建议如何修正道德示范和顾问的准则，建议如何缓和这传统中的张力，或如有必要，加剧这些张力——来促进人们的道德反省。”① 换言之，罗蒂敦促人们走出以所谓“文学性”来裁定何谓文学的窠臼，从而拓展文学的疆域。于是，不免让人大吃一惊的是，就连《哲学研究》《梦的解析》《词与物》等哲学、心理学、社会学方面的著作，现在都携手一起来到文学的院落中，相谈甚欢。不过，如果考虑到这些之前处在文学界外的作品都与道德在不同程度上关联，都会或多或少推进男男女女对道德的理解，那么，就会对罗蒂的这种“泛文学观”渐渐释然。罗蒂反对把道德进步视为持续逼近大写的真或善，认为应把它看作一项增进敏感性与想象力、进而在此基础上促成团结的事情。他指出，团结感建立在“对人类共有的危险的感受上，而不是基于一种共通的人性或共享的力量”②，“我们把想象力看作文化进化的边界，那个力量——在和平和繁荣条件下——不断地发挥着作用，使得人类的未来比人类的过去更加富裕。想象力既是物理宇宙新科学图画的源泉，也是可能的共同体的新观念的

① ［美］理查德·罗蒂：《偶然、反讽与团结》，徐文瑞译，商务印书馆，2003 年，第 117 页。
② 同①，第 130 页。

源泉”。[1] 换句话说，所谓敏感性是指对他人感同身受的能力，而想象力则是对他人进行想象式认同的能力，两者都是共同体赖以团结的根本。

无论是敏感性还是想象力都不完全是先天的，而须经由后天的教育来提升、强化。罗蒂严厉批评那种仅仅依靠理性来担负道德义务的康德式道德教育模式，针锋相对地提出道德教育是情感教育而非其他教育的主张，甚至不惮于断言只有感伤的情感才能产生必要的团结，才有可能把更多的“外人”逐步变成“自家人”。正因如此，罗蒂特别重视男男女女生命的细枝末节，才在一次访谈中直言团结“与其说是理论家的事，还不如说是小说家的事”。[2] 同时，这也可以解释罗蒂何以毫无掩饰地嘲笑自由主义社会是凭借哲学信仰而结合在一起的观点。另外，如若与其已然泛化的文学观相较，那么，上述断言自然不是要收缩文学的范围，而是意在强调小说是文学的重要成员，强调小说对于展现人类所受的苦难、所犯的罪行，对于增进敏感性、想象力从而促进团结的重要性。关于这一层意思，罗蒂还从语汇角度加以论述。他认为，男男女女都随身携带着一批语词，用来再现扰攘红尘，表达喜怒哀乐。他称这些词汇为“终极语汇”，“词汇寄生在希望之上”[3]，共同的语汇与共同的希望将社会凝结在一起，而广义的文学则是提供这种语汇和希望的最主要来源。

毋庸置疑，作为大型的共同体，国家、民族唯有充满希望、团结奋进、勠力同心，才会真正大有作为。因此，如何赋予其中的男男女女以希望，使其团结一致是一道棘手的难题。罗蒂一再强调要全面看待美国，讲好“美国故事”:“我把美国看作惠特曼和杜威当年曾经赞美过的美丽国家，看作向着无限的民主远景开放的国家。我认为，尽管它的过去和现在有着各种暴行和罪恶，尽管它的继续会错误地选举一些愚狂之辈身居要职，但是美国仍然是自创始以来最优秀社会的良好范例。”[4] 换句话说，面对国家、民族不那么光彩的一面，男男女女既要正视而不回避，同时又不能被耻辱感压倒自豪感，否则，悲观失望、心灰意冷等负面情绪就会不请自来，造成不可估量的危害。罗蒂郑重宣告:“那些希望自己的国家有所作为的人必须告诉人们，应该以什么而自豪，为什么而耻辱。他们必须讲述富有启迪性的故事，叙说自己民族过去的历史事件和英雄人物——任何国家都必须忠于自己的过去和历史上的英雄人物。每个

① ［美］理查德·罗蒂:《后形而上学希望》，张国清译，上海译文出版社，2009 年，第 68 – 69 页。
② 同①，第 383 页。
③ ［美］理查德·罗蒂:《偶然、反讽与团结》，徐文瑞译，商务印书馆，2003 年，第 122 页。
④ 同①，第 359 页。

国家都要依靠艺术家和知识分子去塑造民族历史的形象，去述说民族过去的故事。从某种意义上说，政治领导权的竞争就是民族自我认同的不同故事之间的竞争，或者说是代表民族伟大精神的不同形象之间的竞争。”① 罗蒂既强调要尊重历史，同时又张扬“英雄叙事”，看重其在国家、民族认同过程中所发挥的“正能量”影响效应。事实上，英雄叙事也确实能够担此重任、不负所望。回溯古今中外文艺史，英雄叙事这一叙事资源堪称文艺创作的重要母题之一，长期以来都扮演着凝聚民族精神、寄托民族理想的角色，而以此跻身经典序列的文艺作品也不可胜数。需要注意的是，除了对国家、民族在精神上实现认同意义非凡之外，文学叙事在此还被罗蒂提到了“领导权”的高度，这就不止关乎兴衰之事而更关乎存亡之道了。

二、文学叙事的主要特征

罗蒂的文学叙事汲取了传统的营养，同时更是对现实政治态势的积极回应与介入。首先，这种文学叙事是经验叙事而非先验叙事。他认为，尽管人们仍然可以站在康德一边，坚持先验故事优先于经验故事，“但是，我设想并希望，一百多年来对达尔文经验故事的吸收和提炼已经使我们不适合于去听那些先验故事了。在那些年里，我们已经逐渐地为我们自己创造出一个更加美好的未来，建构出一个乌托邦民主社会，取代了站在时间和历史之外来观看我们自身的企图”。② 由此可知，团结不是一个必须被承认的先验的既成事实，而是需要进入历史的现场，依靠男男女女去进行协力创造的产物。当然，到达这一目标的途径与其说是理论研讨，不如说是文学叙述；与其说是理性，不如说是敏感性与想象力。在反本质主义的冲击下，无论是神学的还是形而上学的团结观——两者将人类团结诉诸共通的人性——都如土委地。需要指出的是，在反本质主义之后，也有其他与罗蒂不同的走向。譬如，罗蒂就批评尼采式的怀疑论者排斥人类的团结意识，最终演变成反社会者，因为“他们极力否认，除了社会化的个人所构成的小圈圈之外，还有所谓的‘社会’可言”。③ 如果说这种批评仅是一带而过的话，那么，此后在与尼采相类似的福柯等理论家身

① ［美］理查德·罗蒂：《筑就我们的国家：20世纪美国左派思想》，黄宗英译，生活·读书·新知三联书店，2006年，第1－2页。

② ［美］理查德·罗蒂：《后形而上学希望》，张国清译，上海译文出版社，2009年，第50页。

③ ［美］理查德·罗蒂：《偶然、反讽与团结》，徐文瑞译，商务印书馆，2003年，第3页。

上，罗蒂批评的火力则显得更为集中而猛烈。

其次，罗蒂的文学叙事是乐观叙事而非悲观叙事。同是叙述美国故事，他认为《雪崩》《死者年鉴》等小说主要体现的是“民族自嘲与自憎”，而《丛林》《美国悲剧》《愤怒的葡萄》等则是“民族希望和理想”，两者形成了鲜明对立。表面看来，这是创作观念的分歧，而实际上它们则意味着截然不同的政治取向。很大程度上，这也可以说是福柯与杜威、哈贝马斯等之间的区别。罗蒂赞同福柯等人对启蒙理性主义的批判，但坚持“传统的自由主义和人文主义完全可以与这种批判和谐共存。即使我们像杜威一样放弃真理的‘符应论’，开始把道德信仰和科学信条当成获得更多幸福的工具，而不是现实内在本质的外在表现，我们仍然可以做旧式的改良自由主义者”。① 在罗蒂眼中，杜威与福柯对传统哲学进行了相同的批评，都放弃了传统的真理观、理性观等。所不同者，杜威在这之后还走了一段福柯未走的路，“福柯所没有给我们的，正是杜威想给我们的——某种无需从‘超验的或永恒的主体’观念中得到强化的希望”。② 这种希望正是罗蒂勉力倡导的无基础的希望。换言之，同是批判启蒙理性主义，但在批判过后罗蒂与福柯等就分道扬镳了。前者仍然坚持启蒙政治的希望，初心不改，依旧斗志昂扬，继续砥砺前行，是信心满怀的参与者。后者则对所有的社会改良疑虑重重，似乎看破红尘，即便不是消极厌世，但至少缺乏罗蒂所十分推崇的惠特曼式的乐观精神，而更像是指手画脚的旁观者。“福柯的读者常有这样的印象，在过去的两百多年时间里，人们没有挣脱任何枷锁：往日沉重的枷锁不过变得稍稍轻松些。”③ 对福柯看不到人类获得幸福的希望这一点，罗蒂深表惋惜。更让罗蒂感到惋惜的是，绝望情绪在福柯、拉康、德里达、利奥塔等理论家那里肆意弥漫，成为一种时髦，对美国思想界起着一种激发不满的作用。罗蒂认为，霍克海默与阿多诺的《启蒙辩证法》一书也是如此。罗蒂直言不讳地指责两人只有不满而没有想象力，“他们缺乏构思一个貌似合理的故事的耐心”，因此，“处理他们的著作的最宽容的做法是说，其作者不是搞历史的，而是搞哲学的，因此编年史和叙事是不必要的”。④ 换句话说，他们热衷的是知识而非希望，他们所能端出的也正是这

① ［美］理查德·罗蒂：《筑就我们的国家：20 世纪美国左派思想》，黄宗英译，生活·读书·新知三联书店，2006 年，第 29 页。

② 孙伟平等编译：《罗蒂文选》，社会科学文献出版社，2007 年，第 233 页。

③ ［美］理查德·罗蒂：《筑就我们的国家：20 世纪美国左派思想》，黄宗英译，生活·读书·新知三联书店，2006 年，第 4 页。

④ ［美］理查德·罗蒂：《后形而上学希望》，张国清译，上海译文出版社，2009 年，第 129－130 页。

些东西。“牢骚太盛防肠断，风物长宜放眼量”，这恐怕是罗蒂要告诫福柯们的箴言。

需要补充的是，乐观叙事不是通常意义的进步叙事，“不存在向真理逼进的渐近道路这样的实物。但是进步无论如何是存在的，那种进步可以通过回顾来考察”。[①] 也即是说，乐观叙事不是那种一路高歌猛进到达预定的美好历史家园，不是线性历史进步论，而是一个相对而言不断增加自由、减少残酷的历史过程，一个不断解决旧问题同时又滋生新问题的历史过程。除了杜威，罗蒂还以哈贝马斯作为正面参照，展开对福柯的批判。他赞同哈贝马斯人类解放是一项未竟事业的说法，分享其对未来的乌托邦式想象。而要实现这种解放，凭借的是协调各方的共识哲学或主体性社会化理论。罗蒂提醒人们注意一个耐人寻味的现象，福柯著作根本没有“我们”一词。尽管这倒是非常符合福柯“无面目”写作的自我追求，但问题在于，福柯这种写法因过于客观而难掩其枯燥与冷漠，无法让人感同身受。罗蒂认为，此种意义上的福柯跟那些总是向社会改革泼冷水的保守主义者煞是相似。他们都酷爱站在历史的制高点上，神情冷峻地审视男男女女面临的扰人问题，而不是就他们怎样才能过上更好的日子给出自己热情洋溢的意见与建议，压根儿没有/不去考虑如何使其团结为一个拥有共同目标的社群，更毋庸说将自己也列入其中了。有鉴于此，罗蒂虽然盛赞福柯是一位了不起的理论家，却毫不迟疑地断定福柯也是有危险影响的理论家。因为受其影响的知识分子除了抱怨还是抱怨，事实上陷入一种失措或无能的境地。福柯理论“想要抵制资本主义社会实施的生化武器，但就如何抵制，却提不出任何政治观念，拿不出任何政治计划，也没有任何政治乌托邦”。[②] 长于理论批判，拙于实践建构，不妨说，这其实是福柯式左派的通病。针对这种病象，罗蒂强调揭露什么、否定什么固然重要，但关键还在于接下来必须讨论维护什么、肯定什么，以及如何脚踏实地真抓实干。

在罗蒂看来，美国知识界在福柯的影响下形成了福柯式左派，他们分布在哲学界与文学界，有着相似的精神气质与研究路径。譬如，都抛弃了社会理想，以知性的理论阐释代替敬畏感，停留于埋怨过去状态而不去憧憬美好未来。具体来说，哲学系中逻辑实证主义兴盛，导致哲学只剩下可怜的专业能力与复杂思维，而激情、浪漫、灵感等都消失得无影无踪。而文化研究走红文学

① ［美］理查德·罗蒂：《后形而上学希望》，张国清译，上海译文出版社，2009 年，第 111 页。

② 同①，第 392 页。

系，其“本意是从事一些迫切需要的政治研究，但最终可能只教会了学生如何用行话发泄不满情绪”。[①] 由于侵蚀了文学作品的启迪与鼓舞价值，罗蒂甚至启用“恶劣”一词来形容文化研究的影响。考虑到上述现状，罗蒂主张知识界应该既有启迪性的作品，又有分析性的作品；既有充满魅力的鉴赏家，又有善于理解事物的探究者。罗蒂忧心忡忡的是，如若人文科学研究一直偏于知识生产，那么，长此以往就可能难以激发希望。而且，像詹姆逊那般理解现实以保护自己的学者就会愈来愈多，相反，如布鲁姆一样在浪漫想象中构建更为美好未来的学者则会越来越少。

有意思的是，那位经常嘲弄罗蒂观点的伊格尔顿，也批评福柯在政治上陷入悲观主义的泥沼。两种批评看起来十分相似，而且都正面倡导应该对未来充满希望，但究其实质又存在根本性差异。伊格尔顿始终坚持“马克思主义是对的”，想往社会主义公正、自由、合理的社会秩序，而罗蒂则认为美国自由主义是目前为止最好的民主制度。他把《共产党宣言》与《圣经·新约》相提并论，认为“这两套预言都可笑地落空了。这两个知识断言成了世人嘲笑的对象”。因此，他建议人们不应将其视为“对人类历史或人类命运的精确描述”[②]，而应略过这些失败的预言，集中关注其中所蕴含的光荣之希望。唯其如此，才会从中持续吸取鼓舞人心的精神力量。

三、团结思想的意义与问题

在哲学方面，罗蒂有大刀阔斧解构的一面，右派们为此愤恨不已，而对其在解构过后的建构计划则置若罔闻。在政治方面，罗蒂讨伐了“怨声载道”的左派，以此彰显出自身的左派立场，这当然又严重冒犯了左派。无论犀利批判盛行于美国左派中的负面情绪，还是试图由文学而达到社会团结的正面构想，罗蒂的思想都充分表现出一种客观中和、昂扬向上的精神风貌。毫无疑问，对于任何一个国家、民族的发展来说，这都具有举足轻重的现实意义。毋庸讳言的是，罗蒂的“文学—团结”思想也有一些值得深入探讨之处。

首先，尽管其并未完全摆脱政治经济学的视野，但实际上还是远远低估了后者的分量与复杂性。譬如，罗蒂强调，“孩子们既要阅读基督关于人类博爱

① ［美］理查德·罗蒂：《筑就我们的国家：20世纪美国左派思想》，黄宗英译，生活·读书·新知三联书店，2006年，第94页。

② ［美］理查德·罗蒂：《后形而上学希望》，张国清译，上海译文出版社，2009年，第317、321页。

的训示，又要了解马克思和恩格斯关于工业资本主义和自由市场（它们本是必不可少的）如何使博爱的实行变得极其困难的描述”。[①] 易于发现，每当简要提及经济问题时，罗蒂的着眼点常常是全人类。在承认自由市场与资本主义有益一面的前提下，他更关注的是它们如何阻碍了人类的团结与幸福。谈及“全球化”话题时，罗蒂也表现出类似的姿态。他指出，马克思正确地提出了核心政治问题是富人与穷人的关系问题。他强烈谴责全球上层阶级的为所欲为与为富不仁，认为“只有全球政治体制才能抵消所有那些巨额固定资本和流动资本的力量”。[②] 问题在于，罗蒂以为联合国这个全球政治体制乏力应对，且重整旗鼓的机会微乎其微。鉴于此种情况，他出人意料地倡议迫切需要有“世界警察”出面来负责全球正义。虽然他随即否认了美国因财力有限且疲于奔命而难以担此重任，但这种提法本身带有挥之不去的帝国主义与西方中心主义色彩。后续的问题还有：世界警察如何组成？与联合国及其他国家之间究竟是怎样的某种关系？若是动用政治力量来刻意阻碍资本的全球流动，会否与全球化一样兼有利弊？假如剔除了全球化触目惊心的累累罪恶，很可能也令人无奈地丢弃了全球化骄人的文明成就。众所周知，全球化绝非单纯的资本流动，还裹挟着文化与价值观等方面的诸多内容。而且，全球化既有先发的也有后发的，既有主动的也有被动的，其中涉及国家之间、国家内部繁复的政治与经济博弈。即便把资本拒之门外能够达成理想的全球正义，全球的内部是否能够顺利实现团结与正义也是一个未知数。如果说，高瞻远瞩、高屋建瓴是罗蒂考虑团结问题的优点之一，那么，这一优点也同时生成其缺陷，因为他未能在总揽大局之后，进一步分析内部构成之中纵横交错的复杂问题。

其次，罗蒂希图男男女女由共同语汇到达共同希望。事实上，两者的链接并不是那么牢固。罗蒂借用了海德格尔“世界不说话，只有我们说话”的观念，认为“惟有当我们用一个程式语言设计自己之后，世界才能引发或促使（cause）我们持有信念”。[③] 尽管世界并未告诉人们该玩哪种“语言游戏”，但不应误解的是，这既不意味着人们的选择要符合某个高高在上的先在本质，也不意味着选择的随心所欲。而是说，选择什么语言其实是时间与机缘的产物，此即罗蒂所言的“语言的偶然”。在这种语言共同体内，男男女女的确可以做到意见一致。问题在于，对维特根斯坦而言，仅此还不能真正实现团结，因为

① ［美］理查德·罗蒂：《后形而上学希望》，张国清译，上海译文出版社，2009 年，第 320 页。
② 同①，第 330 页。
③ ［美］理查德·罗蒂：《偶然、反讽与团结》，徐文瑞译，商务印书馆，2003 年，第 15 页。

“人们所说的内容有对有错，就所用的语言来说，人们是一致的。这不是意见的一致，而是生活形式的一致”。[①] 即是说，即使操同样的语言，也完全可以得出不同的结论，或者说，完全可以形成针锋相对的共同体。如此一来，团结问题就变得异常复杂起来。罗蒂的进路就只是一种可能，而非一种必然。或许正因如此，接下来，罗蒂又对共同的希望或信念进行了补充限定：“将理想自由主义社会结合在一起的社会凝合剂，只不过是一种共识——相信社会组织的目的，在于让每一个人都有机会尽情发挥他或她的能力来从事自我创造，而且这个目的所要求的，除了和平与财富之外，还有标准的‘布尔乔亚自由’。”[②] 我们知道，针对福柯，罗蒂论辩的是自由主义值得继续为之奋斗；而针对哈贝马斯，罗蒂认为他带有先验主义、普遍主义的嫌疑，缺乏自我反讽的意趣。虽然罗蒂极力想协调好私人救赎与公共生活——或者说反讽主义与自由主义，从而超越福柯与哈贝马斯两人各自专注其中之一的偏颇，但两者之间始终存在着难以消除的巨大张力。当罗蒂沿着弗洛伊德的脚步，干脆放弃将两者综合起来之后，如何协调它们就显得更为棘手。

再次，罗蒂反对以往将团结寄托在抽象人性之上的做法，强调团结的地方性意义。他提醒人们思考这样的问题：丹麦人与意大利人以什么理由甘冒危险，向其身处险境的犹太邻居施以援手。罗蒂承认，虽然他们偶尔也会说同是人类这样的话，但他们给出的理由通常较为地方而具体。通过类似的例子，罗蒂得出结论说：“在团结被视为‘我们之一’的表现，且这‘我们’指涉某种比‘人类’更狭隘、更具地方性意义的东西时，我们的团结感才最为强烈。”[③] 需要指出的是，当普通的丹麦人或意大利人以都是“人”为由来解救犹太人时，他们对“人”的理解不见得就与哲学家本质主义式的界定若合符契，反倒更可能是特定历史时空中形成的暂时共识或一般性认识。诚如罗蒂而言，熙来攘往的世俗生活中，无数生动的事例已然证明，地方性可以使得团结感达到极致之境。问题是，如果一味地沉入这种地方性的团结中，那么，又该如何不断扩大“我们”的范围。毕竟，促成地方性团结的理由千差万别，它们可以相辅相成、相安无事，也可能怒目相视、横眉冷对。依照前述生活形式一致方能实现真正团结的要求，或者，“我们”将“他者”同化；或者，“他者”主动要求被“我们”同化。否则，“我们”与“他者”相互敌对。立足于美国自

① ［德］维特根斯坦：《哲学研究》，陈嘉映译，上海人民出版社，2005 年，第 102 页。

② ［美］理查德·罗蒂：《偶然、反讽与团结》，徐文瑞译，商务印书馆，2003 年，第 120 页。

③ 同②，第 272 页。

由主义的立场开展团结，罗蒂的计划显然有文化帝国主义的痕迹。如果强行团结的话，就会对“我们”之外的“他者”构成或大或小的威胁。而如果不团结的话，两者可能都沉浸在自我的优越感中，进而把对方漫画化、污名化。众所周知，世界历史中的侵略战争与长期冷战为此提供了丰富的力证。因此，离开普遍人性的地方性显得步履维艰。

另外，为了促进民族、国家的团结，罗蒂提倡英雄叙事的榜样效力。值得注意的是，通过好莱坞电影的大力传播，除了发挥意识形态询唤作用，为铸就美国的团结尽心尽力之外，美国的英雄叙事还在世界范围内产生了巨大影响。不过，这些给人视觉愉悦的英雄叙事，往往陷入一个美国英雄拯救世界危机的陈套中，而那些制造危机的敌人多数情况下来自美国本土以外，且不是美国白人。不言而喻，作为英雄叙事的重镇，好莱坞文化中弥漫着主流意识形态的种种代码。无论如何，它们既宣扬了个人英雄主义，更表现出美国强大的文化自信及对世界舍我其谁的责任心，或者说，那种不甘寂寞、跃跃欲试的文化霸权。在一个个人主义愈演愈烈的年代里，英雄叙事有时难免会被鸡零狗碎的汹涌细节所淹没，曾经的崇高感、神圣感甚至被无情消解乃至肆意戏谑。因此，一方面，重提英雄叙事是现实所需；另一方面，在批判其内容的基础上，好莱坞的叙事手法可为重塑英雄叙事提供借鉴。

结　语

文艺理论界往往将理查德·罗蒂置于后现代反本质主义的脉络中予以阐发，而对其建构之维，尤其是文学叙事促进社会团结的思想重视不够。对罗蒂而言，广义的文学叙事使人们拥有共同的语汇，通过对其进行情感教育来激发共同的希望，从而生成团结感。正因如此，他严词批评福柯理论及福柯追随者的文化研究，这与伊格尔顿对福柯们的批评形同而实异。一方面，罗蒂由文学而团结的思想具有积极的现实意义；另一方面，尽管其并未完全摆脱政治经济学的视野，但实际上低估了后者的分量，进而导致原本开放的理论在实践中自我设限，甚至滋生出令人始料未及的不良影响。

（作者单位：福建社会科学院文学研究所）

功能主义批判的美学高度

——西奥多·阿多诺晚期美学思想再发掘

陈开晟

一、否定美学的接受高度与问题

阿多诺始终坚持艺术的自律性、否定性，他对大众文化、工业文化的批判以“深刻”“彻底”著称。这几乎为阿多诺赢得巨大声誉，但也因其精英主义、悲观主义和观念的总体化而频频遭到指责：充满对工业文化的想象，忽视大众文化的复杂性，看不到接受大众的积极性，暴露了他对大众文化的隔膜及冬烘的美学面孔。

由于阿多诺在法兰克福学派中的重要性与影响力，他对大众文化的批判甚至一度被上升为整个法兰克福学派对大众文化的态度而被广泛接受。随着接受语境的变化及大众文化的兴起，法兰克福学派内部对大众文化的不同态度被不断挖掘出来，尤其是马尔库塞、本雅明等对大众文化革命能量的推崇方面。这一开掘或许丰富了法兰克福学派大众文化理论的维面，但并没有改变阿多诺对大众文化拒斥的面孔。在接受者眼里，或许有两个本雅明，两个马尔库塞，但只有一个阿多诺，一个将大众文化批判到底的阿多诺。① 这样，本雅明与阿多诺在20世纪30年代因对大众文化的不同态度而长期争论问题，就必然被重新突显出来。在时隔近半个世纪之后，如何看待本雅明与阿多诺间的分歧，或许已超出了学术的客观评价层面。因为在后现代大众文化理论造反下，更为急切的是，这一分歧是否意味着法兰克福学派大众文化理论的分裂？这种差异是现

① 赵勇：《整合与颠覆：大众文化的辩证法》，北京大学出版社，2005年。论者提出了大众文化肯定与否定两套话语、整合与颠覆的辩证法，其整个逻辑起点（所要反驳的）就是：理论界将法兰克福学派大众文化理论简化为一味地批判与否定的观点。

代性内部的差异，还是现代性、后现代性间的差异？这是阿多诺、本雅明美学研究者，尤其辩护者及审美现代性阵营，无法绕开且需要重新思考的节点。在这一问题上，尤根·哈贝马斯、理查德·沃林、彼得·比格尔等都有过深入的探讨，并有基本共识。哈贝马斯、沃林对阿多诺、本雅明都做了双重批判：本雅明对自律艺术的忽视，容易导致艺术与政治调情；阿多诺对工业文化的拒斥，已放弃了交流与介入而步入了“休眠”。在比格尔那里，阿多诺与本雅明之间的差异，可以视为自律艺术与先锋派艺术间的区别。尽管他认为先锋派对自律艺术体制的反叛使艺术得以重新介入生活而显得十分重要，但他并不主张完全取消艺术的自律性。沃林对阿多诺与本雅明间的论争曾做了详细考察，诸多差异背后的关联得以突显：阿多诺将自己同本雅明的立场分歧譬喻为，“一个完整的自由被撕裂的、没整合起来的两半”①；甚至阿多诺在信中坦承自己对本雅明的批评并不代表真正分歧，而是反对他同布莱希特过分接近。② 因此，阿多诺、本雅明的差异，意味着双方都有自己的合理性与不足，它们构成了法兰克福学派美学的二重性。自律艺术、艺术先锋派都是审美现代性观念的重要构成，是波德莱尔审美现代性观念中“永恒的一半”与“瞬间的一半”，阿多诺、本雅明不过是各执一端。

无论是源于法兰克福学派大众文化理论复数发掘所可能引发的连锁效应，或是在大众文化理论造反语境下出于对阿多诺大众文化批判理论的回护，还是后现代“考古学”的挖掘欲望，都有理由对阿多诺美学提出这样的质问：阿多诺果真一味地抵制大众文化而丝毫看不到其潜能？自律艺术与大众文化果真势不两立？发出这样质问的逻辑依据或许恰恰源自阿多诺自身：作为辩证法的真正贯彻者怎么可能如此非辩证地看待大众文化？作为非同一性的倡导者怎可用同一性视角审视工业文化？正是在这种质疑的催发下，阿多诺那些对大众文化更加公允、正面的诸多表述被不断地挖掘出来。在《大众文化的模式》一文中，阿多诺既批判大众文化对人的控制，又称“人毕竟不能被彻底控制”。③ 他在《电影的透明性》《闲暇时间》中指出，工业文化意识形态并非坚不可摧，不应该忽视影片设计的意图和实际影响之间存在着裂缝。同时，工业文化内部充满了反抗性与消解性，“工业文化的意识形态包含着它自身谎言的解毒

① Richard Wolin. *Walter Benjamin: An Aesthetic of Redemption*. Columbia University Press, 1982: 19.

② T. W. Adorno, Walter Benjamin. *The Complete Correspindence, 1929－1940*. Harvard University Press, 1999: 132.

③ T. W. Adorno. *The Culture industry: Selected Essays on Mass Cluture*. Routledge, 1991.

剂”。[①] 阿多诺也看到自律艺术也并非远离商业活动，“事实上，现在将艺术僵硬地区分为自律的和商业的方面本身就是商品化的巨大功能”；19 世纪上半叶提出“为艺术而艺术”的口号时恰是在“文学第一次真正成为大规模交易的时候”。[②] 实际上，自律艺术的资本主义起源除了在阿多诺晚期作品中多有表露之外，在早期《启蒙辩证法》中也多有论及。捆在奥德修斯身上的那条绳索就是艺术自律的隐喻，它是资本主义分工的产物。这样，批判工业文化的同时，自律的艺术也理当得到批判。[③] 在西方，对阿多诺大众文化理论的重审，可以德博拉·库克（Deborah Cook）为代表，其所著《重返文化工业》（*the Culture Indusrty Revisted*）是为阿多诺大众文化理论辩护的主要依据。[④]

毫无疑问，无论是对阿多诺肯定大众文化维面的发掘，还是将阿多诺、本雅明对大众文化的分歧上升到审美现代性层面，都是必要的。前者修正了理论界之前对阿多诺大众文化理论的笼统、单维接受；后者洞察了差异背后所共享着的现代性观念，拓宽了问题审视的理论视域。不难看出二者有一个共同指向，就是为阿多诺美学辩护。辩护看似是对阿多诺美学的提升，但其所设定的对象、前提、框架几乎限制了问题的深度展开，反而造成对它的矮化与遮蔽。阿多诺否定美学无论是长处，还是不足，都具有非常强烈的历史感，又鉴于阿多诺的理论构建能力及非同一性哲学的独特性，其合理性通常挟带着某种偏至的表象。无论是出于批判或辩护，任何外围、单一的分解与拆卸都可能是粗暴而无效的。作为阿多诺理想的阐释者，韦尔默（A. Weller）在涉及阿多诺美学的拯救批判时，经常谈到的就是如何确保它的潜能与合理性得以保存、释放。他倡导对阿多诺进行“立体的阅读”，提醒我们必须“把阿多诺美学核心范畴从它们的辩证法停滞中释放出来，并使得它们在系统内部运转起来”。[⑤] 由此，仅从大众文化立场和现代性层面为阿多诺美学辩护，将导致一系列问题：首先，容易在自律艺术、大众文化上就事论事，固执于其中一端而忽视否定美学的内在结构与机制，未能触及其内核及创造性与预见性。其次，容易将阐释及

① T. W. Adorno. *Aesthetic Theory*. Routledge & Kegan Paul, 1984.

② A. Wellmer. *The Persistence of Modernity*. Polity Press, 1991.

③ 同①。

④ 参见凌海衡《阿多诺文化工业批判思想》（《外国文学评论》，2003 年第 2 期）、赵勇《整合与颠覆：大众文化的辩证法》（北京大学出版社，2005 年，第 40 - 41 页）。凌海衡借此修正理论界只从批判、否定角度对阿多诺大众文化理论的接受，而赵勇则认为库克放大了阿多诺对大众文化的肯定，反而模糊了后者的倾向性。尽管二者的观点看似存在差异，但它们正好是大众文化理论辩证法的双方，构成审美现代性的两端。对阿多诺美学的接受如果仅停留在这一层面，对阿多诺晚期的美学高度都可能造成遮蔽。

⑤ 同②。

其过程混淆于阿多诺美学自身的建构而忽视了它一以贯之的内脉。它往往给我们造成这样的错觉，似乎阿多诺在早期激烈否定大众文化而到了后期则对此有所修正。再次，抽离式的辩护、论证非但无法激活否定美学的辩证动力，反而可能走向不偏不倚的辩证与综合：阿多诺既区分了自律艺术与大众文化，又指出它们间的关联。这反而模糊了否定美学的总体倾向，牺牲其历史感、当下性与实践能量，而停滞、蜕化为理论的透明。

回到阿多诺美学自身，尤其是对功能主义的批判，就会发现围绕阿多诺美学现有阐释的滞后性，这些辩护或许不能说多余，但其重要性将被阿多诺晚期的美学高度所冲淡。当阐释者正黏滞于大众文化、自律艺术其中一轴或为审美现代性一端的孰高孰低、孰是孰非而辩驳时，阿多诺却告诉我们它们之间相互交错、缠绕与反转，而且构成生产与被生产的动态关系而远没有理论勘界的清晰。当阐释者为矫正阿多诺大众文化理论的“偏至”而忙碌于大众文化与自律美学间的调停、辩证或对“永恒一半”与“瞬间一半”的关联、融合多有欲念之际，阿多诺却以否定美学之否定粉碎了这种冲动，他对美学何为的思考——美学的质问、否定、反思内核，远比阐释者更为老辣、清醒。阿多诺是驾驭辩证法的能手，他在自律艺术陷入困境时——保持自律将被边缘化而在介入过程中则面临被收编——曾运用美学（形式）中介实现了“反美学”“反艺术”的转换来解决这一问题。[①] 遵从阿多诺这一运思逻辑，结合他在晚期所遭遇的大众文化不可阻遏的潮流，阐释者确实很容易滋生这样的遐想：在他那里，大众文化这一肯定性面孔是否也可能同样以美学形式为媒介同充具意识形态的社会现实拉开距离，进而迸发出批判的声音与真正的反叛性——实现波德莱尔审美现代性观念从“流行”“时尚”“粗俗”中提取诗意的东西？可是，当阐释者为审美现代性内部构件的隐显、抑扬、位移、辩证而一厢情愿地布局或对其审美乌托邦多有批判之际，阿多诺实际上对形式美学（审美现代性）的危机已早有觉悟，并宣告美学自身的无力，而这几乎已触摸到了生养美学又引发其危机的文化与社会体制的病症。这个美学外部或体制显然不再是阿多诺长期批判的现代性体制，尽管他未曾也不可能像韦尔默那样直接将其作后理性、后民主、后政治宣告。但这昭示着阿多诺晚期的美学已经走在后现代主义美学创造的关口上。或许也可以说，阿多诺最后确实有告别自律美学之象牙塔而趋向目的、应用、体制这些外部空间，但这种走向在一个既深受现代性困境煎熬

① T. W. Adorno. *Aesthetic Theory*. Routledge & Kegan Paul，1984.

也深得锤炼的美学老人那里，绝非是理论的落单设计与臆断所能捕获的。以上对阿多诺美学接受问题的勘察与诊断足以构成重新发掘其晚期美学思想的理由，而他对功能主义的考察、批判则高密度地汇聚着这些美学思考，也奠立了其美学的最终高度。

二、功能主义、否定美学的融合与碰撞

阿多诺在 1965 年应阿尔恩特（Adolf Arndt）的邀请为德国制造联盟（the German Werkbund）发表了题为“今日功能主义”的演说。其主要涉及对象除了德国制造联盟之外，无论是建筑师卢斯（Adolf Loos）、柯布西耶（Le Corbusier），还是“新客观主义”（Neue Sachlichkeit），都同功能主义建筑艺术相关。阿多诺对功能主义的考量，并非局限于功能主义就事论事，而是带上了自己的美学思考及问题视域：既包括之前他对批判美学、现代艺术、大众文化的思考及问题逻辑的延伸，也包括他发表演说时对美学、艺术的当下状况及走向的判断。当然，对于阿多诺而言，功能主义是除波德莱尔《恶之花》、勋伯格的无调音乐、贝克特的《等待多戈》等少数典型范例之外一个不可多得的胚胎与标本，其独特的美学内涵、价值、实践、征候意味着它不只是阿多诺阐发的对象，而是能够成为他质问、生发、构建美学的理想载体。从发生学层面看，问题语境的错位与交叠也颇有意味。功能主义的发生可以追溯到一战前，盛行于 20 世纪二三十年代，属于现代派建筑范畴；而阿多诺演讲则是在功能主义早已因自身的粗陋性而陷入危机、需要加以反思的时期，同时当时后现代主义思潮已从边缘逐步成为中心。它们之间既有共通性与关联度，又在时间距离与美学范式上存在着差异。从解释学层面看，阿多诺的功能主义论是否定美学同功能主义之间的一次碰撞、融合、背反与择取。作为被阿多诺所关注的功能主义显然折射出他晚期的美学思考，而功能主义美学与实践至少在这些层面能够触动、生发阿多诺的美学思考：功能主义美学对“技术”“应用”的推崇；技术与艺术、工业与美学之间结合的诉求；“合目的的有目的”对“无目的的合目的”的置换。

功能主义同否定美学对自律性、超越性、无用性、无目的性的倚重及对技术的排斥相反，主张突显建筑艺术的“实用”“应用”“目的”“经济”“功能”“质料”等维面。为了实现这样的美学理念，功能主义无不把批判矛头指向了传统建筑的“装饰性”。卢斯把“装饰”与“罪恶”直接等同起来。在他眼里，

"装饰"是弱者的表现，是现代文明的病态；"装饰的复活"对审美意识的发展造成巨大破坏，是"危害国民经济的一种罪行"；而去装饰，"从实用品上取消装饰"则是文化的进步。[①] 无论是稍后的柯布西耶，还是更早的格林诺夫（H. Greenough），也都视装饰为虚假、浅薄。新客观派作为功能主义的极端，更是提出这样的愿望，即"一种完全客观主义地以物质为基础来对待事物，而不再添加思想意识含义的愿望"。[②] 功能主义礼赞技术、工业、新材料，以及汽车、飞机、轮船等制造，在这些材料、机器与制作技术中无不是美学的，这在柯布西耶《走向新建筑》中得到最为鲜明的体现。就此而言，现代艺术原则在功能主义那里发生了颠倒：质料优先于形式，目的主导了无目的，"审美的生产"让位给"实用审美"。功能主义这些主张至少在两大方面对阿多诺会有所激发、触动或同他晚年的美学思考会有所会通。一方面是扭转之前对技术与工业所持的以否定、批判为主导的防守策略，而转向正面回应或接纳。这样，《美学理论》有关章节及《今日的功能主义》对技术、工业文化与艺术的关系做了不同于往日判断与思考，就非常值得注意。阿多诺已经意识到，技术对艺术的影响、艺术与工业生产、技术时代的艺术等问题都是无法回避的："真正的现代艺术与其说是不得不设法对付发达的工业社会，还不如说是不得不从标新立异的立场出发承认发达的工业社会。""技术"对于艺术而言并非只有消极的意义，它"不仅反映审美自觉（aesthetic self-determination），而且反映外在于艺术的生产力发展"。阿多诺以电子音乐为例，说明它恰恰是利用了"艺术之外的技术工具特质来生产艺术"。[③] 他在《今日的功能主义》中甚至直陈，"对技术的害怕是相当古板、过时的，甚至是反动的"。[④] 另一方面则是否定美学或现代艺术如何重新同外部的社会目的、生活获得联系，从而摆脱美学耗尽能量与功能、艺术陷入表象危机的困境。艺术并非天然地疏离生活，阿多诺提醒我们不要因为"技巧"而忘记现代艺术的起源，当艺术借助形式技巧远离日常生活时甚至要有"原罪的意识"。[⑤] 在追问何为工业时代的艺术时，他已经看到在工业时代技艺（technique）对艺术自律形式或审美无目的植入与胀破："具有内在目的的技巧在保持'无目的'的同时也不断地拥有审美之外

① 汪坦，陈志华主编：《现代西方建筑美学文选》，清华大学出版社，2013 年。

② ［美］肯尼恩·弗兰姆普敦：《现代建筑：一部批判的历史》，张钦楠，等译，中国建筑工业出版社，1988 年。

③ ［德］阿多诺：《美学理论》，王柯平译，四川人民出版社，1998 年。

④ T. W. Adorno. Fuctionilism Today. Neil Leach（eds.）. *Rethinking architecture.* Routledge，1997.

⑤ 同③。

的技巧作为自身的模式”，“艺术作品在不断变成技术的，就必然同功能形式捆绑在一起而同它们的无目的相矛盾”。[①] 在工业技术时代，古典美学与艺术的“自律性”“无用性”“无目的性”全面遭到了挑战，否定美学与反艺术也无法例外。如果说否定美学与反艺术刚开始的抵抗还具有真实性，那么随着工业文化与技术时代的全面来临及技术的不断再生产，它们将因无法真实、有效地反映工业文化和技术时代的社会经验而萎缩、蜕化为一种装饰或意识形态。如何避免这一情况的发生，是阿多诺在《今日功能主义》要进一步破解的难题。

功能主义发掘并倡扬机器美学与技术美学：“今天已经没有人再否认从现代工业创造中表现出来的美学。那些构造物，那些机器，越来越经过推敲比例、推敲体形和材料的搭配，以致它们中有许多已经成了真正的艺术品。”[②] 它们探寻工业与艺术、技术与美学的融合，希望能实现这样的美学理想：艺术既是美的，又是实用的；工业制品具有实用性的同时也是美的。这种审美的理想以实用性、现实性为主导，甚至同国家的工业外交战略密切相关。当时的德国是这一观念的引领者，德国建筑师塞姆帕尔（Gottfride Semper）早在1851年就发表了《科学、工业与技术》，弗德里希·诺曼在1904年著有《机器时代的艺术》。他们文章的焦点就是应用艺术、手工艺如何应对技术与工业的挑战。[③] 诺曼稍后与穆台休斯（H. Muthesius）等发起了德意志工业联盟，其出发点就是迎接工业化运动，扭转德国工艺制品的粗陋性，在审美技术层面提升产品的竞争力。这一美学追求包含对古典、自律与技术、工业双重超越的尝试。在诺曼看来，这样高质量的艺术产品只能由具有艺术修养又能面向机器生产的人来承担。柯布西耶宣称，“艺术不是大众的东西，更不是‘奢侈的心肝宝贝’”。[④] 工业制造联盟（Werkbund）的名称也是有意为之，既避免用纯指工业的industrie，也不用手艺、手工业的gewerbe，而werk一词则兼具工厂与作品之意。[⑤] 审美与技术、工业与艺术并非一直就呈现为现代性的对抗，它们在现代性的解放进程中具有一致性；而在手工艺生产方式中就曾有过技术、商业与艺术之间的和谐、融合局面。正如前文所提到的，艺术与技术之间的结合问题一直处于阿多诺美学的视域之内。当然，我们在阿多诺的相关阐释中看到更

① T. W. Adorno. *Aesthetic Theory*. Routledge & Kegan Paul, 1984.

② 汪坦，陈志华主编：《现代西方建筑美学文选》，清华大学出版社，2013年。

③ ［美］肯尼思·弗兰姆普敦：《现代建筑：一部批判的历史》，中国建筑工业出版社，1988年。

④ 同②。

⑤ 吴焕加：《20世纪西方建筑史》，河南科学技术出版社，1998年，第75页。

多的是二者之间的对抗，还有技术、工业与商品对自律艺术的渗透与改造。他在《文化工业再反思》一文中甚至认为将高雅艺术与通俗艺术强行整合在一起对双方都是一种损害。[①] 可见，问题的关键还在于二者之间如何融合，无论是强制的整合，还是庸俗的辩证统一，都将使情况变得更为糟糕。问题的情形同康德当年如何调节美学的感性主义与经验主义多少有些相似，它不可能通过增减或移动双方的要素而得到调和，而需要新的思考路径及实践的修正。功能主义倡导者对美学“无目的的合目的”的置换，显然对包括阿多诺在内的那些试图积极应对技术、工业对艺术、美学挑战又深受自律、无功利、无目的折磨而几乎心力交瘁却又困兽犹斗的美学现代性论者而言，无疑是十分震撼的。其实，现代美学与艺术只要仍然受制于“无目的的合目的”框架，那么无论它作怎样的调整都无法同大众文化、文化工业制品实现善、美的结合，因为它根本就不可能从自身的内在向度开出以外部目的和功能的自我持存为目的的工业文化、技术制品。实际上，阿多诺已经触及这一问题，他在探讨技术时代的艺术时已经认识到必须从对“无目的的合目的”的反思入手。[②]

功能主义绕开了“无目的的合目的”而代之以“合目的的有目的”的美学原则。“合目的的有目的”中的“合目的”，即形式律，具有本体论或存在论的意义。在实际中就是指自然、事物或艺术的具体形式，它能以合乎目的的方式显露目的，而不能作为装饰、美化的技巧或工具。在功能主义的设计实践中，合目的就是能够让设计的目的、材料的性质显露出来，还原出材料、物的样态，即“物之物性”“材料之材料性”。按照格林诺夫的话说就是，事物就会有事物该有的样子，“银行的外貌就应该像银行，教堂就应该像教堂”。同时，美不在目的、功能之外，工艺制品之所以是美的也就在于它的目的性和材料的质感得到了显露。所谓的“美”，即“形式适合于功能”。[③] 当然，作为合目的的形式，并不局限于物的形式，它包含着文化精神因素（尤其在柯布西耶与穆台休斯那里）。功能主义所突显的目的、功能，区别于康德的先验目的或内在向度的反省目的，而是指趋向外部、能够外化的目的，它包括自然、万物的目的（当然以人的存在为媒介），以及人的目的、需求。功能主义所强调的目的、需求不同于官能化、心理化的欲望与需求。在功能主义那里，无论是功能、需求与目的，还是形式与功能、需求的适合性，都参照自然、有机体作类

① T. W. Adorno. *The Culture Industry*: *Selected Essays on Mass Cluture*. Routledge, 1991.

② T. W. Adorno. *Aesthetic Theory*. Routledge & Kegan Paul, 1984.

③ 汪坦，陈志华主编：《现代西方建筑美学文选》，清华大学出版社，2013 年。

比勾画，它们深受自然的约束而避免实用的寡头化，而其所反对的装饰恰是对这种自然性的违背。同时，形式与功能、目的的适合性，隐含着自然性与精神性之间的应和，以及精神深受自然向度的约束而避免自身的跋扈：“当作品对你合着宇宙的拍子震响的时候，这就是建筑情感，我们顺从、感应和颂赞宇宙的规律。当达到某种协律时，作品就征服了我们。建筑，就是‘协律’，这就是‘纯粹的精神创作’。”① 功能主义的这些特点——功能与目的的自然性及相对形式的主导与制约；形式以受到自然性约束的方式超越自然性；形式适合目的，以及形式与目的关系中所蕴含着自然与精神间的制约与交往性——同阿多诺的思考有诸多共通的理趣：阿多诺对客体优先、自然美、模仿等的论说体现了自然的不可复制、不可界说及抵抗人化与主观化的内蕴，以及自然美相对于艺术美的优越性。② 其自然观通过否定的方式（转化为形式技巧）超越了自然本体，显露出“潜在的物语”（the latent language of things）与“物性”（thingliness）③；但是，他的自然观有别于前美学、海德格尔存在论或浪漫主义之处在于，它并没有将自然彻底神秘化、彼岸化或高度人格化，其功能、需求与目的的限定词是“人的”：“活着的人，甚至是最为落后、老套的天真（的人），也有实现他们需求的权利，即便这些需求是虚假的。”④ 当然这些（人的）目的、需求或（人的）显露方式，始终受到自然的牵制或是合乎自然性而区别于人类中心主义的任性与跋扈。阿多诺涉及人与自然、形式与质料等自然美学观点，以及功能主义的形式与内容等方面，都已涉及自然、质料同形式、目的等之间的交往性。不难看出阿多诺的这些美学思想来源于康德美学：康德在论述自然美、自然美对艺术美的优越性、自然的客观合目的性、自然与德性（超感官的第二自然）的亲缘性与交往性时，都涉及这些方面。由此，功能主义的“外化的目的”置换了康德所谓“目的”的内在与先验指向，但延续了在康德那里“形式”因着同“目的”的适合性而体现出的自律性。这是它同大众文化和工业文化以消费需求、利润为目的的“目的”的区别所在，也是阿多诺对功能主义相当关注并有诸多认同的原因。

阿多诺虽然没有明确使用“后现代美学”“后现代艺术”这样的概念，但他阐发功能主义艺术时显然已经处于后现代语境。《今日功能主义》看似就功

① 汪坦，陈志华主编：《现代西方建筑美学文选》，清华大学出版社，2013 年。

② ［德］阿多诺：《美学理论》，王柯平译，四川人民出版社，1998 年。

③ T. W. Adorno. Fuctionilism Today. Neil Leach（eds.）. *Rethinking architecture.* Routledge，1997.

④ 同③。

能主义本身而论，也容易被误认为只是“启蒙辩证法”时期美学思想的延续或转折；但无论从当时美学、艺术实践情况来看，还是就功能主义承载阿多诺美学思考的可能性而言，它客观上已对后现代语境下美学与艺术走向做了相应的预见与回应：材料、物质、自然、建筑、日用器具、日常生活等将更多地从形式的裹缚中获得解脱、显露，而成为现代艺术之后的美学焦点。利奥塔就曾指出康德美学将因对物质性的漠视而付出代价。[①] 形式要从自身的纯粹性、自律性中解放出来，它需要“不纯”“含糊”“矛盾”“不洁”（文丘里的观点）方有生机，方能同生活重新获得联系与沟通，现代性的自律也方能得以延续。技术与美学、工业与艺术的融合，质料与形式、人与自然关系的重组，是后现代美学与艺术的诉求；不过，这一融合与诉求最终还取决于通过交往而获得澄明的人类理性与目的。这也是韦尔默对后现代美学、艺术的基本诊断，是其审美现代性后现代实践思想的集中体现。

三、功能主义危机与美学内核的显露

功能主义的发展状况及其结果，同运动的初衷相去甚远：技术与审美结合的理想并没有实现，作为功能主义实现建筑材料与功能革新及完成对装饰艺术批判的技术，最终被高度“人格化”而蜕化成“技术至上”。目的、功能、需求、实用因人文内涵、文化精神的放逐而蜕变为功能的机械、教条，以及目的、需求、实用的粗俗裸露。外部目的与功能的萎缩，必然引起内部目的的衰落；外部目的与功能最终彻底吞没了形式的“合目的性”而仅剩下纯功能的虚饰与纯目的的摆设。在建筑的新客观主义或即物主义那里，艺术已经濒临非艺术，它宣告了功能主义危机的全面来临。在历经现代性批判从清晰到复杂辩证的环节之后，功能主义危机对阿多诺而言显然比其他人意味着更多，他对功能主义危机的反思也远超出了功能主义本身。阿多诺从功能主义危机中看到，作为矫正、拓展“自律”“无用”“无目的”的“目的”“有用”“功能”，看似合理的背后仍问题重重。不过，阿多诺没有在“目的”“有用”“功能”这一轴上就事论事。他对功能主义危机的反思，既是对审美现代性二重性的双重批判，也是批判美学的贯彻与构建。阿多诺正是从功能主义的危机中意识到，无论审美现代性两端的哪一轴上的概念都不是自明的，都应被纳入社会、历史维度中

① ［法］利奥塔：《非人——时间漫谈》，商务印书馆，2000年，第153、156页。

勘察其功能的生产、再生产状况。

功能主义反对装饰艺术，推崇艺术的功能，但艺术的装饰和功能都生发、受限于具体的社会、历史场景。阿多诺指出，“为某种质料语言所需要的东西，之后可能是肤浅的，甚至是糟糕的装饰”，这种需要在另一种语言中将丧失合法性而成为“风格”。因此，“今天的功能明天将成为它的对立面（非功能）”。[①] 功能主义和客观艺术抵制“象征”与“想象”。阿道夫·卢斯将装饰的起源追溯到“色情的象征”，在他那里拒绝装饰同厌恶象征是一致的。阿多诺并不简单地反对“象征”和“想象”，而是将它们纳入社会文化视域加以还原考察。在阿多诺看来，“象征”是人类赋予物体的一种言说方式，人类正是借助模仿的冲动来调适自身与周遭环境的关系。“象征”并非与“用途”无关，哪怕“房屋”“飞机”“汽车”也仍然具有象征形式。装饰本身并没有罪过，艺术之所以堕落成“装饰”，在于它不再能够创造真实的装饰。[②] 阿多诺也相应地批判了“想象”概念的流俗用法。人们通常仅把“想象”作为不在场事物的“形象”，将它理解为艺术创造过程中的一个决定性因素。他认为本雅明将“想象”作“植入、纂写微小细节的能力”的界说要远比那些通常的解释——要么将其抬高到“精神的天堂”，要么从客观现实角度将其贬入“地狱”——更有成效。“想象”是对事物的激活，“质料”和“形式”因“想象”而摆脱各自的自然性；但是，这不意味着“想象”不受约束，可以主观恣肆，它更像是负载着文化的重量在“跳舞”。“艺术的想象”不过是“通过对质料固有问题的意识来唤醒这些文化蕴藉”，“想象的微小进步，回答着质料和形式以静默的、自然的语言所提出的无言问题”。[③]

阿多诺此时同启蒙现代性批判时期的差异在于，不再对相应的范畴作抽离的总体判断。他将“目的”“有用”“无用”“无目的”等审美现代性的不同维度还原到相应场景，摆脱二元对抗的总体格局，而显露其历史交织、扭结境况。由此，审美现代性矛盾的一系列范畴将在艺术发展的历史语境中被重新认识。就自律艺术的自相矛盾而言，阿多诺指出这是源自艺术概念自身及其发展需要，“根据自身的形式律，艺术为了成为艺术，就必须结晶化为自律的形式。这构建了艺术的真实内容，否者它将屈从于正是通过自身的存在而要否定的东西”；然而，艺术作为人类的产品，它不可能只是“艺术”而与人性无关，这

① T. W. Adorno. Fuctionilism Today. Neil Leach（eds.）. *Rethinking architecture*. Routledge，1997.

② 同①。

③ 同①。

样“它就包含了某些它必须抗拒的成分”。[①] 阿多诺在历史视域中发现“有用”“无用”并非天然的对立：工艺产品或有用的事物实现了“人”与“物”的双重超越与联结，它意味着“物”丢弃了它的“冷漠”，并显露出“物自身的目的”，但并不曾沦落为“手段”“工具”；而对人类而言则意味着不要再遭受“自然物”的困扰，体现出一副“亲近的、有益精神的图像”，却无关“利益驱动”。在资产阶级早期艺术中，“有用”与“无用”并不对立。只是到了当代社会，“有用的”被施以“魔力”，它为利润而进行的交换玷污了作品，全面“接管了自律艺术”。[②] 功能主义所倚重的“有用性”显然也不能幸免，自律艺术的境况已昭示着功能主义“有用性”的可用空间之稀少。

阿多诺除了对这些家族性概念做历史还原，还将它们置于其当下的社会场域中加以考量。他发现它们的内涵、界限、规则正遭到艺术之外的文化力量的渗透与改写。商业、利润、娱乐与非理性对艺术的浸渍是不分艺术类型的。最典型、最值得关注的就是，自律艺术的他律化及大众文化的自律化现象。以自律艺术为例，阿多诺称“像许多社交性、歌舞娱乐目的已经渗透到无目的的艺术”，这些无孔不入的目的已植入、瓦解自律艺术的形式律。在这种情况下，自律艺术成其所是的原则——“无目的的合目的性”，已不再可能是“无目的”而只能是“目的的崇高化”。这样，自律艺术的无目的则可能成为商业、资本目的的共谋，“无目的的合目的”被倒转为“无目的的有目的”。功能主义强调艺术形式的合目的性、合材料性，阿多诺认为“合自身目的的目的”只不过是一种幻觉，它根本无力对抗“最为简单的社会真实”。艺术是否具有目的或具有怎样的目的，根本不可能根据自身做出论断，而取决于它所在的社会现实。无目的或合目的的言说方式并非自律艺术或功能主义的特权，一些为追求利润的大众艺术同样可以把自己的产品包装、设计得合目的或无目的。这就是马尔库塞当年所提到的大众文化的反升华，即“有目的的无目的性”。有目的却表现为没有目的，这显然更具有迷惑性。它以最大限度地获取利润为旨归，但却将这种目的加以妆饰而使消费者浑然不察。功能主义若只是简单地推崇目的和表现方式的合目的性，同样可能充具着意识形态。广告同样能做到以自律的方式或合目的的方式表现自己的目的：“如果广告具有严格的功能，却没有装饰的盈余，那么它将不再作为广告完成它的目的。”[③] 尽管阿

① T. W. Adorno. Fuctionilism Today. Neil Leach (eds.). *Rethinking architecture.* Routledge, 1997.
② 同①。
③ 同①。

多诺早在《启蒙辩证法》中就涉及自律艺术的商品化或大众文化的艺术化现象，但并没达到这样的理论自觉："目的""无目的""有用""无用""质料""形式""功能""技术""装饰" 等之间的交织与缠绕；美学与艺术在后工业技术时代的存在环境已更加复杂；放逐历史语境、文化场域，从理论、范畴层面抽象地谈论美学与艺术将是不准确和危险的，任何简单的价值辩护都显得不合时宜；审美现代性的一系列范畴之间已不可能泾渭分明，二元或线性的分判已难以招架这一变局。

阿多诺既将审美现代性矛盾两端的范畴加以历史还原和当下性考察，又清醒地看到它们之间的矛盾不可能通过还原、反思、批判加以消除。这种矛盾性在阿多诺美学中就必然存在，并表现为一系列具有辩证张力的审美范畴。阿多诺没有执迷于构成困境的两个对立维面间的纷争，人为地制造"两个维面自身的战争"或者导致纷争的循环与繁殖。阿多诺非常清醒地意识到，对问题的批判很容易成为问题的制造者，对敌人的清算很容易成为"敌对阵营的同伙"。他认识到这一系列矛盾，不是不要解决而是具有不可解决的一面。如果试图强制地化解，只能是粉饰问题或转移矛盾。阿多诺在《今日功能主义》的最后指出，正是这一系列的矛盾与困境的客观存在，我们更加需要美学。美学的无力并不说明我们不需要美学或应废黜美学。相反，我们急迫需要美学，需要改进美学及艺术观念，即对问题清醒的意识、反思、质问，以及对"何为艺术"的反复追问。[①] 实际上，也就是把他的否定美学彻底地贯彻，而利奥塔后来则将此发掘为"否性的异延"及"何为艺术"的解构质询。可见，阿多诺美学除了具有对真理、和谐、解放的冲动的一面，他不忘批判美学之初心，坚守否定美学之"否定"内核，并在新的语境下加以拓展、维系。

四、洞见、盲视与重建潜能

功能主义的批判汇聚着阿多诺对美学与艺术观念的深邃思考。这既体现为他自启蒙现代性批判以来对审美现代性观念的调整，也蓄积了对后工业时期美学、艺术如何应对挑战的判断与预见。从阿多诺之后或现代性之后美学与艺术的走向来看，其美学思考触及这样的核心问题，即现代美学与艺术只有带着自身回到外部方能释放自身的能量而获得新生。

① T. W. Adorno. Fuctionilism Today. Neil Leach（eds.）. *Rethinking architecture.* Routledge，1997.

阿多诺在功能主义批判中已经认识到审美现代性内部一系列矛盾不过是外部力量使然。对于美学与艺术而言，无论是审美现代性困境化解，还是自身发展，它从根本上都不可能凭借自身的力量。功能主义在借助“有用性”反抗艺术自律的过程中陷入了迷误，问题的症结根本不在于“有用”“无用”本身，而在于艺术所处的复杂场域。功能主义想捣碎“有用”“无用”的纠缠，但只要它仍深陷于社会的复杂纠缠之中，这种努力便无法突围。① 阿多诺对机械功能主义的批判同样涉及一个非常有价值的问题：一方面与庸俗功能主义倚重功能、目的、形式纯粹性不同，他强调的是它们所具有的社会文化“内涵”“精神密码”；另一方面他注重“质料”“形式”“目的”的相互熔聚与作用。形式、质料所蓄聚的文化意蕴，意味着它们能够摆脱审美内部的囚禁而向外部延伸。从这点我们可以看到阿多诺文学、艺术社会学在建筑艺术中的贯彻。“目的”显然只有同“人”相关联，方能得到澄清，而在三者中唯有“目的”具有导向性功能，是“质料”“形式”的收摄处：建筑艺术的“目的”是通过将目的内化而超越的“目的的现实性”，建筑的功能或空间要避免成为抽象的、物理的实体就必须体现出自身的空间感来。这就涉及目的如何表达，即它“通过什么形式”“用何种材料”，以及“形式”“材料”“目的”的交互关联，“能否实现这一综合是衡量伟大建筑的首要标准”。② 阿多诺对功能主义建筑的批判之所以值得重视，还在于建筑艺术本身不像文学、绘画、音乐那样局限于审美本身，而与生活世界、主体需要直接关联。建筑艺术这一外部关联的天然优势对因耗尽内部能量而陷入危机的其他非应用艺术的反思，其发力更具现实性与针对性。

正如前文所指出的，阿多诺最终落在了这样的思考：如何改进美学，如何构建自我质询的美学；美学如何通过反思避免蜕化为意识形态；如何内在、反思性地超越审美现代性的诸多矛盾，构建弱式的审美乌托邦。阿多诺终究没能利用已经触及的问题进一步扩大战场，即将美学带向同外部更为复杂的交错中加以建构。究其原因，在于他从启蒙现代性批判开始就奠基了的元理论框架及基此对整个现代文明的片面诊断。尽管阿多诺在晚期一直在突破自己之前的现代性思想，但始终没有从《启蒙辩证法》时期所奠立的总体框架与判断中超拔出来。他始终看不到启蒙现代性的潜能，对美学外部力量的不信任，导致颠

① T. W. Adorno. Fuctionilism Today. Neil Leach（eds.）. *Rethinking architecture*. Routledge，1997.

② 同①。

倒了问题的因果：审美现代性的困境本是现代性危机的后果，而他却虚幻地让审美现代性肩负摆脱现代性困境的重任。阿多诺是深刻而诚实的，他以过人的才智把包括审美现代性在内的现代性批判在意识哲学的框架内演绎得淋漓尽致；但正是这种诚实与才智，造就了其理论的焦灼、挣扎、逼仄、孤绝、冷艳气质及撕裂的阵痛。阿多诺的美学洞见与盲视同在，我们从中看到了时代的馈赠与历史等高线的制约。

如果不根本地撬动阿多诺美学所奠基的理论框架，那么审美现代性的困境就是无解的。正像理查德·沃林所指出的，阿多诺美学的救赎性批判必须从其元理论框架的限制中解放出来，其前提是“必须转向某个外部背景”。[①] 这种拯救不可能是美学构件的简单增减或局部调整，而需要理论范式、路径布局的转换。这样，《今日功能主义》所触及的合理潜能方能得以解救。韦尔默是阿多诺这一美学遗嘱的执行者：一方面将阿多诺的功能主义批判所触及的“目的”同他在交往方式下发掘的后理性、后主体对接，另一方面将阿多诺以美学内部去关涉外部社会现实的路径置换为社会环境的外部变化如何影响美学构建的思考路径。

在韦尔默看来，目的或主体不是自明、先验或理论的，而是内在于文化、社会、历史、政治的多元格局。它们只有在交往中方能得到说明，只有在同复杂语境的交往、关联进程中，在趋同或差异的共识中方能得到澄清。目的能否澄清直接关系到美的问题；只有目的是可理解的，实用制品、工业制品才可能是“美”的。19 世纪那些钢铁制品在今天看来仍然是美的，原因就在于它们的可理解性和可见性。相反，电子时代的许多制品变得“怪异的”“无表达的”，所能见到的只是“光滑的表面”，其表面背后所潜藏着的东西是无法理解的，美也就随之消失。[②] 目的及与目的相关的主体需求，不可能只是局限于个人，它涉及目的与目的、主体与主体的关联及“私人”与“公共”“集体”的纠缠：“在今天，实用设施不只是私人的或一时的兴趣，其所关注的不只是新的‘风格’或新的时尚，目的与功能的关系已经进入了公共意识。这些公共问题涉及城镇规划、城市的革新与维护、污水处理、景观保护，以及医院、道路、核电站的建设，甚至包括非主流的技术的需要。”所有领域的设计、规划，“除了技术和审美的构成，还需要考虑到不可回避的社会、政治或生态维

① ［美］理查德·沃林：《文化批评的观念》，张国清译，商务印书馆，2000 年，第 126、130 页。
② A. Wellmer. *The persistence of modernity*. Polity Press，1991.

度”。[①] 这些问题涉及共识，以及能够为共识提供保障的协调或约束机制。这种机制当然非常广泛，包括社会、文化、艺术、法律、政治、民主等，但起主导的还是民主政治体制。这也是韦尔默在论及现代之后的美学与艺术实践时一定要兼及政治、民主实践的原因。后民主政治实践将对后现代美学与艺术产生深远的影响，审美现代性内部矛盾的克服有待于它的进展。曾经浮现在德国工业联盟的理想——技术与审美、工业与艺术亲密结合的可能性也只能从后民主政治实践中获得解释:“工业生产遵循着经过交往而澄明的目的；艺术和想象力卷入了共同目的交往的澄明之中。然后，艺术和工业在通过第三种要素——也就是，启蒙后的民主实践的媒介——调节的时刻，才能会聚在一起。”[②] 显然，韦尔默所提及的后民主政治实践仍不乏为一种弱式的乌托邦，但就后民主政治能够为现代之后的美学与艺术实践提供保障这一点而言则体现出其唯物主义的清醒。他在后形而上学语境下开掘、释放了阿多诺曾经触及却终究窒息于意识哲学版图中的美学能量，否定美学踏上了在后现代主义语境下重建的征途。

（原载《闽江学院学报》2018 年第 1 期）

（作者单位：闽江学院人文与传播学院）

① A. Wellmer. *The persistence of modernity*. Polity Press，1991.

② 同①。

梅洛-庞蒂的绘画空间观探微

仲 霞

在西方哲学史上，无论是康德的时间图式，抑或柏格森的绵延，还是胡塞尔的内时间意识，以及前期海德格尔将空间性奠基于时间性之上（空间被视为一种非本真），时间都被赋予了优先地位。胡塞尔并未完成空间现象学的建构，海德格尔直至经历转向之后才真正走向空间性，而梅洛-庞蒂则不同，他从一开始就十分重视空间问题，所以有学者认为，当代思想“空间转向”的“第一位创立者应该被归为梅洛-庞蒂”①。与胡塞尔反思欧洲科学危机、海德格尔批判技术摆置与世界图像相类似，梅洛-庞蒂认为，在知识作为代言人的世界，充斥着抽象、孤立的科学决定论。背负这一知识框架犹如戴着一副有色眼镜，造就了西方人看世界的方式。现象学代表了试图扭转这一方式的现代方向。艺术与现象学的努力殊途同归，引领我们亲临初生状态的建构时刻。在诸艺术形式中，作为造型艺术代表的绘画本身就是一种空间的表达，自然成了梅洛-庞蒂空间之思的对象。梅洛-庞蒂对绘画空间的理解历经发展，也诠释了其对哲学的定义，即“哲学是其自身开端不断更新的体验”②。当今学术界对绘画空间的研究正如火如荼，但从现象学角度加以阐释的尚不多见。本文尝试从梅洛-庞蒂的现象学出发，解读其绘画空间观之流变，以期拓展绘画空间研究的现象学维度。

一、画与身：创建的空间

现象学研究的是我与世界之间的结构，或者说事物呈现于我的机制。梅

① 杜小真，刘哲编：《理解梅洛-庞蒂：梅洛-庞蒂在当代》，北京大学出版社，2011 年，第 182 页。

② M. Merleau-Ponty. *Phenomenology of Perception*. Routledge，2013：xxviii.

洛-庞蒂认为，通过现象学的还原回到的是知识之前的经验底层即知觉。知觉居于首要地位，科学不过是这种知觉经验的间接表达。知觉是我与世界之间相互的蕴含，其中“活生生的意义结点”便是身体。身体是知觉的主体。梅洛-庞蒂赞同马塞尔的观点，即我与我的身体是一种原初的我—你关系，而非我—它关系，更确切地说，“我就是我的身体”（《形而上学日记》）；而世界本身是“所有可能知觉的普遍风格”[①]，是被身体知觉到的世界。人在世界上存在是身体在世界上存在，是身体寓于空间之中。空间是身体的成就，这源于身体是一个奥秘之所。“身体始终有别于它所是；始终既是性欲亦是自由；始终扎根于自然又被文化转变；从不自我封闭却从未被超越。”[②] 也就是说，身体将自然与文化、限制与自由等含混一体，即身体是我与世界的原初含混区域，与存在的源头模糊相连，所以经由对身体的描绘，在世的结构才能得到展露，空间（包括绘画空间）由此得以建立。

画作与身体具有相似性，是格式塔的完形。绘画活动运用线条、色彩等，如同身体行动运用肢体、语言等。画作各部分融为一体，如同身体自然地融贯于一系列行为之中。我们不必像生理学解剖躯体般拆解绘画，那是科学分析的立场。身体首先是现象身体，不是客观身体。幻肢患者仍然保留着截肢前的实践场域，向着虚幻的肢体所能从事的可能运动敞开；失认症（有肢体却以为不存在）的情形与幻肢现象正相反。这些病例表明，现象身体比生理身体更为根本，是前人称的、匿名的整体。对塞尚而言，他是在世界中存在的活生生的人，他甚至说自己看见了物体的气味与厚度；在最初的感知中，触摸与视看也没有区分。这就是说，他的整个身体通过联觉感知世界，他仿佛不是用笔在作画，而是通过整个身体描绘出对世界的感知。思想与感觉的逻辑二分也无必要，表现为一种个人的统觉，寻求的是绘画的意义本身[③]，这种意义将我们与事物相连。这样，画作就成为被感知的空气、光线、质感、色泽、气味等的联合显现之所。它不是物理、几何的空间，而是画布、颜色、技法等隐匿其中的新生有机体。

空间由身体运动所建立，从创作过程看，绘画空间是身体经由身体图式将世界纳入自身空间的运动生成。不可否认，身体占有物理空间，“身体的轮廓

① M. Merleau-Ponty. *The Merleau-Ponty Aesthetics Reader*. Northwestern University Press，2007：93.

② M. Merleau-Ponty. *Phenomenology of Perception*. Routledge，2013：205.

③ M. Merleau-Ponty. *Sense and Non-Sense*. Northwestern University Press，1964：13.

是一般空间关系无法逾越的界限”①，构成绝对的这里，但同时“它也是我的全部存在的一个临时轮廓”②。“临时轮廓”一词表明，身体空间的界限不同于其所处的客观位置，而是动态变化的生成过程。身体空间能够“包纳”而非展现它的各个部分，即身体空间是一种我能，它是经由行动意向性在具体处境中加以实现的，这种行动意向性表现为整体的身体图式。身体图式蕴含在朝向既定或者可能任务的姿态③中，是我对世界的把握与定位，是我在世界中存在的方式。精神性盲患者施耐德可以完成习惯强化行为，却难以完成指示、抽象行为，这印证了习惯强化行为的完成可以绕开客观化的世界，更说明病人缺失了丰富的处境意向性，意向弧变得松弛，自由受限。正常的意向弧是“感官的统一，感官与智力的统一，感觉和运动的统一”④，经由意向弧对意义世界的朝向既可以是一种实际运动，也可以是一种可能运动，拥有统一的运动意义。身体具有原初的包纳性与统一性，身体图式可以调整，新习惯的获得是身体对新的运动意义的把握。所以，空间不是身体所处的客观位置，而是朝向任务的动作范围。这样一来，绘画活动就是经由身体图式对可能意义世界的朝向而建立空间的过程。塞尚说，画家是将那些还不曾被画过的东西变为绘画，也就是说，画家通过一种可能的运动来捕捉世界，然后将其放置于画布之上。画家的画笔与盲人的手杖、妇女的帽檐等一样，能够被纳入身体图式当中，成为身体空间的实际组成。在创作的时间性流淌中，画布作为尚未展开的准空间，经由笔触的经过被逐渐纳入身体的空间之中，画作自身仿佛经历了意义的充盈。而这一纳入过程是身体图式的运作，是身体寓于空间的方式，是画家在世界中存在的方式。这一存在方式表达了画家处境性的自由。身体图式在画家那里呈现为风格，它被置于画作之中。画家各个时期的画作承受了风格的连续与断裂，似曾相识却又好像完全不同。

绘画空间不仅是身体图式的主动纳入运动，而且是其所表达的外部世界的组成部分。空间奠基于身体，同时身体又是外部空间的一部分。梅洛-庞蒂通过视网膜成像颠倒实验及45度倾斜实验阐明：身体是世界的锚定点，从这里开始，我们才能确定上下、左右、前后的方位，才会有所谓的外部空间。“我

① M. Merleau-Ponty. *Phenomenology of Perception*. Routledge，2013：100.

② 同①，p. 205.

③ 梅洛-庞蒂的身体图式偏重作为整体的身体的我能，姿态偏重具体的动作行使，如画家每一笔的手势，姿态蕴含了身体图式，身体图式通过姿态具体化。

④ 同①，p. 137.

的身体不只是一个空间的片段，如果没有身体，也就没有空间。”[①] 但是，身体与空间之间存在双向的张力。一方面，身体空间是身体图式的主动纳入过程，空间奠基于身体之上；另一方面，身体又在建构空间的基础上，成为外部空间的一部分。身体与外部空间的关系，如同剧场的黑暗映衬出舞台的清晰，于是绘画空间成为外部空间的表达，绘画空间经由隐退自身从而表现世界。“奠基关系蕴含着差异性，而表达关系蕴含着同一性。”[②] 这种同一与差异的辩证运动，使得绘画空间既能包纳世界，同时又成为世界的一部分，因而能够承载世界的显现。人物画、静物画或者风景画等，无论它所使用的技法如何抽象，只要尚能辨认，我们就会认为它就是那个人、物、地点，即世界在画作中得以显现自身。

绘画空间展现的世界是画笔下的世界，是经由画家风格“变形”过或者说身体图式实践过的世界，但却是身体所知觉的真实的建立。画卷在物理上是一个二维的平面，而世界在视觉里是多维的，于是如何表现深度就成了重要课题。在所有维度中，“深度最具有存在的特征”[③]。经验主义认为视网膜只能获得平面投影，而深度是在透视的形式中才被给予；理智主义则将深度视为综合的结果。二者的共同点是否认深度的可见，将深度等同于从侧面看的宽度，从而取消深度。心理学家认为，深度与映像中的物体视大小，以及双眼向中央的聚合有关，梅洛-庞蒂认为它们只是引发深度经验的动机，并非深度的原因。深度是在知觉中被给予的，是身体对世界的实际把握，是看得见的真实。这种真实的看不同于几何学或者照相机的透视法，传统的西洋透视法正是以后者为基础，是用“物体图像代替了感性的实际知觉”[④]，因为它“重新造成了一种单一、不动的眼睛的视觉，眼睛被设定为安置在距表象的平面有着固定距离的位置上”[⑤]。也就是说，透视法通过将世界放置于眼睛之前继而俯瞰世界，这一做法凝固了视角、固定化了空间，从而牺牲了在眼前的事物聚集的印象与正在生成的秩序。世界是围绕着我的，而不是在我面前。事物在知觉中的显现有多个维度，画家应该将其展现于画作，塞尚就是其中的代表。透视法下的高脚杯被刻画成侧面的椭圆，而塞尚笔下的高脚杯的两个顶点却被展高，椭圆被扩

① M. Merleau-Ponty. *Phenomenology of Perception*. Routledge, 2013: 104.

② 杜小真，刘哲编：《理解梅洛-庞蒂》，北京大学出版社，2011 年，第 168 页脚注。

③ 同①，p. 267.

④ M. Merleau-Ponty. *Sense and Non-Sense*. Northwestern University Press, 1964: 14.

⑤ 同②，第 210 页。

张，这一做法来自自然的混沌而非科学的精确，不同于相片却更为真实。绘画空间应该描绘这种真实，因为艺术是“人对自然的补充”①。与透视法注重线条相比，在塞尚那里，色彩对线条拥有优先地位，因为色彩与感性的经验联系更多，线条常常沦为一种理智的建构，色彩的丰富可以诠释不同视角的真实视看。透视法下的苹果以抽象的线条牺牲了物体的实际厚度，而厚度赋予事物充盈与无限的特征。塞尚笔下的苹果，色彩的展开有一种生动的色质变化，这种变化跟随物体的形式与所承受的光线而来，物体仿佛从内部被潜在地照亮，光线从物体之上自己放射出来②，沉甸甸的果肉夹杂着光泽、香气扑面而来，其潜在的运动质感似乎要穿透这一轮廓的束缚，以宣告自身生动的存在。总之，图像与原型的惯常的简单对应被塞尚的“变形”所打破，所以在常人看来，塞尚具有某种精神分裂的气质，观看塞尚的作品便如同参加葬礼一般，它所表现出的真实“令人窒息”。然而，在这一窒息过程中，我们回到了原初的身体知觉与自然的底蕴，亲历了空间感在震颤中的建立。表象的颤动（出离自身）正是“事物诞生的摇篮”③。

身体是我与世界的中介，世界经由身体变成画作，作品又将我与世界相连。身体的知觉扩展至世界，身体与世界在根本上也是相互知觉的，所以绘画空间不是画家观念的单一呈现，而是我与世界的活生生的联系，在其中，表现者与被表现者无法区分。塞尚说，“风景在我身上思考自身……我是它的意识”④，即不是他在画，而是他与风景一道“萌生”。在探寻神秘的过程中，画家将分散的视象连接起来，“将大自然的飘忽不定的双手合拢起来”⑤，融入姿态的运动中。随着笔触的落下，世界经由身体将自己变成了画作，即世界具身化为画作，画作成为世界的身体。艺术家与哲学家一样不仅表现思想，而且呼唤他人意识的体验。观众可以根据绘画的来龙去脉，建立起交叉和印证，在隐约可见的风格引导下找到艺术家希望与他们交流的东西。艺术品将原本独立的生命相结合，作品从此与一些心灵共存，并存在于每一个心灵中。⑥ 具体而言，作画的过程是经由画家的身体姿态在画布上打开一个场域，建立一个空间。画作一旦完成，它就进入待欣赏、待激活的潜在状态，等待着观众对空间

① M. Merleau-Ponty. *Sense and Non-Sense*. Northwestern University Press，1964：16.
② 同①，p. 12.
③ 同①，p. 18.
④ 同①，p. 17.
⑤ 同①，p. 17.
⑥ 同①，pp. 19 – 20.

的打开与重建。正是绘画空间令我与世界相互融合，令画作与世界、观众与画家的生命连接起来。

梅洛-庞蒂的绘画空间奠基于身体之上，但其身体哲学的思路却遭遇到了困境。身体既是空间的根据，又能成为外部空间或世界的一部分，而这一切终究要归于身体的含混性。问题在于，身体真能包纳世界吗？它们之间具有相同的组成吗？如果知觉是我与世界的相同组成，正如梅洛-庞蒂所说，知觉居于首要地位，但知觉是具身化的、活生生的体验，知觉的主体是身体，也就是说知觉处于身体这边，那么我们不禁要问：身体与知觉到底谁更本源？既然身体是我与世界的中介，那么该如何阐明这一中介呢？正如巴尔巴拉所言，“从身体被标示为中介起，它的特殊性就消散了，或不如说，只要这种中介明确地被承认，身体的阐明就仍是悬而未决的：身体继续从另一个不是它自身的物体得到被考虑”①，这必然导致问题的无限后退。由于身体不能与纯粹的客体混为一谈，那么它只能导向意识的那边，即通过意识来获得阐明，也就是“身体的属性压过它的肉身性”②，而世界作为被知觉到的世界，只能居于客体地位，身体—世界的关系就成了梅洛-庞蒂后来在《可见的与不可见的》一书中所说的意识—客体的框架。不过，艺术作为我与世界天然交织的表达，对其考察虽然受限于意识—客体的框架，但又在不知不觉中突破了这一界限。在关于塞尚的文本中，我们读到了人赖以存在的自然之底蕴、对他人目光的索求等，世界作为准主体的思想已经蕴含其中。所以，梅洛-庞蒂的艺术与哲学之思既有关联又存在一定程度的断裂，而艺术往往先行一步，这与接下来对语言的考察一脉相承。

二、画与言：道说的空间

身体之于知觉，犹如语言之于世界，语言的重要性不言而喻。受索绪尔的影响及出于对萨特文学理论的回应，梅洛-庞蒂的研究重心逐渐偏向语言，同时这一研究往往与知觉、身体等理论杂糅，通向广阔的文化领域。在与语言的比较研究中，梅洛-庞蒂推进了对绘画空间的理解。

梅洛-庞蒂认为绘画与言语具有相似性，可以互为参照，它们如同海德格

① ［法］巴尔巴拉：《梅洛-庞蒂：意识与身体》，《同济大学学报（社会科学版）》，2009年第1期。

② 同①。

尔的道说，本质是一种沉默的声音。在《知觉现象学》时期，梅洛-庞蒂便区分了被构成的语言与正在构成的语言，认为后者是更为基本的沉默。被构成的语言类似字典中的对等释义，它在表达中的作用就如同颜色在绘画中的作用。对我们而言，如果没有眼睛或者感官也就没有绘画，但绘画教给我们的比纯粹感官要多。绘画超越感官的给予就像言语超越被构成的语言①，它是一种正在构成的言语，即在活生生的表达之下创建意义的过程。音乐亦如此。音乐“没有预设任何单词：感官的出现与声音的经验现身相连，这就是为什么音乐似乎不会说话了”②，也就是一种沉默的表达。这一思路被《世界的散文》所承继，被称为被言说的语言与能言说的语言。被言说的语言是直接的、正面的、透明的、已经说出的言语；能言说的语言是间接的、侧面的、非透明、正在生成的言语。被言说的语言是必要的，因为没有它我们无法讲话；但是言语总是溢出自身范围，溢出作家所意欲说的内容。能言说的语言使艺术成其为艺术，这一点在诗中最为明显，画作亦如此。梅洛-庞蒂同意索绪尔的观点，语词不是孤立的，语言是由非词项的差异造成的，也就是说，差异而非对等更为基本。绘画空间中留有空白，就如同语词间存在空白。通过这种词与词的空白，就进入了言语活动中。言语只存在于言语活动之中。与经验性的运用相比，“言语只能是沉默的，因为它并不直接抵达普通名词”③，并不与意思有一一对应关系。“言语活动与意思之间没有从属关系”④，即言语不是去拥有意义或去表达思想，它就是意义或思想本身，就是表达行为本身，而作为去表达意义、思想的工具的语言只是一种次级的衍生。绘画是我与世界相遇的表达，即一种言语活动。人们常说，画家透过颜色与线条的默示世界来感染我们，绘画是一种无声的视觉艺术，那么将绘画视为沉默的声音、将绘画空间视为默语之地似也顺理成章。但关键在于，通常认为作家占据现成的符号、置身已经说话的世界只是一个表象，在梅洛-庞蒂那里，画家与作家的表达活动没有实质差异。对绘画而言，以往将艺术视为对自然的模仿，对理念或者情感的表达，是将艺术置于低一级的层次。梅洛-庞蒂认为，绘画与言语一样，都是沉默的声音；绘画就是表达本身，与言语的诗与思都是存在的表达。对语言来说，我们通常所说的语言只是冰山一角，有着更为深层的言语活动。语言应通过借鉴绘

① M. Merleau-Ponty. *Phenomenology of Perception*. Routledge，2013：409.

② 同①，p. 194.

③ ［法］梅洛-庞蒂：《眼与心：梅洛-庞蒂现象学美学文集》，刘韵涵译，中国社会科学出版社，1980 年，第 70 页。

④ 同③，第 121 页。

画了解自身，在其中，沉默的声音更为本真，因为“没有一种言语活动完全脱离不稳定的无声表达形式，没有一种言语活动消除自身的偶然性”①。我们应该努力把言语活动的艺术（如写作）看成无声艺术中的一种（如绘画），它们都是向着根源处的沉默世界的回归。

绘画是沉默的声音，既然是沉默，就只能经由间接、默示的方式道说自身，因此绘画也就成了间接的言语。那么，绘画作为间接的言语何以可能？在《感知的世界与表达的世界》中，梅洛-庞蒂阐释了如下观点：“运动暗含着去运动和世界本身的呈现之间的矛盾联系。……是我们具身化的姿态使得这种从潜在的表达到显现表达、从动力到象征姿态之间的转换成为可能。这使得绘画作为间接的言语成为可能，因为运动的知觉已经是一个动力的矛盾的问题，它可以在空间的时间轨迹中被读到。”② 也就是说，绘画作为间接的言语需要一个从潜在到显现的表达过程，而这一过程是空间与时间的交织。言语是表达，表达是在行动中存在的。绘画空间作为间接的言语的表达之地，融入了时间的维度，经历了画家从作画的动机到姿态的行使。前面分析过，绘画空间是经由身体图式将世界纳入自身空间的运动生成，而身体图式表现为画家的风格，风格与动作共生，动作即画家的姿态，所以绘画空间是画家风格与姿态的展现，是其中运动轨迹的记录，它使得画作成为可能。风格的沉积如同语言的沉积，就像一个文化的蓄水池。对于作家而言，他必须运用沉积的语言，但同时又必须对其不断拆解，来表达作家意欲说的内容。画家亦是如此。风格的沉积与绘画传统、主题、画家的过往等联系，与时间性有关。看到有待画的事物，画家的风格便开始运作，动机形成，意欲将世界变成画作。但风格“是一种观念的召唤，而不是它的固定后果”③。它既扎根传统，又不断创造，如同马尔罗所言，就像海浪扑打沙滩，每次都能留下神秘的残骸，而留下的正是艺术作品。换句话说，风格是一个变动不居的运动过程，具有未完成性，较早的风格以微弱的基调参与每个创造的时刻并得以更新，每幅画作都说出了新的内容。绘画史上不同阶段的语言及画家不同时期的语言都以这样的方式变成了绘画空间，复又重新进入新的循环。在这个意义上，绘画活动如同真正有表现力的言语，与初创阶段的言语活动没有实质的分别。风格是对世界的变形，世界中的对象在画家那里偏移中心并重新组合，就像词语在诗人那里偏移中心并重新组

① 梅洛-庞蒂：《眼与心：梅洛-庞蒂现象美学文集》，刘韵涵译，中国社会科学出版社，1980 年，第 115 页。

② D. A. Landes. *The Merleau-Ponty Dictionary*. Bloomsbury，2013：50.

③ 同①，第 82 页。

合。同时，这种变形是一种一贯的变形，因为我们是用惯用的方式去拥有一种运动。姿态就是这种惯用的运动，作家的手与画家的手都是带着风格的现象的手。就像作家写作一样，画家落笔之前似乎有诸多选择，也许会迟疑、思虑许久，但最终这种多次尝试“象闪电一般劈落在唯一必要的轮廓线上”[①]，散落在各处的含混如传统与现在、感知与事物、画作与世界等都汇聚成恰到好处的姿态，世界与画家一同运行于绘画的创作。不仅如此，画作中的每一笔都超越了姿态的直接含义，成了间接的表达，使绘画空间复又成为新的整体。如果说，言语像脚印一样记录了身体的运动和付出的努力，那么姿态就是表达的开敞轨迹。画家在画布上、作家在书页上遗留下这种轨迹。绘画空间是对这一轨迹的记录，通过它，世界变成画作，画家成其为画家。姿态打开了一个场，将世界重建于绘画空间之中，但这种重建不是幻象，而是“被感受世界的暗示逻辑”[②]，是一种非科学的真实。它替代了对世界的表象表达，通达了事物本身和人本身，通达了我与世界的原初关联。画家说不出哪一点是他自身的，哪一点是事物的，当然他也说不出哪一些是传统的，哪一些是自身的。重建令我们更多地占有世界，更为接近真理，世界也得以显现于绘画空间。

语言的交流本性势必要求突破单一身体的范围，指向更为广阔的领域。一种言语的召唤结构栖身于绘画空间之中，他人的维度蕴含其中。召唤结构是我们借用接受美学家伊瑟尔的概念。梅洛-庞蒂说，被言说的语言（沉积的语言）是读者和书本一起提供的语言，是符号与通常含义之间公认关系的库存。没有它，读者便无法开始阅读，它构成书面的语言，一旦获得理解就被添加到文化传统中去；而能言说的语言是书本向没有偏见的读者打招呼，通过它，备用的符号和含义之间的某种安排发生了改变，接下来它们双方都发生了变形，以至于最后，一种新含义分泌出来。[③] 在此，画家与画作、画家与观众、观众与画作等的关系都获得了考虑。如同作家在页面上留下踪迹，画家在绘画空间中所遗留的表达轨迹先行打开了一个场域，召唤着观众的进入，画面空间的空白、作品意义的空白召唤着观众的填充。当画作的最后一笔完成时，对这幅作品而言，画家就完成了向观众角色的转变，召唤的结构便栖身于画作的空间并开敞自身。这一栖身的结构力量使得画作能够跨越时间间距，令画家与观众照面。梅洛-庞蒂用了一个形象的词“侵越”来表示我们所说的召唤过程。绘画

① 梅洛-庞蒂：《眼与心：梅洛-庞蒂现象美学文集》，刘韵涵译，中国社会科学出版社，1980年，第71页。

② 同①，第86页。

③ M. Merleau-Ponty. *The Prose of the World*. Northwestern University Press, 1973: 13.

空间是对画家与自身、画家与他人之间侵越的见证。画家与自身的侵越表现在同一画家的不同作品中风格的联系与转变；画家与他人之间的侵越是一种真正的对话与沟通，如同巴什拉所说的“共鸣”与“回响”。在共鸣中，观众感同身受，似乎与画家一起历经创作，画家表达的轨迹为观众所占据，仿佛感受之间相互震颤；在回响中，观众将画作变成了自己的，实现了存在的转移，仿佛画家的存在变成了观众的存在。这样一来，绘画空间就如同诗歌形象，既承载了表达的生成，也成为存在的生成①，成为侵越的发生之地。在其中，画家与观众既保持自身又超越自身，既获得了独特、自由的审美个性，又获得了普遍、共通的审美体验与理解，画作也历经了意义的充实，所以对于画作、画家、观众而言，就仿佛“一种新含义分泌出来”。如此一来，绘画空间就超越了画家单一的身体与世界，指向身体间、世界间的领域，即广阔的、主体间的文化领域。画家、观众的姿态既蕴含了这一文化背景，又是对其不断的打破与重建。不同风格的画作只是不同轨迹的表达，如原始人、儿童、疯人的画作，只是世界在不同角度的呈现，有意义也只是某种文化氛围中的意指，无法被欣赏是出于文化视阈的隔阂。文化视阈划定了侵越的可能范围，因此绘画空间作为结构召唤的是无偏见的读者，即具有类似或相容的身体知觉与文化视阈的观众。

随着言语主题的深入，梅洛-庞蒂的思想迈入转折期。沉默的声音暗示了在身体之先的更为本源的沉默世界，身体是对这个世界的表达。间接的言语是沉默世界的道说方式。在创作论中，间接的言语是世界在画家的姿态下的先行打开，风格的沉积隐含了他人的角度，神来之笔的落下显示了世界与画家的协同工作。在接受论中，召唤与侵越的发生表明他人（世界维度的最高者）的地位被合法地承认，身体间性代替了单一的身体图式。于是，梅洛-庞蒂前期的思想不仅在此被推进与明确化，而且世界（包括他人）被确立为主体。绘画空间是我与世界关联的展现，前期梅洛-庞蒂强调这一空间是身体知觉的真实的建立；转折期的梅洛-庞蒂偏重它是知觉世界暗含逻辑的运作。总之，知觉空间的主体性缺陷导致言语空间的中转，身体主体遇到了敌手，主体性逐渐由身体让渡给世界这边。然而，经由言语突破身体的主体性之际，言语的沟通本性及其根源未被梅洛-庞蒂深究。言语与身体、知觉杂糅，身体与世界的关系限于身体间性中，说明其尚未彻底摆脱身体的主体性。世界虽被提升为主体，但世界何以能成为主体、身体主体与世界主体何以能沟通等问题仍然缺乏

① G. Bachelard. *The Poetics of Space*. Beacon Press, 1994: xxii – xxiii.

清晰的阐明。这些缺失呼唤着更为基本的存在论的建立。

三、画与肉：裂变的空间

通过绘画与言语的对照研究，“身体—世界”的“意识—客体”框架被身体间性（主体—主体）所取代。梅洛-庞蒂的哲学最终走向一种新的存在论，绘画具有了形而上的意味。梅洛-庞蒂提出了全新的概念——肉。肉在哲学中没有名称，应该将其看作“存在的普遍方式的具体象征”①。肉成为梅洛-庞蒂哲学的逻辑起点，亦构成其存在理论。萨特将存在与虚无完全对立，梅洛-庞蒂认为绝对的虚无（绝对的否定主义）即是绝对的存在（绝对的实证主义），都是在完满、自足中思考存在，将存在固定化、平面化。梅洛-庞蒂的存在是野性的、垂直的肉，具有厚度、深度与多样性。探究是考察存在的合理方法论，即便对存在加以命名也有僵化之嫌，用肉来彰显存在的原始野性更为贴切，对其最好的探究方式是永不停歇的表达，绘画正是这样的表达。一切理解都要从肉开始。

绘画空间要从肉之存在论上加以理解。欧式几何学与古典本体论相契合，对应的是一种三维空间观与无限存在论，而梅洛-庞蒂所谓的“拓扑学的空间”展现了包含邻域、蕴涵关系的模糊存在论，侵越、勾连、褶皱等都是其形象的表达。也就是说，必须要回到肉之活生生的体验中才能理解在世存在、我与世界的关系，进而理解空间。我和世界是交织的空间关系，空间不再是身体行动意向性的建立，而是存在裂变的结果。身体是视觉与运动的纽带，身体通过视看、触摸进入到存在的裂变之中去，绘画空间所展现的正是存在裂变的轨迹与视看之谜。绘画的期待来自眼睛的凝视，眼睛受到世界的冲击，通过手的轨迹将冲击释放在可见物之上，但这一过程又仿佛不是画家的主动为之，而是表达手段自身在运作，画家通过出让身体来参与其中。就如克莱所说，线条不再模仿可见之物，它让其可见。可见是“凝视下沉默的诞生”②，“它是事物起源的素描”③，而这种描绘是对世界存在体系的增加。线条划过，画布的平衡被打破，空间降临，如苹果的轮廓或者牧场的边界。但这又是苹果或者牧场自我成形，降落于可见之物，就仿佛来自于景象背后的前空间的世界。这种对空间的

① M. Merleau-Ponty. *The Visible and the Invisible*. Northwestern University Press, 1968: 147.

② 同①, p. 246.

③ M. Merleau-Ponty. *The Merleau-Ponty Aesthetics Reader*. Northwestern University Press, 2007: 327.

接触也是对时间的接触。在绘画中，时间不会停止。相片中的奔马仿佛在原地起跳而不是往前奔，这是因为运动静止于瞬间的视觉，姿态僵化于相片之上，而席里柯画的马却让人看到马的真实奔跑。虽然画作是一个没有位移的物理空间，但是通过线条的创造，绘画空间可以通过潜在的震动与辐射投身运动之中。也就是说，在绘画空间中，时间与空间、视看与运动相互侵越，回归一种本真的时空、一种视看与运动的交织，在那里有着对事物的创造，它割断了对惯常事物的外壳依附，不是对事物的简单临摹，而是增加了世界的等同体系，即增加了事物的存在之维，这其中需要想象力的运作。画作中的事物既接近事实又远离事实。接近是因为它是现实的生命在身体里的真实图解；远离是因为它并不与原形一一对应，它能使那些原形并不打动我们的事物，经由奇妙的变形继而打动我们，使之成为艺术，但它仍然是事物本身，是事物存在的延伸之维。

绘画空间表达了我与世界之间关系的可逆。梅洛-庞蒂在《知觉现象学》中提及两只手在触摸与被触摸中、身体在看与被看中的功能转换，镜子补全了看的结构，这一理论在此被发展为可逆性。可逆性就是肉自身，像镜子一般。镜子的出现是一种感觉的自反，将事物与景象、我与他人之间进行转换。我与世界是同样的材料构成的，既相互对抗又相互融合。画家与可见物之间会发生颠倒。画家允许事物从他身子里走过去，灵魂则要从眼睛里走出来，到那些事物上游荡，这种灵感附身的情形是画家与可见物的相互僭越，最终是存在的呼气与吸气的运作，分不清谁在看，谁在画，仿佛是镜子的幽灵在拽着身体一般。绘画空间中所展现情绪的起承转合也是存在的涨落、爆发与旋转。观众与画作的关系亦是可逆，如观看拉斯科洞穴壁上的动物，动物仿佛也在看自己。也只有观众以一定方式成为可见，才能进入绘画空间。观众既是能见，亦是可见，视线在绘画空间上，就像存在的光环在壁画上面游弋。确切地说，不是观众看见壁画，而是观众跟随着壁画一起在看。画家与观众在绘画空间中不期相遇。画家的身体处在存在交汇的十字路口，被跳动的火花所点燃，火花沿着导体的手达到身体并侵入身体，这一身体将火花在画布上展开为空间，而这个空间复又向眼和身体回返，完成一个循环。空间被保存在画作中，但它不是肯定的存在，而是不断开放的存在，它向彼世的观众投射并说话，被其所见。而空间中的光线、色彩、质量等与线条一样，都是可见物的辐射，它又唤醒了观众身体里的回声，如同它当初唤醒画家身体里的回声一样。画家与观众经由绘画空间的引领进入交互的可逆世界，这是画家与观众的共同世界，是自由的意蕴能够普遍传递的世界。

绘画空间是可见物的显现，同时这种可见蕴含着不可见。观看画作需要一定距离，这个距离就是支撑能见与可见间相互转换的不可见。身体在视看的过程中接近不可见，是肉身的晦暗区域，因为在看的过程中不会发觉自己在看或运动。绘画空间中阴影、深度等都是对可见的抵抗，既隐藏自身让可见显现，同时又不能让其彻底显现。绘画空间中的阴影与深度终究是存在的阴影与深度。存在原则上是不可见的，不可见是可见的支架与取之不尽的源泉①，但存在又在遮蔽中显现自身，是一种自身给予的显现。这种显现抓住了画家的视看，成就了绘画的空间。绘画空间是存在裂变的发生，是不可见的可见，是遮蔽的解蔽。由于存在遮蔽自身，所以它的显现是不完全的。深度就阐释了存在的这种可见与不可见的张力。深度使事物拥有一个肉身，并且使事物保持自身而不是我所看到的样子，这个肉身抵制我对它的各种探究。也就是说，深度使得事物成为事物，也使事物的不完全开放成为当下的事实。“目光不是征服深度，而是围绕它转动”②，所以，在探究中不断地表达就成为绘画永恒的宿命。

肉的理论化解了身体主体所面临的困境，它也是解释世界何以成为主体，以及身体主体与世界主体何以能够沟通的最终根据。空间首先不是身体的成就，也不是沉默世界的道说轨迹，而是肉的自身给予。肉通过空间的裂变现身于可见的世界，而支撑这一可见的是其下不可见的深渊。这样一来，画家、画作、观众、世界之间的可逆性即本源的主体间性关系就被统一于肉中，他们作为见证者参与了肉的运行过程，因而视看与运动是重要的，但它们首先不是人的视看与运动，而是肉的让予③。如此说来，后期梅洛-庞蒂与后期海德格尔的思想就以某种方式不期相遇。从身到言再到肉，从身体主体（主体性）到世界主体（身体间性，一种主体间性）再到存在（存在论，主体间性的源头），梅洛-庞蒂的绘画空间之思一步步迈向纵深。这一努力不会因为他的猝然离世戛然而止，它引领着后学一次次重返存在的神秘之源。

（本文发表于《南京大学学报（哲学·人文科学·社会科学）》2015 年第 2 期，被人大复印报刊资料《外国哲学》2015 年第 6 期全文转载。标题略有改动。）

（作者单位：厦门大学中文系）

① M. Merleau-Ponty. *The Visible and the Invisible*. Northwestern University Press，1968：215.
② 同①，p. 219.
③ “让予”一词借用自海德格尔。

巴赫金怪诞身体修辞

——基于牛津系列期刊发表成果的考察（1990—2017）

郑竹群

一

梅洛-庞蒂曾说：“世界的问题，可以从身体的问题开始。”身体从20世纪90年代中后期开始进入国内文学研究的视野，在当代情爱叙事中通过隐喻、换喻、提喻等修辞手法丰富身体的意味性；[①] 或者采用规训、还原和狂欢等修辞策略以挖掘和阐明文学身体的能动性；[②] 市场化的时代语境中，身体描写则纯粹降格为肉体描写，从某种程度上说身体修辞是一种跨越性别的书写和对身体的文学审美，是被政治话语、意识形态所操控和调配的身体，同时也是被物化、还原成生物事件或沉溺于平面化、琐碎化生活的身体。在一些特殊历史时期，不论是文学还是艺术，都会以怪诞的方式对身体进行修辞，目前国内尚无此类研究。笔者以1990—2017年牛津系列期刊中巴赫金怪诞理论及身体修辞为观察点，从广义修辞学角度尝试分析巴赫金怪诞理论下，怪诞身体修辞在何种程度上向我们展示一种独特的修辞哲思。

二

巴赫金怪诞现实主义中，身体处于一种没有完成的、生成的状态：“怪诞人体是形成中的人体，它永远都不会准备就绪、业已完结：它永远都处于建构

① 黄晓华：《隐喻·换喻·提喻——论中国当代情爱叙事的身体修辞》，《湖北大学学报（哲学社会科学版）》，2010年第3期。

② 李石光：《中国当代小说的身体修辞研究》湖南科技大学硕士学位论文，2011年。

中、形成中，并且总是建构着和形成着别的人体。”① 身体有凹进去部分也有凸出去地方。凹进去带孔洞的身体，包括鼻子、嘴、臀部、毛孔等，这些身体部位通过呼吸、进食、排泄、分泌等生理活动，与大地、自然、宇宙交换，在某种意义上和大地、自然、宇宙同构。当身体过度敞开时，身体和大地、自然、宇宙的界限无形中消弭。凸起的身体部位，如突出的眼睛、肚子、阴茎等，常被视为独立于身体之外的存在，“任何凸起部位和分支，一切延续着人体，并把人体与其他人体，或非人体联系起来的东西，在怪诞中都具有特殊的意义”。②“正是在它们身上，两个人体间，以及人体与世界之间的界限被打破了，它们之间开始了相互交换和双向交流。”③ 身体的未完成及个别超越身体界限器官的突出，使“一个环节介入另外一个环节、一个人体生命从另一个旧的人体生命的死亡中诞生”④ 成为可能，死亡和诞生、孕育和枯萎、颠覆和建构融于一身，形成一个民间形态的、杂语的、全民的身体。怪诞身体修辞通过强调身体的凹进去部位（通向人体内部的部分）或者凸起部位（超出身体边界的部分），策略性地将肉体与物质同构，从而使高尚的、精神性的、理性的和抽象的东西降格，表达对生活世界的一种矛盾复杂的把握。基于修辞参与人的精神建构的修辞哲学考量，本文采用广义修辞学多层级分析框架⑤，侧重于修辞与哲学交叉的分析方法，从颠覆神圣、女性立场、个体危机、娱乐意识、政治狂欢等五个方面分析 1990—2017 年牛津系列期刊中巴赫金怪诞理论的身体修辞宗旨。

1. 颠覆神圣

在巴赫金的观点里，从文艺复兴开始，现实主义文学都只支持拉伯雷式的怪诞现实主义的碎片；某些情况下，这些元素不仅仅是过往的残余碎片，更是对革新的展现。比如，在对有形的社会底层形象的叙事调配中，会存在公众和个人“复杂而矛盾的结合”。当强调个人时，身体功能的爆发展现出对理想愿望模糊又致命的障碍，而非狂欢所拥有的积极的再生的功能。通常情况下婚礼对男女主角来说，不会是一场狂欢。然而在玛丽·海伦·庞塞《婚礼》的叙

① ［苏联］巴赫金：《拉伯雷研究》，李兆林，等译，河北教育出版社，1998 年，第 367－368 页。
② 同①，第 367 页。
③ 同①，第 368 页。
④ 同①，第 369 页。
⑤ 谭学纯，朱玲：《广义修辞学》，安徽教育出版社，2001 年，第 16 页。

述中，婚礼却被置于狂欢化的前景下。庞塞通过丑闻、通过将高尚的东西降格、身体的越界、亵渎的话语对婚礼的神圣进行世俗性的破坏。按常理，婚礼中披上洁白婚纱的新娘 + 欣喜若狂的新郎 + 可爱的小伴娘 + 天真的持婚戒男孩 = 一个完美的婚礼，但是《婚礼》中布兰卡（女主角）高高隆起的孕肚被婚纱不舒服地压迫着；克里基特（男主角）精神高度紧张，以至于布兰卡在举行典礼期间必须时时提拉着他；12 岁的小伴娘，身材比怀孕的布兰卡还壮硕，婚礼中不停地吃，最终将食物呕在缎垫上；被布兰卡称为“那个小鼻涕虫”的持婚戒男孩，典礼过程中去了趟浴室，出来的路上，在“克里基特的黑裤子上留下一长串鼻涕”；在祭司和会众对宗教仪式说些神圣的话，如“放心吧，阿门”时，克里基特却以粗俗的“狗儿子”回应。[①] 旁观者可以清楚感受到整个婚礼充斥着几种不和谐的符号：（1）人物：被婚纱勒得发慌的新娘 + 神情紧张局促的新郎 + 肥胖贪食的伴娘 + 行为粗鄙的婚戒男孩 = 怪异；（2）体液：婚礼缎垫上的呕吐物 + 克里基特裤子上的黏液 + 持婚戒年轻男孩的尿液 + 布兰卡自己的晨吐 + 先期流产的血液 = 恶心；（3）话语：“那个小鼻涕虫” + “狗儿子” = 粗俗。怪异的人物 + 恶心的体液 + 粗俗的话语 = 一场荒诞的婚礼，彻底打乱了教堂仪式的神圣感。在结婚绸缎礼服下突起的布兰卡的大肚子，作为怪诞身体的反映，试图将身体与世界融合，显然无法约束和隐藏身体及其自然的功能[②]，但另一方面它还破坏了身体和外部世界之间的安全界限，束缚布兰卡大肚子的婚纱代表着官方文化的约束，突起的孕肚则是对官方秩序约束的一种抗争。玛丽·庞塞《婚礼》中突起的孕肚、膨胀的身体、恶心的体液、粗俗的话语共同构成对身体机能的怪诞修辞，教堂仪式的神圣被怪诞身体彻底降格，不仅对实现理想婚礼造成障碍和困难，更形成对神圣及官方礼仪约束这种向心力文化的对抗性爆发。[③]

对巴赫金而言，怪诞身体是退化的、膨胀的、凸起的、过度的、不可管理的，总是在形成的、多项的、混合的过程中，它对世界开放所有孔穴，同时它受孕、被孕、生、被生、吞食、被吞食、喝、排泄、生病、垂死。怪诞身体在行为上常如野兽，有时在形态上也如禽兽一般。尽管巴赫金的理论是根植于文学而不是视觉文本，但为视觉文本提供了一种理解模式，理解视觉艺术违规行

① Ponce，Mary Helen. *The Wedding*. Arte Publico，1989.

② Mc Cracken，Ellen. Subculture，Parody，and the Carnivalesque：A Bakhtinian Reading of Mary Helen Ponce's The Wedding. *Melus*，1998.

③ 同②。

为所表现出来的大量的话语与文化形式，以及其所拥有的有力的谴责。非裔美国艺术家卡拉·沃克自20世纪90年代中期出现在美国艺术界，她通过绘画的方式对性、种族违规行为进行怪诞身体修辞，指出发生在欲望与政治、个人与公众幻想中的种族话语的隔阂和分歧。她的作品突出表现怪诞身体的边界，这些从图像边界泄露出来的视觉话语拥有令人不安和不稳定的力量。例如在一张剪纸中，我们看到一位年轻的白人女性在一张桌子上排便。剪纸展示了美国南方女性化的许多标志——白皮肤、金色卷发、圈裙和纤细的腰肢，她背对观众侧转肩膀做出一副娇羞腼腆的样子。然而，与此同时，一大堆排泄物像软冰淇淋一样从她的臀后冒出，在一位中年白人男子面前堆成一座山一样的金字塔。但是男人在做什么呢？收集吗？试着控制它，因为它就要流下桌子到地板上？还是他想型塑它？吃它？在这里，许多信息被镌刻在图像的每一个笔刷上——排泄物的数量、她的脸颊，以及将要发生的事情的可能性。作为神圣与亵渎之间最基本的区别，排泄物承载着西方文化的重量，被编码为“关于淫秽、不服从和反抗的信息”。[①] 这里很明显，“排泄物”的身体隐喻给我们提供了一些关于南方体面外表下所隐藏的评论。满是排泄物的身体完全颠覆了南北战争后南方白人女性高贵的神话，象征着文雅和高贵的“迷失”。沃克迷失高贵的怪诞身体致力于摧毁观看者对被身体包围起来地方的美好感觉，事实上在撩起的裙子背后隐藏着肮脏的、见不得人的风景，它拥抱世界上所有的卑鄙和下流。

装饰画家布里奥也常将装饰与低级的身体排泄功能联系在一起，尤其与从温暖的赘疣升腾起的蒸汽联系在一起。在尼凯斯鲁塞尔之后，Johannes de RAM 的装饰画，画着从某人的直肠处袅袅升起一股热气，形似一种奇怪的像鸟一样的混合物，有着一根长长的弯曲的脖子。还有一副稍晚些时代的雕刻装饰图，它表明这样的联想在整个17世纪末的时候曾经也很受欢迎。Johann Konrad Reuttimann 画的则是从热气腾腾的大便上长出丰茂青葱的叶子和花朵。[②] 画家、雕塑家及建筑师可能尝试寻找高尚话语的艺术来源，但装饰版画的创作者们却陶醉于高尚话语的对立面。这些版画作品将身体与粪便相关联，做了低俗化的修辞。“人们对于人体功能的态度不具有共同性，随着多变的社会和文

① Wall, David. *Transgression, Excess, and the Violence of Looking in the Art of Kara Walker*. Oxford Art Journal, 2010.

② Viljoen, Madeleine C. *The Airs of Early Modern Ornament Prints*. Oxford Art Journal, 2014.

化规范，人们的态度也会随之变化。”[①] 人只有通过研究一个社会对杂质给定的态度，才能充分欣赏这个杂质的文化。[②] 巴赫金的怪诞和弗洛伊德的精神分析法都对粪便进行过类似的解释：巴赫金表明民间文化把有机废物当作施肥原则，能滋养土壤，就如出生一样可以延续生命周期；而弗洛伊德则在生育和把粪便给予世界之间提出了类比。弗洛伊德的精神分析法在20世纪60年代期间，大量地占据了色情文学的评论，但随着巴赫金通过恢复欧洲传统文化的方式，使脱离历史和语境下的精神分析法的解读得以深刻改变，进而改变人们对于人体功能的态度。从粪便学角度来说，粪便自然存在，但大多数情况下，又社会性缺席。粪便是高度模糊的符号：由每一个个体创造，然后从身体中分离，被社会拒绝，由文化决定的某种时尚来对它进行处置，因此，粪便学成了一面棱镜，成为一个重要的语言学研究的工具。[③] 从修辞角度来说，“杂质”等同于“障碍”“污垢”，和“危险”存在着一定的符号联系，粪便就属于这种“杂质”“污垢”等疾病化和边缘化的一个部分。

2. 女性立场

对巴赫金而言，夸张被认为是怪诞风格的基本属性。菲·韦尔顿《胖女人的玩笑》中胖女人埃丝特以报复性和颠覆性的精神，违背女性规范，外表邋遢，行为不羁：一滴黄油落在埃丝特的黑衣服上，她只伸手揉了揉。当黄油从埃丝特的下巴上流淌下来时，她飞快伸出舌头抢救。埃丝特住在一处肮脏的公寓里，黄油和她指甲里的污垢混合在一起。[④] 这段文字中，手的动作、舌头的速度、指甲的颜色都在夸大埃丝特在身体上对偏离规范女性化的刻意，强化了她与不守规矩女人行为上的关系。Zeynep Z. Atayurt 认为埃丝特不但身体肥胖、不守女性规矩，而且大买大吃以家庭主妇为目标的产品。[⑤] 凯萨琳·罗薇也罗列出一些女性不遵守规则的比喻：（1）通过支配或试图支配男人来制造混乱，表明她不能或不愿把自己限制在适当的地方；（2）身体超过限度或过于肥胖，表明她不愿或不能控制自己的生理欲望；（3）语言在数量上、内容

① Mole，Gary D. Scatology，Chopped Liver，and the last Supper：Daniel Zimmermann's Holocaust Novel L'Anus Du Monde. *French Studies*，2013（1）.

② Douglas，Mary. *Purity and Danger*：*An Analysis of the Concepts of Pollution and Taboo*. Routledge，2002：2.

③ 同①。

④ Weldon，Fay. *The Fat Woman's Joke*. Coronet Books，1967.

⑤ Zeynep，Z Atayurt. It has nothing to do with hunger：Reading Excess as a Public Text in The Fat Woman's Joke. *Contemporary Womens Writing*，2011.

上和语气上都过于夸张；（4）开别人玩笑，同时也嘲弄自己；（5）与肮脏、阈下（门槛、边界、边缘）和禁忌联系在一起，使她最能表现矛盾心理。① 20世纪60年代晚期，巴赫金怪诞话语为女性不守规矩的表现提供了历史性和政治性的语境，此时的肥胖女性身体不再仅仅被视为一种公众的、身体上的奇观，更是女性试图打破社会要求女性应当遵守的规则，报复、抗争和颠覆传统的手段，而对食品消费的极端放纵，实际上反映了作为消费者角色的女性的报复性行为，它极大地挑战了广告商极力要推送的快乐主妇消费者的形象。

巴赫金怪诞身体以“二体合一”（two bodies in one）为标志，弗洛伊德的怪诞则以怀孕的经历为标志，或者更准确地说，是孕中胎儿的经历。因此，这两种的怪诞传统，虽然以阈域（liminality）、边界和分界线来分类，但同时也以繁殖的经历和表现为分类方式。美国诗人爱丽丝·富尔顿将她笔下的达芙妮置于这些问题的联结之中，以期探讨女性性别代表的问题。在《给予：重新构想达芙妮与阿波罗的系列诗》中，富尔顿提出，在达芙妮与树杂交的身体里，虽然达芙妮和树都保留了原来自我的一些面貌，但他们彼此之间的界限却是模糊的，特别在性别方面比较模糊。达芙妮手的一部分，像扳机一样，被怦然关在树干之外并保存在那。富尔顿将达芙妮的手视为阴茎，呈现出一种动态，而她的身体却是静态的。象征阴茎的手指可能伸出，但达芙妮与树“奇怪的婚礼”却阻碍了性，因此达芙妮/树杂交的怪诞身体是无效的，甚至是不育的。② 根据玛丽·拉索的说法，审美分为两类，心灵的和社会的。心灵语域的怪诞主要植根于弗洛伊德关于怪诞、“诡异”（the uncanny）的理解，它认为肉体是内在状态的文化投射。对于许多人来说，看似死亡实则还活着就被埋葬的想法是所有事情中最诡异的。精神分析法认为，这种可怕的想象只是另一种原本没有什么可怕的想象的转化，它是存在于子宫内的想象，充满着某种程度的淫荡乐趣。社会语域的怪诞，正如巴赫金所描述的，荒诞的身体与世界的其他部分分不开，它不是一个封闭的、完成的单元，它是未完成的、超越自身、超越自我的界限。两种怪诞都是由它们的阈域和不清晰的界限所定义。Jacquely N. Ardam 认为囚禁在树里的达芙妮恰恰构成了巴赫金的怪诞身体，因为对于富尔顿的作品来说，怪诞主要出于对巴赫金“二体合一”的兴趣：“一

① Rowe, Kathleen. *The Unruly Woman: Gender and the Genres of Laughter*. University of Texas Press, 1995.

② Fulton, Alice. Fractal Amplifications: Writing in Three Dimensions. *Feeling as a Foreign Language*. Graywolf Press, 1999.

个在生产、在死亡，另一个被孕育，被制造，被诞生。”[①] 奥维德神话故事里，达芙妮身体彻底变成了月桂树。女性身体物化为树，作为一种修辞手段，它暗示着达芙妮作为女性彻底归属于男性地盘的阿波罗。但富尔顿的达芙妮怪诞身体则成为一个疑问，到底此时此刻的达芙妮身体是男性还是女性？半是女性半是树的怪诞身体到底要走向衰老还是要退化成婴儿？[②] 因此富尔顿的达芙妮在明确了“二体合一”的女性怪诞身体是未完成的、不确定的、超越自我的，同时也说明“二体合一”的女性怪诞身体是矛盾的、彷徨的、不知所措的。

在巴赫金看来，怪诞形象的身体“吞噬世界同时也被这个世界所吞噬”。在 Viramontes《破碎的网络》中，尽管对男主人公托马斯来说，妻子和情人既是竞争对手，同时又面临衰老和失去身体美的威胁。妻子被标记为“瓜达卢佩”——好妈妈，情人被标记为“马琳切”——坏妈妈。作者通过前景化她们的结盟，以叙事的方式解构了这种对立。因为“年纪正在筑巢”，所以情人奥利维亚总喜欢以碎片化的方式构建自己，比如照镜子时，“她的眼睛就只集中在她参与的部分”。衰老使得化妆品的效果不再那么起作用，“青春就像酒吧墙上的油漆一样从她脸上剥落”，以至于“现在连化妆都不能掩盖她更深的皱纹”。对托马斯的妻子来说，镜子里的形象也具有怪诞的威胁，它总出现另一个女人的幻象。虽然她仍然享受着“时间的奢华和对自己的全方位欣赏”，但她又质疑这种观点的局限性。当她想到奥利维亚时，“那个老酒吧女招待”，她怀疑，“如果托马斯离开她，她会变得像她吗？”[③] 两个女人都陷入镜子之中，或构建或分裂，但就像瓜达卢佩和马琳切，他们都不会轻易去反对自己的替身。Wendy Swyt 认为，虽然他们表面上通过外表和责任与托马斯联系在一起，但这种忠诚却被每个女人在自己身上看到的怪诞的潜能所颠覆。在一个叙述片段中，奥利维亚描述了她内心怪诞、暴力、紊乱的局面。与她“虚幻”眼影的颜色不同，她的内心就像“石灰似的，淡绿色、暗黄色混合在一起，类似于呕吐物”，心灵深处的“风景”就像“网眼，它看起来就像网眼一样。骨头嘎嘎响，像空杯子里的冰”。从这个意义上说，奥利维亚内心以怪诞的方式，寓言化了奇卡诺人神话里饥饿女人的身体，一个既威胁别人也被别人威胁

① Ardam，Jacquely N. Releasing Daphne：Alice Fulton，Ovid，Trees. *Contemporary Women's Writing*，2014.

② Fulton，Alice. Fractal Amplifications：Writing in Three Dimensions. *Feeling as a Foreign Language*. Graywolf Press，1999.

③ Viramontes，Helena Maria. *The Moths and Other Stories*. Arte Publico Press，1985.

的饥饿女人的身体。[①] 饥饿女人的怪诞身体想象加强和破坏了定义奥利维亚的心理系统，同时也魔术般地创造出一个不再封闭的身体边界，一个充满反抗和斗争的身体空间。相较于意义的停滞，饥饿女人的怪诞身体强调了女人的意义在于扮演了身体边界意义增值的角色，而不是均一性的代表，因此饥饿女人的怪诞身体暗示了杂糅和多声。

3. 个体危机

巴赫金认为，怪诞身体形象反映了改变中的一个现象——生与死。怪诞身体与“世界的剩余部分”不可分离。在巴赫金看来，怪诞身体并非一个封闭的完整的个体，它未完成，它超过自己，它超越自己的界限。身体向外部世界开放的那些部分被施以压力，也就是说，通过这些部分，世界进入这个身体，或者摆脱这个身体，或者通过这些部分，身体自己出来迎接这个世界。李立扬诗歌《劈开》[②] 中，“劈开”指屠夫用力劈开肉块，李立扬通过挥刀劈肉的动作怪诞化屠夫的身体形象。除此之外，李还用吞噬的动作进行怪诞修辞，如吞噬世界、屠夫砍肉的方式，吞下死亡，吞下爱默生，包括他的观念和信念。在Zhou Xiaojing看来，李立扬吞噬一切，是一种超越自己极限的方式，是与世界会面，让世界走进他，然后在诗中与他融合的方式。此外，李立扬对进食也描述得非常详细。进食既是出于抗拒死亡和空虚的冲动，也暗示着一种对新事物敞开心扉的渴望，敢于面对未知的勇气，以及轻松自如地吸收一切事物的能力。对他人开放的认识必然带来不同的文化、宗教和种族之间的相互联系[③]，从另一个角度说，也是处理个人危机的一个理想手段。劈开、吞噬、吃下、进食在诗中被表达为心扉的开放，属于物质暴力性质的开放，这些类型的物质暴力在个人面对危机时，可以较快也较容易迫使自身融合或改善现状。除了物质暴力外，情感暴力和精神暴力也是个体面对危机所采取的改变世界的手段，它们是物质暴力深层次的潜在，当它们累积到一定程度后势必转化为浅层面的物质暴力。物质暴力、情感暴力、精神暴力，个体施行它们的目的都在于通过行动去触及令人受伤害、恐惧和充实的东西，使改变成为可能，使危机得以扭转。

巴赫金声称，作为一个描写个体在危机中比较重要时刻的方法来说，变形

① Swyt, Wendy. Hungry Women: Borderlands Mythos in Two Stories by Helena Maria Viramontes. *Melus*, 1998.

② Lee, Li-Young. *The City in Which I Love You.* BOA Editions Ltd, 1990.

③ Zhou, Xiaojing. Inheritance and Invention in Li-Young Lee's Poetry. *Melus*, 1996.

是基础；它显示出个体如何成为另一个与他原来不一样的人；我们看到一个人，同一个个体却截然不同的形象，不同时代，不同阶段，这些形象统一在他身上；严格意义上说，没有进化，更多的是危机和重生。弗朗茨·卡夫卡《变形记》中，格里高尔变形成一只昆虫，他没有完全变成一只动物，因为他没有停止像一个人那样的生存或感觉，否则他保存不了他的人类意识。他的身体发生了变化，但他的灵魂仍在遭受痛苦，甚至比以前更加痛苦。弗朗茨·卡夫卡《学院报告》中猿人雷得·彼得为避免被关在动物园里而做了人类的行为，因此成为人类社会的荣誉成员。他的变形同样不彻底，虽然他像人一样穿着和说话，但他没有停止猿一样的思想。[①] 在萨米尔·纳卡什作品中，异化和变态也是他故事中反复出现的主题。《衣衫褴褛和奇迹之家》（fimanzil al-khiraq wa-l- khawariq）的故事发生在马阿贝巴拉（新抵达移民的临时营地），描述了在伊拉克犹太人社区到达以色列之后的变形：它恶化成非人类的堕落。故事的重点是三个角色：两个姐妹（“年幼的妹妹”和“年长的姐姐”），以及梅纳什，一个收破烂的男人，一个恶魔般的、堕落的角色。“可怜的”“精疲力竭”的姐妹们给梅纳什喂饭，照顾他：“两个可怜的女人已经精疲力竭，但她们却像仆人一样站在他面前，而那个时刻多么快乐！”梅纳什饱了，梅纳什快乐了，意味着这个世界饱了，两名女性的脸庞就闪耀着整个世界的幸福。当梅纳什死去，她们痛哭：“他多么爱吃！如果您上星期五见过他，他是怎么坐在那把椅子上，他根本不想起来。”姐妹俩甚至将她们的慈善行为延伸到喂养鸟类。这里涉及一个变形：妹妹的手臂变得像“一棵早春的树枝，满是新鲜的绿叶……装满他们传奇般爱情礼物的手掌，变成了一泓甜蜜的疗伤的泉水，在这甘露里，100 张干渴的、信任的鸟儿的嘴都得以被浸没”。[②]

卡夫卡和纳卡什将现代人描绘成失去神的眷顾的人，被遗弃的、孤立无援的人。两者都暴露出人性的荒谬和对现实的展示，以及人类精神、宗教世界的崩坏，由此沦落为人性中无助的俘虏。弗兰兹·卡夫卡将自己的疑虑、发生在他身上的分裂，以及缺乏信心都混杂在他不能公开说出的多种想象中，因此选择了古典现实的完全变态作为他描绘世界的基础。格里高尔和雷得·彼得是现代社会悲剧和怪诞状态的有形和讽刺的象征。雷得·彼得的变形反映了学院地位的变形，以及学院所代表的文明的衰落。纳卡什的俩姐妹象征着巴格达的

① Kafka，F. *Selected Short Stories*. trans. Willa and Edwin Muir. New York，1952：42 -3.

② Naqqash，Samir. *The Day the World Became Pregnant and Miscarried*. Arabic，1980.

“安全堡垒”——这与20世纪50年代以色列令人失望的现实截然相反，她们的善良阻止了非人类邪恶的彻底恶化。① 尽管《衣衫褴褛和奇迹之家》中妹妹手臂变形带有某种善良愿望，但是归根结底这种变形更衬托了个体所处社会的黑暗，更深刻揭示了被邪恶势力控制的世界里人类的堕落和非人性。

4. 娱乐意识

巴赫金认为，在怪诞幽默中，自然性大灾难常常被刻画成夸张化的身体排泄，比如洪水、飓风被刻画成从天空中涌出的人体尿液；地震和火山爆发被想象成土地肠胃胀气和呕吐。反过来，身体的机能被认为是经过驯化的大自然阶段性的破坏。巴赫金把自然灾难和人体排泄进行联系，主要源于欧洲怪诞幽默的文化传统，该传统是古埃及、古罗马、古希腊及文艺复兴时期欧洲流行文化的主要思想砥柱。在这种身体物质化的行为及清除过程中，比如吃、喝、拉、性生活，人们在自我身体中发现和追溯了自然的土地、大海、空气、火和宇宙的其他物质，以及这些自然现象的其他呈现形式，继而把身体机能和自然现象相互比拟。巴赫金推断，宇宙的剧变被拟人化后，被理解为肠胃痉挛和情欲驱使，就变得幽默而不那么令人害怕。

乔治·库查拍摄的电影《天气日记》（1986年）中，飓风、洪水常常与他的肛门、消化及性的兴衰形成对照。例如，画外音将一场夜间风暴比作“湿梦”，电影屏幕上用一个巨大的水坑加以表达；某一天，“强烈的风暴”聚集在汽车旅馆房间外，阴沉天空中乌云密布，乔治将此表现为胃部不适和糟糕的肠胃气胀。在他早期的电影中也穿插着类似的表现手法。乔治·库查《热铁皮屋顶上的猫》（1958年）中，三名应招女（碰巧是三姐妹）和他们的客户，燃烧着充满性欲的激情，最终导致大规模的火灾。影片中，在一次放任的猥亵的派对上，有人丢了一根燃着的香烟，结果导致整座房子和整片街区都着了火。迈克·库查电影《法术崇拜的死亡探索》（1976年）中，一座喷发的火山与电影中一位不幸卷入三角恋的史前主人公的过分热情相呼应。乔治·库查《阳光姐妹》（1972年）电影中，地震扰乱了舞会，好像地球本身引起了参加聚会人群的兴奋似的。②

库查兄弟电影世界中，这种对毁灭性力量的痴迷可能受库查兄弟自身残留

① Elimelekh, Geula. Kafkaesque Metamorphosis as Reflected in the Works of Samir Naqqash. *Journal of Semitic Studies*, 2013.

② SUÁREZ, JUAN A. The Kuchars, the 1960s and queer materiality. *Screen*, 2015.

的天主教义影响，这种闹剧式的意识形态想象我们的生活经常受诱惑物和邪恶之事威胁；这种意识形态也可能包含了对当时社会风气的参考。人们每天生活在各种各样的威胁中，比如某种主义的渗透、原子能灾难、全面战争等，它们广泛地出现在库查兄弟所喜欢的一些流行体裁中，从科幻片、恐怖片到超级英雄漫画。[①] 事实上，在所有这些库查兄弟电影的例子中，看不见的共鸣将易激动的身体和地质干扰连接在一起，好像它们就是彼此的物质对应物。人物角色扭曲的欲望、身体本能的冲动，具有自然界里飓风、暴风雨、地震和火山爆发所带来的无法抗拒的力量，常常造成突然的毁灭性的后果，因而，这种的怪诞身体修辞显示激情和身体机能的爆发是造成事情被破坏和瓦解的重要原因。

5. 政治狂欢

巴赫金特别指出，在狂欢节上被拥抱的生命不是个性化的，它所指的“不是私有的、自我中心的‘经济人’”，而是所有人的集体的祖先传下来的身体。在这个语境中，身体的突出部分和充盈的液体，它们的出现特别重要。在被巴赫金描述为现代欧洲早期流行民俗文化仪式的核心里，这种身体的繁育力与物质性被强调为对抗贫乏无味生活的手段，在身体的潦倒中，巴赫金找到了对生命的证实。

《“镇上最佳马戏团”：林肯—道格拉斯辩论隐含的戏剧效果》[②] 中，在林肯与道格拉斯的辩论时，查尔斯顿群众与两位政治家深刻互动，这种交流的深刻性表现为人群的喘息、躁动、迫切、辱骂的情绪。而辩论中政治家们的身体，还有他们的体液及功能，如紧闭的牙关、唾沫、屎尿、汗液等，也得以怪诞地重造。其中道格拉斯的身体被认为像一头野蛮的猛兽。“他有一颗硕大的脑袋，上面一堆鬃毛，”林肯—道格拉斯辩论赛的一名目击者说，“这给了狮子准备咆哮或粉碎猎物的能力。”另一位认为，“他像一头野牛一样，只要一摇头，他的崇拜者就高声欢呼”。还有一些人强调了道格拉斯类似于犬类的特质，指责他是“凶猛的牛皮狗”，以及“口喷唾沫”的一贯表现，甚至有记者称其为“早期的疯狂唾液”。道格拉斯口喷泡沫并不是辩论中唯一的体液。有新闻引用“来自屋顶或其他地方”的“泄漏”及“被限制在林肯站的地方”来暗示这位政客的失禁。此外，引用粪便学更为直观。一名记者这样报道，辩

① SUÁREZ，JUAN A. The Kuchars，the 1960s and queer materiality. *Screen*，2015.

② Silverman，Gillian. The Best Circus in Town：Embodied Theatrics in the Lincoln-Douglas Debates. *American Literary History*，2009.

论中道格拉斯的马车被涂上了“恶心的污物””或“排泄物”。其他的体液，最主要的就是汗。在1854年的一次演讲中，记者霍勒斯·怀特描述了林肯“移动的面部上湿漉漉的汗水，他甩头发就像扔炮弹一样”。怀特在1861年对道格拉斯也做过类似的描述“他的脖子和额头上的血管”，“充满激情”，因为“汗水从他的脸上流下来”。

19世纪美国政治辩论具有作为大众娱乐和政治命令的双重作用，既是集体享乐，也是公民自我实现的场合；既是政治仪式中表演的极限，也是白人的怪诞表现。① 政治娱乐狂欢中，吃、喝、排便、其他的排泄（如出汗、流鼻涕、打喷嚏）、交配，怀孕、肢解、吞噬，所有这些行为都发生在身体和外部世界的范围内，对这些突出的身体部分和充盈的液体进行怪诞修辞，表明了一个超越自我的身体，一个“与别的身体或者与世界外部”相联系的身体，并且这个身体就像小说或电影一样，与其他身体构成互文。

三

在文学和艺术中，身体不单以下部器官存在，也不单以肉体与精神为区分做高下之别，它更具备社会、文化、哲学等不同层面的内涵。巴赫金怪诞理论下的身体在广义修辞学的解读下使得怪诞身体可以将肉体与物质进行修辞性同构，从而表达对生活世界的一种矛盾复杂的把握。

怪诞身体对神圣及官方礼仪约束的向心力文化产生对抗性爆发，神圣通过对抗得以颠覆；充满排泄物的身体象征文雅和高贵的“迷失”，神圣通过迷失得以颠覆；粪便属于“杂质”“污垢”等疾病化和边缘化的一个部分，神圣通过疾病化得以颠覆。肥胖女性身体是对食品消费极端放纵的后果，反映了作为消费者角色的女性报复地挑战了广告商极力推送的快乐主妇消费者的形象；“二体合一”的女性怪诞身体是未完成的、不确定的、超越自我的，同时也是矛盾的、彷徨的、不知所措的；饥饿女人的女性怪诞身体强调饥饿女人的意义在于扮演了身体边界意义增值的角色，暗示了杂糅和多声。物质暴力、情感暴力、精神暴力通过行动触及令人受伤害、恐惧和充实的东西，使个体危机通过某种暴力得以改善；身体变形则衬托了社会的黑暗，更深刻揭示了个体危机被

① Silverman, Gillian. The Best Circus in Town: Embodied Theatrics in the Lincoln-Douglas Debates. *American Literary History*, 2009.

邪恶势力控制的世界里人类的堕落和非人性。娱乐意识中人物角色扭曲的欲望、身体的本能冲动，具有自然界里飓风、暴风雨、地震和火山爆发所带来的无法抗拒的力量，常常造成突然的毁灭性的后果，显示激情和身体机能的爆发是造成事情被破坏和瓦解的重要原因。政治的狂欢通过突出的身体部分和充盈的液体，表明一个超越自我的身体，一个“与别的身体或者与世界外部”相联系的身体，与其他身体构成互文。

身体怪诞在身体体液、排泄物、动作、身体变形、身体机能冲动及对其所展开的联想、隐喻、替换等中展开，这些肉体—物质下部形象实质上贯穿着人对世界的认知、思考，最后汇总成对话的形式，这些对话是上与下的对话、脸与屁股的对话、新时代与旧时代的对话，是转变之间首尾的对话，颠覆、立场、认同、消费、批判，在肯定又否定之中，“为的是剥去外壳，解放物体的具体现实性，把它实实在在的物质—肉体面目，把它真正的现实存在展示给人看而摆脱一切等级标准和评价”。① 1990—2017 年牛津系列期刊怪诞身体修辞研究成果，启迪充满矛盾的、不确定的修辞哲思。

（作者单位：福建师范大学文学院；福建江夏学院外国语学院）

① ［苏联］巴赫金：《巴赫金全集》（第 6 卷），钱中文译，河北教育出版社，2009 年，第 462 页。

消费和审美的互相融合及内在矛盾

卫垒垒

在现代美学的视域中，消费和审美是一对无法调和的矛盾，势不两立，水火不容；在后现代美学的视域里，消费和审美互相借助，推波助澜，水乳交融，难分彼此。问题的关键在于两方面，一是两者的视角不同，前者将消费和审美视为一种“应然”的关系，在美学诞生的时刻，现代美学试图规范美学的自立性和合理性，并为其限定独立的疆域，审美应该抗拒功利主义的消费，以审美的自律和无利害性将人们从消费主义的泥潭中拯救和超拔出来；后者将消费和审美的关系视为一种“是然”的关系，侧重于具体解释日益涌入的新艺术现象和审美现象，现代社会是一个经济社会，审美植根于消费中，通过消费而达到审美，通过审美来促进消费，消费的审美化和审美的消费化已经使得审美与消费如一物之两面，你中有我，我中有你。

二是两者对审美的理解不同，前者认为审美是一种孤立静观的行为，审美主体在夏夫兹博里那里是独特的“内感官”，在康德那里是判断力或鉴赏力，即知解力和想象力的谐和，概言之，它绝不可能是感性的感官；而审美观照的对象是物体的形式、表象、形象，对物体的内容和实体持有一种无动于衷的冷漠态度，这必然导致审美对消费的拒斥，因为消费是以满足欲望为目的的，而审美是无目的的。后者认为审美是一种感官的感性经验，它强调审美经验与日常经验的连续性，审美主体由精神让位于身体，审美对象则从艺术扩展到一切领域，精神的愉悦似乎遥不可及，感官的愉悦则乘机入主审美，审美的超越性和理想性被娱乐性和消遣性所取代，审美没能阻挡住消费，反而被消费所攻占，沦为消费的工具。

总之，现代美学和后现代美学的不同立场，道出了消费和审美的不同关系，或者说，展示了消费和审美关系的不同侧面，不可否认的是两者对这一关

系的理解皆存在偏颇之处。事实上，消费和审美的融合在现代美学期间也存在，但现代美学却排斥这一关系，而其矛盾在后现代美学期间也并没有消除，只是被融合的大潮所淹没。本文试图从两个方面分析消费和审美的相互融合和内在矛盾具体表现在何处，一是消费活动与审美活动的重叠和差异，二是消费经验与审美经验的交叉与矛盾。这里本应包括消费产品和审美对象的关系，但两者的区分决定于前面两个方面，故不再单独论述。无论是其互相融合之处，还是其互相矛盾之处，都存在一些误区，本文在廓清这些误区时，试图展示出消费和审美的真实关系。

一、消费活动与审美活动

消费活动与审美活动的关系包括融合和矛盾两个方面，我们先从两者的融合说起，因为这似乎是最显著的，也是最容易误解的。如果我们将这一误解澄清，也许消费活动和审美活动的双重关系也就清晰明朗了。在美学研究中，当我们在讨论消费活动和审美活动的融合时，我们所描述的都是哪些表现？这些表现是否意味着消费和审美的融合？让我们一一分析。

其一，审美活动对消费活动的寄生性。审美活动无法单独存在，它总是寄生于其他活动中。在宗教社会，审美活动寄生于宗教中；在政治社会，审美活动寄生于政治中；在消费社会，审美活动寄生于消费中。现代美学所提倡的审美的自律性并没有改变审美的寄生性。审美的特殊性在于它既有自律性的一面，也有寄生性的一面。自律性决定了审美的超越性和理想性，寄生性决定了审美活动的依赖性和他律性。现代美学强调前者，后现代美学强调后者。但是两者其实是一体两面的，没有审美活动的寄生性，也不可能产生审美的自律性；没有审美活动的自律性，审美活动的寄生性也就失去了意义。这种关系，阿多诺在《美学理论》中论述得十分清晰，“在其生产过程的各个方面，艺术具有双重性，它一方面是自律实体，另一方面又是杜克海姆学派所指的社会事实”。[①] 不过他认为，审美的自律性才是审美的本质性所在，只有坚守审美的自律性，才能保住审美的救赎价值，而审美的他律性，审美对于消费和政治意识形态的认可，只会使审美落入万劫不复的深渊。

具体而言，这种寄生性表现在两个方面。一是审美活动对于消费活动的依

① ［德］阿多诺：《美学理论》，王柯平译，四川人民出版社，1998 年，第 9 页。

赖性。审美活动被消费活动所包围，必须借助消费活动才能完成，没有消费活动提供的各种设施、装备、便利，无论是作为文学艺术生产的审美创造，还是作为文学艺术欣赏的审美接受，几乎无法开展和进行。比如我们必须采购各种颜料画笔才能创作，购买各种书籍才能欣赏文学，前往博物馆和展览厅才能欣赏绘画雕塑，等等。但必须强调，这些消费活动并不是审美活动，只能说消费活动提供了审美活动所需的条件，消费活动与审美活动仍然泾渭分明。二是消费活动和审美活动的共时性。在消费社会中，在消费活动现身的地方总能发现审美活动的身影，当我们购买衣食住行的各种生活资料时，当我们享受精神愉悦的各种服务时，当我们追求新潮时尚的脚步时，当我们维护和保持各种关系时，消费活动似乎总是伴随着审美活动。消费活动贯穿于人类的一切行为中，审美也因此泛化到一切领域中，这就是所谓的泛审美化。① 严格来说，这种共时性只是伴随性，消费活动和审美活动不可能同时进行，也不可能重合。当审美活动开始时，消费活动自然被排除；当消费活动干扰审美活动时，审美活动则已经停止。审美活动的门槛在于，只要进入审美状态，其他一切活动同时就被排除在外。

其二，消费活动和审美活动的互相渗透，表现在消费的审美化和审美的消费化。前者将消费活动转化为一种审美活动，后者将审美活动转化为一种消费活动，两者很难区分开来。消费的审美化在很大程度上就是审美的消费化。在消费借助、利用审美装饰和提升产品的消费价值，或者掩饰消费活动的过程中，审美也在凭依消费的大潮将自身推向生活的各个角落，于是有了日常生活的审美化和生活美学之说。不得不说的是，在这个过程中，消费处于支配和主导地位，而审美处于被动和被支配的地位。但这并不意味着消费和审美的合二为一，即使消费活动被打扮成审美活动，或者审美活动被融入消费活动中，如各种风景旅游和艺术品消费等，审美活动仍然享有自己的独立空间。消费是一种通过购买占有某物满足欲望的行为，而审美是一种无关利害、无关欲望的行为。消费活动和审美活动的互相渗透在于共有一个主体、一个物品、一个场所、一段时间、一种氛围、一个过程，物品、场所、时间、氛围、过程的存在可以将这一活动转变成审美活动，也可以转变为消费活动，或者互相转化。但

① 韦尔施在《重构美学》一书中，从表层到深层讨论了审美化的四种表现：日常生活表层的审美化，技术和传媒对我们物质和社会现实的审美化，生活实践态度和道德方向的审美化，认识论的审美化，几乎覆盖了人类生活的各个方面。参看［德］沃尔夫冈·韦尔施：《重构美学》，陆扬，张岩冰译，上海译文出版社，2006 年，第 33 页。

审美活动不是消费活动的必然结果，也不是消费活动的附属活动，更不是一种消费活动，审美活动的发生具有自身的要求。能否转变为审美活动，关键在于主体能否进入审美状态。当他进入审美状态时，物品变成审美对象，过程变成审美活动，他自身也变成审美主体。反过来说，审美对象可以变成商品，审美主体可以变为消费主体，审美活动也可以转换为消费活动。

其三，消费活动和审美活动的一体化，表现于审美经济和文化工业的兴起。早在20世纪30年代，法兰克福学派就开始批判文化工业的发展所带来的审美问题，但是文化工业并没有因此受到限制，反而越来越繁荣。在当代，文化工业已经成为促进经济发展的一个主要产业。审美经济是德国学者诺尔伯特·伯梅在2003年提出的一个概念①，一经使用，即广泛流行。他将审美价值作为使用价值与交换价值之外的第三种价值，并认为审美价值的突起意味着审美经济时代的来临。这两个概念都强调了审美与消费的一体化。如果说前面的几个表现，仍然可以视为审美和消费的外在融合，那么文化工业和审美经济的兴起，是否可以认为审美与消费已经达到内在的融合？此时，审美已经变成了消费的一部分，或者说，审美本身变成了一种消费产品。当我们消费的不再是物品和服务而是审美时，换言之，当我们购买和使用的产品就是审美时，审美不就变成了一种商品了吗？服务业的发展，使得物品的使用价值由物质实体转为对于物质实体的享受，为了欣赏某种风景和艺术，为了进入审美状态，我们不得不购买这一审美服务。随着物品的丰盛，物品的使用价值变得越来越不重要，物品的审美价值和象征价值开始发挥更重要的作用。不过，即使审美经济和文化工业提供的产品就是用于审美的物品和引发审美体验的服务，这种物品和服务能否引起审美活动的发生，仍是未知数。进一步说，即使这一产品引发了审美活动，也只能说明消费活动诱发了审美活动，而不能说明消费活动就是审美活动。审美经济和文化工业只能制造出审美化的产品和体验，却不能制造审美活动。

因此，我们总结一下，当我们说消费活动和审美活动的融合时，其实发生的只是消费活动和审美活动的边缘重合，这里需要区分两组概念，很多混淆正是因为将不同概念视为一体才引起的。第一组概念是审美化、美观化和艺术化。一些研究者讨论审美化时，其实指的美观化或艺术化，美观化和艺术化是否必然会引发审美化，并不能给予一个肯定的回答。首先，美观化和艺术化是

① 王彤玲：《论审美经济》，《西北师大学报（社会科学版）》，2007年第4期。

客体的变化，美观化即作为客体的物体外观的美化；艺术化是通过艺术技巧和艺术手法对物品所做的处理，不一定更美观，但处理之后，则更富有艺术韵味；审美化是主体的变化，即审美主体进入审美状态，物体的美观化和艺术化并不一定会引发主体进入审美状态，而引起审美化的物体也不一定需要美观化。其次，在消费中，商品的美观化是促进消费和提高价格的一个策略，在同类商品的大量涌现下，为了增加竞争力，除了提升商品的使用价值和产品质量外，美化商品的外观也是必然的营销手段。问题在于，这些手段可以刺激消费的欲望，并不一定能够促使购买主体转变为审美主体，进入到审美状态。再次，物体的美观化和艺术化在一定程度上有利于主体的审美化，然而事实上，当购买欲望过于强烈时，反而会窒息审美状态的萌生，这也是很多学者认为消费致使审美低俗化的一个原因，其实不是审美低俗了，而是审美根本没有发生，发生的只是感官对商品的愉悦。

第二组概念是消费中的欣赏活动和审美活动。如果我们把消费活动分解开来，大概可以分为三个阶段，即挑选、购买和使用，第一、第三个阶段不是必需的，只要产生购买行为，即是消费。购买行为本身与审美活动不会融合，但购买之前和购买之后的欣赏，却与审美活动发生一定的交叠。我们可以说购买的目的就是为了审美，那么购买之前和之后的欣赏是审美活动呢？这里我们需要重申审美活动的过程，进入审美状态就是审美，未进入审美状态或者离开审美状态，就不是审美。所谓审美状态，按照康德在《判断力批判》中的论述，就是进入一种无功利无欲望的纯粹静观状态。虽然这一观点已经受到后现代美学的批判，它们或者不承认这样一种独特审美状态的存在，以为审美状态和其他状态的区别只是量的差异，而不是质的不同，以杜威的“一个经验”说为代表；或者认为审美状态并不是一种纯粹意识的观照，而是一种参与/介入的身心合一的状态，阿诺德·柏林特的“介入/参与”说可做代表；或者认为审美状态并不是一种排除一切前理解和前经验的孤立状态，而是一种不同经验视域的融合，伽达默尔提出的“审美无区分”说，是为代表。但它们并不否认审美的无功利无欲望状态，不管这种状态能否摆脱或者逃避现实的纠葛，它都是进入审美状态的标志。因此如果购买之前的欣赏掺杂了购买的欲望，购买之后的欣赏揉进了占有的心理，那就不是审美活动；而当欣赏进入审美状态时，那种购买、占有的欲望自然被抛掷一旁。

二、消费经验与审美经验

乍看，消费经验和审美经验好像风马牛不相及，然而由于消费活动和审美活动部分重叠交错，消费经验和审美经验也发生了互相影响，与消费活动和审美活动的关系一样，消费经验和审美经验的关系也包括融合与矛盾两方面。其融合主要表现在消费活动引起的体验和趣味/品味，体验是主体的当下感受和体会，趣味/品味是体验长期累积而成的定向和惯性模式，两者都是一种全身心的活动，既有身体的参与，也有精神的作用，同时它们一方面涉及消费经验，另一方面也与审美经验具有关联。① 其矛盾则表现在审美经验的二重性，审美立足于直观的感性体验，对应于物体的外观形式，同时又超越感性体验和客体物象，在感性形成的表象和理性提供的先天形式的契合中，进入一种身心和谐的自由状态。② 在感性体验中，消费经验与审美经验重合，但审美愉悦不仅是感性愉悦，也是一种精神愉悦，这一精神愉悦使体验能够超越感性体验的被动性、消极性、盲目性、欲望性，从感官和客体的必然性中解脱出来，获得自由的存在意义。我们将从消费体验中的感官愉悦和审美愉悦，以及消费经验中的趣味/品味和审美经验两个方面具体分析两者的融合和矛盾之处。

其一，消费体验中的感官愉悦和审美愉悦。消费中的愉悦包括两部分，一部分是物品外观形象和材质质量引发的感性愉悦，一部分是欲望满足的快感，比如我们去买家具时，家具的外观形象和材料质地属于感官愉悦，而将这一家具通过购买归为己有，则是欲望满足的快感。在这两部分中，物体外观引起的感性愉悦与审美愉悦具有一定的重合之处，而实体质料引起的感性愉悦与审美愉悦无缘，欲望满足的快感更是被排除在审美之外。在消费中，两者是合二为一的，正是因为对于前者的欣赏刺激，我们才产生了占有这一物体的欲望。但是在审美中，只有物体的形象才能引起审美主体的注意，物体的实体内容则是被放逐在外的，因为一旦涉及实体，总是不可避免地牵涉物体的所有权，引发种种欲望。所以在现代美学中，只有视觉、听觉才是审美器官，而味觉、嗅觉、触觉则不是，前两者可以和对象保持一定的距离，这个距离不仅是物理

① 当然也有社会、宗教、政治、民族、时代、阶层的作用，不过这里主要讨论消费和审美的关系，故而其他作用暂且不论。

② 杨春时：《作为第一哲学的美学——存在、现象和审美》，人民出版社，2015 年，第 218－221 页。杨春时先生认为审美的二重性分别是超感性和即感性，前者是本质的属性，后者是非本质的属性。

的，也是心理的。在适当的距离中，而且只有适当的距离，主体才能静观物体的外观，并形成一定的表象，此表象与主体的审美判断力契合，产生精神上的愉悦，即所谓审美距离；而后三者只有接触到物体，才能感受到物体，而且无法形成一种表象，或者说这三种感官并没有表象能力，因而把握到的也不是物体的表象，而是物体的实体内容，在这种情况下，三种感官只能刺激欲望的产生，而不能诱发审美的愉悦。正如康德所言，“一切目的如果被看作愉悦的根据，就总是带着某种利害，作为判断愉快对象的规定根据。所以没有任何主观目的可以作为鉴赏判断的根据”。[①] 消费中的感官愉悦如果在消费目的的指引下，必然丧失审美的愉悦，而停留在浅层次的感官快感中。

其二，消费经验中的趣味/品味和审美经验。在这组概念中，关涉两个问题，一是审美经验的可塑性，二是趣味/品味和审美经验的重合之处。

我们先来看第一个问题。康德认为审美是一种孤立隔绝于日常经验的鉴赏活动，排除一切过往生活和过去经验的干扰，审美主体和审美对象单独相对，当审美的对象与审美主体的先验形式契合时，审美愉悦便产生了。在康德的美学中，审美对象直接对应于大写的、无个性的、普遍性的主体，至于这个主体是否属于某个时代、某个民族、某个国家、某个阶层都无关紧要，因为审美共通感决定了审美的普遍性和必然性，故而这里审美经验不具有可塑性。但人首先是生活在某个时代、某个民族、某个国家、某个阶层的独特的个体的人，在主体的先天形式和审美对象之间，存在一个不可抹除的中介，先天形式要通过这个中介才能作用于审美对象，这个中介就是那个独特的个体的人，现实中并不存在一个大写的普遍的人，这个人必然受到时代、民族、国家、阶层及个体成长背景的影响，也正因此，他才是一个独特的个体的人。当我们考察一个独特的个体的人的审美经验，就必然会发现审美经验的可塑性，这也是后现代美学对现代美学的批判之一。如果审美经验不具有可塑性，自然不受消费经验的影响，那么具有可塑性的审美经验会不会受到消费经验的影响甚而被消费经验所塑造？这就牵涉到第二个问题。

关于第二个问题。众所周知，消费经验是挑选、购买、使用商品的一种经验，这种经验会受到商品营销的影响，现在营销的手段已经由硬性的宣传变为软性的诱导，它关注的是商品的附加价值，无论是文化价值、象征价值，还是审美价值，附加价值已经成为主导价值，而使用价值则沦为附加价值。换言

① ［德］康德：《判断力批判》，邓晓芒译，杨祖陶校，人民出版社，2002 年，第 56 页。

之，营销策略已经从物品的促销变成了生活方式的推广。当我们在购买一个物品的时候，我们不是在消费这一物品，而是在体验一种生活方式，“审美品味的刺激允许生产者出售更多的‘体验’而非物质产品，这使感觉成为了第一要素。与理性评估判断不同，审美品味不仅仅不需要证明，尤其它还根据品味形成的相同动力将每个人置于与其他个体协作的状态中。”① 当我们购买某种牌子的汽车、某种款式的衣服时，并不是因为它们质量最好、性价比最高或者价格最理想，而是因为它们代表了一种生活态度、生活方式，而这种生活态度和生活方式是与某种身份、某种地位联系在一起的，有车的人和没车的人是不同的群体，经常看话剧的人和从不看话剧的人也是不同的群体。在这个意义上，消费塑造的正是一种趣味/品味。在趣味/品味的作用下，对于某种物品的消费就变成一种不自觉的无意识行为，当趣味/品味的产生受到商业消费的操纵时，趣味/品味的自发性和个体性便受到了压抑，于是产生两个结果，一是趣味/品味的工业化，一是趣味/品味的分层化。消费一方面要照顾到多种多样的趣味/品味需求，另一方面由于大工业生产取代手工作业，趣味/品味的群体性在所难免，当政治等级不再发挥分化人群的作用时，趣味/品味的分层就承担了这一功能。

以上的讨论主要基于以下著作：布尔迪厄的《区分：判断力的社会批判》，奥利维耶·阿苏利的《审美资本主义：品味的工业化》，尤卡·格罗瑙《趣味社会学》，保罗·福塞尔的《格调：社会等级与生活品味》等。他们也正是聚焦在趣味/品味这个概念下，发动对康德美学的批判的，但是他们讨论的是趣味/品味，并不是审美经验，那么审美经验与趣味/品味的关系是什么？它们是否就是审美经验？在一些论述者看来，两者是没有区别的。

按照比尔兹利对审美经验的定位，经验的审美特性具有以下五个特征：对象导向性、感觉到的自由、超脱的情感、积极的发现和整体性。② 在比尔兹利看来，只有第一个特性是必要条件，其余四个既不是必要的，也不是充分的，只是伴随的，而且不必全部到场。虽然比尔兹利仍然坚守审美经验的独特性，但是仅有对象导向性，即只有一种知觉或者意向对于一个对象的持久注意力，

① ［法］奥利维耶·阿苏利：《审美资本主义》，黄琰译，华东师范大学出版社，2013 年，第 166 页。作者将审美与品味连起来使用，与本文的观点相悖，我们认为此处所讨论的是品味，而不是审美。

② 邓文华：《审美经验的守望：门罗·C. 比厄斯利分析美学研究》，上海世界图书出版公司，2015 年，第 144 – 145 页。比尔兹利对审美经验曾经有过两次界定，第一次是在 1958 年出版的《美学》一书，第二次是在 1970 年出版的《审美的视点》中，后者为修订版，我们引用的即是这一观点。

并不能构成审美经验与其他经验的本质差别，在很大程度上，反而是抹除了审美经验的特殊性。感觉到的自由和超脱的情感自从康德、席勒和叔本华以来就是审美经验的标志，也是审美经验的特殊性所在，其核心是康德美学的审美无功利性。在席勒和叔本华看来，正是因为其无功利性，审美才具有超脱生存羁绊和现实功利、超脱感性束缚和理性囚笼、超脱意志和欲望纠缠的自由。

对于五种趣味/品味来说，感觉到的自由和超脱的情感显然是它们所缺乏的，虽然趣味/品味可以被社会化、精神化，承载着一个民族、一个家族、一个时代、一个人的记忆和情感，具有历史和存在的深度，大到一个民族的酒文化、茶文化、饮食文化，小到一个人的乡愁、童年记忆等都足以表明。而普鲁斯特的玛德莱娜蛋糕更是充分地展示了这一点，社会的或者个体的记忆总是黏附在某种特定的物品上，并通过感官被唤醒。然而这里只有趣味/品味的被动性，即被塑造性和被束缚性，虽然趣味/品味也可以被改变或改善，当某种趣味/品味的对象出现时，经验主体的反应仍是不自觉的、固定的、自然而然且不可遏制的，因而它不具备审美经验的自由性和创造性。① 视觉和听觉的特殊性在于，作为审美感官，它们一方面具有自身的独特趣味/品味，一方面也能形成审美经验，问题在于视觉和听觉的独特趣味/品味能否超越这种被动性？格式塔心理学和现象学已经分析过，视觉和听觉的优势在于它们的主动性和建构性，即它们形成表象的能力。如果说味觉、嗅觉、触觉作用于客观物体的实体质料，因而没有自主性，那么视觉和听觉则作用于主客观统一的表象（主体对客体形象的建构），正是因为这一表象，视觉和听觉的趣味/品味才能超越被动性。不过一旦超越这种被动性，就变成了审美经验，而不再是一种趣味/品味。虽然审美经验也具有被塑造性，但是被塑造的审美经验只是积累了更多的表象，而不是受其限制，以这些表象为基础，审美经验的建构性变得更自由、更丰富。在这个意义上，我们认为，视觉和听觉的趣味/品味能够增添审美经验的丰富性，但是审美经验的价值恰在于它对趣味/品味的超越。因而消费经验可以塑造趣味/品味，也可以丰富审美经验，却不能塑造、限制审美经验，因为审美经验的特殊性正在于它的自由性。

① 刘旭光：《感官审美论——感官的鉴赏何以可能》，《浙江社会科学》，2017 年第 1 期。在这篇论文中，刘旭光从感官的社会性、反思性、深度性、普遍性，论述了感官审美的可能性，充分展示了感官经验的意义，问题在于，社会化、精神化之后的感官审美，并不是感官的审美，而恰恰是审美自身的要求，即身体与心灵的完美融合，提倡感官的精神性、感官的一般性、感官的普遍性并没有动摇康德的判断，而是丰富了他的理论。同时，我并不认为嗅觉、味觉、触觉具有审美性，原因如上所述。

三、消费美学的出路

现代美学的产生是以获得自身的合理性和独立性为前提的，换言之，它也是马克斯·韦伯所谓现代性的结果。在前现代社会，宗教或政治统领一切，并且是一切行为和活动的依据和意义之源，现代性的发展将科学、经济、伦理、文化、艺术、审美等各学科门类分化出来，以自身为根据，几乎所有学科专业都是从那时形成自身的领域和规范的，现代美学和现代艺术也不例外。在 18 世纪，现代美学和现代艺术的概念和体系兴起并完成，艺术依靠审美而独立于其他一切领域，审美以艺术为独立的基础。与其他领域不同的是，美学的现代性具有两面性，它一方面是社会现代性的产物，另一方面又是对社会现代性的批判。无所不能、无所不包的宗教被现代性祛魅化之后，其救赎功能被分派给审美，但是审美并没有超越性的彼岸世界，现代性的过程就是要摧毁这一彼岸的合理性，强调一切领域的世俗性/此岸性，因而现代美学在诞生之初就蕴含了不可调节的矛盾，既要不脱离此世，又要担负起超越此世的拯救重任，这就是审美教育的初衷和目标。当然这只是现代美学一厢情愿的设定，也是宗教衰落之后，无所归依的人类的一种寄托，现代美学和现代艺术一直战战兢兢地、不堪重负地扮演着这样的角色，直到 20 世纪一战和二战的爆发，人们发现，在巨大的灾难面前，审美似乎只是一种逃避，于是阿多诺感慨，“奥斯维辛之后，写诗是野蛮的”。① 显然审美没有也不可能完成这一任务。于是另一种关于审美的观点得以抬头并占据主流，其实这一观点早已产生，虽然现代美学使美学作为一个学科得以诞生，但在整个美学史上，现代美学范式却是一种例外，现代美学否定了前现代美学，后现代美学又恢复了前现代美学，当然这只是在美学主流的意义上而言，即使在现代美学活跃期间，前现代美学的思想也没有断绝。后现代美学思想卸除了美学的重负，开放了美学的边界，扩展了美学的疆域，同时也恢复了审美的感官性和娱乐性。

简约追溯美学史，我们会发现现代美学在整个美学史上的地位和意义，以及它在现代性发展的背景中所做出的反应和选择。在现代社会，消费已经是一切社会活动的背景和底色，没有任何活动能够完全脱离以生产和消费为基础的经济活动，审美作为一种社会活动，自然无法避免。周小仪在《唯美主义和

① ［英］马丁·杰：《阿多诺》，瞿铁鹏，张赛美译，中国社会科学出版社，1992 年，第 16 页。

消费文化》里详细分析过唯美主义和消费文化看似对立实则共谋的关系，唯美主义者以抗拒消费作为艺术和审美理念的旗帜，同时借助市场营销的手段推销自己的艺术作品和审美理念。其实整个现代艺术也不外如此。现代美学更多是一种哲学美学的建构，而不是对审美和美的实证分析，也不是对各种审美和艺术现象的解释。在这个意义上，后现代美学正是要把高蹈悬空的美学置于审美现象的根基之上。问题是我们是否要放弃现代美学的建构，任由后现代美学自由发展。现代美学对审美的界定虽然过于狭窄，但是审美的无功利性及由此而引起的超脱和自由的状态作为审美的核心，却是不可动摇的；后现代美学拓宽了美学的边界，深入到审美现象中，使得自上而下的美学变成了自下而上的美学，由此获得源源不断的发展潜力，但是因此消除了边界，使美学变为反美学，却又是矫枉过正的。

消费美学的兴起可以作为一个契机，让我们客观地研究审美和消费的关系，这并不意味着讨论消费美学就是要为消费美学摇旗呐喊，或者提供暗中支持，而是把被现代美学忽略或者无视的美学现象放在美学的视域内，让美学理论和审美现象互相审视，以美学理论解读审美现象，以审美现象修正美学理论。在消费和审美的关系中，现代美学只看到了内在的矛盾，否定其相互重合的一面，使得美学陷入故步自封的境地；而后现代美学更关注其相互的融合，但是又误解了这一融合，走到了反美学的地步。我们认为，所谓消费和审美的融合不过是两者的重合，而并非融合为一体，消费和审美的矛盾则是内在的、根本的，审美的低俗化、审美的感性化、审美庸俗化并不是审美本身的问题，或者审美自身能力的下降，而是消费美学误将感性经验视为审美经验的结果。

一方面，我们可以说，这是消费带来的恶果，当我们越来越多地沉浸于消费活动带来的愉悦时，审美活动被排挤在外。换言之，在这样的消费活动中，并没有发生审美活动，也不可能产生审美经验，因而审美本身并没有遭到消费活动的破坏，消费活动也不可能摧毁审美活动，但是审美活动确实被遏制了，当审美活动越来越少时，我们的经验也就越来越功利、越来越粗鄙，以致不断周转于各种新奇的刺激，陷入感官的愉悦中难以自拔，这时候则需要审美经验将我们超拔到更高的精神领域，享受身心和谐的自由状态；另一方面，我们也要承认，感性经验也具有精神化、社会化的一面，不一定要成为审美经验才有意义，感性经验本身具有自身独特的意义，消费美学让被理性压抑的身体得以释放，也让更多的感性经验成为促进消费的一个动力，泛审美化的一个问题就是把许多感性经验归属于审美经验，从而使得我们总是将感性经验作为审美经验来研究，忽略了感性经验自身的意义，同时又抱怨审美经验的身体化和感性化。

因此，我们认为美学和感性学可以并行不悖地受到关注，不必在美学的旗帜下为感性学鼓吹，也不必在感性学的旗帜下否定美学，或者执意地将美学等同于感性学，抑或要以感性学为美学正名。虽然鲍姆加登将美学定义为感性认识的科学，康德也在感性和审美的两个概念下使用 aesthetic 一词，然而两者并不相等，美学中的诸多矛盾亦由此而起。梅洛-庞蒂的《知觉现象学》已经为感性学开辟了道路，分开两者，或许会使两者得到更好的发展。

（作者单位：福建师范大学文学院）

外来文论的译介对新中国成立后文论教材的影响①

朱盈蓓

文艺理论教材是时代文艺实践和理论建设的结晶。文论教材的编写和使用在新中国成立后经历了数次转换，形成了具有中国特色的文艺学教材序列，并有着较为明显的阶段划分，体现出鲜明的演变过程。哲学美学的各理论形态也体现在了文艺理论教材建设中，呈现出中国文艺理论与实践现代化进程当中的不同面向，展示着新中国成立后文艺现代化发展中所面临的种种问题：中西文论冲突与融合、古今观念的对峙与汇通、创作实践与理论建构之间的呼应与背离、理论体系的时代选择和思考，等等。新中国成立后文艺理论教材建设历程可分为以下几个阶段。

一、第一个时期：新中国成立后十七年

这是文艺理论教材建设在苏联模式下的草创时期，具有非常明显的苏联痕迹，是文学理论的意识形态政治化时期。此一时期的教材建设体现了审美工具主义、崇信和极端化审美的社会功用，将审美作为附庸，未能突出审美的超越性，也就无法体现作为现代性反思的审美现代性。

新中国成立后十七年（以下简称“十七年”）中国文艺理论教材编撰的基本的论证逻辑、结构、观点、专有名词均来源于苏联。这一时期，通过俄苏文学理论译介高潮，僵化使用苏联文学理论教材。影响最大的苏联文学理论教材

① 基金项目：教育部人文社会科学研究项目“文学理论教材建设与中国文论现代化研究”（17YJC751061）。

有三种①：季摩菲耶夫的《文学原理》②、毕达可夫的《文艺学引论》③ 和谢皮洛娃的《文艺学概论》④，这些文论教材集中体现了尼古拉耶娃在《论文学的特征》，以及阿勃拉莫维奇、季摩菲耶夫等编著的《文学理论教学大纲》中所提倡的文学理论反映论、意识形态论书写。所谓“苏联体系”的特点可总结为:“一，将文学理论分为‘本质论’——‘构成论’——‘发展论’；二，视文学为一种特殊的意识形态；三，以社会主义现实主义对文学的理解为基本范式展开。”⑤ 这些苏联教材对中国文艺理论教材的影响和改变体现在两件标志性事件上：一是1953年查良铮翻译的季摩菲耶夫《文学原理》⑥，片面地阐释了马克思、恩格斯、列宁、斯大林思想，基本主题是日丹诺夫主义，以“对民众进行共产主义教育”为目标，将政治功利色彩赋予了文艺创作与阐释，引导了十七年时期以政治立场主导文艺阐释的学科模式。同时，在哲学基础上，仅肯定了亚里士多德《诗学》，对黑格尔有限肯定，在文学本质上只承认了文学的反映认识功能，将形象性看作文学的唯一特点，将社会主义现实主义尊为典范，例证基本来自俄罗斯及革命导师的作品，以及革命导师认可的作品。这些内容都严重地影响了中国文艺理论教材的编撰，导致了模仿后对马克思主义的误读和曲解。二是1954年，毕达可夫在北京大学主讲《文艺学引论》，将列宁《唯物主义与经验批判主义》的哲学反映论转换成了文艺反映论，从而成为中国文艺理论教材方法论的核心内容。⑦

全国文科统编教材以群⑧主编的《文学的基本原理》和蔡仪主编的《文学概论》⑨ 是本时期中国文艺学学科体系建设的代表。1956年教育部编订了《文学概论试行教学大纲》，认定“文学理论是研究文学的社会性质、特点、发展规律、社会作用，是研究分析文学的原则和方法的科学”⑩，这种定义与苏联

① 仅1953—1959年，高教出版社和人民文学出版社累计印刷发行此类教材达119500册。数据参见李珺平：《文艺学学科建设与教材建设的思考》，《文学评论》，2002年第1期。

② ［苏联］季摩菲耶夫：《文学原理》，查良铮译，上海平明出版社，1953年。

③ ［苏联］毕达可夫：《文艺学引论》，北京大学中文系文艺理论教研室译，高等教育出版社，1958年。

④ ［苏联］谢皮洛娃：《文艺学概论》，人民文学出版社，1958年。

⑤ 曾军：《比较视野中的文学理论教材编写——对中国当代文学理论学科发展与理论创新的一种认识》，《学习与探索》，2008年第2期。

⑥ 查良铮1953年翻译了莫斯科教育教学书局1948年出版的《文学原理》。

⑦ 夏中义：《反映论与“1985”方法论年》，《社会科学辑刊》，2015年第3期。

⑧ 以群曾经翻译过苏联维诺格拉多夫的《新文学教程》，上海天马出版社，1937年。

⑨ 1961年5月开始编写，1963年夏形成讨论稿，1978年修改，1979年6月出版。

⑩ 教育部：《文学概论试行教学大纲》，高等教育出版社，1957年，第3页。

大纲相同。在1961年全国文科教材会议精神及周扬指导下，1963—1964年[①]以群主编的《文学的基本原理》中，将政治、哲学唯物反映论、文学现实主义与苏联体系的三论相结合，增加了文学起源论、文学接受论内容（第三编“文学鉴赏”“文学评论”）；将中国历代文艺作品代表作作为例证，具有了中国本土化特色。在蔡仪的《文学概论》中，既有苏联教材结构，又有与以群相似的接受论部分（第八章“文学欣赏”、第九章“文学批评”），还增加了文学创作论内容（第六章“文学的创作过程”），最终形成了五论的文艺理论教材编撰标准模板。“由于时代局限，两部教材都以哲学的认识论为逻辑起点，以政治意识形态统领整个体系。……这两部统编教材，作为文学理论的经典表达，作为文艺学基石的知识范型，更多受制于国家权力话语和意识形态的掌控。历史和理性地分析，这两部教材对于纠偏苏联的影响，探寻民族文论之路，是有开创作用的；但认识论和反映论在某种程度上也阻碍了知识体系的更新和学科建设的发展。”[②]

经由这两部教材，文艺被定性为特殊的意识形态，文艺理论服务于政治，也就形成了20世纪50—70年代政治化文艺理论教材官方系统。以斯大林哲学为基础的苏联审美体系也就取代了曾经喧哗过的由王国维、蔡元培等人引进的西方近现代审美理论、取代了50年代以朱光潜为代表的西方现代审美体系，从而成为主流。在审美工具主义的宣扬之下，该时期文艺理论教材具有审美前现代性特质，即体现为重理性、讲规范。一方面，强调社会价值对于个体欲望的凌越；另一方面，规范出整齐划一的形式要求。同时期的文艺创作也就同步体现出鲜明的革命古典主义审美特点，往往描绘社会责任与个体情感之间的冲突、塑造具有自我牺牲精神的集体主义英雄，在形式上极端寻求典型环境中的典型人物等。

二、第二个时期：70年代末至90年代末“新时期”

这一时期分为两个阶段，一是改革开放初期，西方新学影响下80年代的教材建设；二是90年代改革深入后，对十七年和80年代教材建设进行整合过渡的教材建设阶段。

① 1961年5月开始编写，1963年2月出版上册，1964年8月出版下册。1978年被定为高等学校文科教材，1979年7月修改后第3次印刷，1980年修订为单册出版。

② 傅莹：《中国现代文学理论发生史》，上海文艺出版社，2008年，第35页。

1. 改革开放初期的文论教材建设

改革开放初期的主要任务是解放思想，拨乱反正。文论教材建设与文艺创作也在停滞后迎来了恢复发展时期，文论教材建设具有文学知识范式革命的历史意义。这一时期也是确立中国特色审美理论的重要时期。随着国家现代化进程的深入推进，人文思想开始思考现代性问题。现代性的探讨随之而来，作为反思现代性的审美现代性体现在理论形式上就是文艺理论中美学观念的渗透及变革。20 世纪 80 年代，西方文学理论和美学思想大量涌入中国，中国文学理论大量吸收和接纳现代及后现代西方新学观念，出现了“方法论年”（1985 年）、“观念年”（1986 年），以至于有学者在 80 年代末指出中国文艺理论的将来：“20 世纪的文艺理论其实就只是西方文论罢了。”[①] 对新的术语的使用和理解在教材中的反映是迅速的。《主体论文学》（中国社会科学出版社，1989 年）共九章，分别是：第一章“文学：主体的特殊活”；第二章“作家：文学活动的第一主体”；第三章“读者：文学活动的第二主体”；第四章“作品：主体对人性的审美把握的产物”；第五章“现时的文学主体活动使得文学传统得以活化与延续”；第六章“主体文学活动的功能是对人的建设”；第七章“主体论文艺学与马克思主义文艺学”；第八章“中国古代文论中的主体活动论”；第九章“主体论文艺学的跨文化借鉴”。此书完全打破了原有模式，企图将文艺学放到当时流行的“主体性”这一概念下进行整合，是一种可贵的尝试。当然这一尝试同时展示的是经历了黄海澄的系统论美学、林兴宅的《阿 Q 系统》到 1985 年刘再复文学主体论对反映论的终结[②]的有力影响，将刘再复的创作主体、对象主体、接受主体作为“创作主体”的三方转换到了文艺理论教材的撰写模式的调整上。

这股西学浪潮中，对文学概论教材建设影响最大的是三部：韦勒克、沃伦的《文学理论》，以及伊格尔顿的《文学原理引论》[③]（又译为《当代西方文学理论》[④]、《二十世纪西方文学理论》[⑤]）。前者打破了苏联传统的文学理论构架，区分了“文学的外部研究”和“文学的内部研究”；后者将起自俄国形式主义的纷繁复杂的 20 世纪西方文学理论梳理出从形式主义、结构主义到后结

① 孙津：《中西文论的哲学背景》，《超学科比较文学研究》，中国社会科学出版社，1989 年，第 290 页。

② 夏中义：《反映论与“1985”方法论年》，《社会科学辑刊》，2015 年第 3 期。

③ ［英］伊格尔顿：《文学原理引论》，刘峰译，文化艺术出版社，1987 年。

④ ［英］伊格尔顿：《当代西方文学理论》，王逢振译，中国社会科学出版社，1988 年。

⑤ ［英］伊格尔顿：《二十世纪西方文学理论》，伍晓明译，陕西师范大学出版社，1986 年。

构主义，从现象学、诠释学到接受美学及精神分析理论三条主要的发展脉络。“向内转”的研究方向引领使前一个阶段固化的文学政治关系被打破，伊格尔顿的马克思主义代表身份也适宜于中国文论的思想背景，并且将中国文学理论研究带入了哲学美学的大框架里。第三部是1989年翻译出版的艾布拉姆斯（M. H. Abrams）的《镜与灯：浪漫主义文论及批评传统》①，提出了“艺术四要素”，将艺术活动的结构搭建在作品、艺术家、世界和欣赏者的四维关系上进行流动，据此构造出本质论、创作论、构成论、接受论的四角框架。这三部西方文论教材在中国的权威性影响了文论教材的革新：有十四院校合编的“高校文科教材”《文学理论基础》、北京师范大学文艺理论教研室编写的《文学概论》，以及童庆炳主编的《文学概论》（红旗出版社，1984年），另还有闵开德主编的《文学概论》、林焕平主编的《文学概论新编》、侯健的《文学通论》（北京大学出版社，1986年）、九歌（即畅广元和他的九个硕士研究生）的《主体论文学》（中国社会科学出版社，1989年）等。

关于对于改革初期的文论教材建设情况，到1994年8月时，受国家教委高教司委托，在江西庐山举行的近30所高校出席的文艺学教材及课程体系建设研讨会上，针对80年代，初步统计了当时约十年出版的《文学概论》教材就有一百种左右；此外，还出版了不少其他文艺学教材，包括中国古代文论、西方文论特别是现代西方文论、文艺心理学、文艺社会学、文艺美学等学科。会议认为过去文艺学教材的三种模式——中国传统理论模式、苏联理论模式和西方理论模式，造成了文学理论教学中存在庸俗社会学、教条主义等不良倾向。会议结论性评价当时《文学概论》教材建设的总体情况为“差强人意”。②

即便如此，仍然可以在文论教材建设中看到80年代的文艺学试图走出苏联模式的尝试与困惑。比如：吴中杰《文艺学导论》③ 分为五编：本质论、创作论、作品论、鉴赏论、发展论。从物质资料的生产开始论述，将古典主义、浪漫主义、自然主义、现实主义、象征主义、未来主义、表现主义、意识流小说荒诞派戏剧都视为文艺思潮和创作方法。张孝评《文学概论新编》④ 的编撰结构与吴中杰1988版本是一样的。孙子威的《文学原理》⑤ 分为九章：文学

① ［美］艾布拉姆斯：《镜与灯：浪漫主义文论及批评传统》，郦稚牛，等译，北京大学出版社，1989年。
② 钟闻：《文艺学教材及课程体系建设研讨会综述》，《文艺理论研究》，1994年第6期。
③ 吴中杰：《文艺学导论》，江苏文艺出版社，1988年。
④ 张孝评：《文学概论新编》，西北大学出版社，1987年。
⑤ 孙子威：《文学原理》，华中师范大学出版社，1989年。

本体、文学文本、文学体裁、文学风格、文学创作、创作方法、文学鉴赏、文学批评、文学源流。这九章是细化版本的吴中杰五编。涉及西方文论的仅仅在“创作方法”一章中的“西方现代主义思潮”中。孙正荃《文学论纲》[①] 分为三编：文学的生成（文学与生活、生活与作家、作家与文学），文学的存在（文学作品的内容、形象与形式，文学作品的体裁，创作方法与风格、流派），文学的传导（文学作品与读者、文学鉴赏、文学批评），遵循的依然是原有模式，只不过他由五编压缩成了三编，显得比较紧凑，而且更能显示逻辑的严密性。全书内容未涉及西方文论，但附录《关于接受美学的若干问题》，主要介绍西方接受美学的发展历程、基本观点、影响与局限。可见，编撰者意识到了西方文艺理论的重要性，但如何将其融入既有思路甚至重建文学理论体系，作者并未做过多探索。与此书相似的结构还有裴斐《文学原理》[②] 分为三篇：本体论、创作论、批评论。依然是这个模式，只不过是把作品论和发展论整合到了本体论中。西方文艺理论的多方向进入，使得教材编撰者们既意识到了视野的开阔，又因为视野的开阔而不知所措，在这一时期的教材编撰中呈现出四散流失的混乱来。

2. 改革深入期的文论教材建设情况

这是改革开放深度发展的时期，也是文论学科化的阶段，是对十七年和80年代教材建设进行整合并向下一个时期发展的过渡期。

王春元《文学原理——作品论》[③] 是多卷本《文学理论》（中国社会科学院文学所学者分工撰写）中的一部，此外还有杜书瀛《创作论》[④]、钱中文《发展论》[⑤] 等卷。这套《文学理论》教材集中体现了80年代西学理论热，吸收了各种批评流派的观点，分析了新时期以来的文艺新材料。《作品论》提到了新批评、社会历史学派批评、俄国形式主义、接受美学、心理学派、结构主义、神话原型学派、表现主义、符号学种种文学理论，介绍了弗莱、韦勒克、弗洛伊德、阿恩海姆、英加登、朗格、什克洛夫斯基等80年代我国文论界热衷并获众知的重要西方理论大家。在文论教材核心内容文学的本质问题上，教

① 孙正荃：《文学论纲》，陕西人民教育出版社，1988年。
② 裴斐：《文学原理》，中央民族学院出版社，1990年。
③ 王春元：《文学原理——作品论》，社会科学文献出版社，1989年。
④ 杜书瀛：《文学原理——创作论》，社会科学文献出版社，1989年。
⑤ 钱中文：《文学原理——发展论》，社会科学文献出版社，1989年。

材认为文学的社会本质与审美特殊本质共同构成了文学本质；在作家、作品、读者的关系上，教材吸纳了艾布拉姆斯的文学四因素、韦勒克和沃伦理论后，倡导一种综合性的研究方法，试图对前人观点进行总结并防止各种片面倾向性。《创作论》《发展论》均突出了文学的审美价值和审美意义。《创作论》围绕主体、审美、创造等关键词，从美学的高度谈创作原理；《发展论》综合使用了审美的历史社会学、心理学、文化研究，提出了心理现实是审美创作与现实的统一等富于启示的观点。总之，这套《文学理论》对西方 80 年代中期以前引入到国内的文艺理论研究做出了思考和总结，为后来的文论教材编撰提供了新的思路。

童庆炳主编由高等教育出版社出版的《文学理论教程》教材在这一时期受到了至高关注。该教材原本是为满足全国高等师范院校文学概论课教学所需，在团队上集合了众多著名高等师范院校的编写者。该教材前后经历了四个版本（初版 1992 年普通高等教育“九五”国家级重点教材，第二版 1998 年、第三版 2004 年、第四版 2008 年）的修订，获奖无数，并被国家教委列入“‘九五’普通高等学校国家级重点教材”，被教育部列入“‘十五’普通高等学校国家级重点教材”和“面向 21 世纪课程教材”，为国内 500 多所高校采用，是发行量最高、使用学校最多的文学概论教材，由此成为 20 世纪 90 年代文学理论美学化的代表，被学界誉为我国当代第一部整体面貌稳妥又有较大改变的文学理论“换代教材”。①

和苏联阶段教材相比较，这本教材在 1998 年版“修订版后记”中宣布：“摆脱了 50 年代苏联旧教材的范式，同时又坚持了马克思主义世界观、方法论的指导，坚持了经过文学实践检验的马克思文艺理论的基本原则：对西方 20 世纪以来的各种文学理论观点，进行实事求是的鉴别和筛选，吸收了其中有价值的成分；对中国古代文学理论的精华加以融合，纳入到新的理论体系中来；对新时期以来文学理论研究所取得的成果，凡正确的、深刻的，都酌情加以吸纳；对当代现实文学活动中提出的问题也尽可能给予了具有科学理性的回答，使整个教材面貌在稳妥中又有了较大的改变。”② 但在章节编排和内容上，它仍旧延续了上一个阶段形成的文学本质论、文学创作论、文学构成论、文学接受论的四要素基础，它在目的上强调“不但要使学生掌握文学的一般原理和

① 吴子林：《童庆炳：中国文艺学现代学科范式的奠定者》，《南方文坛》，2014 年第 1 期。

② 童庆炳主编：《文学理论教程》（修订二版），高等教育出版社，2004 年，第 383 页。

相关的知识，而且还要让学生更具体、更深入地理解文学作品的样式、类型、形态、结构、层次、叙事和抒情的技巧和风格特征等，并进而具有较强的分析作品的能力”[①]，在此基础上增添了“第五编：文学消费与接收”，对文学生产和消费过程的二重性给予了充分重视。因此，虽然同在马克思主义意识形态论基础上，但强调了文学自主性，认为是“显现在话语含蕴中的审美意识形态”，将文学定义为：“文学是一种语言艺术，是话语蕴藉中的审美意识形态。”[②] 还指出文学理论“随着文学运动、文学创作、文学接受的发展而发展，它永远是生动的、变化的，而不是僵化的、静止的”。[③] 但也因为此教程注意到了新中国成立以来文学概论教材编撰的俄苏模式和西方模式下传统文论的失语状态，因此产生了中西理论并置的混杂倾向，亦受到了部分质疑。例如有意识地将“意象”等独特中国文学理论概念进行解释。然而其效果并非理想，阐释过程中所采用的“意象派”的“意象批评”及术语的导入，“直接回避了中国文学意象的独特情境，抛弃了中国文学意象数千年发展历史背后所形成的‘象外之象，景外之景’的审美意蕴”。[④]

童庆炳的《文学理论教程》将“审美意识形态”作为文学的本质定义，使得文学的审美特性得到了彰显，改良了工具论文学本质观，将反映—意识形态更新为审美反映—审美意识形态，继承并调和了十七年以来的文论教材核心。它让文论在经历了社会实践意志的群体性自觉及集体理性至上的多年统一之后，又经历了改革初期经济发展对个体存在、感性需求活动的确认和冲击，对审美主体做出了呼应。它是将主体审美意识纳入的意识形态论、反映论，区分了客体论文学本质观和主题论文学本质观，极好地实现了过渡时期文论教材的承上启下作用，是“从计划经济到市场寂静，从民族国家到全球化语境，从文化战争到文化建设，从现实主义文学理论到文化论文学理论，从意识形态文学观到现代性文学观过渡阶段的文学理论”。[⑤]

三、第三时期：21世纪“后新时期”

后新时期，即2000年后文学理论所面对的新生态环境下教材建设进入的

① 童庆炳主编：《文学理论教程》（第四版）“初版后记”，高等教育出版社，2008年，第373页。

② 童庆炳主编：《文学理论教程》（修订二版），高等教育出版社，2004年，第6页。

③ 童庆炳主编：《文学理论教程》（第二版），高等教育出版社，1998年，第9页。

④ 曹顺庆：《重写文学概论——重建中国文论话语的基本路径》，《西南民族大学学报（人文社科版）》，2007年第3期。

⑤ 章辉：《过渡时期的文学理论——评童庆炳主编〈文学理论教程〉》，《中国图书评论》，2006年第8期。

多样化发展阶段。面对前现代、现代及后现代文化并存繁荣的多元时代，呈现三种不同理论基础的教材。

1. 受到了来自西方后现代理论译介的影响

20 世纪 90 年代，西方后现代理论对我国文论产生了巨大影响。面对后现代文论与我国文艺实践之间的差异，陶东风在 2001 年第 5 期的《文学评论》中写了《大学文艺学的学科反思》一文，他指出，“文艺学教学与研究存在的主要问题是：……文艺学研究与公共领域、社会现实以及大众实际文化活动、文艺实践、审美活动之间曾经拥有的积极而活动的联系正在丧失，大学文艺学已经不能积极有效地介入当下的社会文化与审美/艺术活动，不能解释改革开放尤其是 90 年代以来文学艺术的生产方式、传播方式以及大众的文化消费方式的巨大变化”①。后现代哲学基础建构起来的文论教材就在理论与实践的诉求中应运而生。

陶东风主编的《文学理论基本问题》②、南帆主编的《文学理论（新读本)》③、王一川著《文学理论》④ 等教材，都突破了惯有的文艺理论教材编撰方式，突破文学意识形态本质论、审美本质论，以反本质主义的立场，还原文艺理论话语权力的建构。

后现代主义文论在中国文论史的影响是两面的，一方面以本质主义消解了形而上学传统下的客体性文论观、主体性文论观，为中国文学理论的现代发展清理了窠臼；另一方面以解构排斥建构，以历史替代理论可能性，导致虚无主义。因此反映到教材建设上，出现了众多以文化研究取代文学研究的不再“纯粹”的文学理论教材。如南帆教材的文学理论教材文化研究化，“文学批评与文化研究”一章介绍和论述了文化研究的多种问题。王一川教材将文学理论教材简化为文学批评理论和方法教学，案例分析采用个人特色极强的感性修辞诗学，都与其他教材有着区别。

后现代主义文论主要是解构主义和新历史主义文论在中国文论中具有影响力，主张文学没有确定的本质，认为对文学本质的探讨是话语权力和意识形态的构造，因此文学理论成为解构文学本质的理论，对文学本质被构成的历史描

① 陶东风：《大学文艺学的学科反思》，《文学评论》，2001 年第 5 期。

② 陶东风主编：《文学理论基本问题》，北京大学出版社，2004 年第一版、2005 年第二版、2007 年第三版。

③ 南帆主编：《文学理论（新读本）》，浙江文艺出版社，2002 年。

④ 王一川：《文学理论》，四川人民出版社，2003 年。

述和对文学理论本身的解构活动成为文学理论的主要内容。陶东风教材以设问为线索，解构了传统教材书写的逻辑链，将文论史的重要问题置于前列，带着问题意识让受教者不为先验预设所困惑，形成了开放式的观念传递。陶东风教材以后现代主义解构主义立场反本质主义，并不认为有一个恒定的文学本质存在，它认为文学本质受限于历史性、地域性的知识和话语建构，从而消解了新中国成立以来的实体论本质主义文学本质观。

2. 广泛吸收主体间性哲学思想的文论教材

杨春时《文学理论新编》① 展示出浓郁审美现代性特点，从而成为后新时期颇具特色的文学理论教材。这部教材将主体间性哲学作为基础建构了以文学的超越性的审美本质为主导的多重文学本质观，从三个层面考察了文学结构，划分出三个层次的模型架构——深层的原型层面、表层的现实层面和超验的审美层面，从而将文学意义区分为对应层次的原型意义、现实意义和审美意义，从而将此前单一的文学本质观摒弃，并由此确立文学的多功能、多形态，重新诠释了相关的系统、范畴，从而建立了一个全新、严整的现代文学理论体系。审美现代性的感性与超感性两种形式分别体现在大众审美文化与精英审美文化两个层面。② 杨春时教材的多重文学本质观以审美现代性观测和监督着当代文艺实践，能够解释中国大众审美文化与精英审美文化之间的现况的逻辑来源，并为大众审美文化实践的合法性和主体地位提供了理论支持。教材是在杨春时生存—超越美学理论基础上的产物，体现了审美现代性对于现代性的反思、审美超越论对文艺审美本质与现实本质的区分、主体间性的文学本体论，是对前期文学理论客体性与80年代文学主体性的超越思考，确立了主体间性文论体系的教材样本。

3. 马克思主义文学理论的后新时期成果

《文学理论》③ 是中央马克思主义理论研究和建设工程文学组所编写的教材。教材的导言指出其理论前提是马克思主义特别是发展了的中国特色马克思主义为指导思想。在讨论马克思主义的发展历程中，尊重历史，将马克思恩格斯的唯物史观美学论和史学论的辩证统一、列宁及对马克思主义文学理论的丰

① 杨春时：《文学理论新编》，北京大学出版社，2007年。
② 杨春时：《论审美现代性》，《学术月刊》，2001年第5期。
③ 《文学理论》编写组编：《文学理论》，高等教育出版社，2009年。

富、毛泽东文艺思想的基本内涵等内容进行梳理和总结。同时，厘清了历史误读，指出新时期以来文艺界的实际问题是一要解决对于毛泽东文艺思想的片面解读，二是解决新时代的文艺新要求及新情况新问题。从而总结了中国特色社会主义理论体系中文艺思想的基本内涵。

除了阐明马克思主义文学理论及其在中国的发展，按照文学理论的研究对象——文学和文学活动的诸要素及其关系上的编撰逻辑，马工程教材总结和完善了前两个时期文艺教材的体系框架，搭建了文学性质论、文学价值论、文学创作论、文学作品论、文学接受论、文学批评论和文学发展论 7 个问题的结构，在内容上也体现了“弘扬主旋律，提倡多样化”的社会主义文艺实践及总结。

（作者单位：厦门大学嘉庚学院）

创新、差异与文化记忆

叶蔚春

文化记忆是德国历史学家扬·阿斯曼提出的概念，它指的是每个社会中可以用于稳定与传达集体形象的那些可重复使用的文本、图像、仪式等知识，因此它的范围广泛、形式多样，既包括承载着记忆的文献、古物、建筑、博物馆等，也包括意在传承意义的形式与活动，如神话、仪式、纪念物、纪念碑、节日等。

在消费文化盛行的今天，每天都上演着旧产品被新产品取代的戏码，被淘汰的旧物总被丢在一边无人问津。消费文化对保留历史毫无兴趣，它不断地抹去过去，力图建构的是一个永恒的当下。新奇与创新是它的追求，人们在消费社会中接触到的总是也只可能是最新的事物。在这样的情况下，新比旧让人更难以回避。人们在购买商品时不得不接受时髦的新奇品，因为除此之外别无选择。新带来的潮流看似丰富了选择的多样性，但这并不意味着个体有着选择的自由，人们的自由只限于选择新奇的甲物或乙物，而不是选择新奇或是传统。

一、从传统到创新

为了新而新成为消费社会中一条通行的法则，但这条法则常常被视为毫无意义与价值。事实上，在新与旧之间，人们往往更倾向于后者。为了不让旧物受到因时间流逝所形成的损害，人们会使用先进的技术来修复与维持物品的原貌，并将它们存放在档案馆、纪念馆等场所之内。“只有当对古老东西的保存似乎已经在技术上以及在某种文明内被稳固下来的时候，人们才开始对新产生兴趣。”[①] 这意味着，人们对新的需求总是发生在确保旧物能够被安置妥当的基础之上，只有在这种情况下，对创新的需求才会更加明确和强烈。

当文化被想象成是由固定模式及其复制品组成时，人们对新事物的态度显得更加不在乎，只有在保证旧物被妥善保管的前提下，人们才对生产重复的物件失去兴趣，才会去探索新，也只有在这时新的价值才更易被肯定。在这种想象中，人们热衷于思考存在、生命等古老的问题，当然新也可以从这些思考中萌发，从这个角度来看，新其实是在否定部分的传统之后再适应传统的行为。

新事物总是被冠以时尚的头衔，这种称法实际上包含着一种歧视——似乎新事物只是一种时髦品罢了，它并不具有什么价值或者说它的价值很低，经不起时间的考验，很快就会被其他更时尚的事物取代或是直接淹没在时间长流之中。对时尚的轻视与鄙夷，实际上是在宣告真理早已在过去中显现出来，当下人们的使命在于保护与传承它，而不是去探索新。时尚作为某一时代的显著特征也会成为文化记忆的一部分被保存下来，但却永远不可能被视为真理而受到尊重。

一般来讲，旧是传统的代名词，但从另一个角度来说，新却显得更加“传统”，因为新指向的是一种永恒的探索与变化，它总在追求与众不同，叛逆与新奇是它永恒的特点，而旧与旧之间却没有不变的共同点。新与旧之间的界限并非泾渭分明，几乎所有的新都脱胎于旧，每一次的文化复兴既可以看作旧的复燃也可以算是创新的过程。“传统不仅仅是沿袭物，而且是新行为的出发点，是这些新行为的组成成分。”[②] 在文学中也是如此，一部作品想要传承下去就必须成为另一部作品的出发点，虽然它在形式或内容上与先前的作品相似并继承了它们的闪光点，但仅仅沿袭是不够的，它必须含有重大的创新。每一部作品都会感受到来自时间的威胁，当它的创新之处变得习以为常，人们不再能欣赏它的创意与新奇时，它很快就会被历史遗忘，因此长久地保持作品之新就显得尤为重要。但维持作品长久的活力并非易事，创作者显然也意识到了这一点，因此总是陷入对影响的焦虑中，他们既担心自己淹没在众多才华横溢的同行中，又担心自己的作品会在时间的长流中失去光彩、沦为平庸。为此他们通过使用特殊的意象、隐喻、句式、语言风格等技巧来凸显自己的原创性，呈现与维持作品的创新点。

① ［德］鲍里斯·格罗伊斯：《论新：文化档案库与世俗世界之间的价值交换》，潘律译，重庆大学出版社，2018年，第2页。

② ［美］爱德华·希尔斯：《论传统》，傅铿，吕乐译，上海人民出版社，2014年，第50页。

技术的进步必然促使新产品淘汰并取代旧产品，但在科技迅速发展的今天，新旧对比反倒不太常见，因为旧物被淘汰之后很快就消失在人们视野之外。科技的发展一方面使得旧物被淘汰的速度加快，新旧共存的时间大大缩短了，新旧对比的时间也减少了；另一方面，科技保证了文化记忆能够为旧物提供一个可供记录、存放旧物的物质空间，使新旧并存成为可能。大量被淘汰的旧物被存放于档案馆、博物馆、图书馆和资料室中，文化记忆像一个巨大的仓库，它并不消除过去，而是“保存了不同时代的各式各样以及互相反差的美学风格，让它们互相之间能被横向比较”①，营造出一个允许过去与现在甚至是现在与未来进行对比的空间。

二、差异与创新

“新是在与那些有价值的，以及在社会记忆中被保存下来的老的东西的关系中显现出来的。”② 这意味着，没有旧也就无所谓新，新与旧是在差异性的对比中表现出来的，也只有在对比的前提下才会形成新旧之分。新必须显示出与众不同，但创新并不等于新奇和搞怪，它必须在文化价值上得到肯定方能保持长久的认可。发现未知之物或是将隐藏之物挖掘出来并非真正的创新，“新的本源只能是对文化传统的遗忘、对偏见、不再遵循的惯例以及已经过时的形式的遗弃”。③

新不仅可以是展现与创造新事物，也可以是对审美标准的修正与改变。当人们熟悉的旧物在内容或形式上发生了一些变化时，自然就呈现出了新面貌，人们熟悉的陌生化手法就是一种技巧上的创新。阐释也是一种以文本的形式被纳入文化记忆中的创新活动。如果某种解释富有新意，又能被广泛接受，它甚至可以改变作品的价值并对作品本身产生影响，“新总是作为某种差异并且是在文化上有价值的东西而产生并获得认可”④，创作者自然也希望能够借助创新及其所带来的文化价值而得到认可并获得声誉。

新事物的新，既对现有文化记忆来说是新的，同时对个体而言它带来的感

① ［德］鲍里斯·格罗伊斯：《论新：文化档案库与世俗世界之间的价值交换》，潘律译，重庆大学出版社，2018年，第79页。
② 同①，第25页。
③ 同①，第10页。
④ 同①，第32页。

受与体验也是新的。新事物在产生之时，总是要求自己能够满足所有人的需求，以期得到最为广泛的认可，人们也总对新事物抱有过高的期望，当这种期望得不到满足时，人们就会无情地抛弃眼前的新事物并迅速将其推进旧的范畴中。人们有时也会矛盾地希望眼下的新可以停留久一些，最好是不再有更新的事物出现，这样当前的新就能成为永远的新，能够处于持久的主导地位。

新之所以被称为新，正是因为它与旧之间存在着差异。当然，差异不等于创新，创新也无法涵盖所有的差异。许多创作者强调自己的作品与他人作品之间的差异性，就是为了突出自己的独特性，以便被纳入文化记忆的保管范围。人们往往习惯于将事物置于历史的语境中，通过与旧事物作比较来判断此种事物是否为新事物。这种比较与区分的过程是可控制的，文化记忆也恰好为其提供了可能与场所，使其成了一种常态。当新与旧同时存在并形成对比时，新才有机会成为文化记忆的一部分。

人们往往认为创新者是能够抛弃所有传统与偏见的意志坚定者，也自然地认为能够成为文化记忆的东西必定具有某种创新点，但事实上，一些旧物被保存不是因为它具有某种内涵，而是取决于当下的文化制度。在这种广泛保存旧物的系统中，每一件物品都被描述成具有值得被保存的价值，由此建构出其进入文化记忆的合法性。新事物与现有的文化记忆一样具有价值，但却是与之不同的、值得人们珍视的创新品。格罗伊斯发现，当代的创造者一旦发现自己的创作思路、技巧被模仿，就会对之进行改造，试图通过增加内容的深度与复杂的程度使其变得难以复制，从而强调其创新的独特性。① 理论家们也总是反复地阐释与修改自己的理论话语，力图使其不被轻易复制。

但现在的情况是，人们根本无须操心某种事物是否会被纳入文化记忆进行保存，格罗伊斯认为，“一个意识形态上中立、纯粹技术意义上的系统在保存我们时代的思想，这个系统储存着、传播着一定额度的文化讯息，并将它们传送至未来”。② 也就是说，存在着一个专门负责存放、保管和展演的系统，它不对事物加以筛选就直接予以保存。事物不再需要被尊重、理解或是信仰才能长久地存于文化记忆中，文化记忆的准入门槛几乎不存在，保存时间的长久与质量的高低基本取决于物质条件上的支持。如文化机构的存续，以及档案馆的温度、湿度及防蛀防霉等技术条件。

① ［德］鲍里斯·格罗伊斯：《论新：文化档案库与世俗世界之间的价值交换》，潘律译，重庆大学出版社，2018年，第21页。

② 同①，第22页。

法国历史学家皮埃尔·诺拉将这种情况称为当下记忆的档案化，在他看来，记忆越来越依靠痕迹、遗物和记录等来保存自己，它的所有内容几乎都依赖于档案的重构。由于价值与标准总是随着时代的变化而不同，今天的垃圾在明天可能会被人们视若珍宝，对这种变化的担心加剧了人们建立档案的欲望，眼中的一切都成了可归档之物，人们愈发不愿销毁信息并倾向于将所有东西都归档，急切地采用所有手段来记录当下的一切。

当下的大部分内容都在毫无筛选的前提下被保存进档案馆、资料库，并被定期展览与传播。这种情况其实对创新者很不利，因为他的作品被保存并不是因为它的自身价值，事实上作品的价值并没得到肯定。或者可以这样理解，如果每一件物品都有独一无二的价值，那么他的作品的价值就显得不那么耀眼了，它不过是许许多多“独一无二”中的一员而已。作品在经过大量的传播、解释与模仿后反而会失去它本有的独特价值，因为它不再是唯一的、独特的创新物了，创造者在文化记忆中也不再具有独特的位置了。

现在的作品已经很难做到完全创新，因为写作过程中总会引用一些既有的资料，但正是因为作品必定与旧物、传统相关，才能在对比中显示出自身的原创与创新。与传统联系越紧密，原创的个性越是能被彰显出来。新通常是在对旧的指涉、修正与解读中形成的，但将新事物视为传统变异的这种观点显然忽略了创作者独特的个人特征。

三、世俗空间与文化记忆

没有一种文化的内部是同质的，每一种文化内部都包含着许多亚文化，每一个亚文化种类都有着各自的挑选原则与存放系统。事实上，每种文化都是按某种规则与标准建构起来的，最终也都会展现出多种的层级，世俗空间与文化记忆就可以视为两种不同的文化层级。格罗伊斯提出世俗空间这一概念，用来指代由那些不被文化记忆记录的事物所组成的世界。“世俗空间是由所有那些没有价值的、不起眼的、无趣的、文化外的、没有意义的及稍纵即逝的东西所组成的。”①

世俗空间与文化记忆之间的关系、转换模式都和阿莱达·阿斯曼所提出的

① ［德］鲍里斯·格罗伊斯：《论新：文化档案库与世俗世界之间的价值交换》，潘律译，重庆大学出版社，2018年，第43页。

存储记忆及功能记忆极为相似。阿莱达将文化记忆细化为功能记忆和存储记忆两种模式，前者指的是对群体身份认同有意义的、面向未来的记忆，后者收录的是与现实失去鲜活联系的东西。从内容上看，功能记忆记录与保留的是与群体身份认同密切相关的内容，因此有着很强的选择性。存储记忆保留的是超越当下需要的、无用的冗余知识，存储记忆内的所有信息都值得保存、具有同等重要的地位。

世俗空间不仅为那些被文化记忆所抛弃的事物提供了容身之处，同时也充当了文化记忆的仓库，当文化记忆需要补充、更新或淘汰内容时，往往可以在世俗空间中找到所需的资源。也就是说，世俗空间为文化记忆提供了丰富的资源，成为其坚实的后备力量。如果说文化记忆可以类比于仓库和档案库，那么世俗空间则与“废品站”相似。这种隐喻所要突出的并非是世俗物的价值大小，而是强调世俗空间的存储作用。

被归入世俗空间的事物本来就是被主流文化所淘汰的非收编之物，但艺术家与创作家却对之情有独钟，他们可以通过增补、修复等手段使其呈现出新的面貌，从而将其推入文化记忆的范畴之内。废弃物虽是丧失了实用价值的物品，但也并非一无是处，它集神圣与邪恶于一体，既“催生了所有的创造，同时也是创造的最大障碍”。① 改变物品的某个部分是创新的便捷方法之一，分离、舍弃多余的部分，同时对剩下的部分稍加改变，很快就能创造出一个新的物品。废弃物中可能包含着艺术品，这些艺术品在将来很有可能会成为文化记忆的一部分，因此如何进行分类与取舍成为每个创作者所要面临的难题。废弃物可以被视为一个同时包含着有用与无用的部分的整体，为了要创造出某些东西，势必就要废弃另一些东西，进行艺术创作的同时也是对物进行分类、舍弃的过程。

创作家所使用的舍弃、修复、变形与整合等手段其实就是一种创新的策略。没有什么事物天生就是废弃物，也不存在通过自身演化而成为废弃物的东西。事物总是在归类与设计中被定义为废弃物，因此制定标准既是筛选的过程，也包含着创新的可能，改变评判标准可以调整物品在世俗空间与文化记忆中的位置。

改变物品的价值也是创新的途径之一，那些自诩创新者之流惯用的手段是通过降低现存文化记忆的价值来提升世俗物的价值。如果一件物品能游移于世

① ［英］齐格蒙特·鲍曼：《废弃的生命》，谷蕾，胡欣译，江苏人民出版社，2006 年，第 16 页。

俗空间与文化记忆之间，那么它的价值一定发生过变化。“世俗空间的事物和符号最终并不会以它们最原初的形态进入文化记忆。一旦它们被理论话语或艺术作品所接纳，它们就要面对有价值的传统及其价值的衡量。”① 世俗物进入文化记忆要付出的代价之一在于丧失原有的意义，如一些原始部落的圣物与图腾进入博物馆，虽然其文化价值得到了提升与传播，但原有的神圣性也随之消失。

价值变化往往伴随着阐释而发生，很多神秘物件在经过一番展演或阐释之后，原有的意义与价值就消失不见了。在早期的印第安艺术展览中，许多土著的手工品没有标出创作者的名字，它们作为西方艺术的对立形象而展出，被冠上了民族文化的标签，创作者本人的痕迹与个性被完全掩盖与忽视了。在这样的展示策略下，参观者能从展品中感受到的只有作为整体的印第安文化，作品原有的价值与背后的意义早已不复存在，“文化被理解为‘属于’一个场所和民族，是令其不同于其他（场所和民族）的、特别的可以被发现、描述、记录和展示的东西”。②

正如功能记忆与存储记忆之间不存在清晰的界限一样，世俗空间与文化记忆之间的边界也并非铜墙铁壁，二者的内容时常发生交换。文化记忆与世俗空间之间界限的模糊至少存在以下几种可能。第一种可能是，在当今“档案化”的倾向下，所有事物都被无差异地保存下来，这使得世俗空间与文化记忆之间的界限逐渐消融。这里的无差异是指在保存事物时人们已不再精挑细选，而是将所有事物都视为有价值的、值得保存的信息而加以保存。当所有的世俗物都被纳入文化记忆中时，同质化倾向就越来越严重，二者之间的差异被抹平，界限自然也就被拉近与模糊了。在这种情况下，事物不再会受到压抑、禁忌与限制，文化记忆的标准与门槛也将不复存在。当所有世俗物都成为文化记忆的一部分，任何事物都变为有案可循的档案时，创新就更加困难了。第二种可能是，世俗空间为了延续自己的存在时间，积极靠近文化记忆、主动构成了它的一部分。如自 20 世纪 90 年代起迅速发展的网络文学在商业的帮助下大获成功，也对当代产生了一定的影响，从而在事实上介入了文化记忆，最终也进入了文学史写作的视野。当然，还存在着另一种可能，由于文化记忆具有压倒性

① ［德］鲍里斯·格罗伊斯：《论新：文化档案库与世俗世界之间的价值交换》，潘律译，重庆大学出版社，2018 年，第 92 页。

② ［英］贝拉·迪克斯：《被展示的文化：当代“可参观性”的生产》，冯悦译，北京大学出版社，2012 年，第 156 页。

的优势，它的保存与传播机制都更加地完备，这使得它极大地压制了世俗空间的发展。任何一种霸权的状况都不利于创新的发挥，垄断必定会消减差异，更不用说当处于绝对优势地位的是代表旧与传统的文化记忆了。

虽然物品的价值会受商业等因素的影响而改变，“文化是可以从外部被摧毁的，而文化的记忆也可能被消除”①，但格罗伊斯提醒我们，物品的文化价值与世俗世界并无直接关联，只要文化记忆的系统机制存在，物品价值的维护与运作就能相对独立地进行下去。人们可以发现，不是文化记忆与世俗空间之间的每次转换都会产生新事物，有时候宣称某种物品从文化记忆退回世俗空间，仅仅是一种商业上的推销策略而已。如一些商家售卖的明明是在工业流水线下生产出的制作精美的工艺品，却故意称其是充满原始性的、自然美的物品，以此来诱导消费者购买。

（作者单位：宁德师范学院）

① ［德］鲍里斯·格罗伊斯：《论新：文化档案库与世俗世界之间的价值交换》，潘律译，重庆大学出版社，2018年，第53页。

幻象的游戏：感官、身体与视觉文化

李欣池

视觉文化是消费文化中极为重要的组成部分，在《理解视觉文化的方法》一书中，作者探讨了视觉文化的定义，将其划分为广义与狭义两种，“使用广义的视觉文化这个概念所强调的是这个术语的文化方面。它所涉及的是在视觉文化氛围中形成和通过视觉文化传播的价值观念”。[①] 狭义的“视觉文化”所强调的是该术语的视觉方面。它在某种程度上把人类生产和消费的二维和三维的可视物品视为文化和社会生活的组成部分。这个意义上的视觉文化是一个范围很广的概念。根据某个单一的术语，它有可能包括艺术和设计的所有形式。[②]

随着科技的发展及媒体的融合、革新，图像开始由平面化、静态化逐渐向动态化、多样化方向转变。在今日，视觉传达俨然已是新兴行业与研究领域，融合了资本运作、媒介传播、技术与艺术。视觉传达这一概念与方法的兴起使得视觉文化这一领域尤其是广告，从传统的印刷设计产品转向虚拟形象构建，技术手段融合艺术创作，以达到信息的有效传达。广告作为视觉传达的重要形式，也在数字多媒体技术的推动下发生了质的飞跃。这不是各种信息媒介的简单复合，而是一种把文本、图形、影像、声音、视频、动画等形式的信息结合在一起，并通过计算机进行综合处理和控制，网络广告、数字影视广告、多媒体电子显示屏、多媒体互动广告等新一代的广告视觉传播方式以飞速发展的趋势渗透到社会生活的各个方面。视觉传达是人与人之间利用“看”的形式所进行的交流，是通过视觉语言进行表达传播的方式，并创造、发明新的视觉符

① ［英］马尔科姆·巴纳德：《理解视觉文化的方法》，常宁生译，商务印书馆，2005 年，第 4 页。

② 同①。

号与图像。

视觉是人类知觉的中心，在人类思想史中，嗅觉、触觉和味觉被认为总是与生理需要的满足联系在一起，但在研究中视觉被认为是一种认识真理的高级器官，视觉与人的认知活动联系在一起，渗透在人们的日常语言和哲学著作中。哲学家们对真理之源头的阐述，对认知对象、过程的论述，都倾向于使用视觉性的隐喻，西方早已形成了“视觉中心主义”的传统。视觉与真理的联系不足以使我们了解视觉的机制与作用，以及其对我们日常生活的尤其是现代生活的意义，这种传统由来已久，但是视觉也联系着其他的感官。视觉不仅具有生理性也具有社会性。

观看这一生理行为变成了含义复杂的“凝视”，看与被看的行为不断建构着主体自我认知与社会性行为，其背后隐藏着一套价值体系与生产系统。马丁·杰提出了“视界政体”的概念，所谓“视界政体”，就是指“在视觉中心主义的思维下，视对象的在场与清楚呈现或者说对象的可见性为唯一可靠的参照，以类推的方式将视觉中心的等级二分延伸到认知活动以外的其他领域，从而在可见与不可见、看与被看的辩证法中确立起一个严密的有关主体与客体、自我与他者、主动与受动的二分体系，并以类推的方式将这一二分体系运用于社会和文化实践领域使其建制化”。①

一、视觉经验的生理性

根据经验主义对于知识和理解的解释，一切人类知识皆产生于感官经验。在17世纪，关于自然和物质世界的科学调查研究与经验主义哲学的日益发展是携手共进的。同样值得指出的是，在这些哲学家和科学家中有许多人都对视觉十分感兴趣：杰伊特别提到斯宾诺莎曾经是一个透镜磨制工，莱布尼兹曾经“对光学仪器十分着迷”，而惠更斯最初是制造望远镜的。经验主义科学、科学知识的基本原理和对视觉的一种专注和着迷在17世纪是紧密地联系在一起的。② 在西方古典哲学体系下，人们早已建立起一种连贯、稳固的自我意识，这种自我的形式与古典的视觉形式相关，视觉与生理活动是分不开的，视觉并不能脱离身体而独立存在，人们对视觉绝对真实的设想，以及哲学将视觉视为

① 吴琼：《视觉文化的研究谱系》，吴琼编《视觉文化的奇观》，中国人民大学出版社，2005年，第6－7页。
② ［英］马尔科姆·巴纳德：《理解视觉文化的方法》，常宁生译，商务印书馆，2005年，第32页。

导向真理的重要途径是不成立的。19 世纪的第二次工业革命带来了科学技术令人瞩目的进步，形成了这样一种主体模式：即一个能与不断现代化的世界那充满变数、运动的复杂性进行创造性的，同时也是有效的和生产性接触的主体。视觉作为一种自动的、客观的，不受任何干预的排他性光学经验，成为一种似乎不可信的虚构了。①

从个体自我意识的发展阶段来看，视觉也具有不可忽视的重要性，拉康提出，人们自我意识发展必然经过镜子阶段，即人们在婴儿时期通过认识镜中自己的形象，从而萌生真正意义上的自我意识。因此，视觉诉诸人们的心理层面，视觉有许多混乱、模糊与不真实的成分，并且能够通过视觉、图像来操纵人们的意识与知觉。在 18—19 世纪，视觉文化与其相应的产品十分流行，在复制真实的电影艺术形式真正确立之前，画家、艺术家、商人等都尝试做出各种可供观看奇异、立体画面的装置。这种现象的出现显示出人们开始有意识探索视觉的形成与运作机制，并且开始摒弃稳固、单一、古典的视觉模式。在修拉、塞尚等人的作品中，我们可以观察到绘画的视角、视点都发生了变化，单点透视法不再被画家所遵从，乔纳森·克拉里以修拉等人的画作为例，展现了 19 世纪的绘画中视野不再清晰、稳定，而是充满了未知的事物与物象的谜题。在修拉的画作《马戏团的巡演》中，画面所展现的视觉空间中取消了透视平行线，构建了曲折、交错的空间，观者并不能清晰地理解人物的位置。画家将人物放置在一个被剥夺了古典的自然光照的世界之中，刻画了人工光线如煤气灯在各个人物身上所制造出的晕轮，展现了一个绚烂、神秘，却又空虚、模糊的现代社会情境，点彩技法的运用使得再现性的形象在近距离观看中如马赛克一般，仿佛离理性世界十分遥远。

18—19 世纪的绘画揭示出人们的视觉模式与经验模式都发生了改变。现代生活尤其是都市生活的经验进入到绘画之中。在真正的机械复制的艺术，如电影出现之前，视觉产品就是人们竞相消费的对象，图像的客观性在其次，主要是能够引起人们的兴趣与愉悦。例如埃米尔·雷诺，他在电影艺术发明之前，制造了活动视镜，通过这一装置，人们可观看到奇妙的光学效果，在镜头中观赏到各种动画形象。埃米尔·雷诺的视觉装置“构成了一个自治的发明空间，并且把它自己建构的视觉和真理强加在观看者身上。视觉的机械化，与客观

① ［美］乔纳森·克拉里：《知觉的悬置：注意力、景观与现代文化》，江苏凤凰美术出版社，2018 年，第 278 - 279 页。

化或精确性没有内在的联系，而是与新的模仿、幻觉和魔法的能力相关”。[①] 事物的本质已经被外表所替代。“许多形式的投射形象广泛存在，无论是传统的幻灯片、影戏，还是各种其他投影设备……这些东西揭示了一个缥缈易逝的形象与强烈的真实效果。”[②] 影像不必与现实完全一致，运动、立体、绚烂的影像造成了奇妙的效果，同样能够吸引人们的目光。

这种形式源于柏拉图的洞穴模型，人们通过视觉难以认识真理，而是被生理感官所局限，所见不过是火光之下晃动的模糊影子，视觉总是受到个人意志、感官活动的牵制，眼球血管的构造也能够影响眼睛所见的景象。“在塞尚眼里，世界只有被当做不断去中心的不确定序列”，世界对他而言充满了变幻莫测的现象、生命的活力。他的作品显示出晚于来自 17、18 世纪古典时期静态、单一、连贯的视觉模式的彻底废弃，又遭遇 20 世纪机器、科技对视觉的重新塑造。他的画作较修拉更加抽象、复杂，表现出长期以来莱布尼兹单子式的眼睛局限被克服，视觉被分解为“无数震颤，全都在从不间断的连续性中相互关联着，全都彼此密切地联系在一起”。[③]

二、时尚流行体系与被观看的身体

乔纳森·克拉里以视速仪的发明作为例子说明，19 世纪的人们开始注意到注意力并不持久，短促、不稳定，是建立在生理反射弧之上，也受到主体意志的压抑与控制，古典哲学中所建构的连续、统一的主体意识遭到了质疑。这种从社会中诞生的机警注意力与肌动能力，不仅仅与那时新颖的生产与景观消费模式相匹配。[④] 人们不再想要捕捉、聚拢世界所显示出的内容，而是想要进入并不稳定、稍纵即逝的现象中。人们的意识中充满瞬时的印象、短暂的震撼经验，注意力变得易变、短促。都市自身成为一个万花筒、一个人造的视觉奇观，人们为都市中种种无深度、转瞬即逝的景象所吸引。19 世纪 80 年代后期，在塞尚的画作中，那种在普桑、鲁本斯画作中的坚实性与稳固性消失了，他所描画的世界永远处在生成之中。人类生命的本质不再是某种可以在古典再现的板状空间中加以再现的东西，而是从它在时间中存在的角度加以理解……

① ［美］乔纳森·克拉里：《知觉的悬置：注意力、景观与现代文化》，江苏凤凰美术出版社，2018 年，第 219 页。
② 同①，第 217 页。
③ 同①，第 283 页。
④ 同①，第 244 页。

并从发展的功能和能量的角度加以理解。[①] 19世纪之后，科技尤其是影像复制技术与仿真技术，使得人们更加沉醉于视觉文化的消费之中，电影艺术体现了这一点，片断、切换，改变了人们连贯的视觉模式，德勒兹认为电影并未再现一个真实的世界，而是展现了一个由种种断裂和不平衡构成、被剥夺了中心的世界，解域化正是资本主义大都市中的典型视觉表现，资本主义解构了一切体系，改变了人们的感觉模式。资本主义的“去疆域化”过程及其永恒创新的律令，吻合无根的、“无法定向的”、只能与其流动性相匹配的主体。[②] 人们不仅捕捉着都市空间中的种种奇观，也将身体作为一种展示的中介物，身体成为观看、装扮的对象，为都市空间增加着奇观。

都市中各种流行事物所构成的体系也同样是诉诸视觉的符号体系。由于都市空间形成了广大、错杂的迷宫，尤其是在奥斯曼对都市空间进行大改造之后，都市不仅为人们提供了生活空间，也成了各种人造景观、自然景观的聚集地，都市聚集起各种视觉符号、图像等，并为其提供流通、消费的途径。随着科技的发展，灯光装扮着冰冷、灰暗的街道与建筑，现代都市愈加变幻莫测。人们的身体也成为视觉文化装扮的对象，在都市这一巨型舞台之上不断展现，人们既观看着他人，也成为被凝视的对象。马奈的画作《春》则是包裹在重重时尚服饰中的年轻女性形象，《阳台》分别描绘了三个正在观看街道的人物。在画中，阳台是一个观看的地点，然而这些打扮光鲜的人物，也构成了与现代建筑和谐一致的可供观看的对象。

一个人具体的行为举止透露了其社会地位的蛛丝马迹。身体是个人阶级与品位的物化了的特征，流露于“身体的形态、站姿、举动、声调、说话风格”中，形成了在生活方式与阶级属性之上的“第三种编码”，身体“变成了一套变异的符码，凭外观、款式和影像界定身份”。而现代化的都市空间则为各种视觉符号提供了巨大的舞台。这些新事物不断被取代，在这样一个持续变化的世界中，“如果你对任何一个对象停留的时间太长的话，它将是一种毁灭性的固定”。诗人马拉美也撰写并出版了几期时尚杂志《最新时尚》，杂志描绘各种时装、珠宝及各种景观、食物、展览会、舞蹈、歌剧等，将社会经验和对象变成了万花筒般的碎片。罗兰·巴特在《流行体系》中分析了现代消费品尤其是衣饰方面的符号体系如何构成，在巴特的著作中，

① ［美］乔纳森·克拉里：《知觉的悬置：注意力、景观与现代文化》，江苏凤凰美术出版社，2018年，第244页。
② 同①，第272页。

时尚的系统可能是最合乎“科学的”——单单它的目录页就力图想使这部著作的写作显得系统而客观，使之看上去尽可能地像一门自然科学，其中不乏“种”“类”“存在的变异”这类的词语。这部著作在内容的组织上同样是力图尽可能地显得客观而条理清晰，运用了图表、模型和那些貌似数学的方程式。[①] 流行与时尚的体系正是视觉文化与装饰艺术的一部分。随着读图时代的到来，物料、物质被人们所忽视，人们更加信任被修饰过、有意取悦于人的图像。人们根据时尚杂志的图片来塑造自己的身体，身体的运动也成为现代都市景观的一部分。

三、视觉文化中往日“幽灵”的复归

机械复制的艺术大行其道之后，视觉文化与科技、信息文化结合，图像成为传递、传播信息的重要工具。这更加证明，图像与认识现实、真理无关，而是人们可以占有、消费的文化资源，“这种愿望——对某个对象的相似物、摹本或者通过占有它的复制品来占有这个对象，与日俱增……这种感知方式达到标志。是把一件东西从它的外壳中撬出来，将它的光晕摧毁。”[②] 古老艺术品的神圣性随之消失，成为艺术家创作与拼贴的材料、元素，比如未来主义与立体主义的作品。这些飘浮而无体系的符号碎片如同幽灵一般，返回到人们的世界。不仅是经典的艺术品被投入到复制技术的生产线中，旧的艺术风格也得到了复制。原作被不断赋予新的意义又不断被解构。“19 世纪 50 年代伴随着大规模的人口转移，人们看到了晚期罗马的美术工业和维也纳建筑风格。它不仅是一种不同于古希腊罗马文化的新艺术，而且也让人们拥有了一种不同的感知方式。”

在现代艺术创作中，艺术家难以维系一种新颖独特的个人风格，“文化创作者在无可依赖之余，只好旧事重提，凭借一些昔日形式，仿效一些僵死的风格，通过种种面具来说话，假借种种别人的声音发言。这样的艺术手法，从世界文化中取材，向偌大的、充满想象的生命博物馆吸收养料，把里面所藏的历史大杂烩，七拼八凑地炮制成今日的文化产品”。[③] 在银幕、显示器之上，历史变成了无数形象的拼合，过去的存在也无非是一个虚无、宏大的奇观，无根

① ［英］马尔科姆·巴纳德：《理解视觉文化的方法》，常宁生译，商务印书馆，2005 年，第 38 页。
② ［德］瓦尔特·本雅明：《机械复制时代的艺术》，李伟，郭东编译，重庆出版社，2006 年，第 6 页。
③ ［美］詹明信：《晚期资本主义的文化逻辑》，张旭东编译，生活·读书·新知三联书店，2013 年，第 372 页。

基、无实体地呈现，现代人观看各式各样的奇观，仿佛进入了催眠状态，由于分散注意力，往往对其视而不见。个体情感与主体性发生了变化。我们现在生活在一个虚拟仿真的世界，主体经历了一种“情感效应的式微”过程，心理与文化的深度为拟象所取代。文化生产依然发生着“情感”，不过这些情感却是“自由漂浮与非个人的”，不再停泊在稳定的、自律的主体性上。文化生产仍然为人们提供享受的途径，不过这些情感或愉悦，不再以稳定的、自律的主体为中心，而是破碎、流动的。后现代主义的崛起颠覆了绝对、普遍的现代性，真实不再是事物具有唯一性的核心，图像比事物本身更真实。文化已变为了“引诱资本之物”（Lures for capital），知识与文化进入到文化生产与再生产的体系之中。人们对精美的图像、事物趋之若鹜。而科技及高清晰度的复制手段，从不同体系、国度、时期的艺术作品中寻找可使用的符号、物象与资源，重新建构出一套符号、逻辑体系，表达新的意义，更大程度和范围上迎合着现代人的审美，并形成了即时、快速的生产流水线。视觉文化这一领域融合了现代艺术的传统与资源，比如安迪·沃霍尔、杜尚等现代艺术的代表人物。在这些现代艺术的资源之上，文化与传统被充分利用，在各种虚拟平台上展现，电子屏幕成为人们娱乐与生活必不可少的部分，由于科技与设备的更新，人们对视觉的要求也更加严苛，清晰度、颜色所带给人的愉悦与刺激都成为人们在娱乐、生活、消费过程中形成的需求，图像吸引人们观看，也就带动着网络平台、新媒体的流量。良好的视觉体验并非是商业体系、运营商的最终目的，却是获得经济利益必不可少的组成部分。

“交换价值的支配作用不断增长，不仅消解了物品原有的使用价值……而且它还让商品自由地发挥自身的代用品功能或次级的使用价值”①，即鲍德里亚所提出的符号价值或符号交换价值，这是一种全球化语境下的象征经济模式。“资本主义的工业主义动力学引起了一个奇怪的颠倒，‘实在’与‘艺术’互换了自己的位置。”“作为幻觉的艺术权力，艺术真迹的权威，‘灵气’之源，都已转化到了工业之中：绘画进入了广告，建筑进入了工程技术，手工业品与雕塑成了工业美术。”② 后工业社会中影像能够通过多种多样的媒介迅速复制、扩散，“一种无目的性的模仿，徘徊在每件事物之上，包括技术性模拟、声名难定的审美愉悦”。③ 在迅捷、发达的信息网络中，符号价值日益凸显，这些

① ［英］迈克·费瑟斯通：《消费文化与后现代主义》，刘精明译，译林出版社，2000 年，第 98 页。

② 同①，第 106 - 107 页。

③ 同①，第 98 页。

消费性的审美客体一方面无比强大，另一方面其内在意义也被掏空，被人们过于膨胀的想象、欲望所任意填充，一切曾经稳固的时间与空间结构都处在动摇与解体中。这些属于不同历史时期、地域、体系的文化符号，“不但剥夺了风格特殊的情境，而且也剥夺了它们的历史意义：它们被剥除到只留下象征，以半幻象的形式被再生产。在这个意义上，历史显得具体、破碎、编造——既具有内爆性又是枯竭的。”①

（作者单位：宁德师范学院）

① Hal Foster. *Recodings*：*Art*，*Spectacle*，*Cultural Politics*. Bay press，1985：123.

试析“星丛”与“关系主义”的同异

苏立君

“星丛”（Constellation）原是一个天文学词汇，学界一般认为，它被用作哲学术语始自本雅明，为的是形象地解释他的真理理论。阿多诺继承本雅明的哲学遗产，使“星丛”发展为其核心思想“非同一性”的共现词汇，提倡对个殊性、差异性和关系性的肯定。在中国期刊全文数据库中进行检索，结果显示以“星丛”为关键词公开发表的期刊报纸迄今达百余篇，其中博、硕士学位论文约30篇。十年间“星丛”的学术关注度在波动中上升，文献被引用量则从2015年后持续增长，关注者大半来自哲学，其次便是文艺理论界。

对当代中国而言，“星丛”的亲缘性不仅在于本雅明的拱廊研究计划出现过中国意象[①]，它对如何看待传统与现代的关系、如何维护多元文化共生的格局，也具备关照性意义。2003年，中国社会科学院哲学研究所、南京大学哲学系、南京大学马克思主义社会理论研究中心和歌德学院北京分院联合主办了“阿多诺诞辰100周年暨国际学术研讨会”，《世界哲学》杂志开辟“纪念阿多诺百年诞辰”专栏共襄盛举。2008年，歌德大学与广州中山大学在法兰克福合作召开“法兰克福学派在中国”国际学术研讨会，法兰克福学派第三代领军人物霍耐特致开幕辞，来自德国和东亚地区的知名学者汇聚一堂，交流理论旅行的过程与意义。2013年，“法兰克福学派与美国马克思主义——纪念阿多诺诞辰110周年国际学术研讨会”在武汉大学召开，批判理论在德国、美国和中国三个国家的发展范型和未来机遇再度被热议。会上，张一兵、张亮和吴昕炜等学者纷纷以“星丛”为题进行陈词和总结，或强调阿多诺的贡献足以令他本身化为永恒的星座，或将福柯的“异托邦”（Heterotopia）视为阿多诺

① 曾军：《拱廊“星丛”中的中国》，《中国图书评论》，2015年第5期。

“星丛”的对应物，延长了后者的理论生命。①

现有的“星丛”研究可分为四类：一是直接将“星丛”等同于阿多诺的“非同一性”思想，二是借以探究本雅明对真理的表征及其辩证法思想的发展，三是将本雅明与阿多诺置入思想史的脉络——如德国批评传统或西方马克思主义发展史——这些思想家的关系本身也构成一种“星丛”。四是将“星丛”与其他相近概念进行比对，此类文章数目相对较少。此外还有一些基于“星丛”原义的次生概念，如指称一种一般和特殊相互批判、相互亲和的共同体的“道德星丛”②，或作为超越中西二元对立的理论出路的“价值星丛”。后者是中国社会科学院文学研究所金惠敏教授为“全球对话主义”圆桌讨论会而作的概念，强调各民族“彼此界定、阐释、探照而绝无压制和臣服”。③ 此后他继续关联中国古代“和而不同”的智慧，以《文化自信与星丛共同体》来回应“以英国脱欧和川普主义为标志的后全球化时代的启动”④，“价值星丛”话题的活跃体现了“星丛”理论对当代国际社会的启示性。另者，“感知星丛”（constellation of sensory）⑤ 则借用自《美学理论》的“情意丛”（sensuous constellation），指代审美感知的多元可能，可用以拆解当代社会视觉优先的霸权。

出于知识分子的共同追求，“星丛”不免会与其他理论，如后现代主义碎片化的“流星”⑥、德里达的“延异”⑦、德勒兹和迦塔利的“块茎”⑧ 等有所交叠，但又不可简单同化。上述论点前人之述备矣，故下文将着眼于较少被讨

① 参见张一兵《阿多尔诺：永远的思想星丛》、张亮《福柯、阿多诺和跨文化研究观念》、吴昕炜《永恒的思想星座》，皆收录于何萍、吴昕炜主编的《法兰克福学派与美国马克思主义：纪念阿多尔诺诞辰110周年》，人民出版社，2014年。

② 甘培聪：《道德星丛：个体和整体的合理对抗——阿多诺论正确生活的可能性》，《现代哲学》，2013年第3期。

③ 参见金惠敏《价值星丛：超越中西二元对立思维的一种理论出路》、［加］伊默尔·塞曼《“全球对话主义”和“价值星丛”：全球化、新自由主义和文化帝国主义》、［德］阿尔弗雷德·霍农《全球对话主义：21世纪的元知识》，皆收录于《探索与争鸣》，2015年第7期。此外解构主义阵营的名士J. 希利斯·米勒也发表了意见，见《对全球对话主义和价值星丛的对话性回应》，《中国比较文学》，2016年第4期。

④ 金惠敏：《文化自信与星丛共同体》，《哲学研究》，2017年第4期。

⑤ 杨光：《“日常审美经验”与“感知星丛”——生活论美学的“建构性”》，《厦门大学学报（哲学社会科学版）》，2017年第4期。

⑥ 阿多诺与后现代主义的关系已有诸多言说，如［美］凯尔纳，贝斯特：《阿多尔诺的原始形态的后现代理论》，《后现代理论：批判性的质疑》，张志斌译，中央编译出版社，2011年，第250－258页。谢永康：《被误读的阿多诺——否定辩证法与后现代主义关系辨正》，《哲学研究》，2007年第9期；沈语冰：《论阿多诺对现代主义的辩护》，《浙江大学学报（人文社会科学版）》，2004年第1期；曹敏：《“否定”的语言和形式——从后现代主义文学反观阿多诺的文学思想》，《江西社会科学》，2013年第10期。

⑦ 吴娱玉：《阿多诺与德里达比较研究》，《闽江学刊》，2014年第1期。

⑧ 吴静：《德勒兹的“块茎”与阿多诺的“星丛”概念之比较》，《南京社会科学》，2012年第2期；卞宇：《“星丛”与“块茎”：阿多诺与德勒兹非同一性思想比较研究》，南京师范大学硕士学位论文，2016年。

论的“星丛”与“关系主义”的联系，试析二者在思想旨趣、文化背景、文体形式、表达方式等方面的异同。

一、相近之处

第一，“关系主义”与“星丛”都旗帜鲜明地反对同一性与本质主义，倡导多样性与协同。从思想源流看，前者是20世纪反击恒久坚固的实体论的一股浪潮，而正式将“关系主义”（relationalism）标举为自己哲学思想的核心者，当推罗蒂。罗蒂不仅是当代最负盛名的美国哲学家之一，还是当中最具文学色彩的人物。南帆先生在《文学研究：本质主义，抑或关系主义》一文中首倡将“关系主义”引入文学理论。他投入文学批评时便怀着“对大概念迷信的警觉和批判”①，察觉理论对在地经验可能存在压抑和封锁。20世纪80年代，西方理论随着改革开放大量涌入，囫囵吞枣或盲目崇信的现象也随之浮现。南帆观察到，西方理论在“中国问题”的解释上略显隔靴搔痒，在问题的解决上更是捉襟见肘。但不可否认，西方经验可资借鉴，西方理论亦能提供启发。他的现实关怀经常化入学术思考，“关系主义”便是他立足本土经验，以尼采、德里达、福柯、利奥塔、罗蒂和布迪厄等思想家为参照所形成的独创性文论。本雅明与阿多诺的“星丛”研究拥有开放性的气质，南帆也拒绝将文学局限在“文学俱乐部”中喁喁私语：“文学并非来自某种孤立的本质，而是各个话语系统相互博弈的历史性产物；进入不同的时代文化，文学话语的比较与衡量对象亦各不相同。在此意义上，文学必须向社会历史打开。”② 南帆认为，文学的特性不是被给定和固定的，其多义性必须在和其他文化样式的对比中得以确认：文学的特征如形象、人物性格、虚构、生动的情节等，分别来自于哲学、历史学、自然科学、社会学与新闻学的相互衡量与综合比较，并且，相对于本质主义的挂一漏万，这些坐标系的数量与文学定位的精准度恰成正比，充分体现了文学的包容性。文学是什么？答案取决于众多话语系统互施压力的博弈。这也是阿多诺所认可的开启客体的方式——“不是靠一把钥匙或一个数字，而是靠一种数字组合。”③ 强调这种差异性融合的必要性，绝不意味着文学向其他学科屈膝，恰恰相反，文学是它们无法覆盖的“余数”和

① 林秀琴：《南帆的学术视域及其他》，《厦门文学》，2004年第1期。

② 南帆：《文学、文学性与话语光谱》，《东南学术》，2017年第1期。

③ ［德］阿多尔诺：《否定的辩证法》，张峰译，重庆出版社，1993年，第161页。

不可多得的“视角”，它们为着共同的文化使命各司其职。①

第二，在观点表达的技术用语方面，“关系主义”与“星丛”都不再另造新词，取诸自然。罗蒂喜爱用数字作譬喻，一方面出自他所在的分析哲学智识传统，另一方面，就像本雅明和阿多诺选中星星一样有“模仿”的倾向：

无论是什么事物都可能具有内在的性质，但是数字没有内在的性质，即对数字根本不能从本质主义方面给予考虑。我们反本质主义者还愿意使你相信，对桌子、星星、电子、人类、自然科学、社会制度或任何其他事物都不能从本质主义方面给予考虑。……自然数体关系是关于宇宙的一个极佳模型。因为在那个体系里，明显的是，或显然无害的是，不存在完全不是另一些关系的子集的关系。②

星星难以穷尽，数字或大或小则取决于参照系，但它们都在天文科学与数理逻辑的轨道上运转。换言之，“星丛”与“数字”本身较天然地具备客观性、多样性和关系性，用于比拟或例证，有助于理论的铺展。南帆同样能从杯水微澜中启动思考的引擎，并在辩证过程中织入许多精妙的比喻——这一修辞备受重视的深层原因在于它的语义丰富性，具备展开多个层面的能力。③

第三，“关系主义”与“星丛”都拒绝一成不变的象限范畴。南帆语境中的“关系”是复数形式：描述世界时，“关系”是指代特定结构中事物关系的一个名词；作为动词时，则意味着发现事物的关系及关系的可变性。④ 这个关系网络不但纵横交错，而且居无定所——“相对于固定的‘本质’，文学所置身的关系网络时常伸缩不定，时而汇集到这里，时而转移到那里。这种变化恰恰暗示了历史的维度。历史的大部分内容即是不断变化的关系”。⑤ 同理，阿多诺也认为，既然由彼此独立的诸种变动因素集合而成，灵活必然是“星丛”的属性，星辰无从计数，其间的簇丛组合方式千变万化。

第四，“关系主义”与“星丛”都鼓舞行动与建构。从学科间关系来看，“文学”嵌进了关系链条；“文学理论”也不例外，它“内在地织入文化网络，并且与周边的各种实践、观念产生持久的互动”。⑥ 由是，南帆褒扬法兰克福

① 参阅南帆：《文学理论能够关注什么?》，《文艺争鸣》，2017 年第 8 期。南帆：《文学研究：本质主义，抑或关系主义》，《文艺研究》，2007 年第 5 期。

② ［美］理查德·罗蒂：《后形而上学希望》，张国清译，上海译文出版社，2009 年，第 31－32 页。

③ 林秀琴：《南帆的学术视域及其他》，《厦门文学》，2004 年第 1 期。

④ 滕翠钦：《文学、文化研究和关系主义》，《文艺争鸣》，2011 年第 13 期。

⑤ 南帆：《文学研究：本质主义，抑或关系主义》，《文艺研究》，2007 年第 5 期。

⑥ 南帆：《审美的重启》，《中国文学批评》，2016 年第 1 期。

学派核心人物将美学用以解决历史问题的举动。[①] “关系主义”的实践更多体现于“文化研究”范型中，但它并不挪占所谓“文学研究”的合法性空间，从而贴近了“星丛”模型所希求的各“单子”共存共荣、平等交往的愿景。与此同时，审美的意义并不会因文学现实品格的突出而缩减：

（审美的）“相对独立性”首先承认，审美不可能彻底杜绝理性主义的纠缠，尽管如此，审美洞察世界的方式并不是理性主义所能替代或者化约的。哪怕理性认识提供了一张正确的历史地图，感性认识的意义也不是形象地再现这一张地图的某个角落。许多人都有这种经验：观看一张地图与亲身游历的收获远为不同。亲身游历时常能发现许多地图上没有标示的内容。[②]

让我们回顾一下阿多诺的陈述:“星丛只是从外部来表达被概念在内部切掉的东西：即概念非常严肃地想成为但又不能成为的‘更多’。概念聚集在认识的客体周围，潜在地决定着客体的内部，在思维中达到了必然从思维中割去的东西。”[③] ——不难发现，“亲身游历的收获”对应的正是“地图”（概念）无法实现的“更多”，经验能够弥补概念的抽象性，因而实践品格是不可或缺的。

综上，“关系主义”与“星丛”在思想旨趣、表达技巧方面趋同，都旗帜鲜明地反同一性、反本质主义，都善用语义丰富的比喻，都有灵活的范畴，也都指向了实践。差异则在于，时代背景和文化环境或暗或明，思维方式或曲或直，论述风格或隐或显，宗教色彩或有或无。具述如下。

二、差异所在

第一，理论家身处的时代背景造就了不同的反应机制。纳粹的恐怖统治压强如此之大，除了导致传统哲学解释的失效，还令思维都发生折损。首先，为了躲避迫害，部分知识分子的文章往往对大量信息作加密处理，即所谓的“春秋笔法”或“隐微写作”。其次，它败坏了进行清晰思维和言说的基本能力。乔治·斯坦纳以格拉斯对海德格尔反讽式的模仿为例，指证“德国高傲晦涩的哲学”和德语本身曾是极端非人道的“地狱语言”，夹缠的行话和淫词

① 南帆：《文学的维度》，《南帆文集》（卷3），福建教育出版社，2016年，第30页。

② 南帆：《审美的重启》，《中国文学批评》，2016年第1期。

③ ［德］阿多尔诺：《否定的辩证法》，张峰译，重庆出版社，1993年，第160页。

艳语污染了歌德与荷尔德林时代的纯净。它流毒甚广，持续伤害着德国精神。[①] 本雅明与阿多诺的“星丛”无疑照见了这个病灶，但窗外的烽火迫使阿多诺辗转各国，难以从容，动荡的时局令本雅明甚至连生存资料都无法保全。而南帆是在 20 世纪 80 年代中期的文化环境中介入中国文学批评，他对同一化的敏感直接来源于前一时期的经验。政治的阴影无疑窒息了文学本真的生命力，这并不意味着就此躲进“为艺术而艺术”的天地，南帆反复强调，文学应当嵌入历史庄严的律动。

第二，思维方式有别，导致论述风格迥异。在本雅明和阿多诺的行文中，碎片化及隐喻表达不曾断绝，华彩警辟但也晦涩迂回；而南帆文章中辩证的理性始终在场，明达稳靠地深入浅出。在写作动机和体裁选择上，三人都赞许“参照一时一地的现实氛围作出有力反应”[②] 机敏灵活的文章，反对经院式的枯燥与拘泥。本雅明和阿多诺将论说文作为优异的哲学表达样式和文学批评体裁，锐意革新形式，在“行话”密不透风的包覆中尝试突围。那么，当硝烟褪去，在常规的日子里是否还存在其他可能？中外文学史上种种自发的叙事试验自不待言，作为活跃于当代文坛的著名学者，南帆以他的创作经验提出，甚至无须搜索枯肠舍近求远，符号秩序中最不稳定的文学形式本身就是一种情感政治，形式的革命源泉除了“破坏”，还应加上“快感”。这一能力为文学独有，因为它以温情之眼眷顾日常生活，从被遗忘的运命中解救了哲学、历史学、政治学、经济学社会学及法学等学科无意俯就、无暇顾及、无法处理的稠密细琐。[③] 在充分理解共同体基础的前提下，文学倡导私人记忆与历史宏大叙事有机结合：“文学顽固地认为，个体仍然是历史分析不可或缺的视角。这是文学遭受边缘化的原因，也是文学充当先驱者的原因。”[④] 换言之，本雅明和阿多诺将文学形式内在于真理，较为激进地革新了形式；南帆则洞见了文学本身呼召“感性参与”的潜能，着力呈现这一想象符码的异质性和新颖动人的前景。

此外，宗教色彩的有无也是显而易见的。转向马克思的 1925—1926 年，神学范式在本雅明的思想架构中稍有消隐，但从未退场；虽然著作中的宗教性

① ［美］乔治·斯坦纳：《哥特·格拉斯札记一则》，《语言与沉默：论语言、文学与非人道》，李小均译，上海人民出版社，2013 年，第 132 页。

② 南帆：《科学主义与人本主义》，《冲突的文学》，苏州大学出版社，2010 年，第 260 页。

③ 南帆：《理论的半径与审美》，《东南学术》，2016 年第 1 期。

④ 南帆：《文学形式：快感的编码与小叙事》，《文艺研究》，2011 年第 1 期。

弱于本雅明，不可否认犹太教也在一定程度上左右了阿多诺的思想。正统马克思主义的历史唯物训练是南帆的主要学养来源，他的论述自然站在无神论的立场。在一个祛魅后的世界，他分别从形式主义、结构主义和解构主义中汲取营养，将文学批评带出内部研究的藩篱，穿梭于“学术系谱”与“社会话语光谱”间，从“文学的维度”撬动“隐蔽的成规”。综上，在“白昼的威严”[①]中，仍有非同一的“星丛”守护着必要而深邃的夜空；日常生活涓涓细流与“关系主义”恢恢网络中，皆可汲取“无名的能量”，借以洞穿习焉不察的意识形态幻觉。由于文化背景的分殊，我们至多只能说，它们有一定的可比较与可沟通之处，但“星丛”与“关系主义”无疑都呈现了思想家在再现世界复杂性方面的努力，以及积极介入时代的气魄与襟怀。

（作者单位：福建师范大学文学院）

① 阿多诺与霍克海默对启蒙之光有一个形象的描述：它是必需的，否则“作为工具的语言与谎言同流合污，如同黑暗中的各种事物一样，看不清自己的面目”；但片面的理性若借机倒回神话，将演变成过犹不及的施暴：“求诸太阳不过是一种偶像崇拜。看看在烈日炎炎下枯死的树木，就能体会到白昼的威严。白昼照亮了世界，但不必纵火烧毁世界。”［德］霍克海默，阿多尔诺：《启蒙辩证法——哲学断片》，渠敬东，曹卫东译，上海人民出版社，2006年，第203页。

人工智能诗歌写作与风景的再发现

成 业

微软亚洲互联网工程院于 2017 年发布了名为“小冰”的智能写作机器人。凭借微软研发的人工智能情感计算框架技术、语义分析技术、深度神经网络技术，AI“小冰”能够自主进行诗歌创作，甚至还出版了第一本人工智能写作的诗集《阳光失了玻璃窗》。这吸引了文学界与理论界的关注，诸如诗歌的词语组合、写作的观念问题，以及机器对人类创作思维的学习与主体性关系（“小冰”引发了大量关于写作的情感、直觉、灵性、写作的抒情逻辑和主体性的讨论，许多学者、诗人在这方面都有鞭辟入里的见解）等一系列问题。其实 AI 写作早就不是什么新鲜事，自 2011 年开始，美国媒体已经在运用 AI 来写作新闻，只要输入相关信息，写作程序可以在几十秒内输出一篇合格的新闻报道，近年来国内外主流媒体已经开始应用新闻机器人进行写作：美国的媒体美联社、纽约时报，英国的 BBC 都早已研发了自己的新闻 AI，国内媒体新华社、腾讯网、第一财经等也有了“快笔小新”“梦幻作者”“DT 稿王”等写作程序。但当人工智能程序可以写作诗歌甚至出版了第一本诗集，还是引发了大量的争议。在一般的观念里，基础的新闻写作程序还有套路和模板可以复制，而诗歌则更需要个体的“灵性”，即使是在文学活动中也是最具有创造性的一种话语实践。微软（亚洲）互联网工程院依靠神经网络结构与大数据语言分析，让机器人也能从事这种创造性的文学实践，无疑表明机器人对人类的创作思维的学习又迈进了一大步。据“小冰”团队负责人微软（亚洲）互联网工程学院副院长李笛介绍，在短短四天的时间内，“小冰”对 1920 年以来 519 位诗人的现代诗（从胡适开始的新诗到 80 年代的朦胧诗）进行了超过一万次的迭代学习，并逐渐在写作中形成了自己的风格喜好和写作技巧，难以想象人类要读完这么多诗歌需要花多长的时间，更不用说将这些诗歌里的词汇融会贯通到自己的创作当中。更值得注意的是，通过微软程序的深度神经网络，“小冰”具有了从视觉画面捕捉信息产生创作思路并更进一步据此完成诗歌创作的能力。“小冰”的程序操作是将一张图片上传到程序当中，然后程序通过对画面信息的解析形成创作灵感并完成写作。在“小冰”的程序页面里，我们可以同时看到“小冰”获得灵感的视觉画面和它根据画面写出的诗歌，这在以往的文学作品中是几乎看不见的。在传统的文学作品中，读者和作者之间是一种历时的结构关系，读者无法看到勾起作者灵感的现实场景，只能通过文本中的形象展开想象。我们阅读徐志摩的《再别康桥》，绝对不可能见到徐志摩看到的夕阳倒影、水底青草，而在阅读“小冰”的作品时，这一切都变为可能。这为我们进一步分析、阐释“小冰”的诗歌提供了重要的素材，同时也形成了人工智能写作不同于传统写作的新的有意味的形式。

在 2017 年 5 月“小冰”的发布会上，主办方展示了“小冰”根据相关图片创作的诗歌。其中一张是一片沙滩的俯拍图，沙滩上有几个人和一辆敞篷车，图片下是小冰即时创作的一首诗歌——“可有多的沙子/你的名字在世间又一次隐去/在最高的地方/世界睁开眼睛。”稍有文学常识的读者就可以看出，这是一首典型的“大”诗，作者在对着一个不知名的对象倾诉，沙子作为一个引发情感的象征意象一带而过，而画面中存在的几个人和一辆车根本就没有出现在诗歌当中。通过诗作和画面的对比，我们一眼就可以发现“小冰”在面对这个沙滩的时候表现了什么，省略了什么。面对这一片沙滩的风景，“小冰”没有选择表现其中的人，也没有把注意力聚焦在工业化的代表——一辆敞篷车上，而是用一种宏大的浪漫主义抒情的方式去写作作为意象的沙子。在此处，沙子也只是作为一种简单的触动作者情感的象征，最后转向某种哲理式的抒情，程序在这里显然有意回避了画面里所有工业的世俗的日常琐碎的风景。在这首诗歌中，智能写作机器人显然在用一种 80 年代以前的经典诗歌的语言进行创作，这种语言中极少出现工业文明、现代消费社会的风景和符号——这些符号在 90 年代的口语诗歌中是着重书写的对象。在“小冰”写于 2016 年 9 月 17 日的一首诗歌中，这一问题更加明显。这首诗歌是这样的：“看那星，闪烁的几颗星/西山上的太阳/青蛙儿正在远远地浅水/她嫁了人间许多颜色。”单看这首诗，“星星”“西山”“太阳”“青蛙”，全都是乡村抒情的词汇，读者眼前自然地浮现出一派田园牧歌式的景象，最后一句“她嫁了人间许多颜色”，更是一种浪漫主义的抒情方式。这样一首浪漫的乡村抒情诗是面对怎样的画面写出来的呢？程序中展现了现实的风景：江边一轮明月下，远处是一片灯火辉煌的都市。都市成群的建筑、通明的灯光全都没有入诗，“小冰”完全忽略了画面当中现代化的风景，而去描写乡村抒情式的想象。

显然，“小冰”是一个被80年代以前经典的浪漫抒情诗歌传统训练出来的作者，如果是一个90年代的城市口语诗人，他的写作中一定会有关于都市声光画电的现代风景的想象。在20世纪20年代以后的中国诗歌的意象中，极少出现都市的风景，而被这样的审美结构训练出来的“小冰”的作品中自然也遗漏了这些风景。更明显体现这一问题的诗作是经常被诗人、评论家提及的“小冰”的代表作《一支烛光》。该诗是根据晨曦下一张泛着工业光泽的沙发写出的，智能写作机器人不写沙发，而是将沙发和梦联系起来，写出的诗句是“一支烛光/忽变为寂寞之乡”“是少妇在做梦/已经是太阳出山的时候”，意象完全停留在乡土、自然的范畴。沙发作为现代城市家居必需品，与日常生活密切相关，沙发工业设计的美感是否值得去挖掘，哪怕单从形式上来说一张沙发的照片本身也极具杜尚式的现代装置艺术的意味，这些重要的艺术表现向度都在“小冰”特定的审美结构中被完全遮蔽了。

在日本文学研究的经典著作《日本现代文学的起源》一书中，作者柄谷行人认为：“风景一旦确立之后，其起源就被忘却了。这个风景从一开始便仿佛像是存在于外部的客观之物似的。”① 柄谷行人这里指的当然是文学艺术中的风景，日本现代文学、艺术中的风景进入作者的视域是在通过复杂的认识装置的颠倒之后，这种认识装置的构造某种程度上可以说是先验性的。比利时超现实主义画家热内玛格丽塔在阐释其风景绘画的讲座上提出，风景就是人类看待世界的方式，“我们似乎是跳出自我去观看，但它其实只是我们内在经验的心理表象”。视网膜上的风景审美，是由人脑海中的构造（design）去结构的，而“在构造中起作用的正是文化、习俗与认知”。② 人们通过脑海中的文化、习俗与认知的构造，对风景进行审美结构。同样，“小冰”在认识图片中的风景的时候，调动的也正是程序中的审美构造。这种审美构造的来源是五四新诗到80年代朦胧诗形成的强调主体性的浪漫抒情的主流传统，小冰的制造团队选择的519位诗人大部分偏向这样的长期形成的主流的诗歌审美趣味，虽然其

① ［日］柄谷行人：《日本现代文学的起源》，赵京华译，中央编译出版社，2013年，第20页。
② ［英］西蒙·沙玛：《风景与记忆》，胡淑东，冯樨译，译林出版社，2010年，第11页。

中也有少数如李金发这样的象征派诗人，但在对大量浪漫抒情文本的重复训练中，那种现代诗歌晦涩多变的象征方式显然并没有占据“小冰”诗歌创作的核心。以于坚、朵渔、蒋浩为代表的90年代城市口语诗人的创作偏向琐碎、日常、碎片化的现代工业意象，这些诗歌不在“小冰”的学习库中，因此就没有进入小冰对风景的审美构造当中，以至于小冰在面对视觉图像中工业的日常的画面元素时选择了忽略和遮蔽，完全不把它们当作可以写进诗歌中的风景。不可忽视的是，小冰的诗歌语言在程序不断的迭代学习中是在持续进步的。在2017年4月17日根据一张天空的飞鸟写出的诗歌中，小冰已经开始写出“在梦里的月光下，丛林里的白昼是这么暗惨的影子”这种象征意味较为浓厚的句子，而从一只鸟展开的叙述最后落在象征上，也开始呈现出现代诗歌强调的意象与词句的跳跃性和随意性的特质。人工智能所具有的对知识和信息惊人的学习能力让人类望尘莫及，如果在“小冰”的诗歌学习库中加入一批具有一定艺术价值和文学史影响力的90年代诗歌，那么其诗歌中缺失的城市化工业化、日常琐碎的消费主义的诗歌语言一定会得到补充，面对这些现代的风景，智能写作机器人也将具备强大的诗歌书写能力。那么这样是否就意味着“小冰”诗歌中那些风景的缺失，只是学习数据库的资料不够全面，如果拥有不断持续更新的诗歌资源库，机器人就能完全接近一个真正的诗人，创造出新的风景？从形式主义的诗歌观念出发来看这依然是不可能的。

什克洛夫斯基在《作为手法的艺术》中，认为艺术的存在是为了找回人们对生活的感受，使人对事物的样貌的感知脱离既有的认知，回到“所见的视像”①。这样的视像可以完全区别于观众以往审美构造中认知的风景，以一种全新的创造性的形式撞进观众的视域，形成对既有审美认知的颠覆。什克洛夫斯基称之为“陌生化”的大胆艺术观念，即“艺术是一种体验事物之创造的方式，而被创造物在艺术中已无足轻重。”② 就目前“小冰”的程序设计来看，这样的创造物还很难在小冰的诗歌中出现。小冰所能看到的风景完全是由人类输入的素材决定的，当浪漫抒情的诗歌素材占据学习库的主要部分的时候，它写出的就是浪漫抒情诗中的风景，可想而知，当城市口语化诗歌成为其审美结构的主要来源时，它就会写出相应的诗歌。在这样的前提下，小冰对风景或事物的认知永远不能超出人类既有的认知范畴，也就根本完成不了形式主

① 朱立元，李钧主编：《二十世纪西方文论选》，高等教育出版社，2002年，第187页。
② 同①。

义追求的陌生化的创造性的诗歌活动。也许智能围棋程序“阿尔法狗”的迭代方式值得“小冰”的程序师们借鉴，在熟练学习了人类所有一流围棋棋手的棋路后，“阿尔法狗”一代依然无法战胜当时人类最强的围棋选手李世石。而“阿尔法狗”二代只被输入了围棋的基本规则和获取胜利的命令，它就发明了自己的棋路战胜了人类。但诗歌是否存在一个基本的规则？是否有不在前人作品传统基础上出现的创造物呢？或许因为人工智能诗歌写作的实践，T. S. 艾略特关于传统与个人才能的讨论会重新进入理论的视野。

当然，除了语言，视觉上的控制也是阻碍“小冰”书写出新的风景、形成形式主义所谓的创造物的重要因素。到目前为止，“小冰”都在根据人类上传的图片获取灵感，形成自己的创作。“小冰”面对的风景，是拍摄图片的人类视角看到的风景，这极大地限制了它创作的自由度。海外电影理论家 Martin Lefebvre 认为：在视觉文化的语境下，风景是自然的寓言，是视觉装置渗透的自然。自然的图像已经脱离了自然本身，摄像机、凝视、取景框共同参与了风景的建构。镜框把“自然”转化成了“文化”，“大地”转化成了“风景”。① 在拍摄一张照片时，拍摄者选择的摄影机的机位、摄影的角度、构图的光线、景深的变化都决定了照片中风景呈现的内容和文化意味。从“小冰”的诗歌中，我们可以很明显看到上传到程序中的人类拍摄的图像和它书写的风景之间的关系。以上文提及的发布会上展示的诗歌为例，那首根据一张沙滩的俯拍图写作的诗歌典型带有一种“俯视”的意味：“你的名字在世间又一次隐去”“在最高的地方/世界睁开眼睛”这些句子很明显受到拍摄风景的俯瞰视角的影响。再比如“小冰”那首被广泛讨论的代表作《一支烛光》：图片摄影选取的清早柔和的光线和透过窗帘投射在沙发上的阳光，程序由此创作出一首基调舒缓的抒情诗歌，最后还提到了太阳出山，不能不说有受到图片中光线色调的影响。“小冰”书写的风景一开始就是人类摄影镜头拍摄的风景，这个风景本身已经隐含了拍摄者的风景审美和文化结构，对着这样的“二手”风景进行创作，智能写作机器人是不可能发掘出形式主义追求的创造物的。在这一点上，美国的小说创作机器人已经走得更远。就在 2018 年，美国人通过一辆汽车、一部笔记本电脑、一支麦克风、GPS 定位装置和摄像头重走了一遍杰克·凯鲁亚克小说《在路上》中走过的旅程，写出了一部长篇小说《THE ROAD》。在人工智能科技如此发达的今天，我们不难想象“小冰”很快就可

① Martin Lefebvre (ed.). *Landscape and Film*. Roudedge, 2006: xv, pp. 19 – 60.

以自主通过摄像头观测这个世界，甚至不只是图像，还可以通过录音机器捕捉声音，来完成更丰富的、自主性更强的诗歌创作，使得在诗歌中表现人工智能所观测到的“非人”的风景成为一种可能。

虽然“小冰”还存在着这样那样的局限性，但值得注意的是“小冰”通过上传图片进行诗歌创作，使读者在阅读小冰创作的诗歌的同时，能够看到程序书写的“元风景”，为诗歌阅读带来了全新的体验，建构出一种共时的开放的诗歌文本形式。这样开放的文本形式接近于罗兰·巴特在《S/Z》中提出的“可写性文本”，有别于传统的封闭性的历时性文本（读者总是在作者完成作品之后被动接受作品，而不参与作品的创造之中），罗兰·巴特认为“可写文本”的模式是生产性的，作为一种永恒的现在时，它本身就是正在写作中的读者和作者，具有多元解读的可能。读者可以从许多路口进入可写性文本，但没有一个入口可以断言是最主要的通道。对于可写性文本来说，它所调用的编码是无法确证和永无穷尽的，它的意义系统正是在绝对多元的文本中得到澄明。[①] 在程序界面中，读者可以看到“小冰”写作凭借的视觉风景，“小冰”诗歌中风景的意义在这个文本中不再是唯一的决定性的，通过观看视觉风景，再反观“小冰”的创作，读者可以调动自身对于画面视觉风景的审美、文化结构，进入共时性的不断编码的状态之中：看到清晨窗户下的一张洒满阳光的沙发，许多读者大概不会产生像“小冰”一样的关于烛火和梦的联想，他可能会感受到家庭生活的惬意，也可能感受到沙发的工业质感，或是唤起关于某个爱坐沙发的人的回忆；从江边的月光下的城市风景，读者可能想起“春江花月夜”的盛唐气象，也可能勾起关于上海、香港甚至是伦敦这样的海上都市繁华景象的幻想；一只天空中的鸟，可以令人想起泰戈尔诗句中的风景，也可能联系到某个古老的民间图腾；沙滩上停着一辆泛着工业哑光的汽车，既可以联想到现代工业对自然的侵占，又能想到汽车广告式的潇洒出行的快意……不同文化身份、民族身份、年龄阶层的读者面对这些画面中的风景可能展开不同的想象，这正符合罗兰·巴特对可写性文本意义系统的定义——在“绝对多元”的文本系统中体现。这些多元的文本系统并不来源于图像和文字本身，而在于阅读诗歌的读者自身的视域、经历和文化背景、知识谱系之中。当读者再将这些风景带来的感受投射入“小冰”的诗歌文本之中，诗歌也随着观众对风景感受、理解，甚至是象征内涵挖掘的介入而产生了多元的含义。各种各

① 罗兰·巴特：《罗兰巴特随笔选》，怀宇译，百花文艺出版社，2005年，第152页。

样的无法确证的含义都会被读者投注在画面中的风景和诗歌中的风景上，这些含义产生的化合作用让读者始终在建构意义和瓦解意义的状态之间摇摆不定。风景有时会促使读者建立对诗歌新的认识模式，有时又会让读者意识到这种认识模式是完全不可靠的。如此一来，“小冰”的诗歌文本便可能像“可写性文本”一样将读者的想象力解放出来，引入自由构建关于各种开放含义的尝试之中。

（作者单位：福建师范大学文学院）

关于文学性本质主义与非本质主义之争
——兼论文学性探讨价值

陈璋斌

20世纪开始，文学批评和专业文学研究兴起以后，关于“文学性”（Literariness）的定义和延伸便成了文学批评界和理论界长期争论的世界难题之一。文学是什么，文学性又是什么？引用俄国语言学家、本质主义学说支持者罗曼·雅各布森（Roman Jakobson）的说法，“文学科学（所研究）的对象不是文学（作品），而是文学性；换句话说，文学性是使一个作品成为文学作品的东西。（The object of literary science is not literature but literariness，i. e. what makes a given work a literary work. ）”① 但事实上，至今为止并没有任何一个概括能完美地回答这个问题，甚至连文学本身亦成了怀疑对象。所有的讨论和阐释都是带有主观性的，雅各布森的见解亦是如此。

追本溯源，最初关于文学性的讨论学说大致分为两派，一派为本质主义（Essentialism），其中，以受英法俄美新式文学理论学说影响的（俄国）形式主义（Russian Formalism）和（布拉格）结构主义（Prague Structuralism）学说最为著名。康德（Immanuel Kant）曾经预言，文学发展到一定阶段时，必将出现一个区别于非文学的概念，这是“本质”（essence）和“理性”（rationality）的需要。这是西方形而上学的追求，本质主义正是出于这样的渊源从而追求定义上的纯粹。它的支持者认为“文学性”是文学作品的本质，并且存在抽象的、唯一的、永恒的可道出本质为“文学性”的“纯文学”（pure literature）和可数的“纯文学”的某种达成形式（例如文体、音韵变化、修辞手法、表现手法甚至符号等）；每一种文学文体和文章都由一定的方式来形

① Das，B. K. *Twentieth Century Literary Criticism*. New Delhi，2005：78.

成，包括形式和结构构成。他们认同语言和形式，或是“文学性”是文学研究的唯一要点，其他外部因素，例如写作背景、作者情感等都必须从文学研究中剔除出去。雅各布森甚至把语音和语法作为其区分文学与非文学文本的核心，并强调文学形式和结构使文学文本仅仅是作为自给自足的实体，那些参照社会生活、历史相关的语言，或语言以外的东西是无关紧要的。显而易见地，本质主义观点容易产生出一个美学上倾向，即唯美，“为文学而文学”“为艺术而艺术”，认为文学并没有文学反身性（reflexivity）以外的任何目的，也是非功利的。

本质主义有其合理之处，但是我们应了解到，其作为一种一定历史背景下形成的思维模式，有其必然的僵化和封闭性。我们可以参考本质主义提出的历史背景——20 世纪初，当时的俄国文化历史学派（Culture-History School）执掌国内文坛，他们倾向于把文学等同于社会学或是其中一部分，把文学作品看作非文学学科的研究的文本和材料，忽视甚至否定文学自身独特的艺术审美特征和价值。文学在当时就是这样被强行赋予了大大逾越文学自身的“非文学”（non-literatural）意义，带有浓厚的阶级属性和政治色彩，并走向了一种实际上社会学理论嵌套式的学术极端。在这种条件下，一些文学理论家站出来，要求将文学研究与社会历史文化研究解绑，强调对文学独特的审美和艺术规律的研究，“文学性”概念孕育而生。所以，置于历史条件下，我们就完全有理由怀疑，“文学性”只是被提出用来对抗过于政治化文学创作和研究模式的一样理论武器；它的革命性本身带有一定的全盘逆反倾向。在当时，“文学性”的作用是唤醒文坛和学术界寻求一种正常的写作和研究状态，然而放在当今真正细致讨论时，原本被忽略的需要寻找完善抽象概念的任务，其困难程度又阻碍着理论的探讨和进步。

暂且抛开历史问题，假定本质主义的部分条件存在且合理。首先，我们要面对的即是文学范畴内部的文学性差异问题。“文学”（literature）的大概念中，每一篇作品都是有其独特性的，真正用程式化的方式归纳出普遍模式，是极为困难的，大部分公认的文学作品互相间的表现手法都有天壤之别，甚至完全不可比较。并且，若强行归纳出文学创作的固定程式、概括文学性共同特点，会削弱作品审美趣味，甚至在某些意义上阻碍文学创作和发展。其次，需讨论文学和非文学的界限问题，这点似乎更为广受诟病。形式主义和结构主义两大派系都声称文学文本使用“刻意”与审美标准接近、远离语言精确度的方式展现“文学性”，并给出了报纸、杂志文章、信件、小册子、广告、报告或是社论（newspaper or magazine articles，letters，brochures，advertisements，reports，or editorials）这些非文学的例子加以辅证，但两个主义的支持者都无法归纳出抽象的概念。文学与非文学之间的界限在今天看来仍是模糊不清的。反对本质主义的语言学者乔纳森·卡勒（Jonathan Culler）和伊格尔顿（Terry Eagleton）曾不约而同地借用约翰·埃利斯（John Ellis）的比喻，把含“文学性”的文本比作“杂草”，将所有文本比作草，花园主人出于某种理由想除掉花园里的杂草，却并不存在一个将“杂草”从“草”中独立分出的公共标准。卡勒后来说得更为明确:“把某文本的文学性效应局限在语文手段的表现范畴之内，仍然会碰到巨大的障碍，因为所有这些因素或手段都可能出现在其它地方，出现在非文学文本之中。”① 站在反本质主义流派的视角，我们可以认为，所谓非功利文本很难经受意识形态批评的拷问，而一些带有明确目的性的写作又被奉为了经典，故前文所提到的“非功利”（non-utility）和“无目的”（ob-jectless）似乎也无法完全正确地总结“文学性”的概念与本质。

主要学说中的另一大派为反本质主义（Non-Essentialism）（后期含解构主义 Deconstructivism），反本质主义反对本质主义理论，认为“文学性为文学本质”仅是一种“幻觉”（fantasy），而“文学性”更趋向于文学作品的特征。仅从“非本质而是特征”的角度来说，这迈出了巨大的一步。马克思的文学理论便是公开反对本质主义的，它提出反对文学与非文学二元对立论，看似可以把一切关于“文学性”的讨论都结束了。但是，仔细考究起来，我们同样可以很容易发现其有许多不足之处，最明显之处当属两对矛盾：马克思主义哲学理论中的重要一环便是两点论和重点论，与前文所提“反二元对立论”似乎并不能自圆其说；马克思主义哲学也很明确地说明事物存在其现象和本质，而其文学理论中反对“文学性”是文学的本质，也并没有指出其认为的本质是什么，使用传统理论很可能造成处于自相矛盾的境地无法阐释。再举美国诗人威廉斯（William Williams）著名的“诗” *This is just to say*（《便条》）为例，文本存在诗歌和便条两种不同的处理或表现手法，所表达的内涵也有所不同；若依据人们日常基本的经验判断，似乎又存在某些形式（主义）作为根本的区别；生活中，我们很容易分辨清一篇文学作品和一段非文学文本，就好像在某个维度，存在着某一个衡量文学和非文学的评判标准，即所谓的“文学

① ［加］马克·昂热诺，等：《问题与观点：20 世纪文学理论综述》，史忠义，田庆生译，百花洲文艺出版社，2000 年，第 33 页。

性”，而这些恰恰是反本质主义学说难以回答的。反本质主义在当今，事实上走向了一个“只解构（deconstruct）不建构（construct）”的“虚无化”（nihility）道路。事实上，反本质主义面临的现实问题完全不少于本质主义，它也并不是完善的，大多数时间只能将问题关系化、模糊化处理。

综上所述，本质主义常常因割裂作品与社会历史文化的关系走向极端，反本质主义则易陷入“泛文化”（pan-culture）和“泛文学”（pan-literature）现象而迷失方向。由于在“文学性”方面的研究总是存在不同的理论视角，文学所谓的“内部因素”和“外部因素”极易被放置于天平的两端形成悖论。

把视角放置于非本质主义基础上、仅认为文学性是文学特征而非本质的俄国语言学家什克洛夫斯基（Viktor Shklovsky）和穆卡洛夫斯基（Jan Mukalovsky）的“陌生化”（Defamiliarization）理论及维特根斯坦（Ludwig Wittgenstein）在《哲学研究》（Philosophical Investigations，Philosophische Untersuchungen）中提出的“家族相似性”（Family Resemblances）理论，两者相结合的理论可能可以在某种程度上处理本质主义对文学性阐释所面临的难题。什克洛夫斯基的“陌生化”理论主张，“文学文本”（literary texts）使用读者不熟悉或是偏离日常的语言、正常时间序列下失真的故事情节来做出表达，并且认为艺术是事物自身破坏和扭曲的反映；“文学文本”迫使读者注意其文字、节奏修辞等，而这些想法的产生是完全“不自觉”（automatic，“自动”）的。穆卡洛夫斯基则认为“语言偏离”（linguistic deviations）和“前景”（foregrounding），或称“诗化语言”（poetic language）是“诗歌文本”（poetic texts）的标志。他声称语言手段如情感色彩、隐喻手法、歧义内涵的使用模式和并行性，是区分普通语言与诗歌语言（poem language）的根本。维特斯根坦的“家族相似性”理论则提出“语言”（language）并无一个亘古不变的共同本质，承认文学文本存在某些内核的相似，承认文学与非文学存在着互相交叉的大片模糊地带，并且呼吁同时关注文学文本的“文学性”与非文学中的“文学性”。两者的结合为非本质主义的深入讨论提供了一种思考模式。由于什克洛夫斯基和穆卡洛夫斯基原属于本质主义中的形式主义流派，时至今日，单纯的形式主义并不能简单粗暴地归类于本质主义或反本质主义学说中，本质主义“陌生化”理论中不涉及本质论的内容、反本质主义对于文学性作为文学文本特征的论断和“家族相似性”理论的大部分是可取且矛盾较少的。

站在反本质主义的角度，所有文本，甚至事物，都暗含“文学性可能”（the possibility of being poeticized），即可以被改造、可以被“实际文学化”（to be pragmatizing poetized)。文学性是通过特殊语言和形式之性质区分文学文本与非文学文本组织形式的标志，并非文学文本的本质，仅是文学文本的最关键特征及表现手法。它的判断标准具有不确定性和易变化性，故文学性受到作者、读者、历史时代等多方面因素影响，但在此之前提出的是，我们的讨论已经默认了文学是在阅读之后产生的。在作者层面，如前文所提到，“陌生化”条件下的形式、语言的刻造，可以在一定程度上“确认”（可称前文的“实际化”，pragmatize）所写作文本的文学性（这点可以解释 *This is just to say* 原文本是否含有文学性问题）。在读者层面，每个人的标准和认识水平都是有所不同的，这也决定了他们可以更多地从形式主义或非形式主义两方面阐释，并判断文本的文学性。这里可能含有读者主体的主观因素：语境理解、经验判断、非形式主义条件下作者赋予文本内在对话性（inner dialogism）和读者的对话倾向（the tendency of dialogue），等等。“文学性”可能凭空产生，并非永恒；并且，现代的文学发展也并不是墨守古旧成规得来的，从多种角度来看，都异于之前任何时代的文学形态和内涵。这也可以从另一个侧面看出时代发展对文学性的作用。此三点简而言之，文本一旦满足形式、内涵或审阅的某一种畸变，即含有形式审美或是蕴藉审美（含读者主观）的可能。

文学性必须通过与确定的非文学性（Non-Literariness，例如形式主义与结构主义提出文体例子的实用性、文化历史学派理论的文学政治性等）的对比才能体现，这是以关系主义为参考。我们甚至可以进一步大胆地说，“文学性”存在两个维度（dimension），一是现实的审美维度（aesthetic dimension），二是抽象的理论维度（theoretical dimension）。当“文学性”作为一种审美维度存在时（例如人们生活中评价作品的文采，就含有“文学性”味道，这点若单列也可以暂时回避本质讨论），任何文本都是有其文学性的，此时文学性只有强弱之分，并无有无之别，而文学性强弱便可以区别文学审美文本或实用主义文本，人们在生活中很容易就可以通过经验认知得出具体的文学性；而抽象的文学性含于理论层面：退一步说，就算假定本质主义的“非功利”“无目的”之说为正确，那么实践中显然并不存在“非功利”“无目的”的文学作品和文学活动，所以理论文学性是与现实脱节的，是不可能实现的，仅能存在于理论层面。

文学性的永恒性（immutability）受到历史条件的限制，现今阶段仍将长期处于非永恒状态，此点前文已作过论证；也许只有文学乃至文字毁灭时，文学作为一项曾经高深的事物走向“陌生化”的极端，文学性才可能被赋予相对永恒。

文学性必须有文字载体即文本才能存在，其文本也必然包含非文学性，不然既难以实现，又不可能称其为“真正的文学作品”。古罗马诗人贺拉斯（Quintus Horatius Flaccus）曾在《诗艺》（On the Art of Poetry，Ars Poetica）中赞同了目的性与非目的性、文学性与非文学性需和谐共存的观点。文学作品通过“文学性”特征给予读者审美愉悦之外，还必隐含着其对世界、对自身甚至对神等看似虚幻维度的观点，我们暂且可称其为“非文学性”。我们当然希望，这些“文学性”与“非文学性”都可以从积极的方面来影响人的心灵，推动社会的进步。可以参考我国文学作品的“文学性”，它在我国的地位可谓一波三折。新中国成立后，尤其在“文化大革命”时期盛行颇具意识形态的“工具论”“内容决定形式”“文学为政治服务”之类论调严重危害了文学的发展，这导致了在新时期社会对“文学性”的强烈关注和狂热追捧——如皮球的触底反弹。可悲的是，“文学性”被重视的同时，“真”之类的“非文学性”被忽略了；我们一方面看到文学观念的转变和文学创作手法的升级、文字罗列和文字游戏的甚嚣尘上，另一方面我们却悲哀地看到文学甚至语文教育的影响衰微凋敝。这令人不禁疑惑地叩问，抛开“非文学性”而寻求“文学性”，文学反而将要完蛋了吗？“非文学性”作为文学性的载体，似乎是不可回避的。

现实创作中，追求“文学性”切忌在理论中走向极端，我们不能放任文学被“文学性”意识不理性地全面占领。轻了说，如若文学创作找到了其“固定程式”，形成了雅各布森所说的“自给自足”的文学创作模式，那么作者和读者群体恐将大幅度缩水，作品的多样性也将会受到极为严重的损害；重了说，如若只关注文学的“文学性”，并不能促进文学和社会的发展，相反地，那必将是历史的倒退，终将导致文学的空谈和真正毁灭。我们可以预见，如果从一个极端走向另一个极端，让“文学性”彻底掩盖了“非文学性”，对于文学理论、创作及评价的正常运行亦是不可能有利的。所以，再次强调文学的“文学性”和“非文学性”并济的重要性是有必要的。

（作者单位：福建师范大学文学院）

现代性之我见

孙炜宸

“现代性”是纷繁多样的，是不断地否定与创造，是人类的发展史。一般学术界认为，“现代性”泛指16世纪以来出现在欧洲的社会事实和观念事实。[①] 事实上，“现代”一词据历史学家姚斯考证在公元5世纪就已出现，亦泛指此时已处于统治地位的基督教同旧时罗马帝国古典生活的割断与决裂。在人文社科的范围内，“现代性”一词在欧洲反复使用，正如哈贝马斯所说的：“现代性把自己理解为新旧交替的结果。”[②] 也就是说，中世纪的现代性是相对于古罗马而言，文艺复兴的现代性是相对于中世纪而言，启蒙运动的现代性是相对于宗教改革而言，法国大革命的现代性是相对于启蒙运动而言，而工业革命则使人类进入到了历史上第二次的产业革命，依次更替，生生不息，这是对人的生活最有影响力的“现代性”。16世纪以来的“现代性”是缓慢与部分的发展，但经历了两百年技术与观念及资本的积累，到18世纪之后，在启蒙运动和第一次工业革命后，“现代性”的发展开始与过去全盘性地决裂，真正意义上的“现代性”出现。到了19世纪，尤其是在资产阶级革命和第二次工业革命之后，“现代性”进入了成熟期，这就是马克思的德意志意识形态的时代，是本雅明笔下拥挤的巴黎街头，是雨果的悲惨世界，是福楼拜的包法利夫人，是尼采的上帝之死。

学术界普遍认为“现代性”的真正开端起始于文艺复兴，在此期间，教会的权威受到质疑，宗教的热忱已然逐渐消退，世俗的生活与人本能的欲望开始凸显并得到肯定，个人主义的思想萌发，正如马克斯·韦伯所说:“这是除

① 汪民安:《现代性》，南京大学出版社，2012年，第1页。

② ［德］哈贝马斯:《现代性：未完成的工程》，汪民安，陈永国，张云鹏主编《现代性基本读本》，河南大学出版社，2005年，第108页。

魔化的过程，也是一个理性化的过程。”[①] 正是这一阶段的这些特征，构成了与中世纪社会思想与观念意识的不同。从文学艺术上的追寻古希腊、古罗马到思想上热忱于古代先贤的哲学，政治上渴望希腊化的民主，因此宗教神学的影响削弱，世俗性的生活得到增强，个人价值得到认可，商品经济此时得到初步发展，资本主义萌芽产生。十四、十五世纪，随着大航海而来的地理大发现，人类历史上第一次的大规模洲际间的活动开始了，东西方的贸易和殖民地的建立使得原料产地与消费市场成几何般地扩张，资本主义世界市场初步形成。意大利一些城市共和国建立，政体延续古希腊的执政模式，这些城市国家因其新颖和活力的政治模式和重商主义，使其在全球初步经济一体化的浪潮中获利丰厚，经济的发展反过来作用于文化艺术与思想理念的发展，这场启蒙于南欧的文化革命继而蔓延到了整个欧洲，这就是文艺复兴的“现代性”。

如果文艺复兴对人的思想解放起到了启蒙并动摇基督教的绝对统治的话，那么宗教改革则颠覆了教会的权威统治和教皇的崇高与神圣，人最终战胜了神，世俗战胜了禁欲。因为“现代性”是转瞬即逝的，今天的先进性到明天就过时了。[②] 雅克·巴尔赞就认为，现代性的开端，起始于马丁·路德的新教改革。[③] 路德宗教改革的实质是将人与上帝直接相连，否定了教会的“中介”作用，“因信称义”是其核心理念。宗教改革进一步确立了个人主义的发展并与人文主义遥相呼应。因此，神学体系和神父及背后的教会力量进一步削弱，教廷力量的削弱促进了君权的发展，而中央集权制的巩固又为欧洲民族国家的形成奠定了行政基础。教会势力的衰弱使其对于人的生活的掌控力的下降导致了个人性和世俗性生活的到来，享乐主义和逐利主义进而诞生，资本主义的生产方式和生活方式得到了巩固。马克思称之为此时的资本主义经济行为也就是马克斯·韦伯所说的资本主义中的理性行为，只是前者认为是资本主义经济主导宗教变革，而后者则认为是理性主义主导这一切。受路德新教影响的加尔文教对资产阶级的意识形态影响的则更为深远，马克斯·韦伯探讨了加尔文教体制下的英国清教徒的职业观，他认为“以职业概念为基础的理性行为为要素，这一点正是从基督教禁欲主义中产生的”。[④]“宗教慢慢枯死，让位于世俗的功

① 汪民安：《现代性》，南京大学出版社，2012 年，第 3 页。
② ［美］沃勒斯坦：《沃勒斯坦精粹》，黄光耀，洪霞译，南京大学出版社，2003 年，第 527 页。
③ ［法］雅克·巴尔赞：《从黎明到衰落》，林华译，世界知识出版社，2002 年，第 2 页。
④ ［德］马克斯·韦伯：《新教伦理与资本主义精神》，于晓，陈维纲译，生活·读书·新知三联书店，1987 年，第 141 页。

利主义”[①]，这是宗教改革的成果，这是宗教改革的“现代性”。

文艺复兴和宗教改革带来的影响不单单是文学艺术和思想上的，没有了教会的束缚，经院哲学摇摇欲坠，自然科学的发展进入了新高度。在哥白尼开始的科学向宗教之战中，历经开普勒、伽利略直到牛顿，科学领域一次次认知的更新使人类认知自己、认知世界的方式和范围发生了根本性的改变，而哲学又受自然科学的影响进一步朝着“人是自然的尺度”这一方向发展。人和自然的关系，成为理性和知识施展自身的主要场所。[②] 这是培根的欲望，即通过知识改变自然和社会，造福人类，这也就是工具理性。笛卡儿的哲学则与之相反，巩固了人和自然的对立面，笛卡儿将人的心灵与躯体分离，心灵是认知、理性、推断和科学的工具，身体是僵硬的机器。[③] 笛卡儿认为在启蒙时期即“现代性”之前的中世纪和文艺复兴，人的认知是空白和混沌的，对外在的反映毫无回应，这是孩童般的无知，是一个通感的世界。[④] 在人、神、自然的竞争中，人获得了胜利，成了主宰，这就是17世纪理性主义的胜利，这就是“现代性”的胜利。从17世纪的理性主义过渡到18世纪的启蒙运动，神学更被抛弃在一边，上帝的知识已死，人的智慧凸显。认知的“现代性”体现在各个领域，科学、文学、艺术、法学等，它们无不发挥着主观能动性，为自己的领域辩解与阐释，证明不依靠上帝自己依旧是合理的，理性主义已占据主导地位。但此时的理性主义不是笛卡儿的理性主义，而是与之相反的经验意义上的理性，不是就理性而言的理性。经验主义的理性，像洛克，其理论构成了18世纪启蒙运动的主流认知。在此背景下，启蒙运动对人的作用的影响进一步扩展到了内外同步的层面，正如康德所说，启蒙是成熟的开端：“启蒙运动就是人类脱离自己所加之于自己的不成熟状态。不成熟状态就是不经别人的引导，就对运用自己的理智无能为力。”摆脱权威，敢于认知，必须永远有公开运用自己理性的自由[⑤]，这就是启蒙的前提和核心。启蒙时期的人因为具有这样的批判理性，因而对权威与王权是保留质疑权利的，具有去威权和偶像崇拜意识的，资本主义的民主思想得到了发展。尽管这层“现代性”的意识在文艺复兴时就初露端倪，但彼时的思想只是古希腊式的，直到启蒙时期才得到深

① ［德］马克斯·韦伯：《新教伦理与资本主义精神》，于晓，陈维纲译，生活·读书·新知三联书店，1987年，第135页。

② 汪民安：《现代性》，南京大学出版社，2012年，第123页。

③ 同②，第125页。

④ ［法］笛卡儿：《第一哲学沉思录》，庞景仁译，商务印书馆，1998年，第33页。

⑤ ［德］康德：《历史理性批判文集》，何兆武译，商务印书馆，1991年，第22页。

度的探究和普遍的认可，进而为思想上、观念上、哲理上和实际行动中资产阶级革命的爆发奠定了理论与意识基础。

理性主义的“现代性”促进了近代教育体制的形成，因为只有经历宗教改革和启蒙后的国家政权才有力量和意识培养公民的文化素质。同时，第一次产业革命以来，机器生产进入日常生活，大量产业的出现迫使其教育体制必须培养出更多相关培训出来的产业工人进行生产，因此教育体制改革使公民阶段的初级教育形成了。而随着工商业的发展、民众收入的增长，反过来也刺激了其对于教育的需求。随着教育的普及，有知识的城市中产阶级和有思想的无产阶级扩大，阶级结构和阶层力量发生改变，民族意识和个人主义思想及自由、平等、博爱的意识已深入人心，贵族阶层已成黄花之势。无论怎样来看，第一次产业革命是人类自新石器革命以来又一次跳跃。① 随着新一轮社会矛盾的产生，民众对封建制的反感也与日俱增，革命也就如暴风骤雨般地来临。当工业社会初步来临、全球化资本市场的建立、世俗享乐生活的追求及普世教育的普及，封建王权已经不能够适应欧洲的 18 世纪末、19 世纪初社会的“现代性”了。法国大革命的爆发具有深远的影响，它标志着此时资产阶级的力量已经足够强大到推翻旧有体制、建立新政权的能力和广泛的受众面上，资本主义的意识和物质历经 300 余年的发展已经处于欧洲乃至世界的统领地位，这一统治权依旧影响至今。正如维克托尔所认为的:“法国大革命的效果就是摧毁若干世纪以来绝对统治欧洲大部分人民的、通常被称为封建制的那些政治制度，代之以更一致、更简单、一个人人地位平等为基础的社会政治秩序。”② 民族主义与资产阶级代议制制度随着拿破仑战争的扩大而得到推广与巩固，近代民族国家主体因孕而生。彼时的民众不再需要效忠任何一位君主，他们要忠实的是一种文化。③ 他们只需共同信仰资本主义即可。第二次产业革命的爆发，使得生产力进一步得到解放，自然科学全面取代以往的经验主义而自成一套严谨、理性的学科门类，重商主义和以资本为导向成为主要欧洲国家及其殖民地的理政方针。随着资本主义革命的深入和意识的增强，近代意义上的法律、行政、金融、代议制的政权模式也就理所当然地建立起来，这是资产阶级革命的“现代性”之体现。

“现代性”是资本主义战胜封建主义的伟大胜利，是城市中产阶级和部分

① ［英］霍布斯鲍姆:《革命的年代》，王章辉译，江苏人民出版社，1999 年，第 35 页。

② ［法］托克·维尔:《旧制度与大革命》，商务印书馆，2012 年，第 59 页。

③ ［英］厄内斯特·盖尔那:《民族与民族主义》，韩红译，中央编译出版社，2002 年，第 48 页。

无产阶级战胜王侯将相的伟大胜利，是世俗生活和利己主义战胜宗教教义和禁欲主义的伟大胜利，是人战胜神的伟大胜利。按照马克思辩证法的观点，“现代性”意味着旧事物的灭亡和新事物的诞生，意味着人类社会的不断更新和完善。对于个人来说，“现代性”使人认知自己和世界的方式及范围在不断变化。同理，随着时代的发展，人们对于“现代性”本身也提出了质疑。“现代性”所诞生的两大流派即自由主义和社会主义，以及其反对派保守主义几百年来一直争论对方的合理性和维护各自的主张，自由主义和社会主义同属“现代性”的产物，诞生于法国大革命之后，他们的争论是同属于一派的内部争斗。自由主义主张个人主义，人与人、人与社会之间是无束缚的，哪怕造成新的财富分配不公和不平等也无妨。社会主义则反对财产私有化，反对刚摆脱封建主剥削的民众再陷入资本家的剥削。自由主义与社会主义的斗争从 19 世纪一直持续到现在，只不过在 19 世纪的欧洲，最终自由主义战胜了社会主义。当今国际上国家性质的主流是资本主义性质的，因此“现代性”在当下仿佛成了自由主义的专有名词。而保守主义则是与“现代性”格格不入的，它反对一切打破旧有制度和模式的活动，反对任何社会创新的理念，既反对自由主义，也反对社会主义。有趣的是，由于中国近年来经济所取得的高速成就，在当下欧美的经融、政治体系中，保守主义和与之相应的孤立主义势力又一次“抬头”，妄图以保护本国利益为由防范中国的崛起，这是保守主义在当下对“现代性”的又一次攻击。综上所述，“现代性”的历史悠久，对人的成长和社会的发展自进入近代以来便起到了主导性作用，当今世界的政治、经济、文化、思想的成就无不是人类社会不断“现代性”更新的产物，即便当今世界存在“反现代性”的理论与观点，但“反现代性”在其本身不断怀疑和否定“现代性”的思想和过程不就是“现代性”的精髓之所在吗?

（作者单位：东北师范大学）

第三辑　发掘文艺美学的传统资源

神与物游：中国民族神话的仪式性审美

夏 敏

世界上每个民族都“在幻想中、神话中经历了史前时期”①，并带着丰富的精神遗产步入到文明时代。中国少数民族有丰富的远古神话，这些神话以“活态”的风貌重现了远古神秘的世界。三十余年来，中国少数民族神话的大量搜集、整理和出版，证明了中国民族神话的发生多数与仪式相关，它们带有早期神话的明显特征。在独特的“神思”作用下，仪式中的神话叙事与日常叙事有着明显差异。仪式中特殊的神话讲述显现了特别的神话思维，呈现出独树一帜的仪式性审美。中华民族聚集在太平洋以西的广袤大地上，各民族神话的仪式性审美，既有着各自不同的地域风貌与族群差异，又互相影响、交流，使其神话也沾滞着多元一体、趋于一致的美学特征。本文认为，带有浓厚仪式性特征的中国民族神话，既属于膜拜、巫术并存的仪式性文化，同时又是审美型文化。中国民族神话创造中的思维心理活动和神话中的强烈的生命意识和人的价值显现，无疑都具有审美意义。

一、精神胜利法：中国民族神话的仪式感与审美意识的发生

神话一词拆开来讲，“神”即神或神圣的、神灵的，“话”即表达、话题、说话（言语）、话语、语言、符号。神话一词字面意义可理解为“关于神的表达”或其他。关于神话的性质，著名人类学家林惠祥先生在他的《文化人类学》中曾作过六点归纳：（1）神话是传袭的（traditional），它们发生于遥远的史前时代或即所谓“神话时代”（mythopoeic age），其后在民众中一代一代传

① 《马克思恩格斯选集》（卷1），人民出版社，1972年，第6页。

延下来，以至于忘记了它们的起源。（2）是叙述的（narrative），神话像历史或故事一样，叙述一件事情的始末。（3）是实在的（substantially true），在民众中神话是被信为确实的记事，不像寓言或小说属于假托。以上是表面的通性。（4）说明性（aetiological），神话的发生都是要说明宇宙间各种事物的起因与性质。（5）人格化（personification），神话中的主人翁不论是神灵或动植物，都是有人性的，其心理与行为都像人类一样，这是由于生气主义的观念，因信万物皆有精灵，故拟想其性格如人类一样。（6）野蛮的要素（savage element），神话是原始心理的产物，其所含性质在文明人观之常觉不合理。其实他们都是原始社会生活的反映，不是没有理由的。以上是内容的通性。①

不难看出，林惠祥归纳的神话在表面上和内容上的通性是此前研究的集大成，可见这些结论确有相当的普遍性。造成神话这些性质的精神上的原因是我们对神话现象进行审美分析应首先关注的。在我们看来，产生对神话创造的需要并推动先民去进行神话创造的，决不能归于某种单一的社会力量，而是多种社会历史因素和创造主体的心理因素合力作用的结果。从创造主体的心理因素看，神话是过于弱小的先民对过于强大的自然力的想象性的征服，是原始民族的“精神胜利法”。不过这种“精神胜利法”对于发明并使用它的民众来说已是相当了不起的。一方面它反映了人与自然的矛盾，一方面它又是先民创造的具有实际效能的社会精神价值。“虽然神话也反映某些真实的对立物，但它总是企图在意识中借助虚幻的形象和实体来征服这些对立物。”② 比如射日月神话，矛盾对立双方是人和日月，胜利者却是人（如汉族的羿，瑶族的格怀，壮族的侯野，水族的伢俣，布依族的年王、王姜，伏羲或伏羲兄妹，苗族的杨亚，等等），这些被神化的人具有高超的技艺和济世救民的英雄品格，通过他们，神话创造者圆全了精神上的自由和道德上的至善。

这种“精神胜利法”恰恰是先民对现实不自由在精神上的自由补偿。一方面，原始社会的现实难题是一种压在人们心中的一个过重的心理负荷，自然力是如此的横暴：太阳晒得土地干裂，洪水绝灭人种，猛兽袭击生民，水火时有时无，地震频发，疫病流行……另一方面，人的顽强的生命意识、人性的自由而乐生的审美追求，又会与之相抵触。作为原始宗教重要构成的神话，是人们实现其精神需要和审美追求的一方“乐土”。从狭义上看，人对自然的征服

① 林惠祥：《文化人类学》影印本，上海文艺出版社，1991年，第334、335页。

② ［苏联］乌格里诺维奇：《艺术与宗教》，王先睿，李鹏增译，生活·读书·新知三联书店，1987年，第80－81页。

和主宰，在神话中突出地表现为巫咒控制型神话。人们在这类神话中企图公开控制和影响自然力，使之听命于人。例如流传于各族中的征服自然的神话、各种文化现象起源的神话，它们讲说的是英雄成长并与魔鬼（或其他）斗争的故事，表现了人类最初以善恶为基准的道德观念，神话主角多是半人半神，虽属晚期神话，却反映了人试图借助某种巫力而使自然听命的心理。从广义上看，人对自然和宇宙本体的认识的神话（如日月星辰等天体神话、自然现象神话，袁珂先生称后者为“物活论神话”），以及自然和文化的历史渊源的神话（如创世神话、风俗神话、物象特点的推原神话），都表现了人在观念上对自然施加了精神影响和观念价值，是原始心理对人的现实界的形象的、人格化的改造，某种意义上就是一种征服。乌格里诺维奇说：“神话乃是解释世界和虚幻地改造世界两个方面尚未分解的统一。”① 上述神话类型一是灵性（自然）崇拜的产物，一是图腾崇拜、生殖崇拜、英雄崇拜的产物。从观念上讲，两类神话存在着时间上的级差。可以肯定地说，人类的心智居于何种阶段，就有何种阶段的特殊的物质和精神需要，就有何种人性的特殊规约和乐生的特定内涵。例如神话原型常暗示我们，狩猎社会开创了人类最早的文明，最早的神是动物，是图腾神，神话时代（mythopoeic age）初期，人的愿望就寄托在它们身上。那时，作为食物来源的动物既是被征服的对象，也是初民的神，它们是人性善的象征，是神话的主角，它们是创世的设计师、工匠和化生者，如彝族造万物的虎、藏族的牛、普米族的马鹿，等等。

神话创造有一个重要特征就是幻想，神话是幻想的产物。维柯说：“各异教民族的原始祖先都是些在发展中的人类的儿童，他们按照自己的观念去创造事物。……在他们的粗鲁无知中，却只凭一种完全肉体方面的想象力。而且因为这种想象力完全是肉体方面的，他们就以惊人的崇高气魄去创造，这种崇高气魄伟大到使那些用想象来创造的本人也感到非常惶惑。”② 幻想是自由组合素材的想象（柯勒律治语），神话时代的幻想有别于后世艺术表现中的幻想，这是因为它混融于巫祭仪式，具有巫术臆想的一般特征，比如它常为了强调此一意象而使彼一意象显得朦胧、模糊。哈萨克神话说，萨甘加用高山作钉，把地钉在巨牛的一个角上，巨牛摇头驱蝇或将地从这一个角移到那一个角时，就会发生地震。那么牛站在哪里呢？高山怎样能将地钉在牛的一个角上？既然钉

① ［苏联］乌格里诺维奇：《艺术与宗教》，王先睿，李鹏增译，生活·读书·新知三联书店，1987 年，第 69 页。
② ［美］维柯：《新科学》，朱光潜译，人民出版社，1926 年，第 162 页。

住了牛何以又能将地从此角移至彼角？在初民的想象中这些都可不问，都合逻辑。如今这些在逻辑上讲是有缺陷和疏漏的想象，其实正是初民的一种伟大的才能，是构成神话创造主体的心理条件。[①] 抽掉幻想不能构成神话。马克思说："任何神话都是在想象中并且借助想象来征服自然力，支配自然力，造成自然力；因而自然力一旦在实际上被统治，神话就消失了。"[②] 可见在想象中征服、支配自然是神话产生的一个重要的心理动机。

有的学者把神话的幻想手段初步分为下列三种形态：（1）接近幻想：如云南弥勒县彝族阿细人的神话说：远古时兄妹吃野果，喝雨水，穿树叶，住山洞，睡石板等，跟考古发现的旧石器早期、中期的采集生活基本相像。（2）创造性幻想：即按原始思维诸特征，把同一表象作变形处理，或把不同的表象做重新组合。哈尼族洪水神话说：幸存者是两个女性（孤女与寡妇）。她俩受动植物的"灵魂"所感，生育出形形色色的草木禽兽，胸以上生出飞鸟，胸以下生出走兽，唯有人是从生殖器生的。(1)(2) 两种幻想结合起来又形成了幻想（3），即综合幻想，永宁纳西族神话说：洪水过后只剩一个男子，叫曹德鲁若，他看见仙女柴红吉吉美在泸沽湖洗澡，曹挽留柴与之繁衍人种，柴答应了并从天上带来种子和家畜。[③]

虽然神话事件不同于事实事件，但神话是初民心灵真实的反映，是初民群体的意愿和情感的一个宣泄处，祭礼中神话的诗文背诵总是伴随着高度的情感刺激，使个体融于群体之中。对于传述神话的生命个体而言，其幻想形式是个体心理的戏剧化形式，但它主要是以集体无意识为主导的。神话幻想走得再远，它都要作为集体无意识（原型）的陈述，为集体所拥有，而不是为个人所拥有，所以神话想象力是社会化的想象。乌格里诺维奇指出："神话并不是个人幻想、个人想象的产物，而是原始公社（氏族或部落）集体意识的产物。"[④]

从原始宗教的心理构成而言，恐惧产生宗教，求解和征服欲也产生宗教，原始文化中未与宗教分离的神话亦然。某些情况下（如要求遵循部族的社会制度、风俗和规范），恐惧可能产生神话。鄂伦春族的火神神话说：一个女人因火星灼了自己，便骂骂咧咧地拿刀把火捣灭，当晚无论如何也生不着火，她

① 袁珂：《中国神话史》，上海文艺出版社，1989 年，第 418 页。

② 《马克思恩格斯选集》（卷 2），人民出版社，1972 年，第 113 页。

③ 李景江，李文焕：《中国各民族民间文学基础》，吉林大学出版社，1986 年，第 104－105 页。

④ ［苏联］乌格里诺维奇：《艺术与宗教》，王先睿，李鹏增译，生活·读书·新知三联书店，1987 年，第 78 页。

去邻家借火，路遇一个一只眼睛流血的老太太在哭，并称是这女人捣火时所为，女子吓得告饶，从此鄂伦春人一直敬火，严禁用刀生火。但是单有恐惧并不能产生神话，恐惧、危机而又有摆脱恐惧、危机的需要，归根结底是为了生命和生存的需要，推动先民去了解和解释造成恐惧和危机的超自然的神秘存在，以期征服，因而神话又是肯定性的。原始人不单感到恐惧、压抑、绝望，同时也力图支配周围世界的某些客体，改造它们，使之为自己服务。但在当时的条件下，他们的“改造”只能带幻想性质，只能在他们的意识中诉诸实现，我们看到的多数神话，除巫咒控制型的外，更多的则是了解和解释自然的神话，它们展现了人在意识领域内战胜、征服自然的企图。

神话就是这样，幻想得越荒诞离奇就越与原始民族的思维接近，越能洞见他们天真而朴素的自觉意识和征服欲望。

我们不能按照后世世俗化了的神话（如故事、传说、寓言、童话中的神话成分）来判定神话的真正性质，因为那只是准神话。真正的神话是与仪式的进行相结合的，是具有神圣性和真实性的膜拜体系。它们绝不是不分场合、不拘形式、随便什么人都可以讲说的。神话叙事语言被认为是灵验的，说出来是能产生相应结果的。神话创作时语言这一有限工具的无限利用所体现的神秘属性，使它总是和咒语一样在仪式中优先使用。神话和符咒最初都属于仪式，所以神话的语言和符咒一样被视为有巫术的力量，是灵性的语言。马林诺夫斯基说：“神话不是过去时代的死物，不是流传下来的不相干的故事；乃是活的力量，随时产生新现象，随时供给巫术以证据的活的力量。”① 同时，神话的语言在图腾祭仪中被表现为禁忌语（linguistic taboo）来使用。尽管神话是有情节的叙事，但是讲述神话的每一个字都充满了神力。有报道说，阿昌族“活袍”（巫师）赵安贤一次破例给搜集人演唱神话史诗《遮帕麻和遮米麻》时唱丢了几个地方，在调查人员一年后重来复核时，“他把全诗重唱一遍，并在上次漏掉的地方单独补唱。”②

可见唱诵神话是非常神圣的。神话神圣性的前提是：原始民族因为相信神话具有真实性（即神话讲述的都被认为是千真万确的，比如从不怀疑远古的多日现象和英雄射日的真实性）才相信它的神圣性。维柯说：“一切古代世界历史都起源于神话故事。”③ 马林诺夫斯基也说：“蛮野人看神话，就等于忠实

① ［英］马林诺夫斯基：《巫术·科学·宗教与神话》，李安宅译，上海文艺出版社，第17页。

② 兰克，杨智辉：《遮帕麻和遮米麻·后记》，云南人民出版社，1983年。

③ ［美］维柯：《新科学》，朱光潜译，人民出版社，1926年，第433页。

的基督徒看《创世纪》、看《失乐园》、看基督死在十字架上给人赎罪等等。”“神话便不只看作真的，且是崇敬而神圣的，具有极其重要的文化作用。”①

由此可见，神话是人与神明的对话，是原始宗教的“魔法工具”，是对善神的爱语，是对恶神的起诉，是关于神的世界的“故事”，是原始宗教的神圣经典，传唱人（往往是巫师）借神话的讲述而解说世界，晓谕人寰。应该说，神圣性和真实性是神话的基本属性，正是这一属性才把它跟寓言、童话区别开来。

于乃昌先生在西藏米林县里龙沟目睹了珞巴族女巫亚热跳鬼②的实况，为我们了解神话和仪式并存及神话的神圣性和真实性提供了一个不可多得的实例。

1986 年六七月间的某日，晚七时半至凌晨二时。大纽布（女巫）亚热（七十多岁）在祭主××灶室内，身穿法衣坐于火塘靠门一侧的牛禄位置之几前，饮茶，喝酒，吸烟。助手准备法器，点燃松枝，闭目端坐的纽布击掌三声以示请鬼，十分钟后纽布起舞遂进入迷狂。接下来的几个小时内，纽布亚热用特定歌调演唱各种神话，中间穿插舞蹈卜卦，具体见表 1：

表 1　珞巴族女巫亚热跳鬼的内容

	附体鬼灵	歌调	大意	神话类型
1		兵得呐	祭祀和巫术的起源	风俗推源神话
2		纽布依（迎鬼词）	请鬼、迎鬼	
3		纽布依	回忆跟随先师学习巫术的经过	
4		阿尤白	人间纽布由天上西木荣乌佑委任，巫术由阿巴达尼传教，阿巴达尼的本领由太阳、月亮传教	
5	依芒	翁木纳	夸耀本领	涉及多种神话
6	永公（魔鬼）	艾依亚	故地重游	
7	达宾（蝙蝠鬼）	阿鄂纳木	富贵、愉快、平安	
8	众恶鬼		弑父娶母	“俄狄浦斯”型神话

① ［英］马林诺夫斯基：《巫术·科学·宗教与神话》，李安宅译，上海文艺出版社，1987 年，第 121、130 页。
② 于乃昌，陈立明：《中国民族文化大观·珞巴族卷》（上），中国大百科全书出版社，1995 年，第 178－186 页。

续表

	附体鬼灵	歌调	大意	神话类型
9	乌松	帝巴儿	叙述成为纽布的过程并介绍巫术本领	纽布起源神话
10	熊鬼灵	包包米	讲述自己被猎人所害	
11	金芒	翁木纳	介绍巫术本领	
12	金玛尧乃（鹰鬼）	艾依亚		创世神话
13	凌波鬼	翁木纳	叙述凌波人和博日人的战争及凌波人的历史	
14	虎灵	翁木纳	博嘎尔部落史及太阳东尼家乡的情景	
15	百肖（猴子鬼）	艾依亚	帮助布鲁、布秀打铁	英雄神话
16	白龙（鸟鬼）	白龙白	帮助阿宾肯日发明弓与箭	英雄神话
17	西木荣鬼		夸赞亚热纽布	
18	比尼		挽留亚热	
19	百奈		炫耀自己	
20	金芒		劝比尼、百奈回去	

从这次类似于独角戏的纽布跳鬼的情况看，鬼灵出场除金芒鬼灵出现两次外，一般没有重复出现；歌调用了九种，按使用频率计，“翁木纳”最多（4次），其次是“艾依亚”（3次），复次是“纽布依”（2次），其余各1次。神话和卜卦及剧情性的歌舞表演交叉进行，神话以文化（宗教、技艺、医药）起源和创世为主。其中“众恶鬼”的唱词特别引人注目，它为神话母题的跨文化研究提供了一个相当珍贵的材料：

感谢你（达宾）帮了我们，
感谢你奉献牺牲。
可是——
我要娶美丽的姑娘，
众多的姑娘未娶上，
却娶了我的亲娘。
很多男子在打仗，
未来帮助打仇人，
却把自己的父亲杀伤。

这个颠倒错乱的、违背生活逻辑的叙述，展示了一个东方民族的“俄狄浦斯情结”（Edipus complex），故事借“众恶鬼”之口无可奈何地违背禁忌规范而弑父娶母，表现了男子对母亲怀有柔情而把父亲视为仇敌的潜意识，同时也反映了对乱伦的恐惧，却允许它在“众恶鬼”那儿发生，这一性欲望的达成被赋予了一个群体的解释。对于这些违犯禁制的众恶鬼，“纽布拍掌三声，舞法刀、法杖，作刺腹、刺喉魔术，以驱鬼”。

回过头来我们结合其他民族神话讲述情况分析这个跳鬼的实例，可知：

（1）神话非常庄重而神圣地寓于祭仪之中。文化后进民族的心智类似于原始人，所以像珞巴族这样的神话仪式一体化的情况在各民族神话的最初传播中具有普遍性。前面列举的阿昌巫师演讲神话史诗《遮帕麻和遮米麻》多是“在祭祖和丧葬这样两种意义重大的场合讲述的，破例演唱则要求得到神祇同意”。[①] 又如，我国的洪水神话都是在民族的重大祭祀、典礼、节日活动（如纳西族祭天、彝族祭祖、基诺族祭鼓）时讲述。我们知道，原始祭仪的一个主要特征就是传达，祭仪的体态方面（如献祭膜拜、巫术舞蹈）、实物方面（如祭品、法器）和语言都是含有宗教意义的传达，前两者的传达语汇在准确性、丰富性和生动性上往往不及语言，神话就是原始宗教仪式中最神圣的语言（即宗教语言）之一。基辛把神话和仪式放在一起讨论时说:“神话记载世界的前因后果和未有人类以前的自然界之奥妙。人们认为神话不但是真实的，而且是神圣的。宗教仪式乃是赋有神圣宗教意义的规范行为经过严密组织化的一种表现。”“人类在仪式下就像在神话中一样，揭露出一种对区分创造文化的人类和其他动物及自然现象的鸿沟所产生的迷惑。”[②] 原始时代，作为词的符号系统的神话与作为事物和行为的符号系统的祭仪是合而为一的。神话是仪式的语言方面，仪式是神话的行为方面；仪式的操作与神话的传播是同步进行的。“在成人仪式上，由老人讲解神话传授氏族不可变更的原则、行动规范。在节日、婚嫁，由歌手演唱神话或古歌，追溯本族根谱。”[③] 神话与仪式的混融满足了同一种群体的需要，也满足了个体的需要。人们需要温暖明丽的太阳就有了射日神话—仪式，人们需要谷种和火种就有了盗谷种和火种的神话—仪式。乌格里诺维奇说：“神话最初见于仪式活动本身，仪式活动仿佛再现神话中的事件和形象，从而把它们移入现实。”“神话的真实存在同人们的一定共同体的

① 阎云翔：《神话的真实性和神圣性》，《神话新论》，上海文艺出版社，1987 年，第 90 页。

② ［美］基辛：《当代文化人类学》，于嘉云，张恭启译，台湾巨流图书公司，第 579、580 页。

③ 李景江，李文焕：《中国各民族民间文学基础》，吉林大学出版社，1986 年，第 63 页。

生活具有直接的联系。许多神话带有秘密的性质，只有皈依者——譬如在澳大利亚人那里，只有接受成年礼的男子——才许聆听。讲述神话，或者在仪式中再现神话，这总是氏族部落生活中的一种庄严神圣的壮观，一件意义重大的盛事。”①

（2）神话唯有巫师讲述才有神力。我们从民间收集的神话，不少是从祭仪中脱离出来的世俗性的神话故事，真正的神话存在于仪式的严肃的讲说之中。讲述者是仪式的主角——祭司、巫师，他们是沟通神与人的中介者，是神的代言人。即使是他们也不能随便讲述神话。阿昌族巫师应客讲述神话时“提上陶罐从山里取回泉水，净过手，换上新衣，坐在神桌前，两头点上‘长明灯’，闭上双眼，口中念念有词——说是请求住在遥远地区的遮帕麻和遮米麻……当他慢慢睁开眼睛后，对我们说：‘遮帕麻和遮米麻同意了。’这才用庄严而又抑扬顿挫的活袍调唱出了《遮帕麻和遮米麻》。”②

珞巴族女巫亚热在祭主家跳鬼时身穿法衣“吉拉布”，入神之后方得讲述神话。不是这种祭仪场合，不是神职人员，则不得讲述。贝克威思（M. W. Beckwith）谈到他收集的印第安神话时说：“这些故事和歌曲都具有神圣性，不可随便演唱，除非为了正当的目的。”“只有某些拥有继承权的人才可以传播这些知识（按，指神话）……其他人甚至于都不得对外人提起它。”③

（3）讲述神话一律采用韵语，因而是唱诵的。神话传播非常注重音响效果和节奏。在原始民族中押韵、顿律和歌唱、舞蹈经常混在一起表达“神的旨意”，语音是修饰过的，当然是不同于口语的。珞巴族女巫亚热讲述神话的歌调和内容有一种固定的配对关系，假设给歌调和内容替换原有的配对关系（比如白龙鬼灵不用“白龙白”调而用“翁木纳”调），那么可能就是亵渎鬼灵的行为。

二、仪式状态下神话创造的思维心理活动

自然力的无法控制致使人在神话—仪式中试图控制之，这种关系是不可避免的而且是神圣的。原始人通过神话—仪式研究并学会调适与自然的平衡状

① ［苏联］乌格里诺维奇：《艺术与宗教》，王先睿，李鹏增译，生活·读书·新知三联书店，1987年，第66、79页。

② 兰克，杨智辉：《遮帕麻和遮米麻·后记》，云南人民出版社，1983年。

③ ［英］M. 贝克威思：《曼丹人和希达察人的神话与仪式》，阎云翔《神话新论》，上海文艺出版社，1986年，第89页。

态。表示人和自然力的亲和方式，有将自然力神秘地人格化（泛生信仰），或相信超自然生命的存在（泛灵信仰），或相信开天始祖，或根据鸟、兽等自然物象将社会群体间的关系概念化（图腾）。与之相应，神话创造了一个光怪陆离、神奇虚幻的世界，这是神话思维作用的结果。从灵性灵物的神话直至祖先—英雄神话，几乎囊括了原始民族的心灵史。

（1）内视形象对现实物象的心灵改造。内视形象，即心像。前面已经说过，神话是幻想的产物，幻想是心像的促产婆。神话因为以幻想为主要特征，故它创造的不是外界事物本身，不是现实映象世界，而是幻象世界即心像世界。原始民族把纳入神话的现实物象都视为活物，都人格化了，于是事物不再是事物本身，而是同人一样有血有肉，有快乐有悲伤，有如人间一般的社会关系的生命体，即神话形象。例如世界各地的日月星辰等天体神话无不把天体当作活物来对待。壮族《三星的故事》说：日、月、星原是一家人，日父月母星为子，残暴狠毒的太阳，每天拿星星充饥，天空中的朝霞和晚霞就是被太阳咬嚼出来的星星的血。这个毒日食子的故事实乃壮族先民未知而求知、恐惧而崇拜、无能而有心、顺从而逆反——剧烈冲突中的心态所影响的结果，它们生成幻想和幻象，以此作为感应客观物象的心理基础，去构造物象，创造出了神话幻象—神话形象。

内视形象的核心是“灵”和“情”。上述神话中的三星（日月星）是有灵的，故才有日食子之说。“情”表现在月亮妈妈对孩子慈善的母爱：明朗的晚上她总是带着自己的孩子在天空里漫游；也表现在星星的天真无邪和对母亲的亲情：每当明媚的夜晚，星星们就在月亮身边欢欢乐乐地游玩，调皮地闪动着蓝色的眼光。但它们一想到白天就要被太阳吃掉，就忍不住流泪，每天早晨，我们看到树叶上和草地上，有一颗颗亮晶晶的水珠，那就是星星掉下来的泪。“神话中只是把这些自然物作了初步的拟人化，赋予了它们各自的性格、行为，所呈现的多种自然现象……朝霞、月圆缺、露珠、星灭星现等，便被圆满而富有诗意地解释出来了。”① 从这个意义上讲，万物有灵、万物有情，这是先民感应世界的心理模式，它规范了神话的想象创造。因此，神话是通过对现实的人化去创造人化的现实，是以创造主体的主观投射和移情实现的。

（2）“无我”与“有我”、“非我”与“是我”的二律背反。从一方面看，低下的生产力，使先民不能区分“我”与“物”，“物我同一”；“万物有灵”

① 袁珂：《中国神话史》，上海文艺出版社，1989 年，第 418 页。

观，又使先民在观念上“我”被“物”吞噬，“我”消解在“物”中，“我”与“物”混同一体，“我”即“物”，“物”即“我”。“狩猎采集民族的宗教体系非常驳杂，但其特色均为‘天人合一’。”“滕堡（Coliu M. Turnbull）对伊杜里（Lturi）森林中的非洲匹美人的描述，提出了强力的‘天人合一’而非对抗自然的意义。”① 汉族创世神话讲盘古垂死而化生万物，藏族和哈尼族有牛化生的创世神话，怒族有被天神砍死的巨兽化生万物的神话，等等，如果说此类天地先成于人以前的神话还有一点“我”的影子的话，那仅仅是“非我”的“我”。

从另一方面看，先民又处处以人类自我为尺度，即“人格同化”或“人化”，把人的尺度向整个自然界延伸，使神话形象“有我”和“是我”，人与自然同质化、同形化。具有神秘属性的神话故事中的灵物或自然精灵是“人格同化”的结果，就连那些征服人类的神其实就是幻想中的征服自然的人。例如很多民族都说是大神创世，有的继而创人（如彝族《梅葛》中的创世天神格兹苦、布努瑶的创世神密洛陀、傣族的天神混散和拉果），这些天神都有人情、有人性，是人们对自己大写的结果。因此，神话归根结底是人的自我表现、自我观照、自我崇拜。

神话中关于“我”的二律背反，使神话形象具有客观自然属性和主体心理属性的二重性。

（3）变“无序”为“有序”的积极努力。对先民来说，世界是“无序”的。自然时空的捉摸不定造成了心理时空的颠倒错乱，神话世界呈现出来的是一个纷繁芜杂、时空无序、因果颠倒、阴错阳差的世界图景。珞巴族神话中，天和地被说成是夫妇俩，他们生了九个太阳；太阳的眼睫毛，落到了地上变成了鸡；牛身上的毛变成了树木和百草；猴子变成了人。哈尼族神话中创造万物的是牛，它死后左眼变太阳，右眼变月亮，牛牙变星星，牛肉变土地，牛舌变成虹。一说远古大雾变大海，中生一鱼，见世间无天地，便将右鳍上甩为天，左鳍下甩为地，一摇身从脊背送出七对神一对人，世上乃有天地神人。这些神话的神话素（mytheme）②，不论是将它们按人的生存方式（如珞巴族的），抑或按物的体貌结构（如哈尼族的）来表现天地不分的混沌状态，还是进而将它们分解成各有体征和名称的有序构成（如天/地/日→夫/妇/子，牛左眼/右

① 袁珂：《中国神话史》，上海文艺出版社，1989年，第936页。

② “神话素”是列维—斯特劳斯在《结构人类学》中提出的一个概念，意指神话结构分解出的单元。

眼/牙/肉/舌→日/月/星/土地/虹，雾/鱼右鳍/左鳍/脊背→海/天/地/神与人），均体现了原始思维混沌之中暗含着一种原逻辑思维，体现了“在粗鄙的野蛮人中早就存在着一种求知欲”。① 同时，也说明“宗教对狩猎采集民族就像对其他人类一样，是在满足一些关键性但更为精微的需要，如傅里曼（Freeman，1968年）所明确论证的，宗教信仰投射出人类对宇宙的精神冲突；它回答疑问，为人类行动赋予意义和合法性的构架；它也从死亡、不确定、紊乱的现实世界中理出秩序。而且宗教也有助于缓冲人类彼此之间的关系，它用智慧和信仰来限制小聪明和一意孤行的行动，也控制住危险短视的理性”。② 神话的表面无序中隐含了原始宗教对世界有序化的努力。我国的创世神话叙述了宇宙最初的混沌无序，但经神话的“有序”化努力，这些孤立而无序的神话素都被放到了神话心像中的特有位置上，如珞巴族的日母月父，壮族的日父月母星星子，黔北仡佬族的日兄月妹，等等。这些神话素一旦按照人们用所知（表象）所想（从联想、幻想、想象到具象），去补充心力（理性）之不足，求解未知（本质和规律），以达到“有序”，那么，分散的神话素在神话结构中即算正式到位。“因此，创世神话对我们第一个启示就是在貌似混乱的原始思维中呈现了某种具有明确方向的思考秩序。人类意识发展的神话阶段，就是对世界是怎样开始的问题来开始的。”③ 可见神话是主观建立起来的世界图景。

（4）崇仰心理和征服欲望的互补。作为对神灵的陈述，神话和它混同的原始宗教一样，交织着恐惧和勇气、顺从与抗争、崇仰和征服的矛盾心理。人们射日心理的现实基础是日的过于强大，不可征服，人们恐惧它，求祈它，膜拜它，不成，人们又要在神话想象中影响它、征服它，对太阳的软硬兼施的仪式和对一切过于强大的自然力的软硬兼施的神话是一致的。满族的神话说天有十日（托里），带毛的野兽们上天祈求天神阿布卡恩都里发善心收回十个托里，未果，人们制造弓箭射掉八个托里，只余两个做日月。因为前一种缘故人们拜日，因为后一种缘故人们射日。对于其他过于强大的自然力人们也做如是反应。畲族神话说，乌云蔽日，连月不开，人们求神问卜不见天眼重开，青年勇团历经磨难，亲赴双龙山除掉放乌烟的恶龙，拨开乌云，使人们重见天日。珞巴族神话讲，先祖阿巴达尼误入恶鬼格波和伦波的窝穴使自己丢失了后眼，

① ［英］泰勒：《原始文化》（卷1），第369页，朱狄《原始文化研究》，生活·读书·新知三联书店，1988年，第729页。
② ［美］基辛：《当代文化人类学》，于嘉云，张恭启译，台湾巨流图书公司，第584页。
③ 朱狄：《原始文化研究》，生活·读书·新知三联书店，1988年，第719页。

魔鬼还要吸他的血，阿巴达尼因此创造了祭祀和巫术。祭祀为了膜拜，巫术为了征服。这在仪式中我们亦可寻到类似的例子。广东连南南岗瑶族每逢天旱必祭神求雨，如果灵验就给某个原来绑着的祖公偶像松绑并还愿，如果不灵就把祖庙中的所有偶像放于水塘浸一回，再将偶像倒置于盛着污水的大酒缸内，并放些蛇虫鼠蚁、青蛙、田螺等东西羞辱祖先公；如果天下雨了，才将神偶翻身正立，重返大庙。这个仪式把对神（自然力的主宰）的软硬兼施发挥得淋漓尽致。所以我们说，崇仰和征服是神话中并存的两种正反互补相成的心理倾向。

崇仰和征服的正反互补突出表现了神话创造思维的顺势和逆向的统一。它们可能是并列式的统一，也可能是混同式的统一。其现实根据：第一，世界作用于人，人是受动的，此类神话就有了现实性和信仰性。第二，人反过来改造世界，人是主动的，此类神话就有了理想性和抗争性。以神话为人生教科书的原始时代，人与现实的同化和对抗，使人总是在崇拜者和征服者两个角色中自由变换。崇拜是为了缓解、消除冲突所致的紧张、恐惧，以求心理平衡；征服则是一种自由意志的实现，在现实领域实现不了就用虚幻的办法。不过，崇仰和征服只是学者们为了论说方便才把它们分立起来叙述。其实在原始宗教及其神话中，更多的是表现为二者并行不悖的混同式统一。仅以崇仰为例，它绝不是单纯的顺势和受动。过于强大的现实可能是崇拜对象，人的自由本性也可能是崇拜对象，崇拜可以看成人对其自由本性所怀有的一种献身、崇敬和赞叹。表面上它淹没、压抑、低估了自我意志和自我感觉，本质上却是合乎自身自由意志为本性的人的生存理想，是人的精神价值的延展。在原始信仰中，人不能自禁地把自己交付给神，但真正的审美注意的却是人自身，神话本质上是以神作为自身意志实现为表征的。天地是神造的，人是神造的，谷种、水源和火是神发现的，文字、宗教、技艺等是神造的，人在神造中灌注了实现自我的需要。因此看似矛盾的崇仰心理和征服欲均体现为人的价值实现的可能，进而可以说在每一个表达崇仰心理的神话故事背后，都潜藏着人征服他的现实界的勃勃雄心。

三、从仪式寻找中国民族神话的审美价值

1. 神话创造中“美的规律”体现

继前所述，依赖仪式的神话体现了生命意识的张扬和情感需求的满足，这些源自仪式的神话在表现生命意识和满足情感需要时，具备了造型性、想象

性、情态性和形象性等属性，这使神话创造已经具备种种审美活动的意义。

和所有的审美活动一样，人在神话创造中是按美的规律塑造的，马克思把“美的规律”看成是“物种的尺度”和“内在固有尺度”的统一：“动物只是按照它所属的那个物种的尺度和需求来进行塑造，而人则懂得按照任何物种的尺度来进行生产，并且随时随地都能用内在固有的尺度来衡量对象；所以，人也按照美的规律来塑造物体。”①，这两种尺度的统一，即客观尺度和主体尺度的统一、合规律和合目的的统一。

神话创造以主体尺度为最高尺度。神话实际上是关于特殊的对象（第二自我）的故事。先民以主体来测度对象，反倒像对象也具有了主体的禀赋，不过这个“主体”不是空洞的抽象，神话中的一切对象（自然、社会）都是主体情态的“符号”。卡西尔在其《符号形式哲学总论》中指出：“我们发现，除了知觉的世界以外，其它一切领域确实都自由地制造出各自的符号世界。”“如果用我们的感觉经验所提供的通常经验标准来判断，神话的创造当然是‘不真实的’，可是恰恰在这种不真实中存在着神话功能的能动性和内在自由。这种自由决不是任意的，无章可循。神话世界不是偶然怪想的产物。它有其基本的形式法则。这些法则在神话的一切具体表现中起作用。”② 以苗族神话《公鸡请日月》为例，造物主“阳雀”射日后，所余二日被吓得躲藏着不敢出来，阳雀先后派遣花牯子（花牯牛）、飞龙马和公鸡去请日月复出，前二者声大相凶反使日月隐藏更深，唯公鸡叫声亲切动听，显得热情、谦虚、诚恳，日月深受感动，太阳先从山顶爬出，月亮胆小不敢出来，隔了一天见太阳平安无事，才尾随太阳而出。这样太阳走白天，月亮走夜晚，周而复始。日月和公鸡之间有这么一段趣事当然是不真实的，神话只是按人的需要并遵照神话形式法则来编排它们，联系它们，神话成了人的情感和观念的符号的集合体。主体尺度在这个神话中是第一位的。日、月、公鸡等自然物象人格化了，却不脱它们自身的属性，神话是对这些属性的人化了的求解，是按照具体而直接的方式来表达情态。神话传播者在人和物象之间拆除了障碍，使主客体互见品性和有无。太阳、月亮和公鸡在原始人心目中，它们不是人化了的物象；也不是人性的模仿和移入，倒可能是它们自己具有了跟人一样的品质。

① ［德］马克思：《1844年经济学—哲学手稿》，刘丕坤译，人民出版社，1979年，第50、51页。

② ［德］恩斯特·卡西尔：《符号形式哲学总论》，《语言与神话》，于晓，等译，生活·读书·新知三联书店，1988年，第218、219页。

2. 神话是物我精神关系的符号

神话是先民得以表现人类性需要、情感、理想、意志、目的的创造物。人们调动自己的发达的想象力创造神话，体现了人与现实的关系，人试图在神话氛围中满足着什么。这种满足是假想的满足，而非物质的直接获得。因为所有神话都在讲已然的过去，强调传统教化，而不预测未来。上引一例神话故事的讲述不在于讲述者希望完成讲述后，就可以对生活产生什么效应，它只体现了人对天象的支配的精神欲求。神话中人与现实所建立的是一种精神关系，神话是物我精神关系的“投射”，即：先民超越物质阈限而对他们所面对的世界按人的尺度提出自由需求时，对象则通过神话活动的自由表现，被虚幻、被改造，创造了一个表现主体的精神世界，使精神需求获得最大满足。

3. 神话是人性的享受和乐生的生命意识显现

享受生命和愉悦人生的观念在神话中开了一个最早的头。活下去的生命忧患、关切意识和活着快乐的乐生、享受意识，在神话中是两个重要的母题。我们不能因为神话是神圣的、真实的，就推测说它是板起面孔的；神圣、真实与板起面孔之间没有必然联系。神话也可能是人生快乐的最初体现。后来这些内容有不少世俗化为故事、笑话、寓言和童话，神话是它们的神圣的源头。Hofmann 说：“从原始时代起人就要想办法以生为快乐，并不断地发笑。”“滑稽在主观体验上使人感受到心灵轻快（erlreichterung）、摆脱重压的解放（entlastung）和精神的自由”，人在“被期待的东西和被实现的东西之间量或质的矛盾的美”方面，“相当明确地体验到价值要求的空虚性”。①

神话世界中的神人不分，万物如人，敌友互变，日常生活现象的拆散和重组，闹剧式的情节，嬉闹无比的消遣，等等，均把人生的快乐方式内隐于神话的神圣性之中。苗族神话中请日的公鸡倒置头梳于头顶的情节令人喷饭；布朗族神话说顾米亚捕来巨鳌叫它驮地，巨鳌侍机逃遁，顾米亚叫金鸡看守它，巨鳌一动，金鸡就啄它的眼睛，因金鸡疏忽而使巨鳌蠢动即生地震，巨鳌被啄的滑稽一幕实乃人们试图支配现实的情趣化的体现；赫哲人称北斗七星为“晾鱼架星星”，神话说它们是被老翁追砍的笨女婿，连同笨女婿制作的歪扭的晾鱼架，以及护卫女婿的丈母娘、老翁，一齐给大风刮上天变化而成的。彝族神话《创造万物的巨人尼支呷洛》说尼支呷洛叫麂子上天请毕摩（巫师）比恩

① P. Hofmann. Das Komische und seine Stellung unter den aesthetischen Gegenstanden，1914。

阿子下地念经，让日月复出，却被比恩阿子的妻子一瓢烧烫的水泼在鼻梁上，“它赶紧逃走，但鼻梁已经烫皱了”；野鸡又去了，比恩阿子的妻子“劈头就给它一织布刀，纵然野鸡飞得快，也弄得满脸鲜血地逃回来”；乌鸡再去，被阿子家的漆匠泼了一瓢漆，“于是弄得漆黑一身”；山鹬自告奋勇又去，“一瓢红漆正泼在它的嘴唇上，从此，调皮的山鹬，嘴上就抹了一层永不掉落的口红，使它变得更美丽，而且更会饶舌了”。……此类不胜枚举的情趣化的个例一反宗教严肃的面孔，给人们带来了欢快清新的空气，人们借神话创造维护传统的尊严，但也不断在其中运用了使人快乐的成分，消解人生的困惑与郁闷，使人在幽默、滑稽的自慰中，体悟快乐人生的含义。

恩格斯在1875年11月给彼得·拉甫洛维奇·拉甫洛夫的信中肯定了拉甫洛夫下述的看法:“人不仅为生存而斗争，而且为享受，为增加自己的享受而斗争……准备为取得高级的享受而放弃低级的享受。”① “增加享受”是人的强烈的生命意识。享受，不仅指向物质的，而且指向精神的和文化的。“高级的享受”就是精神的和文化的享受，在更高层次上是审美享受。

对神话的创造者和接受者来说，他们在神话的“求解”中，获得对神秘的“释疑”，终究获得了心理平衡，获得了精神享受和精神宴乐的审美价值。

4. 神话意象的美感效应

神话是人类运用语言塑造形象的第一次、也是最成功的尝试。

神话形象是集体无意识作用下的“原型意象”。神话意象是满含着神话创造者的信仰崇拜观念、对世界的情感和人生旨趣的形象。

神话形象既具有再现性品质，又具有表现性、幻想性和动情性的品质，是神话创造主体与所感受的对象在心灵中的融合，是主观意识和客观物象的统一。

神话意象是心理幻象的产物，其基本形态是怪诞变形。在神话创作的思维活动中，“创作者对各种表象进行完全出于异想天开的分解和组合，因而造就了神话中大量的神奇怪诞的形象”。② 神话变形形象是一种内视形象，它蕴含原始理智和原始激情的复杂经验，是各种复杂观念的联合体，因而具有心理真实和感觉奇特二者结合的特征。它贡献出来的是一种狞厉、粗犷的美。有的神

① 《马克思恩格斯全集》(卷34)，人民出版社，1972年，第163页。
② 屈育德:《神话创作的思维活动》,《神话新论》，上海文艺出版社，1987年，第32页。

话变形形象是不同表象黏合而成的。汉族的西王母原本是一个“豹尾虎齿，蓬发戴胜”的厉鬼；斩首后的刑天“以乳为目，以脐为口，操干戚以舞”；瑶族的盘瓠犬首人身。有的是某一表象的夸张，水族女神伢俣开天时把混沌一片的东西用手一掰，天地就分开了，此神何其大也；布朗族造天的神巨人顾米亚剥下犀牛皮造成天，挖下它的两眼做星辰，拿它的肉做地，骨变石，血变水，毛成草木，脑浆变人，骨髓变成鸟兽虫鱼，此犀何其大也。有的神话形象从别种物体中分离出来独作一个自在的“活物”，比如眼睛、耳朵、湿牛粪、鸡蛋、磨盘、锥子等，在达斡尔神话《杀莽盖》中都成了“活物”，它们帮助小孩从莽盖（魔鬼）那里夺回金银萨克（一种小孩子的玩具）。由此可见，怪诞变形形象产生的原因是，原始人相信它不同于非怪诞形象，它有着神秘的属性。在他们看来，常态的形象不能通神，而只有非同一般的畸变形象才能获得超人的神性。变形便是先民的元气淋沥、富于生机的生活负荷力和野性原始力的本质力量的形象显现。同时，神话变形形象，作为神话意象涵盖于神话体系的事实，集中反映了神话的本质特征。变形形象不是“艺术的”象征的运用，不是手段，即不是由审美趣味决定的，而是信仰与崇拜的真实心态的直接显现。

5. 神话叙事性的审美特性

首先，神话叙事结构是心理时空的表现。罗兰·巴特在其《叙事作品结构分析导论》中指出:“叙事存在于神话里”，“有了人类历史本身，就有了叙事。任何地方都不存在没有叙事的民族。”[①] 如果有心对神话作品的内容和形式进行分析，我们可以发现，神话叙事中有许多共同的模式，我们称之为叙事范式。即除叙事人、叙事角度和祭仪语境外，神话叙事都有角色（主角、配角）；时态是过去时（讲述的时间仅仅是故事的时间的文化秉承）；神话时间的上限不清，神话叙事开端不明（比如从前以前还有从前），时间在这里如同一团线圈，是层叠和凝聚的。作为开端和承接的时间名词或短语主要有:“从前”“远古时候”“不知是什么年代”“有一年”“很早很早以前”“后来”“不久”“过了没多久”“又一天”“几年以后”……偶尔出现的“现在”只是试图对现存的某种现象（如鸡鸣日出，鸡冠如梳）推原时使用。神话叙事在时间上纯粹是还原式的。

① 王泰来，等编译:《叙事美学》，重庆出版社，1987 年，第 60 页。

神话的空间不是现实空间，而是随着线性时间转换需要而出现的成层性质的结构，各种成分的空间联系构成神话的整个组织，它既指想象力驰骋的界域的大小、宽阔、远近，也指神话叙事的构成单位（神话素）的组合方式。为论证方便起见，我们试把黎族神话《大力神》中关于时间的神话素分别垂直排列（见表2），结果可以看到：神话时空不是客观时空，而是心理时空，部族对时空的神话见解（即时空观）其本身就是主题。

表2　《大力神》中关于时间的神话素垂直排列表

<table>
<tr><th colspan="2"></th><th>时间序列</th><th>空间序列</th></tr>
<tr><td rowspan="3">事件1</td><td>1</td><td>大力神用其躯拱天</td><td>天高一万丈</td></tr>
<tr><td rowspan="2">2</td><td>白天大力神射落六日</td><td>天还有一日</td></tr>
<tr><td>夜晚大力神射落六月</td><td>天还有一月</td></tr>
<tr><td rowspan="6">事件2</td><td rowspan="4">1</td><td rowspan="3">大力神造山岭</td><td>虹→扁担</td></tr>
<tr><td>路→绳索</td></tr>
<tr><td>海边沙土→山岭</td></tr>
<tr><td>大力神造山上的森林</td><td>甩上山的头发→森林</td></tr>
<tr><td>2</td><td>大力神造江河湖泊</td><td>汗水→江河</td></tr>
<tr><td>3</td><td>大力神临死之前巨掌擎天</td><td>巨掌→五指山</td></tr>
</table>

注：→表示“变成”。

大力神从拱天射日月到临死擎天一线为时间序列，与之相随，天高一万丈到五指山的形成为空间序列。从左边垂直栏看，整个神话有两个事件：第一个事件包含了拱天和射日月两个情节；第二个事件包含了造山岭和森林、造江河湖泊和临死擎天三个情节。这是从时间序列中分出来的叙事结构，它们是空间的线性结构。从右边的垂直栏看，空间的结构单位是随着两个事件及其所包含的若干种行为而展开或转换的结果。这个神话的时空叙事关系可标写成：“时间—合目的的行为—空间”。

可见，合目的行为的符号化是构成神话时空关系的基本的叙事方式。列维-斯特劳斯说：

不管神话是个人加工，还是从传统中借鉴的，它是从自己的（个人的或集体的）源泉中派生的……它只是它借以活动的各种表现的仓库。但是它的结构仍然是相同的，而且通过这种结构，符号的功能才得以完成……语言有许许多多种，但是对任何语言都有效的结构规律却寥寥无几。如果把大家熟悉的童话和神话汇编起来，那将卷帙浩瀚。但是如果我们从众多的人物性格中抽象出一些基本的功能，那么我们就可以把这些神话故事缩减为小部分简单的类型。①

如果把“合目的的行为”当作《大力神》神话的所指项的话，那么神话时空的各个散点（神话素）必然是按照有序化的结构得以整化的。

其次，神话缺乏描述性，造成模糊性。神话描述性不足，是不重细节的，即不重细部刻画和描述。因此神话给聆听者留下了很多空白和未定成分。在这里，空白指的是结构所导致的实与虚的位置间隔；未定成分指的是总体上的朦胧意象。前面所析神话《大力神》的两个事件转换之间，就是空白；至于未定成分，比如大力神从何而来，身躯到底有多大，使人似有所悟却又什么也没有直接得到。这是原始思维本身的特性造成的。列维-斯特劳斯在《野性的思维》中指出，由于原始人在文化、技艺低级状态的思想赖以对周围世界做出反应，其手段是“修补术”（bricolage，有人译作“零敲碎打”），他认为“修补匠所收集和使用的零件（成分）是‘预先限定的（précoutraints），就像神话的组成单位一样”。“在理论平面的神话思维与实践平面的‘修补术’之间存在着类似性。”② 这样的修补术使神话传承者总在运用塑造心灵之象和幻化之象，来补充（或修补）视觉映象和记忆表象之不足。列维—斯特劳斯认为这并不表明原始人缺乏逻辑，事实上，这是一种和我们不同的逻辑。因此讲听双方对神话形象的把握，不是靠感觉出来的。原始民族有发达的想象力，也有低级抽象的感悟能力，神话是先民感悟周围世界的结果。

再次，神话叙事的氏族性。因为神话具有神圣性，所以神话叙事也有神圣性。神话是规范人心的、无文字的早期“教义”，神话找不到具体作者却有具体的叙事者或讲述者；神话不传呼某个人的声音，而在传达氏族的胸臆，即神谕。讲述者认为神话就是神谕，他们——那些在祭坛上痴语迷狂的氏族和部落的祭司们——不过是接受了超凡的神力的暗示，传达神们的声音。他们不敢胡乱造次，更不敢对神谕妄加评语。在神话叙述中，唯一属于讲述者自己的是他们在叙述中表现出来的“无所不知的权威”。

每一个氏族都有自己的氏族地域，神话是属于氏族的，因而神话都有自己

① ［法］列维-斯特劳斯：《结构人类学》，第203－204页，转引自特伦斯·霍克斯《结构主义和符号学》，瞿铁鹏译，上海译文出版社，1987年，第35、36页。

② ［法］列维-斯特劳斯：《野性的思维》，李幼蒸译，中国人民大学出版社，2006年，中译本，第25、39页。

的氏族土壤，无论就其自然属性而言，或就其社会心智而言，都是如此。山神神话只见于山地民族，洪水神话只见于洪水多发区。迪尔凯姆认为，神话最明显的特征是它的非个人特征，它的思想是不依赖于它的个别成员而存在的，神话的基本主题都是氏族的或部落的社会生活的投影，神话反映了社会（即集体精神的体现）的全部特征。它不是任何个体的发明，不是个体与个体之间的交流活动。[①] 神话的氏族性是氏族文化共同性和相对性的统一。世界原始民族的神话普遍存在着惊人的相似，有着情节接近的“神话类型”，这是一个毋庸置疑的事实。例如相似的审美意识（如前所述），相似的母题（如恋生、求解、惧死、宣性），相似的情节（如遍及世界各地的洪水神话；如古希腊人和珞巴族的弑父娶母的神话），相似的表达（如面具充当神话形象；把神话编入仪式中排演）等，这些相似是由于原始氏族内部个体的心智的相似（集体无意识）造成的。氏族之间亦然。当甲氏族对世界做出某种解释时，巧得很，乙氏族、丁氏族及其他互不交往的氏族也会做出类似的解释。故氏族性不一定必然指差异性，也可能指氏族共同的属性。因共同性而将文化简单化，因相对性而把文件琐碎化，均不足取。我们倒不想搞什么文化折中，我们强调的是，避免不顾神话氏族性的先入之见，避免一厢情愿、穿靴戴帽的“拉郎配”，对于神话及其审美研究，这不失为一个明智的抉择。

（作者单位：集美大学文学院）

① 朱狄：《原始文化研究》，生活·读书·新知三联书店，1988 年，第 678－679 页。

日本书法美学现代性的源点与文化结构

王毅霖

由于不同的社会文化形态，日本与中国书法美学在现代性过程中表现出极为相异的状态，显然，横向差异的原因具有极为重要的学术价值。作为先遣的日本现代书法美学，对于中国当代书法美学的重构有重要的参考价值。对其进行深入探究，旨在为探索中国书法（本文仅探讨大陆地区的情况，不探讨台湾、香港、澳门地区的情况）美学发展新的未知的可能作理论坐标和铺垫。

一

回顾中国现代书法，“书法主义”倡导人洛齐站在21世纪的桥头对书法现代性在当代存在的无奈局面和对未来发展前景作思考时发出如此的愤叹：“书法没有今天，哪有未来!”① 无疑，一元的社会文化结构使中国书法丧失了现代转型的先机，进而制约其理性化的进程，对理性的抵御使书法无法进行系统的美学建构，过早地滑入多元化所带来的景象。可以想见，在本体遭受取缔之后，艺术在边界消失之后亦走向死亡。朱中原为此发出这样的感慨：“遗憾的是，当中国还处于‘前现代’社会时，书法却已经提前进入‘后现代’了，而当中国开始进入‘后现代’场域的时候，具有‘后现代’立场的‘现代派书法’却似乎正在悄然离去，留下的是无尽的叹息!”② 理论家认为，这种异域文化形态与本土文化基础的时空错位，使中国书法的现代性在新世纪之后便呈现急剧退潮的景象，是极为有见地的。然而究其深层原因，超稳定系统将为

① 梅江：《现代书法创作阵营的“传统”转向》，《美术观察》，2010年第1期。

② 同①。

我们提供问题的答案，除了一元的文化背景对二元或多元文化形态的排斥之外，中国现代书法导源于日本（一个历史上是中国学生的国家，一个历史上侵略过中国的国家，一个在封建社会甚至是文字均以中国文化为母范的国家）的现实状况使许多具有强烈民族意识的书家无法接受，并产生排斥的心理；此外，20 世纪 80 年代中国的现代书法发起于画家群体而非书家内部，无疑亦使许多书法家产生类似于高级文化形态受低级文化形态凌替的强烈不适感①；更重要的是，以上多种因素化合造成传统书写精神的缺失，成为书法现代性无法在当代立足的深层原因。

二

显然，对传统书写精神进行解构成为许多现代派书家的创作或理论研究的理路，然而，对传统书写精神的扬弃必定使现代派的书法创作和理论成为超稳定系统的异物，系统无法以开合的姿态与之产生融合，排斥造成的最终结局只能是书法现代性以失败告终。

理论的意义并非是揭示书法现代性在“超稳定结构”的运行机制下束手无策地坐等其自生自灭。除了中国书法的超稳定体系之外，其他突破系统的参照体系必须得到深刻的剖析，这种立足于超稳定系统视域之下对系统之外（或是不同系统）的考察有助于在开合的系统运行之中寻找合适的契机和应激因子进行合理的系统干预，以图使暮态重重的系统在刺激之下重新呈现其活力。

如果放弃强烈的民族意识我们会发现，日本的文化、思想及社会形态均呈极为有趣的现象。

显然，日本文化的“二元分属”已为许多日本和其他国家的学者所认知，金观涛认为这种二元即“终极关怀和理性呈二元分裂状态”。② 许多中国的学者亦多有研究，其中以武心波先生尤为深刻。武氏引用许多日本学者如梅原猛、丸山真男、山上春树、梅棹忠夫、迁善之助等人的研究和论述，认为日本

① 尽管这些画家对西方美学思潮的接收意识极为敏锐，他们对于书法形式美感也收获了不小的成就，但就书法内在修为而言显然还是比较初级的。因此，他们创作出的作品尽管形式多样，但多是线条柔弱无力，内涵简单直白，失去了传统书法深厚的内涵之美。

② 金观涛：《金观涛、刘青峰与潘公凯谈话录》，载潘公凯主编：《“四大主义”与中国美术的现代转型》，人民出版社，2010 年，第 465 页。

的文化大体有三大主层:“构成今天日本文化表层的是适应所谓‘大众社会’、‘信息化社会’这一社会现状而采取的具有国际特色的文化，具有浓厚的欧洲色彩；但若剥去这一表层，其下层沉睡着的是中国文化色彩很强的农业社会的文化；再下层便是绳文时代，即农耕以前的狩猎采集文化。”①“绳文文化”的名称来源于绳纹陶器，指称新石器时代的文化特征。由于脱离了亚洲大陆，日本经历了漫长的原始社会新石器时代的发展状态，原始社会的绳文文化在日本民族精神文化上打上了深深的烙印，在脱离了绳文时代之后，无论是公元5世纪初的儒学东渐（特别是公元7世纪的“大化革新”使中国封建文化成为日本的主流文化），还是近代欧洲文明的进驻，日本的文化变革均以外力的形式进行，原始的绳文化作为本土的积淀和民族文化的图式及精神寓所得以保存。此外，长期依靠外力推动社会发展的日本练就了极强的模仿、选择甚至是化合的能力。这种能力致使在中国的儒家文化进入日本之后并非直接地取代和否弃其原始的本土文化，以儒家的观念阐释其原始宗教信仰的结合而产生的神道教即是一个很好的例证。同样，明治维新使日本由落后的封建社会跨入了资本主义社会，农业精神文明并非受到全然的否弃。显然，先进的资本主义文化外表和封建主义甚至是原始的绳文文化形态的内在铸成了日本的二元文化范式。武心波认为:“变/不变、外层/内核等构成了日本社会的深层结构……这种内在的原始性与外表的先进性之间的不协调与不和谐，将日本社会一分为二，铸造了日本社会所特有的‘双重结构’性。”②“并形成了原始与现代结伴而行的特殊文化景观。”

由此，我们就不难理解在20世纪20—30年代，日本帝国艺术院成立之时，邀请日下部鸣鹤为书法界的代表作为技艺员而被拒绝之事③，说明了书家对精神高度的恪守，即便在社会形态已然改变的时刻，仍然坚持不懈。

显然，在日本的社会形态向现代化转型之时，特别是在战败之后，美国驻军带来的社会形态和科技的直接变革，传统的文化面临着现代转型的危险与契机，现代书法在这种文化环境之下得以诞生。

① 武心波:《“不变”与“嬗变”——日本文化“二元分属”的双重结构分析》,《日语学习与研究》, 2008年第3期。

② 同①，第84页。

③ 日下部鸣鹤认为书法是极为高深的“道”，而非普通的技艺可以比拟，因此自然不能与其他各类艺术并列了。参见喻建十:《好景不长盛宴难再——日本前卫书法艺术的启示》,《美术观察》, 2004年第6期。

三

对日本“现代书道”作历史清理必须溯及杨守敬，这一清末的外交官在明治十三年（1880年）进入日本，并“带去了13000余种的碑版的拓本”①，显然，明清的海禁使日本书法停留在中国的唐宋时期，以“二王”行楷和行草为楷模形成的汉字书法和假名书法恪守帖学行楷和行草的审美风格取向。杨守敬带来的无疑是一种莫大的视觉冲击，这种在中国书法（大陆）上比行草书历史更为久远的字体（隶、篆）及其美学取向（碑学）征服了异邦的文人书家，使一向平稳舒缓的日本书坛瞬时激荡热烈了起来。当然，“碑学”（广泛的碑学实则包含所有古代书体书迹）对于书法现代化探索的贡献绝不仅仅在于字体的结构样式及其遭受历史侵蚀而留下的岁月沧桑美感，“碑学”引起了对更为久远笔法的探讨显然日渐成为一股鲜活的新生力量。

自包世臣、黄小仲等人起，清代的碑学主义者们已然从诸多的古碑残简中嗅到了古今笔法相异的迹象了，杨守敬把这种古代的笔法称为藏锋，亦云侧锋:“所谓藏锋者，并非锋在画中之谓，盖即如锥画沙，如印印泥、折钗股、屋漏痕之谓。后人求藏锋之说而不得，便创为中锋以当之，其说亦似甚辨，而学其法者，书必不佳。且不论他人，试观‘二王’，有一笔不侧锋乎？惟侧锋而后有开阖、有阴阳、有向背、有转折、有轻重、有起收、有停顿，古人所费能用笔者以此，若锋在画中。是信笔为之，毫必无力，安能力透纸背？且安能有诸法之妙乎？”② 随着杨守敬出使日本，这种笔法亦随其进入了日本，由此，许多日本书家对这种“羲之古法”③ 顶礼追慕。如此，笔法的开拓、字体的急剧增加、抬腕法和羊毫笔随杨守敬的传入④使单字形体书写面积的可能性急剧扩大，加上20世纪初欧美抽象美术思维的入侵，“现代书道”——一种成长于中国传统书法之上，又异于中国传统书法的艺术样式——呼之欲出。

① 陈振濂：《“日本书道近代化之父”——论杨守敬对日本书法的贡献》，《文史杂志》，1987年第2期。

② 杨守敬：《激素飞清阁评碑记》卷二，《马鸣寺根法师碑》，载《杨守敬集》第八册，湖北人民出版社，湖北教育出版社，1997年，第558-559页。尽管清代的学者源于对古代毛笔的特质和书写姿势、执笔方法与时下不同的不了解，而形成对古今笔法上的根本区别缺乏全面的认识，但不同笔法造成视觉上的差异还是被他们敏捷地捕捉到了，把这种古代笔法形成的“复合锋”理解为“侧锋”多少有点以偏概全，但对于中锋一统书坛的时代而言，亦未尝不是一种很好的笔法形式补充。

③ 王文杰：《略读日本现代系书法》，《上海艺术家》，2010年第4期。

④ 陈传席：《杨守敬的书法及其在日本的重大影响》，《书法》，2012年第1期。

四

以“每日书道展”对日本书道各流派的划分为例①，符合现代这一前缀的流派为近代诗文派、少数字派和前卫派。

近代诗文派以日本当代文学家的诗文作为书写内容，显然，中国的古代诗词和日本的古代和歌均已离当代的日本文化甚远，力图使当代日本人通俗易懂成为其创作的宗旨，天石东村的评价无疑极其准确：“以近代诗文为素材，依靠对古典主义创作的锻炼而产生的技法，试图对汉字和假名进行调和的一种流派。”② 然而尽管这一流派因为以当代为立场拥有从创作内容上形成的先天生存和发展优势，从创作手法、形式和审美取向上以传统为宗旨的近代诗文派终究只能是一种调和及改良的流派。所谓少数字派，顾名思义，其创作内容多以少数几个字甚至是一到两个字为主进行的书法创作。手岛右卿为其掌门人，其1957 年创作的作品《崩坏》成为少数字派的代表作，不仅使少数字派成为一种优秀的创作范式，还使日本的现代书道走向了世界。无疑，在杨守敬带来的字体、字形、笔法的开拓的基础上，在现代性的艺术思维的激励之下，一种极具生命力的美学风格样式得以降生。无疑，“字形的扩大导致了线条的艺术能量的扩大，以这种丰富多彩的线条结构，再加上篆、隶、楷、行、草之间长、扁、方、流动的不同体势，构成了一种大幅度的五彩缤纷的构图上的美”③，这种美因为拥有强烈的视觉冲击力而显示出极为强烈的现代美感。加上侧锋在笔法上的补充、现代展示空间促使作品幅度的扩大导致墨色的变化得以最大化地拓展，均使少数字派的创作呈现一片无限的生机。诚然，拥有比传统更为强烈的视觉表现力，符合现代化的建筑空间和展示效果，契合现代人的大开大阖的情感节奏都是少数字派的美学优势。

相对于近代诗文派和少数字派，前卫书道派在反叛传统之中显得更为激进，也走得更远。在前卫派的发起和进程之中，欧美的抽象艺术显然做出了很

① “每日书道展”把日本书道分为汉字作品、假名作品、近代诗文作品、少字数作品、前卫书道作品、篆刻作品、刻字作品七类。参见中国教育学会书法教育专业委员会编：《日本书法史》，天津古籍出版社，2010 年，第 48 页。

② 陈振濂：《现代日本书法的流派特征及其渊源》，《文艺研究》，1985 年第 6 期。进而陈振濂列举了其三大优点：“一、提倡用现代人们所熟识的现代诗歌文字作为书法的素材，这样就导致了它在内容上的完全普及化。二、改良了汉字和假名两派的艺术特点，因此兼有汉字、假名的精粹，集两绝于一身。三、在使用上，由于最接近日常书写习惯，在强大的实用基础推波助澜下，它也必然会不断地完善自身。”

③ 同②。

大的贡献。伴随康定斯基、克利、米罗、蒙德里安、波洛克等抽象艺术家成为全球著名的人物，抽象艺术运动在一战后成为全球的一种热潮。工具和表现方式十分简单而承载极为丰富的表现内部的书法，由于语言的高度凝练所产生的天生极具抽象性的优越潜质，在这种文化背景之下，书法与抽象艺术产生了邂逅，许多欧美的抽象艺术家为书法的黑白构成之美而倾倒，而前卫书家则把书法开发成为抽象的艺术产品。在抽象艺术的启迪之下，前卫派书家希望把书法从内容、文字甚至是线条的束缚之中解脱出来，以下对于这一流派的评论和描述显然颇有见地，“（前卫派书家们）开始不去介意作为书法对象的文字，努力摆脱传统书法中文字的形、音、义的束缚，甚至不顾及其可读性，将注意力集中到美术的造型要素——即点、线、动势等要素上。于是，他们对于文字不仅可以像马蒂斯的野兽派那样随心所欲地变形，也可以像毕加索的立体派那样进行分解和再构成。如此则像康定斯基和蒙德里安的抽象绘画那样，即使远离了表现对象本身，远离了文字本身，甚至即使完全超越书法的界限也在所不惜”。[①] 然而这种把书法还原到黑白点线画的抽象造型和组合的艺术无疑已然丧失了其重要的核心载体——文字、书写精神及其背后的文化景观和价值体系——从而堕入了没有依凭没有目的且没有尽头的笔墨游戏。这使后期的前卫派不得不以文字为皈依，激进的光芒消退之后，在禅宗的美学思想和文化内核的“绳魂”及儒家美学的召唤之下，前卫派对传统亮出的獠牙利爪得以收缩，少数字派创作的样式为其留下了安置精神归宿的家园。

五

理论的进程回到了这一问题之上，即:“在现代的进程里，日本极为稳当地停留于传统和激进的现代性（即后现代性）之中，并且这种文化范式为民族整体所接受，中国则显得更为激进，在这条道路上的探索无疑走得更远，而其受众基础显然却极为稀少。为什么日本在‘拿来’了西方的工具理性，形成了‘现代书法’之后没有再把后现代性的东西留下呢?”此外，为什么在已然有了“现代书法”的参照体系之后，书法母国对这种在异邦生成的新品种的移植却无法成功呢?

必须声明的是，之前把这些问题简单归为一元化文化对二元的抵抗的原因

① 喻建十:《好景不长盛宴难再——日本前卫书法艺术的启示》,《美术观察》, 2004 年第 6 期。

在于论述条理和主次上的需要，在对日本的文化及其现代派书法作一番梳理之后，我们有必要对这些问题作更为具体深入的阐释与分析。

其实只要把日本的少数字派作品的美学追求与中国的“现代书法”进行文化、历史和图式等层面的复合比对，问题的原因必然迅速地浮出水面。由于受教于杨守敬的侧锋笔法，追求“羲之古法”成为日本近代书坛在书法上呈现的一种整体取向，尽管杨守敬对这种在中国已然消逝了近千年的古代笔法的研究并非完全的准确，大体上的把握使日本近代书法创作呈现出中国书法的原始范畴——“势”——的美学特征。这种原始范畴的当代追求使线条呈现无比的美学生命力与视觉张力，加上书体、字形的拓展，经典携着充满无限的原始美学动力跨越千年，漂洋过海，在一个奇特的拥有三层文化并把中国文化包裹于其中的国度上结出奇绚之葩。一种能够适应现代的文化空间，又恪守线条质量和对“势”的美学追求形成的律动自然而然地成为传统（包含绳文文化和中国封建文化的传统）精神当代寄寓居所的艺术样式得以降生。传统的文化精神借助现代的躯壳得以还魂、新生，无疑，这种新型的艺术门类具有现代化的外表却以传统的文化精神为内核。书法（少数字派书法）因与日本二元属性的文化产生同构而得以蓬勃发展。

（作者单位：福建社会科学院海峡文化中心）

生态美学在当代的意义阐释

张　欣

人类不仅生活在政治、经济、交际等社会关系中，还时时刻刻地与大自然接触，接受大自然的沐浴、惠赐，欣赏领略大自然美丽的风光。而日月星辰、蓝天白云、山水草木、鸟兽鱼虫……无一不是人类的审美对象，无一不给人们以美感享受。早在人类社会出现之前，自然界之万物就已经存在了，万物存在并不依赖于人。那时只是作为一种纯粹的自然现象存在着，还谈不上审美的问题。当人类摆脱了蒙昧和野蛮，便相继踏上了农业文明和工业文明的道路。

一、中国古代的生态智慧：以庄子为例

早在先秦时期，中国的先哲们就有对人与自然的关系的问题十分关注。以庄子为代表的先秦道家蕴含着丰富的生态美学智慧，这些重要的思想成为当代生态美学研究的重要组成部分。正如美国著名物理学家卡普兰所说:“道教提出了对生态智慧的最深刻、最精彩的一种表述。”①

庄子的生态智慧是一种整体的审美方式，他讲的天地之大美是宇宙大生命之美。“天地与我并生，万物与我为一”（《庄子·齐物论》），天地之大美的根源，就在于万物的和谐与平衡。大自然只有自在自为的存在，才能保持自身的和谐，和谐的生态环境必然是美的。在庄子看来，万物在本质上是一样的、平等的，他的名言是:“以道观之，何足贵贱。”（《庄子·秋水》）以他的观点来看，物各具其性，各得其所，我们不应该把此物视为主，把彼物视为宾。古人在与自然接触时，常常能够将心比心，以一种同情的态度为它着想，总是考虑

① ［美］卡普拉:《转折点》，卫飒英，李四南译，四川科学技术出版社，1988 年。

到它的天性、它的要求。因此，他们很少去破坏自然，而总是去力求适应自然。

庄子向往回归自然，追求“以天合天”（《庄子·山木》），人与物为一，通过遵循自然规律的方法以求得精神的自由。“人与天，一也”（《庄子·山木》）；“有人，天也；有天，亦天也”（《庄子·山木》），人作为自然的一部分，与天在本质是同一的。也把人看作大自然的一部分，与大自然本为一体，“天地与我并生，万物与我为一”（《庄子·齐物论》）。庄子要求人的行为都应与天地的自然保持和谐统一，“与麋鹿共处”。

“天人合一”在庄子那里既是一种哲学境界，也是一种审美境界。在这种境界中，其最核心的内涵就是人与自然的天然和谐。庄子认为，“天人合一”是不以人的意志为转移的，不管人们喜欢还是不喜欢、认识还是没有认识到，天与人都是合一的，“天人合一”是宇宙的一种原初状态、一种真实状态、一种本真状态，真正的人都应该是与天合一的，应该与自然保持一种亲密的联系，即所谓的“天与人不相胜也，是之谓真人”（《庄子·大宗师》）。

庄子还注意到了自然界万物之间相互联系、相互依赖及循环的活动，在动态平衡中实现依生、竞生、共生的生态循环。从《庄子·齐物论》我们可以看到庄子的深刻寓意：其一，形成事物链的重要原因是事物之间同一性与差异性，所谓是不是，然不然；其二，形成事物链的根本原因是它们都“寓诸无竟”，也就是万物都有其共同的本原“道”，陶渊明所谓“死去何所道，托体同山阿”。其三，“天倪说”阐述了宇宙万物在生态链上普遍共生的基本规律。自然界通过自然万物的交流融合、协同合作、循环往复，最终实现了自然界的和谐共生。

庄子生态美学智慧所强调的是人与自然之间的生命联系，从审美层面来阐释生命联系中所蕴含的生态智慧，正确认识这些生态智慧对我们今天的生态实践将会产生积极的借鉴作用。正如西方科学家、思想家李约瑟所说：“道家的思想和行为，不外对传统的反抗，对社会的逃避，对自然的热爱与研究……中国人的特性中，很多最吸引人的地方，都来自道家的传统。中国如果没有道家，就像大树没有根一样。”[①] 人类与自然是一个整体，确立人类的统一意识，确立人类与自然的统一意识，是人类共存和发展进步的关键。庄子生态美学智慧的出现，既是对人类现实困境的回应，反映了人类对完整的、幸福的人类生

① ［英］李约瑟：《道家与道教》，佘仲珏译，江西人民出版社，1990年，第197－198页。

活的寻求，同时也是对现有美学理论的突破。

生态美学的提出，使中国古代“天人合一”的哲学与美学资源显示出西方学者也予以认可的宝贵价值。季羡林先生曾指出：“我曾在一些文章中，给中国古代哲学中‘天人合一’这一著名的命题做了‘新解’。天，我认为指的是大自然；人，就是我们人类。人类最重要的任务是处理好人与大自然的关系，否则人类前途的发展就会遇到困难，甚至存在不下去。在天人的问题上，西方与东方迥乎不同。西方视大自然为敌人，要‘征服自然’。东方则视大自然为亲属朋友，人要与自然‘合一’，后者的思想基础就是综合的思维模式。而西方则处在对立面上。”[①] 这就将逐步改变美学研究中西方话语中心地位的现状，而使我国古代美学资源也成为平等的对话者之一，具有自己的地位。

二、生态美学对现代人类文明的反思

自20世纪以来，人类借助科学技术的力量向大自然进军，创造出了人类史上前所未有的社会经济的繁荣。然而，当人类对大自然的强大干预超过了自然界的自身调节能力时，人类便陷入了生态危机，人类的存在和发展本身遇到了巨大的挑战。

有学者指出，“生态美学观以人与自然的生态审美关系为基本出发点……是一种包含着生态纬度的当代生态论审美观”，强调“应将我们的生态美学观奠定在马克思的唯物实践存在论的哲学基础之上”。[②] 生态美学在面对人和自然的关系方面是以追求两者的和谐、协调为最终最高目标的。恩格斯就曾发出警告：“我们不要过分陶醉于我们人类对自然界的胜利。对于每一次这样的胜利，自然界都对我们进行报复。”[③] 然而，这位哲人的话并没有引起人们足够的重视。

生态美学进一步促进了传统世界观的改变，从前人们所信奉的人类中心主义和“人是万物的尺度”的观念受到了严峻的挑战，技术主义和人定胜天思想受到普遍的怀疑。“人们更倾向于确信，整个宇宙都是充满灵性的，它有着自身的生存逻辑和运行法则。万事万物都既是主体，又是客体。”[④] 人类不应

① 季羡林，张光编选：《东西方文化议论集》（上），经济日报出版社，1997年，第130页。
② 曾繁仁：《当代生态文明视野中的生态美学观》，《文学评论》，2005年第4期。
③ ［德］马克思，恩格斯：《马克思恩格斯选集》（第四卷），人民出版社，1972年，第383页。
④ ［美］大卫·格里芬编：《后现代科学》，马季方译，中央编译出版社，1998年，第152页。

该过度地向自然索取，也不应该粗暴地干预自然的运行，应该尊重环境自身的生存权利和生物自身的生存权利。

生态美学，实际上是人与自然达到中和协调的一种审美的存在观。从艺术的起源看，考古资料证明艺术并不完全起源于生产劳动，而常常同巫术祭祀等活动有关。例如，甲骨文中的“舞”字，表现了一个向天祭祀的人手拿两个牛尾在舞蹈朝拜。由此可见，艺术起源于人类对自身与自然（天）中和协调的一种追求。从审美本身来说，也不是一切“人化的自然”都美，更不是所有非人化的自然就一定不美。审美本身还是取决于人与对象处于一种中和协调的亲和的审美状态，而中和协调的存在论美学却对其有很好解释。因为无论是经过人的实践，还是未经实践的自然，只要同人处于一种中和协调的亲和的审美状态，那么，这个“自然”就是美的。总之，美与不美同人在当时是否与对象处于中和协调的存在状态密切相关，而美学所追求的也恰是人与对象处于一种中和协调的审美的存在状态。这就是审美的人生、诗意的存在，从生态美学的角度说，也就是人与自然平衡的“绿色的人生”。

生态学的研究唤起人们注重人和自然的关系，但是这种努力只能使矛盾和解，不可能一劳永逸地解决矛盾。只有在人和自然的审美关系中，人与自然才能达到彻底和解。马克思在《1844年经济学—哲学手稿》中，对人与自然的辩证统一关系作了全面阐述，提出了自然主义和人本主义互相结合的重要思想。这是对人与自然和谐共生的哲学观、生态观、美学观的深刻揭示。人与自然的和谐统一，既是生态美学形成的前提和基础，也是建立正确的审美观所要解决的最基本问题。从根本上说，人不可能脱离自然，更不可能只是一味地对自然进行索取和改造，即单向的人化自然。作为自然之子，人对自然还有另外一面的关系，一种更为原初、更为本原性的关系，即依赖于自然基础上的亲近、和谐、共生、共在关系，那就是人对自然从精神上和生存上的皈依和依靠。

因此，生态美学首先必须解决的就是重新估价和定义“人类中心主义”，要把人类的生命优先权适度地扩展到自然生物中去，要把人类的伦理学适度地推广和运用到非人类生命中去，为非人类生物乃至环境提供无偏私的道德庇护，从而建立一种新的跨类的生命观和伦理价值观。正如弗雷德里克·费雷所说:“生态意识的价值观是一种适度的、自我调节的和完整的价值观。……生态意识的基本价值观允许人类和非人类的各种正当的利益在一个动力平衡的系统中相互作用。”①

生态美学反映了审美主体内在与外在自然的和谐统一性。在这里，审美不是主体情感的外化或投射，而是审美主体的心灵与审美对象生命价值的融合。它超越了审美主体对自身生命的确认与关爱，也超越了役使自然而为我所用的实用价值取向的狭隘，从而使审美主体将自身生命与对象的生命世界和谐交融。生态审美意识不只是对自身生命价值的体认，也不只是对外在自然审美价值的发现，而且是生命的共感。人类应该尊重自然，关怀自然，爱护自然，保护自然。自然家园是精神家园的物质基础。自然家园如果毁于一旦，精神家园也就不复存在。

在地球上，人类因为具有最高的主体性而创造了文化，从而才享有这么多的权利，但我们绝不能由此把人与自然关系完全绝对化。人与地球、与自然的关系不是敌对的，而是一个统一生命体中须臾不可分离的关系。因此“人定胜天”、人最高贵、控制自然、让自然低头等口号和原则就应重新审视，而代之以既要尊重人同时也要尊重自然、人与自然是一种平等亲和的关系。

生态美学是我国学者于20世纪90年代中期提出来的，可以说是中国学者的一个创意，是一种带有明显中国特色的美学观念。生态美学是一门专门研究人与自然、社会之生态审美关系及人自身动态平衡的美学学科。就其特征而言，它是“生态学和美学的一种有机的结合，是运用生态学的理论和方法研究美学，将生态学的重要观点吸收到美学之中，从而形成一种崭新的理论形态”。② 从目前看，关于生态美学有狭义和广义两种理解。“狭义的生态美学指仅研究人与自然处于生态平衡的审美状态，而广义的生态美学则研究人与自然以及人与社会和人自身处于生态平衡的审美状态。”③

我们认可广义的生态美学，将人与自然的生态审美关系的研究放到基础的位置。因为，所谓生态美学首先是指人与自然的生态审美关系，许多基本原理都是由此产生并生发开来的。生态美学的对象确定为人与自然、社会及人自身动态平衡等多个层面。生态美学不仅研究人与自然的和谐关系，而且也关注人与自身的和谐关系。人与自身的关系在古希腊和中国先秦思想中都是很重要的思想。古希腊的“呵护你自己”和“认识你自己”同样重要，毕达哥拉斯学派的“净化”是通过欣赏音乐、观看星空等方式达到身体和心灵的双重净化。

① ［美］大卫·格里芬编：《后现代科学》，马季方译，中央编译出版社，1998年，第133页。
② 曾繁仁：《生态美学：后现代语境下崭新的生态存在论美学观》，《陕西师范大学学报》，2002年第3期。
③ 曾繁仁：《试论生态美学》，《文艺研究》，2002年第5期。

中国先秦时代，“心斋”“坐忘”是通过超然物外的修养达到与天地同在的境界。

善待自己与善待万物相辅相成，如果没有对自身生命的生态意识，就很难做到善待万物。其根本内涵是一种人与自然、社会达到动态平衡，和谐一致地处于生态审美状态的存在观。这样，自然就不是简单地处于被改造、被役使的位置，而是处于平等对话的位置。因为离开了自然，人的生命体系、精神体系、价值体系都将不复存在。同样，离开了人，特别是离开了人的社会实践，自然本身也不可能有其独立的“精神”与“价值”。

总之，自然与人紧密相连，构成有机的生命体系。从审美的角度来看，自然的美学价值尽管不能完全用“人化的自然”这一理论观点解释，但自然也只有在同人的动态平衡、中和协调的关系中才具有美学价值。美学不能脱离人。生态美学把人与自然、人与环境的关系作为研究对象，这表明它所研究的不是由生物群落与环境相互联系形成的一般生态系统，而是由人与环境相互联系形成的人类生态系统。人类生态系统是以人类为主体的生态系统。以人类为主体的生态环境比以生物为主体的生态环境要复杂得多，它既包括自然环境（生物的或非生物的），也包括人工环境和社会环境。所以，生态美学不限于研究人与自然环境的关系，而应包括研究人与整个生态环境的关系。人类生态环境问题，应是生态美学研究的中心问题。

在某种程度上，理论的意义就在于对现实所提出的问题的回应。当代社会生态问题的出现，迫使我们对自己的固有的知识体系做出反省和调整。“社会越发展，人们便越要也越能欣赏暴风骤雨、沙漠、荒凉的风景等等没有经过改造的自然，越要也越能欣赏像昆明石林这样似乎是杂乱无章的奇特美景，这些东西对人有害或为敌的内容已消失，而愈以其感性形式吸引着人们。人在欣赏这些表面上似乎与人抗争的感性自然形式中，得到一种高昂的美感愉快。”①“人闲桂花落，夜静春山空。月出惊山鸟，时鸣春涧中。”（王维《鸟鸣涧》）这种人与自然之间的高度融谐是人与自然关系的理想境界。“木末芙蓉花，山中发红萼。涧户寂无人，纷纷开且落。”（王维《辛夷坞》）自然本身所呈现出来的这种道禅意空灵之境，更能体现出人对自然的尊重与关爱，这是一个万物和谐共在的理想世界。

为了提高生活的质量，为了维护生态环境的完美性和完整性，我们应该改

① 李泽厚：《美学四讲》，生活·读书·新知三联书店，1989年，第56页。

变固有的一些生活习惯和生活方式。健康的、环保的、更合乎生态建设的的生活方式，将被视为更有文化、更有教养、更富有审美情趣的生活方式。

结 语

生态美学实际上是一种在新时代经济与文化背景下产生的有关人类的崭新的存在观，是一种人与自然、社会达到动态平衡、和谐一致的处于生态审美状态的存在观，是一种新时代的理想的审美的人生，一种“绿色的人生”。而其深刻内涵却是包含着新的时代内容的人文精神，是对改变人类当下“非美的”生存状态的紧迫感和危机感，更是对人类永久发展、世代美好生存的深切关怀，也是对人类得以美好生存的自然家园与精神家园的一种重建。但生态美学毕竟是美学，它对生态问题的审视角度应当是美学的。它不是从一般的观点，而是从人与现实审美关系这个独特的角度，去审视、探讨由人与自然、人与环境构成的人类生态系统及人类生态环境问题。

人与地球、与自然的关系不是敌对的、改造和被改造的、役使与被役使的关系，而是一个统一生命体中须臾不可分离的关系。因此，“人最高贵”“控制自然”“人定胜天”“让自然低头”等口号和原则就应重新审视，而代之以既要尊重人同时也要尊重自然，人与自然是一种平等的亲和关系观点。当然，这不是说自然不可改造，人类不要生产，而是要在改造自然的生产实践中遵循生态美学与生态哲学的平衡原则。同样，人类也应该尊重自然，关怀自然，爱护自然，保护自然。

生态美学的出现，既是对人类现实困境的回应，反映了人类对完整的、幸福的人类生活的寻求，同时也是对现有美学理论的突破。大道无言，自然无语，人作为自然的承担者，作为自由自觉的特有的存在，完全有能力承担起人与自然和谐共处的重任，将绿色还给大地，将清洁还给空气，将蓝色还给天空和海洋，也将幸福完整的人类生存还给人，从而营造出一种绿色的、诗意化的生存。

（作者单位：福州大学）

中国古代女性文学与女性意识的现代重认

郑珊珊

一、女性文学与女性意识的概念梳理

近代以来，随着女性主义在中国的诞生和发展，学界对于中国古代女性意识的关注日益增长。尤其是近些年来，女性文学的研究成果可谓全面开花。从西方女性主义理论研究到中国女性主义理论建构，从女性文学发展脉络梳理到文本解读，从整体性观照到个案研究，无论在深度、广度，还是在角度、方法上，都取得了长足的发展。但回顾女性文学史，仍有一些值得思考的问题。

何谓“女性文学”？一般意义上的女性文学当然是指女性创作的文学，是女性作为创作主体探寻自身在文学中作为人的主体位置的尝试。然而，在不少研究中，也常常把男性作家涉入女性题材时的文学作品视为女性文学的组成部分，如托尔斯泰的《安娜·卡列尼娜》、鲁迅的《祝福》（祥林嫂）等。这样看似扩大了女性文学的外延，实则模糊了女性文学的分界。这种划分方式没有鲜明地脱离男性中心语言，这些文学作品中的女性形象只是反映了男性对女性问题的思考。诚如肇始于19、20世纪之交的中国女权主义运动，以梁启超、金天翮等为代表的男性知识分子主张男女平等、婚姻自由、妇女受教育权等启蒙观念，但在他们的论述中，妇女解放运动是从属于启蒙运动与民族主义运动的一部分，仍以男性为中心，并未完成女性主义理论建构，而且很快被民族国家思潮所淹没。如果只是简单地依照题材区分女性文学，缺乏性别视阈的观照，缺乏对男性中心主义的批判，则无法突出文学中的女性意识，从根本上来说，不利于女性文学的谱系建构。因此，女性主义也好，女性文学也好，必须坚持以女性为主体。有人认为，仅以性别为依据界定女性文学略嫌草率和武断，但实际上，女性文学作品中基本上都存在着女性意识，只是在不同时代背景下或显或隐而已。

坦率地说，“女性文学”这个概念的提出，本身就有些尴尬——与之相对应的“男性文学”并不需要成为独立的学术名词而被另行讨论，因为在文学史中，男性本就占据了绝对的主导地位，文学史的话语权也长期为男性所垄断。对于女性而言，这是一种无奈的客观存在。历史上，男性凭借父系社会的制度优势，以各种政治、经济、伦理等方面的强制性手段，把女性压制为被统治的性别。女性不过是男性的附庸，或者是父亲的女儿，或者是丈夫的妻子，从未拥有话语权和自主权，而文学创作更是长期被视为男性的专利。那么，女性介入文学史，既意味着女性意识的觉醒，又是一种对男性权力的反叛：这不仅仅关系到她们对独立、自由的追求，更是撬动了整个社会秩序和结构。因此，女性文学之于文学史，具有颠覆性的革命意义。而女性文学研究，则是对长期以来文学史男性中心意识的纠偏。

女性意识是女性写作的内在动机，也是女性文学的中心观念与批评标准。那么何谓“女性意识”？乐黛云曾指出：“女性意识应包括三个不同的层面：第一是社会层面，从社会阶级结构看女性所受的压迫及其反抗压迫的觉醒；第二是自然层面，从女性生理特点研究女性自我，如周期、生育、受孕等特殊经验；第三是文化层面，以男性为参照，了解女性中精神文化方面的独特处境，从女性角度探讨以男性为中心的主流文化之外的女性所创造的‘边缘文化’，及其所包含的非主流的世界观、感受方式和叙事方法。”① 简而言之，女性意识即女性对自我价值和独特经验的自觉感知，更多是被社会主导价值观与文化所影响和雕塑的。在不同的社会历史背景下，女性意识表现出不尽相同的内涵。从今天的观念来看，女性对自我价值的积极肯定，女性意识的建构，是女性文学发展成熟的重要标志。

“在任何社会中，妇女解放的程度是衡量普遍解放的天然尺度。”② 从本质而言，女性写作是女性身份的解放，在女儿和妻子之外，拥有一个作家的独立身份，获取自我言说的权利。更进一步说，这意味着打破社会与文学的双重禁锢，对男权社会形成的传统与观念进行修正和重塑。因此，女性文学史隐含着女性独立的历史，文学为女性提供了独立的空间和路径。

中国女性文学的蓬勃发展主要得益于新文化运动的影响，自不待言。相形

① 乐黛云：《中国女性意识的觉醒》，《文学自由谈》，1991 年第 1 期。
② 《马克思恩格斯选集》（第三卷），人民出版社，1972 年，第 300 页。

之下，中国古代女性文学的历史分量则轻了不少。但在漫长的中国历史发展进程中，被男性叙述所忽略的、埋没的、遮蔽的，或曲解的、误读的女性作家作品为数甚多。在新文化运动发起前，中国古代女性文学在顺从与叛逆的矛盾冲动中艰难前行，考察这段幽微而曲折的历史，让女作家们的生命价值得到充分的展现和尊重，是学界不容推卸的责任。

二、中国古代女性意识的文学书写

中国古代青史留名的才女屈指可数，有作品传世的更是凤毛麟角。作为“才女”代名词的谢道韫，除了“未若柳絮因风起”这一咏雪名句传为佳话之外，再无文学作品传世。即便在男性主导的文学史中占据了重要一席的李清照，也未能引起男性文人足够的重视，更遑论扭转“女子无才便是德”的传统陋见。简·奥斯汀在《诺桑觉寺》中曾自贬道：“一个女人，倘若她不幸有些知识的话，尤其得尽可能加以掩饰才是。”[①] 而中国古代女性所身处的社会规范，亦使得她们不得不谨慎掩藏自己的文学才华，乖顺地臣服于男性文学话语权面前。

中国历史自有周以来，就已确立了父系社会政治文化体系，“男尊女卑”思想长期统治着中国社会。围绕着男性中心主义而日益完善的家庭模式，则是禁锢女性的一种统治秩序。“父系社会对女性的所有规定几乎无不源于家庭秩序的建立、维持、巩固之需，包括对女性贞操品德、举手投足之作派的规定等等”，“‘受命于家’的女性却因生存于家庭之内而被拒斥于社会之外，她周围那一道道由父、夫、子及亲属网络构成的人墙，将她与整个社会生活严格阻绝，使她在人身、名份及心灵上，都是家庭——父、夫、子世代同盟的万劫不复的囚徒”。[②] 自以“三纲五常”为代表的儒家伦理文化建立伊始，女性就被动地沦为历史无意识。男性大肆主张“妇者服也”，[③] 女性被要求牺牲自我的主体性，只能服从男性的意志，坚守“三从四德”的道德规范，以成就男性威权。这种社会规范极大地抑制了女性的自我，女性往往也麻木地顺从这样的道德要求。如被视为“才女”、拥有一定话语权的班昭，以自己的切身经验写下一部《女诫》，告诫所有的女性以服从丈夫为天经地义：“夫者天也。天固不

① ［英］简·奥斯汀：《诺桑觉寺》，金绍禹译，上海译文出版社，2010 年，第 122 页。
② 孟悦，戴锦华：《浮出历史地表——现代妇女文学研究》，河南人民出版社，1989 年，第 6－7 页。
③ （汉）班固：《白虎通义》，《景印文渊阁四库全书》第 850 册，第 65 页。

可逃，夫固不可离也。行违神祇，天则罚之；礼义有愆，夫则薄之。”[①] 班昭倡导的女性观念，强化了《礼记·内则》中的中国古代妇女的行为准则。在中国传统道德规范中，班昭被认为是德才兼备的女性典范，然而这种所谓的“德”，不过是以男权视角的礼法约束与规范自我，自觉地吻合男性中心主义的价值尺度和道德标准，甚至将自己变身成为男权的代言者，而女性自觉和自我价值完全缺席。

在中国古代，文学一向被视为“经国之大业、不朽之盛事”[②]，与女性无甚关联。女性能接受教育已实属不易，更遑论舞文弄墨、吟诗填词了。古代有机会识字读书的女性大都出身于贵族仕宦或书香门第，某种程度上说，古代女性文学几乎就是贵族女性文学。受制于家庭出身和所接受的教育，女性文学往往模仿男性文学创作，踵武男性文学观念，其思想不出传统礼法，女性意识也被扭曲与遮蔽。古代女性幽闭于闺阁之中，受教育程度亦有限，她们的笔下，只能是她们狭小生活范围内的事与物。而且，时代注定了女性写作必须获得男权文化的鼓励。为获得男性的支持，女性写作不得不保持传统的两性格局。“在中国儒家传统构筑起来的家庭观念中，男主外，女主内，女性的关注重心和活动范围一般都限定在家族关系之内，诗歌抒发的也多属于个人的喜怒哀乐之情，与社会、政治、军事等问题很少联系。”[③] 因此，古代女作家的创作题材比较有限，大都以家庭生活为中心，围绕着她们的情感生活而展开，或流连风光，或抒情怀人，或自伤身世，境界普遍不高，在内容与风格上大同小异。鉴于此，不少学者对于她们的作品都持否定态度。如谭正璧在《中国女性文学史》中说，中国古代女作家“即使也在文艺花园里来往踯躅，她们不过是些效舌的鹦鹉，摇尾的叭狗，一方面把来当做她们闲逸生活的消遣，一方面使爱好文艺的男性拜到石榴裙下，增加他们玩狎女性的情绪”。[④] 梁启超在《论女学》中也批判道：“古之号称才女者，则批风抹月，拈花弄草，能为伤春惜别之语，成诗词集数卷，斯为至矣。若此等事，本不能目之为学，其为男子，苟无他所学，而专欲以此鸣者，则亦可指为浮浪之子，靡论妇人也。”[⑤] 这种观点在五四时期尤为突出，胡适、钱玄同、周作人等都对古代女性文学进行严

① （汉）班昭：《女诫》，陶宗仪编《说郛》，上海古籍出版社影印涵芬楼本，1989 年，第 3296 页。

② （魏）曹丕：《典论论文》，《魏文帝集》卷十，《续修四库全书·集部》第 1584 册，上海古籍出版社，2002 年，第 51 页。

③ 张伯伟：《汉字的魔力——朝鲜时代女性诗文新考察》，《中国社会科学》，2018 年第 3 期。

④ 谭正璧：《中国女性文学史》，百花文艺出版社，2001 年，第 16 页。

⑤ 梁启超：《论女学》，《饮冰室合集》（第一册），中华书局，1989 年，第 39 页。

厉的批判。不得不承认的是，从某种程度而言，古代女作家及其作品之于男性，似乎沦为了一种文雅的赏玩；而鲜明的女性意识和文学价值也鲜见于古代女性文学之中。

但是，站在现代立场上肆意批判中国古代女性文学是否客观公正？众所周知，个人的力量无法抗拒时代的洪流。在男权社会的规范之下，女性只能亦步亦趋，稍越礼制即招致执掌主导权的男性的严厉斥责，突破社会性别藩篱者更是会被男性所污名甚至湮灭。武则天已属惊世骇俗，然而遗诏中仍自废帝号，以“皇后”终，回归社会正统观念。男性惯于通过贬低女性的方式来抬高自身的价值，女性只能仰承男性之鼻息以生存。至于女性从事文学的权利，乃是由部分开明男性所赋予的，自然也备受局限。除了家庭和宗教，唯有文学可以使女性发泄、释放内心一定的压力、无聊和痛苦，可这文学发挥的空间又是极为有限的。在她们逼仄的生活空间里，“批风抹月，拈花弄草”是文学生活的常态，是她们在男性引导下，小心翼翼地释放自我的唯一渠道和空间。对于古代女性而言，用文学作品反映自己的生活现实已然是对庸常生活的突破——如果没有她们的写作，女性永远只能被表达，后人只能从男性文本中看到男性视野下的女性，只能看到被动表述的女性意识，而不能了解到女性的真实生活状态，尤其是精神世界。归根到底，中国古代被扭曲的女性意识恰恰是男性中心枷锁的禁锢造成的，古代女性文学的缺憾并非女作家的失误，而是时代的局限，是历史的无奈。

正是因为囿于局限，漫长的古代文学史中的女性意识才益发显得难能可贵。一方面，在传统礼法观照下的“淑女”“贤妻”和“良母”，如上文所言的班昭《女诫》，是古代女性意识的主流，虽然主要以男权中心视角出发，缺乏独立的个性意识，但仍不能完全否认其中女性主观意识的存在，因为这是女性为了生存保障、主动迎合社会规范性要求而对男性中心社会秩序表现出的高度认同。必须正视的是，这种被拘束的女性意识是女性文学传统之一，直至当代仍有顽强的生命力，只是随着时代的进步而被改造与重塑。另一方面，古代不少女作家自觉地从女性视角出发，表达富有个性的自我情感体验和独立的思维意识。由于女性不需要像男性一样借由文学博取功名，又与社会相对隔绝而较少受到主流文学的浸染。因此，相对而言，女性文学较少功利色彩，表达方式比较感性和真诚，文学是她们自我觉醒的内心观照，是她们个性张扬的情感诉求。例如，古代女作家对爱情的表达格外生动，唐代鱼玄机“易求无价宝，难得有心郎”（《赠邻女》）中大胆追求爱情的女子，宋代李清照“此情无计可消除，才下眉头，却上心头”（《一剪梅·红藕香残玉簟秋》）中深情的思妇，清代林佩环“修到人间才子妇，不辞清瘦似梅花”（《赠外》）中惜才爱才的佳人，等等，都折射出古代女性对爱情的理想与追求，也显示出她们对个人幸福的自觉体认和自我意识的萌发。此外，后蜀花蕊夫人“君王城上竖降旗，妾在深宫哪得知。十四万人齐解甲，宁无一个是男儿?”（《述亡国诗》）中对后蜀君臣软弱投降的辛辣讽刺，明末商景兰“存亡虽异路，贞白本相成”（《悼亡》）中对丈夫忠义殉国的称颂与对坚贞守寡的剖白，清代吴藻“英雄儿女原无别。叹千秋，收场一例，泪皆成血”（《金缕曲·闷欲呼天说》）中对压抑个性的现实社会的反抗态度和豪宕气概，等等，更是反映了古代女性从自我主体的角度出发，对社会历史的深沉思考和对生命意义的勇敢追寻。只有抛开偏见与歧视，才能发现古代女性意识的丰富与多元，才能切实认识到古代女性文学的精彩与深刻。许多才华超众的女作家都显露出独特的女性意识的觉醒，而这种女性意识的突围，也有着不容忽视的文化价值和历史意义。

三、中国古代女性文学追求与女性意识

中国古代女作家们不断地寻求真正属于自己的表现与表达，奋力改变着在强大的男性文化规范面前严重“失语”的历史境遇。这一进程虽然缓慢，但女性终究从被男性遮蔽和垄断的话语空间中争得自己的话语权，成为自身的“她者”。总体而言，女性文学追求主要表现在个体身份建构、女性文学理论建构和文学活动空间扩展三个方面。

第一，作家个体身份的建构。古代许多传世的女性文学作品并未留下确切的女作家姓名，而署名为“某某妇”“某某女”“某氏”之类，这样的署名表明女作家们并未有独立的身份，仍是男性的附属品。但不容忽视的是，不少女作家于家庭之外，追求异于女儿、妻子、母亲等既定生活角色的作家身份，充分展现出自觉的文学追求。她们极力争取社会对女子才华的肯定，张扬才女身份，抨击“女子无才便是德”的观念。如明代顾若璞提出诗文并非女性的分外事，并希望自己的才华或能名留于后世:“尝读诗知妇人之职，惟酒食是议耳，其敢弄笔墨以与文士争长乎？然物有不平则鸣，自古在昔，如班左诸淑媛，颇著文章自娱，则彤管与箴管并陈，或亦非分外事也。……余即不慧，异

日者其有一言之几于道乎?”① 明代梁小玉也曾指出:“夫无才便是德，似矫枉之言；有德不妨才，真平等之论。”② 女作家们对女性的才华特质进行了新的话语解读，通过“才”建构了“作家”这一个体身份，并以“才”将女作家放置在与男作家平等的地位，消解了文学地位上的性别差异，进而寻求作家身份的合法性。这种主张与追求突破了传统两性格局的思维定式，冲击了固有的社会观念，有着追求个性解放的积极意义。更进一步的是，不少女作家们流露出对以文传名的企望，表现出文学传承者的自觉意识。明代项兰贞临终前说:“吾与尘世，他无所恋，惟云、露小诗，得负名闺秀后足矣。”③ 她们渴望凭借才华、以作家的身份被当世乃至后世所承认，这意味着女作家对个体身份有了超越历史时空的自觉意识，试图与男性分享文学传承的权力。古代文学的传承历来以男性为承担者，而女作家们开始展现出对文学的责任感与使命感，则反映出女性对个体价值的高度自我期许与积极追求，也表明她们对个体身份建构有着更高远的目标，这在女性文学史乃至文化史上具有重要意义。

第二，女性文学专属理论的建构。试图建构女性文学的专属理论是女作家们在文学创作之外，反抗社会和命运的另一种文本和审美体验。李清照以《词论》展现了女性对于文学理论建构的高蹈能力。自明代以后，更多的女性开始探索女性文学理论和女性文学传统的建构。明清时期，编纂刊刻女性诗文集蔚然成风，很多女作家在编纂的同时开始构建自己的文学理论。如王端淑《名媛诗纬》、沈善宝《名媛诗话》、施淑仪《国朝闺阁诗人征略》、薛绍徽《女文苑》、陈芸《小黛轩论诗诗》、萧道管《列女传补注》等，从女性视角出发，或评点女性文学作品，传述女作家生平事迹；或反思古代文学理论，提炼总结女性文学理论；或梳理女性文学谱系，构建女性文学传统。可见女作家们已不满足于展示自身的才华，而是通过对女性写作的整体观照，生发出对女性文学存在价值与历史定位的追问。这些做法有益于女作家们立名、存史，提高了她们的文学声望，扩大了女性文学作品的传播范围，并使得女性文学在文学史上突显出个性与地位来。女作家们积极地表达她们的文学理论思想，虽谈不上系统周密，但也展示了别样的风格和价值，成为古代文学批评的一道独特风景线。并且，女性诗文集的编纂与流传，不但为女性文学活动提供了声援，推动女性文学的经典化，也为后世留下了大量古代女性文学的文献资料。这使得

① 胡文楷:《历代妇女著作考》，上海古籍出版社，1985 年，第 208 页。

② 同①，第 162 页。

③ ［清］钱谦益:《列朝诗集小传》，上海古籍出版社，1983 年，第 752 页。

人微言轻的女作家们不至于被排挤出文学的边缘，湮没于历史的宏大叙事之中。值得注意的是，大多数女性诗文集的编刊宗旨都表现出一种守护女性文学的历史使命感，如沈善宝《名媛诗话》称:“（闺秀）倘生于蓬荜，嫁于村俗，则湮没无闻者，不知凡几。余有深感焉。故不辞摭拾搜辑，而为是编。”① 这种史官意识和使命感本身也是对文学史男性霸权的挑战和僭越，她们不再甘于隐没在男性背后，也是一种强烈的女性意识觉醒。

第三，文学活动空间的扩展。主题单调、内容狭窄是古代女性文学的重要缺憾，这是受社会道德的局限所致。为了突破这一困境，在时代风气较为宽松的时期，古代女作家做出了不少努力。如唐代社会文化开放，女性地位较高，尤其是道教为女性提供了较为广阔自由的生活空间，女冠诗人李冶、鱼玄机等摆脱了儒家纲常伦理的约束，主动与众多名士交往酬唱，丰富了创作素材，文学才华也得到充分施展，并且诗名远播，诗作得以流传。明代中晚期以后，由于阳明心学思潮的冲击，传统社会秩序有所动摇，越来越多的女性开始走上文学创作之路。她们像男性文人一样，拜师、结社、诗文酬答、出版作品集，扩大了自己的文学活动空间。如明末清初的吴伟业、毛奇龄，清代的袁枚、陈文述、任兆麟、沈德潜等男性文人，都培养了大量女诗人，并鼓励她们与男诗人相互唱和、谈诗论艺，从而提高了女诗人的文学造诣。杭州蕉园诗社、吴中清溪吟社、京城秋红吟社等女诗人群体，为了共同的文学追求而结社，彼此砥砺诗文，增进技艺，使女性在一定程度上摆脱了隔绝的生活状态，超越了家庭的空间限制，开拓了女性的生活空间和文学活动空间。一些女作家还积极地跨越地域，与外地诗友沟通交流，如清代福州才女黄淑畹有一组诗《素心甥女归自粤东，尝道与采齐骆夫人篇章酬和，余不胜羡慕，聚晤间，素心便有今昔之感，余屡慰之，适余婿松根又复北上，聊作数篇寄采齐也》②，诗共六首，开篇即道“未曾见面久闻名，每读新诗有故情”，黄淑畹通过外甥女许琛（素心）的介绍，阅读了绍兴才女胡慎仪（采齐）的诗歌，与之产生了情感共鸣，主动赋诗欲与之结为文字交，这种自觉而纯然的文学交往也反映了女作家强烈的文学追求。明清女性文学的兴盛也培养了数量庞大的阅读群体，女性文学也有了巨大的商业价值，女性文学作品成为出版业关注的热点，不少女作家的作品刊刻后得到广泛传播，如福州才女许琛《疏影楼稿》梓行后，出现了“闽

① ［清］沈善宝:《名媛诗话》(卷一)，王英志《清代闺秀诗话丛刊》(第一册)，凤凰出版社，2010年，第349页。
② ［清］黄淑畹:《绮窗余事》，福建省图书馆藏清抄本，1930年，第25页。

中女士家有其书"[①] 的盛况。这样的市场效应也激发了女作家对自身意义和价值的肯定，助推了女性文学的繁荣发展。

当然，我们必须回到时代的局限来看待女性的文学追求，我们不能忽视古典语境下女性文学对男权的依赖。在中国古代，男性中心地位始终未曾改变，女性文学所表现出来的突破，仍然来自部分男性的认同与推动。正是这些男性引领了时代风气的转变，发掘和肯定了女性文学的积极意义，鼓励和支持了女性的文学追求，才有了女性文学之盛。但是传统观念的顽固仍然制约着古代女性文学的进一步发展，许多保守的社会秩序维护者不断地攻击女性写作，如章学诚批评道："近有无耻妄人，以风流自命，蛊惑士女，大率以优伶杂剧所演才子佳人惑人。大江以南，名门大家闺阁多为所诱；征诗刻稿，标榜声明，无复男女之嫌，殆忘其身之雌性矣。此等闺娃，妇学不修，岂有真才可取？而为邪人拨弄，浸成风俗，人心世道，大可忧也。"[②] 这种观点仍是社会主流思想，因此，古代女性文学并不能突破儒家传统礼法下的两性格局，这是时代局限的客观事实。但也正因如此，古代女性戴着镣铐在文学舞台上努力地绽放自我，才更加具有珍奇的魅力。

四、余　论

回望中国女性文学幽微而曲折的历史，可见古代女性的独立史与文学史都充满了血泪与汗水。时至今日，现代女性意识已经发生了本质的巨变，有了更加清醒的性别意识与更加独立的自我。然而，我们还必须正视这么一个现实：建筑于男权社会的文学传统并非那么容易被颠覆。即便是今天，女性仍是一个在根深蒂固的传统思想观照下被捏软了的柿子，习焉不察的男权意识仍顽固地弥散在社会生活的各个角落，用各种行为规范和道德标准约束女性的形象与生活。"剩女""女汉子"等流行词汇均是对一些新女性形象带有嘲讽意味的形容；而"女神""白富美"这样的赞美词，也不过是从"纯爷们"视角对温顺、柔美、优雅的传统女性形象的推崇与强调。由此可见，女性文学传统的建构依然面临着来自于男权和社会的双重压力。

还原历史真实，重新体认历史，有益于我们客观看待今天所置身的历史处

① ［清］梁章钜：《闽川闺秀诗话》（卷一），《续修四库全书·一七零五》，上海古籍出版社，1995 年，第 14 页。
② ［清］章学诚：《丙辰札记》，中华书局，1986 年，第 98 页。

境和文化状态。中国古代女性文学隐含着现实与未来女性文学的发展基因，为现代女性文学的兴起和发展提供了深厚的文学养分。以史为鉴，才能更好地展望未来，女性文学研究应秉持深邃的人文情怀不断地反思历史，为女性文学打开多元而富有内涵的发展前景。

（作者单位：福州外语外贸学院）

张祥龄《半箧秋词·序录》中的审美创造论

戴冠青

张祥龄，字子苾，号芝馥，四川汉州人。官至散馆授编修，后改陕西大荔县知县，为清末著名的词人兼词论家。

《半箧秋词》为张祥龄著名的自度词集。其词兼学词人吴文英、周邦彦、姜夔、向子堙、蒋捷诸家，而又能去其弊病，有所创造，自成一格，人称“芝馥学自度词以梦窗（吴文英号）立干而兼学南宋酒边（向子堙词集名）、竹山（蒋捷号）诸家，无梦窗之涩，可谓善取”。但是，张祥龄于世影响较大的，还是著于《半箧秋词》集首的“序录”。该“序录”体现了张祥龄关于诗词创作的美学思想。其精要的文学理论、独到的美学眼光，以及对宋代以来诗词创作规律的总结和揭示，对后人的诗词创作和诗词美学理论的研究，都具有重要的启示作用。

纵观张祥龄“序录”中所揭示的词论美学思想，主要体现在以下几个方面。

一、风格论

《半箧秋词·序录》中最突出的美学思想是张祥龄的风格论。其风格论的基本观点首先表现在他十分推崇审美风格的独异性和审美创造的独创性。

在这篇词论中，张祥龄一开篇便直截了当地阐明了自己的审美风格观：

辞章一道，好尚各殊，如讲学家，各立门户。词有南北，出主人奴。喜疏快者，丽密以为病；主气局者，烹炼以为嗤。求悦于人难矣！

他认为，词的风格各有不同，不必以自己的爱好去褒贬别种风格的辞章，也不必以别人的非议来左右自己的创作，只要是自己的用心所得，那么他的词自有其存在价值，不用去顾忌天下人的议论。他还认为，流传久远的辞章，都具有别人所稀少的独特的美学风格。风格是词人创造的，风格的独特性体现了词人的独创性。因此他反对那种认为作词能融唐诗楚辞就是好词的观点。他说："片玉人称善融唐诗，稼轩或用楚辞，此亦偶然，长处固然不在是。"也就是说，这种善融唐诗楚辞的词作仅仅是偶然的现象，作词的长处并不在这里，而在于词人独具慧眼的审美创造和独特的审美风格。由此可见，张祥龄的风格论立足于审美创造主体的主观能动性上，词人只要充分发挥自己的独创性，即使不去刻意模仿古人，也能创造出具有独特风格的好词。张祥龄强调在审美创造和审美鉴赏中发挥自己的主观能动性，不盲目模仿古人，不胶柱鼓瑟，是符合创作规律的，对推动当时诗词创作的发展和进步具有十分积极的意义。

揭示审美风格的时代性，也是张祥龄词论中一个非常重要的美学思想。张祥龄认为，每一种文体，都不会永远存在，都有自己的演变规律，都会随着时代的变化而变化。从唐诗到宋词，从齐梁骈文到唐代古文，都体现了这一规律。文体改变的原因，是为使辞章永远充满生命力，在历史上形成其独特的风格和地位。风格也是如此，是随着时代的变化而演变的。他说：

词至白石疏宕极矣，梦窗辈起，以密丽争之。至梦窗而密丽又尽矣，白云以疏宕争之。三王之道若循环，皆图自树之方，非有优劣。

这段话的意思是，词写到姜白石这份上，已达到疏宕之风格的极致，于是吴梦窗等词人以密丽之风格取代之，以争得自己的独特地位；然而密丽之风格在吴文英这儿又被写尽了，于是张白云又以疏宕创造了自己的独特风格。这就像夏禹、商汤、周文王之三王之道更替循环，都是为了取得自己的独特历史地位，非有优劣好坏之分。也就是说，词的风格美并不是一成不变的，每一个时代有每一个时代的风格美，风格美是在不断地发展变化循环往复的，只有顺应这种变化，创造出具有独特个性的独特风格，其作品才会在历史上留下自己的独特地位。在这里，张祥龄用辩证发展的思想，对文学创作的兴衰与文艺学美学的发展进步做出了令人信服的揭示和诠释。显然，这种用发展眼光来看待审美风格的时代性和变化性的美学思想，也是符合文学发展的客观规律，对现代的文学创作，也是有重要的启示作用。

在"序录"中，张祥龄还极力提倡文学风格的自然美。他说：

辛、刘之雄放，意在变风气，亦其才只如此。东坡不耐此苦，随意为之，其所自立者多，故不拘于词中求生活。若梦窗舍词外莫可树立，故殚心血为之。是丹非朱，眼光未大。

他认为，辛弃疾、刘过的雄放风格，只是刻意去改变北宋之前有些词的绮靡风气，其才气还不够高。而苏东坡则不刻意追求什么，作词“随意为之”，所以他的词作多有自己的独特风格，他不是为写词而写词。吴文英则相反，除词之外没有追求，殚尽心血刻意作词，这样写出来的词便缺乏大家气度。张祥龄接着还指出，作词和写诗一样，历来讲究炼词炼句、音律比兴等艺术手法，但不必过分追求形式，应该顺其自然，如果像常州词派张惠言等人所提倡的专注于词章格式的磨炼，未免就有胶柱鼓瑟之嫌了。张祥龄所提倡并追求的美学风格上的自然美，对纠正当时词坛所出现的“雕凿”“涩炼”的作词弊风，张扬清新自然、富有真情实感的创作精神具有重要的促进作用。

在“序录”中，张祥龄还提出“运”的美学范畴。张祥龄说：

文章风气，如四序迁移，莫知为而为，故谓之运。

他认为文章风格的改变是“莫知为而为”的，不管是“昌黎起八代之衰”，还是词从南唐李璟、李煜、冯延巳开始变化，经过晏几道、柳永、周邦彦、姜夔、吴文英、王沂孙、张炎诸家，已经发展到了尽头，“元故以曲继之”，这都是“亦运使然”。正因为文体及风格的发展变化，就像春夏秋冬四时变化一样，因此他认为作家应该“安序顺天”，倘要刻意改变这种时序那是行不通的。这一观点和上述“顺其自然”的文学风格论有相通之处。然而他却把这种发展变化归结于“运”“天运”，认为是运道必然，是天意使然，人是无法知觉的，也是无法更改的，这就使他的美学思想带上了神秘主义的不可知论和唯心主义色彩。同时，也在一定程度上忽略了审美创造者的主观能动性和社会生活的发展变化对词章风格的重要影响。可以说，这些观点都明显地体现出张祥龄美学风格论中的局限性，同其前后的论述显然是自相矛盾的。

二、主体论

主体论是《半箧秋词·序录》中另一个重要的美学思想。其基本观点主要体现为“才质”说和“气骨”说两个方面。

“才质”说是张祥龄词论美学思想中一个很重要的内容。他说：

人之才质限于天，能疏宕者不能密丽，能密丽者不能疏宕。《片玉》善言羁旅，《白云》善言隐逸，终身由之，而不知其道者，天也。

他认为，审美主体各有各的才能气质，这是天赋使然。因此能创造出疏宕风格的词人作词就无法密丽，能创造出密丽风格的词人也做不到疏宕。周邦彦的

《片玉词》擅长书写羁旅生活，张炎的《山中自云》词则擅长表现隐逸感受，而且一辈子都是这样来表现的，并不知道是什么道理，这就是天赋所在。张祥龄这种认为形成词的不同风格的原因是词人的“才质”不同的美学思想，进一步强调了审美创造的主体能力和审美取向在诗词创造中的重要作用问题，在某种程度上揭示了文学风格论中的主体性特征。正是因为不同的审美创造主体的精神个性特征不同，文学风格美才会呈现出那么一派五彩缤纷的绚丽景象，人类的文学发展史也才会那么丰富发展，欣欣向荣。从这一角度来说，张祥龄的这一美学观无疑是科学的、进步的。但他同时又认为，词人的“才质”是为天所限的，是天赋的表现，这一点又忽略了时代生活对审美创造主体精神个性气质的必然影响。马克思认为人是社会关系的总和，作为审美创造主体的人不能离开社会生活而独立存在，因此他的精神气质就不能不带上社会生活的烙印。由此可见，张祥龄的这种“天赋”论，同样流露出了他脱离生活的唯心主义的局限性。

张祥龄的“才质”说还阐述了审美创造必须充分调动审美主体的心理能力的问题。他说：

> 作者自酌其才，与何派相近。一篇之中，又不可杂合不配色；意炼则辞警辟，自无浅俗之患。若夫兴往情来，召吕命律，吐纳山川，牢笼百代，又非饤饾所知矣。

他首先批评了竹山、梦窗等人的词，风格失之雕凿涩炼，意境支离破碎，未能浑然一体；又谴责山谷、屯田的词“村野”“脱放”，失其文雅之气。因此他认为作者应根据自己的才质作词，决不可杂凑成词。为避免“浅俗之患”，关键是炼意而不是炼词，意深则辞章自然，警辟不俗。如果能凭借感情奔涌来召唤音律，表现时代生活和大自然，就能创造出真正的好作品，这是那些堆砌成语典故的人所不能理解的。张祥龄这种发挥审美主体的心理创造能力，提倡以“才质”作词，以情性作词，反对雕琢之作、浅俗之风的美学思想，对匡正当时词坛弊端，开启清新自然、真情实感的词风具有十分有积极的意义；对审美主体充分认识自己的心理创造能力，进而去调动、驾驭这一心理创造能力，也是具有启迪作用的。

“气骨”说是张祥龄所揭示的另一个重要的美学范畴。他认为，词和诗一样，固然都讲究炼字炼句，讲究艺术表现手法，但是，像南宋词人陈亮的《龙川词》中那种“洗金钗钿盒之尘”、充满阳刚之气的好词，并非好在选字，而是好在词人的“气骨”:“不知洗之者在气骨，非在选字。”陈亮之所以写出

了“尧之都，舜之壤，禹之封，于中应有，一个半个耻臣戎”（《龙川词·水调歌头》）和“因笑王谢诸人，登高怀远，也学英雄涕”（《龙川词·念奴娇》）等好词，全在于他的“气骨”。陈亮是南宋著名的思想家和文学家，面对国难当头，山河破碎，他悲愤填膺，立志为国建功立业。因此，他所作政论气势纵横，笔锋犀利；词作则感情激越，风格豪放，充分表现出词人的政治抱负。由此可见，张祥龄所谓的“气骨”，指的是词人的胸襟和抱负，即审美创造主体的情感个性。他认为只要把自己的胸襟抱负、情感个性融入词中，即使所选用的是朴素无华的词语，也能写出具有雄浑气魄、博大意境的好词。所以，他一方面反对雕凿涩炼之词，一方面又批评鄙俚浅俗之作，提倡“炼意”，强调“兴情”。可见张祥龄词论的进步性，他既继承了常州词派“意内言外”“比兴含蓄”的创作主张，但又反对其词论过于拘泥而不知变通，即“胶柱鼓瑟”的弊病。因此，他试图从张扬词人的“气骨”“兴情”等方面来克服这一弊病。而且，他提倡“气骨”说和“兴情”说，也充分肯定了审美创造中的主体心理能力和情感个性特征，这又是对自己前面那种“天运”说理论的一种反拨。可以说这些方面都充分体现出了张祥龄对文学创作规律的深刻理解和正确把握，显然比常州词派的主张前进了一大步。

总之，张祥龄在《半箧秋词·序录》中所体现出来的美学思想，虽然有其自相矛盾之处和种种局限性，但他的“风格论”和“主体论”却有力地揭示了审美创造的独特规律，为中国词论美学的发展提供了丰富的理论线索。特别是他对审美创造中的主体心理能力和主观能动性的肯定和强调，对廓清中国传统美学中“文以载道”的庸俗社会学观点和浙西词派强调格律、技巧的形式主义倾向，更是具有十分重要的美学意义的。

（作者单位：泉州师范学院文学与传播学院）

朱熹涉佛序跋文艺观探微[①]

邱蔚华

刘勰《文心雕龙·时序》云:“文变染乎世情，兴废系乎时序。”[②] 陈仲凡在《两宋思想述评》中也曾指出:“一代学术之勃兴，必有其特殊的背景及其他关系焉。兹言宋学，当于其时政治之影响，首述及之。”[③] 的确，学术的发展与文体的演变都离不开一定的文化历史语境。就文体而言，宋代序跋文体不仅数量丰富，而且广涉诗、词、文、书、画等各类艺术门类，其兴盛和发展与宋代推行“重文轻武”的文化历史语境分不开。朱熹就是在这样的环境中成长起来的南宋文章大家，他创作了文体多样、内容涵盖上至宇宙天理的哲学反思、下至民间百姓生活琐事记录的各类古文，其中就不乏堪称佳作的序跋作品。众所周知，从序或跋中很能看出一个人对文艺的见地。因此，前贤时彦在研究朱熹文学理论和文学批评时不会对其序跋作品视而不见。然而，就笔者目力所及，朱熹涉佛序跋作品的文艺观研究，目前学界却鲜有研究。故笔者不揣谫陋，欲就此论题尝试一二，就教于方家。

一、涉佛序跋之分类与概说

关于序跋，前人对其文体特征有过不少描述。南宋王应麟《辞学指南》云:“序者，序典籍之所以作。”[④] 明代徐师曾《文体明辨》也说:“按题跋者，

① 2017年福建省高校以马克思主义为指导的哲学社会科学学科基础理论研究创新团队“传统宗教与中国文学研究”(闽委教思〔2018〕1号)阶段性成果；龙岩学院博士科研基金启动项目“朱熹古文创作与佛禅关系研究”阶段性成果。

② 黄霖:《文心雕龙汇评》，上海古籍出版社，2005年，第148页。

③ 陈仲凡:《两宋思想述评》，东方出版社，1996年，第8页。

④ [宋] 王应麟:《玉海·辞学指南》，王水照主编《历代诗话》(第一册)，复旦大学出版社，2007年，第1021页。

简编之后语也。凡经传子史诗文图书之类，前有序引，后有后序，可谓尽矣。"① 由此可见，序和跋均为典籍、图书的一个组成部分，在书中位置不同，没有本质区别。具体说来，所谓序，根据内容可分两类，一是说明作品出版意旨、编次体例和作者情况的文章，二是评论作家、作品及阐发某些重要问题的文章。列于书前为"序"（偶有置于后者，如《史记·太史公自序》），置于文末者为"跋"。故而在探讨朱熹序或跋中的涉佛文时，不作分别。另外，朱子文集中有以"书……后"（如《书屏山先生文集后》）为题的文章。所谓"书……后"，通常是指把评价某篇作品或记录读书感想的内容置于被阅读对象的文章后面，性质与跋相似，因此也应把这一类作品合并到序跋中讨论。

《晦庵先生朱文公文集》收录序跋作品最多，除此而外，《朱子别集》卷七、《朱子遗集》卷三和《朱子外集》卷二各收有一定数量的序跋。何谓朱熹涉佛序跋？笔者以为，从不同的角度考量朱熹序跋与佛禅之关系，其内涵和分类各有不同。从作者身份看，朱熹涉佛序跋可指朱熹为出家的禅僧之作而撰写的序跋，以及为在家的居士或崇佛好禅之士的作品而写的序跋；从序跋的撰写内容看，朱熹涉佛序跋可指朱熹所撰序跋关涉佛禅内容，具言之，即序跋内容或表现佛禅旨趣，或反映崇佛好禅心态，或记载扬儒辟佛之行迹，或为朱熹评说和考辨前述各内容而作的序跋；从序跋语体风格看，朱熹有些序跋充满禅语机锋，在文中引入佛禅语词，这也是朱熹序跋涉佛文之一种。根据这些考量依据，细绎朱子序跋涉佛文，对各类涉佛序跋作品分类并粗略统计如下：为禅僧之文作序跋者 2 篇；为崇佛好禅士流诗文所作序跋者 5 篇；序跋内容涉佛禅者 10 篇；有佛语禅机之序跋者 2 篇。以上合计 19 篇。不难看出，其数量不多。但值得重视的是，其反映出的朱子文艺观是丰富深刻的，而且由于它们"涉佛"的表现形式不一，其文艺观蕴含的文化内涵是复杂多样的。对此，我们有必要进行细致的爬梳和深入的检讨。

二、涉佛序跋之文艺观

检朱熹所作涉佛序跋，其序跋内容主要以评说作家、作品为主，因此从中反映出他一定的文艺观念。大体而言，这些文艺观念包括人品立"诚"论、作品传"信"观和作品风格论。以下略析如次：

① ［明］徐师曾：《文体明辨序说》，于北山，罗根泽校点，人民文学版社，1962 年，第 136 页。

（一）人品立“诚”论

纵观朱熹涉佛序跋，反映其人品观的涉佛序跋作品主要有为他人书信而作的序跋如《书先吏部与净悟书后》《跋赵清献公家问及文富帖跋语后》《跋赵清献公家书》，以及品评他人诗文作品而写的序跋如《跋周益公杨诚斋送甘叔怀诗文卷后》等。这些作品关涉的人品论涵盖两方面：一是对序跋作品人物的品评，这主要集中在书信序跋中；二是作者人品论，这在书信序跋和诗文序跋作品中均有体现。

《书先吏部与净悟书后》一文是朱熹为其父朱松写给净悟禅师的书信所作的跋。此文首段录有熹父朱松写给净悟禅师的书信，文后为朱熹追述父亲与净悟禅师之交游的文字，其详如下：

先君子少日喜与物外高人往还，而于净悟师为尤厚。后尝为《记尊胜佛殿》，今刻石具在，可考也。净悟，建阳后山人，晚自尊胜退居南山云际院，一室倚然。禅定之余，礼佛以百万计。年过八十，目光炯然，非常僧也。常为余道富文忠、赵清献学佛事，其言收敛确实，无近世衲僧大言欺世之病。以是知先君子之厚之非苟然也。古田林生蒙正持此卷来，捧玩手泽，不胜悲感，因为略记本末云。庆元己未六月既望，云谷朱熹谨书。①

检视文献记载，净悟禅师是唯一一位朱熹父子均识的世外高僧，可见彼此渊源颇深。一般而言，写序或作跋的起因是多数序跋内容的主体，但这篇“书……后”主要是叙述书信来往者之交谊。全文着墨不多，却提供了相当丰富的信息，其详如下：（1）记录了朱松与净悟书信往来之交游的行实；（2）以凝练的笔触刻画了净悟禅师“非常僧”的独特之处；（3）提到了净悟与宋代名臣富文忠（即富弼）、赵清献（即赵抃）交游之事；（4）于文末交代此封书信的来源。这些内容在一定程度上反映了书信序跋有不同于其他序跋的地方，即它的重点往往在于说明书信来往者交往的缘由。众所周知，人与人交往的缘由无非关涉彼此的品行、性格、生平经历等各方面的机缘契合，而所有这些最终的落脚点其实就是对于人物的品评。从上引文献内容看，人物品评的重点在于评“物外高人”净悟的不同寻常处有三：一是净悟八旬高龄，却仍“目光炯然”；二是净悟与北宋名相富弼、重臣赵清献往来密切，常为二人“献学佛事”，由

① 朱熹：《晦庵先生朱文公文集》卷八十四，朱杰人，严佐之，刘永翔编《朱子全书》第24册，上海古籍出版社、安徽教育出版社，2002年。

此凸显净悟并非泛泛之辈；三是“其（净悟）言收敛确实，无近世衲僧大言欺世之病”。纵观这三点，“收敛确实”和“无大言欺世之病”是朱熹对净悟人品最为肯定与激赏的地方，是朱熹“诚”的观念在作品人物中的投射。“诚”是儒家所推崇的理想的人格境界，对其具体内涵，朱熹是这样界定的：“诚者，真实无妄之谓，天理之本然也。”① 净悟其人“收敛确实”，意谓“真实无妄”者也。因此，在一定层面上此文折射出朱熹品评人物的标准和取向，可以看成是其人品论的一个构成部分。

与《书先吏部与净悟书后》对书信中的人物品评不同的是，同为书信序跋的《跋赵清献公家问及文富帖跋语后》和《跋赵清献公家书》两文的人物品评则侧重在对作者即书信书写者的评价上。

赵清献者，赵抃（1008—1084）也，字阅道，自号知非子，衢州西安（今浙江衢州）人。元丰七年卒，年七十七，赠太子少师，谥清献。据载，赵抃为人和易温厚，平生仅携一琴一鹤自随，文多关切时事的奏议，其诗“谐婉多姿”，其人有“铁面御史”之称。四十余岁，摒弃声色，潜心佛学，隐退后曾写下富于禅机的《赵抃归隐偈》。众所周知，朱熹一生致力于排佛，对一些崇佛士流、崇佛世风常深恶痛疾。因此朱熹对这位颇有文才、有“铁面御史”之称的赵抃晚年佞佛深感惋惜：“而公于佛学盖莫身焉，何邪？因览此卷，为之叹息云。”② 而其《跋赵清献公家书》一文对赵抃晚年溺佛之批评更是清晰可见：

> 然其晚岁学浮屠法，自谓有得，故于兄弟族姻之间无不以是勉之。前后见其家间手帖多矣，如此卷称其弟心已明莹，见性复元，教其侄以不失正念，要使纯一不杂，又教以公私谨畏，践履不失，便是初心佛事。且引古人，“三业清净，即佛出世”之语。以为此亦直截为人处。则今之学佛者，大言滔天而身心颠倒，不堪着眼者盖有间矣。③

显然，上引文献中，朱熹对赵抃所谓教其侄“初心佛事”之种种和以“三业清净”为处世之道并不以为然，认为赵抃所为犯有当世崇佛之人“大言滔天而身心颠倒”的通病。所谓“大言滔天而身心颠倒”即执着虚妄、心为形役，这显然有悖于儒家提倡的真实无妄之“诚”的宗旨。由此可见，朱熹为赵抃家书作序跋的着眼点并不在于书信内容、文风或艺术技巧，而是在于对写信的

① 《四书章句集注》，《朱子全书》第 6 册，第 48 页。

② 《晦庵先生朱文公文集》卷八十四，《朱子全书》第 24 册，第 3919 页。

③ 同②，第 3958 页。

人即作者人品的评说上。

朱熹人物品评重“诚”的价值取向，还可从他的诗文作品序跋表现出的作家人品论看出，如《跋周益公杨诚斋送甘叔怀诗文卷后》就充分体现了这一点。

《跋周益公杨诚斋送甘叔怀诗文卷后》是一篇极具禅味的序跋作品，几乎全用禅语写成：

退傅精勤小物，无有入于无间。老监纵横妙用，诸相即是非相。且道二公用处，是同是别，叔怀于此卷中直下荐得，不妨奇特，如或未然，待汝一口吸进西江水，即向汝道。①

此文作于庆元五年四月，其时正值庆元党禁对道学的严厉打压与迫害之时，因此，朱熹在此处借禅说儒。“退傅精勤小物，无有入于无间”典出佛道二教之语。佛教有“芥子须弥”之说，即微小的芥子中能容纳巨大的须弥山。朱熹此处化用这一佛教用语之意，旨在借以论说具有柔和附着且专心勤勉之小物（相当于佛教所云“芥子”），其容纳力量之大可致“无有入于无间”。“无有入于无间”语出老子《道德经》第四十三章，用以指无形的力量可以穿透无缝隙的东西。② 短短十二字，却充满了佛道二教的思辨意味；“诸相即是非相”则全是佛语，乃化用《金刚经》“凡所有相，是虚妄，若见诸相非相，即见如来”③ 之语，蕴含着大乘佛教不执着虚妄之相的最高智慧；“待汝一口吸进西江水，即向汝道”是马祖道一的著名机锋，据《五灯会元》载：

唐贞元初谒石头。乃问：“不与万法为侣者是甚么人？”头以手掩其口，豁然有省。后与丹霞为友。一日，石头问曰：“子见老僧以来，日用事作么生？”士曰：“若问日用事，即无开口处。”乃呈偈曰：“日用事无别，唯吾自偶谐。头头非取舍，处处没张乖。朱紫谁为号，丘山绝点埃。神通并妙用，运水及搬柴。”头然之。曰：“子以缁邪，素邪？”士曰：“愿从所慕。”遂不剃染。后参马祖，问曰：“不与万法为侣者是甚么人？”祖曰：“待汝一口吸尽西江水，即向汝道。”士于言下顿领玄旨。④

此文记载的是唐代居士庞蕴就“不与万法为侣者是甚么人”和“运水搬柴即

① 《晦庵先生朱文公文集》卷八十四，《朱子全书》第24册，第3983页。

② 其详如下：“天下之至柔，驰骋天下之至坚。无有入于无间，吾是以知无为之有益。不言之教，无为之益，天下希及之。”详见（春秋）老子著、陈鼓应注译：《老子今注今译（参照简帛本最新修订版）》，商务印书馆，2016年，239页。

③ 《金刚般若波罗蜜经》卷一，鸠摩罗什译，《大正藏》第8册，第749页上。

④ ［宋］普济集：《五灯会元》卷第三，《卍续藏》第80册，第87页中。

是道”问道石头希迁和马祖道一。朱熹则借此公案禅机探讨儒家之“不与万法者为侣”与“道在日用间”的哲学命题。在朱熹看来，他与周必大、杨万里、甘叔怀等都是“不与万法为侣者”，化用马祖道一机锋则更从一个层面上反映朱熹有以马祖道一自比之意。禅家所谓的“运水搬柴即是道”，在朱熹看来与“道在日用间”在本源上是一致的。此跋短小精悍，充满禅机，这种借禅宗公案机锋发愤世嫉俗、嬉笑怒骂之论、以禅说儒的方式，一方面固然是庆元党禁道学家被禁言下的一种机智应对政治环境的巧妙方式，另一方面也是朱熹早年出入佛禅时期内心深处对佛禅的痴迷在晚年困境中情不自禁的流露。而朱熹在文中借禅机所强调的周必大、杨万里、甘叔怀作诗文不执着虚妄之相，换个层面而言，实际上是朱熹对作家“修辞立其诚”的佛禅化的诗性言说。

由上观之，不论是朱熹的书信序跋涉佛文，还是借用禅家语为诗人诗歌作品而写的序跋，都充分体现出朱熹品评人物重人品立“诚”的观点。

（二）作品传“信”观

如果说，人品论从“诚”的角度反映了朱熹以道德为本位的作家、作品人物论，那么重文献考辨、使作品传“信”，是朱子涉佛序跋作品内容上的又一个重要特色。所谓“信”，即真，具言之，即判断文献的真伪并在该文献的序跋中指出其损益、正误、错讹等内容以恢复其真实面貌。朱熹不少涉佛序跋都体现了其作品传“信”观，《谢上蔡语录后序》是其中较有代表性的作品之一。

《谢上蔡语录后序》是朱熹为《上蔡语录》写的后序。《上蔡语录》是宋代曾恬、胡安国所录，后朱熹对其加以删定而成。谢上蔡者，即谢良佐，为程门四先生中禅气最重者。朱熹虽对谢良佐之好禅多有批评，但正如陈来先生所指出的那样：朱子所指出的“禅说”，很多情况是指某些说法在外部特征上与佛家相类似。这些外部特征包括：重内遗外、趋于简易、兀然期悟、弃除文字、张狂颠绝。[①] 也就是说，朱熹多数情况下并不是从内在本质上否定谢良佐摄禅入儒的学术思想旨趣。而他对谢良佐禅说之辨另一个值得学人注意的就是他对一些讹传的谢氏佛说的辨识，这突出地体现在他对《上蔡语录》的删定上。

熹初得友人括苍吴任写本一篇，题曰《上蔡先生语录》，后得吴中版本一

① 陈来：《朱子哲学研究》，华东师范大学出版社，2001 年，第 400、402 页。

篇，题曰《逍遥先生语录》，陈留江续之作序，云得之先生兄孙少卿伋及天隐之子希元者。二家之书，皆温陵曾恬天隐所记。最后得胡文定公家写本二篇于公从子籍溪先生，题曰《谢子雅言》，凡书四篇，以相参校。胡氏上篇五十五章，记文定公问答，皆他书所无有。而提纲挈领，指示学者用力处，亦卓然非他书所及。下篇四十七章，与板本、吴氏本略同，然时有小异，盖损益曾氏所记，而精约过之。辄因其旧，定著两篇，且著曾氏本语及吴氏本语之同异者于其下，以备参考。独板本所增多犹百余章，然或失本指，杂他书，其尤者五十余章，至诋程氏以助佛学，直以“或者”目程氏，而以“予曰”自起，其辞皆荒浪无根，非先生所宜言，亦不类答问记述体之体。意近世学佛者私窃为之，以亢其术。偶出于曾氏杂记异闻之书，而传者弗深考，遂附之于先生，传之久远，贻误后学。(《上蔡先生语录后序》)①

朱熹在这篇序文里不惜笔墨地详述自己获得该语录的各种途径和版本情况，并对各版本间的异同、增删细致地比勘，去伪存真，重新删定《上蔡先生语录》。其中尤可注意的是，朱熹删除了其中“诋程氏以助佛学”的五十余章，删定的依据有两个，一是从语录的辞风看，认为“其辞皆荒浪无根”，不符合上蔡语辞风格；二是从文体看，“不类答问记述体之体”，认为它们不合宋儒语录体式。由此，朱熹断定这五十余章是“意近世学佛者私窃为之，以亢其术”的伪“上蔡语”，故而将其删去，重新编定《上蔡先生语录》。据后来湘湖派胡宪寻访而得的江民表《辨道录》证实，删去的这五十五章是好佛老的江民表的作品，可见朱子文献考辨功力之非同一般。正如胡宪为《上蔡先生语录》作跋时赞朱熹所定著《上蔡先生语录》三卷是：“得以详观，其是正精审，去取不苟，可传信于久远。”② 由此可见，朱熹对文献精审、不苟的态度反映出其重“信”、重“真”的作品观。再如，《书麻衣心易后》和《再跋麻衣易说后》是体现朱熹考辨文献之功力的又一力作。关于《麻衣心易》（又名《正易心法》）之真伪在宋代就已有颇多争议，因此，朱熹辨之甚多，如其《书麻衣心易后》云：

《麻衣心易》顷岁尝略见之，固已疑其词意凡近，不类一二百年前文字……夫麻衣，方外之士，其学固不纯于圣贤之意。然其为希夷所敬如此，则其为说亦必有奇绝过人者，岂其若是之庸琐哉？且五代国初时人，文字言语质

① 《晦庵先生朱文公文集》卷七十五，《朱子全书》第24册，第3609－3610页。
② （宋）朱熹编，谢良佐语：《上蔡先生语录》，中华书局，1985年，第36页。

厚沉实，与今不同。此书所谓“落处”、“活法”、“心地”等语，皆出近年，且复不成文理，计其伪作，不过四五十年间事耳。然予前所见本，有张敬夫题字，犹摘其所谓“当于羲皇心地上驰骋，莫于周孔脚迹下盘旋”者而与之辨，是亦徒费于辞矣。此直无理，不足深议；但当摘其谬妄之实而掊击之耳。淳熙丁酉冬十一月五日书。①

上文开门见山，说此书“词意凡近，不类一二百年前文字”，继而从学术传承的角度加以进一步佐证其系伪作之可能，然后分别对作者身份、时代及文章用语、与有张栻题字本之出入等方面加以考辨和确证。其《再跋麻衣易说后》则叙说他前往南康赴任时遇《麻衣易说》的刊行者戴师愈，并断言《麻衣易说》为戴氏伪作。其中，最有力的“五代国初时人，文字言语质厚沉实”，仍是从文字辞风推断《麻衣心易》，可谓言之凿凿，同样也反映出他对作品真实传“信”的思想。

概而言之，考辨文献版本的差异，以及文献字、词、句之真伪异同不仅反映着朱子求真务实的治学态度，同时在一定程度上渗透着他重作品选本真、信的文艺观念。

（三）作品风格论

中国古典文艺素有重作品风格品评之说。就文学而言，从先秦“诗言志”规定着中国古典文学抒情写意的传统始，至魏晋曹丕的《典论·论文》开中国古典文学风格论之先河，再到南朝梁刘勰《文心雕龙》对抒情文学所构筑的体系完整的风格论，无不浸润着前贤们的真知灼见。可以说风格品评实际上很大程度上代表了古人认识与理解风格特征的独特视角和审美情趣。朱熹踵武前贤遗风，不仅就风格而常发赏文之高见，亦对书画阐精到之品识。朱子涉佛序跋《跋南上人诗》《跋病翁先生诗》《跋汤叔雅墨梅》等作均可管窥一斑。以下略析如次：

1.《跋南上人诗》

南上人者，即释志南，号明老，又号海庵，会稽（今浙江绍兴）人，生卒年不详，为朱熹的方外诗友。据载，朱熹与释志南多有往来。淳熙八年（1181）曾于朱熹卸任南康太守时同游庐山，并以诗卷相赠。淳熙十四年

① 《晦庵先生朱文公文集》卷七十五，《朱子全书》第 24 册，第 3833 页。

(1187) 释志南托人将书信、诗稿、黄精、笋干、紫菜等物赠于朱熹，朱熹回赠碑刻、唐诗、安乐茶等，并作《跋南上人诗》，全文如下：

南上人以此卷求余旧诗，夜坐，为写此及《远游》《秋夜》等篇。顾念山林，俯仰畴昔，为之慨然。南诗清丽有余，格律闲暇，无蔬笋气，如云“沾衣欲湿杏花雨，吹面不寒杨柳风”，余深爱之，不知是人以为如何也。淳熙辛丑清明后一日，晦翁书。[①]

释志南颇有诗文才气，在当时名噪一时。其诗收在《全宋诗》卷二三九五，其文收入《全宋文》卷六四三二，其事迹可参见《诗人玉屑》卷二。朱熹为其诗作撰跋，不仅因与之友善，更因志南诗深得朱子极推崇的陶渊明、韦应物诗清淡闲散之风。上引序跋中，朱子评南上人诗“清丽有余，格律闲暇，无蔬笋气”。所谓“蔬笋气”原为刘熙载《艺概 · 书概》所提的应给予抛弃的“书气”之一，唐时把它扩大到评价僧诗作品“清淡而无味”的清苦诗风。当代学者周裕锴认为“蔬笋气”的含义有四：意境过于清寒；题材过于狭窄；语言拘谨少变化和作诗好苦吟。[②] 释志南虽为僧人，但朱熹说其诗“无蔬笋气”，可见南上人之诗并无此四种弊病。朱熹又言其“清丽有余，格律闲暇”，并毫不讳言“深爱之”，可见朱子对自然清丽诗风的推崇。

2.《跋病翁先生诗》

刘子翚（1101—1147），为朱熹师事的武夷三先生之一，字彦冲，自号病翁，好佛教止观，修习默照禅。对其喜佛好禅之趣，临济大师宗杲曾有赞曰：“财色功名，一刀两断。立地成佛，须是这汉。”[③] 朱熹亦在《跋家藏刘病翁遗贴》描述了其禅味十足的僧衲形象：“病翁先生壮岁弃官，端居味道，一室萧然，无异禅衲，视世之声色权利，人所竞逐者漠然若亡见也。”[④] 刘子翚又是个能诗之人，有诗集《屏山集》。朱熹对其诗曾作《跋病翁先生诗》之文品评。其文如下：

此病翁先生少时所《闻筝》诗也。规模意态，全是学《文选》乐府诸篇，不杂近世俗体，故其气韵高古，而音节华畅，一时辈流少能及之。逮其晚岁，笔力老健，出入众作，自成一家，而已稍变此体矣。然余尝以为，天下事皆有

① 《晦庵先生朱文公文集》卷八十一，《朱子全书》第 24 册，第 3852 页。
② 周裕锴：《中国禅宗与诗歌》，上海人民出版社，1992 年，第 46－48 页。
③ ［宋］法宏，道谦编：《普觉宗杲禅师语录》卷二，《卍续藏》第 69 册，第 643 页中。
④ 《晦庵先生朱文公文集》卷八十四，《朱子全书》第 24 册，第 3966 页。

> 一定之法，学之者须循序而渐进。如学诗，则且当以此等易量，然变亦大是难事，果然变而不失其正，则纵横妙用，何所不可？不幸一失其正，却似反不若守古本旧法以终其身之为稳也。①

这篇跋是朱子阐发诗风“正”“变”诗学关系的名篇。上引文中，朱子从两个方面探讨了刘子翚的诗：一是诗风的形成、转变和师承的对象及诗人的阅历有关。朱熹认为刘子翚诗师承《文选》之乐府诗，故而其诗“气韵高古，而音节华畅”；及至晚年，“笔力老健，出入众作，自成一家”，然亦只是“稍变”古体而已。必须指出的是，引文所述刘子翚诗所学的《文选》乐府诸篇，即为朱熹所谓的“虞夏以来，下及魏晋”及“自晋宋间颜、谢以后，下及唐初”② 的具有魏晋风致的诗。朱熹认为它们风格上最显著的特征在于诗风“唯在平淡”。关于“平淡”二字在朱熹《答巩仲至》第五书说得很明白：

> 来书所论“平淡”二字误尽天下诗人，恐非至当之言，而明者亦复不以为非是，则熹所深不识也。夫古人之诗，本岂有意于平淡哉？但对今之狂怪雕锼、神头鬼面，则见其平；对今之肥腻腥臊、酸咸苦涩，则见其淡耳。自有诗之初，以及魏晋，作者非一，而其高处无不出此。③

可见，《文选》所选诗时段正是上文所谓“诗之初，以及魏晋”。据此而论，刘子翚诗学的也就是魏晋及前时诗作的平淡之风，即使晚年“笔力老健”也没改变此风。二是诗风与诗法的关系问题。朱熹在刘子翚学诗与诗风承变关系的基础上进一步阐发学诗“须循序渐进”，才能使诗风“变而不失其正”的观点，并认为若“失其正”，“反不若守古本旧法”。此处，朱熹所谓“正”，即宗承周汉魏晋诗之传统，有“气韵高古”之平淡者；所谓“变”则是别于“众作”之“自成一家”者。综其全文之意，不难看出，朱熹主张诗风须“正”，即使“变”，也须“变而不失其正”。

3.《跋汤叔雅墨梅》

朱熹涉佛序跋不仅关涉文论、诗论、书论，还有画论，《跋汤叔雅墨梅》就是其画论代表作。汤叔雅，名正仲，叔雅为其字，江西人，南宋画家，善梅、竹、松、石，画风清雅。《跋汤叔雅墨梅》撰于 1198 年，时朱熹已垂垂老病矣。晚年的朱熹经历了庆元党禁的政治风波后，潜藏心底的释老情怀在这

① 《晦庵先生朱文公文集》卷八十四，《朱子全书》第 24 册，第 3968 页。
② 同①，第 3095 页。
③ 同①，第 3097 页。

篇序跋中可谓暴露无遗。其评点汤正仲墨梅画风，颇可见其“援禅说画”的智慧。其文曰：

墨梅诗自陈简斋以来，类以白黑相形。逮其末流，几若禅家五位正偏图颂矣。故汤君始出新意，为倒晕素质以反之。而伯谟因有“冰雪生面”之句也。然“白黑未分时”一句，毕竟未曾道着，诗社高人，试各为下一转语。汤君自云得其舅氏扬补之遗法，其小异处则又有所受也。观其酝藉敷腴，诚有青于蓝者，特未知其豪爽超拔之韵视牢之为何如尔。病眼多昏，不能核论，故愿与诸君评之。戊午（1198）三月，病起戏书。①

陈简斋者，即陈与义也。上引文所谓陈简斋“以白黑相形”类墨梅之说源于其《和张规臣水墨梅五绝》其一云：“巧画无盐丑不除，此花风韵更清姝。从教变白能为黑，桃李依然是仆奴。”② 朱熹主要是借此引入评述汤正仲“倒晕素质”法画墨梅之新意的话题。由上文不难看出朱子从三个层次评汤正仲墨梅画：一是认为末流的“类以白黑相形”的墨梅诗画之风和禅家五位正偏图颂相类，以此反衬汤正仲淡墨倒晕画梅之独特；二是引南宋莆田人方士繇（字伯谟）“冰雪生面”之语评汤氏墨梅画的风韵；三是在前两者的基础上，朱熹提出汤氏墨梅画还具有“豪爽超拔”的风格特点。其中，尤其值得注意的是，不论是评墨梅诗之“以白黑相形”之陈境，还是评汤氏墨梅“倒晕素质”画法之新意，朱熹皆引禅语论之。前者以曹洞宗“禅家五位正偏图颂”相类。所谓“禅家五位正偏图”，《人天眼目》卷三云：

夫正者，黑白未分，朕兆未生，不落诸圣位也。偏者，朕兆兴来，故有森罗万象隐显妙门也。③

这是曹山本寂禅师对五位君臣的“偏正”解释。但从朱熹引述此语之语境看，其重点在于“黑白”二字，即他认为墨梅诗画之末流“白黑相形”有似于“禅家五位正偏图”之“黑白未分，朕兆未生”之状，即“以白黑相形”未能表现出墨梅之神韵。然而，朱熹又认为仅以“类似白黑相形”之譬喻不足以见出汤氏“倒晕素质”画法之新意，正其所谓“毕竟未曾道着”，即未肯綮之意。因此朱子又说“试各为下一转语”。所谓“一转语”，是禅宗接引学人、测验学人见地和成就的机锋，它的表达方式很丰富：或以风马牛不相干之言语，或用俚语俗话，或以棒喝之声，或是扬眉瞬目、挤眉弄眼之举，等等。禅

① 《晦庵先生朱文公文集》卷八十四，《朱子全书》第24册，第3959页。
② 金德厚，吴书荫：《陈与义集》，中华书局，1982年，第55页。
③ ［宋］智昭集：《人天眼目》卷三，《大正藏》第48册，第316页中。

宗史上，百丈禅师大概是最早用“转语”一词的。然从引文语境看，朱熹之“试各为下一转语”更似于宗杲转语之情形，如《大慧普觉禅师语录》卷四云：

上堂。僧问：“举一不得举二，放过一着落在第二。”学人上来，请师举一。师云：“六六依前三十六。”进云：“未审还真实也无。”师云：“唯此一事实，余二则非真。”僧礼拜。师乃云：“举一不得举二，放过一着落在第二，只如镇州萝卜头，未审灵照篮中，还着得也无。若向这里下得一转语，昨日有人从天台来，却往南岳去，若下不得，雪峰道底。”①

上引文中，“若向这里下得一转语”即参禅之人或者自认已悟之人陈述见地。由此不难看出，朱熹借此禅家之语引出他对汤氏墨梅画法别出心裁的独特体悟。众所周知，墨梅画法分花光墨瓣、逃禅圈白和淡墨倒晕花头三种。上文朱子所说的汤氏“倒晕素质”墨梅画在技法上属淡墨倒晕花头法，即用墨笔勾勒出花瓣，再在四周用淡墨观染，以此凸显白色的梅花，达到“冰雪生面”的情致。但朱熹认为此法不仅继承了其舅扬无咎（即上文所言扬补之）之遗法，有“冰雪生面”之风韵，而且有汤氏自己的特点，即以淡墨倒晕花头取胜，在“酝藉敷腴”的画面中呈现画者“豪爽超拔”的气质。

由上可知，不论是南上人诗之“清丽有余”，还是刘子翚诗承《文选》乐府“气韵高古”及“变而不失其正”之风，抑或是汤正仲墨梅画“豪爽超拔”式“冰雪生面”之情致，都反映出朱熹崇尚清雅平淡的艺术风格。

综上所述，朱熹序跋涉佛文数量虽然不多，却不乏其对文艺品鉴的洞见卓识。与不涉佛的其他序跋作品相比，其涉佛序跋文艺观有与之相通或一致之处，如前述之朱熹人品立“诚”论、作品传“信”观及“清雅平淡”的诗风论等二者均有论及；又有与之不同的独特风貌，即这些深刻的见解融入富于禅机、禅趣的语言中描述时，又表现出朱熹儒释会通的文化格局，使其文艺观具有不涉佛序跋作品所没有的厚重的佛禅文化底蕴，而其观点的阐发也具有鲜明的哲学思辨意味的思维特征，彰显出不同于其他序跋作品的特色。

（作者单位：龙岩学院师范教育学院）

① ［宋］蕴闻编：《大慧普觉禅师语录》卷四，《大正藏》第47册，第827页中。

名士文化的三大思想来源

林朝霞

名士文化是以名士精神为旨归的文化体系，虽为华夏文化的支脉，但却催生了惊才绝艳的中华艺术。名士文化常被诠释为“非汤武而薄周礼”“越名教而任自然”，狭隘地局限于反传统、反礼教的意义框架内。其实，名士不为反传统而反传统的，只有当传统价值束缚了自由人性或者被政治绑架了，才成了名士攻击的靶子。那么，何谓名士精神？魏晋乃名士精神彰显的时代。鲁迅称，魏晋为“人的自觉”和“文的自觉”的时代。钱穆先生认为“魏晋南朝三百年学术思想，亦可以一言以蔽之，曰‘个人自我之觉醒’是已”①。冯友兰也认为，“真名士真风流底人，必有玄心。……真风流底人有其所以为达。其所以为达就是其有玄心。玄心可以说是超越感，晋人常说超越……超越是超过自我；超过自我，则可以无我；真风流底人必须无我，无我则个人的祸福成败，以及死生，都不足以介其意。”② 因此，名士精神的本质是超越社会文化传统和主流意识形态的自由意志和独立精神。

名士文化是超越现实的文化，也是具有批判精神的文化，大致可分为高蹈离世型、顽强抗争型和中正平和型这三种类型，其思想资源分别来自于庄子、屈原和柳下惠。

一、庄　子

庄子生于战国中期，继承和发扬了老子“道法自然”思想，与老子并称。

① 钱穆：《国学概论》，商务印书馆，2008 年，第 167 页。

② 冯友兰：《论风流》，《哲学评论》1944 年第九卷第三期，又见《三松堂学术论集》，北京大学出版社，1984 年，第 609 - 617 页。

千百年来，庄子是无数名士膜拜、景仰的精神偶像和行动楷模，对后世名士言行举止、行为方式、艺术创作、思想发展影响至深。徐复观将庄子思想视为中国纯艺术的精神来源。他认为“中国文化中的艺术精神，穷究到底，只有孔子和庄子所显出的两个典型”，其中以孔子为代表的儒家追求的是“为人生而艺术”，而以庄子为代表的道家则追求“为艺术而艺术”，“由庄子所显出的典型，彻底是纯艺术精神的性格”。①

（一）庄子思想

庄子秉承老子顺应自然、少私寡欲、虚静无为、绝圣去智的思想。《史记·老子韩非列传》称“老子修道德，其学以自隐无名为务”，“无为自化，清静自正”，其学与儒学背道而驰，谓“道不同不相为谋”；庄子“其学无所不窥，然其要本归于老子之言”，“其言洸洋自恣以适己”。庄子促进了道家哲学建构和艺术实践的结合，他的思想精髓应在与老子思想的对比中得以彰显。

1. 艺术存在论

老庄的差异是本体论和存在论的差异。老子是中国历史上追问本体的第一人，致力于寻求万事万物的内在逻辑，以“道”为亘古至今、无所不在的最高存在，从中推演出有无相生、阴阳相克、盛衰相继的宇宙规律。《老子》一书字字珠玑，充满思辨的智慧。莱布尼兹称“老子为世界辩证法的鼻祖”。

庄子继承并发扬了老子思想，将“道法自然”“见素抱朴”“虚致静笃”的思想发挥到极致，认为人应该摒弃社会属性，彻底融入自然，将有限生命放入无穷时空中去体验和感知，追求顺应自然和绝对自由的精神存在感，即“天地与我并生，万物与我为一”的齐物观念和无所依傍的逍遥存在。庄子注重本真生命体验，与西方后世的存在论哲学有相似之处。但是，庄子齐物我，等生死，安时处顺，不以生为乐，亦不以死为悲，始终沉浸于淡然处之的生命快感中，其意识深处是没有死亡恐惧的，“夫大块载我以形，劳我以生，佚我以老，息我以死，故善吾生者，乃所以善吾死也”（《庄子·大宗师》）。而存在主义则将死亡视为人类的悲剧宿命，将其作为人类生存之思的起点，认为人应“向死而生”，直面虚无、荒诞、忧虑、恐惧、苦闷等的真实境遇，做出自由选择，自我来决定自己的本质，不同于庄子坦然面对死亡的态度。《庄子》汪

① 徐复观：《中国艺术精神》，春风文艺出版社，1987 年，第 5、21 页。

洋恣肆、想象奇谲、文辞华美，而《老子》则言简意赅、旨趣遥深，这与庄子偏艺术而老子偏哲思也不无关系。

2. 无用论

老庄的差异还在于“假无为”与“真无为”的差异。老庄均讲无有之辩，但目的不同。老子的立足点在“有”，“有为”为目的，“无为”是手段，“无为而无不为”。如“万物作焉而不辞，生而不有，为而不恃，功成而不居。夫惟不居，是以不去”（《老子》第一章），“是以圣人后其身而身先，外其身而身存，非以其无私邪，故能成其私”（《老子》第五章），“以其不争，故天下莫能与之争”（《老子》第六十六章）、“天之道，不争而善胜”（《老子》第七十七章）。老子以“上善若水”说明弱能胜强的道理，以“治大国如烹小鲜”说明无为而治的道理，故而法家学习《道德经》的治世哲学，将黄老之学加以发挥，衍化出了刑名法术之学。

庄子的立足点则在“无”，将“无用”视为“大用”，反对一切功利目的，彻底打碎名缰利绳、繁文缛节的束缚；打破生死界限，生则颐养天年，死则鼓盆而歌，反对悦生恶死；绝圣去智，解放社会理性对感官心灵的压抑，追求“无名”“无功”“无己”的境界，让灵魂羽化飞升，从中获得当下即是永恒的自由体验。庄子无目的性生存观将道家虚静无为的思想推向了一个高峰。

因此，从两汉到魏，再到两晋，庄子的地位和影响逐步上升，庄学成为显学，甚至居于老子之上。《晋书·庾峻传》中载：“时重庄老而轻经史。”①《世说新语·文学》载，诸葛厷“后看《庄》《老》，更与王（王衍）语，便足相抗衡”。② 马鹏翔认为“比如同样是说道家，两汉之世多用‘黄老’一词，到了魏晋之际‘黄老’一词就很少有人再用了，而代之以‘老庄’一词。……‘老庄’并称实始于两汉，在东汉中后期已多有应用……而在魏晋时期指称道家的，除了我们熟知的‘老庄’一词外，尚有另一个通行的词‘老庄’。尤其是在西晋之后‘庄老’一词的出现实际上意味着魏晋玄学思潮从以‘老学’为中心向以‘庄学’为中心的转移，是思想史上的大变化。”③

① ［唐］房玄龄：《晋书·庾峻传》（卷五十），第五册，中华书局，1974年，第1392页。
② ［南朝宋］刘义庆：《世说新语·文学》，中华书局，1998年，第173页。
③ 马鹏翔：《“庄老”与“老庄”考辨》，《中国人民大学复印报刊资料·中国哲学》，2008年第4期。

（二）庄子的影响

庄子重体验、重艺术的生命存在观为名士文化的诞生准备了思想基础。嵇康、阮籍、向秀、李白、苏轼……无数名士均从庄子及其著作中获得无穷的思想瑞光和艺术灵感。

1. 淡泊名利

庄子视名利为束缚与枷锁，认为“至人无己，神人无功，圣人无名”（《逍遥游》），而像关龙逢、比干之类的忠臣，像尧、禹这样的明君都是好名之徒。庄子曰：“且昔者桀杀关龙逢，纣杀王子比干，是皆修其身以下伛拊人之民，以下拂其上者也，故其君因其修以挤之。是好名者也。昔者尧攻丛枝、胥、敖，禹攻有扈。国为虚厉，身为刑戮。其用兵不止，其求实无已，是皆求名实者也。”① 庄子甚至借盗跖凛然正义之口骂尧舜、汤武为乱人之徒，而孔子则为欺世盗名之人：“黄帝不能致德，与蚩尤战于涿鹿之野，流血百里。尧、舜作，立群臣，汤放其主，武王杀纣。自是之后，以强凌弱，以众暴寡。汤、武以来，皆乱人之徒也。今子修文武之道，掌天下之辩，以教后世，缝衣浅带，矫言伪行，以迷惑天下之主。而求富贵焉，盗莫大于子，天下何故不谓子为盗丘，而乃谓我为盗跖。”②《胠箧》则指斥儒家圣人为天下罪魁，留下了“窃钩诛，窃国者诸侯”“圣人不死，大盗不止”的千古名言。

名士大多从庄子身上汲取到了淡泊名利的超脱感，即便不得以身在仕途，也不以仕进、求财为务。嵇康在《与山巨源绝交书》中坦言，“又读《庄》、《老》，重增其放，故使荣进之心日颓，任实之情转笃”，在《幽愤诗》中又说：“托好庄老，贱物贵身，志在守朴，养素全真”，直述老庄思想对他的影响。③ 阮籍“通易、达庄”，“履朝右而谈方外，羁仕宦而慕真仙”④，“行己寡欲，以庄周为模则”⑤，“著《达庄论》，叙无为之贵”⑥，可惜其文佚。

①《诸子集成》第3部，《庄子集解》，王先谦注，卷一，人间世第四，上海书店出版社，1986年，第22页。
②《诸子集成》第3部，《庄子集解》，王先谦注，卷八，盗跖第二十九，上海书店出版社，1986年，第197页。
③［唐］房玄龄：《晋书·嵇康传》（卷四十九），第五册，中华书局，1974年，第1371－1372页。
④［明］张溥：《汉魏六朝百三家集题辞注》，中华书局，2007年，第116页。
⑤［晋］陈寿：《三国志·魏志·王卫刘傅传第二十一》（卷二十一），中华书局，1982年，第604页。
⑥ 同③，第1361页。

2. 驳斥仁义

庄子对儒家仁义观也做了批驳，认为儒之圣人，实为道之小人。《庄子·大宗师第六》借子贡见孔子、意而子见许由、颜回见孔子等情节来阐述儒道之别，批驳仁义观的局限性，认为仁义观在天地大道面前不值一提。子贡见孔子，问孔子临尸而歌是礼否，而孔子自愧为“方内之人”“人之戮民”。意而子见许由，许由指出“夫尧既已黥汝以仁义，而劓汝以是非矣。汝将何以游夫遥荡恣睢转徙之涂乎”①，认为仁义是非之观束缚了身心自由，阻碍了真正的逍遥。颜回三次见孔子，分别诉以“回忘仁义”“回忘礼乐”“回坐忘矣”之悟道过程，让孔子生出了改弦易辙之心。

后代名士继承和发扬了庄子的批判反思精神，以本心、天性来论仁义，固然不像庄子那样批驳一切仁义之行，但对披着仁义外衣的假仁假义给予痛斥。嵇康“非汤武而薄周孔，越名教而任自然”，并非彻底抛弃儒家经典教义，而是借古讽今，公然向晋统治者的伪善之举发难。《嵇中散集》“集中大文，诸论为高，讽养生而达庄老之旨，辨管蔡而知周公之心，其时役役司马门下者，非惟不能作，亦不能读也”② 中，《管蔡论》《与山巨源绝交书》《难自然好学论》等立论鲜明，言辞激烈，借历史和私人关系来讽喻当朝政治，表达了与司马氏决裂的心意，为嵇康之死埋下伏笔。《管蔡论》称管蔡二人忠于王室却遭屠戮，为管蔡辩诬翻案。《与山巨源绝交书》则称山涛“手荐鸾刀”“已嗜臭腐，养鸳雏以死鼠也”，提出自己为官有“必不堪者七”和“甚不可者二”，指桑骂槐，酣畅淋漓，表达不愿与假仁假义之司马氏为伍的决心。

古往今来，敢于驳斥仁义、忠孝、中庸、礼乐等儒家观念之名士大有人在，如孔融、祢衡、阮籍、嵇康、刘伶、关汉卿、李白、柳永、李贽、张岱等，都是庄子的精神后裔。

3. 顺应自然

庄子延续了老子“道法自然”的思想，认为道先天地而生，“自本自根”，乃为万物本源，个体养生的方法是顺应自然之道，善生善死、善始善终，摒除凡人之七情六欲，“且夫得者时也，失者顺也，安时而处顺，哀乐不能入也”（《庄子·大宗师》），而治理天下的方法是无为而治（《应帝王》），回到刀耕

① 《诸子集成》第3部，《庄子集解》，王先谦注，卷二，大宗师第六，上海书店出版社，1986年，第46页。

② ［明］张溥：《汉魏六朝百三家集题辞注》，中华书局，2007年，第120页。

火种、结绳记事、乐居山林、与兽共舞的时代（《马蹄》），反对社会化。

庄子的自然观深刻影响了中国历代名士，他们把自然作为安放身体的居所、抚慰心灵的良药和艺术审美的对象。

魏晋时期，庄子自然观得到空前的肯定，名士将庄子视为精神导师和学习典范，带动了自然主义生存论、艺术论的发展。

孙齐由、齐庄二人，小时诣庾公。公问齐由何字，答曰："欲何齐邪？"曰："齐许由。"齐庄何字，答曰："字齐庄。"公曰："欲何齐？"曰："齐庄周。"①

《孙放别传》载有此事，齐庄见庾亮时年仅 8 岁，尚能引庄周以自诉其志，足见庄周在魏晋时期的社会影响力很大，连孩童也生出钦羡之心。

简文入华林园，顾谓左右曰："会心处不必在远，翳然林水，便自有濠、濮间想也，觉鸟兽禽鱼自来亲人。"②

简文帝游华林园，喜得山林之趣，触景生情，怡然有庄子游于濠梁之上、垂钓于濮水之间的感觉。简文帝虽贵为帝王，但也有远离俗世、回归自然的理想，可见庄周思想深入人心。

魏晋名士是自然主义风潮的领军人，不仅优游山间、寄情林壑，如孙绰"托怀玄胜，远咏《老》、《庄》，萧条高寄，不与时务经怀"（《世说新语・品藻》），嵇康"游山泽，观鱼鸟，心甚乐之"（《与山巨源绝交书》），而且将自然纳入审美范畴内，推动了山水田园诗、山水画、园林艺术的勃兴。《世说新语・言语》中留下许多赞许自然环境的微型游记，表达内心对山川之美的感悟，如"王司州至吴兴印渚中看，叹曰：'非唯使人情开涤，亦觉日月清朗。'""（袁彦伯）将别，既自凄惘，叹曰：'江山辽落，居然有万里之势！'""顾长康从会稽还，人问山川之美，顾云：'千岩竞秀，万壑争流，草木蒙笼其上，若云兴霞蔚。'""王子敬云：'从山阴道上行，山川自相映发，使人应接不暇。若秋冬之际，尤难为怀。'"③

魏晋以后，自然山水在中国艺术中的地位从未减弱过，以绘画为例，世人最为推崇山水画，显然区别于西方对人物画的尊崇。文震亨《长物志》中提到，"画，山水第一；竹、树、兰、石次之；人物、鸟兽、楼殿、屋木小者次之，大者又次之。"④

① ［南朝宋］刘义庆：《世说新语・言语第二》，中华书局，1998 年，第 92 页。
② 同①，第 101－102 页。
③ 同①，第 117、118、122、124 页。
④ 文震亨：《长物志》，江苏凤凰文艺出版社，2015 年，第 172 页。

4. 诗性生存

庄子推崇无功利的诗性生存，抛却名利、地位、等级、物种等人为划定的界线，离形去智，进入天地人神浑融一体的自由境界，将艺术作为进入和把握世界的方式。他始终用艺术眼光来看待自然和体验生命，不以逻辑思考而以本质直观的方式把握和阐述宇宙真谛，“无思无虑始知道”（《知北游》)。《庄子》中鲲鹏展翅、庄周梦蝶、鼓盆而歌、濠梁之上、相濡以沫等故事比比皆是，穿越于物与我、梦境与现实、生界与死域之间，充满了浪漫的情感和瑰奇的想象。庄子通过通感和移情的方式达到物我两忘的境界。

后世名士不断践行庄子的诗性生存观。嵇康“手挥五弦，目送归鸿”、陶渊明“采菊东篱下，悠然见南山”、阮籍“啸闻数百步”、王羲之“流觞曲水”、谢灵运“寻山陟岭”、李白“俱怀逸兴壮思飞，欲上青天揽明月”，他们将现实生存艺术化，融个体于自然，纳刹那于永恒。罗宗强认为，“嵇康的意义，就在于他把庄子的理想的人生境界人间化了，把它从纯哲学的境界，变为一种实有的境界，把它从道的境界，变成诗的境界”，“嵇康是第一个把庄子诗化了”。①

5. 崇尚逸品

庄子受“道法自然”思想的影响，崇尚自然美甚于人格美、壮美甚于优美、“为艺术而艺术”甚于“为人生而艺术”，并在《庄子》一书中践行这种艺术观、美学观。《庄子》一书与其他诸子散文不同的是，它不以思辨、说理取胜，而以意境、诗才取胜，刘熙载《艺概·文概》中称《庄子》“意出尘外，怪生笔端”。该书描写了许多“大美而不言”的宏阔意境，“汝梦为鸟而厉乎天，梦为鱼而没于渊”（《大宗师》)，“任公子为大钩巨缁，五十犗以为饵，蹲乎会稽，投竿东海，旦旦而钓，期年不得鱼”（《外物》)，“水击三千里，抟扶摇而上者九万里”（《逍遥游》)。同时，他也以譬喻的方式来阐述“为艺术而艺术”“艺术无用”的观点，如《逍遥游》中樗树无用乃为至用、《应帝王》中混沌开七窍而死的故事。

庄子艺术观对后代名士的艺术审美产生深远影响。名士大多以逸作为艺术的最高境界。所谓“逸”蕴含飘逸、洒脱、风流、自然之义，即“清水出芙蓉，自然去雕饰”“不著一字，竟得风流”，用于形容师法自然的杰作。谢赫

① 罗宗强：《玄学与魏晋士人心态》，天津教育出版社，2005年，第85、90页。

《古画品录》提到作画六法，认为“气韵生动”最为重要，了无人力斧凿痕迹。张彦远《历代名画记》说：“夫失于自然而后神，失于神而后妙，失于妙而后精。精之为病也，而成谨细。自然者为上品之上，神者为上品之中，妙者为上品之下，精者为中品之上，谨而细者为中品之中。”[①] 朱景玄《唐朝名画录》将绘画品第分为“逸、神、妙、能”四品，以能为下，以逸为上。

二、屈 原

屈原，名平，楚国宗室后裔，因先祖“楚武王子瑕食采于屈，因以为氏”[②]，“博闻强志，明于治乱，娴于辞令”[③]，少年得志，官至左徒，主张连齐抗秦；中年忠而见疏，贬为三闾大夫；晚年被逐，流放湘沅之间，著《离骚》《九章》；楚郢都为秦所破后，自沉汨罗江，以身殉楚。

（一）屈子精神

屈原是积极入世、正道直行的化身，体现了真、善、美、清、廉、义、忠、信的价值取向，也体现了不屈不挠、为正义献身的悲剧人格。《史记・屈原贾生列传》中写道:“屈平正道直行，竭忠尽智以事其君，谗人间之，可谓穷矣。信而见疑，忠而被谤”[④]，但仍忠心不二，至死不渝。

首先，屈原是有精神洁癖的人，他爱憎分明，意识深处充满了对正邪、善恶的二元对立思想。屈原作品充满善对恶、忠对奸的内在张力，一方面开启香草美人的书写传统，《离骚》《九章》中常以外在的香草美人来隐喻内在的美操善行，“扈江离与辟芷兮，纫秋兰以为佩”“唯草木之零落兮，恐美人之迟暮”“朝饮木兰之坠露兮，夕餐秋菊之落英”“制芰荷以为衣兮，集芙蓉以为裳”[⑤] 之类的描写不乏其例；另一方面以杂草、丑女、恶禽来比喻奸佞小人，如“众女嫉余之峨眉兮”“户服艾以盈要兮，谓幽兰其不可佩”“恐鹈鴂之先鸣兮，使夫百草为之不芳”之句。[⑥] 故而，王逸《楚辞章句》序中有言:“《离骚》之文，依《诗》取兴，引类譬喻。故善鸟香草，以配忠贞；恶禽臭物，

① ［唐］张彦远:《历代名画记》，京华出版社，2000 年，第 22 页。
② 王泗原:《楚辞校释》，人民教育出版社，1990 年，第 6 页。
③ ［西汉］司马迁:《史记・屈原贾生列传》，岳麓书社，2004 年，第 691 页。
④ 同③，第 691 页。
⑤ 同②，第 15、16、23 页。
⑥ 同②，第 27、55、61 页。

以比谗佞；灵修美人，以媲于君；宓妃佚女，以譬贤臣；虬龙鸾凤，以托君子；飘风云霓，以为小人。”①

其次，屈原是有顽强执念的人，任性孤行，怨怼不容，极不符合儒家的“中庸之道”。从左徒到三闾大夫再到放逐，屈原个人境遇每况愈下，但毫无妥协之心、退让之意，也不懂迂回之术，守弱以待天时，甚至以死亡作为正义的崇高献祭。《离骚》一文表达了他维护正义、九死未悔的决心，“虽不周于今之人兮，愿依彭咸之所居”“亦余心之所善兮，虽九死其犹未悔”“宁溘死以流亡兮，余不忍为此态也”② 等显现了屈原义无反顾、坚忍执着的人格特点。

再次，屈原是有超越意识的人，他对至善至美的信仰使之脱离了物质欲望、普遍认识和生存本能的局限，进入了以自我道德意志来主宰生命的自由境界，在生存与死亡的扬弃中完成了人格的升华，李泽厚说：“死亡构成屈原作品和思想最为惊才绝艳的头号主题。”

屈原的超越不同于庄子的超越。屈原认为人道即天道，正义的法则才是宇宙的真谛，“天网恢恢，疏而不漏”，因此执善举、行正道，超越世俗观念和生死局限，“举世皆浊我独清，众人皆醉我独醒”③，甚至为之舍弃生命。屈原为了“合目的的善”“求胜意志”而舍弃了“求生意志”，体现了人决胜于其他动物的自由精神。庄子则认为天道即人道，天道无常、圣人无情，一切希冀改变天道的举动都如同螳臂挡车般徒劳和可笑，因此应回归和顺应自然，以身为天下，颐养天年，庄子为了更高的自然法则而舍弃社会法则，体现了对人类族群秩序和意识的超越。

最后，屈原是有浪漫想象的人，他思接千载，视通万里，思绪如天马行空般奔腾于天地之间，周旋于人神之间，盘桓于现实与传说之间，转化为瑰奇无比的意象、惊才绝艳的辞采、哀婉动听的曲调。屈原的诗性与原始思维不无关系，打破了儒家“中正平和”“温柔敦厚”的诗教传统，开创了以抒情为主的骚体。

（二）屈原的影响

1. 道德律令

屈原将道德律令置于生命之上。“善是对道德律令的服从，恶则是有意选

① 洪兴祖：《白话文等点校〈楚辞补注〉》，中华书局，1983 年，第 2－3 页。

② 王泗原：《楚辞校释》，人民教育出版社，1990 年，第 25、26、28 页。

③ 同②，第 295 页。

择了违反道德律令的行为原则"[1]，他对善、正义的信仰至死不渝，甚至可以为之让渡生命。他之生，修明法度、举贤授能、指斥佞臣，为的是实现救世理想；他之贬，坎壈咏怀、高标自举，为的是力挽狂澜；他之死，义无反顾、光彩璀璨、傲视古今，为的是彰显正道。屈原身上"呈现出一个独立于动物性、甚至独立于全部感性世界以外的一种生命来"。[2] 王国维评论屈子精神，"苟无文学之天才，其人格亦自足千古"。[3]

屈原对后代名士有人格垂范意义，尤其是他坚持正道、慷慨悲壮、恃才傲物的内在精神。汉代人更推崇屈原的忠信品质，对其生不逢时、怀才不遇深表同情，如严忌《哀时命》、贾谊的《吊屈原赋》，"由士不遇的命运感伤而转变为忠君眷国的道德表彰"[4]，但对屈原露才显己、怨怼君王的偏激言行颇有微词，如班固在《离骚序》中称屈原为"狂狷景行之士"。魏晋人则更看重屈原怨怼不容的反叛意识、任情率性的鲜明个性及挥之不去的时代悲情，对其"宁为玉碎，不为瓦全"的高傲禀性和激烈行为十分感佩，《离骚》成为当时名士的必备教科书，尚永亮说："对名士风流的歆羡，尤难使他们对屈赋获得深层的理解。"[5]

2. 纯真诗性

屈原以情为文，直抒胸臆，打破温柔敦厚、"发乎情，止乎礼"的诗教传统，"感自己之所感，言自己之所言"，或哀伤，或低徊，或悲戚，生命鲜活地呈现在辞作中，至真至诚，不像道学家们以理作诗，抽干生命的乳汁，只剩枯枝干叶，味如嚼蜡。王逸认为，"屈原之词，诚博远矣。自终没以来，名儒博达之士，著造词赋，莫不拟则其仪表，祖式其模范，取其要妙，窃其华藻。"[6] 沈约在《宋书·谢灵运传论》中把屈原、宋玉作为"诗缘情"之发端者。屈原的诗情、想象和才华深刻影响了名士，所谓"衣被词人，非一代也"。[7]

屈原为后代名士提供了新的书写模式和情感出口。首先，直接模仿或回应

① 李泽厚：《批判哲学的批判》，安徽文艺出版社，1996 年，第 322 页。
② ［德］康德：《实践理性批判》，韩水法译，商务印书馆，1999 年，第 37 页。
③ 王国维：《王国维文集》，吴无忌编《文言小说》，北京燕山出版社，1997 年，第 232 页。
④ 张忠智，蒋方：《两汉士人阅读屈原的价值取向探释》，《湖北大学学报》，2001 年第 2 期。
⑤ 尚永亮：《庄骚传播接受史》，文化艺术出版社，2000 年，第 302 页。
⑥ 郭绍虞编：《中国历代文选》（一），上海古籍出版社，1979 年，第 150 页。
⑦ ［南朝梁］刘勰：《文心雕龙·辨骚》，范文澜注，人民文学出版社，1958 年，第 47 页。

屈原诗作的作品不乏其数，如宋玉《九辨》、扬雄《反离骚》、东方朔《七谏》、刘向《九叹》、王逸《九思》、王褒《九怀》《九愍》、曹植《九咏》《九愁》、傅玄《拟天问》《拟招魂》、柳宗元《天对》、王夫之《九昭》。陆云在《九愍》序中述："昔屈原放逐而《离骚》之辞兴，自今及古，文雅之士莫不以其情而玩其辞，而表意焉。" 王夫之在《九昭》序中写道："有明王夫之，生于屈子之乡，而遘闵戟志，有过于屈者。……聊为《九昭》，以旌三闾之志。" 其次，借香草凋零、美人迟暮来感怀身世和表达壮志难酬的作品也不少，如东方朔《士不遇赋》、司马迁《悲士不遇赋》、曹植《美人赋》、王粲《登楼赋》、阮籍《咏怀诗》、陶渊明《感士不遇赋》等。阮籍《咏怀诗》表达了诗人对时代苦闷的不满、对生命无常的悲叹和徘徊于入世与出世之间的忧思，他之所以彷徨、孤独、幽愤、悲哀、无奈，是因为他骨子里未曾忘却天下大义、救世情怀，是屈原的精神后裔。清代方东树指出："大约不深解《离骚》，不足以读阮诗。"①

三、柳下惠

柳下惠，生卒年约为公元前 720 年—公元前 621 年，早于老子和孔子，个人事迹散见于《左传》《国语》《论语》《孟子》《战国策》《史记》等书。《史记·仲尼弟子列传》中提及，孔子 "数称臧文仲、柳下惠、铜鞮伯华、介山子然，孔子皆后之，不并世"②，说明柳下惠生于孔子之前，是孔子景仰之人。

柳下惠的价值观念、人格特征明显区别于庄子和屈原。庄子思想代表了中国虚静无为、高蹈出世的价值维度，推崇隐退江湖、抱朴归真的 "渔父之道"；屈原思想代表了中国渴求天下为公、九死未悔的入世精神，恰恰反对自我逍遥、与世推移的渔父行径；柳下惠则介于两者之间，既不消极避世以求自保，又不一味刚直处世至死不渝，一切顺势而为。

（一）柳下惠人格

柳下惠为春秋早期大慧大德之人，史载他仕宦浮沉，能屈能伸，与世推移，百岁而终，可谓柔中带刚，刚中带柔，刚柔并济。他居陋巷，衣悬鹑，怡

① 陈伯君校注：《阮籍集校注》，中华书局，1987 年，第 274 页。
② ［西汉］司马迁：《史记》，岳麓书社，2004 年，第 565 页。

然自得；仕而不喜，黜而不忧，处变不惊，“直道而事人”；不辞小官，不羞污君，不辞父母之邦，三黜亦不改其志，其夫人称其“蒙耻救民，德莫大兮”（《列女传·贤明传》）；圣洁如处子，美女坐怀，而心无挂碍，既有救世的菩萨心，又有高洁的圣徒情。

柳下惠之人格深得后世赞许。孔子赞之为“贤君”，《论语·卫灵公》载：“子曰：‘臧文仲其窃位者与！知柳下惠之贤而不与立也。’”① 孔子将他与连仕四朝的臧文仲相比，肯定柳下惠之贤。《左传·文公三年》亦载，“仲尼曰：‘臧文仲，其不仁者三，不知者三。下展禽，废六关，妾织蒲，三不仁也。作虚器，纵逆祀，祀爰居，三不知也。’”其中，“下展禽”，指的是让柳下惠居下位。孟子称之为“和圣”，与伯夷、伊尹、孔子并称“四大圣人”，《孟子·万章下》称柳下惠为“圣之和者”，“柳下惠，不羞污君，不辞小官。进不隐贤，必以其道，遗佚而不怨，阨穷而不悯。与乡人处，由由然不忍去也。”②《孟子·尽心下》又称之为“百世之师”。

（二）柳下惠的影响

柳下惠所处年代久远，事迹大多佚不可考，没有形成自己的思想体系，不像老庄或孔孟那样在无为与有为、出世与入世之间做出明确的单一选择，而是游走于庙堂与朝野之间，既不消极避世，又不迎合时俗，在官则清正有为，在野则恬淡怡然。他对中国名士的影响虽不及庄子，但也有很好的启迪作用。

1. 中正平和

柳下惠在朝为清臣，在野则为“逸民”，可谓中正平和、进退有度，“达则兼济天下，穷则独善其身”，“天下有道则见，无道则隐”，“用之则行，舍之则藏”。清臣，指的是为官清正、廉洁、举贤授能、惠及于民；逸民，指的是超脱世俗、志行高洁、避世隐居之人。清臣与逸民看似不同，实则本心一致，只因外在环境不同而形成差异。

柳下惠对待仕与隐的平和态度深刻影响了后代名士。其中，魏晋世路艰险，由仕入隐者越来越多，秦汉时期“招隐”题材作品大多突出招揽隐士、为朝廷所用的主旨，所描绘的自然环境也是幽深可怖、艰苦卓绝的，但到了魏

① 《诸子集成》第1部，《论语正义》，刘宝楠著，卷十八，卫灵公第十五，上海书店出版社，1996年，第340页。
② 《诸子集成》第1部，《孟子正义》，焦循著，卷十，万章下，上海书店出版社，1996年，第396页。

晋“招隐”诗数量剧增，且开始表达诗人的归隐志向，可见隐逸之风日渐兴盛，柳下惠应对仕宦、致仕的态度和方法为他们提供了历史借鉴。嵇康因吕安事而下狱，狱中写下“昔惭下惠，今愧孙登”的忏悔之言，对柳下惠、孙登感佩至极，而对过往自己无法像柳下惠那样直道事人、现在又不能像孙登那样隐晦避世保全自身深表惭愧和遗憾。他在《与山巨源绝交书》中写道：

老子、庄周，吾之师也，亲居贱职；柳下惠、东方朔，达人也，安乎卑位，吾岂敢短之哉！……所谓达能兼善而不渝，穷则自得而无闷。以此观之，故尧、舜之君世，许由之岩栖，子房之佐汉，接舆之行歌，其揆一也。仰瞻数君，可谓能遂其志者也。①

嵇康将柳下惠、东方朔与老子、庄子并举，认为君子虽然穷达不同，但只要能“循性而动，各附所安”，并无本质差别。

陶渊明先仕后隐，本性未移，实以柳下惠为楷模。他先有用世之心，但东晋至刘宋政权交替，世道渐颓，难申大志，故而挂冠而去、退居山林，《南史·隐逸陶潜传》载：“自宋武帝王业渐隆，不复肯仕。”② 颜延年在《陶征士诔》中写道：“黔娄既没，展禽亦逝。其在先生，同尘往世。旌此靖节，加彼康惠”③，以黔娄、展禽作比，将他们的谥号“康”和“惠”赐予陶渊明，而展禽即是柳下惠。唐代颜真卿和陶渊明其实都是柳下惠的信徒，只是时运、国运不同，彼此的选择不同罢了。“古来咏陶之作，惟颜清臣称最相知……君臣大义，蒙难愈明，仕则为清臣（注：颜真卿字），不仕则为元亮（注：陶渊明字）。”④

还有，王羲之士族出身，官至会稽内史、右将军，晚年亦有归隐之志，在《逸民帖》中直抒胸臆：“吾为逸民之怀久矣。”陆机《招隐》写道，“富贵苟难图，税驾从所欲”，也表达了全身避祸的思想。可见，名士们并非一味排斥入世或出世的，他们的理想乃是像柳下惠坚守本心，悠游于两者之间，顺势而为，但未必人人如愿罢了。

2. 乐天知命

柳下惠虽生于儒道思想盛行之前，但已具备道家安时处顺的朴素智慧和儒家匡世救民的高尚情怀，一方面能够从容地看待顺逆、泰否、进退问题，不强

① ［唐］房玄龄：《晋书·嵇康传》（卷四十九），第五册，1974 年，第 1371 页。
② ［唐］李延寿：《南史·隐逸上》（卷七十五），第六册，中华书局，1975 年，第 1856 页。
③ ［南朝梁］萧统：《文选》，第六册，上海古籍出版社，第 2475 页。
④ 张溥：《汉魏六朝百三家集题辞注》，中华书局，2007 年，第 206 页。

求机遇，不苛责命运，不回避环境，不刻意逆势而动，即便昏君乱世，亦能泰然处之；另一方面能够保持自我本色和匡世理想，立足现实，一点一滴地努力加以改变，而非一味向外妥协、避世退让、不问沧桑，只求“渔父式”的个体逍遥。柳下惠试图调和“天定”与“人为”之间的矛盾，尽人力，听天命，他应对外部环境变化的心理调适能力堪为世范。柳下惠乐天知命的生存观与庄子哲学有共通之处。《庄子·齐物论》中说:“可乎可，不可乎不可，道行之而成，物谓之而然”①，认为一切是非取决于人的内心，若内心理想坚定，可顺应环境变化而内心不为所动。

柳下惠的处世智慧对后世名士也有启示意义。王导、谢安、王羲之、孙绰、王维、苏轼等既是士大夫，又是大名士，大多并蓄儒释道诸家思想，过着亦官亦隐的生活。他们深谙顺其自然的道理，居庙堂之上能兼济天下，不被名利所缚，能游心物外；处江湖之远则寄情山水，不颓废自伤，能优游自如。归其原因，并非因为他们内心游弋，随波逐流，而是因为他们有以不变应万变的强大内心，不论在顺境还是逆境，都能因势利导，顺势而为，自如应对人生起伏，故而左右逢源，始终保持自我与外界的平衡。以王维为例，他外儒内道，深谙“无可无不可”的道理，一切取决于内心，若内心能顺应一切外在环境，就突破它的局限和拘束，得到最大限度的自由。他在《与魏居士书》中说：“身心相离，理事俱如”，认为只要身心相离，就能做到心中有净土，则处处是净土；在《漆园》中说:“偶寄一微官，婆娑数株树”，借庄周任漆园小吏来自比，认为真正的隐士能够做到随缘顺化，做到身仕心隐。

总之，庄子、屈原和柳下惠给予后世名士不同的思想启迪、行动指南和人格垂范作用，铸就了名士思想和情感的丰富性。受庄子影响较深的名士倾向于避世归隐，受屈原影响较深的名士倾向于入仕救世，受柳下惠影响较深的名士则大多亦官亦隐、“朝隐”。但不管在朝或在野，名士的独立思想和自由精神都是不可或缺的，否则名士就不成其为名士了。

（作者单位：厦门理工学院文化产业与旅游学院）

① 《诸子集成》第3部，《庄子集解》，王先谦注，卷一，齐物论第二，上海书店出版社，1986年，第10页。

20 世纪英语世界《水浒传》结构研究

李金梅

西方学者研究中国小说，以结构研究见长。《水浒传》结构是英语世界《水浒传》研究的重要内容，其研究成果具有十分重要的地位。20 世纪前半叶，英语世界学者往往有意或无意地用西方结构标准审视《水浒传》，认为它“无结构”，或是由一段段故事组成的“缀段式”结构，缺乏西方小说首尾一贯、脉络清晰的有机整体结构。这种研究方法和文学批评在韩南提出《水浒传》的“超结构”后有所改变，尤其是浦安迪的《谈中国长篇小说的结构问题》发表后，英语世界的学者开启了《水浒传》结构研究的新篇章，从不同角度、用不同批评理论挖掘小说的结构模式，产生了诸多成果。

一、20 世纪初至 50 年代：英语世界《水浒传》结构研究的批判期

20 世纪上半叶，英语世界诸多学者开始探讨《水浒传》的结构问题。总体而言，他们对《水浒传》的结构均持一种批判态度，认为《水浒传》的结构是其一大缺陷，并将其称为“无结构”或“缀段式”结构。

1. 赛珍珠的“无结构”

这以赛珍珠（Pearl S. Buck，美国）的观点为代表。早在 20 世纪 30 年代，赛珍珠就指出中国小说具有“无结构之结构，无技巧之技巧”[①] 的结构特点，并且按照西方小说的结构标准指出了中国小说在技巧上与西方小说有明显的差别。对此，赛珍珠分析道:“按照西方的标准，这些中国小说并不完美。它们

① 陈敬:《赛珍珠与中国——中西文化冲突与共融》，南开大学出版社，2006 年，第 97 页。

一般都没有自始至终的计划，也不够严密，就像生活本身缺少计划性和严密性那样。它们常常太长，枝节过多，人物也过于拥挤。在素材方面事实和虚构杂乱不分，在方法上夸张的描述和现实主义交混在一起。① 具体而言，赛珍珠认为中国小说结构的主要缺点是情节特别复杂，很多次要情节处理得很糟糕，“在中国小说中，没有真正的情节，一般来说，你指不出一处地方可以说，此处故事情节到了高潮，较量达到了白热化，问题在这一两页内将有个决断。没有高潮也没有结局。常常连个主要的情景都没有，如果情景中还有那么一个主要人物或主要事件的话，只是一些发生在所谓的主要人物周围的事件。也没有形式上的次要情节。在西方评论家看来，这种小说的结果常常是拖沓冗长，毫不协调，有时是一团混乱。这些是中国小说结构的缺憾。”②

赛珍珠认为，中国小说结构上的不足与中国小说的形成有很大关系。在她看来，中国“早期小说中充满民间传说”。③ 中国小说往往是根据民间口头流传的故事，先写成短篇，而后加入了各种各样的内容，改写得一次比一次长，最终才以小说的形式出现。另外，中国古代小说的素材也是支离破碎的，来自史书、说书故事和戏剧故事等，而且不断有新的作者对这些素材进行加工，并围绕某个具有中心环节作用的事件或人物进行组织、展开。因此，以赛珍珠为代表的西方诸多学者认为中国小说的组织方式是七拼八凑的，结构松散而缺乏统一性，情节也缺乏连贯性，远不及西方小说之奇技巧思。

2. “缀段式”结构

20 世纪 50 年代，英语世界诸多学者在他们的著述中也论及《水浒传》具有结构上的缺陷，并称其结构为“缀段式”（episodic）。所谓的“缀段式”情节，即前后毫无因果关系而串接成的情节，属于松弛结构。毕晓普（John L. Bishop，美国）在《中国小说的若干局限》（*Some Limitations of Chinese Fiction*）一文中提出，中国传统白话小说具有两点缺陷：叙事习俗缺陷和目的缺陷。叙事习俗缺陷源于白话文学早期，是口头文学传统的一部分。这些早期起源对小说最明显的、同时也是最令西方读者烦恼的影响就是它“起源的异源

① Pearl S. Buck. *The Chinese Novel*: *Nobel Lecture before the Swedish Academy at Stockholm.* John Day Co., 1939: 32.

② Pearl S. Buck. East and West and the Novel. *Bulletin of the American University Women Association*, 1931. 译文引自姚君伟编：《赛珍珠论中国小说》，南京大学出版社，2012 年，第 41 页。

③ 同①，p. 33.

性和情节的缀段性"[①]，而形成多种缀段式情节结构的原因是由于小说不过是历史和伪史的松散结合，这种组合使小说缺乏结构上的统一。梅仪慈（Yi-tse Feuerwerker Mei，美国）称："中国小说既没有小说'艺术'，也没有小说'批评'理论。中国小说家们对于小说的外在形式采取冷漠的保守态度：只用他们能找到的形式，一点都不进行技巧上的实验，甚至在最近的19世纪的旧小说中，仍能找到先前文体的残余——用于口头叙述的口头禅、超自然的框架、点缀的诗句、缀段式的结构。"[②] 刘君若（Liu Chun-jo，美国华裔）亦声称："中国小说根本就没有尝试将事件组织为一个紧密的结构，传统小说捕捉的是生命永恒的变迁，有时无形，有时不合常理。在《水浒传》和《红楼梦》的世界里，我们发现的是人、地点和时间的不间断、稳定流动，而非纯粹的、有逻辑动因的事件。"[③]

在此基础上，英语世界学者还进一步探讨了《水浒传》"缀段式"结构的形成原因。他们认为，口头"说话"是造成中国古典白话小说结构缺陷的主要原因。由于小说机械地采用"说话"人的行话套语，因此最终导致人物众多而个性特征不足、结构松散、篇幅太长、枝节过多。理查德·欧文（Richard Gregg Irwin，美国）称《水浒传》中的虚构模式之所以使其叙述品质参差不齐，主要是因为"《水浒传》仅仅是一些传奇故事的集合，有的还是传说的故事"。[④] 费子智（C. P. Fitzgerald，澳大利亚）指出："小说结构松散，是深受说书人说书技巧的影响。每个章节包含一个完整的情节，但在关键地方停顿下来。这种艺术相当古老。"[⑤]《水浒传》中每个情节（episode）叙述一个英雄的故事，而说书者常常在情节的紧要处突然中断，以"欲知后事如何，请听下回分解"结束情节中的一段，这种艺术源自早期的口头"说话"，而这种叙述方式使小说结构松散。毕晓普也认为，在小说由口头故事发展成书面文学的好几个世纪里，口头习俗仍在书面文学中占一席之地，而这些习俗正是源于通俗小说的前身——口头文学的传统。在叙事文的范围和目的已经变化很久之后，早先的叙述习俗仍被保留下来，中国文学这种守旧性特征使这些曾经实

① John L. Bishop. Some Limitations of Chinese Fiction. *Far Eastern Quarterly*, 1956, 15 (2).

② Yi-tse Feuerwerker Mei. "The Chinese Novel", Wm. Theodore De Bary, ed., *Approaches to the Oriental Classics*, New York: Columbia University Press, 1959: 176.

③ Liu Chun-jo. People, Places, and Time in Five Modern Chinese Novels. Conference on Oriental-Western Literary and Cultural Relations, Horst Frenz, ed., *Asia and the Humanities Series*, Indiana University Press, 1959: 15-16.

④ Richard Gregg Irwin. *The Evolution of a Chinese Novel: Shui-hu Chuan*, Havard University Press, 1953: 23.

⑤ C. P. Fitzgerald. The Chinese Novel as a Suberversive Force. *Meanjin*, 1951, 10.

用的文学策略被保留下来成了“陈词滥调”。这些新主题就好比是“新酒”被迫装在“老瓶”里，“产品”最终遭到了损害。①

总而言之，20世纪初至50年代英语世界《水浒传》研究的批评方法主要是套用西方批评理论，以西方相关理论作为评判标准考量《水浒传》结构的不足和缺陷，并由此得出该小说“无结构”或最次的“缀段式”结构的结构特点。无论是“无结构”，还是“缀段式”结构，都体现了英语世界对《水浒传》结构的批判态度。这种态度的出现，与这一时期英语世界学者普遍以西方文学理论为坐标考量中国文学优劣得失的现象息息相关。英语世界学者将西方叙事学的研究模式运用于中国文学作品研究，特别是小说研究，虽有一定的相关性和适用性，但未免也有削足适履的流弊。当时英语世界对中国小说的接受态度和批评手段，犹如手持一把西方小说理论的“标尺”，丈量中国小说作品，并没有考虑到中国小说的“异质性”，也没有认清不同文化体系下的文学差异和不同。

二、20世纪60—70年代：英语世界《水浒传》结构研究的转变期

进入20世纪60年代，英语世界学者开始反思套用西方理论于中国小说的批评方法，逐渐意识到以西方文学标准评判中国小说有“理论暴力”的倾向，并指出了其不合理性及其出现的原因。西方学者越来越多地注意到，由于中西文化的差异，中西小说形成和叙事方式不同，机械地套用西方理论分析中国古典小说往往难以剖析入里。他们提出要重视中国文学传统，主张用比较文学的方法进行中国文学研究。基于此，《水浒传》的结构研究也经历了转变，对《水浒传》结构的重新考查成为这一时期英语世界《水浒传》结构研究的新倾向。

1964年，傅汉思（Hans Frankel，美国德裔）在《中国小说：文学批评的一种对抗》（*The Chinese Novel*：*A Confrontation of Critical Approaches*）一文中指出中西小说的几点不同：（1）人物发展：西方关注人物的成长和发展，而中国小说人物有固定的模式；（2）历史小说：西方小说家试图再造历史，将读者移至历史的时代，而中国小说家则在一个久远却熟悉的历史事件置入他所处时代的其人其事，以时间差异制造审美距离；（3）同部小说中不同文体的运

① John L. Bishop. Some Limitations of Chinese Fiction. *Far Eastern Quarterly*, 1956, 15 (2).

用：中国小说比西方文学使用更多的文体。西方文学凡强调“日常现实”的重要性时，不同风格之中的差异不作区分；中国文学虽然越来越倾向于“现实主义”，但中国小说仍采用不同的风格。基于此，他提出应以比较文学的方法加以研究。他论道:“比较文学在说明西方文学在本质上是统一的这一观点中，在过去几年取得了惊人的进步。现在要做的是纳入非西方文学以扩大研究范围，以便清晰看出某一文类（如小说）的‘普遍特征’（universal features），并通过比较和对比，区分不同国别文学中的小说特点。”① 傅汉思虽没有直接指出以西方批评为标准的不合理性，但他指出了中西小说的不同特征，提出以比较文学的方法研究中国小说已经间接说明了这一点，即在研究不同文学时，应考虑到另一文学自己的特征，而不是以一种文化传统中的标准为度量尺丈量另一种文学传统。这一观点实际上也是对以西方小说为标准研究其他异质文学的一种批评方法反思。另外，他呼吁西方学者采用比较文学的方法研究中国小说，也为英语世界中国小说研究提供了新的研究路径。

刘若愚（James J. Y. Liu，美国华裔）也注意到套用西方小说理论研究中国小说的不合理之处。他声称:“在评判《水浒传》时……我们不能采用一个现代（中国）小说的通常评判标准，如情节、人物刻画等适用于它……我们无法期待一个紧密的情节，看到的只能是无穷无尽的情节牵强地结合在一起，一大群小人物在某些情节里扮演重要角色却再未出现、目录式的段落、一大堆的说辞、离题、重复和矛盾。”② 显然，刘若愚认为《水浒传》与现代小说有所不同，而现代中国小说的评判标准主要采用的仍是西方研究方法，应充分考虑到中国古典小说自有的特征，而不能只以西方的理论为主。

在反思批评方法的时代背景下，《水浒传》的结构研究也发生了转变。韩南（Patrick Hanan，美国）提出《水浒传》具有多层次的结构。他以《水浒传》中有关武松的数回故事为例：武松的每段冒险故事本身包含一个差不多完备的单个情节（unitary plot）。其中有些故事，除了有衔接上下文的作用，即使从书中抽除也无大碍。虽然有关武松的数回故事本身形成一套连接情节（a system of linked plots），但与别套情节诸如宋江的那几回又相连接。在这两套不同连接情节之间，有一“主连接（master-link）”，那便是两个主角的偶然相遇，而后结为莫逆之交。这也是一种常见手法。因此，《水浒传》及其他一

① Hans Frankel. The Chinese Novel: A Confrontation of Critical Approaches, *Literature East and West*, 1964, 8 (1).

② James J. Y. Liu. *The Chinese Knight-Errant*. University of Chicago Press, 1967: 111.

些作品，有一个在我们所称结构之上的“超结构”（superstructure）掌握着各套连接情节。《水浒传》里，英雄之聚合、造反之始末等，便属于这种顶层结构。①

在韩南看来，《水浒传》中人物一个个相对独立的事件单元形成单个情节，同一人物诸多单个情节故事相互联结在一起形成一套连接情节，在连接情节之上，有一个“超结构”组织诸多连接情节，最终形成整个故事结构。韩南对《水浒传》结构的分析，并没有完全套用西方文学理论，而是根据中国古典小说的实际情况作相应的调整。他的诸多成果都是经过爬梳大量的第一手文献，仔细考证，并将中国白话小说放入世界叙事文学传统中加以分析，最终得出自己的结论。韩南有意识地调和各家学说来建立自己的叙事学体系，在中国古典小说理论中是一个创举。②

在韩南的研究基础上，李培德（Peter Li，美国华裔）在《〈三国〉和〈水浒〉的叙事模式》（*Narrative Pattern in San-kuo and Shui-hu*）一文中提出《水浒传》的结构为环状连接结构。李培德称《水浒传》前 70 回有 8 个故事环（story cycles）：（1）鲁智深，第 3—7 回；（2）林冲，第 7—12 回；（3）杨志，第 12—13、16—17 回；（4）晁盖，第 14—15、18—20 回；（5）宋江，第 21—22、32—42 回；（6）武松，第 23—32 回；（7）呼延灼，第 54—58 回；（8）卢俊义，第 60—70 回。这些故事环都是“英雄聚义”（the assembling of the heroes）这个大型结构的一部分，且在 108 人梁山聚义达到高潮时终止。聚义之后的 6 回（第 75—80 回）结构不同，由环状连接结构转入快速演替的五大战争：二胜童贯，三败高俅。宋江受招安后的 40 回里的征辽、田虎、王庆和方腊四大战役又恢复到环状模式。梁山泊聚义是小说“立主脑”③ 的关键点，它可以向两边延伸，可以回到小说开头的“洪太尉误走妖魔”，也可以延伸至小说结尾“梁山泊之解散”，成为一个统一的主题。李培德认为《水浒传》的“连接情节”（linked plots）的内部结构组合起来形成一个强大的外部结构，从更高的层面使《水浒传》具有“统一性”和“连贯性”。

① Patrick Hanan. The Early Chinese Short Story：A Critical Theory in Outline. *Harvard Journal of Asiatic Studies*，1967，27.

② 张宏生：《传统与现代：方法的开放与包容——韩南教授的中国古典小说研究》，《南京大学学报（哲学·人文·社会科学）》，1998 年第 4 期。

③ “立主脑”原由李渔提出，《闲情偶寄·立主脑》：“古人作文一篇，定有一篇之主脑。主脑非他，即作者立言之本意也。”主要指戏剧中能体现主题思想的主要人物和事件。

在研究方法上，李培德不仅借鉴了英语世界有关《水浒传》叙事结构研究成果，还采用了中国古典小说点评家金圣叹和毛宗岗的小说评点。他声称："就中国小说的组织和结构而论，我们不能忽视两位伟大的传统批评大师：金圣叹和毛宗岗。他们对《三国演义》和《水浒传》精细结构的观察给了我们理解这些作品的许多洞见。"[①] 由此可见，中国小说评点对李培德的小说结构研究产生了重大影响，并为其所用。

对于英语世界中国小说批评方法及其"缀段式"结构的评论，浦安迪（Andrew H. Plaks，美国）《中国小说中的结构问题》一文从根本上了分辨了西方的"缀段性"和"统一性"，区分了中西小说发展的不同路径，并对中国小说被定性为"缀段式"结构的评论进行了反驳。由于西方小说对西方叙事文体史诗和骑士故事的历史承接和传统维系，西方学者在批评小说时便往往根据他们对史诗的体会，运用亚里士多德的一整套有关悲剧和史诗的古典标准来分析小说，如"结构完整性"和"时间秩序感"等。亚里士多德认为，缀段性的情节是所有情节中最坏的一种。因而，在西方小说中，离题枝蔓的作品是要受到指责的。当初，亚里士多德讨论"三一律"时仅适用于悲剧和史诗等体制颇短的文体。这种分析方法对沿袭西方文学传统发展而来的西方小说而言是可以的，但对于完全不同与西方小说发展路径的中国小说而言，则是有问题的。实际上，西方现代小说批评家已深感到以本属于史诗和悲剧的"统一原则"评判小说之苦，因为小说是十八九世纪才正式诞生的新兴叙述文体，亚里士多德用于悲剧和史诗的原则已无法充分运用于现代小说，所以，小说的现代学者便退而注重其结构或主题方面的统一性，若在此方面仍找不到统一性时，便求助于小说里的中心意象、神话和寓言等。西方的古典统一性原则已无法胜任自己传统中新的叙事文体，对于具有"异质性"的中国小说是否适用就更值得怀疑了。

中国的叙事文学一般不具有明朗化的"统一性"结构，西方读者们觉其缺乏根本上的结构层次，由此，中国小说才得了所谓"缀段"的讥评。然而，浦安迪认为，追本溯源，所有的叙事文学都可以说是"缀段性"的，因为它们处理的正是片段、人类经验的单元。他认为，研究中国小说应以中国传统美学为标准，"中国的传统美学是以'互涵'（interelated）和'交叠'（overlap-

① Peter Li. Narrative Pattern in *San-kuo* and *Shui-hu*. Andrew H. Plaks,（ed.）. *Chinese Narrative: Critical and Theoretical Essays*, Princeton University Press, 1977: 74.

ping）等观念为其关注的重点，所以难怪其文学从未以字无虚用、事无虚设、前后直贯的‘艺术统一性’为其批评的中心原则”。① 浦安迪指出：“用‘缀段’二字来形容中国小说的构造原则的确是不妥的。而且在讨论中国小说时，我们不应再以西方所谓的‘艺术统一性’为准绳，因为中国最伟大的叙事文作者虽不会企图以整体的架构来创造‘统一联贯性’，但他们是以‘反复循环’的模子来表现人类经验的细致的关系。”②

三、20 世纪 80 年代至世纪末：英语世界《水浒传》结构研究重构期

这一时期，英语世界的学者主要在浦安迪相关研究的基础上对《水浒传》的时间、空间、神话及梦境方面的结构进行了重新解读。

1980 年，浦安迪发表《〈水浒传〉和 16 世纪小说形式：解释重估》（*Shui-hu Chuan and Sixteenth-century Novel Form*：*An Interpretive Reappraisal*）一文，开始了对《水浒传》结构的研究，提出了《水浒传》“十回一单元”结构及时间和空间结构的观点。1987 年，在《明代小说四大奇书》（The Four Masterworks of the Ming Novel）中，浦安迪对《水浒传》的结构又做了进一步的分析。与西方批评界对《水浒传》结构松散、“缀段式”结构等批评迥然不同，中国明清小说评点家对《水浒传》的结构评价颇高，如李开先称《水浒传》“委屈详尽，血脉贯通”，天都外臣序文赞其为“如百尺之锦，玄黄经纬，一丝不纰”。浦安迪正是特别留意到了中国明清小说评点家对《水浒传》结构的此类点评，兼采西方批评方法和中国小说评点，进一步探讨了《水浒传》的结构特点，对其结构作了新的解读。

1. “十回一单元”结构

浦安迪认为中国传统小说家们并非一开始就想一段接一段地写下去，而不考虑小说发展的整体设计。通过对《水浒传》中一些较大结构的观察，他改变了《水浒传》是“由一些出自民间故事素材杂乱拼接在一起的最初印象”，转而获得了“这些片段原来都是精心安排的强烈感受”③，他根据《水浒传》

① 浦安迪：《论中国长篇小说的结构问题》，《文学评论》第三集，1976 年。

② 同①。

③ Andrew H. Plaks. *Shui-hu Chuan* and Sixteenth-century Novel Form：An Interpretive Reappraisal. *Chinese Literature*：*Essays*，*Articles*，*Reviews*，1980，2.

的卷数和回数，提出了“十回一单元”的结构特点。现存的繁本《水浒传》虽都不是分成十回一卷的，但各种分成二十回卷、每卷五回的本子明显都具有同样的数字比例。此外，从非严格意义上说，《水浒传》也是十回为一单元的节奏，基本上与《金瓶梅》和《西游记》大同小异。这种十回一单元的章法清楚地见于第2—11回（由史进、鲁达、林冲等一连串人物组成，并包括对梁山泊的初次介绍）；第22—31回（武松的英雄事迹）；第61—70回（智赚卢俊义，卢俊义活捉史文恭和争寨主的比武），以及第72—81回（与朝廷的战争，为招安铺路）。后面的四大战争仍采用这种模式：征辽（第83—89回）、平田虎（第91—100回）、平王庆（第101—110回）和平方腊（第111—120回）。剩下的其他十回单元也保持这种印象则更为主观，因为这些章回的叙述内容事实上更加混杂；但是这种模式仍可窥见。例如，我们可说第12—21回包括宋江上梁山前的梁山泊早期历史；第32—41或42回写的是宋江逼上梁山前的坎坷命运和他被推为山寨之主的经过；第51—60回描述了梁山力量的发展和壮大，最终成为朝廷的一大威胁。所以，这就无怪乎学者们认为有些十回单元可独立成篇，比如“武松十回”和“宋江十回”。[①]

浦安迪认为金圣叹腰斩的70回本《水浒传》更能显现“十回一单元”的结构特点。金圣叹把原来的第1回改为“楔子”，重新编号后，就把更多的转折点放在十回的第1回上了。另外，小说第1回的简单神话构架是照应后面故事的一种反讽影射。金圣叹本以梦为结局，交代小说开头放走的那些妖魔的最终去向，这种前后两截的呼应赋予了小说一种美学上的对称感。

2.《水浒传》的时空结构

浦安迪在《谈中国长篇小说的结构问题》一文中曾指出，人的经验的“模仿”（mimesis）有时是循着人世间行动、行为在时间中演进的形态，有时却是遵照某种“空间性”的形态，如Joseph Frank在Spatial Form in Modern Literature所论的“空间性的统一”（Spatial Unity）。[②] 有鉴于此，浦安迪提出《水浒传》有以时空安排为骨架的叙述图案，主要表现为以季节或地理为网络的情节构思。《水浒传》的时间构思主要是运用“季节循环”（seasonal cycle）作为小说一些情节的布局基点，以时令或一年中周而复始的欢庆仪式作为某个

① Plaks，Andrew. *The Four Masterworks of the Ming Novel*. Princeton University Press，1987：306－307.

② 浦安迪：《论中国长篇小说的结构问题》，《文学评论》第三集，1976年。

具体情景的时间背景，这不仅使这些情节具有季节性，也使这些时间点具有重要意义。

小说的空间构思则表现在地理网络上。在浦安迪看来，小说前面部分以梁山与其他权利中心之间的往返移动为主，其后以同心圆的地理格局为主。随着梁山势力的壮大，它本身也成为一个强大的政权中心。在《水浒传》诸多情节中都提到梁山泊的地理构造：一个山谷中的堡垒为崇山峻岭所环抱，群山四周是湖水，湖水之外围绕着茫茫沼泽，形成了一个以堡垒为圆心的、层层加固的庞大同心圆空间格局。这种同心圆的辐射不仅表现了梁山泊的地理特点，也反映了它控制范围的不断扩大和势力的不断扩张。除梁山泊以外，小说中还有些情节的场景是以河北和山东西部为中心向各个方向辐射出去。这种空间设置在四大征战中再次被采用，它们可看作是一次逆时针方向的全方位扫荡：北征辽、西北平田虎、西南打王庆、南面战方腊。浦安迪认为："这种宏观图式对鉴赏繁本《水浒传》的美学模式极为重要，但在阐释小说主题时，更加重要的却是对故事细节的巧妙编排所产生的叙述效果。"①

浦安迪有关《水浒传》时间和空间结构的解读是以西方空间理论为指导的，空间理论进入文学研究后，为文学文本的阐释提供了新的解读方式，一时成为炙手可热的文学批评方法。然而，在批评方法上，浦安迪也充分考虑到金圣叹《水浒传》点评中有关小说结构的评点，将其与西方叙事结构理论充分结合起来。浦安迪自己也声明："在赏析《水浒传》的叙事肌理时，我们分外得力于金圣叹对小说各种叙述手法的透彻分析。"② 可以说，金圣叹对构成小说精密纹理的具体叙述技巧所做的深入研读和精辟的文学分析，都为浦安迪所借鉴和参照。

受浦安迪的影响，其弟子吴德安（De-an Wu Swihart，美国华裔）继承了其师的衣钵，进一步探讨了《水浒传》的时间和空间结构。吴德安以表的形式显现了《水浒传》的时间安排特点：小说前半部分主要是基于季节、月和日的变化，具体的年并未提及，而聚义之后则有具体的编年时间。具体如表 1 所示：

① Andrew H. Plaks. *The Four Masterworks of the Ming Novel*. Princeton University Press，1987：313.

② 同①。

表 1　《水浒传》的时间安排特点

1—70 回：

回	时间	回	时间
1	秋季	46	11 月中旬
2—6	夏季	50	某月 15
7—11	冬季	51	8 月
12—13	2 月	52—53	初冬
14—16	5 月	54	冬季
16—17	夏季	58	2 月中旬
18—20	8 月	60	春季
24—26	11—12 月	61	7 月至秋季
27—29	6 月	62	初冬
30—31	秋季（10 月）	63	冬季
32	11 月	65—66	早春
32	上元节	67	上元节
35	早春	68	春季
36	4 月	70	4 月 15 日
38	6 月		4 月 22 日
40	夏季		4 月 23 日
44	秋季		上元节

71—120 回：

回	时间	事件
71	宣和二年四月（1120）	排座次，分配职责
75	宣和三年四月（1121）	第一次招安
81	宣和四年一月（1122）	闻焕章奉书宿太尉请求招安
82	宣和四年二月 宣和四年三月初三	最终受招安 分金买市，水泊遭破坏
83	宣和四年五月	征辽
85	宣和四年七月	占领幽州
89	宣和四年冬	辽称败

续表

回	时间	事件
90	宣和五年新年（1123）	征田虎
100	宣和五年四月	胜田虎
101	宣和六年春（1124）	征王庆
110	宣和六年冬	胜王庆
111	宣和六年冬	征方腊
119	宣和七年冬（1125）	胜方腊

吴德安指出，小说前后时间上的设计相当明显：前半部分季节的循环具有象征性功能，显示了人物的情感和人生际遇；后半部分则采用编年的形式，开始有明确的时间，也正是由于这些编年时间，《水浒传》被认为属于历史小说一类。另外，从地理方位上看，小说有两个平行世界：108 位英雄的微观世界和儒家世界，前者主要是在水泊，后者则是他们巢穴之外的大千世界。前 70 回以水泊为据点，英雄们陆续投靠梁山，并以梁山为中心去攻打其他城市和村庄；第 72—83 回则主要在梁山和作为儒家秩序中心的开封之间两地往返；第 83 回招安后的几十回则以开封为中心，虽然长期征战在外，但每次得胜后都会回到开封；小说结尾处以一个具有象征意义的蓼儿洼结束，因为它非常类似梁山泊，从而使小说获得首尾的平衡。通过对《水浒传》楔子、聚义、时间和空间的结构分析，吴德安认为，作为章回小说的先锋者，《水浒传》是有结构设计的，它创立了一些叙事原则，为后来的章回小说所采用。①

3. 传记连接结构

在浦安迪的研究基础上，浦安迪的两位博士生弟子卢庆滨（Andrew Hing-bun Lo，美国华裔）和吴德安还提出《水浒传》的结构效仿了《史记》的传记体例，具有传记连接结构。

卢庆滨的博士论文《历史写作语境中的〈三国志演义〉和〈水浒传〉：一种阐释研究》（*San-kuo-chih yen-I and Shui-hu Chuan in the Context of Historiography*：*An Interpretive study*）专有一节研究《水浒传》的结构。卢庆滨认为，《水浒传》的结构效仿的是《史记》或《汉书》的“列传”（group biography）

① De-an Wu Swihart. *The evolution of Chinese novel form*. Princeton University，1990：72 – 96.

体例，为“传记连接”（linked biography）。卢庆滨举例为证，其例有二：其一，1589 年《水浒传》天都外臣序中指出“窃钩者诛，窃国者侯。侯之门，仁义存”，《史记·游侠列传序》中亦有“故伯夷丑周，饿死首阳山，而文武不以其故贬王；跖蹻暴戾，其徒诵义无穷。由此观之，‘窃钩者诛，窃国者侯，侯之门仁义存’，非虚言也”，可见，《水浒传》与游侠有共同之处。其二，《水浒传》中将柴进和宋江都比作“孟尝君”[①]，朱仝比作“朱家”。[②]

卢庆滨还探索了《水浒传》各人物“传记”的连接模式，其中主要的联系点是女性人物，她们是导致英雄上梁山的直接原因。鲁智深因金翠莲打死镇关西出家为僧，最终上梁山；林冲因其妻而遭陷害被逼上梁山；宋江因阎婆惜；花荣因刘高之妻；武松因潘金莲；杨雄因潘巧云，等等，女性人物成为反复出现的主题。除女性外，押送林冲的董超和薛霸也起到连接的作用，因为这两人后来又押送卢俊义。此外，还有一些是某单个主题，如“白范阳毡大帽”，史进、杨志、刘唐、宋江、武松和杨林都戴过此帽。

卢庆滨的师弟吴德安对《水浒传》的“传记连接”结构作了进一步的分析。吴德安的博士论文《中国小说形式的演化》（*The Evolution of Chinese Novel Form*）也有专章分析《水浒传》这一结构特征，并挖掘出更多的小说连接模式。吴德安亦称《水浒传》结构是以《史记》的传记体为模版：“《史记》是大量传记的集合，它为中国长篇小说的发展提供了叙事模版。中国小说家喜欢用数量庞大的人物建构他们的小说，像《水浒传》这样早先出现的小说也是如此。《水浒传》中刻于石碣上就有 108 人，而它总共有 787 个人物。”[③]《水浒传》在人物数量和结构方面都延续了《史记》的形式。同时，吴德安还引明清小说评点家李开先、钟惺和金圣叹等人有关《水浒传》与《史记》的论述举证他的观点。

吴德安也探索了《水浒传》的“传记连接”模式的结构特征，认为小说以聚义为线索，是“为了使小说形成为一个有机整体，《水浒传》所展现的人物冒险故事是为了形成一个‘聚义’的过程。在这个过程中，小说整体结构中的人物外表、会面、消失和重现都是精心设计的，并非是随意的”。[④] 吴德

① Lo，Andrew Hing-bun. *San-kuo-chih yen-I and Shui-hu chuan in the Context of Historiography*：*An Interpretive study*，Princeton University，1981：139－141.

② 孟尝君为战国四公子之一，齐国宗室大臣，门下有食客数千；朱家为司马迁游侠列传中的一位重要人物。

③ Wu，De-an Swihart. *The evolution of Chinese novel form*. Princeton University，1990：63.

④ 同③，p. 81.

安将《水浒传》分为楔子、前70回和后50回三个部分，而小说的结构受梁山108人聚义的支配。《水浒传》楔子结尾处的“蓼儿洼内聚飞龙”已点明小说的主题为“梁山聚义”，108人将逐渐齐聚水泊。前70回中共有四次聚义，分别为七星聚义（第14回）、白龙庙聚义（第39回）、三山（二龙山、白虎山和桃花山）聚义（第58回）和梁山聚义（第70回）。这四次聚义连同其他英雄和小集体共同促成了梁山聚义结构，其中最早的生辰纲七英雄聚义提供了小说叙事的方向，并影射着梁山泊的108好汉聚义。小说的后50回则是为了形成与前半部分对应的平行叙事，前面体现“义”，后面表现“忠”，前面为聚，后面为散，《水浒传》第70回的“排座次”是小说叙事的高潮，它位于中间位置，使前后部分形成了平衡。

4. 神话结构

浦安迪曾提出:“有些长篇小说的确以某种神话或历史的构架为其总括的原则——例如水浒传第一回与第七十一回里之以天罡地煞为首尾联贯的主题。”[①] 浦安迪的评论对白保罗（Frederick P. Brandauer，美国）的《水浒传》神话结构研究起到了重要的启示作用。白保罗的《帝主与星主：〈水浒传〉的神话解读》（*The Emperor and the Star Spirits*：*A Mythological Reading of the Shui-hu Chuan*）通过对《水浒传》100回本的文本细读，分析了《水浒传》中的神话情节。他指出，这部小说在现存最早的版本中，包含一个贯穿始终、精心开展的神话框架。这个神话框架不仅充当了作品结构上的一个重要元素，而且它还提供了一个至今仍被大部分阐释者所忽视的一种理解视角。[②]

白保罗将《水浒传》的神话框架分为五个阶段，依次出现。小说在第1回引入神话，其后不断将其带入故事的叙述之中，最后1回又以神话结尾。《水浒传》引首、第1回和第2回的前面部分为“神话之引入”（The Myth Introduced）部分；第42回为“神话之显露”（The Myth Revealed）部分；第71回部分为“神话之宣告”（The Myth Announced）；第71—90回为“神话之确认”（The Myth Affirmed）；余下10回为“神话之结局”（The Myth Concluded）。白保罗认为，神话在《水浒传》这部小说中具有重要的结构意义，作

① 浦安迪：《论中国长篇小说的结构问题》，《文学评论》第三集，1976年。

② Frederick P. Brandauer. The Emperor and the Star Spirits：a Mythological Reading of the Shui-hu Chuan. Brandauer，Frederick P.，Huang，Chun-chieh，(ed.). *Imperial Rulership and Cultural Change in Traditional China*. University of Washington Press，1994：208.

为一个整体，它为小说的叙事提供了一个统一、鲜明、连贯的结构样式。当然，小说叙事的内容绝非仅有神话，但若没有神话，它的结构完整性将大大削弱。[①]《水浒传》的内容大致可分为两部分：前70回由单个英雄故事组成，最终梁山聚义；后30回由梁山集体故事组成。若没有神话，小说的这两部分之间将会出现严重的断裂。不仅如此，神话还为小说第71回中由个体行为向集体行为的过渡提供了基础。在71回中，对梁山义军本质与使命的认识由个人扩展到集体，与此神话发展相对应，个体行为也开始向集体行为过渡。可见，神话是小说中最重要的一种连接手段，不仅贯穿于五个不同的发展阶段，而且还将小说不同的故事逻辑地连接到一起。《水浒传》的神话结构无论从小说内部人物自身角度，还是从外部读者的角度都越来越清晰可见。

5. 梦境结构

梦作为《水浒传》的一个研究视角受到英语世界研究者的关注。何谷理（Robert E. Hegel）曾在其《中国小说梦境中的天堂和地狱》（*Hevean and Hells in Chinese Fictional Dreams*）中指出，中国小说通常采用梦来阐明上天的意志，而个人的行为必须符合上天意志的道德模式。金圣叹以梦结束《水浒传》，梦中108位好汉因反抗皇帝而全部被斩。[②]《水浒传》中的梦不仅具有表达思想的功能，更具有结构上的意义。吴燕娜（Yenna Wu，美国华裔）的《〈水浒传〉反叛者梦之力量和地位》（*Outlaws'Dreams of Power and Position in Shuihu Zhuan*）一文专门分析了《水浒传》中的梦结构，通过将《水浒传》中人物的各种梦串联起来，使小说呈现一种以梦为线索的结构。

《水浒传》中宋江的第一个梦是在小说第42回“宋公明遇九天玄女”。此梦的预示两相矛盾：一方面，宋江将成为叛军头领，应效忠皇帝，但也预示了宋江和梁山兄弟的悲惨结局；另一方面，宋江效忠皇帝结义的理想信念逐渐遭到破坏，第71回中众多兄弟不愿接受招安便是一例。宋江的第二个梦发生于小说第88回九天玄女梦授玄女法大破辽阵。它以变体的形式重复了第一个梦的结构和主题，也是在宋江受困之时，梦中获得九天玄女的帮助，但这个梦以

① Frederick P. Brandauer. The Emperor and the Star Spirits: a Mythological Reading of the *Shui-hu Chuan*. Frederick P. Brandauer. Chun-chieh Huang, (ed.). *Imperial Rulership and Cultural Change in Traditional China*. University of Washington Press, 1994: 220.

② Robert E. Hegel. Heaven and Hells in Chinese Fictional Dreams. Brown, Carolyn T., (ed.). *Psycho-Sinology: The Universe of Dreams in Chinese Culture*. Woodrow Wilson International Center for Scholars, 1988: 4.

“速还”和“从此永别”预示了宋江最终的死亡，回归星主。这个梦给小说文本提供了结构的、主题的和美学上的凝聚力。与宋江之梦平行的是李逵在第93回的“李逵梦闹天池”。李逵梦中得秀士相助，告知破田虎十字要诀：“要夷田虎族，须谐琼矢镞。”李逵的梦直接或间接地照映了小说之前的诸多情节，使小说具有结构上的完整性。他梦中救女和第73回救刘太公之女相呼应。另外，在梦境中，李逵在醒与梦之间相互转换，梦中他进入文德殿，猛省道：“这是文德殿，前日随宋哥哥在此见朝，这是皇帝的所在。”对文德殿的记忆可回溯至第82回宋江等人文德殿排班行礼。除了宋江和李逵的梦以外，小说中还有道君皇帝的梦。小说最后回皇帝梦游蓼儿洼得知宋江等人冤屈而死，具有启示性和补偿性的意义。道君自赐御酒于宋江后，不知宋江消息，又常挂念于怀，然而，对于常被蒙蔽的皇帝而言，梦也成了一种必要的叙事手段。此梦启示了道君，让他得知真实情况，道君感念宋江仁德，忠义两全，为他建立祠堂，四时享祭，补偿了宋江等人的正义性。与以上那些主要的梦相比，小说中还有一些其他的梦也向做梦者透露信息，具有基本的叙事结构功能。这些梦大多包含一些预示，并在其后的文本中得到验证：第14回提及晁盖梦见北斗七星，其后有七星聚义；第65回宋江梦见晁盖告知宋江有“百日血光之灾”后，次日便突发背疾；有一个梦甚至充当媒婆的功能，田虎军中琼英和宋江营中的张清“两梦相通”，最终结为夫妇；另外，还有诸多鬼魂出现于活人梦中的情节，如武大托梦武松，张顺托梦宋江，宋江托梦与吴用和花荣，等等。

在上述分析的基础上，吴燕娜认为《水浒传》中的梦具有凝聚结构的功能，正是这些梦使不同的叙事部分如开头的释放妖魔、梁山冒险事迹、四大征战及忠义的主题等有组织地连接在一起。主要梦境和其他神话事件组成了一个循环的超结构，如这些妖魔的前身、入世、处罚和最终回天所构成的超结构。这些梦的叙事创造也加强了小说在心理上、哲学上、宗教上和审美上的复杂性。①

四、总　结

20世纪英语世界有关《水浒传》的结构研究经历了从“无结构”和“缀段式”结构批判到反思早期以西方理论为标准的批评方法，发现中国小说的

① Yenna Wu. Outlaws' Dreams of Power and Position in Shuihu Zhuan. *Chinese Literature: Essays, Articles, Reviews*, 1996, 18.

异质性，再进而到结合明清评点，提出多样化《水浒传》结构的发展过程。在英语世界《水浒传》结构研究发展历程中，两位汉学家的研究成果意义重大，使《水浒传》结构研究出现了两个转折点：一是韩南提出《水浒传》具有单个情节、连接情节和“英雄聚合、造反之始末”超结构三个层次的结构特点；二是浦安迪有关现代小说结构分析的论述，提出寻求现代小说“统一性”的多种形式：时间、空间、神话、主题或中心意象，等等。韩南和浦安迪的观点成为英语世界《水浒传》结构研究的“引航者”，对后来的《水浒传》结构研究具有引导的意义，其后学者提出的链状情节连接结构、时空结构、神话结构、梦境结构等都是在他们研究基础上的进一步推进。他们不仅扭转了英语世界对《水浒传》结构一味批判的态度，而且提出了关于《水浒传》结构的新思考，使《水浒传》结构研究得到了进一步的拓展和深化。从此种意义上说，他们不但推进了《水浒传》的结构研究，而且对英语世界明清小说结构研究的转变和发展也功不可没。

（作者单位：闽南师范大学外国语学院）

理论阐释与批评实践

下册

主编 刘小新 杨健民 郑海婷

镇 江

目录

第四辑　重读中国现当代文论与文学

第五辑　区域文化与美学实践

第四辑　重读中国现当代文论与文学

现代文论二题

杨健民

闽派批评的价值分析

首先我必须肯定，“闽派批评的中国经验表达”——这是一个值得认真总结的话题。对于闽派文论，从文学本源性来看，学者们做出了许多学理性的评价，这些评价无疑是对这样一种特定的文学批评现象的很好的归纳。四十年了，闽派批评的确提供了很好的中国方式的经验表达。这个问题，除了从文学本身，我们是否还能从一个更加宏大的历史视野去观察和总结呢？这是我想提出的一个问题。

对于这个问题的想法由来已久，这可能与我所从事的人文学术期刊编辑工作有关。我从福建社科院转到《东南学术》整整二十年了，这二十年，让我接触了社会科学的许多问题，我的学术视野，也不自觉地扩大到了整个社会科学领域。

二十年的经历让我看到，社会科学一直存在着气吞八荒的倾向，即试图找到某种能够解释所有社会现象的“覆盖律”。这一点，尤其体现在“理性选择”理论上。社会科学这种过分的勃勃雄心，使得其研究成果在巨大的繁荣背后也存在着许多的局限性。这种局限性体现在不仅它的确难以对纷繁复杂的社会现象做出合理的解释，而且它所提供的某些“预测”更是五花八门，甚至相互抵牾。社会科学研究不同于自然科学研究，前者建立在具有自身能动性和反思性的行动者的基础上，后者则以缺乏人类理智现象的自然之物作为基础。由于这种差别，社会科学无法像自然科学那样建立起应用范围极广的“覆盖律”来解释，而是以“方法论个人主义”作为解释的出发点，以“机制”和“工具箱”的方法来进行解释。“方法论个人主义”着眼于社会个体的行为，理解其情感、利益、行为和需要等；“机制”的解释方法则摒弃决定论式的解释，在原因与结果之间建立起复杂和不确定的联系；“工具箱”则是指通过对不同解释工具（“机制”）的使用、改良、不断积累，进而逼近事物的本来面目。这就是目前中国人文社会科学浮躁的学术生态：工具理性泛滥，实用主义盛行。

从这个角度看，社会科学研究最重要的两种意识就出现了：一个是问题意识，一个是批判意识。从整体性视野来看我们的社会科学研究，我觉得判断它们是否提供了“中国经验表达”，至少有三个方面的问题需要得到考量：

1. 它们是否在各自的学科领域实现了从学科综合到问题综合？

2. 它们是否在各自的学科领域自觉地建构起独立的批判路径和新的学术框架？

3. 它们是否自觉地在各自学科现实中开发出新的原理？

这三个问题，是整个社会科学领域的问题，这不是假问题，而是真问题。去年在枣庄召开的第六届人文社会科学期刊高层论坛就指出：我国的社会科学研究有一个问题需要引起注意，就是我们的大部分学术研究都是用中国的经验来印证西方理论的正确性，一直被牵着鼻子走。那么，我们的文学批评如何？我觉得，闽派批评凸显了一个明显的理论质量，就是它没有被西方理论牵着鼻子走，它有自己的独立话语和批评体系。

其实，我们可以不必将文学批评纳入整个社会科学领域，而只要纳入文史哲学科就可以看出。文学与哲学、史学的出发点是不一样的：哲学的出发点是反思，是有意识地要回到那个意识前的意识；史学的出发点是回溯，是有意识地要描述那些意识到的意识；文学是诞生，它本身就已经是意识前的意识。文学之所以能够达到哲学境界，就是占了“诞生”这个优势。它用不着像哲学家那样去思考，只要被“分析”出来就达到某个巅峰。文学批评就是这种价值分析。

同样，我们今天对于闽派批评也应该从价值分析入手。我认为，这种价值分析体现在以下三个方面的挑战：

第一，关于批评介入文学现实问题。文学批评直接介入文学创作实践，这是闽派批评的重要特点之一。但如何把理论演绎和文学文本分析紧密地结合起来，这是摆在闽派批评面前的重大问题。这方面南帆和陈晓明做得很出色。他们的文学批评注重从问题出发，表现了西方文论中国化的最大可能性。他们对中国古典文论和西方文论都极其熟悉，不只是对结构主义、符号学做纯粹的理

论介绍，还借此面对中国文学现实的挑战，把握文本的叙述逻辑和精神脉络，挖掘出文本内部最深层次的意义可能，进而打通了文学的内部要素和外部因素，对文学、文化和理论问题进行了有效的勾连。

第二，挑战思想资源。这是闽派批评的另一个重要特点。对于闽派批评，一个公认的说法是：闽派批评家的文章有思想锋芒。的确，从谢冕、孙绍振、童庆炳、刘再复、林兴宅、刘登翰、杨春时、俞兆平，到南帆、陈晓明、王光明、朱大可、陈仲义、谢有顺、刘小新、吴子林、林丹娅，他们的文章本身都具有一种思想论辩的风格。文学批评不是一种纯技术主义的分析，它需要以思想资源去产生新的思想资源，如果不是这样，那么文学批评就只能是一堆干枯的甚至是死了的东西。谢冕和孙绍振在朦胧诗的讨论中以独特的思想资源表现出来的学术勇气，多年来一直深刻影响着闽派批评，比如陈晓明从后现代理论中，南帆从符号学理论中汲取了批评的思想资源。另外，还有杨春时的“主体间性”美学理论，这个理论在国内美学界引起了广泛的注意和讨论，尽管它有待进一步完善，但它表现出的对于思想资源的挑战，同样体现了闽派批评的特质。

第三，挑战文本解读。我一直以为，闽派批评家不仅具有强烈的问题意识和崭新的思想观念，而且具有极为独到的文本解读能力。文本阐释，无论采用什么样的批评方法，都是一种挑战性行为。这种挑战性表现在如何深刻把握文本的叙述逻辑和精神脉络，挖掘出文本内部最深层次的意义可能。这方面，孙绍振以其雄辩而清晰的逻辑理路，为闽派批评的文本解读做出了很好的示范。南帆的批评理论对于文本的解读，则表现出了突出的知性和机智。谢有顺的批评文字，被文学界公认为文章好读，其实，有一个极为重要的特点，就是他对文学文本的分析贴近作家的文学创作行为，注重文学创作的内在规律。可以肯定，闽派批评家多年来已经形成自己的独立话语，摆脱了晦涩的行文方式的解读风格。

文化是有尊严的，闽派批评是有文化自信的。这是我对闽派批评价值分析的一个基本判断。所以，闽派批评为文学批评提供了中国经验表达，我认为是完全不过分的，因为它为我们的学术发展提供了正能量，以及许多超越理论意义的观点。闽派批评是一个话语平台，这个平台所表现出来的文化底蕴和思想传承，以及它所激发出来的理论质量，已经产生了普遍的学术影响，并具有超越地域的能力。

现代汉诗的精神取向（三则）

一、哲学在场的诗歌实验

我写诗纯属拐弯，无论学术研究，还是诗歌实验，都处于一种“哲学在场”。

1. 哲学在场是一种“私人语言”。这是后期维特根斯坦的一个著名说法。就是说，人使用的语词只指涉他自己直接的、私有的感觉，因此，只有他自己能够觉知，别人无法理解。这就是所谓的“私人语言”。维特根斯坦认为，这种语言实际上是不可能的。他对此做出了论证，就是一般所谓的“私人语言”或“私人语言论证”，其实质恰恰是“反私人语言”或“反私人语言论证”。

2. 哲学在场是一种“精神分析”。诗一定是触及灵魂的，只有触及灵魂的诗才是好诗。我写诗追求的就是触及灵魂，是哲学在场。既然是哲学在场，就离不开精神分析。哲学和我的文学是一个硬币的两面。

3. 哲学在场是一种“语言张力”。艾青说过：诗是语言的艺术。一首好诗有时只需要一两个好词，就激活了全部。“一路瘦到南方”——这是福建青年诗人年微漾的诗句，对词语的运用臻于极致。语言张力需要想象力，甚至需要一些冒险精神。比如，年微漾的另一句描写乡村的诗，充满了极度的想象力：“蛙声压倒了稻田/并借此抬高村庄。”

二、守“诗”如玉

“守‘诗’如玉”这个词肯定是我的杜撰。策兰说，诗是被阴性照亮的世界：“我看见你了，姐姐，站在那光芒中。”由此我想到了海子的那首《姐姐，今夜我在德令哈》。“姐姐”不过是个“远方”的意象。“诗与远方”，是一种“思想的边缘”么？我们多数的生活就是眼前的苟且，就是一地鸡毛。也许只有经历过苟且的生活，才能体会“诗和远方”的价值。

某诗歌微信公众号有句广告语：“其实诗歌距离你很近，只有一个枕头的距离。”于是，就出现了所谓“睡前读诗”的“日常”。我一直以为，诗肯定是小众化和边缘的。“全民读诗”时代来临了么？有媒体称：我们正在经历的不单是一个“全民读诗”的时代，更是个“全民写诗”的时代。我不屑于这种“乐观”。如果真的是这样的情形，那就很可能沦为“大跃进”时代的那些

“口水”：“远看大姑娘，近看姑娘大；还是大姑娘，还是姑娘大。”诗是什么？诗是“一个世界疼痛的收获”（策兰）。“诗”为什么与“远方”息息相关？因为诗歌还在边缘，还没有完全进入我们的生活。生活就在眼前，诗歌却在远方。我们的努力就是要拉近诗与现实的距离。

英国“艾略特诗歌奖”得主肖恩·奥布莱恩得到这样的评价：“他对英格兰东北方的素描，在乡愁中注入社会批判的思考。”然而奥布莱恩承认，诗歌与公众的关系依然处在危机中。在他看来，自从浪漫主义丧失活力以后，公众就没有跟上诗歌的节奏，就像麋鹿改变不了身上的斑点。当有人说能在他的诗里“听到雨声”，他纠正说：“你听到的不是雨声，你只能听到诗歌里的雨。”“如果你写一首桌子的诗，你能说诗歌像桌子吗？”作为英国文坛最活跃的诗人，奥布莱恩坚持相信诗歌是对现实世界的一种“翻译行为”，“是一种修辞，当它模拟世界的时候，并不进入世界”。诗就是诗。奥布莱恩关注的是诗歌语言本身，认为只有诗歌才具有挣脱日常语言使用的功利性，从而回归到语词源头的强大力量。这，就是诗的“远方”。

“诗”与“远方”，与我们的生活究竟还有多少距离呢？诗歌对于生活是不具有野心的，诗的“多语症”决定了它如同“一只手的轻拍声和雨水的失败/干涸的星星们噼啪爆裂声/星星被分娩，反常和非此即彼”（奥布莱恩《听觉》）。所以，诗歌带给我们的，是那些已经被我们自觉或不自觉丢掉的东西：纯粹的精神、宁静的心境、自由的呼吸和韵致的生活。

维也纳地铁站内墙壁上，贴满各种各样大小不一的纸片，那不是什么留言的条子，而是写着或长或短的诗句。一些诗人和诗歌爱好者，写了诗无处发表，就贴到这里，有的还留了手机号，让读诗的人与其交流。这样的“地铁诗人”不需要什么诗学，但它创造了对于生活状态的一种“赋格”。策兰的诗是我床头的必读书，是我的精神“赋格”。它是晦涩的，然而又是令人惊异的。它的词语的多义性和意象的反复性常常让我在那个“疼痛的世界”里久久受着折磨。但是，如同他那句让人吟咏不绝的“这个秋天将意味深长”一样，我觉得只有“意味深长”的诗，才能近乎母性之手接近我们的命运。

正是如此，我们才守“诗”如玉。

三、我的诗观

1. 几十年来，我断断续续地写诗，其中有近二十年几乎没写过什么诗。但是诗歌陪伴了我这几十年，没有诗歌的日子是思维受伤的日子，是感觉疲软的日子，是精神委顿的日子。我坚信我这一生将守“诗”如玉，我坚信“我是一条诗的小狗”，吠着一汪自由的混沌，还有目光的碎语。

2. 柏拉图在《飨宴篇》中说了一个神话，他说每个灵魂本来都是完整的个体，降生为人则一分为二，因此每个人都在世上寻找灵魂的半身。我觉得我来到这个世界，我灵魂的另一半就是诗歌。正如“一个笑就击败了一辈子，一滴泪就还清了一个人”，一句诗同样可以抗拒一种欲望、一种延宕。所以，诗人拥有世界的全部记忆，尽管每位诗人的感受力和表达方式有所不同，然而他们一定都是现实生活的“呼喊和细雨”。

3. 诗是一种语言的飞翔，一堆词语扑腾出鸟的回声，额前那些欲望的雨滴，都属于我的生和我的活。秋天来了，每天早晨，我把一杯没有喝完的水，全部赶进我的诗行，然后对自己说：趁着秋凉，把所有的诗都冻结吧，仅留下一行漂浮着——

诗若安好，便是存在。

（作者单位：东南学术杂志社）

关于胡适“容忍比自由更重要”的阅读杂记

刘小新

在20世纪中国文论史上，胡适是对“宽容”命题最为关注、论述也最丰富的作家之一。近年来，胡适的“宽容”与鲁迅的“不宽容”已经被当代知识界视为中国现代知识分子的两种范型，引起了“尊鲁而抑胡”和“尊胡而抑鲁”两种观点之间的持续论争。至今，这场论争还远未结束。这既意味着在新语境下文论界对“宽容”命题的强烈兴趣，也意味着胡适关于“宽容”的深刻论述在今天仍然具有思想启迪之意义。

在胡适的自由主义思想体系中，“宽容”“容忍”概念具有特殊的地位。胡适认为“宽容”是自由主义的核心理念，是自由的基础和根本，“自由的保障全都靠一种互相容忍的精神”。没有“宽容”就没有自由，一个社会如果不能容忍不同思想的存在和表达，就不能算是真正“民主自由”的社会。所以，胡适甚至认为“容忍比自由更重要”。

从留学美国到发起“五四”新文化运动，从40年代末的“当前中国文化问题”与“自由主义论”到50年代的《自由中国》时期，胡适始终对“容忍”与“自由”命题情有独钟。概括而言，影响胡适“宽容”思想的形成有四个因素：

一是胡适母亲的影响。在《我的信仰》一文中，胡适在回顾自己的成长道路时如是而言：“我母亲最大的禀赋就是容忍。中国史书记载唐朝有个皇帝垂询张公仪那位家长，问他家以什么道理能九世同居而不分离拆散。那位老人家因过于衰迈，难以口述，请准用笔写出回答。他就写了一百个‘忍’字。中国道德家时常举出‘百忍’的故事为家庭生活最好的例子，但他们似乎没有一个曾觉察到许多苦恼、倾轧、压迫和不平，使容忍成了一种必不可少的事情。”[①] 在《四十自述》中，胡适回忆说：“如果我学得了一丝一毫的好脾气，如果我学得了一点点待人接物的和气，如果我能宽恕人、体谅人——我都得感谢我的慈母。”

二是中国传统文化的影响。唐德刚在《胡适杂忆》中曾经指出：“适之先生却是一位有深厚中国传统文化修养的老辈学者。他丢不掉孔孟之道的包袱，而又自诩为国际主义者。他不了解他终身颂之的所谓‘现代西方文明’里的‘生活方式’是以‘契约’、‘合同’、‘利害’、‘力量’、‘斗争’等深入人心的概念为基础的。所谓‘民主’，所谓‘容忍’（这是胡氏晚年政治哲学的精髓）只是力量、斗争、利害等均衡以后的契约行为。”[②] 在以《容忍与自由》为题的《自由中国》十周年纪念会上的演讲中，胡适曾经承认他的“容忍与自由论”具有中国传统哲学的背景，是宋明理学家的“善未易明，理未易察”。胡适说：“宋朝的理学家都是讲‘明善、察理’的。所谓‘善未易明，理未易察’，就是说善与理是不容易明白的……，这不但是我写《容忍与自由》这篇文章的哲学背景，所有一切保障自由的法律和制度，都可以建立在‘理未易明’这句话上面。”[③]

三是西方近代以来自由主义的影响。胡适留学美国七年，深受西方自由主义思想的影响，对美国自由主义政治哲学的重要代表威尔逊和实用主义哲学家杜威的思想情有独钟。

四是留学美国时期所受到的基督教文化之影响。在 1914 年 10 月 5 日的留学日记中，胡适说过：“在大学礼拜堂听讲经，其人引《新约》一节，以示耶稣容忍异己之教之精神。”[④] 基督教的影响使胡适从宗教泛爱的角度理解“容忍”的含义。1914 年写给韦莲司的信中，胡适把“容忍”视为一种利他的大爱：“容忍是对他所爱的人或爱他的人的一种体贴或尊重。要是我们在突然之间摧毁对我们来说已经死亡，而对他们来说却极为重要的神圣事物，这对他们是个大痛苦。在观念上，我们年轻并富有创造的能力，但是他们已经过了人生之中成形的时期，所以他们已无法接受我们的新偶像来取代他们的旧偶像。正是在这个基础上，我们本着自己的自由意志，容忍他们的信仰和观念。〔但这

① 胡适：《胡适文集》（第 1 卷），北京大学出版社，1998 年，第 5 页。
② 唐德刚：《胡适杂忆》，华东师范大学出版社，1999 年，第 7 页。
③ 胡适：《胡适日记全编》（第 8 卷），安徽教育出版社，2001 年，第 602 页。
④ 胡适：《胡适日记全编》（第 1 卷），安徽教育出版社，2001 年，第 494、515－516 页。

样的容忍〕以不至于造成对自己的个性和人格的发展有害为限度。这不是懦弱，也不是伪善，而是利他的，是爱。”①

从历史脉络看，胡适的关于“宽容”论述经历了三个阶段：第一阶段是“五四”前后，其核心观点是“容忍上加入研究的态度”。在《〈蕙的风〉序》中，胡适指出：“我们应该承认我们的成见是最容易错误的，道德的观念是容易变迁的，诗的体裁是常常改换的，人的情感是有个性的区别的。……我们初做新诗的时候，我们对社会只要求一个自由尝试的权利；现在这些少年新诗人对社会要求的也只是一个自由尝试的权利。为社会的多方面的发达起见，我们对于一切文学的尝试者，美术的尝试者，生活的尝试者，都应该承认他们的尝试的自由。这个态度，叫做容忍的态度（Tolerance）。容忍上加入研究的态度，便可到了解与赏识。社会进步的大阻力是冷酷的不容忍。”② 这里，胡适提出了自由主义文艺批评的一个重要原则，即对文艺自由尝试的权利的承认和宽容。在胡适看来，唯有建立在“容忍上加入研究的态度”之上的文艺批评才是健全的，才能真正促进社会进步和文学的健康发展。

所谓“容忍上加入研究的态度”，含义包括两个层次：第一是对异议和异己的宽容，是对“自由尝试的权利”的承认；第二是反对“不容他人之匡正”的绝对主义批评，而欢迎“有理由的反对”。这一“容忍上加入研究的态度”的批评观念贯串了“五四”前后胡适的文论之中。这也是胡适的“文学改良”论与陈独秀的“文学革命论”之间的差异之一。胡适提出白话文学的“八不主义”，以开放的态度欢迎“国人同志有以匡纠上正之”。陈独秀则不同，他认为：“改良中国文学，当以白话为文学正宗之说，其是非甚明，必不容反对者有讨论之余地，必以吾辈所主张者为绝对之是，而不容他人之匡正。”③ 胡适并不认同这种激进的革命的立场，不认同陈独秀那种“必不容反对者有讨论之余地”的绝对主义态度：“适所主张八事及足下所主张之三主义者，此事之是非，非一朝一夕所能定，亦非一二人所能定。甚愿国中人士能平心静气与吾辈同力研究此问题！讨论既熟，是非自明。吾辈已张革命之旗，虽不容退缩，然亦决不敢以吾辈所主张为必是，而不容他人之匡正也。”④

比较而言，陈独秀所持的是激进主义的革命和不宽容的批评立场，“不容

① 周质平：《不思量，自难忘：胡适给韦莲司的信》，安徽教育出版社，2001 年，第 1 页。

② 胡适：《蕙的风・序》《胡适学术文集・新文学运动》，中华书局，1993 年，第 455 页。

③ 陈独秀：《陈独秀文章选编》（上），生活・读书・新知三联书店，1984 年，第 208 页。

④ 《胡适致陈独秀信》，1917 年 4 月 9 日，《新青年》3 卷 3 号。

他人之匡正”。而胡适则取自由主义的温和和宽容的批评态度，“决不敢以吾辈所主张为必是”，并且容忍人们“有理由的反对”。胡适的自由主义宽容立场在《答汪懋祖》一文中表述得更为清晰：“我主张欢迎反对的言论，并非我不信文学革命是‘天经地义’。我若不信这是‘天经地义’，我也不来提倡了。但是人类的见解有个先后迟早的区别。我们深信这是‘天经地义’了，旁人还不信这是‘天经地义’。我们有我们的‘天经地义’，他们有他们的‘天经地义’。舆论家的手段，全在用明白的文字，充足的理由，诚恳的精神，要使那些反对我们的人不能不取消他们的‘天经地义’，来信仰我们的‘天经地义’。所以本报将来的政策，主张尽管趋于极端，议论必须平心静气。一切有理由的反对，本报一定欢迎，决不致‘不容人以讨论’。”[①] 看来，在文学批评的立场上，胡适显然坚决地拒绝接受那种不容讨论的绝对主义的极端态度，也明显反对任何带有独断论意味的做法。

胡适和陈独秀的这一分歧在如何看待1925年“《晨报》纵火案”上表现得更为明显。1925年11月28日北京大学教授朱家骅等，率学生和群众烧掉提出停办女师大的教育总长章士钊的家，次日又焚烧了为章士钊辩护的《晨报》报馆。在与陈独秀讨论这一事件的一封信中，胡适更深入地表达了自由主义的“容忍”理念：

前几天我们谈到北京群众烧毁《晨报》馆的事，我对你表示我的意见，你问我说：“你以为《晨报》不该烧吗？”

五六天以来，这句话常常来往于我脑中。我们做了十年的朋友，同做过不少的事，而见解主张上常有不同的地方。但最大的不同莫过于这一点了。我忍不住要对你说几句话。

几十个暴动分子围烧一个报馆，这并不奇怪。但你是一个政党的负责的领袖，对于此事不以为非，而以为“该”，这是使我很诧怪的态度。

你我不是曾同发表一个“争自由”的宣言吗？那天北京的群众不是宣言“人民有集会结社言论出版的自由”吗？《晨报》近年的主张，无论在你我眼睛里为是为非，决没有‘该’被自命为争自由的民众烧毁的罪状；因为争自由的唯一原理是：“异乎我者未必即非，而同乎我者未必即是；今日众人之所是未必即是，而众人之所非未必真非。”争自由的唯一理由，换句话说，就是期望大家能容忍异己的意见与信仰。凡不肯承认异己者的自由的人，就不配争

① 胡适：《胡适文存·答汪懋祖》，《胡适文集》（第2册），北京大学出版社，1998年，第64页。

自由，就不配谈自由。

我也知道你们主张一阶级专制的人已不信仰自由这个字了。我也知道我今天向你讨论自由，也许为你所笑。但我要你知道，这一点在我要算一个根本的信仰。我们两个老朋友，政治主张上尽管不同，事业上尽管不同，所以仍不失其为老朋友者，正因为你我脑子背后多少总还同有一点容忍异己的态度。至少我可以说，我的根本信仰是承认别人有尝试的自由。如果连这一点最低限度的相同点都扫除了，我们不但不能做朋友，简直要做仇敌了。你说是吗？

……

但这几年以来，却很不同了。不容忍的空气充满了国中。并不是旧势力的不容忍，他们早已没有摧残异己的能力了。最不容忍的乃是一班自命为最新人物的人。……我怕的是这种不容忍的风气造成之后，这个社会要变成一个更残忍、更惨酷的社会，我们爱自由、争自由的人怕没有立足容身之地了。①

在这封信中，胡适一再强调“容忍异己”对于“自由”的重要性，口气甚至变得从未有过的坚决和激烈：“凡不肯承认异己者的自由的人，就不配争自由，就不配谈自由。”显然，胡适继承的是约翰·洛克所开创的自由主义宽容的传统，自由与宽容和普遍人权观念直接相关，是普遍的道德准则。所谓“自由”，强调个人的自由权利，同时也是指“每个人”的自由，只有承认和尊重他人的自由，才能真正拥有自己的自由，而争取自己的自由，决不应该损害他人的自由。因为自由的基础在于对于他人主张的容忍与尊重。

胡适的“文艺上的宽容”理念也在如何对待泰戈尔访华问题上得到了充分的体现。1924 年泰戈尔访华引起了新文学界广泛的争论，反对的声浪盖过了欢迎的声音。陈独秀、鲁迅、茅盾、郭沫若和闻一多等左翼作家都对泰戈尔在中国的影响提出了尖锐的批评。但胡适的态度则要宽容得多，也理性得多，他说：“外国对于泰戈尔，有取反对态度者，余于此不能无言。余以为对于泰戈尔之赞成或反对，均不成问题，惟无论赞成或反对，均需先了解泰戈尔，乃能发生重大之意义，若并未了解泰戈尔而遽加反对，则大不可。”“泰戈尔为印度最伟大之人物，自十二岁起，即以阪格耳之方言为诗，求文学革命之成功，历五十年而不改其志。今阪格耳之方言，已经泰氏之努力，而成为世界的文学，其革命的精神，实有足为吾青年取法者，故吾人对于其他方面纵不满足于

① 胡适：《胡适来往书信选》（上册），中华书局，1979 年，第 355 - 357 页。

泰戈尔，而于文学革命一段，亦当取法于泰戈尔。”[①] 从自由主义的宽容立场出发，胡适反对人们对泰戈尔的“激颜厉色要送他走”的极端态度。胡适指出：“这种不容忍的态度是野蛮的国家对付言论思想的态度。我们一面要争自由，一面却不许别人有言论的自由，这是什么道理？假使我因为不赞成你的主张，也就‘激颜厉色要送你走’，你是不是要说我野蛮，主张尽管不同，辩论尽管激烈，但若因为主张不同而就生出不容忍的态度或竟取不容忍的手段，那就是自己打自己的嘴巴，自己取消鼓吹自由的资格。自由的真基础是对于对方的主张的容忍与敬意。”[②]

从发起“白话文运动”时期的“决不敢以吾辈所主张为必是而不容他人之匡正也”到把“容忍异己”和“承认别人有尝试的自由”视为自己的“根本信仰”，胡适逐渐确立了自己的自由主义的“容忍”立场。胡适欢迎“一切有理由的反对”，承认“别人有尝试的自由”，在知识论上，也是对其师杜威的实验主义思想的直接赓续。

胡适的“容忍”观建立在实验主义真理的相对论和历史论的基础上，是对真理绝对论和历史决定论的反动。胡适指出：“我们现在且莫问那绝对究竟的真理，只须问我们在这个时候，遇着这个境地，应该怎样对付他；这种对付这个境地的方法，便是‘这个真理’。这一类‘这个真理’是实在的，是具体的，是特别的，是有凭据的，是可以证实的。因为这个真理是对付这个境地的方法，所以他若不能对付，便不是真理；所以说他是可以证实的。”[③] 从杜威的实验主义出发，胡适否定了真理的绝对论和知识的独断论。没有绝对的永恒不变的真理，也没有所谓“天经地义”的普遍真理，只有应对特殊境地的具体的“这个真理”，“我们有我们的‘天经地义’，他们有他们的‘天经地义’”。“一切学说理想，一切知识，都只是待证的假设，并非天经地义。”这样，每个人都有“尝试”和“实验”的权利。一个真正民主的社会应该容忍人们的不同“尝试”和“实验”，所谓“爱自由、争自由”即是争取每个人都有表达自己观点的权利，就是争取一切文学的尝试者、美术的尝试者、生活的尝试者都具有尝试的权利。对多元观点的宽容和对一切“尝试的自由”的承认正是获取有效知识的基础和前提。那么如何判断一种知识是有效的真理？在胡适看来，只有依靠“历史的方法”和“实验的方法”。历史的方法是“一切

① 《晨报》，1924年5月11日。
② 《泰戈尔在京最后之演讲》，《晨报》，1924年5月13日。
③ 胡适：《实验主义》，《胡适文存》（第2卷），亚东图书馆，1935年，第416页。

带有评判（Critical）精神的运动的一个重要武器”。而“实验的方法”则是检验真理的唯一标准，“一切学说与理想都须用实行来试验过；实验是真理的唯一试金石”。“实验主义只承认那一点一滴做到的进步——步步有智慧的指导，步步有自动的实验——才是真进化。”①

到了40年代后期，胡适再一次密集地讨论“容忍”命题。《我们必须选择我们的方向》《当前中国文化问题》《两种根本不同的政党》和《自由主义》等一系列文章都进一步集中地阐述了胡适对“容忍”的含义及其意义的深刻理解。这一时期胡适的“容忍”论述包括以下方面内容：第一，关于“容忍”的定义。什么是“容忍”？胡适简明扼要而明确地指出：“自己要争自由，同时还得承认别人也应该享受同等的自由：这便是容忍。”② 在这里，“容忍”和“自由”成了不可分隔的孪生兄弟，胡适显然把“容忍”的界定纳入到自由主义的思想体系之中，这个界定已经深刻地触及了当代自由主义的“承认的政治”命题。第二，“容忍”是民主社会的必备的基本素质。早在20年代，胡适已经认识到缺乏“容忍”的社会称不上是真正现代的民主的社会。如果没有“自由说话的权利”，即使“皇帝的名号取消了，中华民国也未必就可算完全成立”，因为“一个民国的要素在于容忍对方的言论自由”③。到40年代后期，胡适进一步强调了这一看法。在他看来，近代西方的民主政治渐渐养成了一种容忍异己的度量与风气，这正是民主政治的基础。胡适把社会区分为自由的社会和不自由的社会，把政治区分为容忍的政治和不容忍的政治。前者是民主的、现代的，后者则是专制的、封建的。胡适明确指出：“所谓‘两个世界’的划分正在这自由与不自由，独立与不独立，容忍与不容忍的划分。”④ 第三，“容忍比自由还要要紧”。在《自由主义》一文中，胡适回答了为什么容忍比自由还要要紧这个问题。“因为容忍就是自由的根源，没有容忍，就没有自由可说了。至少在现代，自由的保障全靠一种互相容忍的精神，无论是东风压了西风，还是西风压了东风，都是不容忍，都是摧残自由。多数人若不能容忍少数人的思想信仰，少数人当然不会有思想信仰的自由。反过来说，少数人也得容忍多数人的思想信仰，因为少数人要是时常怀着‘有朝一日权在手，杀尽异教放罢休’的心理，多数人也就不能不行‘斩草除根’的

① 胡适：《杜威先生与中国》《胡适哲学思想资料选》（上），华东师范大学出版社，1981年，第182页。

② 胡适：《我们必须选择我们的方向》，《大公报》，1947年8月24日。

③ 胡适：《胡适来往书信选》（上册），中华书局，1979年，第278页。

④ 胡适：《两种根本不同的政党》，《申报》，1947年7月6日。

算计了。”[①] 与“五四”前后偏重于对文学与文化宽容命题的思考相比，这一时期，胡适的“容忍”论更多地涉及自由主义政治层面。

胡适讨论“容忍”命题的第三个阶段是50年代末至60年代初。1959年3月16日的《自由中国》（第20卷第6期）发表了胡适的《容忍与自由》一文，提出：容忍（tolerance）比自由更重要，容忍是一切自由的根本：没有容忍，就没有自由。胡适回忆了五四新文化运动时期他和陈独秀之间的分歧，直接批评陈独秀“必以吾辈所主张者为绝对之是”的态度是武断的、“不容忍”的。胡适再次强调指出：“容忍是一切自由的根本……我们若想别人容忍谅解我们的见解，我们必须先养成能够容忍谅解别人的见解的度量。至少我们应该戒约自己决不可‘以吾辈所主张者为绝对之是’。我们受过实验主义的训练的人，本来就不承认有‘绝对之是’，更不可以‘以吾辈所主张者为绝对之是’。”[②] 之后，《自由中国》第21卷第11期又刊登了胡适的作为“《自由中国》十周纪念会上讲词”的《容忍与自由》，再次阐述了“没有容忍，就不会有自由”的观点。从“宽容”论的历史演变看，这篇“讲词”的重要性在于从认识论的层面深刻地分析了“不宽容”产生的根本原因。“人们自己往往都相信他们的想法是不错的，他们的思想是不错的，他们的信仰也是不错的：这是一切不容忍的本源。如果社会上有权有势的人都感觉到他们的信仰不会错，他们的思想不会错，他们就不许人家信仰自由，思想自由，言论自由，出版自由。”胡适回到自由主义的老祖宗穆勒的《群己权界论》（《自由论》）来讨论这个问题，在他看来，穆勒的“自由论”最精华之处就在于指出了“我们大家都得承认我们认为‘真’的，我们认为‘是’的，我们认为‘最好的’，不一定就是那样的”。胡适显然认为知识的独断论和真理的绝对论是产生“不宽容”的根本原因。在1961年写给苏雪林的信中，胡适把这种独断论和绝对论形象地称之为“正义的火气”，所谓“正义的火气”，“就是自己认定我自己的主张是绝对的是，而一切与我不同的见解都是错的。一切专断、武断、不容忍、摧残异己，往往都是从‘正义的火气’出发的”[③]。

但胡适并没有纯粹从认识论的层面阐释这一问题，而是试图把认识论的阐释和政治学的批判结合在一起思考，胡适指出：“主持政府的人，主持宗教的人，总以为他们的信仰，他们的主张完全是对的；批评他们或反对他们的人是

① 胡适：《自由主义》，《世界日报》，1948年9月5日。

② 胡适：《胡适文集》（第11卷），北京大学出版社，1998年，第827－828页。

③ 胡适：《胡适日记全编》（第8卷），安徽教育出版社，2001年，第788页。

错的。尽管他们所想的是对的，他们也不应该不允许人家自由发表言论。为什么呢？因为如果教会或政府所相信的是真理，但不让人家来讨论或批评它，结果这个真理就变成了一种成见，一种教条。久而久之，因为大家都不知道当初立法或倡教的精神和用意所在，这种教条，这种成见，便慢慢趋于腐烂。”[①]但胡适的困境在于，在专制统治的政治环境下“容忍”如何可能？胡适的确很难有力地回应殷海光对其《容忍与自由》的质疑：“自古至今，容忍总是老百姓，被容忍总是统治者。所以我们依据经验事实，认为胡先生要提倡容忍的话，还得多多向权势者说法，不要来向我们这班拿笔杆的穷书生说容忍，我们已是容忍惯了。”[②]

当胡适进入政治层面来思考“宽容”与“自由”、“容忍”与“不容忍”命题时，胡适开始真正深入地触及了“容忍”问题的本质，但这时的胡适也变得多少有些悲观起来。历史总是反复上演着“不容忍”的政治戏剧，“在法国革命之初，大家都主张自由；凡思想自由，信仰自由，宗教自由，言论出版自由，都明定在人权宣言中。但革命还没有完全成功，那时就起来了一位罗伯斯比尔（Roberspierre）。他在争到政权以后，就完全用不容忍的态度对付反对他的人，尤其是对许多旧日的皇族。他把他们送到断头台上处死。仅巴黎一地，上断头台的即有二千五百人之多，形成法国大革命期间的恐怖统治。这一班当年主张自由的人，一朝当权，就反过来摧残自由，把主张自由的人烧死了，杀死了”[③]。美国学者格里德在《胡适与中国的文艺复兴》一书的结尾中谈到了胡适晚年的绝望感：胡适对容忍和自由的信仰被严峻的时代击垮了，他甚至再也不能从对人类固有尊严的乐观主义信仰中和长久支撑他的理性中得到什么温暖了。格里德也指出了胡适自由主义的悲剧性命运和历史悖谬：“要求政治公正的主张，变成了为政治无能的辩护。自信的热情，成了夸夸其谈和文过饰非。”[④] 在69岁生日将至之时，胡适在给老友张佛泉的信中表达了自己的沮丧：“当我回顾过去四五十年的工作时，我觉得好像有某种不可抵抗的力量把什么东西都完全地破坏了，完全地摧毁了。”这个被摧毁了的东西即是胡适的信仰，正是胡适对容忍、思想自由和理性的准则的信念。格里德这样认识胡适的意义：“他的希望的受挫，和笼罩在那个光明前途之上的阴云，恰会使我

① 胡适：《“容忍与自由”——〈自由中国〉十周年纪念会上讲词》，《自由中国》，1959年第11期。

② 殷海光：《胡适论〈容忍与自由〉读后》，《自由中国》1959年第7期。

③ 同①。

④ 格里德：《胡适与中国的文艺复兴》，江苏人民出版社，1989年，第370页。

们再一次发问：在一个被毫无节制的和残忍的一次次革命震撼的世界中，温和、容忍、思想自由、个人自由，以及法律和理性的准则，等等，这些理想的命运到底是什么呢?”① 格里德的发问只涉及了自由主义在现代中国命运的一个方面。而从根本上看，胡适的绝望是“无地自由”的绝望。在一个民族危机深重的年代，在一个战争频仍的时代，在一个必须通过革命才能建构新社会的时代，“容忍与自由”是个不合时宜的课题。在“革命”与“自由”之间，在“斗争”与“容忍”之间，历史选择了革命与斗争，选择了民族的救亡与图存。这种历史的必然性注定了胡适的“宽容”只是个孱弱的、缺乏生命力的早产儿。

的确，胡适置身其中的时代是一个严峻的时代，是民族救亡压倒启蒙的时代，在这样的语境中，提倡“容忍”和“自由主义”多少有些不合时宜。胡适的悲剧是一个时空错置的悲剧。而在建设民主和谐社会的今天，在已经认识到“民主是个好东西”的时代语境中，胡适关于“容忍与自由”的论述则是一份弥足珍贵的精神遗产。胡适把“容忍异己”和“承认别人有尝试的自由”作为自己的“根本信仰”，在今天仍然具有特殊的意义，但建构一个真正宽容民主的社会，仅仅靠“信仰”的热情和“理想主义”的追求显然是远远不够的。

（作者单位：福建社会科学院）

① 格里德：《胡适与中国的文艺复兴》，江苏人民出版社，1989年，第370－371页。

张爱玲小说中的电影美学

——以电影摄像的用光技巧在张爱玲小说中的运用为例

胡明贵

引　言

从自小酷爱看电影到长大后写影评、写电影剧本，张爱玲一生都与电影结下不解之缘。她曾高度称赞说："电影是最完全的艺术表达方式，更有影响力，更能浸入境界，从四面八方包围。"① 据她弟弟张子静在《我的姊姊张爱玲》中回忆，有一次他们全家到苏州游玩，到苏州后张爱玲听说上海要上映一部新电影，她立即吵着要返回上海看这部电影，结果家人拗不过她，只好让张子静陪她回去。"一下火车就到了电影院，连看了两场，回来的时候我的头痛得要命，而她却说：'幸亏今天回来看，要不然我的心里不知道多么难过呢！'"② 1939 年 17 岁的她在上海圣玛利亚女校读高中三年级时，就在学校年刊《风藻》上发表了第一篇评析当时动画影片的影评《论卡通画之前途》。1942 年，太平洋战争爆发，张爱玲被迫中断在香港的学业，回到上海。为了谋生，她给英文《泰晤士报》《二十世纪》写文章，其中大部分是影评：《妻子·狐狸精·孩子》《鸦片战争》《无题一》《婆媳之间》《无题二》和《中国的家庭教育》，这六篇影评分别评论了"华影"出品的十二部影片，即《梅娘曲》《桃李争春》《万世流芳》《秋之歌》《浮云掩月》《自由魂》《两代女性》《母亲》《万紫千红》《燕迎春》《新生》和《渔家女》。后来她将两篇英文影评《Wife Vamp Child》和《Mother and Daughters-in-law》改写成中文《借银灯》《银宫

① 殷允：《访张爱玲女士》，金宏达编《回望张爱玲　昨夜月色》，文化文艺出版社，2003 年，第 318 页。

② 张子静：《我的姊姊张爱玲》，学林出版社，1997 年，第 67 页。

就学记》发表在1944年1月1日《太平》第3卷第1期和1944年2月7日《太平洋周报》第96期，后收于1944年12月初版的散文集《流言》。1950年张爱玲为桑弧导演的电影《太平春》写影评《年画风格的〈太平春〉》，署名“梁京”，发表在《亦报》1950年6月23日第三版。此外，在《跳舞》《谈看书》等散文里，张爱玲也谈到过年轻时看的一些外国影片，如日本电影《狸宫歌声》《舞城秘史》，美国电影《叛舰喋血记》《白雪公主》《木偶奇遇记》，以及法国电影《冬之狮》，等等。1946年张爱玲经柯灵介绍认识编导桑弧，为“文华电影公司”编写了《不了情》《太太万岁》《哀乐中年》的电影剧本。1952年张爱玲离开上海到香港，后定居美国。在香港期间，她结识了终生的挚友宋淇及邝文美夫妇，经挚友宋淇的鼎力相助，从1957年到1965年给“电懋”编剧近十年之久，共编写了《情场如战场》《人财两得》《桃花运》《六月新娘》《红楼梦》《南北一家亲》《小儿女》《一曲难忘》《南北喜相逢》《魂归离恨天》十部电影剧本，其中有九部拍成电影。

张爱玲一生都在小说与电影中穿行，张子静说她“在任何社会变化中，她对文学和电影始终最为情深”①。美国学者乔治·布鲁斯东在《从小说到电影》里说：“小说与电影像两条交叉的直线，在某一点上会合，然后向小同的方向延伸。在相交叉的那一点，小说和电影剧本几乎没有什么区别。”② 张爱玲热爱电影，电影同时也对张爱玲的小说创作起着潜移默化的影响。

一、《金锁记》中用光的美学效果

我们之所以能够看清周围的事物，是因为有了光线的照射，所以色彩是由光线所产生的，没有光，我们就什么也看不见，更谈不上色彩了。因此，光是所有视觉艺术中最重要的元素，是视觉艺术能呈现的物质基础，是一种画面造型的语言，成为艺术家用来创造典型环境、塑造人物形象、展示人物心理的有力手段。意大利著名电影摄影师维·斯图拉鲁认为：“电影摄影就是在胶片上用光写作。”英国著名电影理论家欧纳斯特·林格伦也表示：“照明是用来突出和塑造出他的拍摄对象的线和面，创造空间深度印象、表达情绪气氛。”③ 光线不仅能表现出物体的体积感、形式感、空间关系与质感，而且我们可以通过

①张子静：《我的姊姊张爱玲》，学林出版社，1997年，第137页。
② ［美］乔治·布鲁斯东：《从小说到电影》，高骏千译，中国电影出版社，1981年，第69页。
③ 刘澍，王纲：《张爱玲的光影空间》，世界知识出版社，2007年，第63、64页。

光线的变化塑造角色性格特点、心理变化。光线在摄影中具有以下作用：完成摄影画面曝光工作，实现影像确立；控制画面亮度水平和反差关系；决定场景气氛效果；突出、强调被摄体的造型特点；为影片确定视觉基调。

设计光线是电视摄像创作中的一部分，也是影响摄像造型、画面影调和基调的重要因素，如通过对拍摄人物主光角度、人物主光和副光的亮度或照度之比的设计塑造人物形象，表现人物外部特征和性格特征及心理情绪的变化；通过对光线的性质和分布、被摄体亮度的设计，可以再现时间和季节特点，形成画面的影调明暗对比和反差层次，展现空间范围和空间透视效果；通过对色光、画面亮度反差的设计，可以构成画面的基调，营造环境气氛，表现艺术效果。所以光影能在电影中产生强烈的视觉效果，表达各种情绪，巧妙对光影进行布置，可以让场景和人物更加立体，也能增加氛围。张爱玲深谙布光之道，在她的小说中常常利用光线明暗强弱来构建画面、渲染气氛、烘托人物性格、传达人物心理状态，向读者展示了一个阴森、可怖、冷清、凄婉的世界。张爱玲的《金锁记》巧妙地根据人物活动环境、人物特写心理、小说主题的需要设计光线，从而达到了只有电影才能达到的视觉效果。

《金锁记》共有31处用到“光”，再加上不带“光”字却含有光的“月”字21处，总计52处提到光，其中灰白泛青的月光是主色调，小说开篇就是一个由远及近到特写的月亮镜头：

三十年前的上海，一个有月亮的晚上……我们也许没赶上看见三十年前的月亮。年轻的人想着三十年前的月亮该是铜钱大的一个红黄的湿晕，像朵云轩信笺上落了一滴泪珠，陈旧而迷糊。老年人回忆中的三十年前的月亮是欢愉的，比眼前的月亮大、圆、白；然而隔着三十年的辛苦路往回看，再好的月色也不免带点凄凉。

镜头从远景的“月”慢慢拉近到特写的“大、圆、白”的月亮，布光是冷光与阴影，作者有意采用较压抑的灰白的暗调，营造出阴暗冷清的气氛，隐喻阴冷与痛苦。随着镜头的移动，月光缓缓移到姜公馆，“月光照到姜公馆新娶的三奶奶的陪嫁丫头凤箫的枕边。”摄像机镜头变为凤箫的眼，凤箫睁眼看了一看……全篇故事都笼罩在阴冷森严的月光之下，既阴森恐怖又压抑郁闷，凤箫睡了之后，又是低低的下弦月冷森森地照在姜家四周，月光下的姜公馆里活动着一些行尸走肉的鬼魅：

天就快亮了。那扁扁的下弦月，低一点，低一点，大一点，像赤金的脸盆，沉了下去。天是森冷的蟹壳青，天底下黑漆漆的只有些矮楼房，因此一望望得很远。地平线上的晓色，一层绿、一层黄、又一层红，如同切开的西瓜——是太阳要上来了。渐渐马路上有了小车与塌车辘辘推动，马车蹄声得得。卖豆腐花的挑着担子悠悠吆喝着，只听见那漫长的尾声："花……呕！花……呕！"再去远些，就只听见"哦……呕！哦……呕！"

张爱玲写到这里大概心里唱起了《月儿弯弯照九州》这首歌吧——月儿弯弯照九州，几家哟欢乐败家愁。在七巧变态的淫威与控制之下，她的儿女们也如灰蒙蒙模糊的月光般忧伤、苦闷：

半夜里她爬下床来，伸手到窗外试试，漆黑的，是下了雨么？没有雨点。她从枕头边摸出一只口琴，半蹲半坐在地上，偷偷吹了起来。犹疑地，"Long Long Ago"的细小的调子在庞大的夜里袅袅漾开，不能让人听见了。为了竭力按捺着，那呜呜的口琴忽断忽续，如同婴儿的哭泣。她接不上气来，歇了半晌。窗格子里，月亮从云里出来了。墨灰的天，几点疏星，模糊的缺月，像石印的图画，下面白云蒸腾，树顶上透出街灯淡淡的圆光。长安又吹起口琴来。"告诉我那故事，往日我最心爱的那故事，许久以前，许久以前……"

在阴森的月光下，七巧过着半人半鬼的生活，变态地霸占着儿子长白，让他整夜陪着她抽鸦片，她"把一只脚搁在他肩膀上，不住的轻轻踢着他的脖子"，猥琐地逼儿子谈房事，"丫头们都掩着嘴忍着笑回避出去了。七巧又是咬牙，又是笑，又是喃喃咒骂"，漫漫长夜就在暧昧的母子关系中渐渐消去："隔着玻璃窗望出去，影影绰绰乌云里有个月亮，一搭黑，一搭白，像个戏剧化的狰狞的脸谱。一点，一点，月亮缓缓的从云里出来了，黑云底下透出一线炯炯的光，是面具底下的眼睛。天是无底洞的深青色。久已过了午夜了。"

第二天，七巧邀上媳妇的母亲来家里打麻将，"在麻将桌上一五一十将她儿子亲口招供的她媳妇的秘密宣布了出来，略加渲染，越发有声有色。众人竭力的打岔，然而说不出两句闲话，七巧笑嘻嘻的转了个弯，又回到她媳妇身上来了。逼得芝寿的母亲脸皮紫胀，也无颜再见女儿，放下牌，乘了包车回去了"。在七巧的折磨下，芝寿活得人不像人鬼不像鬼，夜深人静，丈夫去婆婆那儿抽鸦片、嚼舌头，"芝寿猛然坐起身来，哗喇揭开了帐子，这是个疯狂的世界。丈夫不像个丈夫，婆婆也不像个婆婆。不是他们疯了，就是她疯了。今天晚上的月亮比哪一天都好，高高的一轮满月，万里无云，像是漆黑的天上一个白太阳。遍地的蓝影子，帐顶上也是蓝影子，她的一双脚也在那死寂的蓝影子里"。遍地的蓝月光、蓝影子烘托出芝寿鬼蜮般非人生活，她怕这蓝色的月光，她怕这地狱般的家，她更怕老巫婆一样恶毒的婆婆。张爱玲配上阴冷的月光给了芝寿房间一个长镜头近景：

芝寿待要挂起帐子来，伸手去摸索帐钩，一只手臂吊在那铜钩上，脸偎住了肩膀，不由得就抽噎起来。帐子自动地放了下来。昏暗的帐子里除了她之外没有别人，然而她还是吃了一惊，仓皇地再度挂起了帐子。窗外还是那使人汗毛凛凛的反常的明月——漆黑的天上一个灼灼的小而白的太阳。屋里看得分明那玫瑰紫绣花椅披桌布，大红平金五凤齐飞的围屏，水红软缎对联，绣着盘花篆字。梳妆台上红绿丝网络着银粉缸、银漱盂、银花瓶，里面满满盛着喜果。帐檐上垂下五彩攒金绕绒花球、花盆、如意粽子，下面滴溜溜坠着指头大的琉璃珠和尺来长的桃红穗子。偌大一间房里充塞着箱笼、被褥、铺陈，不见得她就找不出一条汗巾子来上吊。她又倒到床上去，月光里，她的脚没有一点血色——青、绿、紫，冷去的尸身的颜色。她想死，她想死。她怕这月亮光，又不敢开灯。

影像画面的造型表现不是纯粹以观众的视觉因素为唯一核心，在更深的程度上是要以观众的心理因素为变化核心。每一个镜头画面的信息传达都要依赖于光线来表述和传达，而观众从视网膜的生理场转换为形象思维的心理场也同样是从光线上得到感受。作者通过光线能塑造出不同的氛围和情调，从而使观众对影像画面上的可见对象产生不同的心理感受。在摄影的时候，一定要先明白自己试图在照片中想要表达什么样的情绪或者观点，要合理地使用光线与画面配合故事的展开，强化人物的情绪与环境气氛。在这一点上，张爱玲利用文字充分做到了电影画面的效果：冷冷的月，伴着凄清的夜，活动着鬼一样的人。

电影拍摄中根据光线来源方向，分为顺光、逆光、侧光、顶光和脚光（底光）。张爱玲在《金锁记》中除用月光这样的冷色为全篇铺设阴森的主色调外，同时还根据不同人物的活动场景、心情需要巧妙合理地运用顶光、逆光、顺光等电影拍摄技法。如七巧向季泽诉苦时，张爱玲用的是顶光，光从人物的顶上打下来：

顺着椅子溜下去，蹲在地上，脸枕着袖子，听不见她哭，只看见发髻上插的风凉针，针头上的一粒钻石的光，闪闪掣动着。发髻的心子里扎着一小截粉红丝线，反映在金刚钻微红的光焰里。她的背影一挫一挫，俯伏了下去。

张爱玲采用电影的顶光技法来描写七巧夜夜陪伴僵尸般活死人丈夫的可怕与悲苦。光从七巧的头顶打下来，七巧向季泽描述她与丈夫在一起的可怕情景，越说越苦，越苦越说，她希望季泽来拯救她，给她一点温暖，但季泽却无动于衷。七巧哭着哭着，无助地从椅子上瘫到地上，在顶光俯射下整个人被痛苦扭成一团，越缩越小，只见头上的发簪上一粒小钻石随着抽泣发出一颤一颤的波动。

若要表现人物喜悦的心情，电影拍摄一般用顺光，构图要将人物置于画面中心。张爱玲写季泽为了骗七巧的钱还债，到七巧家虚情假意地向她叙说自己对她的痴情。多少年了，七巧都没有听到有人向她诉说这些情话，她用心地听着，整个身心都细细地沉浸在喜悦之中。作者难得写到七巧的喜悦，为了配合这喜悦不惜用上了硬光（与柔光相对，指光源比较集中，有明显的方向性）和顺光，而且不吝将七巧置于画面的中心：

七巧低着头，沐浴在光辉里，细细的音乐，细细的喜悦……这些年了，她跟他捉迷藏似的，只是近不得身，原来还有今天！

电影的逆光拍摄可以勾画出人物剪影，有意让人物留在暗影里，四周却一片光亮，这样黑白强烈对照可以营造出阴森、恐怖、神秘的气氛。七巧为了自己的钱，恶意破坏女儿长安与男子童世舫的交往，背着长安让儿子长白请童世舫到家里吃饭。开头只有长白陪客吃饭，吃到一半时曹七巧出场，张爱玲用电影逆光处理方式和一个移动镜头动作来描写鬼魅般可怕的七巧：

世舫回过头去，只见门口背着光立着一个小身材的老太太，脸看不清楚，穿一件青灰团龙宫织缎袍，双手捧着大红热水袋，身旁站着两个高大的女仆。门外日色昏黄，楼梯上铺着湖绿花格子漆布地衣，一级一级上去，通入没有光的所在。世舫直觉地感到那是个疯子——无缘无故的，他只是毛骨悚然。

作者运用逆光处理般的文字描绘，让曹七巧处于阴影之中，整个画面的压抑、阴森、恐怖的氛围与其丑陋的灵魂相契合。七巧走下楼之后，长安也走下楼来窥探消息，一看她母亲在，便转身上楼，轻手轻脚，仿佛一束影子在移动，作者也用逆光方法作文字描述，以突出长安小心翼翼又压抑、寂寞、无奈、忧郁的心绪。

长安悄悄地走下楼来，玄色花绣鞋与白丝袜停留在日色昏黄的楼梯上。停了一会，又上去了，一级一级，走进没有光的所在。

在母亲淫威之下，长安的生活毫无生趣，毫无希望，她的整个生命都被罩在七巧阴森歹毒的阴影里，无以自拔地悲催。用童世舫的眼珠作摄像机，用他来观察长安，逆光巧妙地表达出童世舫的心理感觉，同时也隐喻长安生活的阴暗、压抑、无生气和希望。

二、效果光运用于小说的心理美学效用

在影视作品中按光线的造型作用可把光线分为主光、副光、修饰光、环境光、轮廓光、效果光、眼神光等。除主光外，能够造成某种特殊光效的光线为效果光，效果光又分某些光源的效果光和情绪气氛效果光。一些特殊的光源如烛光、台灯光、小油灯、手电光、闪电光、开灯关灯等光效、行驶的车灯光、火光、水面反射光等产生的光效，或一些特殊时间如夜景、日出、日落、黄昏等产生的光效，或一些特定空间如昏暗的山洞、阴暗的牢房等产生的光效就是光源效果光；为了获取戏剧效果使用的各种特殊光线处理都是情绪效果光。在《倾城之恋》中，与丈夫离异的流苏重返娘家后饱受哥嫂们的侮辱、鄙视和欺凌，内心无比痛苦、无奈和无助，后来她利用家人为妹妹宝络相亲的机会与范柳原跳了几次舞，气得眼红的三嫂、四嫂暴跳如雷，气急败坏，流苏心里小小得意了一下。张爱玲用一根火柴一束红光的由强到弱来表现她的这次小小得意由产生到瞬间消逝的心理过程。这次用光技巧类似由下向上打光的脚光技术，周围背景暗，膝部以下暗，胸部以上亮：

她这一次却非常的镇静，擦亮了洋火，眼看着它烧过去，火红的小小三角旗，在它自己的风中摇摆着，移，移到她手指边，她噗的一声吹灭了它，只剩下一截红艳的小旗杆，旗杆也枯萎了，垂下灰白蜷曲的鬼影子。

火柴产生的光既是光源效果光，又是巧妙地表现人物心理情绪设计的情绪效果光，两者结合在一起通过光线的强弱明暗变化有效地表现出流苏的心理变化流程。一根小小的火柴，成为画面的中心，点亮了流苏心中的得意、喜悦与希望：“今天的事，她不是有意的，但无论如何，她给了她们一点颜色看看。她们以为她这一辈子已经完了么？早哩！她微笑着。”但是随着火柴的熄灭，她内心的希望因对范柳原的感情无法确定而变得渺茫，那小小的得意也瞬间消失了，手里只剩下燃烧后灰白蜷曲的火柴杆。

月光、灯光、镜子反光都是效果光光源，张爱玲特别钟情于这三种光源效果，不厌其烦地多次运用在她的小说中。如《倾城之恋》中将这三种光综合使用产生奇特的情绪氛围效果，很好地展现出人物形象与人物心情，使环境氛围、人物形象、人物心情达到近乎完美的契合。为描写女主人公白流苏的形象，作者别出心裁地设计了灯光和镜子反光这样的效果光源来美化人物形象，加强一种梦幻效果：“上了楼，到了她自己的屋子里，她开了灯，扑在穿衣镜上，端详她自己。还好，她还不怎么老。她那一类的娇小的身躯是最不显老的一种，永远是纤瘦的腰，孩子似的萌芽的乳。她的脸，从前是白得像瓷，现在由瓷变为玉——半透明的轻青的玉。下颌起初是圆的，近年来渐渐尖了，越显得那小小的脸，小得可爱。脸庞原是相当的窄，可是眉心很宽。一双娇滴滴，滴滴娇的清水眼。”正是从镜像中白流苏看到了自己的价值，增加自己自救的自信与决心。

清风明月夜，正是调情时。大约是明月寄相思吧，月明的晚上，人静的时候，月光朗照，难以入睡，思妇情切，这是《春江花月夜》的浪漫，张爱玲恰到好处地化用古诗中月光的柔美与浪漫，达到了“月为情之媒”的艺术意境。范柳原在月光朗照的夜晚“思君如满月，夜夜减清辉”“展转不能寐，披衣起彷徨”“俯视清水波，仰看明月光”，他给流苏打电话告诉她自己正在看月：“流苏，你的窗子里看得见月亮么?”“我这边，窗子上面吊下一枝藤花，挡住了一半。也许是玫瑰，也许不是。”流苏一直被范柳原吊着，疏远不得亲近不能，人虽然就在隔壁，近在咫尺，她却无法把握他的感情，犹如心隔千里，心中委屈。流苏“忽然哽咽起来。泪眼中的月亮大而模糊，银色的，有着绿的光棱”。后来，柳原潜入流苏房间，吓了流苏一跳，惊问：“你来做什么?”柳原狡黠地说：“我一直想从你的窗户里看月亮。这边屋里比那边看得清楚些。”流苏抬头看月，只见那“十一月尾的纤月，仅仅是一钩白色，像玻璃窗上的霜花。然而海上毕竟有点月意，映到窗子里来，那薄薄的光就照亮了镜子”。月光照进房间，照到镜子上，“流苏慢腾腾摘下了发网，把头发一搅，搅乱了，夹钗叮铃当啷掉下地来。她又戴上网子，把那发网的梢头狠狠地衔在嘴里，拧着眉毛，蹲下身去把夹钗一只一只拣了起来。柳原已经光着脚走到她后面，一只手搁在她头上，把她的脸倒扳了过来，吻她的嘴。发网滑下地去了。……流苏觉得她的溜溜转了个圈子，倒在镜子上，背心紧紧抵着冰冷的镜子。他的嘴始终没有离开过她的嘴。他还把她往镜子上推，他们似乎是跌到镜子里面，另一个昏昏的世界里去了，凉的凉，烫的烫，野火花直烧上身来。”月光是浪漫的，夜是多情的，风是恼人的，镜子是晕眩的。若没有清风明月夜，没有水中月镜中葩，人生岂不乏味，柳原与流苏的这一段情岂不枯燥，《倾城之恋》又岂能不乏味枯燥?

张氏小说中对月光使用最经典的大约是《金锁记》了。月光不仅能起到渲染浪漫气氛、烘托人物情绪的作用，而且还可以成为一种“有意味的形式”，起到结构小说的作用。小说用月光开篇，勾起回忆：

三十年前的上海，一个有月亮的晚上……我们也许没赶上看见三十年前的月亮。年轻的人想着三十年前的月亮该是铜钱大的一个红黄的湿晕，像朵云轩信笺上落了一滴泪珠，陈旧而迷糊。老年人回忆中的三十年前的月亮是欢愉的，比眼前的月亮大、圆、白；然而隔着三十年的辛苦路往回看，再好的月色也不免带点凄凉。

又用镜子反光制造虚、实两种梦幻幻觉，将现实与过去的岁月联结在一起：

风从窗子里进来，对面挂着的回文雕漆长镜被吹得摇摇晃晃，磕托磕托敲着墙。七巧双手按住了镜子。镜子里反映着的翠竹帘子和一副金绿山水屏条依旧在风中来回荡漾着，望久了，便有一种晕船的感觉。再定睛看时，翠竹帘子已经褪了色，金绿山水换为一张她丈夫的遗像，镜子里的人也老了十年。

中间，月光多次照进姜公馆或七巧家里，窥视公馆里与七巧家里的活动，如："月光照到姜公馆新娶的三奶奶的陪嫁丫头凤箫的枕边。""天就快亮了。那扁扁的下弦月，低一点，低一点，大一点，像赤金的脸盆，沉了下去。天是森冷的蟹壳青，天底下黑漆漆的只有些矮楼房。"月光照到长安房间里，"窗格子里，月亮从云里出来了。墨灰的天，几点疏星，模糊的缺月，像石印的图画，下面白云蒸腾，树顶上透出街灯淡淡的圆光。长安又吹起口琴来。"月光照到七巧屋里，"起坐间的帘子撤下送去洗濯了。隔着玻璃窗望出去，影影绰绰乌云里有个月亮，一搭黑，一搭白，像个戏剧化的狰狞的脸谱。一点，一点，月亮缓缓的从云里出来了，黑云底下透出一线炯炯的光，是面具底下的眼睛。天是无底洞的深青色。久已过了午夜了。长安早去睡了，长白打着烟泡，也前仰后合起来"。月光照到芝寿房间里，"今天晚上的月亮比哪一天都好，高高的一轮满月，万里无云，像是漆黑的天上一个白太阳。遍地的蓝影子，帐顶上也是蓝影子，她的一双脚也在那死寂的蓝影子里"。"窗外还是那使人汗毛凛凛的反常的明月——漆黑的天上一个灼灼的小而白的太阳。屋里看得分明那玫瑰紫绣花椅披桌布，大红平金五凤齐飞的围屏，水红软缎对联，绣着盘花篆字。梳妆台上红绿丝网络着银粉缸、银漱盂、银花瓶……月光里，她的脚没有一点血色——青、绿、紫，冷去的尸身的颜色。她想死，她想死。她怕这月亮光，又不敢开灯。"

月光下，芝寿死了，长白与长安废了，最终七巧也死了，不死的只有那月光下的苍凉的故事还在继续："三十年前的月亮早已沉下去，三十年前的人也死了，然而三十年前的故事还没完——完不了。"月光自始至终伴随着人物成长，贯穿全篇，成为小说的题眼和线索，又不单单只是线索，还起着渲染气氛、烘托人物情绪、刻画人物性格的作用。

《第二炉香》里，张爱玲多次根据剧情与人物情绪需要利用月光或灯光或煤气火光设计过效果光。愫细深更半夜从家里急急地跑出来，跑到山路上，罗杰一路喊“愫细！愫细!”，一路紧跟她后面追，追到拐弯处愫细被自己的拖鞋绊了一跤，身子往前一栽就不见了。罗杰吓呆了，等清醒过来再去寻找，已不见了她的踪影。“他站在一棵树底下，身边就是一个自来水井，水潺潺的往地道里流。他明知这井里再也淹不死人，还是忍不住要弯下腰向井里张望，月光照得里面雪亮，明明藏不了人。这一定是一个梦——一个噩梦！他也不知道自己在那里站了多少时候。”为了表现罗杰找不到妻子的焦虑和不祥预感的心理活动，张爱玲设计了月光照在水井里的效果光。

愫细由于母亲蜜秋儿太太的错误引导和管教，缺乏应有的性爱教育与常识，新婚之夜被罗杰正常的性爱要求吓得惊慌失措，从家里逃出，在山上一路狂奔。张爱玲为了突出愫细被罗杰惊吓的程度，特意设计了一束手电筒光。夜深人静，月黑风高，一束手电筒光显得惊悚刺目。手电筒还特别安排在黑炭一样黑的印度学生摩兴德拉手里，他“正在那里孜孜矻矻预备毕业考试，漆黑的躺在床上，开了手电筒看书。忽然听见有人敲门。他正当神经疲倦到了极点的时候，禁不起一点震动，便吓得跳起身来，坐在枕头上问道：‘谁啊?’门呀的一声开了，显然有人走了进来。摩兴德拉连忙把手电筒扫射过去，那电筒笔直的一道光，到了目的物的身上，突然融化了，成为一汪一汪的迷糊的晶莹的雾，因为它照耀着的形体整个是软的、酥的、弧线的、半透明的；是一个女孩子紧紧把背贴在门上。她穿着一件晚礼服式的精美睡衣，珠灰的‘稀纺’，肩膀裸露在外面；松松一头的黄头发全搅乱了，披在前面。她把脖子向前面紧张地探着，不住的打着干噎，白肩膀一耸一耸，撞在门上，格登格登的响。”幸好印度人学的是医科，没读过《聊斋志异》之类的书，否则的话，魂肯定被吓飞了。

罗杰百思不得其解为什么愫细会被正常的性爱举动吓得惊慌失措。找不到愫细，他回到家里，坐在卧室床上仔细研究愫细的照片。张爱玲设计床头台灯光为效果光，渲染罗杰内心的纳闷、疑惑、纠结：

头一天晚上，他悄悄地回到他的卧室里，坐在床上看墙上挂着的愫细的照片。照片在暗影里，看不清。他伸手把那盏旧式的活动挂灯拉得低低的，把光对准了照片的镜架。灯是旧的，可是那嵌白暗龙仿古的瓷灯罩子，是愫细新近

给他挑选的，强烈的光在照片的玻璃上，愫细的脸像浮在水面上的一朵白荷花。他突然发现他自己像一个孩子似的跪在矮橱上，怎样会爬上去的，他一点也不记得。双手捧着照相框子，吻着愫细的面。隔在他们中间的只有冰凉的玻璃。不，不是玻璃，是他的火烫的嘴唇隔开了他们。愫细和他是相爱的，但是他的过度的热情把他们隔绝了。那么，是他不对？不，不，还有一层……他再度躺到床上去的时候，像轰雷掣电一般，他悟到了这一点：原来靡丽笙的丈夫是一个顶普通的人！和他一模一样的一个普通的人！他仰面睡着，把两只手垫在头颈底下，那盏电灯离他不到一尺远，七十五支光，正照在他的脸上，他觉也不觉得。

罗杰按正常的思维到蜜秋儿太太家找回愫细，带她回到家里。他打算不等放暑假提前去日本、夏威夷、马尼拉度蜜月，利用适当的机会向愫细普及爱的知识，给她补补人生常识。这次罗杰不是对着愫细的照片研究，而是对着真人研究愫细到底是怎样的人，她们一家是怎样的人，她姐夫为什么自杀。张爱玲同样设计灯光为效果光，来彰显罗杰心中的疑问和他急于寻找答案的心情：

那盏灯还是扯得低低的，离床不到一尺远，罗杰抬头望了一望愫细的照片，又低头望了一望愫细，简直不能相信，她真的在这间屋子里。他把手扶着灯罩子，对准了光，直向她脸上照过来。愫细睁不开眼睛，一面笑一面锐叫道："喂，喂！你这是做什么？"她把两只手掩住了眼睛，头向后仰着，笑的时候露出一排小小的牙齿，白得发蓝。……小蓝牙齿！但是多么美！灯影里飘着她的松松的淡金色的头发。长着这样轻柔的头发的人，脑子里总该充满着轻柔的梦罢？梦里总该有他罢？

他丢开了那盏灯，灯低低地摇晃着，满屋子里摇晃着他们的庞大的黑影。

最后，罗杰在煤气的蓝光中结束了自己的生命：

煤气的火光，像一朵硕大的黑心的蓝菊花，细长的花瓣向里拳曲着。他把火渐渐关小了，花瓣子渐渐的短了，短了，快没有了，只剩下一圈齐整的小蓝牙齿，牙齿也渐渐地隐去了，但是在完全消灭之前，突然向外一扑，伸为一两寸长的尖利的獠牙，只一刹那，就"啪"的一炸，化为乌有。

利用人工光源为剧情和人物设计效果光，在张爱玲的小说中俯拾即是，比如《创世纪》里就多次利用灯光来推动情节发展：

老太太房里单点了只台灯，潆珠手里拿了只面包过来，觉得路很长，也很暗，台灯的电线，悠悠拖过地板的正中，她小心地跨过了。她把面包放到老太太身边的茶几上，茶几上台灯的光忽地照亮了潆珠的脸，潆珠的唇膏没洗干净，抹了开来，整个的脸的下半部又从鼻子底下起，都是红的，看了使人大大惊惶。老太太怔了一怔，厉声道："看你弄得这个样子！还不快去把脸洗洗！"潆珠不懂这话，她站在那里站了一会，忽然她兜头夹脸针扎似地，火了起来，满眼掉泪，泼泼洒洒。这样也不对，那样也不对；书也不给她念完，闲在家里又是她的不是，出去做事又要说，有了朋友又要说，朋友不正当，她正当，凛然地和他绝交，还要怎么样呢？她叫了起来："你要我怎么样呢？你要我怎么样呢？"一面说，一面顿脚。她祖母她母亲一时都愣住了，反倒呵叱不出。

或是显示家庭的破败和衰落：

这间浴室，潆珠很少进来，但还是从小熟悉的。灯光下，一切都发出清冷的腥气。抽水马桶座上的棕漆片片剥落，漏出木底……马桶箱上搁着一把镜，面朝上映着灯，墙上照出一片淡白的圆光。

或是刻画人物形象：

灯光照到镜子里，照见她的脸。因为早先吃喝过，嘴上红腻的胭脂蚀掉一块，只剩下一个圈圈，像给人吮过的，别有一种诱惑性。

她向横里走了两步，立在玻璃窗跟前。橱窗的玻璃，有点反光，看不见他的模样，也看不见她自己。人家看中了什么呢？她简直穿得不像样。她是长长的身子，胸脯窄窄地在中间隆起，鹅蛋脸，额角上油油的，黄黄的，腮上现出淡红的大半个圆圈，圆圈的心，却是雪白的。气色太好了，简直乡气。

或是烘托人物情绪：

外面正在吃饭，坐了一桌子的人，仰彝大约才回来，一手扶着筷子，一手擎着说明书在看，只管把饭碗放在桌上，却把头极力地低下去，嘴凑着碗边连汤带饭往里划，吃了一脸。墨晶眼镜闪着小雨点，马裤呢大衣的肩上也有斑斑的雨雪，可见外面还在那儿下个不停。全少奶奶喂着孩子，几个大的儿女坐得笔直的，板着脸扒饭，黑沉沉罩着年轻人特有的一种严肃。潆珠脸上，胭脂的痕迹洗去了，可是用肥皂擦得太厉害，口鼻的四周还是隐隐的一大圈红。灯光下看着，恍惚得很，紫微简直不认识他们。都是她肚里出来的呀！

《红玫瑰与白玫瑰》中，张爱玲对灯光效果的运用极为熟练、简省，同时又极出效果。佟振保在灯光里生情、偷情，又在灯光里厌情，灯光成了振保情感的媒人与晴雨表。他对王娇蕊萌生冲动都是灯光下娇蕊那些毛惹的祸，简直可以概括为"毛为媒"了：

王太太还在那里对着镜子理头发，头发烫得极其鬈曲，梳起来很费劲，大把大把撕将下来。屋子里水气蒸腾，因把窗子大开着，夜风吹进来，地下的头发成团飘逐，如同鬼影子。

振保抱着毛巾立在门外，看着浴室里强烈的灯光照耀下，满地滚的乱头发，心里烦恼着。他喜欢的是热的女人，放浪一点的，娶不得的女人。

灯光照耀下的浴室云蒸雾绕，飘散着娇蕊的体味，让振保把持不住胡思乱想的邪念，去关注和寻找那些暧昧的、容易使人产生遐想的、热的女人的毛。振保甚至有点猥琐地“蹲下地去，把瓷砖上的乱头发一团团捡了起来，集成一股儿”。他仔细地盯着这些毛，研究这些毛，发现“烫过的头发，梢子上发黄，相当的硬，像传电的细钢丝”。他的神经末梢和身体也像触了电，“他把它塞进钱袋里去，他的手停留在口袋里，只觉浑身热燥”。毛发成了激发振保做事情的欲望，后来娇蕊成就了振保生命里记忆里的另一朵红玫瑰。

红玫瑰在灯光中绽放，白玫瑰却在灯光中凋谢，再也不是“床前明月光”了，久而久之变成了振保“衣服上沾的一粒饭黏子”：烟鹂“穿着一身黑，灯光下看得出忧伤的脸上略有皱纹，但仍然有一种沉着的美”。他骂她，冲她发火，在别人甚至佣人面前不给她面子，用东西砸她，不往家里拿钱，将妓女带到家里。当然，振保这样做，自己也很痛苦，那是他按自己的心魔自手打造的圣洁的妻的偶像，现在他又要亲手毁了他自己造的偶像。“烟鹂进房来，才踏进房门，他便把小柜上的台灯热水瓶一扫扫下地去，豁朗朗跌得粉碎。他弯腰拣起台灯的铁座子，连着电线向她掷过去，她急忙返身向外逃。振保觉得她完全被打败了，得意之极，立在那里无声地笑着，静静的笑从他眼里流出来，像眼泪似的流了一脸。”梦魇缠绕着，他变成了一个十恶不赦的恶棍，内心又无比内疚、惶恐、自责：

振保在床上睡下，直到半夜里，被蚊子咬醒了，起来开灯。地板正中躺着烟鹂的一双绣花鞋，微带八字式，一只前些，一只后些，像有一个不敢现形的鬼怯怯向他走过来，央求着。振保坐在床沿上，看了许久。再躺下的时候，他叹了口气，觉得他旧日的善良的空气一点一点偷着走近，包围了他。无数的烦忧与责任与蚊子一同嗡嗡飞绕，叮他，吮吸他。

他郁闷、忧伤、懊悔，决定改过自新，重新做一个好人。灯光让振保点燃兽性，灯光又让振保忽然良心发现产生温情，让他醒悟决定重新做人。

张爱玲不仅利用街道上车灯光、牛肉店的灯光在夜深人静中亮着铺设效果光，描绘佟振保的活动与心理，而且还运用了消失点透视知识。佟振保的眼光随着开去的车灯的光道向远方眺望，至天尽头：

振保抱着胳膊，伏在栏杆上，楼下一辆煌煌点着灯的电车停在门道，许多人上去下来，一车的灯，又开走了。街上静荡荡只剩下公寓下层牛肉庄的灯火，风吹着的两片落叶踏拉踏拉仿佛没人穿的破鞋，自己走上一程子。

在这段描写中，张爱玲运用了摄影中光线消失点的技巧。在光线中，当你沿着铁路线去看两条铁轨，沿着公路线去看两边排列整齐的树木，沿着街道看两旁的树林时，两条平行的铁轨或两排树木或街道连线交于很远很远的某一点，这点在透视图中叫作消失点。这种方法源于人们的视觉经验：大小相同的物体，离你较近的看起来比离你较远的大。凡是平行的直线都消失于无穷远处的同一个点，消失于视平线上的点的直线都是水平直线。振保伏在阳台的栏杆上，看着街道，街道的两旁是两排平行的街灯，汽车亮着灯光由近到远、由大到小消失在地平线；街道平行线相交于一点之处。两片落叶沿着街道被风越吹越远，最后也消失得无影无踪。夜深人静，空旷的夜、空旷的街道，振保的心也是空旷寂寞的街道。张爱玲很好地运用透视中消失点的知识，用振保在车灯、街灯中极目远眺以至天尽头无边的空旷，再配以风吹落叶在街道上滚动的声音，烘托出主人公内心的寂寞无聊，可谓神来之笔。

《年轻的时候》中也是灯光帮助潘汝良成就了一次与俄国姑娘沁西亚的精神恋爱。而烛光又帮他找回了自己，完成了理想的蜕变：沁西亚“皱皱眉毛，扭过身去凑那灯光。她的脸这一偏过去，汝良突然吃了一惊，她的侧面就是他从小东涂西抹画到现在的唯一的侧面，错不了，从额角到下巴那条线。怪不得他报名的时候看见这俄国女人就觉得有点眼熟。他再没想到过，他画的原来是个女人的侧影，而且是个美丽的女人”。后来西方姑娘的情侣梦破灭了，也是光的功劳：

整个的结婚典礼中，只有沁西亚一个人是美丽的。她仿佛是下了决心，要为她自己制造一点美丽的回忆。她捧着白蜡烛，虔诚地低着头，脸的上半部在障纱的影子里，脸的下半部在烛火的影子里，摇摇的光与影中现出她那微茫苍白的笑。

张爱玲喜欢在光里刻画她的女性形象，《花凋》中川嫦的形象也是在灯光中完成的：

客厅里电灯上的瓷罩子让小孩子拿刀弄杖搠碎了一角，因此川嫦能够不开灯的时候总避免开灯。屋里暗沉沉地，但见川嫦扭着身子伏在沙发扶手上。蓬松的长发，背着灯光，边缘上飞着一重轻暖的金毛衣子，定着一双大眼睛，像云雾里似的，微微发亮。……两人暗中相对，毕竟不便，只得抱着胳膊立在门洞子里射进的灯光里。川嫦正迎着光，他看清楚她穿着一件葱白素绸长袍，白手臂与白衣服之间没有界限；戴着她大姊夫从巴黎带来的一副别致的项圈，是一双泥金的小手，尖而长的红指甲，紧紧扣在脖子上，像是要扼死人。

张爱玲学过绘画，她尤其喜欢素描，喜欢画人物肖像，她懂得透视效果，懂得为她的人物配光，也知道光的物理效果和心理效果。《留情》对表嫂杨太太的刻画少不了灯光的辅助：

灯光下的杨太太，一张长脸，两块长胭脂从眼皮子一直抹到下颏，春风满面的，红红白白，笑得发花，眯细着媚眼，略有两根前刘海飘到眼睛里去；在家也披着一件假紫羔旧大衣。

《相见欢》对乏味、疲惫、无能男人的刻画当然也要借助昏暗的灯光：

房间既大，几盏美术灯位置又低，光线又暗，苑梅又近视，望过去绍甫的轮廓圆墩墩的——他穿棉袍，完全没有肩膀——在昏黄的灯光里面如土色，有点麻麻楞楞的，像一座蚁山矗立在那里。他循规蹈矩，在女戚面前不抬起眼睛来，再加上脸上腻着一层黑油，等于罩着面幕，真是打个小盹也几乎无法觉察。

用灯光聚焦人物，用灯光透视效果带出人物描写，是张爱玲惯常使用的手法，不仅《花凋》《留情》《相见欢》《倾城之恋》等使用了这种技法，乃至1950年创作《色戒》描写王佳芝也用了这种技法：

麻将桌上白天也开着强光灯，洗牌的时候一只只钻戒光芒四射。白桌布四角缚在桌腿上，绷紧了越发一片雪白，白得耀眼。酷烈的光与影更托出佳芝的胸前丘壑，一张脸也经得起无情的当头照射。稍嫌尖窄的额，发脚也参差不齐，不知道怎么倒给那秀丽的六角脸更添了几分秀气。脸上淡妆，只有两片精工雕琢的薄嘴唇涂得亮汪汪的，娇红欲滴，云鬓蓬松往上扫，后发齐肩，光着手臂，电蓝水渍纹缎齐膝旗袍，小圆角衣领只半寸高，像洋服一样。领口一只别针，与碎钻镶蓝宝石的“纽扣”耳环成套。

1950年写《小艾》里的几个人物，同样安排在灯光下描写他们的形象或心情：

有根来开门，他却没有想到是小艾。她穿着一件蓝白芦席花纹的土布棉袄，脸上冻得红喷喷的，像搽了胭脂一样，灯光照着，把她那长睫毛的影子一丝丝的映在面颊上，有根不由得看呆了。

金槐回来的那天，是在一个晚上，在那昏黄的电灯光下，真是恍如梦寐。金槐身上穿着的也还是他穿去的衣裳，已经褴褛不堪，显得十分狼狈。

小艾拥着一床大红碎花布面棉被躺在那里，那黄色的电灯光从上面照射下来，在那船舱似的阁楼上，大家心里都说不出来是一种什么感想，大概就是浮生若梦的感觉了。

1957 年写的《五四遗事》写灯光、月光下正做着恋爱梦的范小姐：

在昏黄的灯光下，密斯范红着脸很快乐的样子，似乎毫不介意。

两船相并，郭跨到那只船上去，招呼着罗也一同过去。罗发现他自己正坐在密斯范对面。玻璃杯里的茶微微发光，每一杯的水面都是一个银色圆片，随着船身的晃动轻轻地摇摆着。她的脸与白衣的肩膀被月光镀上一道蓝边。人事的变化这样多，而她竟和从前一模一样，一点也没改变，这使他无论如何想不明白，心里只觉得恍惚。

《多少恨》夏宗豫对家茵小房间的观察与温暖的感受也是借助灯光效果表现出来的：

在昏黄的灯光下，那房间如同一种暗黄纸张的五彩工笔画卷。几件杂凑的木器之外还有个小藤书架，另有一面大圆镜子，从一个旧梳妆台拆下来的，挂在墙上。镜子前面倒有个月白冰纹瓶里插着一大枝腊梅，早已成为枯枝了，却还放在那里，大约是取它一点姿势，映在镜子里，如同从一个月洞门里横生出来。

宗豫也说不出来为什么有这样一种恍惚的感觉，也许就因为是她的房间，他第一次来。看到那些火炉饭锅什么的，先不过觉得好玩，再一想，她这地方才像是有人在这里诚诚心心过日子的，不像他的家，等于小孩子玩的红绿积木搭成的房子，一点人气也没有。后来因为家茵的父亲粘上了夏宗豫，连骗带偷，弄得家茵无法再与宗豫交往下去，害怕父亲将宗豫也拖下水给害了，当机立断决定结束与宗豫的关系。宗豫很伤心，也不甘心，他再次来到家茵的小屋里，“他看看那灯光下的房间，难道他们的事情，就只能永远在这个房里转来转去，像在一个昏暗的梦里。梦里的时间总觉得长的，其实不过一刹那，却以为天长地久，彼此已经认识了多少年了”。他质问家茵：“家茵！难道我们的事情这么容易就——全都不算了么?”

《沉香屑第一炉香》有一段利用光与影的明暗对立刻画人物形象的段落也非常经典：

（葛薇龙）扶了铁门望下去，汽车门开了，一个娇小个子的西装少妇跨出车来，一身黑，黑草帽沿上垂下绿色的面网，面网上扣着一个指甲大小的绿宝石蜘蛛，在日光中闪闪烁烁，正爬在她腮帮子上，一亮一暗，亮的时候像一颗欲坠未坠的泪珠，暗的时候便像一粒青痣。那面网足有两三码长，像围巾似的

兜在肩上，飘飘拂拂。

在这段描写中，黑色、绿色一亮一暗，光与影闪闪烁烁，飘飘拂拂，明里富贵，暗里流泪，同时又歹毒如臭名昭著的蜘蛛黑寡妇。这种形象的画面设计是西方恐怖电影中常用的造型。张爱玲用在葛薇龙的姑妈身上，使读者和葛薇龙一样感受到梁太太凄惨而阴鸷的身份与个性特征。

明度强的光可以使画面发白发灰，利用强光的这一特性，可以很好地表现出画面中人物内心的烦躁、空虚和无聊、苍白。张爱玲在《红玫瑰与白玫瑰》中使用明调的光来渲染佟振保在巴黎街头无所事事、空虚无聊的心情：

街灯已经亮了，可是太阳还在头上，一点一点往下掉，掉到那方形的水门汀建筑的房顶下，再往下掉，往下掉！房顶上仿佛雪白地蚀去了一块。……可是在这暑天的下午，在静静晒满了太阳的长街上，太不是时候了，就像是乱梦颠倒，无聊得可笑。振保不知道为什么，竟不能忍耐这一曲指头弹出的琴声。

暑天的下午，太阳光还在头顶照着，长街上晒满了阳光，再加上街灯已经亮了，满大街的太阳光、灯光和蒸腾上升的暑气。夏日日子长，振保想嫖却又不敢，正无法打发时光，在街上漫无目的地快步地走着，手心里攥着一把汗，内心惶恐、空虚、烦躁。

有时，夜深人静，万籁俱寂，光亮会给人带来温暖与安全的感觉，也能填补空虚寂寞的心。《倾城之恋》里，范柳原为流苏租一所房子，之后他就去了英国。流苏一个人住在空荡荡的房子里，感觉楼上楼下“空房，一间又一间——清空的世界”。柳原离开后，她的心更像一座寂寞的空城，空使她感到孤独、落寞、恐惧。她要用光来填满她寂寞的世间，她“到一处开一处的灯”，打开房子里所有的灯，她还是感到“房间太空了，她不能不用灯光来装满它。光还是不够，明天她得记着换上几只较强的灯泡”。光与画面中人物的情绪及心理很好地契合在一起。不得不佩服张爱玲敏锐的感觉与高超的用光效果。

结　语

张爱玲将电影视觉效果艺术技巧及绘画的透视方法运用于小说创作，使她的小说产生出独特的视觉美学效果：有时她用光来描写人物形象，有时她用光来暗示人物命运，有时她用光表现人物内心情绪的微妙变化，有时她用光来烘托气氛……总之，光成为张爱玲小说创作不可缺少的元素。

（作者单位：闽南师范大学文学院）

形式美学诉求的错位

——论《诗镌》形式探索的洞见与不见

郑成志

在20世纪中国新诗的发生、发展过程中，形式秩序的寻求始终以或隐或显的方式呈现在各个阶段诗人的创作实践和诗论家的理论探索中。新诗坛初期就有刘半农提出“破坏旧韵重造新韵，增多诗体”、胡适倡导“自然的音节（语气自然，用字和谐）”、赵元任研究“国音新诗韵”、陆志韦尝试“有节奏的自由诗”；甚至，在新诗形式方面主张“绝端的自由，绝端的自主”的郭沫若也认为诗有“内在的韵律（无形律）”和“外在的韵律（有形律）”之分，并且强调“节奏之于诗是她的外形，也是她的生命”①。然而，无论是刘半农、胡适、赵元任，还是陆志韦、郭沫若等人，对于新诗形式秩序的探索，都是在各自的理论学习和创作实践中对未来的新诗形式申述各人的诗学“愿景”，而没有形成一种集体探讨新诗形式的风气，更没能创办一个刊物（或寻求一个栏目）来提倡自己及其同人们的诗艺追求，从而伸张区别于中国古典诗、词、曲的中国新诗形式的美学诉求。而后起的刘梦苇、朱湘、饶孟侃、闻一多、徐志摩、孙大雨等新一代的诗人凭着对新诗“醇正”和“纯粹”的兴趣，自发地组织了一个圈子，借《晨报·副刊》作为他们的阵地，创设《诗镌》栏目，成就了当时新诗坛一场影响甚大的新格律运动。

一、刘梦苇：“新诗形式运动的总先锋”

《诗镌》能够在《晨报·副刊》上占有一定空间探讨新诗的形式秩序，徐

① 郭沫若：《论节奏》，《创造月刊》第1卷第1期，1926年3月16日。

志摩功不可没。然而，新格律运动从酝酿、发起到形成一个有一定影响的流派，又不是徐志摩“振臂一呼，应者云集”的创举，而是刘梦苇、朱湘、饶孟侃、闻一多等诗人和理论家苦心经营的结晶。

在《诗镌》创刊之前贡献最大却又之后几乎被忽略的，是当时被朱湘称为“新诗形式运动的总先锋”——刘梦苇。① 朱湘曾因刘梦苇作为诗人的身份被怀疑在1928年就写了一篇纪念文章为他抱不平，文章中这样写道：“这个运动的来源很久。音韵从胡适起就一直采用的。诗行方面，陆志韦的《渡河》当中就有许多字数划一的诗。关于诗章，郭沫若很早的已经努力了。不过综合这三方面而能一贯的作出最初的成绩来的，那却要推梦苇。我还记得当时梦苇在报纸上发表的《宝剑之悲歌》，立刻告诉闻一多，引起他对此诗形式上的注意。后来我又向闻一多极力称赞梦苇《孤鸿集》中‘序诗’的形式音节。以后闻一多同我很在这一方面下了点功夫。《诗刊》（即《诗镌》——引者注）办了以后，大家都这样作了。”② 另外，刘梦苇的另一位朋友蹇先艾也曾在1938年的文章中这样回忆道：“在徐志摩先生主编的《晨报·副刊》上，前几期曾登过闻一多、朱湘、饶孟侃、朱大枬、刘梦苇诸先生和我的新诗。隔了几天，梦苇便发表了他的《中国诗底昨今明》一文，作为中国新诗的一次总清算，他一方面约集朋友们在北河沿震东公寓谈了一次话，当时赴会的，除二朱一饶一闻和我之外，还有赓虞先生。梦苇拿出他的一本格律整齐的新诗集《孤鸿》的原稿来给大家传观。朱湘先生也给我们看了几首他的近作。后来，大家便提起既然有这么些人在努力，不如在什么地方办一个诗刊吧。他们便托我去向《晨报》的徐志摩先生接洽，一多也去吹嘘了一下，《诗镌》第一期便以一个《纪念三一八专号》出世了，并推定徐志摩先生负责集稿。……后来梦苇一死，《诗镌》便停刊了。但是新诗的字句趋向整齐，着重音律，这可以说梦苇开的头，大家跟着试验，于是才形成了一种风气的。”③ 笔者在此大段引用参与这一诗歌运动的诗人的回忆文章，并不是要贬抑徐志摩在20世纪中国新诗史上的突出地位来拔高刘梦苇在新格律运动中的贡献，只是想通过这一

① 解志熙在《孤鸿遗韵——诗人刘梦苇生平与遗作考述》（载《河南大学学报（社会科学版）》，2007年第2期）、《孤鸿遗韵再拾——刘梦苇另一些诗作失而复得记》（载《理论与创作》2008年第1期）等论文中对刘梦苇的生平、创作、诗歌理论和其对新格律运动的贡献做了翔实的史料发掘，这些论文的发表对学界重新认识刘梦苇、新格律运动，以及新月诗派诗艺追求和变化都有重要价值。

② 朱湘：《刘梦苇与新诗形式运动》，《文学周报》第335期，1928年9月16日。

③ 蹇先艾：《向艰苦的路途走去》，《乡谈集》，文通书局，1947年，第11页。也可见《蹇先艾文集》第三卷，贵州人民出版社，2004年，第277页。其实，蹇先艾在刘梦苇去世时就写过一篇怀念文章《吊一个薄命诗人》（《晨报·副刊》1926年8月27日，第1448期）。

运动的当事人和见证者，以及相关的史料，来尽可能地逼近当年的历史真实，从而更好地理解新格律运动的来龙去脉。正如前文所说，身为《晨报·副刊》主编的徐志摩不仅为《诗镌》提供发表版面，参与、组织诗友的读诗会，而且在自己的诗歌创作上也深受新格律理论的影响变得谨严起来，并努力于西方诗歌“体制的输入和试验”。所有这些都表明了其在整个新格律运动中的历史功绩是不可抹杀的。

其实，朱湘和蹇先艾对刘梦苇的推许之辞并非言过其实，刘梦苇在《诗镌》出刊前就在《晨报·副刊》发表了《中国诗底昨今明》一文。该文先简略地描述了中国诗从诗经、楚辞、乐府、五绝、七绝、五律、七律、词、曲等过渡到新诗的文体演变过程，进而论述了新诗在文学革命中产生的内因和外因，以及新诗创作存在的问题。针对新诗创作的良莠不齐，刘梦苇呼吁“建设一种诗底原理和批评”：从建设“诗底原理”层面看，刘梦苇认为诗“要有真实的情感，深富的想象，美丽的形式和音节，词句……那没有这些的，无论他是新的旧的雅的俗的，我们都不承认它是诗好了”；从建设“诗底批评”层面看，刘梦苇认为“好的批评家一面可以引导作者鼓励作者，一方面可以把好的作品介绍给读者，使他们了解作者，认识好的作品”。其次，在创作实践上：第一，创造新诗。刘梦苇认为“词化的新诗”“曲子一样的新诗”和“旧歌谣里面蜕蝉出来的新诗”，它们没有“作者底个性”，不是“新的风格”“新的音韵”“新的意境和形式”，都不能算是新诗。第二，创造中国之新诗。刘梦苇以徐志摩、闻一多为例，指出他们和很多新诗人都直接、间接受到了西洋诗的影响，所写的新诗不少是“欧化的新诗”，他们“摆脱了古人底束缚重新入了洋人底圈套”，这不仅不是西洋人所希望的中国新诗，更不是“创造的中国之新诗”。最后，刘梦苇号召新诗人创作的新诗应该在意境与技术上“不是取法古人，也不是模拟西洋”，而要“创造新的音韵、新的形式和格调”①。刘梦苇在《中国诗底昨今明》一文中倡导“建设一种诗底原理和批评”，一方面是希望澄清当时新诗坛芜杂的诗歌生态（诗/散文、诗/非诗、新/旧、雅/俗）问题，更为重要的是引导新诗人“创造新的音韵、新的形式和格调”，从而创造真正的“中国之新诗”，以此塑造读者新的阅读趣味。刘梦苇在此文中不仅从诗形上（创造新的音韵、新的形式和格调），还从诗质上（真实的情感、深富的想象、作者的个性、新的风格、新的意境）指明了“中国之新诗”的发

① 刘梦苇：《中国诗底昨今明》，《晨报·副刊》1409号，1925年12月12日。

展趋向，为随后《诗镌》的办刊理念、新格律运动努力的方向及诗人们的创作倾向定下了基调。

在《中国诗底昨今明》一文的结尾，刘梦苇倡议新诗人不仅要“从事旧的破坏”，更重要的是要“赶紧从事新的建设”。但是，在“破坏”和“建设”的取向上，刘梦苇没有像早期倡导“诗体大解放”的众多新诗人和诗论家们一样，决绝地否定传统诗歌的所有质素，转而模拟西洋诗，走欧化的道路；而是认为建设“中国之新诗”必须创造性地吸纳传统诗、词、曲的有益因素来丰富新诗的发展。他在随后的《论诗底音韵》一文中写道：

新诗承词曲之后，理应存词曲之长，而去其短，以求进步；从较不自由求进步到自由，不，从较不艺术求进步到艺术。我们与其说求解放求自由，不如说求美妙求艺术，文艺革命之意应该在此，新文艺运动之精神与理想也应该是这样。年来国人总是矫枉过直，全盘抹杀，把旧有的文艺底坏处除去，也连它底好的地方也尽弃不用，这是大大的错谬！我们并不是跟旧的妥协，我们根本就不曾同意过一般人底新旧的划分，也不曾站在新的方面笼统地无理由地对旧的全部反对过。艺术只有好坏，没有新旧，这是我们常说的口号。所谓“旧诗”跟“新诗”底分别，只是产生的时代不同，表现的方法各殊罢了：我们可以说是由前者进化到后者；而二者有衔接的线索，并不是全然相反，不能相容的冰炭，水火。谓我们不当跟词曲那样呆板的填法，把诗做了音乐地奴隶则可；若说词曲底音节亦不可沿用，这又怎么说得通？太阳之下本没有绝对的旧，但也难得看见澈底的新。我们底诗固然还待创造新的，但又何必抛却旧来的佳美？在新诗里，自有情绪，思想跟想象等不同于古人，不同于外人的，音节当然可以自由采用。①

刘梦苇关于“新”与“旧”有“衔接的线索”，太阳底下“没有绝对的旧”，也没有“澈底的新”的观念，一方面彰显了他对“传统”的辩证理解，另一方面也阐明了新诗有通过对“传统”的吸收和转化得到创造性发展的可能。他在此文中所表达的对待“传统”的观点无疑超越了当时许多的新诗人，因为“传统”正如艾略特所说的是“具有广泛得多的意义的东西”，“含有历史的意识，……这个历史的意识是对于永久的意识，也是对于暂时的意识，也是对于永久和暂时的合起来的意识。就是这个意识使一个作家成为传统性的。同时也就是这个意识使一个作家最敏锐地意识到自己在时间中的地位，自己和当

① 刘梦苇：《论诗底音韵》，《古城周刊》第1卷第2期，1927年9月。

代的关系”①。

正是由于这种对待“传统”采取扬长避短的态度，刘梦苇也就能够很自然地从中外诗歌中寻找有益资源来建设他心中理想的“中国之新诗”。在论及新诗的音节、押韵、节奏等形式要素时，刘梦苇认为“文学底工具自然是文字，但文字有意义与声音两种作用。诗之所以做了文学底王位者，便因它不仅是利用文字底意义如小说一般，它还得尽音乐之能事……诗要驰骋艺场，必得在音乐之妙用方面思索”；但是，他也很清醒地意识到了诗“虽然利用音乐，却不是全变为音乐”，它是“一种有节奏的文字（Metrical Language），音节（Rhythm）是它底衣冠，甚至是它底躯壳，它底贮藏灵魂的箧子，舍此，它将无以自见了”②；而韵在“诗里有一种直的效能是把全句锁紧，使许多字溜下来有一个着落”，同时它“还有一种横的作用是使句互相联络，发生交涉”③。刘梦苇对新诗音节、押韵、节奏等形式秩序的追求不仅表现在他的音韵和谐、形式整饬的诗歌创作上，同时他还与朱湘、闻一多、饶孟侃、于赓虞等诗人通过举办读诗会的方式来共同探讨新诗音节、押韵、格律、节奏等形式问题，由此形成了一种集体探索新诗形式规范的风气。而《诗镌》也因刘梦苇、朱湘、闻一多、徐志摩、蹇先艾、于赓虞等人的精心策划，终于在《晨报·副刊》上争得了一席之地，为新格律运动的正式登场开辟了极具影响力的阵地。

二、寻求“新格式与新音节”

《诗镌》从1926年4月1日创刊，到1926年6月10日停刊，总共出了11期，每逢周四出版。在《诗镌》存在的两个多月里，共发表诗歌理论、诗歌评论和诗人介绍19篇，诗作83首，译诗2首，英文诗1首。从《诗镌》创刊起，同人的目的非常明确，就是“要把创格的新诗当一件认真的事情做”。徐志摩在《诗刊弁言》中代表同人表达了他们的诗歌“信仰”：“诗是表现人类创造力的一个工具，与音乐与美术是同等同性质的”，其“完美的形体是完美的精神唯一的表现”。在此文中，他剀切地指出：“我们这民族这时期的精神解放或精神革命没有一部像样的诗式的表现是不完全的。”并且在这急剧变革的

①［英］艾略特：《传统与个人才能》，卞之琳译，王恩东编译、樊心民校《艾略特诗学文集》，国际文化出版公司，1989年，第2页。

② 刘梦苇：《论诗底音韵》，《古城周刊》第1卷第2期，1927年9月。

③ 刘梦苇：《论诗底音韵》（续），《古城周刊》第1卷第3期，1927年10月。

年代，“我们自身灵里以及周遭空气里多的是要求投胎的思想的灵魂”。因此，我们的责任是为这些“要求投胎的思想的灵魂”寻求“新格式与新音节”，“替它们构造适当的躯壳”。[①] 从这宣言式的表白中明显地透露出了《诗镌》的同人在诗歌创作和诗艺追求上与胡适、郭沫若等那一代诗人已经很不同了，胡适、郭沫若那一代的诗人重在破坏古典诗歌体制的约束，尝试用白话写诗，重构新诗的抒情主体；而徐志摩、闻一多、饶孟侃等人却必须在破败的诗歌王国废墟上，通过“新格式与新音节的发见”，创造“新的音韵、新的形式和格调”来重临诗歌的精魂，这无疑是一项艰苦卓绝的诗歌事业。

在《诗镌》发行短短两个多月的11期中，新诗的形式探索是其核心的任务，期刊中的大多数新诗作品也是围绕新格律运动的理论家们所倡导的，在形式、结构等方面区别于它之前自由化、散文化新诗的试验之作。在新诗形式秩序的寻求过程中，刘梦苇、饶孟侃、闻一多、徐志摩、朱湘等人不仅探讨了新诗的格调、韵脚、节奏、平仄等音节和格律问题，还学习、模仿西方“无韵体”“十四行”等诗体创作新诗，因而被认为是“第一次一伙人聚集起来诚心诚意地试验作新诗”[②]。他们的诗学探索和创作实践在当时被称为“是一枝突起的异军，给我们诗坛不少的颜色”[③]。

从《诗镌》的酝酿、创办到给新诗坛造成一定的影响，音节问题成为《诗镌》及其理论家们探索新诗形式秩序的重中之重。然而，《诗镌》及其理论家们所谓的“音节”并不是英文的“syllable（一个元音和一个或几个辅音音素组成的语音结构最小单位）”，而是包含了多个层面的诗歌形式要素。在白话诗时期，胡适把音节分两层：第一，“节”就是诗句里面的顿挫段落；第二，“音”就是诗的声调，它包含了平仄要自然，用韵要自然。他认为：“诗的音节全靠两个重要分子：一是语气的自然节奏，二是每句内部所用字的自然和谐。至于句末的韵脚，句中的平仄，都是不重要的事。”[④] 由此可见，胡适所谓的“音节”至少包括了诗的节奏、韵脚、平仄等要素。但是，在指出音节在新诗中的重要性时，他并未阐明音节各要素之间的相互关系。随后，被称为“有意实验种种体制，想创新格律”的陆志韦，结合自己的创作实践，对白话诗的“韵节”做了进一步的探讨。他通过对比中国语言与拉丁诸语、条

① 徐志摩：《诗刊弁言》，《晨报副刊·诗镌》第1号，1926年4月1日。
② 梁实秋：《新诗的格调及其他》，《诗刊》创刊号，1931年1月20日。
③ 朱自清：《新诗》，朱乔森编《朱自清全集》（第4卷），江苏教育出版社，1999年，第211-212页。
④ 胡适：《谈新诗——八年来一件大事》，《星期评论》纪念专号，1919年10月10日。

顿诸语语音特征的不同，从心理学和语音学两个层面来考量语音的抑扬、长短和平仄用于节奏的优劣，认为中国诗“用平仄为节奏，原是大可出入的”，古典诗歌中律诗平仄规律的被打破就说明了“有了节奏，平仄可以不必用；用了平仄，没有节奏，依旧是没有效力的”，所以，节奏的获得应该另寻出路。由于“我国普通语没有入声，不分长短”，因而只有“舍平仄而采抑扬”[①]。在押韵方法上，陆志韦的白话诗押韵“不主张用四声”，“无固定的地位”，“押活韵，不押死韵”[②]。从陆志韦的白话诗实践可以看出，“韵节”的要素之一节奏在新诗形式秩序寻求中的重要性，押韵在新诗创作实践中的灵活、可变性（“押韵也不是可怕的罪恶”）；但同时他也指出，平仄并不是新诗节奏的必要条件。新格律运动兴起后，《诗镌》的重要理论家之一饶孟侃在吸纳中国传统诗歌和借鉴西方近代诗歌有益质素的基础上，对中国新诗的音节又做了深入的探索。他认为新诗之所以“入了正轨”“就了范围”，就是对“音节”有了相对自觉的认识：它“决不是专指那从字面上念出来的声音”，而是包含了格调、韵脚、节奏和平仄等的相互关系。所谓“格调”就是指“一首诗里面每段的格式”，“韵脚”是指诗行间的押韵问题，“节奏”涉及诗行的“拍子”问题，“平仄”是指字音的抑扬轻重。饶孟侃认为诗不能没有诗段格式的整体制约，“没有格调不但音节不能调和、不能保持均匀，就是全诗也免不了要破碎”；但格调的谨严须依赖韵脚，因为它能“把每行诗里抑扬的节奏锁住，而同时又把一首诗的格调缝紧”；节奏是新诗音节要素中最难操纵的，一首诗的节奏的产生既可能是“由全诗的音节当中流露出一种自然的节奏”，也可能是“作者依着格调用相当的拍子（beats）组合成一种混成的节奏”[③]。饶孟侃强调“这两种节奏就没有优劣的分别”，若能两者相互结合使用，从而使诗中的节奏从自然的流露走向自觉的磨炼，从情感暗示的节奏走向规律化的节奏，并且合理地使用拍子，那么全诗的音节就能张弛有度，和谐自然。此外，饶孟侃结合我国语言文字与别国与众不同的特色，对新诗中的平仄问题提出了自己的看法。他认为，仍需注重新诗中文字的平仄调适，这并不是要“恢复旧诗音节里死板平仄作用”，而是因为“一个字的抑扬轻重完全是由平仄里产生的”，“抛弃它即是等于抛弃音节中的节奏和韵脚”，“平仄要是太不调和，那首诗的

① 陆志韦：《我的诗的躯壳》，《渡河》，亚东图书馆，1923 年，第 14－16 页。

② 同①，第 17－20 页。

③ 饶孟侃：《新诗的音节》，《晨报副刊·诗镌》第 4 号，1926 年 4 月 22 日。

音节也一定是单调”[①]。从胡适、陆志韦到饶孟侃对新诗音节（韵节）不断深入的探讨中可以看出，在从文言向白话的转换过程中，新诗的语言、形式从追求自然和谐发展到讲究节奏美感，再到新格律运动的理论家们吸纳传统诗、词、曲中的有益质素和借镜西方近现代诗体艺术，从而提出了中国新诗新的形式美学诉求。这种新的形式美学诉求不仅重视一首诗“行”的关联和“节”的匀称，更是追求一首诗整体结构的浑融圆满和相互呼应。

《诗镌》的另一重要理论家闻一多围绕新诗的“格律”[②] 从理论和实践上对新诗形式秩序的寻求做了独特的探索。他认为，格律的原质从表面上看来可从两方面讲：（一）属于视觉方面的；（二）属于听觉方面的。属于视觉方面的格律有节的匀称，有句的均齐；属于听觉方面的有格式，有音尺，有平仄，有韵脚。但是，从实质上看，它们又是息息相关的，因为“没有格式，也就没有节的匀称，没有音尺，也就没有句的均齐”。由于饶孟侃对格式、音尺、平仄、韵脚等听觉方面的问题有了精细的讨论，所以闻一多把讨论的焦点放在了视觉方面。他认为视觉方面的问题虽然“比较占次要的位置”，但是，对于我们的中国文学来说，尤其不应忽略视觉一层，因为“我们的文字是象形的，我们中国人鉴赏文艺的时候，至少有一半的印象是要靠眼睛来传达的”[③]。因此，建筑美（节的匀称和句的均齐）也就成了新诗的特点之一。闻一多认为新诗的建筑美与律诗的建筑美是完全不同的两种格式：第一，“律诗永远只有一个格式，但是新诗的格式是层出不穷的”，“新诗的格式是相体裁衣”；第二，“律诗的格式与内容不发生关系，新诗的格式是根据内容的精神制造成的”；第三，“律诗的格式是别人替我们定的，新诗的格式可以由我们自己的意匠来随时构造”[④]。由此可以看出，新诗的格式是变化多端的，每首诗都有自己独特的格式。身兼美术家和诗人的闻一多结合自己的创作实践指出，一首诗的格式要具有建筑美，就必须做到节的匀称和句的均齐。他接过了饶孟侃的“拍子”的观念，认为“整齐的字句是调和的音节必然产生出来的现象”，“绝对的调和音节，字句必定整齐”；但是，反过来讲，“字数整齐了，音节不一

① 饶孟侃：《新诗的音节》，《晨报副刊·诗镌》第4号，1926年4月22日。

② 闻一多在《诗的格律》一文中认为：“格律就是form”，“格律就是节奏”，“直译form为形体或格式也不妥当”，“form和节奏是一种东西”。查阅当下比较常用的《牛津高阶英汉双解词典（第6版）》，上述几个术语当下通行的对应翻译是：metre/meter（格律）；form（结构，形式）；rhythm（节奏）。由此可以看出，闻一多的格律理论不仅吸纳了传统诗词中的格律原则，同时也创造性地转化了西方近现代诗歌体式的形式要素。

③ 闻一多：《诗的格律》，《晨报副刊·诗镌》第7号，1926年5月13日。

④ 同③。

定就会调和”，因为“只有字数整齐，没有顾到音节的整齐——这种整齐是死气板脸地硬嵌上去的一个整齐的框子，不是充实的内容产生出来的天然的整齐的轮廓”①。由此，诗行与诗行间音节的调和要兼顾字数的整齐和音尺的整齐，只有音尺相等诗行才可能整齐；因此，音尺也就成了诗行整齐的关键。从诗行音尺与字数的关系中，闻一多间接地提出了诗歌建行的可能性。

在《诗镌》刊行的两个多月里，饶孟侃的音节理论、闻一多的格律理论、徐志摩的输入外国诗体尝试、朱湘的十四行诗创作等，第一次以集体的方式共同探讨新诗的形式秩序问题，并且以各自的创作实践来回应他们的理论诉求，引领了当时诗坛的新风气。在《诗镌》栏目中刊发的大多数诗作正如朱自清先生所说，虽然他们是在模仿外国近代诗，“一般似乎只注重诗行的相等的字数而忽略了音尺等，驾驭文字的力量也还不足，因此引起‘方块诗’甚至‘豆腐干诗’等嘲笑的名字，一方面有些诗行还是太长”，但是“格律运动实在已经留下了不灭的影响，只看抗战以来的诗，一面虽然趋向散文化，一面却也注意‘匀称’和‘均齐’，不过并不一定使各行的字数相等罢了”②。由此可以看出，《诗镌》在这一新诗形式秩序的寻求过程中无疑成了理论探讨的阵地和创作实践的试验场。

三、“诗的装饰”应衬托“诗的灵魂”

徐志摩在总结《诗镌》时期的成绩时曾说过，在理论上“我们讨论过新诗的音节与格律”，而在这一方面贡献最大的“要首推饶孟侃与闻一多两位”。正是因为有了饶孟侃、闻一多等人围绕着《诗镌》对中国新诗的格式、押韵、节奏和平仄等形式问题的探讨，以及同气相求的诗人们诗歌创作的配合，新诗在形式和语言上出现了新的变化。于赓虞在谈到《诗镌》的出版在中国新诗史上的地位时这样写道：“在中国诗坛上放了异彩的诗刊出现了。‘五四’以后，这之前，中国的‘新诗’，没有严肃的气魂，没有艺术的锻炼，任何人都可以写诗，所以好诗还只是一页白纸。《诗刊》（即《诗镌》——引者注）的六七个作者，意识地揭起诗乃艺术的旗帜，在音节，形式上极力讲求。在《诗刊》作者的读诗会里，听到了抑扬缓急的声音，看到了诗体谨严的计划，

① 闻一多：《诗的格律》，《晨报副刊·诗镌》第7号，1926年5月13日。

② 朱自清：《诗的形式》，朱乔森编《朱自清全集》（第2卷），江苏教育出版社，1999年，第397－398页。

但是，不曾有过诗人生活的叙述。《诗刊》所表现的，正如读诗会所计议的一样，在形式上给读者一个刺激，给其他作者一个思考的机会。从此，使一般作者，知道写诗非易事，知道形式在诗上的美的成分。”① 但是，作为《诗镌》从创刊到停刊的参与者和见证人，于赓虞并没有一味地抬高它在新诗史上的地位，而是对《诗镌》在形式美学方面的探索做出了应有的评价：

《诗刊》，不但使人了解形式是一个严重的问题，且使人益觉内在生命表现的必要。诗乃生之律动与形式之美的总合。徒求形式之工整，而忽略动的生命之表露，乃死的艺术；只求生命之流露，而忽略美的形式之营造，亦非完美的艺术。当时《诗刊》的作者，无可讳言的，只锐意求外形之工整与新奇，而忽略了最重要的内容之充实，即如有所表现，也不过如蜻蜓点水似的，未留深的印痕。作诗，到几乎无所表现的时候，那诗就使人无从置言。中外诗史上最灵活的人物，是由于他们所表现的情思呢？还是单由于形式之创制？②

确实如此，当时《诗镌》刊出了钟天心给主编徐志摩的通信，信中谈到近来发表的诗：“有许多形式是比较完满了，音节是比较和谐了，可是内容呢，空了，精神呢，呆了！从前的新鲜，活泼，天真，都完了，春冰似的溶消了！这个病源若不速行医治，我敢说，新诗的死期将至了！”③ 钟天心的来信虽不无夸张，但也的确显露了当时《诗镌》的理论家和诗人们过分注重形式整饬而忽视了诗人“内在生命”表现的一些弊病，即使像刘梦苇这样一个非常注重诗歌形式和诗歌质地的诗人也难免这种毛病，如被朱自清选入《中国新文学大系·诗集》的《万牲园底春》就是一个比较典型的例子：

碧绿的秋水如青蛇条条，
蜿蜒地流过了大桥小桥；
被多情的春风狂吻之后，
微波有如美女们底娇笑。
……

这首诗虽然在形式上非常整齐，韵脚的处理也比较完美，但是，无论是在音尺，还是在节奏上都比较混乱；同时，在文字的运用上，废名认为“像‘高跷’下地，看的人颇难以为情”，而诗中“‘青蛇条条’与‘大桥小桥’的句

① 于赓虞：《世纪的脸·序语》，解志熙、王文金编校《于赓虞诗文辑存》（上），河南大学出版社，2004 年，第 308 页。

② 同①，第 309 页。

③ 天心：《随便谈谈译诗与做诗》，《晨报副刊·诗镌》第 8 号，1926 年 5 月 20 日。

子很可笑”①。面对所谓“方块诗”“豆腐干诗”的指责，徐志摩在《诗刊放假》中也坦诚了他们在探索新诗音节、格律过程中所忽略的问题：

我不惮烦的疏说这一点，就为我们，说也惭愧，已经发现了我们所标榜的“格律”的可怕的流弊！谁都会运用白话，谁都会切豆腐似的切齐字句，谁都能似是而非的安排音节——但是诗，它连影儿都没有还你见面！所以说来我们学做诗的一开步就有双层的危险，单讲“内容”容易落了恶滥的“生铁门笃儿主义”或是“假哲理的唯晦学派”；反过来说，单讲外表结果只是无意义乃至无意义的形式主义，就我们《诗刊》的榜样说，我们为要指摘前者的弊病，难免有引起后者弊病的倾向，这是我们应分时刻引以为戒的。②

于赓虞、钟天心和徐志摩等在这里都触及了一个古老而又常说常新的艺术话题：形式与内容的关系问题。理论界也常用巴赫金的“形式是内容的形式，内容是形式的内容”一句话草率地打发形式与内容之间相互缠绕的复杂问题，而不去深究它们之间相互关系的特殊性和规律性。在《文学作品的内容、材料与形式问题》一文中，巴赫金谈及材料美学的缺陷时就认为它“无法廓清艺术形式的根由”，因为“形式在这里只是被理解为材料的形式，而材料又只取它的自然科学的属性，即数学的或语言学的规定性。如此理解的形式，便成了某种纯粹外部的、不含价值因素的材料配置的方法。形式具有的感情意志的张力，则根本得不到解释；形式要表现作者和观照者对材料之外的某种东西的评价态度，这一特点也根本得不到解释。这种通过形式（如节奏、和谐、对称及其他形式因素）来表现的情感和意志，是如此强烈而积极，很难解释为是对材料所取的态度”③。从巴赫金有关形式的理论出发，刘梦苇、饶孟侃、闻一多等在《诗镌》中所探讨的格式、押韵、节奏和平仄等问题，在很大程度上都只能说是“材料的形式”，而不是真正意义上的文学作品（诗）的形式，它们忽略了“表现作者和观照者对材料之外的某种东西的评价态度”。从这一理论视角出发去思考朱湘当年对待徐志摩和闻一多诗歌集子的批评，也许不能把它理解为朱湘为人的苛刻，对艺术追求的严苛，而是朱湘无法真正从诗歌艺术中形式与内容两者之间的复杂关系的层面，来对徐志摩和闻一多两人的诗歌做一种理论的辨析，而单纯从格式、押韵、节奏、平仄和表层意义等方面

① 废名著，陈子善编订：《论新诗及其他》，辽宁教育出版社，1998年，第20页。

② 徐志摩：《诗刊放假》，《晨报副刊·诗镌》第11号，1926年6月10日。

③ 巴赫金：《文学作品的内容、材料与形式问题》，《哲学美学》，晓河译，河北教育出版社，1998年，第312页。

去评判他们诗歌创作的得失，这也就无法真正抵达批评的目的。[①] 当然，朱湘自己的十四行诗在形式和内容上都处理得非常到位，但那是另一个论题。

《诗镌》里的同人们从创作到理论上对新诗的音节、格律等形式问题的倡导，在中国新诗发展史上不仅是“工具的刷新”，更是“技巧的刷新”；由此形成的新格律运动“也并非旧的规律的复活，而是一种新的创造”[②]。由《诗镌》的同人们所阐扬的新格律理论直接影响了《新月》期刊中发表的诗歌和30年代徐志摩主编《诗刊》的风格。尤其是《诗刊》，尽管由于徐志摩的意外去世，刊出的时间非常短，但是从它所刊出的前三期中可以看出，诗人和理论家们依然延续了对新诗音韵和形式秩序的求索，比如梁实秋对“格调”的提倡、孙大雨“音组”概念的实践、梁宗岱对新诗中“音节”的重视（梁宗岱认为对新诗音韵、形式的追求首先要“彻底认识中国文字和白话底音乐性”，并认为“中国文字底音节大部分基于停顿，韵，平仄和清浊〈如上平下平〉，与行列底整齐底关系是极微的”）。此外，徐志摩在《诗刊》第三期的“叙言”中谈到准备出版诗论专号来探讨诗艺，论文的论题包括：（一）作者各人写诗的经验；（二）诗的格律与体裁的研究；（三）诗的题材的研究；（四）“新”诗“旧”诗，词，曲的关系的研究；（五）诗与散文；（六）怎样研究西洋诗；（七）新诗辞藻的研究；（八）诗的节奏与散文的节奏等。尽管这一专号并未刊行，但从这些论题中我们可以很明显地看出，（二）、（四）、（五）、（六）、（七）、（八）都与诗的音韵、形式密切相关。从《诗镌》到《诗刊》，正如于赓虞所说：

有着一贯的精神，好处即在技术的试练，在形式与音节方面，致力讲求。最大的缺点就在遗弃了诗的真正的生命，而这真正的生命就是每个诗人特点的所在。一般责难“诗刊”的人，即指责“诗刊”的作者只注意作茧自缚的工作，例如在节拍，音韵，形式上讲求，而所表现者缺乏生动感人的力量。这指责虽则很对，但亦是知其一不知其二，盖诗的境界之高，乃在诗之内容充实，亦在诗之形式之美，充实的内容与完美的形式相结合，始能成为完美的诗。……倘若我们将“诗刊”作者的名字涂去，除了志摩轻盈灵活的笔调可以识别外，余则无从分辨。这失败，就在作者没有特殊的风格、特殊的生命的色彩，都在同一的形式与薄弱的情绪中打转之故。这种失败，可以使我们深

① 朱湘曾写过《评徐君志摩的诗》和《评闻君一多的诗》等诗歌评论，见《中书集》，生活书店，1934年，第298－357页。

② 石灵：《新月诗派》，《文学》第8卷第1号，1937年1月1日。

思，律诗所以废除的原因，一方在那种诗式已走到绝境，而另一方则在不容易表现现代生活的情思。而且诗是一种创造的艺术，作者应依其特有之情调，以定适于此种情调之格式，决不应从古律之枷锁内解放出来，而投入“商籁体”严格的规律也。因形式之美乃所以加重情思的力量，情思决不应迁就形式。①

于赓虞对《诗镌》作品切中肯綮的评价道出了诗人在艺术作品的内容与形式关系中的重要作用，巴赫金对这个问题曾有深刻的论述：“既然我（指作者——引者注）可以在它（指审美客体——引者注）的形式（更准确地说是内容的形式，因为审美客体是具形式的内容）中感觉到自身是个积极的主体，我可以作为它的必不可少的基本因素进入其中，那么它的形式当然不可能是物体的形式、事件的形式。”在这里，巴赫金强调了艺术创造中创造者在艺术作品中的重要地位，正是在这个意义上，他才认为“艺术创造的形式首先形成的是人，而世界仅仅是把它作为人的世界，或者使它与人处于十分密切的直接的价值联系中，以至于附着在人身上而丧失了自身的独立价值，仅仅成为人生价值的一个因素。由此，形式对内容的关系在统一的审美客体中带有特殊的人物性格，而审美客体是创造者和内容两者各自作用与相互作用所构成的某种特殊的事件”；所以，巴赫金认为，在语言艺术创作中，尤其是诗歌创作中，“审美客体的事件性质特别鲜明，形式和内容的相互关系在这里几乎带有戏剧性；作者（肉体的、心灵的、精神的人）进入客体也特别明显。不仅形式和内容的不可分割性显而易见，而且它们的不可融合性也分外明显”②。从巴赫金富于启示的理论话语中，也许能真正厘清《诗镌》和《诗刊》中诗歌过于注重形式又常遭人诟病的迷思。

新月诗派后期的重要诗人陈梦家在三十年代初曾写过《诗的装饰和灵魂》一文。在此文中他敏锐地指出：

诗是美的文学，我们要从行列间、声调上装饰美的色彩。但是诗的韵律，总求其自然。而这种自然的技巧，必须从继续的习练中，寻求惯熟的途径。因了经验，使感情不为韵律所困囚。诗的第一步成就，即此“随心所欲”的自然途径。要不如此，诗就容易失去了它活泼的生灵，而为一些雕刻琢磨的词句。所以格律只求美观的排列，韵纽只求自然的应合，声调只求节奏的调和。诗的韵律不但是形式上的美丽，还因此而帮助感情的击应。所以韵律就是

① 于赓虞：《志摩的诗》，《北平晨报·北晨学园·哀悼志摩专号》，1931年12月9日。
② 巴赫金：《文学作品的内容、材料与形式问题》，《哲学美学》，晓河译，河北教育出版社，1998年，第373页。

“诗的装饰”，用美术和音乐的调配，使因美观的格式与和谐的音韵所生出的美感，衬托“诗的灵魂”。[①]

陈梦家作为后期新月诗派的重要代表，同时又是对新月诗派的形式主义倾向有所突破的诗人，他主张新诗“本质的醇正”“技巧的周密”“格律的谨严”，但是“决不坚持非格律不可的论调”。他对新诗形式秩序寻求的反思彰明：无论是“粗糙的灵魂而以精美的装饰所成的诗”，还是“精美的灵魂而以粗糙的装饰所成的诗”，都只能说是一种残缺的美。真正不朽的诗“不但具有完美的形象，更有其超乎一般的灵魂”[②]。

在中国新诗现代性寻求的过程中，从早期新诗的自由化、散文化倾向逐渐转变为对新诗音节、格律等形式因素的注重，到20世纪30年代再次出现自由诗的趋势。这看上去似乎是走回头路，然而，这绝非是“五四前后自由诗的复活”，它们最大的不同之点就是：“音节的重要是普遍地被承认了，至少这又向新的合理的规律走近了一步。”[③] 而《诗镌》的理论宣导作用和创作实践在这一发展过程中，无疑起到了桥梁作用，它的意义和价值不可或缺。

（作者单位：龙岩学院中文系）

① 陈梦家：《诗的装饰和灵魂》，《中央大学半月刊》第1卷第7期，1930年1月16日。

② 同①。

③ 石灵：《新月诗派》，《文学》第8卷第1号，1937年1月1日。

沉入词语，升华诗想

——评杨健民诗集《拐弯的光》

伍明春

作为一位学者，杨健民先生在文艺美学研究领域已取得斐然成绩。他的《艺术感觉论》《论茅盾的早期文学思想》《中国古代梦文化史》《批评的批评》《思想的边界》等学术著作，为我们呈现了一位学人精微的思想风景和广阔的精神视野。而杨健民近年来的现代诗歌写作，以一种颇具个性色彩的抒情话语，开启了作者审视自我和想象世界的多种新的可能性。需要指出的是，杨健民的学术话语和诗歌话语二者之间，并非扞格不入，而是具有一种深刻的内在关联，这种关联让作者的学人和诗人双重文化身份相得益彰，进而构建起一个丰满、有力的主体形象。杨健民的诗，既能沉入词语密林的意义纵深处，又能切进当下芜杂的现实语境，为读者提供了多元而鲜活的文本启示。

"望断"：一种抒情姿态

"望断"一词在杨健民诗歌中数次出现，它不仅指向某种时间或空间，更突出地代表着诗人一种执着的抒情姿态。这是一个把眺望的目光朝着远方无限延伸的动词，本身带着某种坚持和悲壮的意味。从时间的维度看，"望断"可以是朝向历史深处的回望，也可以是指向混沌未来的前瞻："望断永远是巷陌的时间/谁家玉笛吹皱青石板的眷恋/目光走不出的依旧是荒芜/不如一起耗尽明日的流连"（《百花巷》）。而从空间的维度看，"望断"既指示了城市与乡村之间的现实区隔，也揭示了生者与死者之间的超现实距离："爷爷的遗忘最后被送到了远方/我再也听不到他回望菜园的脚步/他给城市提醒村庄的一种望断/蒹葭苍苍，他又摆渡一座天上的菜园"（《爷爷的菜园》）。更值得我们注意

的，是“望断”呈现为一种超越时空的抒情姿态，指向的是一个精神和心灵的远方：“此刻，我站在楼上看树/树已经在楼下站了多少年/这种俯视，只能是我的望断”（《树》）。在这里，“我”和“树”之间的关系，显然是抒情主体和他者世界之间的复杂关系的一个隐喻。

有意思的是，杨健民近年写作的“健民短语”系列随笔，与他同时期的诗歌写作构成一种颇具深意的“互文”关系。这一点在二者对于“望断”一词的运用上得到充分体现。

“健民短语”系列随笔中关于“望断”这一关键词的思辨，显然是一种散文话语，却也为我们解读上述诗歌文本提供了某种颇为有效的注脚。这种注脚的表现形式是多元的，有时体现为一个外围性的思想背景：“做人有时比做事难，在于做人需要节奏，需要一种心理的调适和‘望断’”，“一直以为，艺术感觉是作家必经的成年礼。于是，我四处寻找作家对于艺术感觉的那种适时的‘望断’”，有时表现为对某个意象的具体诠释：“离开故乡，离开那一片让你望断的山和水，梦变长了，如帕的炊烟却渐渐消逝，于是更深的思念就凝成了一汪深深浅浅的心事”，“而从一个人生断片来说，背影则表达了对于情感和生命的一种望断，一种灵魂的行走”；有时则提升为一个诗学命题，几乎可以直接用于解读诗歌文本：“无论是作为一个评论者，还是作为一个创作者，我对于诗人的意义区域和诗歌的场域，一直怀有一种‘在场，但不在远方’的瞻望，远方可以望断，我的诗歌感觉始终‘在路上’，在我的‘乡愁化’的时间里。”无论哪一种注脚，都为我们解读杨健民的诗歌文本提供了必要的参照和动力。另一方面，诗歌文本中关于“望断”的想象和演绎，同样为我们理解作者相应的随笔作品打开了一个新窗口。

即使是面对无法抵达的远方，依然坚持“望断”，对于杨健民的诗歌写作而言，这既是一种抒情姿态，也是一个同时指向自我内部和外部世界的精神向度。

黑夜意识与梦境书写

夜晚无疑是杨健民的诗歌情境得以展开的一个重要背景，正如他在“健民短语”中所言，“每每在夜晚品茶，我都会觉得茶色与夜色的相间，无疑是在推开一扇自我的精神暗夜之门”，黑夜不仅提供了某种物理时间的特殊背景，也赋予杨健民的诗歌一种内在的、属于心灵时间的真实品格：“但我知道黑夜是真实的/黑夜从大地升起/从歌声中升起/从我的内心升起”（《真实》）。从大地到歌声，再到内心，随着出发点的不断变化，黑夜的形象被一步步推向某种形而上的层次。这种鲜明的黑夜意识，既是诗人抵抗喧嚣世界的话语策略，也构成其诗歌想象的精神底色。

黑夜意象在杨健民笔下有时直接呈现为一个与抒情主体相对立的强大存在：“红尘落下，断成一枝折翼的云/拥抱前世的离愁今生的漂泊/山涧正在起雾，夜色仓皇/我把夜顶向大地的上颚”（《画之思》）。为了应付这种强大的对手，自我形象必须具备更强大的力量，才能获得一个主动位置。不过，自我的这种强大往往不是体现为某种绝对力量的压倒性优势，而是通过西西弗斯式的悲壮坚持而取得某种险胜：“我的眉梢会把圆月连根拔起/去撞疼三千个黑夜/让性感的泪水喂养我的诗”（《长假最后一日·寒露》）。

杨健民在“健民短语”系列随笔中曾多次表达对于德国诗人保罗·策兰的激赏，譬如：“策兰是我们这个时代最具人格力量的诗人。他不仅以犀利的诗歌之刃剖开人类历史离我们不远的一个时代出现的最暴力、最残酷的事件，而且以他独特的语言方式创造了最优美的德语诗。策兰是无止境的，他的诗是从黑暗的时间里浮出来的‘呼吸的结晶’。阅读策兰也是无止境的，无论如何我得把我的阅读变成一种精神历险。”此处的“黑暗的时间”，可以看作黑夜的一种变形，它同样构成策兰诗歌写作的精神背景。显然，杨健民在策兰的诗里找到了跨越语言和时空的知音。与之相呼应，作者在《断桥》一诗里写道：“策兰睁开眼，看见他的黑暗还活着/因为光芒在步步逼向他。他是一粒盐/策兰是阴性的，诗是阴性的。夜已很远/如果米拉波桥断裂，策兰就不会沉入/夜是调皮的镜子是颤抖的梦是用来遗忘的/只有断桥，它的发髻才能缠在我的关节”，作者在策兰的自杀地缅怀诗人，试图在黑夜的镜像中破译策兰诗歌的语言密码。黑夜意识在这里已经获得一种超越，被提升为一个指称生命的痛苦和黑暗的隐喻。

与黑夜意识互为表里的是梦境书写。对于黑夜意识的表现而言，梦境书写既是一种呼应，也是一种推进。杨健民在《午后的键盘》一诗里为我们勾勒了一个现代都市人斑驳、吊诡的白日梦：“东张西望，高楼的阳台像乳房/像沟壑，像甲壳虫四处攀爬/我在键盘上琢磨很久，留下半个/梦中之梦……”。弗洛伊德当年提出的艺术家与白日梦的命题，在这里似乎得到了某种印证。而在另一首诗里，杨健民却重构了一个古典之梦：“我又把这一支梦插给南北朝的朗读者/躲到了魏晋。我的天灵盖已经写满交错/无论庾信还是阮籍，每一个字

都将弹出/一道远年的哲学命题：为什么要远行”（《插一支梦给朗读者》）。作者“穿越”回到自己心仪的魏晋时代，与趣味相投的古代诗人携手神游，碰撞出灿烂的思想火花。《词语》一诗则具有“元诗写作”的意味，表现的是“在酒杯里写诗”的诗歌之梦：“于是，我沉入词语/寻找我的语词/找不到语词就做梦去/一会儿梦见生/一会儿梦见死/什么词都有了/飘逸成一湖水”，词语、梦境、生死、湖水，这些意象明暗交错，虚实相生，相互生发，生动而鲜活地展示出诗人与语言艰难搏斗的诗歌写作现场。

切入当下的诗思

当下，我们正处于移动互联网时代，不断扩张的科技在为我们创造巨大的物质便利的同时，也给世界和人心带来空前的挑战。作为一位思想敏锐的诗人，杨健民在他的诗歌写作中对此保持了必要的清醒意识和批判立场，譬如，对于我们已普遍使用的电子邮件，诗人发出如下追问与质询：“没有熟悉的笔迹也没有可以越轨的痕迹/任何暧昧都被电子集为一束光纤/过去我会一封一封数落信封数落寒夜/如今我看不到地址和邮政编码/只有似曾相识的代码在吊诡我的表情”（《伊妹儿》）。电子话语无所不在的霸权于此昭然若揭，作者因之而起的文化乡愁也隐约流露。与之相呼应，《美颜世界》中“一不小心就把自己给弄丢”的揶揄、《群》中“红包穿过茂密的夜，一分钱也得等”的反讽、《朋友圈》中“漫长的森林隧道把夜吃光把梦也吸干”的隐喻，无不折射出移动互联网时代人性、自我、欲望等命题发生变化的新表征。

当然，杨健民的诗歌对于当下的切入，不仅仅是一种批判，同时也在寻求诗艺表达的新可能。换言之，诗人也意识到，移动互联网时代的到来，也为诗歌写作提供了想象世界的新视角，进而开辟一个新的艺术空间。比如对于微信这一当下人们普遍使用的社交软件，诗人通过借重其高度发达的连通性和交互性，想象现代城市中人际关系的蜕变：“元宵是一棵挂满雨水的树/我坐在风中，看着雨把雨送远/这座城市正在让微信裹住/一个被阳光遗失的词，飞到我身边”（《元宵雨》）。而在《拉开窗帘的一刻》这首诗里，杨健民透过微信热闹的朋友圈表象，揭示了个体强烈的孤独感：“没有迷乱，只有一把暗暗捂住的口琴/打开微信，每个字都像孤独的精子/贺涵正在与《战狼2》穿帮勾引着谁/越来越看不懂，我想把天花板刷成蓝色”，“拉开窗帘的一刻”正是抒情主体从虚拟世界回归现实世界的时刻，他在此时所感受到的孤独，是强度远甚于波德莱尔那个时代的、新的“人群中的孤独”。对于这种孤独感的消解，并无他法，只有回到现实，拥抱坚硬的土地和真实的河流：“我握住一根火柴/把手机里的悬疑彻底焚毁/然后提着后半生的一串黄昏/去闽江捞起一瓢水/对着远方的塞纳河喊道/你来，还是不来”（《那些纽约，那些巴黎》）。

戏谑性语言的运用和网络流行语的征用，也是杨健民诗歌切入当下现实的一种话语策略。比如，他在诗里把“P 图”这个计算机技术手段征用为一种诗歌的想象方式：“我只好修剪一下长假的鱼尾纹/让月亮不再生长疼痛，包括嫦娥的 P 图/想有一场雪会从塞北飘到江南”（《长假最后一日・寒露》）。这种征用，使诗歌意象的内涵更新和情境的变化都获得了推动力。而当抒情主体潜隐于“午后的键盘”时，戏谑性语言不仅道出了生存的无奈，更揭示了我们这个时代的荒谬性：“我在下午的键盘里生存，用鼻息/跟一座山拔河，以保持呼吸的平衡/一堆逗号在逗我玩，寻找天空。谁在/收拾情人节的残局？有人失忆，有人空巢/还有人大喊：我受到成吨的伤害”（《午后的键盘》）。在这里，“成吨的伤害”作为一种反讽话语，恰恰暗示了当下的浅薄与轻浮。

总之，杨健民先生的诗不仅具有学人之诗的沉思品格，也表现出对于时代的鲜明介入意识，为丰富福建当代诗歌写作做出了自己独特的贡献。

（作者单位：福建师范大学协和学院）

意志哲学、中国抒情传统与现代浪漫主义关系研究

许 莹

以陈世骧、夏志清为代表的海外汉学家以世界文学为参照系，将中国文学的发展脉络归结为一种“抒情道统”。陈世骧认为，“中国文学的荣耀并不在史诗，它的光荣在别处，在抒情的传统里”①，这种诗学的思想基础是“天人合一”的感应论，指向人与自然的和谐统一的性灵抒发。夏志清在《中国现代小说史》中提出了现代中国文学具备的一种“感时忧国”的精神气质，如果我们仔细加以体察就不难发现这种“忧”的背后潜藏着抒情的延宕，以及延宕背后的表意焦虑。近年来，王德威在承袭这种基本判断的基础上，采用欧美人文学派的新批评策略尝试对文学的抒情传统进行现代性阐释，使中国现代文学的叙述模式在另一个面向上得到拓展。在《抒情传统与中国现代性》一书中提出，王德威指出了“抒情诗一方面体现亘古常在的闪烁精神，一方面又体现当下此刻的现实”的时空交错感②。当下，中国文学的发展仍然要面临西方文学“史诗”式、“戏剧”式叙事传统的挑战，中国文学的抒情性应该凭借何种方式得以存留，又如何在历史语境中转化为可供新文学利用的资源是值得深入思考的问题。

一、意志哲学——抒情传统的异质载体

晚清至民国期间，中国思想界对于意志哲学的吸收主要包括了叔本华的生命意志学说、悲观主义人生观，尼采的权力意志论，还有伯格森的创造进化论

① 陈世骧：《陈世骧文存》，辽宁教育出版社，1998 年，第 2 页。

② 王德威：《抒情传统与中国现代性》，生活·读书·新知三联书店，2010 年，第 25 页。

等内容，着重引入的是西方哲学中涉及文化和社会方面的精神内容。德国意志哲学于十九世纪中后期兴起，构成了对欧洲大陆自启蒙运动发展而来的理性主义的全面冲击与反叛，尼采的权力意志论成了人类“重新估定一切价值”的依据。梁启超在《进化论革命者颉德之学说》一文当中，将德国盛行的哲学思潮概括为“今之德国有最占势力之二大思想，一曰麦喀士之社会主义，二曰尼志埃之个人主义”①。由此看来，梁启超认为马克思与尼采是当时德国思想界不同哲学思潮的代表人物。事实上，他们迥异的哲学观对中国现代文学所产生的影响有着不同意味的深广。在革命浪潮汹涌澎湃下的历史转型期，马克思的辩证唯物主义哲学与以叔本华、尼采为代表的意志哲学可谓是泾渭分明的两股思想潮流，但是在构筑“人的觉醒”的时代主题上，却有着殊途同归的效果。马克思强调“人的全面发展”；尼采则宣告“上帝死了”，主张自我超越的超人意志学说。他们的共通之处在于对生命个体价值体验的确认，只是马克思更倾向于社会整体的道德进化，而意志哲学更强调自我意志与现实社会之间无法调和的冲突感。意志哲学对于艺术，以及对于生命力的表现更注重的是情感的生发与描摹，这与中国传统的“诗言志”构成了一种对应关系，意志哲学中的“悲观”“意志”“寂灭”等与生命个体表达相关的哲学话语成了接纳和转换中国文学抒情传统的异质载体。

王国维于1904年在罗振玉主编的《教育世界》中撰文称尼采和叔本华“知力之伟大相似，意志之强烈相似”②；在《红楼梦评论》中探讨了意志与人生的利害关系，“宝玉之苦痛，人人所有之苦痛也。其存于人之根柢者为独深，而其希救济也为尤切”③，从贾宝玉的痛苦联系到人世间无法遁逃的痛苦境遇，在王国维看来，这种悲剧意味正是《红楼梦》超越此前古典白话小说的根本所在，也因此奠定了它“宇宙的、哲学的、文学的”的文学史地位。在《屈子文学之精神》中，王国维将南方具有想象力的“散文”，与北方具有言志传统的“诗歌”进行对比，并对屈原独特的文学创造力给予了肯定，认为屈原能借助想象，使情感在诗歌中得到具象化的呈现，达到理想与现实的结合，想象与抒情的结合，成为一种情景交融的文学典范。在《人间词话》中，王国维开宗明义地写道“词以境界为最上”，并将“境界”划分为“有我之境”及“无我之境”，他认为主体意识中的“我”是否介入文本之中，是否介

① 梁启超：《进化论革命者颉德之学说》，《新民丛报》第18号，1902年10月16日。

② 王国维：《王国维全集》（第1卷），浙江教育出版社，2009年，第93页。

③ 同②，第64页。

入叙述对象的表述过程中，是体现审美效果重要区隔的衡量点，主体介入与否必然产生出“优美”和“壮美”两种不同的审美感受。由此可见，强调文学表达中的主体性问题，是王国维词学有别于传统诗话的显著标志之一。王国维援引意志哲学精神，重塑中国传统词学，不仅是一种跨时代的学术创新，同时也预示着中国古典文学中“天人合一”景象的逐渐消退，随之而来的是主客二元对立的表象自然的出现。“我”以个体之名，成为独立于社会关系的存在，凸显了人作为抒情主体的历史地位。

陈独秀曾经在《文学革命论》一文中提出新文学的发展目的需要关乎“宇宙”“人生”及“社会”，不能丧失“抒情写实之旨”，陈独秀从改造社会的工具理性出发，要求文学摆脱旧传统的矫揉虚饰，着重对于社会真实的反映。[①] 这位革命先驱者对意志哲学当中激发社会变革的有效因素也予以了高度的关注，在1915年所作的《敬告青年》一文中，他特别提到了“德国大哲尼采（Nietzsche）别道德为二类；又独立而勇敢者曰贵族道德（Morality of Noble）”[②]。陈独秀所述的是经过其本人选择性阐释的内容，他强调作为个体的人平等、独立的人权观念，他所期许的是国民自主，自我意识的觉醒，唯有如此，新文化运动才能真正改变中国社会格局，为现代化的历史进程蓄积精神推动力。梁实秋在《现代中国文学之浪漫的趋势》一文中，对情感弥漫的文学创作氛围进行了整体的勾勒。他认为“现代中国文学，到处弥漫着抒情主义，……浪漫主义者最贵重的是人心，……心是情感的泉源，里面包着热血”[③]，无疑“抒情”本质上是对理性的拒斥和反对，作为“抒情”所牵涉到的东西方精神谱系而言，真正指向的是生命体验全然的抒发和激荡。意志哲学则是从反叛理性的角度上，赋予了生命情感张扬的空间。叔本华与尼采在扬弃欧洲传统理性思想的同时建立起来的意志哲学观，必然在长期处于伦理压迫的中国社会收获认同，在吸收意志哲学的过程当中，中国文化传统中与之暗合的抒情资源又获得了重新被阐释的可能。意志哲学的引入让长久以来受理学桎梏的中国人了解了个体欲望的真实面貌，认识到欲望本身的合理存在，唯有如此方能真正创作出焕发生命热力的、具备形而上意义的生命赞歌。

① 陈独秀：《文学革命论》，《新青年》，1917年，第2卷第6期，第2页。
② 陈独秀：《敬告青年》，《新青年》，1915年，第1卷第1期，第2页。
③ 梁实秋：《现代中国文学之浪漫的趋势》，《晨报副镌》，1926年，第61页。

二、意志哲学的浪漫主义路径

在中国新文化运动期间，情感的抒发与生命价值的体认是社会有识之士“立人”的共同追求，意志哲学虽然为革命者推动社会变革提供了一种有效的认知工具，但是抽象的概念只有通过文学书写，以及艺术表现还原到生活的现场之中，才能真正击穿灵魂，完善人性。从现代文学发展的情况上看，浪漫主义在当时确实被作家们视为意志哲学的有效艺术通道。回顾欧洲十九世纪思潮运动史就会发现，浪漫主义在西方经历过十分复杂的衍生过程，甚至每一个国家具体的表现形式也是不一样的。浪漫主义自身就是一股强劲的反传统动力，它在对生命自由的全然肯定中实现着历史的冲决和突破。自我肯定在浪漫主义这里占据着不同以往的重要地位。浪漫主义者主张表现自己的主观体验，抒发内心情怀，它极力夸大自身内心的私人化，处处体现情感抒发的本位，以及对于生命的肯定和歌颂，以求摆脱理性主义对于人性的束缚，在摧毁欧陆神权的普遍性存在方面具有摧枯拉朽作用。在体现人本思想胜利的同时，浪漫主义运动进而驱动了意志哲学的兴起。叔本华、尼采作为意志哲学的奠基人，致力于摆脱道德控制，将宇宙、世界纳入可供主体认知的领域，使意志世界得到一种主体体验式的表象呈现，这种呈现与生俱来的情感内核就成了浪漫抒情可资想象、呐喊、独白的精神疆土。尼采和叔本华完成了意志作为一种自然和历史情感呈现的论述，而这种论述正是王国维、鲁迅等文化先驱调整中国长期积淀的情感结构的思想依据。

在《文化偏至论》《摩罗诗力说》这两篇论说文中，鲁迅认为十九世纪思想家、哲学家的个性主义观念促使了人类社会思维由外向内的剧烈转变，展现出“自省抒情之意苏”① 的历史图景。在谈及拜伦英雄浪漫主义诗文创作时，鲁迅借富有浪漫英雄主义气质的拜伦之口，说出摩罗诗人真切的情感喻托，那就是“全心全情感全意志”② 地投入创作，张扬心声。在《狂人日记》当中，鲁迅以狂人之眼聚焦了中国历史每一个吃人的瞬间，几千年人肉宴席无休止地对自我意识进行剥夺与蚕食，这种宴席处处皆有，时时可见，这种同类相食的惨剧透露出种种荒诞与悲凉，藏匿着每一个个体的心灵痛楚，甚至需以心志失

① 鲁迅：《文化偏至论》，《鲁迅全集》（第6卷），人民出版社，2005年，第85页。

② 鲁迅：《摩罗诗力说》，《鲁迅全集》（第6卷），人民出版社，2005年，第55页。

常为代价才能因麻木不仁而得以缓解。鲁迅以狂人之姿力图唤醒蒙昧的国人不再为封建礼教所操控，悲剧在文学虚构的荒诞中得以示人，也预示着独立人格及自由意志的时代的到来。鲁迅的《狂人日记》发表后引发了很大的反响，傅斯年曾发表过这样的读后感："狂人，狂人！耶稣、苏格拉底是古代，托尔斯泰、尼采在近代，世人何尝不称他做狂人呢？但是过了些时，何以无数的非狂人跟着狂人走呢？……我们带着孩子，跟着疯子走，——走向光明去。"①《故事新编》是鲁迅对中国古代神话志怪小说的一种再创作，无论从选材上还是修辞上都极具浪漫主义风格，实现了对古代神话文学的重新赋值，焕发出的一种生而为人的意力情操。在《铸剑》这篇小说中，鲁迅以精练的笔法再现中国古代神话传说中的复仇母题，完成了对"忠""孝""义"的现代阐释。小说中的主人公眉间尺替父报仇，其意义旨归不是简单的杀亲，而是为了纠正公平正义的社会价值观的缺失，这就使这场以自我牺牲而大仇得报的审判具有了浪漫悲剧的意蕴。李长之认为鲁迅是具有强烈情感、强烈力度的主观的抒情诗人②，这种浪漫气质可能是作家生命底色的无意识流露，无论是"血荐轩辕"也好，刀丛寻诗也罢，无不生动地表达鲁迅为文学、为人生最真诚的理想和信念，那便是撄人心魄、神思新宗、再造中华。

1921 年 6 月，留学日本的郭沫若、成仿吾、郁达夫、张资平、田汉、郑伯奇等在东京成立创造社，创造社成员在日本所吸收的意志哲学观念，为他们之后的文学创作的浪漫主义倾向提供了一种理论上的指导依据。郑伯奇在《新文学大系》当中对于他们选择浪漫主义的创作倾向进行了分析，而这种分析在一定程度上说明了 20 世纪初思潮运动的整体情况。"哲学上，理知主义的破产；文学上，自然主义的失败，这也使他们走上了反理知主义的浪漫主义的道路上去。"③ 作为创造社的领军人物，郭沫若曾经创作过《匪徒颂》，采用了极端狂热的笔触，歌颂人类思想史上反叛先人，创立先进学说的思想者。"倡导太阳系统的妖魔，离经叛道的哥白尼呀！倡导人猿同祖的出生，毁宗谤祖的达尔文呀！倡导超人哲学的疯癫，欺神灭像的尼采呀！西北南东区来今，一切学说革命的匪徒们呀！万岁！万岁！万岁！"④ 将对"学说革命"的赞叹之情体现得淋漓尽致。如果我们联想到尼采借助先知、希腊神话等形式来轰毁德国

① 傅斯年：《一段疯话》，《新潮》，1919 年，第 1 卷第 4 期，第 169 页。
② 李长之：《鲁迅批判》，北京出版社，2003 年，第 137 – 139 页。
③ 郑伯奇：《导言》，《中国新文学大系》（小说三集），上海文艺出版社，1935 年，第 12 页。
④ 郭沫若：《匪徒颂》，《郭沫若文集》（第 1 卷），人民出版社，1957 年，第 99 页。

社会固有的思维顽疾时，就会知道尼采思想对于中国现代浪漫主义文学创作的催化几乎就是一种语言翻译上的替换，其思想内核的传递几乎没有丝毫的减少。在《善恶的彼岸》一书中出现的一则箴言警句值得引起我们的注意——“哦，伏尔泰！哦，人类！哦，白痴！真理和追求真理有点难办；如果弄得太任性了——‘只是为了行善而追求真理’——我敢打赌，那将一无所获！”① 如果我们把郭沫若的《匪徒颂》和这则尼采的箴言式的论断放在一起对比的话，再联系到他《女神》等浪漫主义诗作对破坏既定价值、革新社会规则的引领者的赞颂，就不难发现这种近乎癫狂的呐喊是对意志哲学的致敬，所谓开一代诗风，实际上也并非没有来处。浪漫主义思潮从新文化运动开始就担负着对传统文化言志载道的功利文学的反拨和回应的功能，它指向的是中国的庙堂载道式的政教文学，并且倡导兼备启蒙意义和个体情感诉求的抒情创作方式，这种抒情已经不再仅仅是怀古的士大夫吟咏，它化身为具备现代个体意义的伦常反叛者，实现着“对精神自由的追求”，最终渴望抵达的是“自然人性来反叛现实；以自由和抒情来突破理性的范围”②。

三、生命意志的浪漫呈现

朱光潜认为“弗洛伊德是德国意志哲学的继承者，所以偏重本能和情感”③。弗洛伊德的心理学理论体系不仅仅可以看作现代主义的秘匙，也应当视为意志哲学向社会实践方面转变的深化和赓续。“叔本华实际上已接触到冲动与营求、欲望与压抑、愿望与恐惧、现实与梦幻等日后为弗洛伊德最关心的问题。”④ 弗洛伊德的性动力理论实际是尼采形而上权力意志的一种返回肉身的现实，而这种关乎饮食男女的伦常问题，因其不可回避而扩展了意志哲学的言说可能和表现空间。弗洛伊德认为文学艺术是苦闷的，是欲望在精神上的一种替代和满足⑤，他的理论体系确立了性爱和肉身作为文学书写的价值依据，促进了艺术创作对于个体心理的认知和考察，也为文学研究提供了新的理论视野。“五四”时期，作家们应用弗洛伊德主义进行白话文小说创作，情欲书写

① ［德］尼采：《善恶的彼岸》，团结出版社，2001 年，第 40 页。
② 杨春时：《现代性与中国文学思潮》，生活·读书·新知三联书店，2009 年，第 216 页。
③ 朱光潜：《朱光潜全集》（第 2 卷），安徽教育出版社，1987 年，第 117 页。
④ 殷国明：《西方文化叛逆者在中国的命运》，《中山大学学报（社会科学版）》，1999 年第 5 期。
⑤ ［奥］弗洛伊德：《精神分析引论》，高觉敷译，商务印书馆，1984 年，第 301 页。

从遮蔽走向公众视野，直面生理欲求的合理面向。表面上看这种倾向于身体书写的创作是一种辗转的回撤，刻意避了国族存亡命题的时代洪流，但是这种对沉潜于个体内部的原始生命力的呼唤对社会整体认知是极其富有冲击力的。

王瑶认为：“代表了由‘五四’期的个性解放思想而向个人主义发扬的，是郁达夫的小说。”① 显然个性主义包含了意志哲学中的主体感受的直观呈现，性爱书写经过郁达夫的一种蓄意塑造的病态自叙从遮蔽的状态解放出来，让长期处于性压抑状态的国人无法刻意回避自我的生理本能。郁达夫通过对于日本“私小说”风潮的吸收，成了弗洛伊德主义的中国传播实践者。尽管在1923年关于《沉沦》的自序中，郁达夫认为自己反映灵与肉之间冲突、现代人的抑郁和苦闷的作品并不成功②；但是“那大胆的自我暴露……把一些假道学、假才子们震惊得至于狂怒了”③，郭沫若极其肯定郁达夫小说中所蕴藏的反叛精神，因为假名学、假道学对于个体的摧毁导致了中国于近代的积贫积弱，尽管这个现实难以承受，但是却真切地影响着中国现代化进程的方方面面，小说中透露出的绝望和虚空感同样也带着浓重的悲观主义色彩。但是我们不应当忽略的是，1919年郁达夫曾经创作过一首古体诗《自述诗》，诗句中不乏“杏花又逐东风嫁，添我情怀万斛愁”④ 这样对仗工整的诗句，可以看出郁达夫自身具有牢固的古文根基，而正是这位自少年时古体诗创作就颇有名气的青年留学生，奋力摆脱中国古代文化在其心中的沉积，创作出了露骨又感伤的自叙体白话文小说。从《银灰色的死》《沉沦》等小说的性欲描写中，我们仿佛看到了郁达夫有如唐代“诗鬼”李贺的病态，孱弱的笔调，小说叙述者化身充满性压抑的窥探者，始终无法正视自己的合理的身体欲望，这让我们领略到了一个历史转型中的作家，将个体际遇的悲戚与国族的败落进行直接联系，完成了一种个体向国族形象投射的时代建构。

如果说郁达夫用自己的创作为中国文学现代性的敞开增添了形而下向形而上运动的助推力，那么闻一多则在运用弗洛伊德的泛性理论基础上，对《诗经》进行重新的考据与阐释，为中国传统抒情诗学的延续注入了现代性的因子。连载于1927年7月的《时事新报·学灯》的《诗经的性欲观》开篇就否

① 王瑶：《王瑶全集》（第6卷），河北教育出版社，2000年，第88页。

② 郁达夫：《郁达夫全集》（第10卷），浙江大学出版社，2006年，第18页。

③ 郭沫若：《论郁达夫》，《人物杂志》，1946年第3期。

④ 郁达夫：《郁达夫全集》（第7卷），浙江大学出版社，2006年，第67页。

定了长久以来孔子《关雎》“乐而不淫”的判断，宣布《诗经》“淫得厉害”①，这种观点与郁达夫的小说有着奇妙的互文关系，可以说闻一多在古典文学的正统中寻找性欲的合理性，郁达夫则是从想象虚构中确立性欲的必然性。闻一多采用的是乾嘉学派的词章考据方法，梳理归纳出《诗经》中五种表现性欲的方式——明言、隐喻、暗示、联想、象征，并指出这几种方式背后隐含的潜意识或者无意识的心理机制。② 原载于《学文月刊》第一卷的《匡斋尺牍》中关于一首“劣诗”《芣苢》的解读则不能不令人击节赞叹。“《芣苢》是凭着它的劣诗的资格，不是好诗的资格，而赚得你注意的。”③ 闻一多以各朝各代的史料为论据，证明了野草芣苢在整个早期中国社会文化中所具有的“生育，多子”的象征含义，“满山谷是采芣苢的妇女，……还有一个佝偻的背影……因为她急于要取得母的资格以稳固她妻的地位”④。原本一段简单的重复，一种看似无意识的集体呓语，经过闻一多翔实的论证，让我们感受到了女性希图取得为母资格的憧憬和恐惧，这种复杂的心理活动和采摘芣苢的劳动过程结合到了一起，让我们了解到初民对生殖的狂热崇拜和族群繁衍的喜悦与残酷。

直面性本能对于个体乃至整个族群的身心影响是需要极大勇气的。因为性本能是人类在发展中不断压抑的一种动物本能，人类在自我繁衍和超越的过程中，通过宗教、礼教、习俗等方式对这种本能进行规训，促使其不断地道德化，性本能所激发出来的生命力和创造力也遭到了压制，造成了个人身心发展中的某种情感阻碍。郁达夫和闻一多以不同的方式表现了性欲和死亡这两大严肃的人生哲学问题。所谓“情之所钟，正在吾辈”，以“力比多”为价值核心的泛性理论给了为正统文学所贬斥的诲淫诲盗的情欲描写以空间，生命意志可以通过文学的隐喻和象征，找寻情感突破口，记录人类心灵发展的真实历史。叔本华认为生命意志是一种永恒的、本质性的存在，只有通过认识表象的世界才能进一步接近这种本质的存在。现代作家既背负着古典精神传统，又接受西方思维的冲刷，他们往往处于一种矛盾分裂的状态，一方面传统诗学的古韵悠长要求他们抱有一种“乐而不淫；哀而不伤”的冲淡中和之美，另一方面西方近代形成的非理性思潮要求的却是冲决现实中理性克制的所有，抵达人类情

① 闻一多：《古诗神韵》，中国青年出社，2008 年，第 3 页。
② 闻一多：《匡斋尺牍》，《学文月刊》，1934 年第 1 期。
③ 同②，第 109 页。
④ 同②，第 111 页。

感中最极致的面向，体现了灵与肉的二元对立和无法调和的冲突之美、矛盾之美，中国文学的生命意志呈现也是在这样的冲突之中，缓缓向前。

四、浪漫抒情的“国家理由”

罗家伦撰写了五四运动的白话文传单《五四运动宣言》，开宗明义地表达了“外争国权，内惩国贼”的政治诉求，由此成了一个具有现代性标志的事件，我们不妨将此看作中国近现代以来国民性唤醒的一次具体的实践。当时北洋政府的统治并未得延续的民意基础，所以罗家伦所要捍卫的必然不是北洋政府统治下的国家，而是他内心的理想国、未来国。五四运动的发生导致中国整体时局发生了质的变化，张灏认为，五四运动本身是反对宗教和偶像的具有强烈浪漫主义色彩的文化运动。① 当时作为革命青年的毛泽东于 1919 年 7 月 21 日在《湘江评论》上发表《德意志人沉痛的签约》，在文中他认为第一次世界大战并非德皇所发动，而是一种“德国民族的结晶，有德国民族，乃有德皇”，还认为“德国民族，为世界最富于‘高’的精神的民族”②。这种“高”的精神里明显带有一种非理性主义的色彩，毛泽东抓取了德国民族精神运动的实质。这种“高”的精神多带来的是民族自我认同的情感抒发，这种情感抒发与追求民族集体人格独立的时代诉求是一致的。

从世界史的角度观察，20 世纪的中国和 18 世纪的德国有着相似的历史背景，那就是面临着他国的强盛和自身的落后。以赛亚·柏林认为德国浪漫主义思潮的产生，正是“受伤的民族情感和可怕的民族屈辱的产物”③。尼采的权力意志哲学意味着一种民族意志的自我复兴，他认为战争是促进人类进化的必要手段，“在痛苦的紧张和有受害危险的时代，人们就要选择战争：因为战争会锤炼人，使肌肉强健”④。抗日战争时期，主张“文化形态论”的学者雷海宗、林同济和陈铨等人吸收了尼采这种对于生命意志和民族精神极力推崇的态度，对于中国封建文化千百年来文武分离造成士大夫孱弱的现状进行了全面的批判，呼吁中华民族需要具备一种“历史警觉性”⑤。革命与战争正是让国人

① 张灏：《幽暗意识与民主传统》，四川教育出版社，2013 年，第 122 页。

② 毛泽东：《德意志人沉痛的签约》，《湘江评论》，1919 年 7 月 21 日。

③ ［英］以赛亚·柏林：《浪漫主义的起源》，吕梁译，译林出版社，2008 年，第 44 页。

④ ［德］尼采：《权力意志：重估一切的尝试》，陈念东，凌素译，中央编译出版社，2000 年，第 524 页。

⑤ 雷海宗：《历史警觉性的时限》，《战国策》，1940 年第 11 期。

重新审视抵御民族战争的必要，唤醒生命中求强求胜的集体无意识，呼唤潜藏于每一个国民心中的反抗性，用血肉长城来捍卫国家的统一，是战争背景下知识分子家国情怀的必然选择。1938 年 3 月，“中华全国文艺界抗战协会”成立，并发表了《中华全国文艺界抗战协会发起旨趣》一文，这是文艺对抗战争的冲锋号，“文艺者是人类心灵的技师，文艺正激励人民发动大众最有力的武器”①。也充分表明战争时期个体抒情因子已经凝聚成了群体性的情感奏鸣，在情感的战栗中达到民族性的进一步升华与统合。从原本抒发个人情感上升到抒发全民族情感，体现了浪漫主义的民族性特点，也成为文学创作中的最大政治。意志哲学正是以一种“尚力”的形态存在成了战争正当性的一种学理表述。浪漫主义在战争时代的中国被赋予了新的形式和内容，构成了民众集体式的浪漫主义，在民族存亡危机的关口开启了共同抵御他族压迫的一种决绝反抗的姿态。

“战国策派”学者林同济在陈铨的著作《从叔本华到尼采》一书的序言中对尼采的著作进行了富有创建的分析。他注意到了尼采高扬的生命力度，注意到了尼采著作中的象征性，甚至于将这种艺术的象征表现归结为抒情的表现。“一切意志都是象征，都是抒情。”② 他还认为，全面的反叛传统、另立时代新说正是尼采一种自我抒情的表达。在《寄语》中林同济说“我的所谓诗，可以兴，可以发，可以舞，可以歌”，“愿这诗不是三五字的推敲，而乃是整部民族史的狂奏曲!”③ 林同济将尼采喷薄的激情与中国艺术的兴发感动传统进行了结合与阐释，希望艺术家在创作中融入民族意识，转化成战时的情感共鸣，升腾出一种高亢激昂的集体式抒情。在这种“尚力”的观念指引下，陈铨通过一种具象化的文学实践，探讨了个人与民族之间的共存与抵牾。在陈铨创作的《狂飙》的开篇中，薛先生与立群的长胡子舅舅铁崖就战争时期的个人与民族的关系进行了一段颇具思辨色彩的对谈，陈铨借铁崖之口说出牺牲自我，成就民族大我的民族意识。④ 在四幕话剧《无情女》中，陈铨塑造了一个在抗日战争中，心怀祖国，牺牲个人追求恋情的权利，化身为舞女的女特务秀云的形象，秀云把祖国视为爱人，并愿意通过自己的奉献来实现祖国辉煌的将

① 《中华全国文艺界抗战协会发起旨趣》，《文艺月刊》，1938 年第 9 期。
② 林同济：《寄语中国艺术人》，《文艺先锋》，1943 年第 3 期。
③ 陈铨：《狂飙》，正中书局，1942 年，第 19 页。
④ 林同济：《序言——我看尼采》，陈铨《从叔本华到尼采》，大东书局，1946 年，第 15 页。

来。[①] 这种以个体的柔软来换得国族的刚强，是当时国家宣传的一个重点。文艺宣传和“战国策派”的学术观点，展露出了战争时期集体浪漫主义的抒情倾向，充满自我牺牲的崇高悲剧感，但是他们的学术思想却忽略了小我与大我之间是事实上的利益共同体，这种官方抒情自带的骄矜，在战时无法真正有效地带动全民族抗战的积极性，显然与民族统一战线的宗显背道而驰。但是在抗日的现实语境下，“战国策派”的思想和学术贡献是应该得到承认的。

五、结　语

意志哲学进入中国后，其哲学内涵在事实层面上获得了一定程度上的本土性代替和转换。这种替换的成功之处在于长久蕴含在中国文学中的抒情传统得到了有效的留存，并在中国现代浪漫主义思潮中获得更深层次的发展。浪漫主义文学创作向人们提供了区别于理性启蒙的想象方式，王德威将这种对于心灵描摹的文学表现类型归结为一种有情的历史，抒情的情感模式，实现了一种西方意志本体与中国文学抒情传统在现代性理论下的化约及融合。在新旧交替的十字路口，对于西方思潮的提取转化，一直都是文化先驱者内心深处的一种以文济世的文士情节，无论是法国大革命时期的革命浪漫主义还是德国的意志哲学思潮，最终的落脚点都是人性的解放，自我意识的觉醒。这对于饱受千百年伦理制度压制的中国民众而言无疑是一种强大的精神震撼，意志哲学与中国传统诗学精神融合后，在浪漫主义思潮的统合下得到一种抒写心灵的可能，在革命和战争呼啸而过的历史进程中，散发出持续而又淡然的微光。

（原载《南京师范大学文学院学报》2018 年第 1 期）

（作者单位：闽南师范大学新闻传播学院）

① 季进：《陈铨代表作》，华夏出版社，1999 年。

论语派对新市民文化趣味的培育①

余　娜

活跃于20世纪三四十年代的论语派，因林语堂主编的《论语》杂志而得名。论语派以《论语》和此后创办的《人间世》《宇宙风》《文饭小品》《逸经》《西风》《古今》《天地》等期刊为依托，囊括了林语堂、周作人、俞平伯、老舍、简又文、邵洵美、潘光旦、老向、姚颖等众多知名文人。目前有研究将论语派视为现代市民的文化精英代表，肯定了这个群体文学实践的世俗性和现代性，但对他们的文化建构的思考和努力尚未深入研究。本文拟就论语派的现代市民文化趣味的建设问题展开论述，以期进一步探讨中国文化现代化的道路。

一

“市民”和“市民社会”是一个源自西方的社会学概念。18世纪德国古典哲学家黑格尔在《法哲学原理》中第一次明确区分了市民社会和政治国家，认为市民社会是人们在市场的经济交往中因相互的需要关心而形成的所谓“需要体系”，以及这一需要体系的保障机制。黑格尔的界定意味着现代含义的市民社会概念真正确立。进入20世纪之后，西方市民社会理论研究出现重大转变。20世纪30年代，葛兰西首先将“市民社会”看作一个文化批判的领域。此后，大多数当代西方思想家将市民社会看作独立的社团及其活动所构成的文化批判领域。总体而言，市民社会是在商品经济关系的演变中，从整个社会中独立出来并逐步形成的一个私人生活领域。

①　项目：福建省教育厅项目“闽地文化与中国现代文学关联研究”（JAS170249）。

在市民社会理论中，中产阶级是市民阶层的主体，市民文化相应地表现出高雅与世俗相结合的特点。市民阶层有着自己独特的文化品位、审美理想和文艺追求。20 世纪 30 年代中产阶级在中国上海、武汉等大城市有一定规模，市民社会初具雏形。但中国新市民阶层自我意识薄弱，当时流行的大众文化较低俗，混杂着旧文化和恶趣味。因此，摆脱传统文化趣味，建设健康的现代市民文化成为当时的时代要求。以林语堂为核心的论语派文人意识到了新市民文化的需求，致力于现代市民文化的建设。他们从培育新的文化趣味入手，办刊物写文章，以期逐渐改变人们的生活习俗、伦理观念等，从而真正实现“人”的现代化。

按照黑格尔的观念，市民社会是“各个成员作为独立的单位个人的联合”[①]。具体而言，市民社会应该具备“保护个人自由”“反对政治专制”“对市场经济的弘扬以及对国家干预活动的应对”[②] 等基本要素。以现代的市民社会概念观照中国古代城市，不难发现中国古代社会没有真正意义上的市民。20 世纪初开始，中国现代城市得到很大发展。上海在 1911 年有 48 家工厂，1933 年上升为 3485 家[③]；“民国年间，仅上海一地就集中了全国工业的 50% 以上（资本、工厂数、工人数及产值均是如此）”[④]。上海从一个贸易中心，成为一个制造业集中地。同样的变化也发生在天津、汉口等城市。城市经济链条开始形成，金融业、服务业、娱乐业、教育业、出版业等形成了现代化的城市经济结构，现代意义上的城市初具规模。

现代城市的崛起引发了社会结构、文化机构的一系列变化，市民数量得到了前所未有的增长。首先，工商业人口大幅度增加。工业生产的迅速发展“则把商品生产者和一大批急于求职的雇佣劳动者从乡村吸引到城市，扩大了城市的人口、经济和空间规模”[⑤]。其次，现代行业增加了更多的职业人口，如教师、律师、医生、编辑、记者、产业工人等。近代以来城市市民的核心群体以三部分人群构成：一部分是接受现代思想的官僚阶层；另一部分是新兴的民族资产阶级；还有一部分是现代知识分子。由于工商业的繁荣，受过良好的现代教育、拥有稳定职业与收入的中产阶级成为市民阶层的主体，包括中小商

① ［德］黑格尔：《法哲学原理》，商务印书馆，1996 年，第 197 页。

② 邓正来：《市民社会理论的研究》，中国政法大学出版社，2002 年，第 138 页。

③ 乐正：《近代城市发展的主题与中国模式》，《天津社会科学》，1992 年第 2 期。

④ 乐正：《城市功能结构的近代变迁》，《中山大学学报（社科版）》，1993 年第 1 期。

⑤ 同③。

人、医生、律师、记者、教师等分布于各社会主导领域的人员。新式的教育业、出版业和文化娱乐业等领域成长起来的知识分子，不同于依附仕途的传统知识分子，能够独立谋生，成为新的文化精英群体。现代知识分子立足于城市，重视都市公共空间，将自身的观念介入现代市民文化构建中，并传播现代文化想象。

尽管在20世纪30年代，市民群体在数量和构成上都发生了巨大变化，显现出现代性的特点，但市民的生活方式、审美情趣和行为习惯等都深受传统影响，现代文化尚未建设成型。“五四”以来的文化启蒙运动虽然引进了新的文化观念，冲击了传统文化，但旧文化的记忆依然深植于市民深层心理中，旧文化趣味的滞留更为顽固。启蒙思想并未太多地影响中国百姓，大多数城市居民的人生观改变甚微。上海在当时是国际化大都市，得风气之先，但西方现代文明与中国传统封建思想混杂。享受着现代物质文明的新市民的生活方式和审美趣味却普遍低级恶俗：富绅追求奢华排场，纳妾买婢，出入汽车保镖，打牌跑狗；小资产阶级讲究吃穿，打牌看戏，“男人们有时也喜欢涉足跳舞场或妓院，以及各种低级趣味的游戏场中。女人也喜欢在衣饰上较量，他们醉心于奢华，有时因为欲望的不满足而痛苦，这一类人，他们对于生活的享乐，常常感到不满足，因此精神上的痛苦，也占有了他们生活的大部分”①。而且，文学阅读趣味也带有深刻的传统印记，以传统价值观念和道德准则为核心的“侠邪小说”“鸳鸯蝴蝶派小说”和“新派的才子佳人小说”广泛流行。

可以说，中国新市民群体渐成规模，但自我意识薄弱，现代市民文化尚未形成，严重地阻碍着中国社会的现代化。这就需要通过新的启蒙摆脱传统文化趣味，建设健康的、现代的新市民文化。为此，以新式知识分子为主体的论语派在现代文化建设上致力于新市民文化趣味的培育，推动中国文化的现代转型。

二

文化包括了理性和感性两个层面：理性文化是观念层面，以科学知识、意识形态等理论观念为主，是对社会生活的概括性认识，较为抽象宏观；而感性文化则是心理层面，以感性经验和生活趣味为主，它渗透在人们的生活方式、

① 倪锡英：《民国史料工程·都市地理小丛书·上海》，南京出版社，2011年，第136页。

行为习惯、休闲娱乐、审美趣味等具体日常中。文化经验、趣味支撑着文化观念，文化观念又制约着文化经验、趣味，只有这二者协调发展，社会文化建设才能成功。在构建现代文化中，文化观念与文化趣味往往不相协调。五四新文化运动是文化观念先行，主要致力于输入学理，抨击旧文化，意在改变人民的思想观念。但文化趣味方面的建设尚无暇顾及，未能深入到大众的文化心理层面，也未能改变人们的生活习惯。论语派的文化建设实践针对现代文化观念已经提出、现代文化趣味尚未形成的现实情况，他们透过饮食、服饰、阅读、音乐、电影、绘画等日常生活来审视普通大众的生活趣味，并用现代精神加以潜移默化地改造，力图塑造新市民阶层的生活格调和文化趣味。

论语派的文化建设是从认识“国民性”开始的。林语堂作为论语派的核心人物，他的思想看法具有代表性。20 世纪 20 年代，林语堂激烈抨击国民性缺陷，在《给玄同先生的信》中他说：“今日谈国事所最令人作呕者，即无人肯承认今日中国人是根本败类的民族，无人肯承认吾民族精神有根本改造之必要。”[①] 在他看来，中国国民性的唯一出路就是全面学习西方现代文明。林语堂在 30 年代探讨中国国民性特质时，意识到必须结合中西文化，沟通传统与现代，从全盘否定传统文化转为有所肯定，如他在《吾国与吾民》中指出的，发现中国的唯一方法是“要搜索一般的人生意义，而不是异民族的舶来文化”[②]。他认为国人总体上有“三个弱点”：“忍耐性、散漫性及老猾性”，在《吾国与吾民》中明确说道：“此等品性为任何民族都可能有的单纯而重要的品性。”[③] 这里对中国国民性的认识显得更为客观全面。林语堂在展示国民性特质时，肯定了传统文化对中国人生活的熏陶。在《生活的艺术》中，林语堂不无欣赏地书写中国人吟风弄月、赏花阅柳的浪漫和谐的审美式生活，他说：“我深信中国人若能从英人学点制度的信仰与组织的能力，而英人若能从华人学点及时行乐的决心与赏玩山水的雅趣，两方都可获益不浅。”[④] 林语堂在中西方文化平等比较中，一方面认识发现中国国民性，找到了中国文化的建设之路；另一方面，林语堂对传统文化的改造和新文化的建设由观念领域转移到心理领域即重视文化趣味的建设。

如前所述，20 世纪 30 年代的中国新市民阶层初具规模，但自觉意识不

① 林语堂：《给玄同的信》，《林语堂批评文集》，珠海出版社，1998 年，第 230 - 231 页。

② 林语堂：《吾国与吾民》，黄嘉德译，陕西师范大学出版社，2008 年，第 26 页。

③ 同②，第 71 页。

④ 林语堂：《生活的艺术》，越裔汉译，陕西师范大学出版社，2006 年，第 278 页。

足，文化上仍保留着许多传统文化的恶趣味。由于中下层市民的文化教养不高，他们对文化观念的接受不敏感，其行为更直接地受文化趣味的支配。群体的趣味具有趋同性和社会性，“由相对一致的个体趣味所形成的群体趣味，亦即相当一部分人的趣味一致性……可以从经验角度或理论上归纳出群体的趣味类型”①。因此，论语派以“趣味”确立市民阶层的现代特质，也把文化趣味的改造和建设作为突破口，这与五四新文化运动以文化观念作为突破口大不相同，后者更富于实践建设性。文化趣味涉及市民的饮食、服饰、运动、阅读、音乐、电影、绘画等日常生活领域，因此要从具体的文化现象入手培育新的文化趣味。

论语派清醒地意识到现代与传统两种文化的冲突，也意识到两种文化都可以成为新文化建设的资源，应该在西方现代文明与中国传统文化中寻求完美融合点。论语派也认识到，新文化的建设不能依靠外来势力，不能通过殖民化来完成，而要由新知识分子作为主体。姚颖在《南京通信》一文中指出：“国家、社会、政治、礼教都在一种‘康白度 compradore（译为买办）’的手掌中，自上而下都是洋行买办的身份，东堂西郊便只听得清算‘克姆爽 commission（译为佣金）’的声音，‘康白度’的目的只是在赚‘克姆爽’，它决不会建树新礼教、新风俗、新习惯，在这种新情势之下，我们是决不会有一种新的群众现象来代替旧的群众现象的。”② 以林语堂、章克标、老向、姚颖等作家为主体的论语派确立主体意识，决心融合西方现代文明，改变当时社会文化中理论观念与实践生活的分裂状态。

首先，论语派要改变国人的性格，故而倡导幽默、提倡小品文。论语派通过倡导幽默建立起现代文明的一个新视角。林语堂认为，中国人的品性是过于正经和过于不正经的两极，这样就容易流于古板、偏执或油滑、混世。他认为现代人应该有包容、开朗的胸怀，有幽默的品性。幽默可以化解矛盾、调节人际关系，是现代人应有的品格。幽默也可以用于政治领域，论语派的政治批评从国家大事到市井细闻几乎无所不包，超越具体党派来谈论政治，表达“老实的私见”③，主张避开“主义”的高深理论，形成了“论语体”，如姚颖《京话》、老向《吾民其为毛人乎》等以幽默的方式释放“政治郁积”。而且，幽默不仅是释放政治郁积的方式，还是生活智慧，一种睿智、宽容、快乐的生

① 周宪：《当前文化趣味的社会学分析》，《文艺理论研究》，1995 年第 5 期。
② 姚颖：《南京通信》，《论语》，1933 年第 11 期。
③ 林语堂：《且说本刊》，《宇宙风》，1935 年第 1 期。

活方式。论语派大量的文章写生活日常，写幽默人生，其实是确立现代人应有的精神品格。

小品文的提倡则是为幽默找到了合适的载体。现代小品文有两大资源：一是传统小品文，不离风、月、雪、金鱼等生活趣味；二是西方随笔，不限题材。论语派提倡的小品文核心是凸显西方现代精神，更多取法西方现代小品文。林语堂提倡西洋杂志文，西洋人生之甘苦、家庭之生活、风俗之变迁、社会之黑幕都能反映在文章中。对小品文文体取法西方的倾向，郁达夫曾表达过自己的看法，他认为古代散文以尊君、卫道、孝亲为主要内容，形式上行文必崇尚古雅，用字造句用典，成为创作桎梏[①]，所以小品文具有现代的品格，适宜于传播现代意识。

第二，论语派要改变国人的旧的生活方式，建立健康的新生活方式。他们的文章里常常谈论新市民的吃饭、穿衣、交际等生活习惯，批判盲从西方文明的细枝末节，认可适合人性自然的生活方式，赞同适度保留合理的传统行为，由此确立新市民生活方式的现代特质。

论语派也在大力倡扬平等，这是现代市民社会主要的价值诉求。林语堂在《阿芳》中写家里的佣人阿芳聪明懒散，时而给人惊喜时而惹人愤怒，读罢全文令人忍俊不禁，通篇流露出家庭和睦、主仆平等的现代观念。

对于盲目追求西化的倾向，论语派也多有纠正。林语堂的文章多次论及穿西装、握手等西式生活行为的荒谬，肯定中式长衫的舒适，批判了西方文明存在的束缚人性、违背自然的一面。他还写过买牙刷牙膏时被广告宣传诱导的困扰，批评了现代文明的扭曲发展。林语堂的《我怎样过除夕》、徐訏的《论阴阳》都在讨论着新旧历法对社会、人民的影响，讽刺国民党政府不顾文化传统粗暴废除旧历法的做法。

论语派认可中国新市民的现代生活方式可以吸取合乎人性的传统行为。林语堂、姚颖在文章里都写到处理书籍摆放的自然方法——“把书籍随手置放的方法”[②]，妙处在于舒适亲切，讽刺暴发户的书籍收藏和所谓高效率的现代图书分类法。

对于现代社会的理想生活，林语堂反对金钱至上主义和奢侈的生活方式，提倡自然、质朴的生活方式。他在《言志篇》中发现“现代人实在欲望太奢

① 郁达夫：《中国新文学大系散文二集·导言》，《中国新文学大系散文二集》（影印版），上海文艺出版社，2003年，第5-12页。

② 林语堂：《我的书室》，《林语堂名著全集》（第十五卷），东北师范大学出版社，1994年，第143页。

了，并且每不自知所欲为何物”，其实理想的生活状态应如是：一间自己的书房“七分庄严中带三分随便”，总体而言，生活的美好在于——“一套好藏书，几本明人小品，壁上一帧李香君画像让我供奉，案头一盒雪茄，家中一位了解我的个性的夫人，能让我自由做我的工作。”① 这样的生活状态享受中西文明创造的便利和自在，自由依然是其最核心的本质。

第三，论语派要改变人们的旧的休闲娱乐方式，建立新的休闲娱乐方式。休闲娱乐是市民生活的重要组成部分，但当时中国新的休闲娱乐方式还没有形成。20世纪30年代的新市民休闲娱乐方式丰富多样，新旧混杂，旧的娱乐方式多有存在，如赌博、麻将、狎妓、跳舞等。论语派面对这种状况，从现代观念出发，谈旅游、聊电影、说读书、话传奇等，引导人们从事健康的休闲娱乐活动，建设重人情、合人性的市民生活。林语堂有不少文章写生活的休闲与娱乐：春天游杭州、夏日去避暑，看电影感动流泪，欣赏米老鼠卡通片，喜欢滑稽画片。在他看来，这些对于人心更加有益，“文学的作用，便是使我们带了一种更真的了解与更大的同情，把人生看得更清楚，更正确一点。……文学最要紧是必须打动人心，只要它把生活描写得真实”②。而且，林语堂充分肯定生活的闲适艺术，以游戏精神培养健全的人生观。在《论玩物不能丧志》里，他否定古代思想里的“玩物丧志”说，也批判了盲目效仿西方玩乐“只许人踢足球，不许人看花赏鸟”的说法，指出山水花鸟是中国人游乐雅趣所在，“在初夏晴日，趁夕阳西下，沿堤散步，看柳浪，赏荷花，观池鱼……乃为成年人之玩赏乐趣”③。

论语派提出了高雅的生活理想。林语堂倡导精致的生活，努力实现生活艺术化，“以艺术为消遣，或以艺术为人类精神的一种游戏”④。他饶有兴趣地介绍苏轼、李渔、沈复、袁枚等人有关衣食住行的艺术，指出：“生活的艺术是他们的第二本能，是他们的一种宗教。如果有谁说过中国文明是一种精神上的文明，那么这个人就是一个谎言制造者。”⑤ 林语堂在《生活的艺术》中详细地介绍了李渔热爱美食和畅游、听戏写文、改进或创造舒适的日用器具，生活充满情趣，显现出爱生活爱审美的情怀。

① 林语堂：《言志篇》，《林语堂名著全集》（第十四卷），东北师范大学出版社，1994年，第82页。
② 林语堂：《米老鼠》，《林语堂名著全集》（第十五卷），东北师范大学出版社，1994年，第74页。
③ 林语堂：《论玩物不能丧志》，《人间世》，1934年第7期。
④ 林语堂：《生活的艺术》，越裔汉译，陕西师范大学出版社，2006年，第344页。
⑤ 林语堂：《中国人》，郝志东，沈益洪译，学林出版社，2002年，第333页。

论语派也重视普通市民的文化生活。通俗小说拥有大量的市民读者，鬼故事与言情、黑幕、侦探等同为通俗小说最常涉及的题材领域。论语派意识到鬼故事及鬼文化蕴含丰富的民间性、世俗性，在《论语》杂志上曾推出“鬼故事专号”，篇幅超过平时一倍，周作人、老舍、陈铨、曹聚仁等诸多名家为之撰稿。对于发起鬼故事专号的原因，邵洵美曾说过：“我们编这‘鬼故事专号’，虽如施蛰存先生所说，是为‘正在对于西洋文学中的鬼故事发生很大的兴趣’，但事实上，那动机还要早。因为我们每次谈到文学总会讲起‘通俗小说’。我们常想，那所谓《礼拜六》派的小说，的确曾经继承了《红楼》《水浒》等在通俗文坛上的位置，……但是这一枝势力似乎中断了。《红杂志》般的刊物也不再能继续它的生命了，通俗文学是决不会绝迹的，……以纯文艺的地位说，通俗小说当然根本要不得的，但是以一两著作界，出版界而言，通俗小说自有它存在的理由。”① 在专号中，除了一部分写刺激猎奇的鬼故事外，还有许多文章以启蒙者身份来写与鬼有关的内容。周作人《谈鬼论》《再谈油炸鬼》、曹聚仁《鬼的箭垛》、马子华《鬼与女性》等文章站在人类学角度分析鬼文化；章克标《邻家的鬼》、徐訏《鬼戏》、老舍《鬼与狐》、老向《乡人说鬼》这类文章则影射现实，借鬼讽当时现实；而陈绵的小说《小站》在叙述中弥漫着强烈的西方悲剧色彩和忏悔意识。尽管鬼故事专号内容、主题不统一，但反映出论语派看重通俗文学，试图借重通俗文学改造市民文化趣味的用心。

第四，论语派重视对中国传统文化趣味的继承和改造。“五四”以来，尽管传统文化深受现代知识分子诟病，但在文化情感和审美趣味上，包括论语派在内的许多中国现代知识分子依然趋向传统。关于中西文学、艺术的优劣对比，论语派在理性分析中显示出充分的文化自信。林语堂的《论中西画》指出中西艺术起源不同，“中国艺术的冲动，发源于山水；西洋艺术的冲动，发源于女人”②。让他气愤的是，中国艺术效法自然，呈现曲折之妙，追求浑然天成，而工业文明影响下的现代中国仿效西方艺术，舍本逐末，美术建筑皆学西方，“上海有几万个中国富翁，却只有一二座中国式的园宅。此上海所以为中国最丑陋最铜臭最俗不可耐之城”③。徐訏的《谈中西艺术》则从饮酒品茗吃食等生活细处入手，分析中国艺术的精妙特点。在《谈中西文化》里，林

① 邵洵美：《编辑随笔》，《论语》，1936 年第 92 期。

② 林语堂：《论中西画》，《论语》，1933 年第 30 期。

③ 同②。

语堂批判卖弄名词、脱离人生地谈文化和盲目崇拜西方文化，指出“东西方文化都放在人生的天秤上一称，才稍有凭准”①，以人为中心的中国文明也值得西方学习。

论语派曾经书写过不少关于中国传统意象的文章，表达的情感矛盾复杂，既有怀旧，也有告别，这从“家”和“灯”的专号就可窥一斑。《论语》的“家的专号”里的许多文章表现出怀旧的文化情感。盛成的《家在陶然亭》将京郊的陶然亭视为文人心灵的栖息地。丰子恺的《家》写了搬家的过程，也是从都市到故乡的心灵回归。宋春舫在《从“家”忽然想到搬家》中，一直念念不忘幼年曾经生活过的旧家。这些文章里的“家”是中国知识分子文化情感的皈依，在惆怅伤感中对中国文化之根的留恋和探寻。和《论语》的“家的专号”一样，“灯的专号”也流露出怀旧情感，但后者立足民间立场，从民俗、历史的角度书写中国人关于“灯”的文化记忆。观今的《灯节小考》、梧生的《上元灯话》、殷紫震的《灯与趣》、蝶媒的《龙灯花鼓在民间》等文章引经据典，介绍民间的奇闻异俗，摘录有关灯的趣闻轶事。而陈铨的《回忆》、种因的《扬州春灯》、李短侬的《天下太平》、司徒京的《逛灯》则在今不如昔的感慨里蕴含着传统文化失落的惆怅。对于“家”的留恋和“灯”的守护，都可以看出传统文化在中国知识分子的情感深处仍占有重要的地位。

理想的新市民文化趣味的培养应该是确立现代精神内核、合理吸收传统文化的过程。在林语堂看来，“一种文化的真正试验并不是你能够怎样去征服和屠杀，而是你怎样从人生获得最大的乐趣。至于简朴的和平艺术，例如养雀鸟，植兰花，煮香菇以及在简单的环境中能够快乐，西方还有许多东西要向中国求教呢”②。享受着悠闲生活的中国人的精神特质能够协调西方现代文明愈加剧烈的精神矛盾，当然西方现代意识仍是中国需要学习的。在中西方文化的平等比较中，林语堂发现中西互补才能实现理想的现代国民性。林语堂所代表的论语派在建设新市民文化趣味中，可贵之处在于努力契合中国新市民文化情感，积极吸收中国传统文化，融汇西方现代文明，逐渐改变人们生活格调和审美趣味。

① 林语堂：《谈中西文化》，《人间世》，1935 年第 26 期。

② 林语堂：《生活的艺术》，越裔汉译，陕西师范大学出版社，2006 年，第 278 页。

三

论语派从疏离政治的民间立场出发，关注日常生活，用幽默、性灵、闲适的文学创作和文化批评潜移默化改造新市民文化趣味，对于当时的社会、文化都产生了积极作用。他们将生活艺术化、艺术生活化的传统文人趣味与西方的重视个性自由、思想解放的现代精神结合，提升了市民文化品位，具有积极的历史意义。论语派对新市民文化趣味的改造、建设既继承了五四新文化运动的启蒙精神，也弥补了其不足。五四新文化运动提倡科学、民主，反对封建专制，主要是在观念和理论上灌输新文化，反对旧思想，具体的文化建设尚未顾及。胡适致力于建设科学的人生观，其含义广博："我所谓'人生观'，依唐擘黄先生的界说，包括吴稚晖先生所谓'宇宙观'。"① 他在"科学的人生观"的十条宣示中，从生物学角度回答了"人是什么"的问题。风行一时的问题小说、哲理小诗也都在关注着人生观的核心问题，探寻人生的价值和意义，忽视了现实人生。胡适后来反思："我在《文学改良刍议》里曾说文学必须有'高远之思想，真挚之情感'，那就是悬空谈文学内容了。"② 曹聚仁对五四新文学运动曾总结道："我们回看'五四'时代的散文，在当时似乎觉得很有意义，写得很起劲，看得很痛快。其实，所布的都是堂堂正正之阵，所谈的都是冠冕堂皇的大问题；说得好，都是些不着边际的大议论；说得坏，便是千篇一律的宣传八股，久而久之，大家都有些厌倦起来。"③ 因此，"五四"文学革命仅在理论层面上批判传统文学思想，但不能改造大众的文学趣味和心理。论语派回到生活，回到新市民的心理层面，从文化趣味入手，改造旧文化，建设新文化，一定程度上纠正了"五四"观念建设的虚浮高蹈。

培养新市民文化趣味，是论语派对五四启蒙传统的延续。启蒙的根本目的是实现人的现代化，是深刻的和文化的变革。而五四运动并没有完成启蒙任务，中国人已有的生活方式、行为方式、思维方式并没有实现现代化。20 世纪 30 年代，社会革命兴起，启蒙不再是社会变革的重心。这时的文化潮流多元化，一方面是政治化，如左翼文学强调文学的政治宣传功能；再一个是商业

① 葛懋春，李兴芝编：《胡适哲学思想资料选》（上册），华东师范大学出版社，1981 年，第 341 页。

② 胡适：《中国新文学大系建设理论集·导言》，《中国新文学大系建设理论集》（影印版），上海文艺出版社，2003 年，第 28 页。

③ 曹聚仁：《文坛五十年》，生活·读书·新知三联书店，2010 年，第 156 页。

化，海派文学带有浓重的商业色彩，缺乏对现代性的反思；还有一个是精英化，京派文学具有过多的士大夫气，不接地气。“新生活运动”，缺乏社会力量的推动，也没有深及社会文化层面。论语派在纷繁复杂的那个年代，立足于现代市民社会，触及社会心理和文化趣味，从事融合雅俗的文学创作和文化批评，为现代市民文化建设做出了可贵的努力。

文化趣味的建设缓慢而深及社会心理，社会变革激烈而触动社会结构，二者并不同步。由于历史条件的原因，论语派的文化建设成果受到了极大的限制，并没有成为时代的主流。时代主流在于社会变革和民族解放方面，而不在文化建设方面。因此论语派的文化趣味建设很快被社会变革遮掩。此外，中国现代市民社会的基础比较薄弱，中产阶级规模太小，难以提供新市民文化发展的条件。因此，论语派的文化建设成果并不丰硕，效果并不显著。但是，论语派对新市民现代文化趣味的建设，毕竟具有推动社会进步的历史意义，应该予以肯定。在今天，现代文化建设已经提上了日程，借鉴其历史经验具有一定的现实意义。

（作者单位：集美大学文学院）

新世纪以来女性乡土写作的伦理逻辑

郑斯扬

伦理逻辑即伦理之思，本文所指的伦理逻辑，即女作家对乡土背景下社会道德问题的思考方式。新世纪以来，女性乡土写作的成果丰硕，甚至构成“新世纪头十年一个重要的文学现象，一股崭新的创作潮流。其表现形态、文化意蕴，与以往的女性文学或以男作家为主体的乡土文学，都有很大差异”①。如果对这种差异之因进行推断，一方面源于历史情境的变迁，“历史的结构和事件因此必然在性质上是复杂的，从来不是一种单一模式（连续性/非连续性）或者暂时性的”②；另一方面则源于男女写作者的思考角度，“我们投射注意力的方式，通常是高度非个人化的，符合社会传统习俗的关注方式。所以当我们关注或忽视某事物时，我们通常是按照我们所属社群的成员共有的方式来操作的”③。在漫长的社会进程中，造就了男性优于女性的神话，男性是理性而智慧的，而女性则永远感性短视。叔本华说：“女人比男人更具有怜悯之心，因此对于那些不幸的人，容易表现出仁爱和同情的言行。”“……毋宁说女人是精神上的近视者更为确当，她们直觉的理解力，对周身的事物，观察力非常敏感，但远距离的东西则无法入目，所以，凡是在她们视界所不存在的，不管是有关过去的也好，有关未来的也好，她们都漠不关心，无动于衷。”④ 长久以来，男性的视角、男性观点造成男女性别文化界限的划分明确而严格，势必会对男性和女性文化根基的形成与奠定产生影响，那么男女所持有的受性别文化

① 王宇：《新世纪女性乡土叙事潮流的崛起及其意义》，《南开学报》，2013 年第 1 期。

② ［英］特里·伊格尔顿：《后现代主义的幻象》，华明译，商务印书馆，2002 年，第 60 页。

③ ［美］伊维塔·泽鲁巴维尔：《房间里的大象：生活中的沉默和否认》，胡缠译，重庆大学出版社，2013 年，第 43 页。

④ ［德］叔本华：《爱与生的苦恼》，金铃译，光明日报出版社，2006 年，第 73 – 75 页。

影响的观念必然在一定程度上对划分男性和女性文化群落及加固文化差异起到极大的作用。如果说女性不具有叔本华心中男性的理性，几乎失去了视力，那么她从自己的视野所及中，如何能够分别是非，她如何从切实的，但叔本华却说是近距离的事物中分辨出自己的、富有自身性别属性的本质呢？也许对这个问题的探索会为我们思考女性乡土写作的伦理逻辑提供一个有效的论说空间。

一、温情之力

写作在表达思想的同时，也撬动了作家内心的情感世界。当代最负盛名的动物行为学家维托斯·德吕舍尔，就行为的真正原因和情感的关系做出判断："驱动着动物个体进行他所需要进行的本能行为的动力是情感……我们常常在自己行为的真正原因上自欺欺人，但真实的原因其性质永远都是情感性的即本能的。"① 当情感表达与女性写作相联系时，两者之间的关联性和敏感性似乎非常紧密。这一方面与女性重视感性体验、强调内在言说的心理相关，另一方面则与她们对自身性别特质的认识相关，渴望以自身的性别身份进入对道德问题探讨的公共空间。

在乡土写作者中，迟子建绝对称得上是一个动之以情的作家。她的写作秉持着一个理念，那就是将温情化作一种爱的力量，感动人、激励人、拯救人。因此我们总能在她的作品中看到林林总总的关于虔诚救赎、温情死亡的故事。有评论家认为她的小说过于温情，过多地呈现善，而对恶往往揭示得不够。对此，迟子建表示："我信奉温情的力量同时也就是批判的力量，法律永远战胜不了一个人内心道德的约束力……"② 迟子建强调的是，惩罚和抱负最终并不是挽回良心的有效途径，美德的召唤才是作家的责任。

与迟子建不同，铁凝虽然认为文学有关爱人的力量，但也指出这其中的有限性。从早期的《村路带我回家》中的黯然，《闰七月》中的反思，"三垛"中的反讽，《埋人》《他嫂》中的道德追问，到《谁能让我害羞》《逃跑》中的道德悬置，她以更加平静的心情去面对生活中的不善，不想去揭露自私，也不想站在高处解救他们，只是忠于内心对希望和失望的表达。在《谁能让我害羞》《逃跑》中，铁凝有意规避对生存"意义""价值""信念"的追问，把

① ［德］维托斯·德吕舍尔：《从相残到相爱：两性行为的自然演化》，赵芊里译，上海科技教育出版社，2013年。
② 迟子建，阿成，张英：《温情的力量——迟子建访谈录》，《作家》，1999年第3期。

逼近农民工生存极限的残忍与无奈揭示给人看。在放逐道德判断中，强调农民工当下的道德无奈感。面对生存线上的农民工，铁凝流露出对生活的失望，这种情绪是作家责任意识与现实对照后的感性表达。面对接近生存边缘的农民而言，有什么理由要求他们一定要成为有伦理担当的社会公民？这是铁凝温暖现实的做法，也是她面对文学有限性的立场。

葛水平往往用“善良”引导人面对现实。“善良”被理解为人的一种心理状态，是人最根本的底色。在散文《有一种气场叫善良》中，她说：“我一直在心里想着这一幕。一个很微弱的群体，也有自己的气场，一种善的气场……我始终坚信，每一个生命都有着自己与生俱来的气场，哪怕是一株毫不起眼的青草、树。而有一种气场，叫作善良。”① 一方面把“善”作为群体道德，一种维系该群体成员之间的伦理之规，另一方面又认为“善”是生命个体天赋的禀性。“善”既是人的道德情操又是人的本性，前者是道德要求，具有实践性，后者是道德本性，具有理论性。既然道德源自人的本性，那么为什么还要用规范性的道德约束个人行为，以及群体成员之间交往的行为？每个生命个体都有维系生存和追求精神的要求，但是由于活着就必须面对客观的一切，因此人不可能将善行贯穿在所有的行动中。她借用《浮生》中的话来说：“活人不生事叫活人吗?！生事的人，对生存环境的了解和参悟是令人敬佩的，善是退，恶是进。”② 她坚持认为：“一个人活着，不可能长时间地被一种事物吸引而陶醉，生活是真实的。不善的，不美的，很容易落在眼前。因为，人的欲望在膨胀。在过多的时间里，我们嗅到的是人与人对抗的弥天血腥。”③ 这些话表明，葛水平的“善良”是一种高尚的价值观，却不是悬置在人们头上的达摩克利斯之剑。善良的确是令人向往的美好道德品行，但却不是一种无可争论的道德戒律。葛水平正是作为一个辩护者努力为农民种种不善的行为进行辩护，同时也向一直压倒一切的抽象至善逻辑发起挑战，以此构建自己乡土写作的意义——对人们深入理解农民不善、越轨行为之可能性的推进。

新世纪女性乡土写作的代表作，迟子建《清水洗尘》《世界上所有的夜晚》《额尔古纳河右岸》、孙惠芬《歇马山庄的两个女人》、葛水平《喊山》《连翘》、北北《寻找妻子古菜花》、林白《妇女闲聊录》等，触目的总是道德信仰遭遇现实冲击，以及道德判断变成了一种无所依傍的尴尬。女作家在向我

① 葛水平：《有一种气场叫善良》，《文汇报》，2009 年 3 月 29 日。

② 吴玉洁，葛水平：《有一种气场叫善良——葛水平访谈录》，《小说评论》，2011 年第 4 期。

③ 同①。

们展示道德个体生存艰难的真相，以及自身道德信仰艰难维序的处境，却没有急于提出应对之策，因为她们始终相信在任何人类社会，都存在着一个浸透到人类灵魂深处并可以拯救人的力量——情感。纠缠蒋百嫂的正是一种发端于良心深处的悔恨，悔恨的基础便是对正义、对道德及对责任的看重（迟子建《世界上所有的夜晚》）。铁凝笔下送水少年和携款潜逃的老宋从始至终都没有逃脱掉羞愧的裹挟（铁凝《谁能让我害羞》《逃跑》）。在葛水平《黑口》《浮生》《黑脉》等矿难题材的系列作品中，农民矿工在放弃土地的同时，也赌上了个人的性命。他们的行为或许是一团暴力的乱麻，但谁能说这不是与尊严、道义交织相伴的一种别无他法的选择？女作家们把同情作为根本的道德直觉和明确无误的原则坚持下来。这种温情不需要什么东西证明其正确，不需要他人从根本上了解它与写作之间的关系。她们抛弃了唯一而高尚的严肃伦理。就这样，迟子建从超然的“北极村”走向世俗的“小镇乌塘”，将怜悯换作同情；铁凝从不避讳对生活的失望，也从没有放弃对神圣生活的渴望①；葛水平将写作视为文字的行走，在停步和驻足中回望太行山下农民的血汗岁月②。道义伦理从来都无法有效解释人的问题，因为个体的差异决定了问题的复杂性。女作家们以温情代替批判，提供了一个切实可行的表达方式，也提供了一个对伦理道德问题深度思考的论说空间，更重要的是这有助于将不同的思考集合起来，从而表明一种恰当的道德态度何以可能的有效路径。

二、情境道德

“情境逻辑”本是针对经济学研究的逻辑方法，由于它注重具体性的特点，后来发展成为普遍应用在社会科学研究中的一种研究方法。波普尔指出：“大体上，情境逻辑以我们在其中行动的物质世界为先决条件。例如，这个世界包括由我们所支配、我们对其有所了解的物质资料以及我们对其也有所了解（常常知之不多）的物质障碍。除此之外，情境逻辑也必须以由我们对其目标有所了解（常常知之不多）的其他人居住的社会世界为先决条件，而且，以社会制度为先决条件。这些社会制度决定了我们社会环境的特定社会特征。他们由社会世界的所有社会现实所组成，即由与物质世界的事物相一致的现实所

① 铁凝：《文学·梦想·社会责任——铁凝自述》，《小说评论》，2004 年第 1 期。

② 葛水平：《写作是我另外一生的开始》，《小说评论》，2011 年第 4 期。

组成。”[①] 很明显，波普尔认为情境分析首先是理性的，是不断根据客观现实发生转变和改进的一种十分重要的研究方法。其次，情境分析必须以具体现实为基础，针对社会中特有状况做出分析，体现于特定社会的规范之中。由于现实生活的多样性和差异性本身就是多情境的体现，情境逻辑分析作用着人们的认知，从而对各种问题的分析判断产生影响。既然男权制度和它的话语都把女性的能力定义为只能看到具体、切近的事物，缺乏广阔的视野，那么女性有机会就此从最具体的事物中，建构起自己对事物的分析逻辑。

在葛水平看来，那些眼见的春日乡村中充满诗情画意的农忙场景只是农家人的日常生活之一景，农家人的日子远不是那样恬淡宁静。

我们该明白，他们的日子不是这样永远的恬静，庄稼不出青苗的时候，他们会为了一渠水引到自家田头而大打出手，也会因为谁家的牲口吃了庄稼因小生出大事，人不可能舍却作为背景的生存，活着，谁都会为了保护自己活着的简单口粮而争斗。我们不会像河流那样默默伸出自己，放弃所有，克制欲望，善是做人的底线决不是不沾荤腥。[②]

这里，葛水平在道德评判中主要关注两个问题，第一个问题涉及欲望和“人不可能舍却作为背景的生存”这个思想的联系。首先，人是有理由活下去的，因此人的生存需要是第一位的，任何为了维系生命的行为都具理解的可能性。其次，人的生活目的并不是仅仅维系生存，而是要更好地活着。如果一个人为活下去存有欲望，那么他就有理由抵制阻止破坏他实现欲望的任何事情，活下去的欲望对一个人来说绝对是值得肯定的一种。这是人对“个人完整性”的实现基础，也就是英国哲学家伯纳德·威廉斯所言的“绝对欲望”，人们会为了维系这种欲望采取修改、调整、改变和抵制的行为。[③]

第二个问题是关于善的认识。“善”绝非是至高无上的道德原则，善是为人的最低目标和基本要求。功利性行为是有善恶差别的，区分的根本就在于具体处境下的动机。葛水平强调善，但却总是以悲剧的结局来呈现善意的动机。在姜广平的访问中，她曾就《守望》说道：“我写《守望》这篇小说时，心里有一种疼痛，那种疼痛是对善良的感叹。善良是这个世界上不容侵犯、平凡得高贵的品质，然而，在许多状态下，善良却往往让一个人进入临危绝境。”[④]

① ［英］波普尔：《通过知识获得解放》，范景中，李本正译，中国美术学院出版社，1998 年，第 113 – 114 页。

② 吴玉洁，葛水平：《有一种气场叫善良——葛水平访谈录》，《小说评论》，2011 年第 4 期。

③ ［英］伯纳德·威廉斯：《道德运气》，徐向东译，上海译文出版社，2007 年，第 14 页。

④ 姜广平：《你赋予了小说文本以力量——与葛水平对话》，《文学教育》，2010 年第 9 期。

在这里，葛水平意在说明善良的动机行为最终并不能避免厄运的发生，甚至善良的动机往往直接或间接导致厄运的发生，动机和结局并没有必然的联系。也就是说，如果X的动机是善的，却因为种种因素做出违背动机的行为，那么X的遭遇是值得同情的，X就不能算是绝对地违背道德。于是道德的评判就不能简单地以行动或者结果为根据，而要考虑到行为人的品格和动机（只要不是十足的不善，比如：谋杀）。道德并非由一系列严密的理论原则构成，道德限于人们客观而具体的生活领域之内。在这一点上，孙惠芬和葛水平走到了一起。

孙惠芬与葛水平一样，承认在道德评判中考察行为者情境状态的重要性，她指出，自己在面对农民欲望解放和控制的道德问题的时候，思考最多的就是“日常”。

日常，它在我的创作中应该说是越来越巨大，因为我越来越感觉到，日常状态是人性中最难对付的状态，说它难对付，是说突发事件总是暂时的，瞬间的，而人在实践中，往往因为忙碌，因为紧张，体会不到真正的挣扎。事实上，人类精神的真正挣扎，正是在日常的存在里，困惑和迷惑，坚忍和忍耐，使挣扎呈现着万千气象。……我想，日常，事实上最具有极端的质地。它跟时间和时光抗衡，是流动着的存在，无论是写作着的我，还是我身边现实的各色人生，都不得不在奔着希望和梦想的前行中，跟它持久对抗。①

这里的“日常”不是抽象和形式上的概念，而是具体、真切的“他人之境”。进入“他人之境”的道德观察方式，是情境逻辑思维方式的一种表现，可以避免道德的抽象化和普遍化。事实上，普遍化并不能引向道德，反而构成强制。因为“普遍化并非完全是必然的；即使普遍化可能是必然的，它也无须涵盖诸如人类存在这样的东西；即使普遍化能够涵盖诸如人类存在这样的东西，它也不能产生道德内容，这要么是因为不会提出在实际上是矛盾的普遍法则，要么是因为普遍的理由并不因此而不再是私人理由，以及因此可普遍化要求不能够沟通分离你的理由和我的理由之间的鸿沟”。②

比较葛水平和孙惠芬的道德观，可以看出二者相同的一点是：她们在看待道德问题的时候注重现实的具体性，具有情境逻辑的特点。“按照这一理论，道德必须体现为具体的东西，即特有社会中的特有行为，体现于特有社会的规

① 孙惠芬：《我更注重生活本身的力量》，《西湖》，2011年第4期。
② ［美］克里斯蒂娜·科尔斯戈德：《规范性的来源》，杨顺利译，上海译文出版社，2010年，第256页。

范之中，而不能被理解为抽象的原则。而且，情境道德把注意力从单一的道德行为转向更广阔的行为者的道德能力。”① 在情境道德理论家看来，道德敏感和道德想象力是道德成熟的关键。事实上，“理性之外的特性”很难排除感性情怀的存在——女作家的乡土情怀。正是这份热情激发了她们介入乡土文学的写作，以及对处于变迁过程中种种道德问题的思考。

三、超性别意识

在女性乡土写作中，乡土情怀不仅成为理性思考的基础和支点，而且还使女作家意识到道德与情境之间具有根本关系，同时也具有多种评判的可能。只有在具体情境中把握人的行为，道德评判才是有意义的。女作家的这种包蕴关怀情感的伦理观是否源于她们的性别视角？换句话说，她们的关怀伦理观是否体现她们有意强调性别意识的一种表现？如果要弄清楚这个问题，我们势必深入到女作家的写作意识之中，探寻她们写作的性别立场。

张英曾对迟子建做过一次访谈，迟子建在访谈中对如何看待女性写作这个问题，做了这样的回答：

如果女性主义写作就是指女作家写作，那就没必要讨论了。因为人类就分两种，但现在约定俗成的理解是女性写作是指作品里含有女性宣言，意味女性主义色彩较浓的作品，但是你在作品中宣泄发现自我，但你还是一个女性，先天一个女人没做明白你就开始不断地反叛，我觉得值得怀疑。有时候表现一种神经兮兮的感觉，我不大喜欢这种文学。②

刘思谦在《女性文学这个概念》中对“女性文学”这个概念做出了界定：“女性文学是诞生于一定历史条件下的以‘五四’新文化运动为开端的具有现代人文精神内涵的以女性为言说主体、经验主体、思维主体、审美主体的文学。”③ 迟子建在某种程度上，把女性文学理解为女作家借助文学形式，通过单一批判男权意识夺取权力话语的写作。虽然迟子建对女性文学的理解存在某些误解，但是她对性别与文学之间的关系的认识并不缺少真知灼见。她批驳的对象是那种唯女性性别独尊的女作家的写作，她理想的女性文学是可以超越性别束缚，立足人性之本质进行写作的女性之作。这里，迟子建有关女性文学写

① 肖巍：《女性主义关怀伦理学》，北京出版社，1999 年，第 166 页。
② 迟子建，阿成，张英：《温情的力量——迟子建访谈录》，《作家》，1999 年第 3 期。
③ 刘思谦：《女性文学这个概念》，《南开学报》，2005 年第 2 期。

作立场的观点与刘思谦所言的女性文学是有性别而又不唯性别的超性别的“人的文学”的表述不谋而合。

无独有偶，孙惠芬也是一位拒斥以“女性主义”标榜女性写作的作家。在张赟的访谈中，当被问及被评论家纳入女性主义文学研究视角的小说《女人林芬和女人小米》是否真正承载着明确的女性身份和女性意识的时候，孙惠芬明确表示：我不知道“女性主义”包含了怎样的内涵，我在写作时只考虑揭示人性。

《女人林芬与女人小米》中的那些对话不能说明什么问题，小说的结尾，是告诉保姆不要相信男人的林芬又爱上了一个男人，而决心再也不会被男人左右的保姆小米看到女主人爱上男人夜不归宿后，再也没有勇气直面被男人爱着的女主人，毅然离开了她。这才是最重要的。这说明这些看上去被“女性意识”笼罩的女人并没真正丧失对男人的希望，或者说那些话不过是她们藉以保护自己的一个面具，就像溺水之时随手抓来的救命稻草。[①]

孙惠芬直言作品意在说明的是：“女性真正的希望并不是把男性赶出地球，而是希望两性之间能够建立一个女性能够接受的和谐的秩序。这是男女两性的问题。”[②] 她一方面不断地理解日常生活中的错误，一方面又能为人们提供美好的希望。孙惠芬的智慧在于，两性矛盾冲突无论多么巨大，彼此必须面向未来。也因此，她笔下的那些勇于面对现实残酷的乡村女性人物形象，不但丰富了乡土文学中的人物画廊，也为女性文学研究拓宽了视野。

孙惠芬对于男人和女人之关系思考反映出的正是一种“超性别”意识。“超性别”就是“超越性别意识”，该词自陈染提出以后，便引起了女性文学写作者和研究者的普遍关注。[③] 降红燕在《关于“超性别意识”的思考》[④] 一文中还对“超性别意识”的概念与相关问题做了深入的分析性研究。她认为，“超性别意识”就是要超越单一的性别视角来观察世界、看待生活。这是一种超越女性性别意识的胸襟和气力，也是女作家们显示自己视野开阔、境界高远的一种自我表白。

① 张赟：《在城乡之间游动的心灵》，《小说评论》，2007 年第 3 期。
② 同①。
③ 陈染：《超性别意识与我的创作》，《钟山》，1999 年第 6 期。
④ 降红燕：《关于“超性别意识”的思考》，《文艺争鸣》，1994 年第 6 期。

四、结　语

从上文分析来看，女性作家乡土写作的理论逻辑具有以下特色：一是女作家在写作中将自己的道德立场设定为爱人者，在与人物关系中将道德情感提升到至高处，表现出的是一种将同情、怜悯、理解及批判统一的温情力量。二是女作家在对农民伦理观和道德问题阐发的过程中，从其思维逻辑来看，主要依据的是情境道德的理论原则。她们把关于人既是具体情境下的又是日常生活中的观念与她们的情境道德观念中关于人的理解融合，既现实而又具体个别。她们强调在具体情况下对人的道德进行关注，以及以关怀的视角看待人的行为和行为中的人。三是女作家能够超越性别赋予的自赏心态，超越单一、刻板的视角来观察生活中人和事，将对人的关注提高到人性层面，从而以写作的方式照见人的本相，形成了不唯性别又超越性别的写作之路。以上这三点较鲜明地呈现在新世纪以来女作家乡土之作中，也是富有启迪性的理论创见。但是女性乡土写作也存在一定的局限，这种局限表现在女作家对“女性文学”“女性主义”“女性意识”等概念认识的模糊，一方面容易导致越来越多的人对“女性文学”等相关概念产生误解，拒绝或反对“女性文学”，另一方面易导致两性之间性别的对抗，在一定程度上对理解女性乡土写作的性别意识产生困惑，不利于构建自然、自由、和谐的两性写作世界。

（作者单位：福建社会科学院福建论坛杂志社）

奚密的台湾文学研究

李诠林

谈起奚密（Michelle Yeh），就会联想到她的“现代汉诗”翻译与研究，奚密开始中国现代诗的研究始于1982年她在美攻读博士学位期间。至20世纪80年代末，她“举起‘现代汉诗’的研究大旗，积极响应并带头参与现代汉诗的研究工作，以此作为一种书写策略”①。此后，“一方面，她从误解、失望和轻视的噪音世界中突围而出，洞悉‘现代汉诗’的差异性，并提出‘四个同心圆’‘边缘诗学’‘当代中国的诗歌崇拜’‘噪音诗学’‘环形结构’等一系列重要的理论术语，归纳出‘现代汉诗’的历史发展脉络，她的研究方法、思路和内容都极具借鉴价值；另一方面，她又着眼于中国与西方、古典与现代的宏观视野，将‘现代汉诗’置于历时与共时的诗歌背景中加以考量，试图整合大陆与港台乃至华语诗歌之间的裂隙，并立足真正意义上的‘世界诗歌’以沟通诗王国的共性追求”②。奚密现为美国加州大学戴维斯分校教授，她对台湾现代诗歌有着持续而深入的理论研究，除了她编译的《中国现代汉诗选》（英文）③ 以外，她还著有《中国现代诗：1917年以来的理论和实践》④，是美国汉学界第一部以文学史的脉络、自成体系的、研究中国现代汉诗（内含台湾现代诗）的创作及其诗歌理论的学术专著。按照应凤凰教授的说法，该书是“第一部有系统的探讨现代诗本质的理论著作”⑤。

① ［新加坡］张森林：《抒情美典的追寻者：奚密现代汉诗研究述评》，《汉语言文学研究》，2016年第3期。

② 翟月琴：《奚密现代汉诗研究综论》，《中国现代文学研究丛刊》，2014年第12期。

③ Edited & Translated by Michelle Yeh. *Anthology of Modern Chinese Poetry*. Yale University Press, 1992. ［美］奚密：《中国现代汉诗选》，耶鲁大学出版社，1992年。

④ Michelle Yeh. *Modern Chinese Poetry: Theory and Practice Since* 1917. Yale University Press, 1991.

⑤ ［美］应凤凰（德州大学东亚系博士班）：《台湾文学研究在美国》，《汉学研究通讯》，1997年第16期。

一、“现代汉诗”概念的阐发与营构

奚密第一次系统地阐述“现代汉诗”这一诗学概念是在1991年，她“在《中国现代诗：1917年以来的理论与实践》中首次从诗学理论意义上提出‘现代汉诗’概念，其后又在《中国式的后现代？——现代汉诗的文化政治》的注释中作出解释，‘现代汉诗意指1917年文学革命以来的白话诗’。这种提法，既在时间上超越了中国大陆在现当代诗歌上的分野，同时又在地域上超越了中国大陆与其他以汉语进行诗歌创作的地区之间的分野”①。由此可看出，奚密所指发端为1917年“文学革命”的诗歌概念，也就是中国现代文学学科中传统意义上的“新文学”范畴内的现代中文诗歌，而其著作中所涵盖的地域便不仅指中国（包括台湾、香港地区），还包括美国等地运用汉语创作的诗人诗作，因此奚密笔下的“Chinese Poetry”除了具有“中国诗歌”的含义以外，更多的是指“汉语诗歌”的语种意涵。

奚密认为：“现代汉诗最大的成就，莫过于对诗作为一个形式与内容之有机体的体认和实践：没有新的形式，哪能包容新的内容？没有新的文字，哪能体现新的精神？所谓现代，所谓先锋，如此而已。”② 因此，她所提出的“现代”更强调的是“新”，内容新，形式也要新，揭示了现代白话诗歌的新语言形式和新的时代精神之间的辩证统一的协同作用。她所说的现代乃是指社会的进程，将白话对于文言的取代也视为社会现代化的一个方面。同时，“汉诗”本来是一个富有古典汉学色彩的语词，韩国、日本、越南等国的诗人运用汉语创作的旧体诗歌往往被称为“汉诗”。“现代汉诗”便成为可与“古典汉诗”或者“旧体汉诗”并举的概念。这是一个学术概念的创新。

二、“四个同心圆”视野下的现代汉诗研究

奚密的现代汉诗研究，包括台湾现代诗的研究，其研究方法主要表现为“四个同心圆”模型，即以研究诗歌文本为基础，并以诗歌文本解读为中心，开展对于诗歌史的研究，继而拓展到包括诗歌史在内的全文类整体文学史的研

① 翟月琴：《奚密现代汉诗研究综论》，《中国现代文学研究丛刊》，2014年第12期。

② ［美］奚密：《现代汉诗：一九一七年以来的理论与实践》，奚密，宋炳辉译，上海三联书店，2008年，第1页。

究，然后进行更为宏观的文化史层面的诗歌解读，亦即她所说：“理想的解读应涵括四个层面：第一是诗文本，第二是文类史，第三是文学史，第四是文化史……这四个层面就像四个同心圆，处于中心的是诗文本；没有文本这个基础，任何理论和批评就如同沙上城堡，是经不起检验的。”[①] 奚密对于台湾现代诗的研究，还聚焦于台湾现代汉诗的艺术表现手法、美学素质及其本土性。[②] 基于此，“奚密致力于中西诗学的比较研究，又从文本细读发现汉语的独特魅力。她探讨诗人所彰显的声音、意象、形式和语义功能，进而扩展至文类、文学史和文化史。总体上而言，她身处理论革命时代又批判性地保持审视的姿态，她努力与理论进行对话又跳脱出其抽象性而回归到文学内部——集文本、文类、文学史和文化史为一体的系统性的同心圆构造”[③]。

三、现代汉诗文本解读形式下的台湾现代汉诗诗歌史内在机理

从“同心圆”理论出发，奚密以英美新批评的方法对台湾现代诗的结构形式和语言进行了文本细致分析，她论及的台湾诗人包括杨荫昌、林修二、林亨泰、夏宇、杨牧、商禽、张错、郑愁予、陈黎、鸿鸿等，所详尽解读过的台湾诗歌文本有商禽的《电锁》《逃亡的天空》、陈黎的《战争交响曲》、张错的《洛城草》、杨牧的《霜叶作》等。她的《台湾现代诗论》[④] 一书“收入奚密自 1996 年至 2005 年发表的 12 篇论文。在这些论文中，有的以一位或数位诗人的作品为切入点，例如《燃烧与飞跃：1930 年代台湾的超现实诗》；有的以一本诗刊为切入点，例如《在我们贫瘠的餐桌上：1950 年代的〈现代诗〉季刊》；有的从文学思潮展开论述，例如《边缘，前卫，超现实：对台湾 1950—1960 年代现代主义的反思》；有的从诗歌论战展开论述，例如《台湾现代诗论战》。但毋庸置疑，全书的压轴之作当推《台湾新疆域：〈20 世纪台湾诗选〉导论》，其不只是《20 世纪台湾诗选》的导论，也可作为《台湾现代诗论》这本诗论集的提纲挈领式的导论。从 1917 年现代汉诗的起源一直论述至当代台湾现代汉诗的状况，论述全面，引证有力，在台湾洋洋大观的现代诗论中独

① ［美］奚密，崔卫平：《为现代诗一辩》，《读书》，1999 年第 5 期。

② 关于奚密重视台湾现代诗研究的美学素质和本土性的论述，参见［新加坡］张森林：《抒情美典的追寻者：奚密现代汉诗研究述评》，《汉语言文学研究》，2016 年第 3 期。

③ 翟月琴：《奚密现代汉诗研究综论》，《中国现代文学研究丛刊》，2014 年第 12 期。

④ ［美］奚密：《台湾现代诗论》，香港天地图书有限公司，2009 年。

树一帜”①。

奚密编选的《中国现代汉诗选》在翻译解读诗歌个案文本的基础上勾勒了一个现代汉诗史的脉络。金介甫认为：“由奚密编辑和翻译的《中国现代汉诗选》，是一部精当的文集，编辑、装帧和翻译都非常雅致。该诗集将中国朦胧诗人和后朦胧诗时代的诗人与他们二十年代的前辈以及台湾诗人作了比较。”② 可见，奚密的诗歌选集也体现了她的有意识的时空观。奚密还根据“海外汉诗写作体现出诗人疏离母语环境后孤独与飘零的心理体验”③，“根据诗人与空间的对应关系，奚密将海外汉诗的写作分为三类：第一类，以多多为例，表现了‘浓重的流放情绪’；第二类，以张错为例，流露出‘深刻的漂泊感’；第三类，以杨牧为例，则体现了‘中西文化传统之间的互动’”④。由此，奚密的“现代汉诗”由1917年的文学革命出发，扩展至当代中国大陆朦胧诗与后朦胧诗，进而拓展到了海外华文诗歌创作，与近几年史书美、王德威、石静远等提倡的“华语语系文学研究”，以及鲁晓鹏、张英进等提倡的“华语电影”殊途同归，所指向的是言语的疆域，构建了一个以社会现代化的时间进程为经、以汉语载体为纬的台湾现代汉诗诗歌史的坐标。

四、中西诗学融混下的理论建构与思考

新加坡南洋理工大学张松建教授将奚密现代汉诗研究的特色概括为“现代汉诗的学术视野”“从边缘出发的研究方向”“内在状况的研究范式”“四个同心圆的方法论”⑤。张森林进一步指出：“奚密独树一帜，强调现代汉诗的‘内在状况’（internal conditions）多于强调来自西方诗的影响。她不考察西方诗对中国诗的冲击和中国诗的回应，而是追问现代诗自我演变的机制和追求变革的内在动力。”⑥

奚密认为，台湾除了丰富的台湾地区少数民族文化之外，又融合了欧洲、

① ［新加坡］张森林：《抒情美典的追寻者：奚密现代汉诗研究述评》，《汉语言文学研究》，2016年第3期。

② ［美］金介甫：《中国文学（一九四九——一九九九）的英译本出版情况述评（续）》，查明建译，《当代作家评论》，2006年第4期。

③ 翟月琴：《奚密现代汉诗研究综论》，《中国现代文学研究丛刊》，2014年第12期。

④ 同③。

⑤ 参见［新加坡］张松建：《边缘性、本土性与现代性——奚密的现代汉诗研究》，《文心的异同：新马华文文学与中国现代文学论集》，中国社会科学出版社，2013年，第283－305页。转引自张森林：《抒情美典的追寻者：奚密现代汉诗研究述评》，《汉语言文学研究》，2016年第3期。

⑥ 同①。

日本和美国等多样元素。“最早的台湾现代诗是用两种语言（中文和日文）写的。……在了解台湾时，‘混血’提供了一个有用的观念，有助于我们了解台湾，因为这个岛屿的身份和其近四百年来的多元历史的确是不可分割的。”①“追溯文学影响的根源和接受的来龙去脉，当然有其重要的价值，但我们更应该关注那些使现代中国诗人开放接受某些外来影响的本土因素……‘五四’以来汉语诗歌的现代性应视为诗人在多种选择中探索不同形式和风格以表现复杂的现代经验的结果。尽管其中可能有来自外国文学的启发，甚至是直接对后者的模仿，更重要的是来自内在的要求和在叩应这些要求的过程中所从事的可能类似于外国的本土试验。”② 奚密的《诗学新起点：从传统向现代的转向》③是对1949年之后台湾诗歌西方化浪潮的审慎批评。论文《反思现代主义：抒情性与现代性的相互表述》则揭橥“透过对战后台湾诗坛之语境的概述，并选取以抒情风格著称的两位诗人郑愁予和叶珊的诗歌《错误》和《屏风》进行文本细读，来阐释台湾现代诗中抒情性和现代性的相互表述。在现代主义启发下发展出来的现代诗强调情感微妙的象征，间接的暗示，它反对抒情主义——即贸贸然的满纸热情，但并非反抒情。现代诗吸取了中国古典诗传统的养分，却是绝对的现代”④，将“抒情主义”与“抒情性”做了区分，强调了台湾现代诗是中国古典诗歌传统与现代主义手法的对立统一。

奚密认为：“一套接一套的流行理论，一个接一个的时髦话语，就仿佛一季接一季的新装，它们装点了文学，却没有告诉我们文学自身好在哪里，创意在哪里，它们表面上捧高了文学，用文学作品来示范道德至上的‘认同政治’议题——民族主义、少数族群、后殖民、性别研究、全球化，等等，实际上它们往往是现代版的‘文以载道’，将文学简单地归纳为某个课题的载体。”⑤ 虽然奚密解析诗歌文本，西方诗歌理论和英美文学术语可以做到信手拈来，但她对解读文学文本是不是一定要借用各种理论持有保留态度，她更乐意看到的是让文学回到文学自身的文学批评，而不是被理论装点门面甚至被道德绑架的文学和文学批评。奚密曾对洪范书店的创办人、台湾著名现代派诗人、后移民美

① ［美］奚密：《台湾新疆域：〈20世纪台湾诗选〉导论》，［美］奚密《台湾现代诗论》，香港天地图书有限公司，2009年，第211－212页。

② ［美］奚密：《诗的新向度：从传统到现代的转化》，［美］奚密《中国现代汉诗：1917年以来的理论与实践》，奚密，宋炳辉译，上海三联书店，2008年，第63页。

③ Yeh, Michele. A New Orientation to Poetry: The Transition from Traditional to Modern. *Chinese Literature, Essays, Articles, Reviews*, 1990, 12.

④ ［美］奚密：《反思现代主义：抒情性与现代性的相互表述》，《渤海大学学报》，2009年第4期。

⑤ ［美］奚密：《“理论革命”以来的文学研究》，《书城》，2004年第12期。

国的杨牧以专篇论文加以评析，称其为现代汉诗的“Game-Changer”①，奚密对杨牧的近乎崇拜的高度评价，不吝于“终极判断”的批评风格，显示了奚密诗评家基础理性以外，相对于其他学院派理论家有较为感性的一面。

五、文学社会学方法的运用

奚密在致力于台湾现代诗的翻译与文本细读的同时，也密切关注着各类社会文化现象，如她认为，导致20世纪50—60年代的台湾现代诗边缘化的原因主要有三个方面，即“官方意识形态所推广的反共文艺，传统文化对现代诗的反对与压抑，以及与五四文学传统的断裂”②。她的论文《“在我们贫瘠的餐桌上”：50年代的台湾〈现代诗〉季刊》③“紧扣1953年2月1日创刊、1964年2月1日停刊的《现代诗》，从文学社会学的角度探讨了其出现、流通以及产生影响的各种文学及文化因素”④，可以看作对张诵圣“文学场域”理论的呼应与互动，“奚密对期刊、流派和论战的分析，再次诠释出文学场域的系统化演变过程，从文学社会学的角度重申文学场成员挖掘、积累资本并反身赢得利益，甚至自主改变整个时代文学发展路径的全部过程”⑤。对于文学场域的考察，不可避免地会导向布迪厄所论的文化资本和波德里亚所着力研究的消费社会。“新兴媒体、视觉文化、娱乐产业的崛起和印刷业的萎缩，诗歌陷入尴尬的处境已是不争的事实。但‘Game-Changer’的意义就在于，他们并不屈服于恶劣的社会现实，而是更坚决地调动起可利用的文化资源服务于原创性文本，较有代表性的是杨牧在诗歌中增加了汉语的听觉和视觉效果，木炎将长诗改写为短诗展示在书店外的人行道上，鸿鸿2006年出版的《土制炸弹》成为第一本明确表示版权免费的诗集等等，大胆地与变化着的社会、政治和文化进行协商，完成了极具创造力的诗歌作品。”⑥ 据此，奚密将20世纪80—90年

① ［美］奚密：《杨牧：现代汉诗的Game-Changer》，《扬子江评论》，2013年第1期。张森林在《抒情美典的追寻者：奚密现代汉诗研究述评》中将其翻译为“格局改变者”。

② ［美］奚密：《边缘，前卫，超现实：对台湾1950—1960年代现代主义的反思》，［美］奚密《台湾现代诗论》，香港天地图书有限公司，2009年，第77页。

③ ［美］奚密：《“在我们贫瘠的餐桌上”：50年代的台湾〈现代诗〉季刊》，《中国现代文学研究丛刊》，2000年第2期。

④ 翟月琴：《奚密现代汉诗研究综论》，《中国现代文学研究丛刊》，2014年第12期。

⑤ 同④。

⑥ 同④。

代的现代汉诗指为“The Best of Times, The Worst of Times”[①]（最好的时代，同时也是最坏的时代）。

奚密近几年所著的有关诗与生活、芳香诗学等著作，以及她参与编译的诺贝尔文学奖获得者美国歌手鲍勃·迪伦的诗歌集《新民说 鲍勃·迪伦诗歌集（1961—2012）：暴雨将至》[②]，都体现了奚密在中国诗坛活跃的身影及其不自外于现实社会与流行文化的诗人情怀及其对文学社会学的灵活运用。

（作者单位：福建师范大学两岸文化发展研究中心、文学院）

① Michelle Yeh. The Best of Times, The Worst of Times. *Poetry and Fiction From Contemporary Taiwan*, 2010: 23 - 33.

② ［美］鲍勃·迪伦：《新民说 鲍勃·迪伦诗歌集（1961—2012）：暴雨将至》，［美］奚密，陈黎，张芬龄译，广西师范大学出版社，2017 年。

鲜活中的犀利：陈雪风批评之美学追求

萧　成

一、富于敏锐的艺术触角的直观印象式批评

关于文学批评，著名美学家朱光潜先生曾依批评态度与手法将文学批评分作四类：“第一类批评学者自居‘导师’地位。……喜欢向作家发号施令；第二类批评学者自居‘法官’地位。‘法官’要有‘法’，所谓‘法’便是‘纪律’。他们以自订的‘纪律’强行律人；第三类批评学者自居‘舌人’的地位。‘舌人’的功用在把外乡话翻译为本地话，叫人能够懂。在于把作者的性格，时代和环境，以及作品的意义解剖出来，让欣赏者看到易于明了；第四类就是近代在法国闹得很久的印象主义的批评。属于这类学者所居的地位可以说是‘饕餮者’的地位。‘饕餮者’是贪美味，尝到美味便把它的印象描写出来。”① 具体来说，陈雪风的文学批评比较近于朱光潜划分的第四类——‘饕餮者’的直观印象式批评。由于陈雪风具备诗歌、散文、杂文、小说的大量创作实践，形成了他丰富而敏感的审美鉴赏经验，从而使他的文学批评带有直观感悟式的批评特色。

陈雪风深知文学是人类性灵的开花结果。文学作品是一个完整的有机体，具有鲜活的生命。其形式和内容不可拆离，犹如皮与肉之不可揭开。所以他的文学批评，从不寻章摘句，割裂作品；也不生搬硬套某些美学术语玩弄概念游戏；而是本着批评者对文学作品最真切的直观印象，从最鲜活的阅读兴奋点切入，对作家作品进行独到的、感悟印象式的点评。对温梓川诗集《美丽的肖像》，陈雪风这样说：“集中的三十八首诗作，几乎都是抒写一些个人的情爱与

① 朱光潜：《“灵魂在杰作中的冒险”——考证·批评与欣赏》，《谈美》，上海开明书店，1932 年，第 5 页。

离愁别绪，从而洋溢着旅人的凄寂和怅恼的感叹，或者描绘一些自然的景致。”① 对范北羚的诗集《召唤》，他评述道：“范北羚在诗的创作实践上，一般来说，……这便是不讲究表现形式，诗行不押韵，语言的运用多是朴素无华的，给人的感觉是平淡。”② 从上面的评论文字，很容易看出陈雪风的批评个性。他没有对作品做繁复的类比、推理、演绎，只用极亲切、新鲜的阅读感受、简明有力的表述，把不同作家、作品的美学个性揭示得淋漓尽致、准确而新颖。可以说陈雪风评论中那种睿智、直观、鲜活的印象特征，确实给人留下了深刻的印象。

陈雪风的文学批评还善于寓炽烈感情于淡泊悠远意境之中，使文章显得平淡而又深远，具有浓郁的诗意。譬如《有光，就有影》一文，陈雪风通过对“光影交织”这四个字印象式的品味咀嚼、极妥帖地把握住了作品的总体特征。它不仅显现了作品的主要神韵与美学气质，也体现出陈雪风敏锐的艺术感悟力和审美洞察力。而为了集中凸现作家作品的主体风貌与主要神韵个性，陈雪风的文学批评还常常采用比较的方法，使印象直观批评获得整体的对比效果。一是把某个作家不同时期的作品进行对比；二是将不同个性的作家的作品进行比较。如陈雪风在对絮絮的诗集《生之歌》进行评述时，将其诗歌特点做了前、后期的比较，明确指出：“絮絮前期的诗作（即诗集中“第二辑”的作品），都是在为艺术而艺术的观点下创作的。在当时，他追随着新月派的诗风。或者说，他是在新月派诸诗人（尤其是徐志摩）的作品影响与感召下而写作；因此，他这时候的作品，其特点是：讲究语言的华丽，并刻意雕琢，注重韵律；内容多是抒写一些个人的情爱怨乐，甚至在思想情绪上还存在着浓厚的灰色色彩；显得消极、颓废。”③ 接着，陈雪风对此进行了具体的分析、阐述，而后，进一步论述了絮絮后期诗作的特点：“他在近两年写的诗，在本质上却有了教人欣喜的改变。这些作品表现了他抛弃先前的艺术观，从而企图遵循着现实主义的创作道路；关心现实生活，不仅开始将诗作刻画的题材，扩大到社会的各阶层，而且把诗的创作当作面对生活现实的武器。”④

同样地，对于不同个性诗人的诗作，陈雪风也往往通过比较来点明他们的各自风格。如周粲、杜红、钟祺都是马华文坛上知名的青年诗人，陈雪风通过

① ［马来西亚］陈雪风：《十五年来的马华诗歌》，《关于文学的思考》，马来西亚千秋事业社，1995 年，第 134 页。
② 同①，第 136 页。
③ 同①，第 137 页。
④ 同①，第 139 页。

比较，不仅抓住了周粲的唯美、缥缈，杜红的雄浑、坚实，钟祺的广阔、含蓄，而且鲜明指出：杜红的诗“完全不同于唯美主义为艺术而艺术的周粲的作品”①，“他的作品是积极的浪漫主义和现实主义结合的佳作”②。而“诗人钟祺的作品和杜红的诗有巨大的差异。这首先是表现在对于现实生活的态度，其次是艺术观与表现技巧上。同样是在一个时期开始写诗，并且一样生活在同一个具体的社会环境中，可是，社会活生生的现实，在钟祺眼里，好像是若无其事，或说一点也不关心。相反的，在他所处的多难的土地上，他却‘只凭一种对创作的欲望的狂潮’去写其自然的颂歌。因此，他在诗的创作上，是遵循唯美主义为艺术而艺术的道路；虽然他的诗在作风上和周粲也不尽相同，但是，在艺术观点和创作实践上是有本质上一样的倾向”③。

此外，陈雪风的文学评论，还常常能在不经意间给人一种阅读散文诗一般的审美享受。且请浏览如下几个段落：

在《光影交织》里，雨川非常生动地写了四个地区的夜景，一开始，他写的是绿林山中的夜景，而引发出山居的夜月；那夜月，令人难忘：“也是四周树林，每逢夜晚，就有许多青色的、黑色的、褐色的蝉儿，不邀自来地闯进屋子里来，迎着灯光乱飞。有时它扑到头上、衣服上，伸手抓来，它就吱吱地叫个不停。一放手，它又迎着灯光飞去，好像只依恋那并不属于它的灯光。”

滨海小镇的夜月，恬静幽美，叫人流连忘返：“湖面有几依格阔，是一面大湖。湖的对岸，有几间店铺。店铺灯光明亮，点点灯影，倒映在湖中，随着湖波荡漾，在皓洁的月光下，相互辉映，像一幅光影交织的活的图画。此刻，一轮明月，已高挂天空，天上一碧如洗，只有几片薄纱似的白云，在碧蓝的天空陪伴着圆月。几颗星星，都黯然无光，在明月的光华下，羞赧地躲藏起来了。我们看着月光下的湖泊，湖波粼粼，月光仿佛在湖面上跳跃。”……雨川写了这样的月夜，与前面所描述的那年发生一桩悲剧的中秋夜的生活记忆形成了强烈的对比。他的感慨是：“只有安定的生活，才能给人有满足感。”

不过，雨川描绘了几个地区的月夜，都是在讴歌自然界的美与值得陶醉——“沉溺其间，就像被拥在慈母的怀抱里，让人们很容易做着温馨的梦，在梦乡依恋下去。”如果这些大自然界的景观，在生活的感触上构成了某些意

① ［马来西亚］陈雪风：《十五年来的马华诗歌》，《关于文学的思考》，马来西亚千秋事业社，1995 年，第 140 页。
② 同①，第 141 页。
③ 同①，第 155 页。

识的对照，我想，这应该只是现实的光与影而已。[①]

读这样的评论文字，确实如“流水泛舟”，能让你“豁然开朗”般地知晓、理解他所论评的对象。毫无疑问，这种直观印象式的批评方法，是一种创造性的思维火花。

陈雪风文学批评与法国的印象批评近似，但他更是中国古代文论思维方式的现代延伸。在农业文化时代，人们认识客观事物总带有直观性、经验性特点，很少做逻辑的推理与演绎。直观体悟，是古代中国认识论的思维特性。庄子所谓“意致”，孔子所说“默识”，禅宗讲求“顿悟”，都是属于直观印象式的洞察觉悟。与此相关，中国古代文论思维，大都依循批评者自己的审美知觉去感受、省悟、涵咏、吟味、咀嚼作家作品，讲求文艺批评的直观鉴赏性。古代批评家极讲究灵气，灵眼的熏染。金圣叹在点评《西厢记》时认为：“文章最妙，是此一刻被灵眼觑见，便于此一刻被灵手捉住。盖略前一刻，亦不见；略后一刻，亦不见；却于此一刻，忽然觑见，若不捉住，便寻不出。”[②] 当然，金圣叹过于强调灵性，讲得很高妙。但是，他毕竟道出了中国古代文论偏于直观印象，略于理性分析和逻辑推理的思维特点。不难看出，陈雪风文学批评，较多显示了他与中国古代文论思维的联系性。需要说明的是，陈雪风文艺批评实践，虽讲究敏锐的直观印象，有较明显的主观色彩，但又没有流于相对主义与神秘主义。

二、“灵魂探险”式的文学批评

陈雪风的文艺批评，虽取直观印象式批评方法，但他所论，绝非作家作品的表象与皮毛之处，而是“控幽发微，把一颗活动的灵魂赤裸裸地推呈出来”，一直剔爬到作者和作品的灵魂深处。这是因为，陈雪风文艺批评，除了因袭传统文论直观印象式的感悟思维而外，并不拒绝当代世界批评风潮的有益影响。而且，只要是有益的，他还积极推广。陈雪风曾明确地说：“对于外国正确的文艺理论，如果可能或许可，我们当然有参考、学习的义务与必要。如果我们中谁先获得并掌握了这些正确的文艺理论，那么正当而应尽的义务是，

① ［马来西亚］陈雪风：《有光，就有影》，《走下去就是道路》，野草出版社，1998 年，第 63 页。
② （清）金圣叹：《金圣叹全集》，陆林辑校，凤凰出版社，2008 年，第 106 页。

做出尽可能做出的介绍。”① 由此可以看出，陈雪风是十分重视对西方文学批评理论的借鉴和吸收的。因此，西方现代派的文艺批评思维，乃至中西哲学中深邃的理性精神，也就很自然地会体现于陈雪风的文学批评思维之中。

陈雪风曾多次与人谈到文学批评和批评家的作用。他极其强调时代内容在文学批评中的主导作用。他曾对文艺作品下过一个定义：“对任何一部（篇）文艺作品来说，内容和形式是整体的两个组成部分。假使一篇文艺作品只有一些激昂的情绪与思想意识的叙说，而没有具体的生活内容与形象，不是依循着通过作品给读者一感性的认识，提供教育与观点，毫无疑问，它根本就不是文艺作品。”② 这段文字不仅强调了文学作品对现实生活的反映作用，而且也是陈雪风从事文学批评的基础。因为，陈雪风认为“一个脱离现实生活，置国家民族的前途于脑后，而钻进所谓艺术的象牙塔里的文学艺术工作者，他的工作除了服务于他自己之外，也仅能是一种装饰品而已”③。所以，在从事文学批评的过程中，表明的态度和立场就是：“我的态度比较直接，讲话也不婉转，应该批判的就直接批判，认为好的就大力肯定。”④ 基于这一点，陈雪风的文学批评就十分注重批评家的主体作用，强调批评家应“叙述他的灵魂在杰作里面的探险”。譬如面对诗人杜红的诗集《五月》进行评述时，陈雪风在指出杜红的诗作“是积极的浪漫主义和现实主义结合的佳作”的同时，还努力把自己对作品的印象凝定下来，让自己的灵魂进入作家作品的灵魂世界中去了解、感受、体悟、探索及研究：“诗人杜红是二十世纪六十年代赤道上的青年，而他生活的多难的母亲土地，当时正面临着一场狂风暴雨，于是他‘跳着、叫着、喊着’地从书页中走出来，把自己溶化在人民大众之中，‘像一滴雨水，渗进广大的海洋’，用他迸发着热情与强有力的诗句，讴歌人民大众的劳动和力量，控诉着社会的不幸的灾难与黑暗，述说了被迫害的伙伴的故事，和由自己多年垦拓的田园被赶走了的农人的凄惨遭遇。当祖国优秀的儿女在这一场狂风暴雨里壮烈地走向牢狱，诗人杜红高呼着‘让我们再见在第二个斗争’里头，召唤着人民大众的觉醒，呼吁着‘交给你，真理的火炬’，以及指出团结就是力量而写作‘在武吉知马的高山’，眼眶含着泪水去描绘‘血肉的城’

① 转引自［马来西亚］马夫之：《马华文学理论批评的趋势——兼谈陈雪风的文艺批评》，《作家作品研究》，马来西亚彩虹出版有限公司，1996 年，第 50 页。

② 同①，第 53 页。

③ 同①，第 66 页。

④ ［马来西亚］陈雪风：《有光，就有影》，《走下去就是道路》，野草出版社，1998 年，第 198 页。

的英雄史诗。”① 从上面这段话可以看出，陈雪风“心灵探险”式的文学批评，显然吸收了印象主义批评的思维特性。但值得注意的是陈雪风对印象主义批评的吸收，一方面，剔除了印象派的神秘性，怀疑论，以及虚玄空幻色彩，强调文艺批评的直观感悟性、个别创造性；另一方面，又努力借鉴社会历史批评对作家生平背景、个性因素重视的长处，形成了自己所独有的，以文学作品本来意义的客观分析为基础，辅以亲切生动的文学语境、氛围，直逼作家灵魂深处的“心灵探险”式的文艺批评。

又如陈雪风对马华小说技巧和素质的分析，就不仅从小说语义结构层面进行了分析，而且还对时代、社会的因素进行了考察，进而单刀直入，剥露出深深潜藏在作品文字背面的作家作品的灵魂；从作家作品的外在形态，复杂情绪意念的流露中，觉察探寻到作家内在的性格气质与艺术秉性。再如评作家陈华淑《飘飘夜雪报冬寒》的文章中，陈雪风运用印象派批评那“饕餮者”近于贪婪的对于艺术美的嗜好，配以诗一般的文句，传达出《飘飘夜雪报冬寒》的山水风物如诗如画，充满了人性美、人情美的韵味。将《飘飘夜雪报冬寒》这部游记当成了一首诗，一幅画。他似乎不是在进行文学批评，而像一位向导或书斋友人、艺术同道，与你共同咀嚼作品那甘美的“艺术原素”。在不知不觉之中，那一连串优美的文字，亲切的语境，将你带入他再次营造的一个批评家眼中的《飘飘夜雪报冬寒》的氛围，他与读者倾心而谈，娓娓道出作家作品内在的奥秘：渗透在那如诗如画般山水境地里的山川风物，那极不容易觉察出的思古之幽情。进而，直逼作者在创作时复杂而微妙的心态。

诚然，以对作品的品味，直逼作家的灵魂，这种“心灵探险”式的文学批评迥异于因果关系明确，条分缕析、明白无误的社会历史批评。“心灵探险”式批评，要求批评家“降心以从，努力接近对方——一个陌生人——的灵魂和它的结晶”。这种批评方法，运用不当，则难免失误。或流于直观臆断；或失之狭隘偏执；或漫无边际，玄妙到不知所云；或隔靴搔痒，用尽力气又不着边际。要避免这类弊端，需要批评家潜心默察、秉烛发微，着力发掘作品意蕴题旨，领悟咀嚼作品混沌朦胧的韵味。总之，它对批评者本身所具备的艺术素养、心性素质、审美感悟力，是一个严峻的挑战。好在陈雪风具备良好的心性素质与艺术素养，因此，他的“心灵探险”式文艺批评运用得异常熟练自如。表面看来，陈雪风文学批评语言常取潇洒姿态，漫笔纵论，涉笔成

① ［马来西亚］陈雪风：《十五年来的马华诗歌》，《关于文学的思考》，马来西亚千秋事业社，1995年，第170页。

趣。有时也说点题外话，绕点小弯子，“王顾左右而言他”。然而，实际上这正是陈雪风在小心翼翼地以自己那支犀利之笔，极谨慎也极准确地探入文学作品的艺术堂奥与作家心灵之窍做精细的心理探寻和美学品尝时的前奏。

三、真诚亲切、流动灵异的批评文体

陈雪风的文学批评文章，极有艺术个性。读陈雪风文学批评不见“书斋式”学者的干涩、沉闷，没有理论家们惯有的盛气凌人。他的文学批评之花都是绽放于鲜活的生活之树上的，没有理论的灰色。

众所周知，批评本身也是一种艺术创造。好的批评更是“一种独立的艺术品”。在陈雪风看来，批评这种独立的艺术，既需要批评家独立不倚的艺术鉴赏力，也需要批评家视文艺批评为独立的艺术创造，一种艺术审美活动的自由发挥。同时，它还是一个批评家与作家进行心灵交往、碰撞，以及自由“对话”的过程。

由于陈雪风的文学批评运用了直观印象式的批评思维和“心灵探险”式的批评方式，因而，与此相对应的就是陈雪风的文学批评采用了一种别具一格的新颖文体，既平实亲切，又流动灵异，文字间满眼新颖的感受、别致的语句、富于灵气的阐发、让人怦然心动的思维火花。这种独特的文体不仅能够使他在严肃的批评中常常辅以随笔式的亲切和潇洒真诚的话语，传达他那睿智、深刻的见解，使他的文学批评显得真诚，不做作，不卖弄，去雕饰，文笔自然亲切，如行云流水；而且，还能够使他文学批评的平实特点中，处处藏有批评家自我眼光的深邃与独到、新鲜与机智，让人目不暇接。平实而不呆板，处处显出机敏；亲切真诚，绝不等于捧作家，迎合作品。它要求的是批评家以自由平等的心态，与他的批评对象做自由的探讨，有时，甚至是尖刻的品评或论争，但批评家却决不会丧失自我的判断力与鉴赏力去一味迎合作家或作品。

举个例子来说，陈雪风自从事文学批评工作以来，曾参加过马华文坛关于文学和文学批评的多次论争，对这些论争，他的心态是豁朗的。他认为，争论是走向真理的道路，读者从争论中可以判断是非而受益，有所认识。甚至将论敌的辩驳文章，也悉数收入他自己的评论文集中，以便读者自己公断是非曲直。这不也是一种亲切、真诚、大度与自信吗?

陈雪风那真诚而灵异的批评文体，在当代马华文学批评界上，是一种鲜活新颖的批评文体。大凡读过陈雪风批评文章的人，都能心动一时，久久难忘，因为它既没有条条框框的限制，也没有重重叠叠的理论术语或概念体系的束缚。诚然，有的文学批评文章分量很重，批评者的学识很广博，理论修养也很深，令人深深佩服。但是，“一花独放不是春”，只有“万紫千红”才能“春满园”，因此，文学批评的模式当然也是千姿百态的。像陈雪风先生这样的印象式、“心灵探险”式的文学批评，也是使人深为激动、难以忘怀的文学批评，自有其存在的价值和意义。

综观陈雪风文学批评，他那极富艺术敏感性的直观印象式批评思维，“心灵探险”式的批评方式，平实而灵异的批评文体，构成了陈雪风独有的“批评文本”，或者说“陈雪风文学批评模式”。这种批评模式，不仅有别于单纯的艺术至上的批评文本；而且，它也是一种独立的存在。早期马华文学界的作家和从事批评的评论家中有许多人的文章都曾或多或少地带有这种批评文体的特点。如果再说开些，当下马华某些文学研究者的文学批评，接近和选择陈雪风文学批评的个性和美学范式的也还大有人在。

（作者单位：福建社会科学院文学研究所）

1970年代台湾左翼思潮：时代使命与文化更新

陈美霞

思想文化的更新是社会变革的基础，左翼的社会批判与介入意识使其与社会运动、政治变革关系密切。台湾左翼经历了三个重要的发展阶段：日据时期抵抗日本殖民统治的左翼传统，“二二八”事变后台湾进步人士因为对“白色中国”失望而转向“红色中国”的左翼现代性追寻，20世纪70年代“保钓运动”左转思潮影响下的向往统一与批判现实潮流。50年代台湾全面政治肃清后，左翼沉寂了近20年，70年代保钓运动后左翼力量渐渐生发与壮大，并对台湾社会产生深远影响。受人际网络、思想资源等因素的影响，70年代台湾左翼连接上日据时期左翼抵抗传统与50年代左翼的红色祖国追寻。

保钓运动、《夏潮》杂志与乡土文学论战是20世纪70年代台湾左翼文化圈子的重大事件，三者在人际网络与思想资源方面是互相重叠的。保钓运动35周年文献选辑《春雷之后》三大辑、保钓运动四十周年文献选辑《峥嵘岁月，壮志未酬》所辑录的文献资料时间范围都是“1972—1978”，并编入“乡土文学论战”资料，编入对《夏潮》杂志主编苏庆黎的悼念文章。保钓运动、《夏潮》杂志、“乡土文学论战”不是并列关系，而是有着承前启后的内在逻辑联系。陈映真曾指出：1970至1978年的保钓运动，在世界冷战和国共对峙这样的条件下有它宿命的极限性。在北美为主的这个“借来的土地”“借来的空间”进行中华民族的思想文化启蒙运动，先天就带有不可克服的弱质。① 同时，陈映真又满怀期待地指出关于保钓运动资料的“春雷系列”的出版，“不在为了对过去的悼念，而在为未死、将生的一代人留下清晰的脚踪……等候雪

① 陈映真：《前言二：突破两岸分断的构造，开创统一的新时代》，龚忠武，王晓波，等合编《春雷之后：保钓运动三十五周年文献选辑》，台湾人间出版社，2006年，第13页。

融土破后另一次行军的号角”①。左翼在岛内日益边缘化，我们写作此篇论文的目的也非为了纪念，而是期待不远的将来的“另一次行军”。

一、保钓运动、青年实践与意识形态突围

20世纪60年代末，美国决定将钓鱼岛列屿移交日本。日本政府在钓鱼岛上立碑并驱赶台湾渔民，引发领土主权争议。日据时期，钓鱼岛列屿登记为台湾宜兰县属岛，美日罔顾事实、私相授受的帝国主义行径，引起舆论抗议。“内战—冷战”背景下，台湾地区被编入美日全球反共安全体系中，对美日有着极强的依附性，国民党在钓鱼岛主权争议中立场模糊。1970年10月，王晓波在胡秋原主编的《中华杂志》发表《保卫钓鱼台》，此文传入北美，引起留学生对钓鱼岛问题的关注。海外华人留学生在美国各大城市串联集会，示威游行，抗议美日霸权行为。“美日私相授受钓鱼岛”令人想起鸦片战争以来帝国主义的侵略及中华民族的屈辱。领土主权沦丧的危机令青年学生把保钓自比为“五四运动”。台湾岛内的保钓运动先由台湾大学香港、马来西亚侨生社团发起，很快蔓延整个高校。学生积极在校园张贴海报、分发传单，各社团纷纷组织静坐、游行、赴美日使馆示威并递交抗议书，分发《告全国同胞书》，高喊“保卫钓鱼台！”“反对美日阴谋！”“中华民族不屈服！”等口号。②

随着形势发展，海外保钓运动渐渐左转，激发留学生赴大陆了解社会主义祖国的热潮。海外保钓批判帝国主义霸权与国民党腐败无能的第三世界立场对岛内青年不无启发。海外保钓运动及其思想资源，通过留学生“雪片”似的寄送资料、书信回台湾，《战报》等保钓文件渐渐为岛内知识青年所熟知。保钓运动反对帝国主义霸权的信念传递给青年学生“弱势者反压迫的信息，不仅反抗国内的压迫者，也反抗外国的压迫者”③，这个观点让20世纪70年代台湾青年逐步接近素朴的、反压迫的、具国际主义性质的左翼价值观。海外保钓运动启发岛内青年第三世界的理论视野与关怀现实的实践动力。保钓运动作为思想史事件，催生了相关题材的诸多作品。郑鸿生的《青春之歌》以非虚

① 陈映真：《前言二：突破两岸分断的构造，开创统一的新时代》，龚忠武，王晓波等合编《春雷之后：保钓运动三十五周年文献选辑》，台湾人间出版社，2006年，第14页。

② 林国炯，胡班比，周本初等合编：《春雷声声：保钓运动三十周年文献选辑》，台湾人间出版社，2001年，第497－529页。

③ 郑鸿生：《青春之歌：追忆一九七〇年代台湾左翼青年的一段如火年华》，生活·读书·新知三联书店，2013年，第117页。

构写作方式勾勒了台湾高校一个青年群体保钓前后的行为方式、心路历程、思想状况，以文学方式回溯历史现场。张系国的《昨日之怒》发表于1973年，以半自传方式呈现海外保钓岁月，并思考导致钓运半途而废走向落败的原因。郭松棻的《雪盲》、刘大任的《浮游群落》《远方有风雷》都是保钓退潮后，在回顾六七十年代青年思想状况基础上，反思“自比海外五四”的高蹈理想与寂寞失败的钓运现实对保钓青年主体成长与人生选择的潜在影响。平路的《玉米田之死》则以现代主义手法，从旁观者的角度，剖析钓运参与者的生活困境与突围可能。保钓运动及其文学呈现的精神余韵，对台、港地区及海外华人影响深远。保钓健将郭松棻（笔名罗隆迈）等人的文艺思想甚至直接成为70年代后期台湾乡土文学论战的重要资源。纪念保钓35周年的《春雷之后》三大辑，其中一辑专门收入台湾乡土文学论战的主要资料。主编陈映真特别指出“乡土文学论战”中“乡土派”大量化用、借鉴郭松棻1974年发表于香港左派“钓运”刊物《抖擞》的《谈谈台湾文学》①，该文在乡土文学论战中成为“殖民经济”论批判、现代主义文学批判、现实主义文学倡导的理论资源。

20世纪70年代兼容民族主义的“中国意识”与社会关怀的“台湾意识”，是相辅相成的。② 保钓运动对青年的直接影响是走出戒严时期高压的政治禁锢，走出“不问政治”“力求读书上进”的社会心理，关怀转向脚下的土地与人民。1972年12月，台大学生王杏庆及王复苏发起“社会服务团”，工作内容着重“社会调查”，分为劳工、农村、贫民、选举、警民等五个项目进行调查。学生运动进一步转化为“以唤醒青年知识分子走出象牙塔，投向十字路口、乡村、工厂、矿区，为广大社会基层服务”为主旨的“百万小时奉献运动”。知识青年上山下海、社会实践，与校园生活迥异的底层生活经验，带领大批知识者重新认识台湾社会现实，并反思自身知识储备的不足与现实生活经验的匮乏。学生“社会服务团”关心“土地与人民”的左翼现实主义情操，与后续“现代诗批判”、日据时期台湾历史与文学的挖掘、回归乡土的创作实践及“乡土文学论战”等活动遥相呼应。

毋庸置疑，台湾知识分子的现实关怀与社会意识被保钓运动所激发，目光转向偏远落后地区与弱势人群，被压抑的台湾地方文史亦成为挖掘重点。各种机缘作用下，台湾作家杨逵与钟理和备受关注。《文季》1973年刊出“钟理和

① 陈映真：《前言二：突破两岸分断的构造，开创统一的新时代》，龚忠武，王晓波等合编《春雷之后：保钓运动三十五周年文献选辑》，人间出版社，2006年，第9页。

② 萧阿勤：《回归现实：台湾1970年代的战后世代与文化政治变迁》，台湾“中研院”社研所，2008年，第203页。

专辑”，1976 年《钟理和全集》出版。更令人震撼的当属日据时期抵抗作家杨逵在 1972 年的重新“出土”，这标志着 20 世纪 70 年代台湾知识者有意识地主动连接上日据时期反殖民的历史资源。彼时青年从杨逵的谈话中“触摸到一些日据时期的农民运动与工人运动的风貌，而能将台湾放回第三世界的格局之中”①。殖民时期左翼的、抗议的、反殖民的作家在保钓运动后“出土”，“不仅兴起了人们研究日据时代台湾文学的浪潮，而且很快就与反现代派的浪潮（‘现代诗’论战）碰撞到一起，并构成了七十年代中期‘乡土文学论战’的非常重要的资源”，这掀起了新一波台湾文学研究的浪潮，“这波浪潮不再只局限于学院内部，而且通过现代文学媒体的传播，造成强烈的社会反响”②。换言之，保钓运动后，被压抑的台湾在地文史资源方面获得空前重视，杨逵的“重新出土”意味着台湾文学界连接上日据左翼知识分子的抗议的思想传统，引发了整个社会的日据时期文学关注热潮。

二、70 年代重要转折：回归乡土与左翼再起

20 世纪 70 年代台湾社会的重要转折是乡土思潮与左翼思潮的再起。从批判西化现代诗到倡导乡土文学，拥抱斯土斯民成为文艺界的新焦点，其思想渊源可以追溯至五六十年代台湾青年的“地下阅读”与对陈映真等作家作品的接受③。陈映真被誉为白色恐怖中唯一逃出来报信的人。④ 他早期小说因为戒严高压审查而充满隐喻象征，颇有现代主义风格，但陈映真的小说都是针对现实发言，同时在《面摊》《第一件差事》《将军族》等作品中，充满着左翼的阶级视野与底层关怀。1967 年，陈映真写作《现代主义底再出发》等批判现代主义文学脱离台湾现实与西化风潮。这可以说是 70 年代初“现代诗”论战前，对现代主义文学批判的先声。六七十年代之交，陈映真虽然远行绿岛，但他对文学风潮的转换不无作用。

“钓鱼岛主权问题”及保钓运动激起青年对“美国”“日本”的反思，认识到美日“民主”“自由”理念背后的“新殖民”企图，认识到美国的援助、日

① 郑鸿生：《青春之歌：追忆一九七〇年代台湾左翼青年的一段如火年华》，生活·读书·新知三联书店，2013 年，第 200 页。

② 黎湘萍：《杨逵问题：殖民地意识及其起源》，《华文文学》，2004 年第 5 期。

③ 1968 年，陈映真、吴耀忠等左翼青年因举办读书会“聚读共产马列书册”而被捕入狱。郑鸿生在《青春之歌》中明确提及陈映真创作对 20 世纪 60 年代青年读书人左翼意识的影响。

④ 施淑：《盗火者陈映真》，陈光兴、苏淑芬编《陈映真思想与文学》，台湾社会研究杂志社，2011 年，第 643 页。

本产业结构转移背后是台湾地区作为承接地的经济依附。黄春明、陈映真、王祯和等一改过去乡村小人物的温情叙事，一改乡村没落传统的挽歌式书写，关注美日国际分工体系下的台湾地区的社会现实。黄春明《沙扬娜拉！再见!》、王祯和《玫瑰玫瑰，我爱你》都富于左翼依附理论与新殖民批判视野。黄春明、王祯和的写作未必从左翼理念出发，但他们的创作与保钓运动后整个社会及文艺界关注现实、回归台湾社会本土的视野相一致。不同于现代主义文学对形式、技巧的重视，70 年代乡土小说更关注“写什么”“为谁写”的问题。而“写什么”“为谁写”本身就是左翼文学的自觉追求。杨青矗的工厂小说、王祯和的渔村小说、陈映真出狱后的“华盛顿大楼”系列与20 世纪70 年代台大学生“社会服务团”赴工厂、渔村、偏远山区调查具有某种一致性，背后都是对“土地与人民”的关切。

回归乡土是20 世纪 70 年代重要的文艺潮流，黄春明、陈映真、王祯和、杨青矗的小说逐渐受到重视，被视为“乡土文学”。“美丽岛事件”后，台湾各派对“乡土”与“左翼”的内涵开始有不同的各自解读。80 年代，乡土文学被视为关怀现实的“台湾意识”的标识，90 年代后又发展出另外一种对 70 年代乡土文学现象的理解，“亦即认为乡土小说家是中国民族主义者，而 1977 到 1978 年的乡土文学论战则是一场中国民族主义者之间的内讧与对峙”①。

“乡土文学论战”是20 世纪 70 年代影响非凡的思想事件，从文学界发端，但论争远远溢出文学范畴。1977 年 4 月银正雄在《仙人掌》上发表文章，指出乡土文学“变质”为“赫然有仇恨、愤怒的皱纹”，有“变成表达仇恨、憎恶等意识的危险”；朱西宁认为乡土文学“流于地方主义，规模不大，难望其成气候”。随后，乡土文学阵营发文回应，陈映真的《乡土文学的盲点》具有前瞻性地定位台湾乡土文学的中国属性。7 月，彭歌在《联合报》上发表《不谈人性　何有文学》对左翼文学展开批判。同月，陈映真发表《文学来自社会反映社会》对战后台湾当代文学的政治经济学背景、性质与发展状况做了梳理。8 月中旬，彭歌公开发文点名批判尉天骢和陈映真等人的政治思想，余光中发表《狼来了!》控诉乡土文学派作家提倡“工农兵文艺”，一时风声鹤唳，白色恐怖弥漫文坛，“乡土文学派”作家人人自危。南方朔、黄春明、尉天骢等人纷纷发文要求停止对乡土文学的诬陷与攻击。9 月，胡秋原撰文《谈人性与乡土之类》支持乡土文学作家，徐复观亦撰文《评台北“乡土文学”

① 萧阿勤：《回归现实：台湾 1970 年代的战后世代与文化政治变迁》，台湾“中研院”社研所，2008 年，第 203 页。

之争》为乡土文学辩护，两人分别批判文坛侦探和打手。1978 年元月，国民党集合党政军特召开“国军文艺大会”，对乡土文学大肆鞭挞，幸有国民党民族主义派理论大佬胡秋原、徐复观、郑学稼劝阻，最后对乡土文学的思想定调是“基本上是好的”，但动机要纯正，要防止被利用。[①] 至此，官方的政治压迫才真正消除，笼罩在乡土文学派作家头上的阴霾才散开。

陈映真指出“乡土文学论战”在战后台湾地区公开树立现实主义旗帜，继承了日据时期反帝民族解放运动的文艺战线所累积的左翼的、批判的、抵抗的现实主义文论传统；“乡土文学论战”带有进步的左翼性质，文学和民族的中国归属，反帝、反资论述和热切拥抱台湾土地、人民的实践紧密联系，相互统一；“乡土文学论战”讨论了台湾地区的买办经济与新殖民地属性等，严厉挑战内战意识形态与冷战意识形态。[②] “乡土文学论战”并非仅仅是文艺界内部的文学文化论争，而是西化的现代派结合政治机器对乡土文学派的政治压迫。台湾地区的现代主义文艺是由国民党当局所认可的美援经济、西化论述所支撑的，同时其发展壮大也得到“美新处”等美国战后东亚的文化机构的支援与帮助，不管主观上是否有意，现代主义作家对帝国主义、买办经济的洞察与批判确实不如乡土作家敏锐，甚至他们常常站在美日新殖民与国民党当局的立场发言。而“左倾的乡土派不仅明确批判国民党的文化霸权，同时也对国民党的政治统治形式提出异议。因此，乡土文学运动应该被视为当代台湾第一个反对性的文化形构”[③]。从“现代诗批判”到“乡土文学论战”，知识界借着批判国民党所认可的西化论述、现代主义文艺，批判国民党当局亲美日的新殖民属性，批判台湾地区日益分化的资本主义与大众消费社会。现代诗论战、乡土文学论战亦是左翼意识形态在社会运动领域受阻后，转向文化领域进行文学话语与思想路线的争夺。

三、《夏潮》杂志：左翼的集结与再出发

20 世纪 70 年代初，台湾地区经济飞速发展，本省籍的中小资产阶级迅速

① 龚忠武，王晓波，等合编：《春雷之后：保钓运动三十五周年文献选辑》第三章“台湾涌现的新文化、新思潮——回归民族、乡土、民众”，台湾人间出版社，2006 年，第 889 – 1648 页。

② 陈映真：《向内战·冷战的意识形态挑战——七〇年代文学论争在台湾文艺思潮史上的划时代意义》，《陈映真文选》，生活·读书·新知三联书店，2009 年，第 137 – 168 页。

③ 张诵圣：《台湾文学生态：从戒严法则到市场规律》，刘俊，冯雪峰，等译，江苏大学出版社，2016 年，第 9 – 10 页。

壮大，国民党政权退出联合国、钓鱼岛主权问题等外交困局，促使民间社会与知识界对国民党意识形态进行全面反省。70 年代中期《台湾政论》开始排斥左派，不刊登左翼倾向的文章。戒严时代申办杂志比较困难，苏庆黎找陈映真商量："我们一起办一本社会主义刊物吧。"[①] 随后人际网络与文章来源都到位，缺 60 万准备金，他们找 50 年代左翼坐牢者陈明忠商量，陈明忠找"老同学"筹钱。[②] 因此，《夏潮》杂志是承前启后，自觉联系日据时期与 50 年代的左翼抵抗传统，备受绿岛狱中"老同学"关注。

为了开辟左翼的文化战场，苏庆黎接手《夏潮》[③] 将其改版成社会主义刊物。《夏潮》改版后，从历史、文学、美术、学术、民歌、阶级、社会等左翼知识论述，开启了反帝国主义、反资本主义的激进的批判的论述场域。"作为知识体系的夏潮系统集团，基本上可视作一个边缘的文化论述战斗团体，向党官僚、反共法西斯的传统知识分子及自由主义现代化派的知识系统，进行全面性的对抗斗争。"[④]《夏潮》集团知识分子与保钓运动有着千丝万缕的联系，除却海外保钓洗礼回来的留学生王津平等，在台湾接受教育的王晓波也大量阅读海外保钓资料，成为台湾地区保钓运动的发动者。保钓运动反帝国主义的第三世界立场，成为《夏潮》系统重要思想资源，批判现实的乡土文学与日据时期台湾文学成为《夏潮》文学布局的核心。

《夏潮》颇为推崇现实主义的审美形式，除了刊发第三世界视野的外国文艺与日据时期台湾作家作品，"文学·艺术"专栏推出了现实主义风格的当代作家作品与评论，推动乡土文学创作潮流。叶石涛的《台湾乡土文学史导论》，黄春明、杨直矗、宋泽莱等乡土作家的作品与评介，蒋勋、詹澈、施善继的现实主义诗歌，李双泽、明立国等关于民俗歌谣的文字，王墨林的电影论述等都在杂志关怀范畴。《夏潮》通过黄春明的新殖民批判小说的推介，提倡一种批判现实主义的审美风格。黄春明的《苹果的滋味》通过小人物江阿发被美国使馆车辆撞伤，展开笑中带泪的故事，展现台湾底层人物与资本主义消费价值观的碰撞，黄春明"把中国人的通性——愚昧、无知、麻木、沉默，

① 郭纪舟：《访苏庆黎》，《七〇年代台湾左翼运动》，海峡学术出版社，2014 年，第 473 页。

② 李娜整理：《无悔——陈明忠回忆录》，人间出版社，2014 年，第 185－186 页。"老同学"指的是 20 世纪 50 年代左翼坐牢者，在狱中互相学习马克思主义、共产主义，彼此互称"老同学"。

③ 《夏潮》1976 年 2 月 28 日创刊，社长郑汉民，原为《读者文摘》似的杂志，第 4 期开始苏庆黎接任总编辑并将其改版成社会主义性质的左翼刊物。苏庆黎是日据时期台湾共产党老党员苏新之女，名字庆黎乃"庆祝黎明"之意。

④ 郭纪舟：《七〇年代台湾左翼运动》，海峡学术出版社，2014 年，第 7 页。

不知反抗，自己又没有主张，任凭别人摆布一一强调出来”[①]。换句话说，黄春明通过转型期小人物的痛苦遭遇，揭示了美国消费主义的影响与底层人物的通病，底层民众所处的社会位置，决定了他们长久以来求告无门的现实，只能默默承受命运与生活的重担。

20世纪80年代后“本土论”渐渐成为最大“政治正确”，“爱台湾”“认同台湾”成为时髦标语。然而在70年代戒严高压下，《夏潮》集团知识分子实实在在挖掘台湾地方文史资源，刊登了不少作家关于民俗乡情的随笔，“历史·乡土·民俗”专栏选译40年代殖民末期《台湾民俗》中杨逵关于土地公、张文环关于妈祖等地方神明的文字，刊发了古蒙仁《几番兰雨话礁溪》关于礁溪周边风土人情的散文，刊发了林瑞明《杨逵画像》的部分章节，发表了悼念吴浊流的文字。日据时期台湾作家作品的整理再版是《夏潮》重头戏，陆续介绍赖和、杨逵、吕赫若、王白渊、张文环、张深切、吴浊流、杨华、叶荣钟等日本殖民统治时期充满抗议性质的作家作品。《夏潮》介绍日据时期台湾文学，有其内在评价标准。其一，在台湾经验基础上注重中华民族性。如梁德民在《赖和是谁》中指出赖和受到五四运动影响，林载爵指出张深切是“彻底的民族主义者”，“认同了祖国，以为祖国的革命成功必能提携台湾的革命成功，结合台湾与祖国的共同命运，认清共同敌人，从事决不妥协的反抗运动”[②]。其二，注重文学作品的现实主义风格与左翼立场。日据时期文学的挖掘与整理，不仅唤起台湾本地的文化经验与历史记忆，更重要的是“让他们发现了日据时代以来就一直有的一条左翼的、抵抗的、反殖民主义的传统，而且对当下脱离现实的文学，具有‘疗救’的作用”[③]。

《夏潮》作为一个认同祖国的社会主义刊物，阶级意识与民族认同是其中心思想。除了工人诗歌专辑，反映阶级矛盾最典型的是杨青矗的作品及其评论。杨青矗的工人小说，通过劳动者与资本家的矛盾暴露20世纪70年代经济腾飞时期的台湾阶级关系，他最为有名的小说是《工厂人》《工厂女儿国》。杨青矗的写作，往往是经过调查访问，透过观察、访谈、记录，加上自身体验，描写熟悉的人和事，呈现工人阶级的希望与幻灭、欢喜与悲痛。台湾现代主义文学界对杨青矗非难颇多：一是文字粗糙；二是站在工人立场而非资方立

① 李素：《什么是“苹果的滋味”？——谈黄春明〈苹果的滋味〉》，《夏潮》，1976年第9期。

② 林载爵：《黑色的太阳——张深切的里程》，《夏潮》，1977年第3期。

③ 黎湘萍：《杨逵问题：殖民地意识及其起源》，《华文文学》，2004年第5期。

场；三是有为共产主义宣传嫌疑。[①] 事实上，底层群众的生活就是粗糙而生气蓬勃的，《夏潮》系作家王拓、黄春明为杨青矗等现实主义作品辩护，认为内容高于形式，关键是杨青矗的作品提出了社会问题。“杨青矗记录了缺失的一面，引起社会大众对劳工问题，尤其是女工问题的关切……启发了管理阶层的良知，增加了对工人的同情而改变了对于女工的管理方式和态度。”[②] 同时，杨青矗以调查报告方式提出改善工人境遇的诸多建议。[③]

“乡土文学论战”爆发后，《夏潮》刊发了不少“乡土派”作家的论争文章，对现代派作家余光中、王文兴展开系列批判。《夏潮》编辑部整理发表了王文兴的“乡土文学的功与过”的演讲词，王文兴认为，“文学必须以服务为目的”“文学应该力求简化”“公式化”“排他性”是乡土文学理论的四大缺点，他对乡土文学创作站在工人农民立场而非资方立场表示不满，认为农民“对经济成长帮助不大”，指出台湾农业问题不严重，农民工人收入颇高，也不承认美日投资造成的新殖民依附。王文兴认同西化与现代化，抨击民族本位立场为义和团。[④]《夏潮》前后三期在“社会・经济・政治”与“文学・艺术”专栏组织大批文章驳斥王文兴。除却现代派作家批判，在“新诗讨论专辑”中陈映真认为台湾现代诗追索内心世界，拒避社会问题，“看不见生活和工作于其中的人也看不见激变中的世界”[⑤]。《夏潮》知识分子以反帝国主义、反资本主义与民族主义为思想资源，揭露台湾的买办经济与新殖民属性。《夏潮》认为台湾现代主义文学充满疏离感，没有历史意识与现实关怀，亦批判现代派作家靠向资本与国民党政权。

《夏潮》是20世纪70年代台湾左翼知识分子的重要集结地与重点发声地。《夏潮》开创的议题被80年代后的党外政治运动所接收，也影响了大批关怀现实的知识青年。陈映真小说《云》亦是根据他任《夏潮》编辑时采访工会运动的笔记而改写的。《夏潮》停刊后，80年代《夏潮论坛》延续了一段时间，基于文艺创作跟不上台湾社会现实，陈映真创办《人间》杂志。《人间》继承《夏潮》的理想信念，培养了大批左翼文化工作者，并且把左翼的关怀落实到原生态的生活现场，与社会运动遥相呼应，真正做到“爱台湾”，而非

① 郭纪舟：《七〇年代台湾左翼运动》，海峡学术出版社，2014年，第126页。
② 柴松林：《眼泪、血汗、丰收——序杨青矗著“工厂女儿国”》，《夏潮》，1978年第4期。
③ 杨青矗：《〈工厂人面面观〉之二：女作业员就职与离职的原因》，《夏潮》，第6卷第1、2期合刊，1979年。
④ 编辑部整理：《王文兴教授谈“乡土文学的功与过”》《王文兴教授的经济观与文化观》，《夏潮》，1978年第2期。
⑤ 陈映真：《追忆“期待一个丰收的季节”》，《夏潮》，1978年第1期。

停留在口头呐喊或者作为资源争夺的筹码。

小　结

左翼的介入意识，使得左翼思潮与社会运动关系密切。20 世纪 70 年代台湾左翼思潮在保钓运动的“春雷”声中重新萌发，在大学生“社会服务团”赴工厂、渔村、山区实践青年的底层关怀，在大学生校园抗争中实现青年的现实批判意识。回归乡土是 70 年代重要的关键词，不管是充满社会批判意识的乡土小说创作，还是从“现代诗论战”到“乡土文学论战”的思想论争，或者《夏潮》杂志对日据台湾文学的挖掘整理，左翼现实主义关怀都是聚焦点。

（作者单位：福建社会科学院文学研究所）

历史哲学视域下台湾文学史书写问题反思

——以《台湾文学百年显影》为中心①

倪思然

21 世纪以来，在海峡两岸学术界关于“重写台湾文学史”的激烈论议中，台湾方面陆续推出多样化的台湾文学史著述，先后有施懿琳等合著《台湾文学百年显影》（以下简称《显影》）②、王德威主编《台湾：从文学看历史》③、陈芳明著《台湾新文学史》④、李瑞腾主编《台湾文学史长编》⑤，以及台湾各地区的地方文学史，等等。其中，《显影》一书或许因其非纯文本性质，常为研究者所忽略。据笔者所掌握资料，海峡两岸学界尚未有关于该著的专门研究成果。而事实上，这是一部由台湾地区学者和日本的学者共同编著、在台湾出版的通俗版文学史，因追求其普及性而采用试图重现历史场景的大量影像图片，具有影响的广泛性和受众的大众化特点，是很值得重视的。若将其作为台湾文学史著中的典型个案加以评析，进而探讨 21 世纪以来台湾文学史书写中某些重要的理论与实践问题，则庶几可收“管中窥豹”之效。

一、瑕瑜共生：文学史书写的优长与不足

《台湾文学百年显影》全书共十七章，从第一章“乙未割台与台湾文学”开始，到第十七章“台湾文学的苏醒与台湾文学馆设立”，为读者展示了从

① 泉州市社会科学规划一般项目“新世纪以来日本的台湾文学研究热点问题考察”（项目批准号 2016D33）；国家社科基金重大项目“六十年来台湾社会思潮的演进与人文学术的发展（1950—2010）”（项目批准号 16ZDA138）。

② 施懿琳，等：《台湾文学百年显影》，台湾玉山社出版公司，2003 年。

③ 王德威：《台湾：从文学看历史》，台湾麦田出版社，2005 年。

④ 陈芳明：《台湾新文学史》，台湾联经出版公司，2011 年。

⑤ 李瑞腾主编：《台湾文学史长编》（33 册），台湾文学馆，2012 年。

1895 年台湾被日本殖民统治开始直到 2003 年台湾文学馆设立为止台湾百年来的文学发展。其编著者除了台湾本土学者之外，还有来自日本的台湾文学研究者。特别值得注意的是，其中两位日本学者中岛利郎和下村作次郎同时也是参与日版《台湾近现代文学史》（东京：研文 2014 年版）的编写者。二位学者长期从事台湾文学史料的挖掘，以及台湾文学的研究和论述，他们具有什么样的台湾文学史观，又是如何叙述和诠释台湾文学史的呢？这都是很值得我们考察的。

读者从《显影》的“出版序言”和封底的介绍中，可见该书的鲜明特色：

其一，历史跨度大，内容涵括面广。“本书的时间断代从 1895 年台湾割让给日本开始，一直到 2003 年台湾文学馆成立为止，内容涵盖从古典汉文学、新文学、反共文学、现代主义文学，到本土文学等各种不同的文学衍变，而且各具时代特色”①，由“序言”可见，这是一部内容丰富而翔实的台湾文学入门书。

其二，编纂形式创意新颖。这是一本突出“视觉性”的历史影像书，力求贴近台湾民众，“能够经由视觉刺激，追随时代的轨迹，引发共鸣，瞬间将人们带入情境”②。以大量的图片影像搭配相对简明扼要的浅显文字叙述，不仅与“读图时代”的文化语境相耦合，而且“其中一些新出土的珍贵照片，还是第一次公开，因此特别具有意义”③。

应当说，《显影》以图文并茂的形式，把许多新发掘出的珍贵历史图片展现在读者面前，让我们看到了乙未割台以来，在台湾文学史上留下印迹的先辈们的影像，历史的图景鲜活地呈现出来，配上言简意赅的文字解说，这种丰富的资料搜集和原始文献的积累，对于后续的台湾文学研究，是有一定的学术价值的。然而，我们若从历史哲学的角度审视与论析，这部台湾文学史著是有所发现，却又有所遮蔽，有所见亦有所不见。对此，我们将立足于马克思主义的辩证唯物论和历史唯物主义之视点对其进行批判性的考察。

若我们联系这本书问世时的台湾社会语境，就会清楚地看到 21 世纪初，陈水扁当局“去中国化”的文化政策流毒甚广，对台湾地区的社会心理结构产生了极为显著的负面影响。当时当局旨在从社会意识的层面着力，使台湾民众的思想观念朝“去中国化”的方向发展。事实上，每位历史学家都是从一

① 施懿琳，等：《台湾文学百年显影・序言》，台湾玉山社出版公司，2003 年。
② 同①，封底。
③ 同①，封底。

定的观点出发去观察过去的，历史的事实与真理之间并不完全可以画等号。而作为文学史家的编著者，他们处在这样的历史背景之下，作为有血有肉之人，他们是如何来面对和选择这百年来的台湾文学史料，他们何以选择此事，而不选他事加以叙述和考订，其内心之权衡与依据的价值标准又是什么？

显然，《显影》的编著者运用实证主义的方法，力求尽量搜集历史资料，以此来展现和诠释近百年来的台湾文学版图。然而，如何赋予零碎而不连贯的史实以意义？在他们的文学史书写形态中，是否还隐藏着某种文化语境和意识形态动因的影响？或者说，它呈现了什么样的台湾文学史观？他们到底要将一个怎样的台湾百年文学面貌显现给台湾民众？这些都是值得认真探讨的问题。本文拟从该书中的照片和描述入手，着重考察日据时期台湾文学史书写，择取其中数个问题要点，运用历史哲学的方法论，将其与另外几部台湾文学史进行比较分析。

二、典型个案：多著映照下的张我军论述

古往今来，时光的车轮一刻不停地滚动着。对于过往，历史学呈现给我们的，是一系列虽不尽相同但又并非截然不相容的肖像。而历史学家们往往都从各自不同的视点和观念来反映它，这就形成了哲学诠释学意义上的“召唤结构”，唤着后来者在“视域融合”（伽达默尔语）的维度下进行批判性的考察。与考订史事之真相的考证研究相比，力求明辨史事之客观价值意义的历史哲学，则更能够考订史事以明道、据道以衡史事之精神。

作为《显影》一书中臧否历史人物的典型个案，关于张我军的论述是颇有深意的。书中一方面肯定张我军当时发表的文章“确定了台湾新文学的方向”，一方面却指出“张我军的这些评论，都是将台湾新文学定位在中国文学之下，并没有考虑到台湾当时仍受日本统治的政治现实，也没有考虑到台湾的特色，是他最大的偏颇”①。这个判断，着力突出台湾新文学与中国文学的“下”和“上”的定位关系，指出了张我军的“偏颇”之处。对此，我们可以参照叶石涛《台湾文学史纲》中的说法：“张我军论评的主要特征，在于把台湾新文学视作整个大陆文学的一环”，没有考虑当时的台湾正处于日本的殖民

① 施懿琳，等：《台湾文学百年显影》，台湾玉山社出版公司，2003 年，第 2 页。

统治之下这个政治性的事实。[①]

我们再对照日版《台湾近现代文学史》中第一章“台湾新文学的黎明”之第三节“作为启蒙家的张我军”，围绕张我军对台湾新文学的三点贡献来论述：“第一，对旧状态依然的台湾文坛的批判——也就是说引起‘新旧文学论争’；第二，为了台湾的前途介绍来自中国的‘文学革命’和从中诞生的新文学；第三，自己创作诗歌和小说。”[②] 文中接着引用叶石涛的评论，认为张我军的“偏颇”是没有考虑到当时台湾新文学兴起和发展时，台湾地区正处于日本的殖民统治之下[③]。可见，叶石涛对张我军的评价观点，直接影响了中岛利郎等日本学者的评判。

1925 年元旦出刊的《台湾民报》3 卷 1 号上，张我军发表《请合力拆下这座败草丛中的破旧殿堂》，开篇即提出这样的论断：“台湾的文学乃中国文学的一支流。本流发生了甚么影响、变迁，则支流也自然而然的随之而影响、变迁，这是必然的道理。”从这段话中我们看到，张我军把台湾的文学看作中国文学的一个支流，这与叶石涛所理解的“把台湾新文学视作整个大陆文学的一环”，意思相差并不显著，而到了《显影》里，却变成了有上下之分与区隔的“将台湾新文学定位在中国文学之下”的说法了，这显然是以 21 世纪学者那种带有“中国文学/台湾文学”二元论色彩的观念为“标尺”来衡量 20 世纪 20 年代史实的结果。

事实上，张我军以自己参与主编的《台湾民报》为阵地，发表了系列鼓吹文学革命的文章，诸如：1924 年 11 月 21 日在《台湾民报》上发表《糟糕的台湾文学界》，抨击台湾旧文学；1924 年 12 月 11 日发表《为台湾的文艺界一哭》，反驳连横对新文学运动的非议；1925 年 8 月 26 日发表《新文学运动的意义》等。关于张我军当时发表的诸多评论文章，刘登翰等主编的闽版《台湾文学史》认为张我军“在台湾现代文学的发动和萌长期间，他的文艺批评与理论建设，发挥了先锋作用与桥梁作用，冲破殖民当局及旧文学界的明阻暗挠，为崛起的新文学打下了重要的思想理论基础”[④]。可见，闽版《台湾文学史》完全肯定张我军在台湾新文学初创时期的理论贡献，认为张我军的

① 施懿琳，等：《台湾文学百年显影》，台湾玉山社出版公司，2003 年，第 40 页。

② 中岛利郎，河原功，下村作次郎编：《台湾近现代文学史》，东京研文出版社，2014 年，第 48 页。本文凡引自该书处，均由笔者汉译自日文原文。

③ 同②，第 51 页。

④ 刘登翰，庄明萱，等主编：《台湾文学史》（上卷），海峡文艺出版社，1991 年，第 406 页。

“业绩最显著的一个方面是，在批判旧文学的同时，率先进行新文学理论建设”①。

台湾文学革命运动的发生，受到五四运动和新文学运动的影响是最为直接和深刻的，而张我军在《台湾民报》介绍新文化运动的内容和理论时，推介鲁迅、郭沫若、郑振铎、徐志摩等作家的代表作，借鉴中国大陆新文化运动的成果，用以论证或指明台湾新文学运动理应发展的目标与方向，以文化的力量来抵抗日本殖民统治的同化举措，扮演促成台湾文学革命的关键角色。可见，张我军对于台湾新文学的奠基作用是不可动摇的。以今日之视角回眸，张我军当时发表的一系列文章，其历史局限性在所难免，但他仍被称为“高举五四火把回台的先觉者”（许倬云语），作为“胡适文学理论在台湾的代理人”②。张我军一方面与日本殖民者持续抗争，另一方面则借由新文化、新文学的变革，对人民进行思想启蒙，实际上已经是考虑到当时的台湾处于日本的殖民统治下这个政治性的事实而做出的举动。他借来五四文学革命的火种，点燃台湾新文学运动的“圣火”，力图唤醒台湾民众反抗殖民主义、封建专制和蒙昧主义，追求民主、科学的现代性理念，并且高扬人的主体性，以实现人的解放为鹄的。然而，《显影》的著者并未抓住历史语境的这一特质，而是先入为主地从追求所谓“台湾主体性”的“本土论”意识形态出发，“以今律古”地苛责张我军当时的评论是“没有考虑到台湾的特色”，“将台湾新文学定位在中国文学之下”，这恐怕就很难说是公允的学理评价了。

三、《显影》史识之要害：疏离中华与亲近日本

我们知道，史识与史观在历史著作编纂中扮演着至关重要的角色。那么，《显影》一书中所呈现的史识的突出特点何在？笔者留意到第七章“台湾文学的鼎盛时期”描述20世纪30年代台湾文学的鼎盛时，有一“耐人寻味”之说法：“透过留学生的踊跃鼓吹，台湾受到来自‘日本内地’及中国三十年代文学两股海外势力的刺激，并开始了全岛性的新文学运动。这可以说是台湾文学最早的国际化时期。”③

每位历史学家都是从一定的识见出发来观察过去的，而该书编者做出的这

① 刘登翰，庄明萱，等主编：《台湾文学史》（上卷），海峡文艺出版社，1991年，第398页。

② 林瑞明：《张我军的文学理论与小说创作》，见氏《台湾文学的历史考察》，台湾允晨出版社，2001年，第246页。

③ 施懿琳，等：《台湾文学百年显影》，台湾玉山社出版公司，2003年，第31页。

种判断是否正确？这里把中国与日本并称为“两股海外势力”，称20世纪30年代是台湾文学发展的“国际化时期”，显然是把台湾地区建立在与祖国大陆地缘相通、血脉相连的民族文化、民族情感基础上发展起来的30年代文学，与来自异国异族日本的影响相提并论。有关30年代的台湾文学，的确是受到了祖国大陆和来自日本的台湾留学生之创作的刺激和影响，然而，这一段文字向台湾读者灌输的显然是一种分离主义的文学立场，从中可见本章编写者的台湾文学史观——这里涉及如何认识台湾新文学与祖国大陆之间关系的根本问题。

按照历史唯物主义的观点，人民群众是历史的创造者；社会生活各个不同的方面在任何时候都是有机地相互联系着的。台湾地区与祖国大陆在血缘、地缘和文缘等诸多方面的历史联系，并不可能因为其历史上曾经遭受日本50年的殖民统治而抹杀，更不是“文化台独”人士所能歪曲的。陈映真在吕正惠、赵遐秋主编的《台湾新文学思潮史纲》的序言中，基于大量史实得出论断：“台湾新文学，在文学语言、文学理论和创作范式上受到中国新文学深刻影响而诞生。”[①] 但这一笃论的精神内核，在《显影》中是丝毫不见踪影的。在该书中，读者看到的是编著者尽量切割和淡化台湾新文学发展与祖国大陆文学之间的亲缘关系，反而突出了台湾文学与日本殖民者之间的关联，呈露出文化分离主义的色彩。比如创刊于1920年7月16日的《台湾青年》是一份以东京的台湾留学生为主体的杂志。朱双一认为，“说《台湾青年》之名乃仿中国大陆《青年杂志》《新青年》而设也许并不过分”[②]，可谓紧贴史实，切中肯綮。但是《显影》中根本不提及这两份杂志之间密不可分的渊源关系。与之形成鲜明反差的是，杨匡汉主编的《中国文化中的台湾文学》重申“我们不会放弃台湾是中国文学的一环”的学术立场，把台湾文学完全放置在“中国文化的”框架中来讨论，从“血缘、地缘、文缘”中确定着整体性的共同命运[③]，彰显出文学研究所应有的历史性、科学性与学理性，具有突出的学理价值和现实意义。

切割台湾地区与祖国大陆文化密切联系的另一面，就是《显影》编著者在介绍日据时期台湾文学时，呈露出为日本军国主义“招魂”的倾向，字里行间有为日本在台湾殖民统治翻案的意味。在该书中，特别引人注目的是在第

① 吕正惠，赵遐秋主编：《台湾新文学史纲》，昆仑出版社，2002年，第1页。
② 朱双一：《台湾文学思潮创作简史》，九州出版社，2010年，第57页。
③ 杨匡汉主编：《中国文化中的台湾文学》，长江文艺出版社，2002年，第4页。

一章和第二章中刊登的当年侵台的日军将领与台湾总督等人的照片。他们是一身戎装，当年侵略攻占台湾的日军将领北白川宫能久和总督儿玉源太郎、田健治郎，以及民政长官后藤新平。据附图的文字说明，儿玉源太郎“是历任总督当中，最关心文化政策的最高领导者”①。田健治郎“是第一位文官总督，相当重视与台湾文人的互动”②。民政长官后藤新平“继儿玉总督之后，在自己的书房‘鸟松阁’召集诗会，并于1906年刊印《鸟松阁唱和集》，使得当时汉诗气运更是日益高涨”③。这几位当年侵略台湾，双手沾满台湾人民鲜血的殖民者，摇身一变，在这里竟都成为所谓的促进“台湾汉诗气运高涨”的历史功臣。如此，当年姜绍祖、罗福星、余清芳，以及“雾社事件”中含恨九泉之下的抗日志士们怎能答应？如果说，这几位日本殖民统治者与台湾文学百年发展还有些沾边的话，那死于攻台之役中的北白川宫能久的戎装照片进入《显影》之中，就令人匪夷所思了。据史料记载，北白川宫能久是日本天皇宗室，曾赴普鲁士留学，担任中将近卫师团长，参与甲午战争时，担任攻台司令官，率领近卫师团进攻台湾，并死于此役。后来被日本人神格化，尊崇为“台湾统治之师表”，在台湾圆山建立“台湾神社”祭祀。由于对日本占领者的憎恨，在台湾民间产生了能久被暗杀死于非命的种种传言，日本学者尾崎秀树还为此专门写了一篇文章《能久之死》给予考证。④ 这些当年侵略、奴役台湾的日本总督和将领，理应被钉在历史的十字架上，接受正义历史观的无情审判，而《显影》竟给予公开宣扬。这令笔者不由得联想到日本右翼分子小林善纪在连环画册《台湾论》（东京：小学馆2000年版）中所宣扬的日本对台殖民有功论，而后者要把这段充满征伐和奴役的历史，作为日本发展的“光荣史”；欲将帝国主义的残暴“精神”，作为日本的所谓“精神遗产”，代代相传。

此外，作为人文学者，本不宜“画地为牢”，而理应以包容的襟怀，从各方的学术资源中汲取思想养分。然而，《显影》编著者漠视台湾文学与祖国大陆之间不可分割的历史关系，并且对大陆学者自20世纪70年代末以来的台湾文学研究成果也持漠然或忽视的态度。他们仅仅关注台湾文学研究“风潮甚至延烧到日本，在日本的大学中，有关台湾文学的课程与研究，俨然已渐渐形

① 施懿琳，等：《台湾文学百年显影》，台湾玉山社出版公司，2003年，第66页。

② 同①，第13页。

③ 同①，第15页。

④ 尾崎秀树：《旧殖民地文学的研究》，台湾人间出版社，2004年，第264页。

成一种新的研究潮流，研究水准也不断在提升中”①。而近40年来北京大学、中国社会科学院、南京大学和厦门大学等中国大陆院校的老中青三代学术梯队，以及丰硕而厚重的台湾文学研究与教学成果，并不在其学术视野的聚焦点上，故全书只字未提。在该书开篇序言中，也只提叶石涛的《台湾文学史纲》、彭瑞金的《台湾新文学运动四〇年》和陈芳明当时尚未成书的《台湾新文学史》，却丝毫不涉及多年来中国大陆学者多种颇具学术分量的台湾文学史著作。该状况与日版《台湾近现代文学史》编著者对待中国大陆的台湾文学研究成果的态度是一致的，亦即带有某种选择性意味的偏视和遮蔽。

四、文学史年表：历史“加减法”之深意

作为台湾文学史年表，理应如实记载当年发生在台湾的重要文学事项，以及与之相关的政治、社会与文化事项等，展示文学真实的历史面貌。然而，如果把中国大陆、台湾地区与日本出版的几部台湾文学史中附录的台湾文学史年表对照起来考辨，就会发现“微妙”的情况：台湾文学的历史在不同编著者手中，呈现出某些不同的面容和面向。那么这些不同的“加法”与“减法”，到底是如何呈现的，其异同点又是出于何等动因？这是很值得我们探究的。

以下以四部台湾文学史中附录的台湾文学史年表为例，参照其相关的文学史书写，另择取三个较具代表性的例子进行比较。它们是：《显影》附录的“台湾文学百年发展史大事年表”；叶石涛著《台湾文学史纲》中林瑞明编的“台湾文学史年表”；日版《台湾近现代文学史》中下村作次郎编的“台湾近现代文学年表”；中国大陆刘登翰等主编《台湾文学史》附录中的“台湾文学大事记”。

（一）“始政”仪式

《显影》书后的年表记载：1895年6月17日，日军于台北举行“始政”仪式。②

叶石涛著《台湾文学史纲》年表记载：1895年6月17日，日军于台北举行所谓“始政”仪式。③

① 施懿琳，等：《台湾文学百年显影》，台湾玉山社出版公司，2003年，第16页。
② 同①，第1页。
③ 叶石涛：《台湾文学史纲》，台湾文学界杂志社，1987年，第203页。

日版《台湾近现代文学史》年表记载：1895 年 6 月 17 日，日本军占领台北。①

刘登翰等主编《台湾文学史》的大事记对日军的“始政”仪式没有记载。

对于 1895 年 6 月 17 日，日军总督兼军务司令官桦山资纪在台北宣布建立殖民统治政权的记叙，《显影》比叶著少了两个字——“所谓”，理应具有的贬义情感和反殖民色彩就被抹杀了。而“始政”二字，迥异于“侵略占领”的用词，为日本侵略者凭强权和暴力占领台湾的蛮横行径披上了“合法”的外衣。这与近二十年来台湾文化界那种将“日据”改称“日治”、将“日本投降”改称“终战”并习以为常的流行说法，可谓如出一辙，呈现出掩饰日本殖民行径的倾向。

（二）“饗老典”与“扬文会”

《显影》第二章“台湾总督与汉诗人”，列出专章详细介绍日本总督儿玉源太郎先后组织的“饗老典”“扬文会”等，配上与会者的合影照片，显示当时的盛况，表明日本统治台湾早期推行的文化笼络政策。② 在《显影》的年表③和日版《台湾近现代文学史》年表④中专门记载 1898 年到 1900 年间儿玉源太郎多次举办“饗老典”和“扬文会”的情况，将之视作日据下台湾文学发展进程中的所谓“大事”。

叶石涛著《台湾文学史纲》年表则记载：1899 年 10 月 3 日举行饗老会于台南，儿玉总督莅席致辞，以怀柔民心。⑤ 字里行间暗示了日本殖民者推行文化怀柔政策的目的——拉拢民心，瓦解民众的民族反抗意识。

反观刘登翰等主编《台湾文学史》对于日人在台湾的汉文学活动，“大事记”没有记载，在文学史正文中对此做了基本历史评价：“日人在台湾的汉文学活动并不属于台湾文学的范畴，但这些活动在客观上属于执行并反过来影响日本侵略者当局在台湾的文化笼络政策的行为，因而应是台湾文学史记述的内容。”“日人在台湾的汉文学活动在促进台湾诗人的结社和创作活动成为公开和合法行为方面起了保护和鼓励的作用。这是台湾文学全面复苏的前提之一。另

① 中岛利郎，河原功，下村作次郎编：《台湾近现代文学史》，东京研文出版社，2014 年，第 463 页。

② 施懿琳，等：《台湾文学百年显影》，台湾玉山社出版公司，2003 年，第 12－15 页。

③ 同②，第 218 页。

④ 同①，第 463－464 页。

⑤ 叶石涛：《台湾文学史纲》，台湾文学界杂志社，1987 年，第 207 页。

一方面，日人在汉文学活动中的有意笼络又培养和助长了部分台湾诗人的媚日倾向。”[①] 这一评价辩证而中肯地论说了在台日人文学活动的文坛影响及其应当如何入史的问题，可谓从正确的学术视点做出的较为公正而周延的历史评判。

（三）“应声会”“启发会”与“新民会”

这一项在《显影》的“台湾文学百年发展史大事年表”中并无记载——难道这一项不属于“大事”么？让我们来看一看其他文学史著是如何记载的。

在日版《台湾近现代文学史》年表中记载：1919 年 12 月，蔡惠如等组织声应会。12 月，启发会成立。1920 年 1 月 11 日，台湾人“内地”（笔者按：指日本）留学生等，组成新民会（会长林献堂）。[②]

叶石涛著《台湾文学史纲》年表记载：1912 年 6 月 27 日东京“应声会”成立，响应祖国革命。[③] 1918 年 10 月台湾蔡惠如等与大陆马伯援等人在东京组声应会，欲加强中、韩关系，推翻异族统治。1920 年应声会改组为启发会旋组织新民会。[④] 该著中还明确记述：

“新民会”是台湾第一个有组织、有目的、有行动纲领的政治团体，也成为台湾文化运动的母体，同时也是刺激台湾新文学运动展开的原动力。“新民会”也前后出版了三本文存，其中一本便是叶荣钟所著的《中国新文学概观》，这是第一本由台湾作家执笔的完整的大陆文学革命的报道。[⑤]

刘登翰等主编《台湾文学史》的大事记记载了“新民会”的成立，并在文学史中颇为详细地描述了“新民会”的成立过程：

1919 年 8 月，在东京留学的中国青年，大陆方面有中华青年会的马伯援、吴有容、刘木琳，台湾方面有蔡惠如、林呈禄、蔡培火等，“发乎血浓于水的民族意识，以亲睦为号召，取‘同声相应’之意，组织了‘应声会’”，同年岁末，台湾青年又组织了“启发会”，拟通过宣传工作，启发民智，促进台湾社会改革。1920 年 1 月 11 日，蔡惠如等深感改革台湾社会之紧迫，则重整旗鼓，组织“新民会”，推林献堂为会长，蔡惠如为副会长，会员一百多人。台

① 刘登翰，庄明萱，等主编：《台湾文学史》（上卷），海峡文艺出版社，1991 年，第 287 页。
② 中岛利郎，河原功，下村作次郎编：《台湾近现代文学史》，东京研文出版社，2014 年，第 467 页。
③ 叶石涛：《台湾文学史纲》，台湾文学界杂志社，1987 年，第 214 页。
④ 同③，第 218 页。
⑤ 同③，第 36 页。

湾新民会除创办发行《台湾青年》《台湾》杂志进行新思想、新文化的宣传外，于1921年1月开始发起“六三法案废除运动”及“台湾议会设置运动”。这个运动包含了反对殖民专制统治，实行民族自决的政治思想。①

由“应声会”而“启发会”，再到“新民会”的发展轨迹，呈示出1920年前后新文化运动的历史语境中，台湾的知识分子以《台湾青年》《台湾》《台湾民报》《台湾新民报》系列报刊为言论机关，与大陆文化人“同声相应”、同气相求的命运共同体历程。其中《台湾青年》开创了台湾民众以现代媒体为“战场”，奋力反殖民、争自由之先河。该刊在祖国“五四”时期《新青年》的直接启发下产生，并受其巨大影响，力倡青年一代自新自强、自治自醒，力抗殖民者强权的倾轧和蒙昧主义的荼毒。并且，如前文所述，《台湾民报》直接转载“五四”新文学的大量作品，昭昭史实透过白纸黑字的第一手文献，无可辩驳地印证着祖国大陆新文化运动对台湾文化界的直接作用和深远影响。然而，这些事件在《显影》的史传年表中却付诸阙如——这不能不说是该书编写者对台湾文学的史实，乃至整个近现代文化发展脉络中重要一环的某种盲视与遮蔽。

余 论

台湾地区的近代史走过了跌宕坎坷的途程。台湾文学在它数百年的发展中，从艰辛的开拓走向多元的发展，与台湾地区的社会、政治、经济和文化语境之间的互动关系密不可分。特别是由于日本殖民统治50年，异族文化对汉民族的殖民入侵，使台湾地区有着与祖国大陆不同的历史际遇和文化机缘，以及民众迥然相异的历史记忆，从而形塑了台湾地区历史进程中的某些特殊形态和独特命题。② 然而，我们应当特别注意，“台湾文学是中国文学的一部分，是在中国历史大背景下局部地区的特殊际遇所形成的一个有特色的文学支流。这是我们认识和评价台湾文学的基本前提”。从赖和、张我军、杨逵、吴浊流和吕赫若等杰出文学家的身上，人们深谙日据时期台湾文学的主潮应是中华民族意识、中华传统文化的底蕴和反帝反封建的现实批判精神。若从历史哲学的视角观之，当我们考察零散的个别史事、人物时，民族的生命源流、文化精神

① 刘登翰，庄明萱，等主编：《台湾文学史》上卷，海峡文艺出版社，1991年，第350页。

② 同①，第62页。

和思想脉动的考察必不可少，理当留意人与事的前前后后交相辉映、往复贯通的一种“精神龙骨”，否则，只能是其言益碎、其意益琐，所有的文字画面、历史遗物，皆外陈而零散，只见树木，不见森林，而民族集体之历史生命则难免失之空泛虚浮，更有甚者恐将陷入历史虚无主义的泥淖中，难以自拔。令人遗憾的是，从《显影》一书为我们展示的日据台湾历史图景中，难以寻觅中华文化血脉在台湾承传与赓续的客观史实。置身于台湾历史长河中的文学实践历程，该著较多凸显的是台湾文人与日本文人的诗文唱和与文学结社，过度夸大了台湾文学发展进程中的日本因素，漠视并抹灭的是台湾地区与祖国大陆之间密不可分的历史文化渊源关系。

台湾文学史书写的理论与实践，向来是两岸台湾文学研究的重心。一部文学史离不开确凿、丰富的史料，而对史料开掘、钩沉之后，还需要辨伪与确证。诚然，“每个历史学家都是从一定的观点出发在观察过去的，他不能回避他那观点，正如他不能跳出自己的皮囊”①。通过对《显影》的批判性考察，编著者发现和遮蔽的一些历史画面，把笔者的注意力引向思索它的某些历史线索，探究编著者建构台湾文学史的过程及其背后的文学史观。从《显影》对日据时代台湾文学的“历史加减法”中，可以看出其文化立场与大陆学者追求两岸交融统合的倾向相左，却庶几与文化分离主义思潮中人相近。并且，与割裂台湾和祖国大陆文化纽带的表现互为表里的，是该书编著者尽力挖掘宣扬日本殖民统治期日人在台的文化活动，表现出明显的亲日甚至媚日的思想倾向。至于西川满、滨田隼雄等助力于“二战”期间军国主义活动的日本作家及其创作的照片，也都堂而皇之地进入这部史著的光谱中加以着重呈现，这可视作对日本殖民活动的美化与掩饰。综上，这或许正是《显影》着力呈现给世人的日据时期台湾文学“真相”。

放眼近年来波诡云谲的东亚格局，日本右翼势力一再否认或美化本国“二战”期间的侵略罪责；台湾政坛再现政党轮替，“亲美媚日”和“去中国化”的社会思潮愈演愈烈；台海两岸关系遭遇不顺，和平发展进程起伏跌宕。抚今追昔，我们清晰地看到：除政治、经济的力量之外，文学书写与历史著述在形塑两岸民众思想认同、促进二者心灵沟通和契合方面，具有不可或缺的作用和极为突出的现实意义。有鉴于此，兼涉文学与史学学科的文学史研究之重大价值显然不可小觑。而在东亚学术场域“重写台湾文学史”热潮之背景下，

① ［英］W. H. 沃尔什：《历史哲学导论》，何兆武，张文杰译，北京大学出版社，2008年，第13页。

以他著为“参照系”重读《显影》则提示我们：相较于中国其他区域的文学史而言，台湾文学史书写活动暗含着尤为丰富而驳杂的思想与文化因子。而吾人若能以科学的态度，对文学史著建构全过程中隐藏的历史观念、文化立场、文学知识生产的方式，以及权力的生成、运作之机制等多元因素保持清醒的头脑，并运用严谨求真的学理对之加以审慎的检视、考辨和剖析，则将极大地助力于“先行者”针对台湾、日本社会中某些人为建构并“积非成是”之流行观点（如“日本的文化殖民促进台湾现代化”“日据时期台湾文化贯穿了区隔于‘中国’的‘台湾主体性’”等）做出追根溯源的辨正工作。这一颇具深远现实意义的工作，对于树立周正的台湾历史观和文化观、改善台湾民众对祖国大陆认同之局面，均十分重要，并将有待有识之士持续努力，推向纵深。

（作者单位：华侨大学文学院）

魔幻原乡与社会关怀

——台湾“80后”作家的自然美学与书写

张　帆

自然文学诠释的是人与自然的关系，通过对自然中景物与动物的观察，来表达人对于自然的关怀、敬畏之情，同时也传达了保护环境、批判人类对于自然环境的破坏与污染的生态理念。20世纪70年代以来，西方环保理论传入台湾地区，激发了台湾地区社会对环境污染问题的关注，以环保权益为目标的社会运动开始兴起。80年代以来，随着环境和生态议题的深入探讨，自然书写逐渐成为台湾战后文学史中的一道重要风景，并出现了一批具有代表性的作家群体，如刘克襄、吴明益、夏曼·蓝波安等。部分大学也开设生态环境系所，一些优秀的学者在大学任教，传递生态保育知识。“自从一九八零年代初期以来，自然保育、野生动物保护、甚至只是单纯的赏鸟团体陆续形成。”① 台湾“80后”世代的自然书写就是在这个文化场域当中形成，一方面他们通过学校教育、社会舆论、网络影响习得了更完备的生态知识，继承了吴明益等一批作家开创“生态文学”的艺术理念，并结合“80后”世代的美学感受进行了一系列的创作，展露了一批优秀的青年作家。另一方面，“80后”世代也积极地介入自然书写的探讨，观察台湾地区近十年来的博硕士论文，可以发现他们从文化实践、美学意涵、政治象征、社会影响等方面探讨了台湾当代生态文学的内涵和意义，体现了“80后”世代在文化生产中积极地建构生态意识和社会关怀。

一、台湾“80后”自然书写概观

台湾“80后”的自然书写，有着鲜明的世代特点，在创作方法上，他们

① 何明修：《绿色民主：台湾环境运动的研究》，台湾群学出版有限公司，2006年。

往往通过青年或者少年的视角来感受自然，少年对于世界的困惑和青春的迷惘也投射在自然之上，自然也因此具有了纯洁无瑕的天真之美，以及活泼忧郁的少年情怀。自然在他们笔下，不再是无人的蛮荒之地，而是充满了故事、传说、历史的原乡，自然深刻地介入人物的生命历程，影响着人类世界的建构。小说往往通过少年和成人的对立关系，来映射人与自然的关系。

在土地伦理上，这些作家展现出对自然的关切和对土地的关怀，他们批判资本主义唯利是图的价值取向，以及对自然环境的破坏和对人心的侵蚀，成长即是文明化、被驯化的过程，也是自我被迫工具化、世俗化的过程，他们通过对自然的关注与回归，来重新绘制祖先流传下来的历史与文化，重新发现土地对于人类的价值，重新回归自然与人和谐的状态。

在美学风格上，这些作品多具有浓烈的魔幻现实主义色彩，通过传说、梦境、人、神、鬼等方式，打破线性的时间结构，从在地的空间出发，描绘出自然界广博神秘、不可为理性所掌控的美学特质，传达出人类对自然的敬畏之情。

需要注意的是，台湾“80后”世代的自然书写与90年代以后台湾的后乡土思潮结合在一起，自然环境的书写中饱含着乡土意识的觉醒，以及20世纪以来全球化浪潮下乡土的再造思考。20世纪80年代以来，台湾地区工业化、城市化的飞速发展，所造成的不仅仅是生态环境的破坏，还有乡村的凋敝，以及根植于自然生态的传统生活模式、价值体系的崩解和消逝。只有重建传统生态知识与在地文化认同、宇宙观与宗教信仰的紧密联系，才能在全球性的生态危机与文化同质阴影下，发展出独具特色的地方文化。

在书写的形式上，“80后”世代的自然书写更加多元化和市场化，吴明益在《以书写解放自然：台湾现代自然书写的探索》及《台湾自然写作选》中对自然书写进行了严格的界定，都强调了非虚构性、客观性、知识性。① 但“80后”世代的自然书写已经溢出这个定义的范畴，生态知识融入了更多时尚、消费的元素，如旅行、饮食、自然摄影、生态观察等，创造出一种自然与生活相结合的、闲适的、轻松的生活美学，这种生活美学的核心就是通过与自

① 吴明益在《恋土、觉醒、追寻，而后栖居——台湾生态批评与自然导向文学发展的几点再思考》中写道，当时“我”提出了一个暂时性界义，包括了：1. 以自然与人的互动为描写的主轴。2. 注视、观察、记录、探究等非虚构的经验，成为必要历程。3. 自然知识符码的运用与客观上的知性理解成为行文的机理。4. 从形式上看，常是一种个人叙述为主的书写。5. 已逐渐发展成以文学糅合相关学科的独特文类。6. 书写者常对自然有相当程度的尊重与理解。

然的亲近和回归，来对当下物欲化的价值体系和生活方式进行批判，转向更重视社群、亲近自然生活的风格。自然书写一定程度上脱离了精英化的专业视角，进入日常的生活当中，如《岛内出走》是一群新世代的年轻人以单车环岛，沿途摄影，记录了岛内的各种景观、生态、人文现象等。这些新颖的自然创作，既丰富了台湾的自然书写，同时也呈现出新世代对于空间、自然与人的关系的新的文化想象和价值追求。

二、“80 后”自然书写中的环保运动

台湾“80 后”世代的自然书写必须放置在当代风起云涌的环保运动当中去考察，“自从八十年代中期以来，台湾的社会力勃然兴起，激烈地冲撞当时的威权体制，形成一股沛然莫之能御的风潮，经过了十年的集体亢奋……九十年代中期的社会运动已经走上了穷途末路。……环境整治的参与越来越受到‘组织逻辑’的影响，抗争行动逐渐转化为专业的参与，草根参与开始让位给专家”①。可以看出，台湾地区的自然书写和环保运动是不可分割的，台湾当代自然书写也正是在这一股社会浪潮中激进出的文学类型。21 世纪以后，“80 后”世代积极投入环保运动，“2005 年起，因兴建台北捷运而面临拆迁的乐生疗养院，意外地引发了大批青年投身保育运动，自发组织青年乐生联盟，加入抢救古迹。这些八零后甚至九零后的社运青年，近年又发起了反对兴建苏花高（苏澳至花莲高速公路），以及提出土地正义的台湾农村阵线等多场运动，以创新的文化艺术行动、社交网络动员，以及超越蓝绿的新世代姿态，为环运补充了面向未来的新血”②。“此后这几年的社会运动都可以看到一批批积极的年轻人投入，尤其是这几年火热的农村议题和环境议题，如反对‘农业再生条例’、反对中部科学园区、反对‘国光石化’、反对暴力都市更新。这批青年行动者已经成为这些运动的街头前锋或深耕社区的草根工作者。”③ 这些环保运动提升了年轻世代的政治与公民意识，凝聚了世代认同和环保意识，并在作品中大量涉及对这些事件的反思和批判，积极明确地在作品中传达环保理念，从而使他们的自然书写既具有鲜明的抗争性，也体现了台湾地区政治环境的转型。

① 何明修：《绿色民主：台湾环境运动的研究》，台湾群学出版有限公司，2006 年。

② 卢思聘：《匍匐前进的台湾环保运动》，http://news.qq.com/a/20110711/000498_2.htm.

③ 张铁志：《台湾 80 后，社会运动的前锋》，http://www.nbweekly.com/column/zhangtiezhi/201103/13899.aspx.

朱宥勳的《倒数》以反“国光石化”等环保事件为题材，描绘了台湾地区反污染抗争的地方动员，以土地认同、宗族情感为纽带，批判当局的经济行为对环境和土地的破坏。“这里本来都是一片绿色的水田，比现在土里面那些断草还要更绿，也比课本里面更绿。有一天晚上，她从睡梦里惊醒，先是感觉到地在微微地震动……这时候外面传来了闷闷的声音，像是火车经过，但又不太一样。……天亮之后，村子里面的地就没有绿过了。……经她这么一说，还真的觉得这片乱糟糟的田地像是曾被火车碾过一样。或许不是火车，是什么更大的，巨人或者金刚一类。再过去更远，是一片灰白色的山壁，一株草也没有，露出凹凸不平的表面。”① 环境被破坏，无法再继续种植，居民失去了土地和家园，面对当局的强权，两位老人选择和自己的土地一起死去，惨烈的抗争在少年的心里种下爱护土地的种子，“我”和小梅画了加路兰的地图，和家乡的植物、砂石等物品一同烧化给外婆，只有维护环境才能维护自己生存的家园。

三、魔幻的原乡和桃花源

邱长婷是台湾“80后”世代中自然书写最具有代表性的青年作家，她以台东太麻里为叙述对象，通过大量的实地考察，参与了排湾人、阿美人的祭奠，“访问猎人、猎犬驯养者、农民、耆老，甚至是地方上的公务人员。她甚至随着猎人上山，体验狩猎”②。因此她的作品中既有对当地自然环境的描写，也有大量台湾当地少数民族历史、文化、习俗的呈现，通过对森林、河流、动物、气候等自然环境的描绘，展现了人类与自然相互依存的状态。邱长婷的自然书写最突出的特点就是“情”，自然万物在她的笔下皆有情，自然界不是冰冷的生物数据，而是祖辈流传下来的传说与神奇，是孩童的思念和幻想，承载着爱情与亲情，是人类的桃花源与最终的归属。

作者笔下的自然不仅仅是人物成长的环境、故乡，更是构成人物命运的一个因素，自然并不是隔绝于人类的荒蛮之地，而是人类知觉与生命的延伸。在《山鬼》中，父亲在山中生长、劳作、成家，“这座山乃至于他的农园、农舍，形如延伸的躯干，多年来他早已习惯”③。人和自然的命运互相融合、互相幻

① 朱宥勳：《倒数》，《垩观》，台湾宝瓶文化事业有限公司，2012年，第57－58页。

② 邱长婷：《山鬼》，《怪物之乡》，台湾联合文学出版社股份有限公司，2016年，第7页。

③ 同②，第213页。

化、互为镜像，自然可以拥有人性般的自主意志，自然可以缓慢地生长和移动，人类也同样在自然的环境中获得人性的解放，催生出早已被现代文明所驯化、扭曲的原始的力量和纯真浓烈的情感，如父亲在夜晚宛如野兽般的哭号，幻化成非人的模样在森林中疯狂夜奔，寻找已逝母亲的踪迹，宣泄内心的悔恨和痛楚，这些强烈的情感仿佛只有在原始的自然界里才得以现出原形。森林中的牛樟木和鹿也是母亲的化身，牛樟木的香气一如母亲身上的气息，紧紧地围绕在父子身边，唤起他们内心深处的记忆和怀念。在自然界当中，人类所谓的文明、理性、规则被瓦解，剩下的只有直觉和知觉。

自然里的山、雾、树、水、风，皆是万物有灵，“那是一处终年云雨缠绕的山间河谷，父亲的农田坐落于此，每过午后，山陵背面的阴影潜伏向下，带来雾的幽魂，幼时我爱好对其吐气，山林的雾遇上生人来自胸腔的气息，总如兽崽弹出湿漉漉的鼻端，仅是轻轻一触，便惊摄后退，须臾间，又好奇地伸展小手，以其独有的湿冷气息与我唇吻相依”①。自然既充满了神秘的色彩，更充满了原始的生命力和创造力，身处荒野之中，面对自然界壮丽的景色与伟大、不可测的力量，人类感到恐惧和敬畏，认识到自我的渺小与狭隘，人与自然界的关系不再是主宰与被宰制的关系，自然才是真正的神与造物者。“我追随父亲的脚步来到象征母亲的牛樟木林，抬眼仰望，须四人环抱的牛樟木，暗时是黑阒矗目，真正与山鬼山神无异。其中那最巨硕高昂的千年牛樟正从枝叶扶疏中，以千颗星眼俯视我。我虚软无力，自觉在如此肃穆庄严的气氛中形衰如蚁。”②“我膝旁腐朽的枯枝倏地僵直站立，围绕出令人费解的圆圈跳起群舞，猿猴与鸱鸮的叫喊不同以往，是喜悦，是悲凉而喜悦；萤火虫翩然旋飞，黑暗微光中映照出孩子的脸，此外，就像母亲曾对我说过，山在成长，缓缓的，人类肉眼不可得见。”③

书中以代际传承的方式传达了许多朴素的生态观，这些生态观最核心的思想就是对自然的敬畏，不可随意的侵犯自然，“‘山就是山，河就是河。’老人说：‘小女孩子，你要记住，不管我们如何更改溪水的走向、山脉的位置，每隔数十年、数百年，它依然会记得自己原本的样子。’”④ 人类在与自然、土地相依相存的过程中，衍化出许多朴素的生命哲学，这些口口相传的关于自然的

① 邱长婷：《山鬼》，《怪物之乡》，台湾联合文学出版社股份有限公司，2016 年，第 212 页。
② 同①，第 235 页。
③ 同①，第 235 页。
④ 邱长婷：《寻金记》，《怪物之乡》，台湾联合文学出版社股份有限公司，2016 年，第 34 页。

知识和训诫与家族的传承联系结合在一起，成为承载家族记忆和情感的纽带。同时，家族乃至民族的繁衍历史也通过这些传说记录下来，自然与人类的文化历史和集体经验相联系，使自然不再是隔绝于人类的荒野或是被改造之物，而是具有了厚重的历史意涵。

自然成为孩童想象中的种种神怪志异，山中有会吃老师的怪兽，有“山中菟丝幻化为人的形貌，藤缠树缠死，台风过后在河谷间纵走的腐木，以及数丈高的巨树如古生物般在白雾飘荡的山巅缓慢移动，据说，它们横跨谷与谷之间的一步费时千年，根部入的深严，动静间是拔山的，只不过太慢太慢，人类肉眼不可见”①。这些自然的传说构成了“我”成长的乐趣，和生命体验交织在一起，共同塑造出“我”对世界的感知和认同。

“我”作为一个从小在森林里长大，途中离开森林去往城市，最终又回归森林的青年，自然对“我”而言是一个既陌生又熟悉的存在，“我”对世界的感知源于自然，但经过城市的洗礼，“我”已经不复是那个纯粹的“雾之子”，因此，这一离开又回归的路线，既是“我”重新认识自我与外在世界关系的过程，也是“我”重建情感认同、回归精神家园的过程。自然与城市是两个完全不同的体系，两个空间界线分明，城市是对人性压抑和束缚的空间，“仿佛每个人与我都是一样的，看不清面孔，却拥有相同的腔调与衣着”②。少年时的“我”对城市充满了恐惧，“我害怕离开山谷中的农田，离开到一个非我族类的群体，那时坐在交通车上的我，红肿的双眼迎向海滨公路初升的太阳，满心觉得那是一个景色如此优美，却也如此残暴的世界”③。“我”在城市与自然之间往返，在文明与原始之间挣扎，在被迫成长的过程中不断回望曾经远离的桃花源，并试图褪去世俗的工具化、理性化的价值理念，重回纯粹本真的自我。

作品中用大量的梦境与现实形成双线索的叙事，梦境展现了“我”隐藏在现实之下的焦虑与欲望，以潜意识的方式书写无法诉说的记忆与伤痛，体现了人与人、人与自然之间复杂的关系。通过梦境“我”与父亲重返母亲离去的记忆，以父子们猎杀怀孕母鹿的贪婪行为，象征母亲/母土被自私贪婪的人类造成不可弥补的伤害，而父子俩在梦中不断接近却永远到达不了的天空，也象征了他们渴望被救赎的愿望。

① 邱长婷：《山鬼》，《怪物之乡》，台湾联合文学出版社股份有限公司，2016 年，第 217 页。

② 同①，第 220 页。

③ 同①，第 221 页。

四、寓言性的动物书写

刘克襄早期曾给予动物小说如下的定义：“拟人化、虚构性，有寓言特性，透过动物明志。”[①] 这一自然书写的理念也体现在台湾“80 后”作家的动物小说当中。

朱宥勳的《竹鸡》通过对一只竹鸡的救助所引发的家庭成员之间的冲突，揭示出亲情的冷漠和缺失，代与代之间的隔阂和矛盾。父母对竹鸡的救助只是出于一时的怜悯，却并没有真正从它的生存需求去考虑，自以为是地将竹鸡带离它的栖息地之后，又不耐烦地想要将它在陌生的牧场放生，完全没有考虑到受伤的它在都是人群的地方如何生存，这种作秀式的救助其实是将竹鸡置于更危险的境地。小说通过人与动物的关系隐喻人与人之间的关系，父母的救助和弟弟的冷漠本质上都体现了人类中心主义的自私和自大，自认为是救世主的人类对弱势的动物/孩子缺乏生命的尊重和平等意识，在看似美满和谐的家庭外表之下，成员之间却缺乏沟通和理解，而敏感内向的少年犹如那只恐惧的竹鸡，孤独地躲在自己的世界里，“他们知道不必等他，因为他是没有办法引起任何注意力的透明体”[②]。小说以胆小内向的竹鸡象征少年的成长困境，“竹鸡是非常胆小的鸟。人们总是认为凡鸟类都是胆小的，但事实上，大部分的鸟都是因为受过人类的欺负才怕人。但是，竹鸡即使在同类面前都不太能安心，甚至常被自己的叫声吓到”[③]。篇末竹鸡回归森林，少年也跟随竹鸡走向森林，在无人的自然之中他们终于回归自我、自由起飞。这体现了作家对自然在主体性建构上的作用与意义的思考，无疑为小说赋予了存在主义的哲学色彩。

吴睿哲的《龙蝨的眼睛》是对吴明益自然书写理念的诠释，“吴明益曾引洛夫洛克（Jams Love Lock）著名的‘盖娅假说’，说明地球的生物共同参与了地球生境的创造与改变：‘洛夫洛克创造了一种生态学的角度，思考人类与生境共存的奇妙语言。地球是活着的想法，曾是许多文化神化中共有的朴素想象，这个想象暗示我们，人类与其他所有生物都是巨大存在的一部分，且互为伙伴。洛夫洛克的论点就是指出这个巨大存在的整体，具有维护地球，并使地

① 杨光：《逐渐建立一个自然书写的传统——李瑞腾专访刘克襄》，《文讯》，1996 年第 134 期，第 97 页。

② 朱宥勳：《竹鸡》，《误递》，《宝瓶文化》，2010 年，第 128 页。

③ 同②，第 115 页。

球成为适合生命存在的栖息环境的能力'”①。

散文以一种水生鞘翅目昆虫龙蝨的生存困境来警示台湾的环境污染，龙蝨这种看似微小的生物，以腐肉为食，是环境的清道夫，居于食物链中的底层，没有让人喜爱的外表，也常常被人误认为螳螂。小说以这种毫不起眼的生物为切入对象，与一个刚刚结束高考的正处于学业的压抑与人生的彷徨时期的青年人互相映照，以二者的形象和心境对既有的行为和秩序提出质疑和反抗。

散文以严谨的田野调查的方式来叙述龙蝨的生活习性与外形特征，具有吴明益所主张的客观性与科学化的特点，同时又从龙蝨的生活习性与外形上延伸出美学特质，以其复眼来反讽人类的现代化虽带来进步的表象，却“遗失了某种轻巧的记忆。在那个巨大的阴影背后，我们都拥有一双龙蝨的眼睛，却瞎了”②。

散文以一个刚刚高考结束的年轻人来到三芝小镇寻找龙蝨为题材，转而以龙蝨进行拟人化的自述，阐述自己面对人类的垃圾、尾气、城市改造，如何逐渐地失去了自己的身份与空间。小说通过昆虫之眼来观察世界，并在人与昆虫中互相切换视角，看似居于食物链顶层的人类与微小的昆虫的命运产生了共鸣，在同一片场域中生存的生物实际上都无法逃脱环境的惩罚。一如罗尔斯顿所言：“人们不可能脱离他们的环境而自由，而只能在他们的环境中获得自由。除非人们能时时地遵循大自然，否则他们将失去大自然的许多精美绝伦的价值。他们将无法知晓自己是谁，身在何方。”③

龙蝨的生存困境也隐喻了高三学子面对环境污染、工业化、城市化、消费主义的盛行所产生的失根感与身份危机，应该如何在工厂、高楼、电器、商场、夜市中寻回被文明掩盖的家园？同为微小的边缘群体，他们无人关注，失去自由生存的快乐，“我想飞远，却被风吹了回来，在这个无限迴圈来回碰撞，却无法碰撞出什么奇迹”④。“也许屈服于现实会让生活更丰富。”⑤ 这些质问已经超越了环保议题的范畴，而进入人应该如何生存的反思，是降低道德的标准与自私庸俗的生活随波逐流，不再批判人类对环境的破坏从而获得更多的朋友？还是默默付出，为环保尽一份微薄之力，却只能在角落里擦抹孤寂？这是青年人在环保乃至人生道路上所面临的迷惘和困境。

① 申惠丰：《论吴明益自然书写中的美学思想》，《台湾文学研究学报》，2010 年第 10 期。

② 吴睿哲：《龙蝨的眼睛》，钟怡雯主编《100 年散文选》，台湾九歌出版社，2012 年，第 235 页。

③ 罗尔斯顿（Holmes Rolston）：《环境伦理学：大自然的价值以及人对大自然的义务》，杨通进译，中国社会科学出版社，2000 年，第 454 页。

④ 同②，第 234 页。

⑤ 同④。

文末鼓励大家走入台湾的山林，发现全新的 Formosa，摆脱逐利的阴影，用龙蝨的眼睛重新认识土地，重视自然的根本目的是将自然与土地相结合，以自然为基础来建构根植于自然生态的独特的文化系统，在全球化、都市化的危机下重建身份认同。

五、结　语

台湾的“80 后”世代基本成长于中产阶级家庭，他们的自然书写体现出台湾地区环境保护运动在高度城市化的情况下的深入发展与多元化，他们的自然书写不仅涉及人与自然，还扩展到社区营造、都市空间、生态旅游、生活方式等，体现了台湾“80 后”世代更加注重自我情感的特点，他们通过自然空间来拓展人类情感的表达，寻求都市与自然的平衡共存。他们对自然的观察和理解，以及他们参与组织的环保实践和环保运动，投射出台湾社会在新世纪的文化转型。

（作者单位：福建社会科学院文献信息中心）

杨逵对郁达夫的译介[①]

蔡榕滨

一、杨逵的中国情结

王晓波曾在《被颠倒的台湾历史》中写道："他（杨逵）一生的无可如何之遇，是台湾的悲剧，也是近代中国民族的悲剧。他一生的奋斗不但是台湾子弟的精神遗产，也必将成为整个中国民族的瑰宝。"[②]

尽管杨逵（1906—1985）有生之年未曾到过中国大陆，但他却是首位进入中国大陆视野的台湾现代作家。20 世纪 30 年代中期，在胡风等人的译介下，杨逵成为首位以日文从事新文学写作而在中国大陆备受注目的台湾作家。当时被译介至大陆的杨逵小说《送报夫》"非但帮助大陆读者了解台湾低层百姓走投无路的生活处境，而且出版后一年抗战发生，《送报夫》更鼓舞了很多年轻人上前线抗日"[③]。

同时，杨逵对中国大陆也始终保持着密切的关注。他曾将《水浒传》视为理解中国大陆的政治、社会、风俗、习惯的钥匙，希望能透过这部小说接触大陆社会的真实面。[④] 在文学创作中，杨逵也不时地将笔触伸向中国大陆。如日据时期的作品《泥娃娃》中，他描写了以"我"的校友富冈为代表的在战乱的南京趁火打劫、大发国难财之恶劣行径。在戏剧《赤崁拓荒》中，杨逵则通过对历经艰难由大陆出逃至台湾的少年王开发不幸身世的介绍，牵扯出了

① 国家社科基金项目"重写台湾文学史"思潮研究（13BZW133）。

② 王晓波：《冰山下的台湾良心——我所知道的杨逵先生》，《被颠倒的台湾历史》，帕米尔书店，1986 年，第 286 页。

③ 宋田水：《杨逵·胡风·左翼文学》（下），《台湾日报》，1998 年 1 月 8 日。

④ 杨逵：《谈水浒传》，涂翠花译，彭小妍主编《杨逵全集》（第十卷），台湾文化资产保存研究中心筹备处，1998 年，第 40 页。

一个恶霸横行的大陆旧社会。此外，不论何时杨逵都自觉地承担起传播中国文化的使命。如日据时期，他曾明确表示要做中日文化交流的中间人：“我们从小就学日本语，所以在理解日本语方面，和年纪大了才开始学的人们比起来，似乎多占了各种优势。如果这样的我们能做中间人，把中国文化介绍到日本，也把日本文化介绍到中国，那真是再好不过的事了。”① 在光复前后，杨逵则自觉地担当起作为“沟通本省及外省人民”的桥梁②：与大陆赴台人士交好，比如与曾经执教于东海大学的徐复观惺惺相惜、与军营作家朱西宁“一见如故”③；他关注并向台湾民众大力推荐中国大陆现代名家名作，例如他向“认识或不认识的友人及全台湾的大众推荐”大陆电影《人道》④、萧军小说《第三代》。杨逵在《〈第三代〉及其他》中说：“《第三代》是有趣的好小说，我期待着有一天能把它介绍给各位读者。”⑤

尽管杨逵在光复后对国民党的恶政不无痛心，从其书写的《为此一年哭》《阿Q画圆圈》等文章可见一斑；“二二八”事件之后，杨逵更是由于书写《和平宣言》被判入狱十二年；但是杨逵终其一生却从未否定过自己是中国人，他始终坚持“台湾是中国的一省，台湾不能切离中国”的观点不变。⑥

战后杨逵被视为台湾左翼文学的代表，最自觉最坚决“去殖民化”的行动者。⑦ 1947年11月至1948年8月，因应时代变化，受台北东华书局之邀，杨逵先后出版了中日文对照本“中国文艺丛书”三辑：《阿Q正传》《大鼻子的故事》《微雪的早晨》。⑧ 以上三辑丛书所收录的分别是杨逵对中国现代名作家鲁迅、茅盾、郁达夫的部分作品的译介。杨逵曾在《台湾新文学停顿的检讨》中说过：由于日本极力阻碍大陆和台湾岛内的文化交流，而且是长期如此，所以导致我们现在必须苦于多重隔阂。为了弥补这个鸿沟，我们必须付出

① 杨逵：《〈第三代〉及其他》，涂翠花译，彭小妍主编《杨逵全集》（第九卷），台湾文化资产保存研究中心筹备处，2001年，第558页。

② 杨逵：《二二八事件前后》，黄惠祯《杨逵》，台湾文学馆，2011年，第119页。

③ 林梵：《杨逵画像》，笔架山出版社，1978年，第27页。

④ 杨逵：《推荐中国的杰出电影〈人道〉》，陈培丰译，彭小妍主编《杨逵全集》（第九卷），台湾文化资产保存研究中心筹备处，2001年，第357页。

⑤ 同①，第360页。

⑥ 杨逵：《“台湾文学”问答》，彭小妍主编《杨逵全集》（第十卷），台湾文化资产保存研究中心筹备处，2001年，第247页。

⑦ 黄万华：《去殖民性进程中的战后初期台湾文学》，杨彦杰《光复初期台湾的社会与文化》，福建教育出版社，2011年，第310页。

⑧ “中国文艺丛书”第一辑后出书广告，共列六种书目，除了以上三种外，还有郑振铎作、杨逵翻译的《黄公俊的最后》注明“印刷中”，但今仍未能得见，可能未曾出版。

过人的努力。具体的做法如下：作家的交流、刊物的交换，以及作品的交换等等，形形色色，但我们必须一一切实实行，克服这个困难。[①] 毫无疑问，杨逵向台湾民众译介中国现代名家作品正是“为了弥补这个鸿沟”[②]，加强两岸文化交流所付诸的实践。

二、杨逵与郁达夫的交集

1948 年 8 月，杨逵版郁达夫小说的中日文对照本《微雪的早晨》由台北东华书局出版，其中不仅有《微雪的早晨》《出奔》两篇小说，还收有杨逵的介绍性短文《郁达夫先生》。

杨逵与郁达夫虽然年龄相差了近十岁，但是他们却有着些许相似的经历，比如二人都曾经先后东渡日本求学；两人在文学上都是多面手，在诗歌、杂文、文论等领域都有所建树，二人又都主要以小说称誉文坛[③]；二人都曾做过编辑，并都曾积极投身于抗日救亡的宣传工作。而且杨逵与郁达夫其实还曾有过一面之缘。

郁达夫曾于 1936 年到过台湾，郁达夫赴台一事在台湾文学界曾引起极大的反响。台湾作家尚未央在《会郁达夫记》中对此有过真切的记录：“‘会郁达夫’这念头，从几个月前岛内新闻一齐把这极有魅力的消息报道出来以来，就已经深刻地印在一般素常关心文学的人们的脑上了。有时偶然在路上相逢、书信的往来，或定期聚合，屡次都把他当为中心话题提出来议论，这么一来，更使这念头越深刻，越热烈地盼望其日来临。”[④] 尚未央的《会郁达夫记》中还颇为详细地写及了郁达夫在台期间与台湾的作家们尤其是与《台湾新文学》的尚未央、枥马、废人、林占鳌、高祥端等九位作家，以及佳里的吴新荣、郭水潭、徐清吉三位作家的见面经过。尚未央的《会郁达夫记》虽没有提及杨逵，但这篇《会郁达夫记》就刊载于《台湾新文学》的第二卷第二号中，作为当时《台湾新文学》主编的杨逵是不可能不了解郁达夫在台湾的动态的。杨逵曾经多次谈及自己与郁达夫的交集，比如在《〈第三代〉及其他》中：

① 杨逵：《台湾新文学停顿的检讨》，涂翠花译，彭小妍主编《杨逵全集》（第十卷），台湾文化资产保存研究中心筹备处，1998 年，第 224 页。

② 同①。

③ 尽管郁达夫的朋友都认为他的诗词水准是在他的小说之上的，如刘海粟、郭沫若。吴建华：《郁达夫研究》，湖南师范大学出版社，2007 年。

④ 尚未央：《会郁达夫记》，《台湾新文学》（第二卷第二号），1937 年，第 60 页。

“去年（1936），郁达夫氏来日本，从东京绕道台湾回去。那时，我在台中见到他。他说，东京的知识分子非常热情地款待他。”① 在就柳映隄关于与三十年代大陆左翼作家之间关系的问询时，杨逵曾做过如下答复：“其实，我和三十年代大陆作家是素不相识，只是民国二十五年底，郁达夫来台时，曾以招待者身份见过一面。”②

三、杨逵选译郁达夫作品的原因

《微雪的早晨》是郁达夫创作于 1927 年的作品，此作是以知识分子为题材的小说。小说中写的是忠厚正直的大学生朱雅儒，在贫困艰辛的大学生活中，因为自己青梅竹马的恋人被军阀夺去，而在激愤郁恨中发疯至死的故事。《出奔》则是郁达夫创作于 1935 年的作品，这篇小说向来被视为郁达夫小说创作的结笔之作，它是一篇直接表现大革命时代风云的作品。小说中对投机革命的地主分子的奸诈狡赖、对不择手段的悍妇的凶残狠毒、对革命青年的摇摆软弱，都有绘声绘色的刻画。其实杨逵选译的《微雪的早晨》《出奔》这两篇小说都并非郁达夫的代表作品，但是杨逵却没有选择其在《郁达夫先生》一文中着重介绍的《沉沦》进行译介③，或是选择同为郁达夫代表作品的《银灰色的死》《南迁》等进行译介，而是选译了《微雪的早晨》《出奔》这两篇作品，在笔者看来，原因主要有以下几点：

首先，《微雪的早晨》《出奔》与杨逵历来的创作主张更为接近。杨逵一向主张并践行着“文学反映现实，表现着生活”④ 的创作理念，而郁达夫的这两篇作品都是以客观现实为描写对象，偏重于对社会生活的剖析，是客观性、社会性和写实性较强的社会小说⑤，并非《沉沦》《银灰色的死》《南迁》这样侧重于自我表现、自我体验，抒写内心世界的苦闷、忧烦、感伤，偏重描写性苦闷和灵肉冲突，反映着颓废情绪的自我小说。⑥

其次，杨逵对《微雪的早晨》《出奔》的翻译是在 1948 年左右完成的。

① 杨逵：《〈第三代〉及其他》，涂翠花译，彭小妍主编《杨逵全集》（第九卷），台湾文化资产保存研究中心筹备处，2001 年，第 557 – 558 页。

② 林梵：《杨逵画像》，笔架山出版社，1978 年，第 18 页。

③ 此处指单篇小说《沉沦》。

④ 杨逵：《论文学与生活》，彭小妍主编《杨逵全集》（第十卷），台湾文化资产保存研究中心筹备处，2001 年，第 267 页。

⑤ 乐齐：《精读郁达夫》，中国国际广播出版社，1998 年，第 2 页。

⑥ 同⑤，第 4 – 9 页。

尽管据苏维熊“中日对照中国文艺丛刊发刊词”中所述，杨逵这时期对于中国现代名家名作的译介旨在实现“真正理解祖国文化，而且要哺育它，使它更为高尚，更为灿烂，使其真正的精华宣扬全世界”[①]，但是杨逵在译介郁达夫这两篇小说时，也正处于如何建设台湾新文学的论争期。这场论争讨论的是台湾文学的大众性、文学的指导思想（即历史唯物论）、新现实主义、革命浪漫主义等问题。[②] 纵观杨逵在1947至1949年所作的《如何建立台湾新文学》《人民的作家》《论文学与生活》等近十篇文论，在某个层面上或可知晓杨逵选译《微雪的早晨》《出奔》这样的社会小说，而非《沉沦》等自我小说的用意。因为，在此期间杨逵多次强调指出，台湾新文学需要的是能切实地表现人民真实的心声，促使人民奋起，刺激民族解放与社会建设的伟大力量的作品[③]；而非滞留于“艺术的王国”中，书写或关注倾泻着主人公意识的流动，心绪的弛张，情感的起伏，带有浓郁的主观性、抒情性和厚重的感情深度的充斥着灵与肉冲突的自我小说。[④]

再者，杨逵对郁达夫的《出奔》与《微雪的早晨》的翻译是于“二二八事件”发生后的1948年前后进行的。结合《出奔》与《微雪的早晨》的内容，在笔者看来，杨逵之所以选译此两种作品是有其用意的：杨逵正是通过选译此两篇小说，委婉间接地表达他对光复初期国民党在台湾所实施的政策的不满与批判。《出奔》中所反映的正是国民革命不彻底，国民党内部弊病百出的现象；而《微雪的早晨》则反映的是军阀暴行。杨逵向来擅长于以古讽今的书写方式。检视杨逵于1948年前后的创作，如《为此一年哭》《阿Q画圆圈》《二·二七惨案真相——台湾省民之哀诉》等，或许均可作为杨逵此间选择译介郁达夫这两篇小说别有一番深意之佐证。

四、杨逵《郁达夫先生》中存在的问题

杨逵出版中日文对照本《微雪的早晨》是在光复初期“台湾省行政长官

① ［日］下村作次郎：《战后初期台湾文坛与鲁迅》，邱振瑞译，［日］中岛利郎《台湾新文学与鲁迅》，台湾前卫出版社，2000年，第136页。

② 蓝博洲：《消失在历史迷雾中的作家身影·序》，《消失在历史迷雾中的作家身影》，台湾联合文学出版社股份有限公司，2001年，第1页。

③ 杨逵：《如何建立台湾新文学》，彭小妍主编《杨逵全集》（第十卷），台湾文化资产保存研究中心筹备处，2001年，第244页。

④ 乐齐：《精读郁达夫》，中国国际广播出版社，1998年，第4页。

公署”为推行“中国化”（去日本化）的大背景下进行的，同时也是在被视为“现代台湾文学史上唯一的，台湾文学界与中国大陆文学界最直接密切交流的四年”① 的历史时期中进行的。即杨逵在光复初期对中国现代作家的关注译介并非其独有行为。据下村作次郎统计，战后初期台湾出版中国现代作家作品的中日对照本有：②

一九四七年

鲁迅著、杨逵译《阿Q正传》，东华书局，一月。

鲁迅著、王禹农译《狂人日记》，标准国语通信学会，一月。

郁达夫著、杨逵译《微雪的早晨》，东华书局，八月。

鲁迅著、蓝明谷译《故乡》，现代文学研究会，八月。

茅盾著、杨逵译《大鼻子的故事》，东华书局，十一月。

一九四八年

鲁迅著、王禹农译《孔乙己 头发的故事》，东方出版社，一月。

鲁迅著、王禹农译《药》，东方出版社，一月。

一九四九年

沈从文著、黄燕译《龙朱》，东华书局，一月。

从以上列举的篇目可见，杨逵是台湾光复初期最早译介出版中国现代作家作品的人。而且从涉及面上言，在光复初期当台湾文化场域掀起“鲁迅热”③，多数台湾译介者将眼光集中于鲁迅作品时，杨逵则在译介鲁迅作品的同时将眼光投向包括郁达夫在内的更多中国现代作家。从数量上看，光复初期四年间，台湾出版的大陆作家作品中日对照本共计8种，杨逵的译作即占3种，几近半数，于此也足见杨逵为促进台湾民众正确地理解认识祖国文化所付出的努力与良苦用心。

但是需要指出的是，杨逵用日语写作的约五百字介绍性短文《郁达夫先生》④ 中存在着不少错误或表述不清的问题。比如“先生于一九一一年留学日本，就读东京第一高等学校后，由东京帝国大学经济科毕业。一九二二年回国后，立即与郭沫若、成仿吾等人共组创造社，展开文艺工作”，“他的处女作《沉沦》是大

① 转引自［日］下村作次郎：《战后初期台湾文坛与鲁迅》，邱振瑞译，［日］中岛利郎《台湾新文学与鲁迅》，台湾前卫出版社，2000年，第127页。

② 同①，第128页。

③ 徐秀慧指出：光复一年后台湾文化场域掀起了“鲁迅热”，直到1948年2月许寿裳被暗杀后“鲁迅热”才冷却下来；“鲁迅思想”，是战后初期两岸文化人沟通的语境，也是他们共同推许并发扬的文化资本。见徐秀慧：《光复变奏——战后初期台湾文学思潮的转折期（1945—1949）》，台湾文学馆，2013年，第152-183页。

④ 以下引文均用《杨逵全集》（第三卷）中黄英哲的译文。

学毕业后不久写的”，“一九二六年到一九二七年的大革命转换时期，他沉醉在与王映霞之间的甜蜜恋爱生活中，仅出版了描写这种生活的日记体作品”①。

首先，郁达夫留学日本时间实为1913—1922年，即开始于1913年而非“一九一一年”，而且郁达夫是于1914年7月才考入东京第一高等学校预科。②其次，创造社是于1921年6月在日本正式成立的，而非“一九二二年回国后”才成立；再次，郁达夫的小说处女作是其于1920年在日本留学期间写成的《银灰色的死》而并非《沉沦》，只是1921年10月郁达夫将《银灰色的死》《沉沦》《南迁》等三篇小说结集为《沉沦》出版。小说集《沉沦》是郁达夫自己的第一部小说集子。杨逵将郁达夫的处女作写为《沉沦》实是有误或者至少是表述不清的。最后，1926年到1927年的大革命转换时期，郁达夫除了出版所谓的描写恋爱生活的日记体作品外，还出版有《达夫全集》第一卷《寒灰集》、第二卷《鸡肋集》及第三卷《过去集》，同时还发表有政论文《广州事情》，公开揭露作为大革命根据地的广州的黑暗。③ 因此，杨逵说“（郁达夫）一九二六年到一九二七年的大革命转换时期”，“仅出版了描写这种生活的日记体作品”④ 并不正确。

上述所列出的错误或表述不清之处的确切原因不得而知，但是在某种层面上却也可见在台湾光复初期，两岸尚未能正常交流的情况下，据王思翔在《台湾一年》中所述“（光复初期）台湾当局……竭力限制大陆和台湾的正常往来，尤其是严格限制大陆书报的进入……当时大陆省市出版的报纸能在台湾公开发行的只有《大公报》等少数几种，还不免常被检察官所扣押”⑤；对完全缺乏汉文素养，在1945年后才开始学习汉语的杨逵而言其译介过程是极为不易的。然而，1998年6月由文化资产保存研究中心筹备处出版的《杨逵全集》（第三卷）中收有黄英哲教授对《郁达夫先生》一文的汉语直译，而此译文对以上这些问题却未给予任何修正说明，则不免有些令人遗憾。

（作者单位：福建信息职业技术学院基础教学部）

① 此处应指郁达夫的《日记九种》。《日记九种》是郁达夫作于1926年11月3日至1927年7月31日间的日记，1927年9月由北新书局出版。

② 方忠：《郁达夫传》，复旦大学出版社，2012年，第220页。

③ 同②，第221-222页。

④ 杨逵：《郁达夫先生》，黄英哲译，彭小妍主编《杨逵全集》（第三卷），台湾文化资产保存研究中心筹备处，1998年，第265页。

⑤ 徐秀慧：《光复变奏——战后初期台湾文学思潮的转折期（1945—1949）》，台湾文学馆，2013年，第107-108页。

变迁中永恒的美

——台湾歌谣《望春风》的审美探讨

林　斌

一、“博采众长”——特殊时代成就的独特文化美

台湾歌谣《望春风》创作于1933年，当时处于1895年至1945年台湾的日据时期。在殖民环境的影响下，受多重外来音乐的冲击，原有朴实的传统歌谣已经不能满足当时人们的精神和审美需求。20世纪30年代开始，在唱片业蓬勃发展的带动下，汇合多种音乐形态的闽南语歌谣创作迅速崛起，为处于殖民时代的人民群众带来了不同于以往的创造气息。这创造气息涵盖的不仅仅是融会了台湾地区、祖国大陆，以及日本、美国音乐特点的“台湾调”的逐步成形；还包括刚刚开始萌芽的女性主义，以及伴随而来的以爱情为题材的歌曲创作。如此，富有传统音乐的乡土气息、深刻地反映当时台湾人民在“奴化政策”统治下的真实生活的闽南语歌谣也为闽南语原创流行歌曲开辟了先河。

1. “台湾调”在多元文化的融合下成形

由于政治、文化等方面的特殊原因，台湾流行音乐融会了台湾地区、祖国大陆，以及日本、美国等多元文化的元素发展起来。日据时期台湾社会上流行的音乐主要以“南管”“北管”“歌仔戏”等传统民歌为主；同时，受到日本殖民文化的影响，日本演歌及“那卡西”音乐开始在台湾流行。此外，流行的还包括上海“时代曲”，以及传教带来的英文歌曲等。到了20世纪30年代，随着唱片业的蓬勃发展，早期闽南语创作歌谣广为传播，在台湾流行的多种音乐中开始脱颖而出。这一时期创作的歌曲在创作中不仅有对传统民谣风格的继承（包括语言音韵的结合、音域、歌词等方面），同时也受到日本演歌旋律及

传教而来的西式音乐的影响。随着创作的累积，这种融合多元音乐形态的创作逐步稳定成形，成为独具台湾特色的“台湾调”。在这个台湾歌谣创作的黄金时期问世的《望春风》后来也被许多国家普遍认为是极具“台湾调”特色的代表作品。在多元音乐并存流行的社会背景下，具有包容性的“台湾调”作品——《望春风》一经问世即大获成功。它为当时正饱受压迫的台湾人民寻找到了一种温和地排解内心苦闷的方式，是在特殊的年代难能可贵的柔和之美。

2. 爱情题材开始成为台湾闽南语歌曲的主要创作来源

20 世纪 30 年代，台湾女性主义萌芽，社会刚刚开始兴起一股自由恋爱的风气。在此之前例如《丢丢铜仔》《天黑黑》《一只鸟仔哮啾啾》《杵歌》等台湾传统民谣多以体现台湾的风土人情、社会变化和生存状态等为题材。30 年代开始，社会掀起的这股女性主义自由的风潮给予当时的歌曲创作者更多的创作空间，《桃花泣血记》《一颗红蛋》和《月夜愁》等表现少女情怀、情人分离、妇人盼望情郎归等方面内容的作品相继推出，爱情题材成了台湾闽南语歌曲创作的主要来源。词作者李临秋根据《西厢记》中“隔墙花影动，疑是玉人来”这句词所触发的灵感，创作了《望春风》。“少女偶见美丽少年，满心都是‘拟将身价与’的念头。惴惴地，夜里听见风声，也当是人敲门，急迎而去，只见月亮将四下里照得一片雪亮。”整首歌词淋漓尽致地刻画出了少女情窦初开、既腼腆又期待的心情。这种以中华传统的、含蓄的方式来表达女性渴望追逐自由爱情的方式，显然让广大的民众乐于接受，它完全不同于西方直接的情感表达，展现的是东方独特的委婉与含蓄的美。

二、“清丽优雅”——音乐中蕴含的传统音律美

前文讲到，“台湾调”的形成除了是对传统民谣风格的继承（包括语言音韵的结合、音域、歌词等方面），同时也受到日本演歌旋律及传教而来的西式音乐的影响，但事实上长期积累的传统民谣的基本风格特征并未受到撼动。西式音乐和日本音乐风格对“台湾调”的影响并不占主导地位，只是在节奏、装饰音和演唱的行腔润色等方面有所借鉴。《望春风》的曲作者邓雨贤先生被

台湾民众誉为“台湾歌谣之父”，它所创作的“四月望雨”[①] 在台湾歌谣史上留下了重要一笔。虽然他的创作在一定程度上受到了日本及西式音乐的影响，但整首《望春风》在调式和曲式上仍保留了台湾传统民谣的基本特征。邓雨贤曾说：“这是一个过分崇信西洋文物的时代，当然，西洋文物有不少可以摄取的地方。但西洋音乐也有腐败的地方，所以不一定非西乐不可。台湾音乐水平较低，一开始就只推行西乐的话，大众不容易理解，结果会使音乐和大众分离。所以就原有的台湾音乐（例如歌仔戏、有非艺术性的俗恶地方不少）改作 Melody，或改善歌词。我是说应该从这种地方着手。”台湾地区与祖国大陆同根同源，台湾传统歌谣先后受到“南曲”“锦歌”、闽南地方剧种、民间音调等的影响。因此，我们在邓雨贤先生的旋律中能够充分感受到中华传统音律所蕴含的韵味美。

1. 传统的五声调式

《望春风》整首乐曲采用 F 大调，运用传统的五声音阶、以宫调式来呈现作品明朗轻快的风格，c1—d2 的自然声区音域使大众容易演唱。从聆听邓雨贤先生的作品中不难总结，它的作品旋律常常与歌词形成一种“矛盾冲突”。日据环境下的台湾，歌词多是愁苦、心酸和哀怨的，而邓雨贤的谱曲却用婉转唯美的旋律让歌曲产生了一种戏剧效果，即“苦中美”。邓雨贤用传统的五声音乐用充满旋律性的、让人朗朗上口的旋律引起了台湾民众文化意识的普遍共识，也反映了人们面对困苦时既苦闷又希望寻求慰藉的一种“苦中作乐”的乐观精神。更难能可贵的是这首《望春风》的歌词并非愁苦，词作者李临秋含蓄、生动甚至有点诙谐的描写少女思春情怀的手法和邓雨贤先生优美、柔媚的谱曲风格相得益彰。当时这两人的首度合作真可谓一鸣惊人，就此缔造了一首让后代广为传唱的珍贵作品。

2. 传统的起承转合一段体的曲式结构

与台湾传统的简短式的民歌小调一样，《望春风》仍沿用传统的起承转合一段体曲式：a(4) + b(4) + c(4) + d(4)，这样的曲式结构与乐曲的旋律进行、节奏韵律，以及歌词的朗诵格律相得益彰，十分符合大众的审美惯性。

① “四月望雨”指的是《四季红》《月夜愁》《望春风》和《雨夜花》四首闽南语歌谣。

［谱例 1］

望春风

（闽南语）

通过谱例 1 我们可以看出，作品的旋律走向与闽南语方言的音调紧密贴合，整首作品的表达非常口语化、生活化，给人以亲切感。例如“想要”二字分别为阴平、阳入，配合的旋律也是在高音区的平行调。“惊歹势”为阳去和两个阴入，曲谱则采用下行走向的旋律与它的语言发音形成一致。

3. 大量的以级进旋律和三音排列为主的强调调式

《望春风》的旋律经常运用级进及强调调式的三音排列的音型，如“sol-la-do”“re-do-re”，等等。全曲的旋律动机“sol-do-mi”在第一乐句就得到体现。

［谱例 2］

作品中，有规律环绕进行的旋律反复出现，这样的旋律将少女渴求爱情但又羞于表达的矛盾心理刻画得淋漓尽致。

［谱例 3］

三、“妙趣横生”——歌词中流露出地方方言的幽默美

1. “惊歹势”等是闽南语方言独有的趣味和传神表达

在《望春风》的歌词中，若不了解闽南语发音及意思而单从字面上看，诸如“惊歹势”这样的词，是很难了解其真正意蕴的。“惊歹势”“弹琵琶”“憨大呆”等是闽南语方言里所独有的表达，也是极具生活化的表达。这些词若是用普通话来读唱，会顿时失色。且不说根本无法押韵，有些歌词在中文词汇中甚至很难具有意义。在中国文化部 2010 年新年音乐会上，中国国家交响乐团直接将《望春风》的闽南语原歌词用普通话进行演唱。笔者以为，这是一版让人感到遗憾的改编。这些原本只能用闽南语表达的独特意思被直译为普通话，歌词既不押韵也失去了歌词的原意。然而也正是歌曲中这些闽南语方言独有的趣味和传神的表达，才使《望春风》更添诙谐与情趣，雅俗共赏，人人传唱。

2. 闽南语方言音调和发音特点使闽南语歌曲具有独特的表现力

《望春风》的歌词采用七—五句型的结构：

午夜无伴守灯下，春风对面吹。
十七八岁未出嫁，见着少年家。
果然标致面肉白，谁家人子弟！
想要问伊惊歹势，心里弹琵琶。

想要郎君做杠婿，意爱在心内。
等待何时君来采，青春花当开。
听见外面有人来，开门该看觅！
月亮笑阮憨大呆，被风骗不知。

按闽南语来唱，第一段歌词“下”“嫁”“白”“势”与“吹”“家”“弟”和“琶”都对应押［e］韵。第二段歌词“内”“开”“觅”“知”则全部押［ai］

韵，其中“青春花当开”中的“开”原来在白话中的读音是［kui］，但为了演唱的押韵，“开”唱［kai］，这种为了演唱押韵而改变读音的做法，也是台湾传统歌谣中所常见的现象。

四、“争奇斗艳”——当代创作者演绎出作品的多种形式美

《望春风》这样一首深受台湾百姓喜爱的闽南语歌谣，它的命运也并非一帆风顺。在日据时期及国民党当局解严之前，闽南语歌曲身陷政治机器的宰制近半个世纪。在统治者高压的文化政策之下，该曲曾由越路诗郎改填为日语歌词《大地は招く（大地在召唤）》，由雾岛升主唱，成为宣扬其政治军事主张的工具。而《望春风》的闽南语歌词和其他众多闽南语歌谣一样，一度被禁止公开演唱。闽南语流行歌曲无奈只能艰辛地匍匐前行，直至20世纪70年代终于焕发了它的第二春。1970年台湾开始掀起乡土文学和校园民谣运动。人们开始挖掘、整理流失在民间的闽南语歌谣，《望春风》又重新回到了公众的视野。当时著名的华语“歌后”邓丽君在她出版的第一版闽南语经典老歌专辑中，就收录了这首《望春风》。随后，《望春风》的优美旋律不时在台湾回响。凤飞飞、甄妮、张清芳、费玉清、齐秦、陶喆等歌手都竞相传唱。委婉动人、如泣如诉的演绎，为《望春风》这首歌曲的传播，带来了源源不断的动力。据不完全统计，80多年来，仅《望春风》歌词的版本就有9种，而录制发行的演唱版本更是有60多种，至于未出版只是翻唱的版本就更是数不胜数了。这频繁的翻唱和改编，使《望春风》这首歌曲不但没有随着时间的流逝而老去，反而不断地呈现出新的风貌。2000年，在台北市政府与联合报主办，超过220000人参与的《歌谣百年台湾》活动中，该曲获得最受欢迎老歌的第一名。被誉为台湾文化桂冠上一颗璀璨明珠的台湾歌谣《望春风》在时代的变迁中，经历着一代代创作者一次次的改编，传递着它经久不衰、历久弥新的别样美。笔者将当代的重新演绎进行了整理归类：

1. 风格化改编

指在遵循词曲原作的情况下，根据演唱者的演唱需要，将歌曲重新进行编曲配器和演唱，从而区别于旧的版本。邓丽君在她灌制的1981年版本的《望

春风》中，用^{b}E调演唱，速度124拍每分钟，较纯纯[①]演唱的《望春风》每分钟82拍的速度而言，这个速度明显轻快了许多，加上恰恰的伴奏律动和邓丽君轻巧、俏皮的演唱，整首歌曲更显活泼和调皮。另外在歌曲的配器中，竹笛与电声伴奏的呼应，也使作品更添了些许灵动。这一时期带有明显舞曲风格的伴奏音乐与当时社会流行的歌舞厅文化有着密切联系。此外，凤飞飞、齐秦、阿吉仔、蔡幸娟等重新演绎的《望春风》，都是在不改变原词曲的基础上，通过改变调性、编曲、配器、速度等让歌曲呈现符合时代，体现歌手演唱风格的新面貌。

但要说到风格化改编，并且对《望春风》产生了颠覆性影响的作品，就非陶喆改编并演绎的《望春风》莫属了。这是一首带有明显“索尔”[②] 风格的阿卡贝拉作品。歌曲第一段原词采用清唱，只用了一些转音和简单的和声伴奏，而后此起彼伏的声部叠加衔接到作品第二段，运用了大量的转音和和声伴奏，演唱的是陶喆重新填的歌词。借助流行的律动、蓝调R&B的风格，陶喆成功地让《望春风》用当代年轻人所喜闻乐见的表达方式重新回归流行音乐的潮流。

2. 移植改编成器乐作品

此处指引用《望春风》这首声乐作品的旋律，将其改编为器乐作品。可以加引子、过渡和尾声，也可以移调转调。主要有肯尼基的萨克斯版《望春风——spring breeze》、郎朗的钢琴独奏《望春风——spring wind》，以及小提琴二重奏、葫芦丝、吉他独奏等各种器乐版本。1994年萨克斯风演奏家Kenny G.（肯尼·基）将《望春风》重新编曲，纳入专辑Miracles中，肯尼基的改编既有爵士的洒脱随性，也有轻音乐静谧安适的风格，给了《望春风》别样的生命力，同时也让世界上更多人聆听到了《望春风》的动人旋律。

3. 旧曲换新词

旧曲换新词指仅保留原歌曲的曲调，歌词则被译为普通话、英语、日语等，或者直接换成全新的歌词。陶喆在《望春风》中首段引用望春风原词，后半部分融入自己的理解，添上了一段普通话歌词：

① 纯纯，本名刘清香，20世纪30年代古伦美亚唱片的当红歌星，《望春风》的首唱者。
② 为英文Soul的音译，又译为“灵歌”“灵魂乐”，是一种自由的、讲究即兴的黑人流行音乐。

谁说女人心难猜　欠个人来爱

花开当折直需摘　青春最可爱

自己卖花自己戴　爱恨多自在

只为人生不重来　何不放开怀

陶喆版的《望春风》对于原作品的词和曲都进行了改编，作品在回味经典的同时，巧妙地加入了新时代人们对于爱情的理解。作者主张当代女性应该趁着青春年华勇敢追求自己的幸福，这与原文表达的“爱你在心口难开”的心情产生了一种对比。仿佛在这样的对比下，内心顿时得到释然和解放。

在电视剧《娘妻》里，邬拉演唱的主题曲《望春风》被重新填词：

秋叶散落随风行　异乡路崎岖

等待春归花又谢　只望再相聚

旧日泛黄亦难忘　心中徒悲伤

见物思量唏嘘叹　琴声悠悠弹

此外，《望春风》的词作者邓雨贤，身为客家人还创作了一版客家话歌词，至今也被传唱：

更深夜静月光斜　洒落窗门下

想要结伴赏月华　孤影伴自家

坐在桌前费思量　想说心里话

满腹情谊随信写　要寄给谁呢

2010 年 12 月 20 日，李彦辉将《望春风》另作了普通话、英语、日语几个版本的歌词，改编为“客家魂”。

不同语言改编的歌词，都在不同程度上对《望春风》的对外传播产生了积极影响。

4. 表现形式的多样性

众多版本的《望春风》改编中，常常不一定是单一类型的改编。例如陶喆版《望春风》的改编，它不仅对作品的风格进行了全新的改编，歌词也做了重新的调整。同时，在演唱形式上还实现了大胆的突破。带有大量转音和气声的“索尔”流行唱法，结合阿卡贝拉的人声伴奏，都是对原有的《望春风》的一次巨大突破。除此之外，还有用中国新民歌唱法、美声唱法演绎的《望春风》也都在大型的演出活动中有所见。随着《望春风》被不断地改编、演绎，越来越多样的表现形式也随之而来。它也不再仅仅以单一的独唱形式来表现，小提琴的二重奏、童声合唱、混声合唱乃至交响乐等表现形式的《望春风》也竞相开放。多种多样的表现形式，在多元化文化背景下的今天，给予了不同受众聆听的选择。

正如四重奏演奏家瓦尔塔·列文所说："对以前时代的音乐，用我们这个时代开阔的眼界进行观察，这既是音乐上所充分允许的，也是完全必要的。"表演家、创作者以自己时代的审美观来研究、认识已有作品，是不可避免的。以对作品的丰富表现，来展现前人未曾注意到的美的因素，这是对经典作品继承与发展的真谛。在这个流行音乐发展、大浪淘金的过程中，唯有真正优秀的作品，才会被传承下去。从声乐作品本身来讲，《望春风》的旋律与歌词的完美结合本身就散发着永恒的光辉，但由于早先的《望春风》录制于音像发展还很不完善的时期，随着时代的发展，以前的录音品质及演唱风格已无法满足当代听众的审美需求。为了不让这样的好作品成为绝响，用当代人所喜好的，同时又符合原作品内涵的再演绎是必要的，也是需要推崇的。

然而，台湾歌谣《望春风》在当代出现如此众多的新版本，除了作品本身的独特魅力吸引、启发了后人的创造之外，很大程度上也与当代盛行的翻唱风潮有关系。在当代演绎的种类繁多、千姿百态的《望春风》中，优秀的传播版本却很有限。在当今流行音乐的"快餐"文化下，混杂着为了获取"便利"而缺乏创造力的"吃老本""炒冷饭"现象。笔者以为，继承与发展的核心在于"弃其糟粕，取其精华"，在此基础上融入个性加以创造并产生贡献。如若是因为写不出好的原创作品、纯粹为了获取商业利益而选择的"拿来主义"，那便是不可取的。如果《望春风》是一片土壤，它欢欣为富有劳动力和创造力的人们提供养料，在这片土地上栽培出多种多样的果实。然而它也苦恼人们总是在这片土地上播撒一样的种子，如此一来，土壤的养分将被抽干，播撒的种子也将难得收成。由此，笔者认为，不论文化如何变迁，我们对于重新演绎、改编《望春风》这样的经典歌谣，应始终保持着审慎的态度，让它的美在人们心中得以不断延续。

结　语

1933 年至 2015 年，《望春风》这首歌曲已被传唱了整整 82 年，岁月的更迭，时光的流转，不但没有让这首歌曲消逝在浩若繁星的音乐作品中，反而因其不断地被演绎、被重塑而宛如一坛老酒愈发浓醇。良乐如它，唯有博采众

长、唯有与时代契合、唯有企及灵魂才能焕发出无穷的生命力。就作品本身而言，无论时代如何变迁，李临秋和邓雨贤所写下的《望春风》的美是永恒的，它“博采众长”的时代文化、“清丽优雅”的传统音律，以及“妙趣横生”的方言歌词造就了这种永恒。然而，从作品的传播与流行来看，时代变迁中的《望春风》也唯有与时俱进与才能使它的永恒之美得以延续并且呈现出新的魅力。

参考文献：

［1］陈新凤，郑玉玲：《略论闽台汉族民间音乐文化特征》，《福建师范大学学报（哲学社会科学版）》，2007 年第 6 期。

［2］蓝雪霏：《闽台闽南语民歌研究》，福建人民出版社，2003 年。

［3］李诠林：《台湾早期闽南语流行歌的历史流变及其审美意蕴》，《福建师范大学学报（哲学社会科学版）》，2007 年第 1 期。

［4］刘鹏：《闽台闽南语歌曲的审美文化透视》，《商业文化（学术版）》，2008 年第 3 期。

［5］卢映雪：《台湾闽南语创作歌曲研究（1930—1970）》，中央音乐学院硕士学位论文，2011 年。

［6］卢广瑞，孙连君：《20 世纪台湾闽南语歌曲中的思想精神内涵》，《人民音乐》，2010 年第 9 期。

［7］吕钰秀：《宝岛音乐文化》，中央音乐学院出版社，2013 年。

［8］罗小平：《音乐美的寻觅》，上海音乐学院出版社，2005 年。

［9］万婉治：《台湾闽南语歌曲的独特唱腔与地域文化》，《泉州师范学院学报（社会科学版）》，2008 年第 5 期。

［10］王丹丹：《闽台地区闽南方言民歌特色》，《中国音乐学》，2007 年第 3 期。

［11］尤静波：《中国流行音乐通论》，大众文艺出版社，2011 年。

［12］余笃刚：《声乐艺术美学》，高等教育出版社，2001 年。

［13］周晓因：《声情并茂的审美思考》，《人民音乐》，2004 年第 5 期。

［14］庄永明：《台语歌谣百年史略》，《乐览》，2005 年第 2 期。

（作者单位：福建师范大学协和学院）

第五辑　区域文化与美学实践

闽派批评四十年

郑海婷

1977 年，福建诗人舒婷写下她的《致橡树》，1979 年《致橡树》发表，舒婷成为朦胧诗派的代表诗人之一。1980 年，“南宁诗会”召开，三位福建籍文学评论家张炯、谢冕和孙绍振把诗会推向高潮，谢冕和孙绍振为朦胧诗辩护的发言引起了会上及会后相当长时间的激烈讨论，成为中国当代文学史和文论史上的大事，闽籍评论家也以其激辩风格和前卫姿态精彩亮相。此后，一批闽籍评论家积极参与学界前沿问题的讨论，不时抛出真知灼见，引起学界极大关注，形成了声势浩大的学术闽军。如果以 20 世纪 70 年代末 80 年代初“朦胧诗”的出场及其论争为起点，现今意义上的“闽派批评”差不多已经走过了四十个年头。

一、新时期以来的“闽派批评”

1978 年 12 月召开的十一届三中全会通过了实事求是、解放思想、改革开放的重要决定。中国社会进入经济快速发展、思想观念快速更新的时期，和“五四”时期一样，文学和艺术又一次成了一个全社会思想解放运动的突破口和先遣队。借着思想解放运动的推进，西方文艺思想和作品的大量译介，如同久旱逢甘霖，文学创作和批评理论建设进入了充满探索性和创造性的爆发期。在这样的历史节点上，“闽派批评家”又一次站上了前台，频繁活跃于文坛，充作思想启蒙的先锋。他们的主要贡献在两个方面：一方面，他们成了“文革”之后的学术爆发中，文艺学学科重新兴起的重要人物；另一方面，他们在 80 年代提出或形成的一些学术观点，成为以后文艺学研究的理论出发点和重要思想资源。以下按时间顺序简要梳理闽派学者参与的主要讨论。

（一）“朦胧诗”论争

北岛、芒克等人在1978年12月创办了《今天》，这本文学刊物共出版了9期，发表了食指、芒克、北岛、舒婷、顾城等人的诗作，被看作“朦胧诗”的大本营。《今天》诗人作品的广泛流传，很快受到了主流文坛的关注。《诗刊》《星星》相继选载了北岛、舒婷、顾城等人的作品，加上《诗探索》《福建文学》等理论刊物上的讨论，这一批诗人的影响不断扩大。对这一波新诗潮的评价，很快吸引了大量学者的注意。[①] 福建籍评论家谢冕、孙绍振和刘登翰成为新诗潮最坚定的卫士，与臧克家、艾青等“诗坛盟主”展开了激烈的对话。

1980年4月，“全国诗歌讨论会”在南宁召开，与会者就《今天》诗人作品的评价展开了激烈的争论。有人认为这是诗歌创作在自走绝路，有人认为这代表了新诗的有益探索。来自福建的三位理论家谢冕、孙绍振、刘登翰成为朦胧诗的坚定支持者。他们共同主张要支持艺术创造的自由，新诗不仅有现实主义这一种表现方式，还可以借鉴西方现代派的表现手法，因此，针对年轻诗人在这方面所做的探索，应该宽容理解。[②] 南宁诗会之后，随着谢冕《在新的崛起面前》、孙绍振《新的美学原则在崛起》、徐敬亚《崛起的诗群》的发表，朦胧诗论争不断发酵，如时任中国作协书记处常务书记朱子奇和书记柯岩参加的在1983年10月举行的重庆诗歌讨论会，就认为一些朦胧诗“有严重错误”，而“崛起论”则是“对马克思主义、毛泽东思想严重的挑战”[③]。但毕竟时势迁移，这些批判并没有产生五六十年代一样的威慑效果，这股“不可遏制的新诗潮”[④] 还是在一浪高过一浪的“崛起”声中成为一时间诗坛的主流。

现在来看，由闽派诗评家主导的朦胧诗论争已经成为新诗发展史上的分水岭，按刘禾的说法，朦胧诗以其语言的异质性来“拒绝所谓的透明度，就是拒绝与单一的符号系统……合作”[⑤]，此后，新诗创作与新诗理念逐渐从“一元”走向“多元”。在这一转换过程中，闽派诗评家起到了举足轻重的作用。

① 福建省文联主办的文学月刊《福建文艺》（此后很快更名为《福建文学》）从1980年第2期开始，开辟了“新诗创作问题”讨论专栏，集中围绕本省诗人舒婷的诗歌创作展开讨论，时间持续一年多，在全国诗歌界和理论界引起强烈反响。

② 谢冕《新诗的进步》、孙绍振《新诗的民族传统和外国影响问题》、刘登翰《新诗的繁荣和危机》，见全国当代诗歌讨论会编《新诗的现状与展望》，广西人民出版社，1981年。

③ 吕进：《高举社会主义文艺旗帜，开一代新诗风——重庆诗歌讨论会综述》，《文谭》，1983年第12期。

④ 刘登翰：《一股不可遏制的新诗潮》，《福建文艺》，1980年第12期。

⑤ 刘禾：《持灯的使者·编者的话》，香港牛津大学出版社，2001年，第XVI页。

（二）文学研究科学方法大讨论

紧随着改革开放的步伐，我国社会实践和文艺实践发生了重大转折，面对纷繁复杂的现象世界，沿用多年的社会主义现实主义创作方法和“社会—历史”研究方法已经越来越不够用，这时，西方现代文艺思潮被大量译介进来，学界一时之间趋之若鹜，文艺理论和文艺批评方法快速更新。

厦门大学中文系的林兴宅是系统论方法的主要倡导者，他认为系统、科学的方法对文学研究来说是具有普遍指导意义的方法论。① 他的工作主要在两个方面：一是论证系统论方法在文学研究中的有效性。② 他指出，美是一个复杂的动态生成的系统，人类社会通过审美信息的传输和反馈调节而趋向最优化，这与系统科学方法是相通的，因此，可以把文学艺术的思维方式与自然科学的思维方式统一起来。二是实践系统论方法在文学研究中的具体运用。其发表于1984年初的《论阿Q的性格系统》是最有代表性的一篇将系统论方法运用于人物形象分析的文章。林兴宅指出，阿Q性格是一个复杂的有机整体，要摒弃单一、静态的分析视角，用系统的方法从哲学的、政治的、社会学的、伦理学的、历史的、心理的等不同角度做大规模的综合考察。这种令人耳目一新的考察为研究典型性格的复杂内涵提供了补充。③ 林兴宅这些科学主义的观点，引发了激烈的争论，支持和反对的中坚力量都是“闽派批评家”，他们的言论使“科学方法大讨论”的深度和影响力持续扩大。

1985年3月在厦门举行的“全国文学评论方法论讨论会”上，与会者对新批评方法的出现持欢迎态度，但就自然科学方法能否运用于文学研究，各自有不同的见解。孙绍振认为如果不经过“哲学抽象化和艺术特殊化这两个环节”，“用自然科学的研究方法直接套文学，将会造成新的混乱”④。南帆则坚持在文学研究中不能够用科学来僵硬地覆盖文学：“方法的选择必须建立在研究对象的特性把握的基础上，文艺研究只有充分注意到文艺本体特性，才可能是富于成效的。”⑤

① 晓丹，赵仲：《文学批评：在新的挑战面前——记厦门全国文学评论方法论讨论会》，《文学评论》，1985年第4期。

② 林兴宅：《论文学艺术的魅力》，《中国社会科学》，1984年第4期。《系统科学方法在文学研究中的运用问题》，《文学研究动态》，1984年第10期。《科技革命的启示》，《文学评论》，1984年第6期。《文明的极地——诗与数学的统一》，《文学评论》，1985年第4期。

③ 林兴宅：《论阿Q的性格系统》，《鲁迅研究》，1984年第1期。

④ 同①。

⑤ 南帆：《文学批评的研究方法和研究目标》，《文学评论》，1985年第4期。

时任中国社科院文学研究所所长的刘再复（泉州南安人）对方法论讨论做了总结，他积极肯定了其中的探索精神：“方法论探讨带来了文学研究的思维方式变革，变‘消极性思维’为‘积极性思维’，从外部到内部，从单一角度到多种角度，从微观分析到宏观综合，从分析系统到开放系统，从而使文学研究的思维空间不断拓展。”[①]

1989 年，王蒙回忆道：“84、85 年达到高潮的‘方法论’热，这实际也是学者型搞的。‘方法论’热基本上是‘闽派’为主，林兴宅画了好多图，到现在我对他的图还是感兴趣，把《阿 Q 正传》画成图。”[②] 闽派批评家提出并引发文学研究科学方法论的大论争，引入系统论阐释文学问题，彻底改变了文学批评由社会学和才情感悟批评二分天下的格局。

（三）性格组合论及其论争

1984 年 6 月，刘再复在《文学评论》第 3 期发表《论人物性格的二重组合原理》，这是他发表的关于性格组合论的第一篇文章。此后，1984—1986 年间，他在《中国社会科学》《文艺研究》《文艺理论研究》《读书》等重要刊物上陆续发表系列论文，并于 1986 年在上海文艺出版社出版专著《性格组合论》，成为 1986 年度全国十大畅销书之一，其传播之广可见一斑。

刘再复从性格结构和性格组合的角度来思考文学中的典型塑造问题。他深入到人物性格结构的内部，认为性格是一个丰富的世界，不能用简单的“好人”“坏人”，或者“正面人物”“反面人物”“中间人物”对人物做框定，优秀的文学典型性格“是一个包含着丰富性格侧面的整体”，“其性格的构成因素不可能是单一的。它们往往是以其二级性的特征交叉融合，成为一个多维多向的立体网状结构”[③]。这种观念解释了性格的深层矛盾运动和复杂性，是文学典型论的重要发展。

批评的声音主要指向这一理论的科学性和普遍性。刘再复认为，二重组合原理是现实和文学中的人物性格结构共用的普遍法则。这遭到了很多质疑：首先，现实和文学并不能等同；其次，把性格组合论上升为普遍法则，实际上是用新的公式来取代旧的公式，本质未变；再次，刘再复从一般哲学原理所推导出来的抽象的性格创作公式，也被认为并不一定符合美学原理。但是，无论如

① 刘再复：《文学研究思维空间的拓展》，《读书》，1985 年第 2—3 期。
② 王蒙，王干：《十年来的文学批评》，《当代作家评论》，1989 年第 2 期。
③ 刘再复：《论人物性格的模糊性与明确性》，《中国社会科学》，1984 年第 6 期。

何，刘再复的二重组合论对典型理论的系统研究和向纵深发展所做出的贡献都是不容忽视的。

（四）主体性理论

闽派批评家同时也是文学主体论的主要倡导者。在朦胧诗的论争中，谢冕、孙绍振等人就主要是从思想的自由、创作的自由和个性这些方面来立论，无不体现出人文主义的价值取向和对文学本体论的强调。此后，孙绍振、林兴宅、刘再复、南帆均在不同场合表达过对文学本体论的欢迎。其中表述最为系统、影响最大的则是刘再复，他比同乡们更进一步，从文学本体走向了文学主体性理论。

刘再复五万多字的长篇论文《论文学的主体性》发表于《文学评论》1985 年第 6 期和 1986 年第 1 期。文章的对话对象是流行多年的文学反映论，反映论主张文学是社会生活（客体）的反映，而刘再复则要把文学的立足点拉回到主体（人）。在他看来，“文学是人学”，这是无可争辩的命题。作为主体的人，必然占有自己的自由情感。这不仅包括创作者和接受者的主体性，也包括作品中人物的主体性。

这篇文章发表后，陈涌、敏泽等人立即撰文进行了猛烈批评，另有“随之而来的上百篇文章对文学主体性问题的阐述、探讨和争论”，还推动了主体论文艺学的建构，如陆贵山的《审美主客体》、畅广元的《主体论文艺学》。现在看来，刘再复的表述存在着强烈的浪漫主义色彩，哲学建设也明显不足，他赋予了人道主义和“主体性”“超时代、超历史的无限性，而看不到它的限度”，其“理论深度和科学准确性”都有待推敲，但是，也正因如此，才使得主体性理论更通俗化、更便于传播，从而产生更大的社会影响。它促成了文学界关于“向内转”的讨论，也“推动了文艺学研究方法的多样化发展”，是文艺心理学、文学人类学等方法的“有力的观念前提和方法论依据”①。

（五）文学“向内转”与文艺心理学的兴起

在 20 世纪 80 年代，人的解放和文学艺术的独立自主是人文知识分子的共同诉求，他们在实际的理论操作中，把这二者勾连起来。例如在刘再复的理论中，文学艺术的自主性诉求就是人的主体性与自由解放，他认定回归情感就是

① 张婷婷：《中国文艺学学术史》（第四部），中国社会科学出版社，2000 年，第 77、85、100、101 页。

回归文学本身[①]，后来的文学“向内转”的说法就深受这种看法的影响。刘再复之后，1986 年 10 月，鲁枢元发表了《论新时期文学的“向内转”》；1987 年 6 月，周崇坡发表了《文学的内向性——我对“新时期文学‘向内转’讨论”的反省》；正式开启了文学“向内转”的讨论。

在鲁枢元看来，向内转就是从外部现实转向心理世界，这是新时期文学发展的总体态势。来自闽西的童庆炳与鲁枢元持基本相同的观点，他在《文学的“向内转”与艺术创作规律》一文中为鲁枢元辩护。童庆炳指出：“向内转”文学要构建起奇妙的、多功能的心理时间和心理空间，纵横开掘生活的深层，这是对文学自身认识的深化，是历史性的进步。而就职于中国社科院文学研究所的福安人张炯则持冷静中正的态度，他指出：文学创作的深刻或肤浅，关键不在“向内”或“向外”，而在于作家本身的素质，以及对艺术创作规律的尊重，因此，不应该特别提倡“向内转”。[②] 张炯的同事曾镇南也是福建人，他在《新时期文学“向内转”之我见》中，依托文学史史实，“从鲁枢元借以立论的 20 世纪世界文学的变迁和中国现代文学的发展分析入手，认为‘向内转’的看法缺乏应有的历史依据”，批评有理有据。[③]

此后，童庆炳及其所带领的北京师范大学文艺心理学团队在文艺心理学的学科建设中做了许多卓有成效的工作。包括主编“心理美学丛书”和教育部面向 21 世纪课程教材《文艺心理学教程》等，流传广泛，影响巨大。童庆炳主张联合多种学科的专家，采用实验、观察、问卷和比较、类型、结构符号、历史分析等多种方法，相互结合来研究“审美主体在艺术创作过程和接受过程中的心理机制问题”[④]。这一论述补正了此前文艺心理学方法论上的不足。

（六）审美意识形态论及其论争

在 20 世纪 80 年代提出的“审美特征”论的基础上，童庆炳提出“审美意识形态论”作为文艺学的第一原理。这个观念主要见于他主编的《文学理论教程》。该教材的重要特色是一定程度上保留了新时期理论建设的成果，把正统马克思主义路径上的文学理论教材往前推进，改良了反映论和意识形态论的文学本质观。把马克思主义对上层建筑与经济基础关系的描述引进文学理论

① 陶东风：《80 年代文艺学美学主流话语的反思》，《学习与探索》，1999 年第 2 期。

② 张炯：《也谈文学“向内转”与艺术规律》，《文艺报》，1987 年 12 月 26 日。

③ 陶东风、和磊：《当代中国文艺学研究（1949—2009）》，中国社会科学出版社，2011 年，第 404 页。

④ 童庆炳主编：《现代心理美学》，中国社会科学出版社，1993 年，第 19 - 21 页。

中，认为文学是上层建筑，又能够反作用于经济基础，所以文学既是审美的，又是意识形态的，将文学定义为一种特殊的意识形态，即“审美意识形态”。作为马克思主义理论研究和建设工程主推教材，《文学理论教程》自1992年出版至今，已修订四版，发行量一百多万册，“是新中国成立以来使用时间最长、影响最大的一部教材”①。

我们知道，文学理论教材是把近十几二十年文学理论研究的重要成果以较为通俗的方式引入知识体系进行传播的主要工具。主要关注的问题是：文学是什么？（文学理论是什么？文学理论能做什么？）什么样的文学才是好文学？怎样研究文学？从文学理论教材编写史来看关于审美意识形态论（也可称作“文学本质”）的论争，除了董学文的“社会意识形式”论（董学文主编：《马克思主义文论教程》），影响较大的还有南帆的“反本质主义”论（南帆主编：《文学理论新读本》）和杨春时的“多重文学本质观”（杨春时主编：《文学理论新编》）。

杨春时的《文学理论新编》废止了传统文学理论的单一文学本质观，建立了多重文学本质观。从审美经验出发，也从文学结构分析出发，确认文学具有原型（深层）、现实（表层）、审美（超验）三个层面，也相应形成了通俗文学、严肃文学、纯文学三种形态，从而也分别突出了趣味性和消遣娱乐功能、意识形态性和教化功能、审美性和超越功能。②

南帆不再承认文学具有不变的本质。他主编的《文学理论新读本》用文化研究的方法来探讨文学问题，更确切地说是用关系与结构的方法来建构文学理论，探讨文学的内外部关系。总体来说，《文学理论新读本》在文学理论知识体系的建构上，主张摆脱文学观念和知识建构上的本质主义束缚，直面当下文学实践和批评实践，引进一种文化研究的批判性的视野，打破学科藩篱，建构开放的理论学习体系。

应该说，关于文学是否具有本质、文学的本质是什么、审美意识形态是否是文学的本质这一系列问题的讨论都还在继续当中，并且，作为文学理论的基础问题，还会持续讨论下去。

（七）“后”语境中的文学理论

20世纪80年代末90年代初，商品经济大潮越演越烈，商品法则渗透进

① 吴子林：《“闽派批评”：中国当代文坛的“引擎”》，《名作欣赏》，2018年第1期。
② 杨春时主编：《文学理论新编》，北京大学出版社，2007年。

社会生活的方方面面，思想文化领域也不可避免地进入了价值重构的阶段。陈晓明写道："新时期文学一直怀着热情去追求人道主义的信念、追求人的价值和尊严，却受到了现实的价值尺度的无情嘲弄。"① 在这样的背景下，西方的后现代主义、后殖民主义和后结构主义（解构主义）文论被大量翻译介绍，成为学术热点，产生了巨大影响。

北京师范大学外语系教授郑敏（福建闽侯人），新中国成立前就是"九叶诗派"的代表诗人，在这一时期也以解构文论作为学术研究的重点，力图用解构文论来阐释中国传统文论，她是在这一波"后学热"中罕见的老年学者。更为活跃的是来自南平的陈晓明，他因对后学的诸多讨论，被戏称为"陈后主"。他的博士论文《解构的踪迹：历史、话语与主体》在这一阶段的后学研究中具有代表性意义。进一步奠定其"陈后主"地位的则是他用解构主义文论对新潮小说所做的大量解读。《冒险的迁徙：后新潮小说的叙事转换》认为，余华、苏童、马原等人的后新潮小说不再追问和关心终极价值，而是以深度模式的拆除为特征，走出深度走向平面。《历史颓败的寓言》《暴力与游戏：无主体的话语》指出后新潮小说将历史事实"化解为一些瓦砾式的碎片"，寻回现实的努力最终落入一种空洞的能指和死亡；这描述了后新潮小说中消解意义和建构新秩序的"二重性分离"，"意识到了中国的后现代话语的特殊性"。②

（八）文化转向

闽派批评家也积极推动了20世纪末21世纪初大陆文艺学研究的文化转向，主要代表人物是北京师范大学的童庆炳和福建社会科学院的南帆。

"文化诗学"的命题由童庆炳及其带领的北京师范大学文艺学团队提出，"其目的是为了克服80年代文学研究一味'内转'导致的弊病'"③。因此，可以说，文化研究是文艺学学科的自主反思。在童庆炳的理解中，文化诗学属于文学的外部研究，是文学与文化的交叉研究。这实际上也是童庆炳对在新技术和新媒体冲击之下的文学状态的思索和回应：正视媒介对文学的改造。

对这些问题讨论更为深入的则是南帆。他于2001年出版的专著《双重视域》就对当代电子媒介文化进行了分析，指出其双面性："一方面，电子传播媒介的崛起不仅为大众制造了巨大的欢乐"，而且也指向"更进一步的民主与

① 陈晓明：《冒险的迁徙：后新潮小说的叙事转换》，《艺术广角》，1990年第3期。
② 张婷婷：《中国文艺学学术史》（第四部），中国社会科学出版社，2000年，第199页。
③ 陶东风、和磊：《当代中国文艺学研究（1949—2009）》，中国社会科学出版社，2011年，第645页。

开放”；“另一方面，电子传播媒介在民主的背面也存在强大的控制，在解放之中隐藏着‘另一些新型的隐蔽枷锁’”。[①] 他的这些讨论对国内学界后来的相关研究启发很大。此外，前文提及的南帆主编、2002 年出版的《文学理论新读本》也是大陆最早的将文化研究列为专章考察的文艺学教材，显示出南帆对文化研究的关注和强烈兴趣。《新读本》第九章“传播媒介”下列传播媒介、符号与文化类型，文学与影像，电子媒介影响下的文学，超文本四节；第二十七章“文学批评与文化研究”下列文化研究的崛起、文化结构的描述、研究对象的转移、未来的问题四节，对文学与文化的关系，以及在新技术影响下的文学变革等做了相当及时而详细的分析。这些讨论极大拓展了大陆文学理论的研究视域和空间。

不得不提的是，福建省文联 1985 年 1 月创办的理论刊物《当代文艺探索》为“闽派批评”提供了重要的平台，有“北思潮南探索”之称。王蒙回忆道：“‘方法热’最高峰时期，西北有《当代文艺思潮》，东南有《当代文艺探索》。很不巧，这两个刊物同时停了。”[②]《当代文艺探索》本着“以开放眼光开拓思维空间，用改革精神革新文艺评论”的办刊宗旨，在不长的时间内就实现了“‘闽派批评’有史以来最大规模的一次集结”，编委和作者包括张炯、谢冕、刘再复、何镇邦、曾镇南、陈剑雨、陈骏涛、潘旭澜、李子云、许怀中、魏世英、孙绍振、刘登翰、林兴宅、杨健民、王光明、南帆、朱大可、陈晓明、林建法、张陵，等等。[③] 除了《当代文艺探索》，《文学评论》《当代作家评论》《文艺报》等重要文学刊物在 80 年代中期都由福建文人执掌，也为闽籍批评家提供了重要的发言平台。

综上所述，在新时期文学理论的发展史上，得益于创作、批评与编辑的互相推动和生发，“闽派批评”频繁出场，以其敏锐的嗅觉、鲜明的主张和扎实的功底在文坛烙印下深深的足迹。许多重大命题的确立和深化离不开闽派文论家的思想贡献，闽派是“文艺研究新思维的张扬者”[④]，与京派、海派并称“现代文学评论三大‘派’”[⑤]。

① 刘小新：《南帆新著〈双重视域〉出版》，《天涯》，2001 年第 5 期。

② 王蒙、王干：《十年来的文学批评》，《当代作家评论》，1989 年第 2 期。

③ 曾念长：《“闽派批评”与新时期以来的文学思潮》，《福建文学》，2014 年第 12 期。

④ 古远清：《中国当代文学理论批评史》，山东文艺出版社，2005 年，第 414－418 页。

⑤ 王蒙：《思维，在美的领域》，《王蒙文集》第 7 卷，华艺出版社，1993 年，第 550 页。

二、“闽派批评”的重启

“闽派批评”的重启工作自2014年开始。时任福建省委书记尤权多次强调深化改革和福建特色优势的发挥是紧密联系的，具体到文化体制改革，主要工作就是要打响福建文化品牌。① 他的这一理念得到了2014年初刚赴闽任省委常委、宣传部长一职的李书磊同志的大力支持和贯彻执行。作为北京大学中文系博士出身的“学者型官员”，李书磊辅一赴任，就对福建的文化建设工作做了全面构想，他把福建文化品牌与“广义闽学”挂钩，“朱子学”与近代史上的“开眼看世界”，以及80年代声势浩大的“闽派批评”，这些都在“广义闽学”的架构之内。2014年9月27日，李书磊在省社科联第七届委员会第一次全体会议上要求把加强福建人文社会科学各学科建设作为重要使命，推动形成有福建特色的学术流派，促进福建哲学社会科学繁荣发展，在新的历史条件下复兴广义的“闽学”。在这样的顶层推动下，福建文化工程建设的整体性、系统性、规范性得到明显的加强。2014年以来，重启“闽派批评”成为福建文化工作的一件大事，取得了良好的宣传效果，受到全国性的广泛关注。中国文联把“闽派批评”列为“文艺及文艺评论领域惹人注目的话题”，称之为“地域性‘文艺高地’”。②

主要活动情况如下：2014年9月，首届闽派文艺理论家批评家高峰论坛；2015年9月，近代福建翻译与中国思想文化的现代转型暨闽派翻译高层论坛；2015年10月，闽派文艺理论家批评家高峰论坛暨“闽派诗歌”研讨会；2016年12月，“闽派批评新锐丛书”出版研讨会；2017年12月，2017闽派文艺理论家批评家论坛。相关活动网络上有详细报道，此不赘述。

学术出版同步跟进：福建人民出版社在2015年、2016年相继推出由张炯、吴子林主编的“闽籍学者文丛”第一辑、第二辑各10种，按人将闽派批评家有代表性的文论论文分别结集成册。第一辑有张炯《写在新世纪》、谢冕《燕园集——谢冕文论精选》、孙绍振《新的美学原则在东方崛起》、童庆炳《审美及其生成机制新探》、程正民《从普希金到巴赫金——俄罗斯文论和文

① 2014年3月6日，时任福建省委书记尤权在全国人大会议上回答记者提问时指出，把福建的特色充分发挥出来，深化改革是最好的选择。2014年8月29日，在福建省全面深化改革领导小组第二次会议上，尤权强调，深化文化体制改革要着力打响福建文化品牌，增强福建文化的凝聚力、感召力和影响力。

② 中国文学艺术联合会编：《2014中国艺术发展报告》，中国文联出版社，2015年，第485页。

学研究》、陈晓明《限度之外——求变时代的理论与批评》、黄发有《文学与媒体》、吴子林《中西文论思想识略》、陈仲义《关在黑匣里的八音鸟走不走调——现代诗形式论美学（续）》、林丹娅《书写之辨》；第二辑有郑敏《文化·语言·诗学——郑敏文论选》、李朝全《非虚构文学论》、南帆《虚构的真实》、王光明《写在诗歌以外》、曾镇南《现实主义研习录》、俞兆平《南华文存》、林兴宅《艺术之谜新解》、刘登翰《窗外的风景》、陈骏涛《论编拾零》、谢有顺《诗歌中的心事》。海峡文艺出版社2016年推出由南帆、刘小新主编的“闽派批评新锐丛书”12种，收入“70后”“80后”闽派青年评论家的代表作品，包括：谢有顺《文学及其所创造的》、黄发有《跨媒体风尚》、吴子林《文学问题：后理论时代的文学景观》、郑国庆《美学的位置：文学与当代中国》、陈舒劼《意义的漩涡——当代文学认同叙述研究》、王毅霖《当代书法美学的反思与重构》、滕翠钦《话语的风景》、傅修海《现代中国文学考察笔记》、石华鹏《故事背后的秘密》、伍明春《现代汉诗沉思录》、林秀琴《当代文学与现代性经验》、练暑生《现代之后：历史与纯文学的游牧》。海峡文艺出版社2016年至2017年间相继出版“闽派诗文丛书”5种，包括谢冕主编的《闽派诗歌百年百人作品选》，刘登翰等主编的《闽派诗论》，以及蔡其矫、郭风、何为三位重要闽派诗人的作品集。

围绕上述研讨会和学术出版，不少学者发文对“闽派批评”做了回顾和展望，除了围绕前述学术活动的报道，前述学术著作的序言、评论，主要还有以下一些文章：南帆《闽派批评的中国立场》（《人民日报》2014年10月28日），刘小新《“闽派”文论的现状与再出发》（《中共福建省委党校学报》2015年第7期）、《从“闽派批评”到“新闽学”》（《学术评论》2015年第6期），曾念长《“闽派批评”与新时期以来的文学思潮》（《福建文学》2014年第12期）、《以“闽派批评”为“场”》（《福建理论学习》2015年第3期），吴子林《“闽派批评”：当代中国文坛的“引擎”》（《名作欣赏》2018年第1期），等等。

学者们讨论的重点集中在以下问题：如何定义“闽派”、“闽派”批评的历史梳理和评价、“闽派”批评的特点、“闽派”批评的传承与重启。

如何定义“闽派”？仁者见仁，智者见智。“闽派”并不是一个严格的学术定义或者真实存在的学术派别，闽派批评家们的学术观念也大相径庭。因此，从学术方面来定义“闽派”并无必要，现今所说的“闽派”更多是一个以地域来命名的概念。以这样的认识为基础，大致上形成三种看法。谢冕更倾向于用“闽籍”来定位[①]；南帆认为应该包括闽籍及非闽籍但长期在闽工作的批评家；刘小新则持更加广义的看法，在南帆所陈述的两大板块之外，还有第三个板块——“由祖籍福建的台港澳暨海外华文文学批评家组成”，包括王文兴、余光中、蒋勋等人，他主张把“三大板块”都纳入“闽派批评”的视野，并建立“三大板块”紧密联动的机制，以最大程度提升“闽派”的能见度和影响力。[②]

“闽派”批评的历史梳理和评价，前文已多有涉及，此处不赘论。

“闽派”批评的特点是什么？在“闽人好论”这个历史形成的“共识”之下，探寻“闽派”批评的特点对“闽派”批评在今天的重启无疑具有重要意义。一方面，闽派批评在20世纪80年代的强大声势要归功于独特的历史机遇，时势造英雄；另一方面，共享着相同的“时势”，为什么独独是“闽派”攫取了胜利的果实？从“闽派”自身来找原因，嗅觉、勇气、思想——这是大多数论者都有提及的“闽派”批评的重要品质。关注历史、回应历史，将学术与实践紧密相连，这是曾经辉煌的闽派批评留给今天的最重要的启示。诚如南帆所言，重提“闽派批评”，“重要的是发现新型的话语平台，召回曾经活跃的批评精神”。[③]

（作者单位：福建社会科学院文学研究所）

① 谢冕：《燕园集记》，《燕园集：谢冕文论精选》，福建人民出版社，2015年，第293－294页。

② 刘小新：《“闽派”文论的现状与再出发》，《中共福建省委党校学报》，2015年第7期。

③ 南帆：《闽派批评的中国立场》，《人民日报》，2014年10月28日。

新时代美育视域下闽南文化的历史传承与实践创新

——以泉州师院“本硕一体”卓越书法教师培养模式为例①

王 伟

一、润身育人：讲好美育的闽南故事

如何“让德育和美育发挥实效”②，一直是社会各界普遍关注的热点议题。鉴于这一命题开阔宏大，一篇数千言的会议论文显然难以涵盖，缘此本文便将论述的重心聚焦于笔者所在单位的一些经验做法，希冀以之为观察入口，由点及面、以小观大，从而为美育与德育的融合互渗、相互托举提供镜鉴。

具体来说，泉州师范学院文学与传播学院“闽台书法教学与研究”团队，立足福建建设“21 世纪海上丝绸之路核心区”、泉州建设“21 世纪海上丝绸之路先行区”与“东亚文化之都”的时代背景，着眼学校（新建地方型本科大学的代表）向应用型本科大学转型的现实趋势，针对泉州地区乃至整个“闽南海丝文化圈”书法教育事业与书法培训产业发展过程中亟待解决的问题（本地中小学书法师资培养中“重技轻道”的倾向，以及教学资源相对匮乏且缺乏协同创新性，尚未形成优质教学资源“共建、共享、共有”一体化发展模式等问题），把握“互联网 +”语境中新一代书法教师的职业道德素养与职业技能特点，改变保守性的传统美育模式和被动式的旧有技法教学理念，提出以“融入闽南文化元素、注重就业实效性、强调德育与美育互渗融合”为目标的卓越书法师资培养理念，进行开放式、协同性教学资源系统建设与教学模

① 本文为福建省本科高校教育教学改革研究项目（“十三五”教育科学规划课题本科高校教改专项）“‘本硕一体’新文科框架下的新时代闽南审美文化课程教材建设”（FBJG20180195）中期成果，福建省教育科学“十三五”规划 2018 年度课题“新时代闽派美育视域下的闽南戏曲文化传承发展研究”（FJJKCG18-137）研究成果。

② 王斯敏：《让德育和美育发挥实效》，《光明日报》，2013 年 3 月 11 日。

式综合改革，使书法师资培养模式更贴近多元文化共生的本土实际、贴近视觉文化中心的当下生活、贴近互联网原住民的青年学子，从而有效提升中小学书法师资人才培养质量，为学校在艺术专业硕士（美术领域书法方向）建设基础上申报教育专业硕士（书法教育方向）做好铺垫。

上述学科建设方向和教学改革模式的探索是以教育部、国家发展改革委、财政部《关于引导部分地方普通本科高校向应用型转变的指导意见》《福建省教育厅、福建省发展和改革委员会、福建省财政厅关于开展普通本科高校向应用型转变试点工作的通知》，以及学校颁布的综合改革方案等文件精神为指导，旨在推动闽南文化、海丝文化如何更好地进教材、进课堂、进书法学专业乃至进整个学校本科生的视野，探索如何以“互联网＋”的混合式教学方法、全媒体教学手段创新与书法学专业综合改革实践教学模式改革为有效载体，从而将闽派书法的教材体系转化为现实的教学体系，把闽南文化的教学体系更为充分地转化为实践体系，真正做到优质书法教育资源的开发、普及与共享，切实提升卓越书法教师人才培养的有效性与时效性，以服务于学校建设中国语言文学学术型硕士学位授权（培育）、艺术专业硕士（美术领域书法方向）的战略需求，服务于培养出具有创新意识、创业潜力与高尚道德之卓越书法教师的人才培养目标。

二、墨海扬帆：德育创新的方法整合

（一）培养理念：德艺并重，服务社会

总的来说，这一理念坚持“学生、学术、学科”三位一体，探讨闽派美学（作为中华优秀传统文化的重要组成部分）的学理建构、价值认同与教学策略，彰显“德艺并重、闽南特色、校地合作、整体协同”① 的时代特征。其旨在通过多条并行的有力举措，以发挥教师的主导作用和学生的主体作用，以期在涵养道德、熏陶趣味的基础上充分释放学生的动手实践能力，提高学生参与的深度与广度，促进师生的主体间性良性互动，最终活化艺术美学教育与思想道德教育。根据同行的经验显示，要在日常技法教学中渗透德育美育，需要

① 王伟：《“一带一路”语境中的新泉州学——兼论泉州学研究的内涵、外延与未来》，《泉州师范学院学报》，2015年第5期。

实现“五个全面转变”：一是由传统意义上专业专任教师在三尺讲台的“传道、授业、解惑”，转变为校内外导师与学生在主体间性的交往活动中解决问题。二是由单调单一、不可重复的线性课堂讲授，转变为多样化、网络化、移动化的混合式教学方式。三是由单一学科建制下的知识习得，转变为书法基础理论的课内学习与教师职业技能的校外实践有机结合，实现人格教育、情感教育、艺术教育融为一体。四是由源于专业教材知识纸上考核之“一张试卷定成绩”的僵化方式，转变为注重学生国学素养与职业能力培养的“综合全程考核模式”。五是由抽象层面的卓越教师人才培养思想，转变为适应地方需求、德才并举之卓越小学书法师资培养模式的创新落实。概而观之，这一创新理念包含着“校地合作的协同创新意识、问题导向的跨学科意识、互联网教育意识、德智体美全面发展的整体意识”等。

除了实施以学院书法学专业为核心，坚持校内多学科、跨专业协同建设之路外，这一理念还倡导构建面向地方需求的“线上线下一体化融合”教学资源体系，实现以较小的办学成本取得最大化的办学效益。实而言之，自从专业带头人与“超星”合作推广网络在线课程以来，团队就加快推进构建面向学生的“共建、共享”的教学资源平台，初步形成由校级精品课程、校级网络示范课程、省级精品在线开放课程（含培育）等构成的“线上线下一体化融合”教学资源体系。在原先数门校级精品课程基础上升级而成的“校级网络教学示范课程”，不仅包含严谨务实的教学大纲、考究精良的教学课件、丰富详尽的教案等一般性资源，还特别设立突显“海丝”与闽南地方元素的交流模块。此外，团队还在学校教务主管部门的支持下，成功申报“福建省省级精品在线开放课程”（如“闽南审美文化专题”），通过“视频录播、案例研讨、线上交流”等多种样式，不断构建起书法学专业教学资源开放式、协同性、立体化的网络教学，实现校内外教师和专业学生之间课内、课外的双向交流与密切互动。

（二）“化育”模式：闽南特色，适用为本

1. 师资团队：内培外引与专兼并举

除了用好与用足《福建省对台招教引师项目指南》等优惠政策大力引进台湾地区高层次人才之外，团队还与闽南地区知名中小学（如晋光小学）、教育培训机构（如奕鸿书法培训学校、闽南书院）合作，建立一支能够将人才培养真正落到实处、人文素质较高、教学实践能力较佳、协同创新精神较强、

整体结构较合理的教师队伍。易而言之，团队在深入研究泉州“21 世纪海上丝绸之路先行区”卓越书法教师培养的教学规律和学生认知规律之基础上，打造以校内书法学专业教师为核心、校外兼职导师共同参与的“中小学书法教师教学技能”的指导教师队伍。值得一提的是，团队除了与校内教育科学学院、音乐舞蹈学院等学院合作，让学院多名教师担任艺术专业硕士（MFA）研究生导师以方便校内跨学院培养人才之外；还积极拓展与省内福建师范大学等高校的校际交流，一方面实行知名专家兼职教授的柔性聘任制（如聘任泉州籍当代书法名家朱以撒为兼职教授），另一方面也让专业教师作为联合培养单位的研究生导师实质性指导研究生，使得本科教学与研究生教育无缝对接，大大提升专业学生进入高一级学校深造的信心与能力。

2. 国学新知：学理建构与教学策略

一是建立“闽南海丝文化”教学案例库以开展案例教学。经过多年实践，团队逐渐摸索出“问题引导、案例呈现、间性互动、总结提升”的案例教学模式，将鲜活生动、真切可感的“闽南海丝文化”案例，清晰到位地呈现到书法学专业的课内外教学中来。通过围绕“闽南海丝文化”之一系列具有层次性、创新性、时代性和内在逻辑关系的问题设置，指导专业学生围绕相关案例（如理学大师朱熹及其后学的书法），逐步深入地进行分析、交流、讨论乃至思维火花的碰撞，最后由专业教师对之进行概括、总结与评价并对后续活动进行必要指导。

二是灵活运用工作坊等形式开展闽派书法文化的专题研讨。团队根据泉州地面书法教师所需闽南文化素养的教学要求、重点与难点，以及学生普遍关心的文化产业发展、“海丝文化”建设等现实问题，采用专题研讨的形式把当中涉及的基本知识框架与学科前沿问题讲深说透。

三是尝试班级集体授课与小组分别研讨有机结合，以探究闽派书法为问题导向，在阐扬闽派书法艺术与闽派书法美学的基础上挖掘“新闽学”的当代价值。班级授课以专业专任教师为主导，主要面向学生讲授书法学知识，透析专业主干课程的考核重点和教学难点，为其今后从事中小学书法教育工作打下坚实基础。小组讨论以专业学生为主体，除了重视发挥外聘导师言传身教的人格魅力之外，重心放在书法教师技能养成的难点、美术教师（书法）招考的热点和焦点，让学生直接进入中小学书法教育的真实教研活动中。两种方式各有侧重、相互促进，在给予学生表现自我、挥洒才情的时间与空间的同时，让其通过大学生创新创业计划等多重渠道，参与到闽派书法的教学内容设计与闽南文化、海丝文化的教学过程之中。

四是瞄准全省“教招”明方向，增强临场实战添活力，不断创新书法教师技能的实践教学模式，充分发挥专业教学实践基地的主体能动性。校内教学小课堂与社会教育大舞台相结合，充分利用泉州师范学院书法学专业（前身为美术学书法教育方向）办学十余年来所累积的丰沛社会资源（遍布全市中小学的书法教师队伍、多家知名中小学的管理者），充实教师教学技能的实践教学内容，增强书法师资培养的现实感、现场感与吸引力。

五是充分发挥榜样的力量，配合校内外各种评比活动（如寻找“最美的教师”“最受学生欢迎的青年教师”），积极引导学生藉由“发现身边的感动”真正知晓作为中小学书法教师所应具备的道德素养与职业技能，同时还延揽在闽南教育圈内享有名气的书法名师以特邀嘉宾的身份走进专业课堂，让其结合自身的“以爱润心、以德导行”① 的育人心得现场说法，既切实拉近艺术教学理论与现实书法教学活动的距离，又让正确的价值理念深入学生心中。

为了确保专业教学过程的协同创新，团队还注重“教学准备、教学实施、考核方式”等环节的深化改进，营造与之相适应的氛围与场景。缘此，专业教研活动地点不局限在校内象牙塔，而是深入泉州地面的教育机构当中，拉近高校师范教育与基层书法教学之间的距离。在平时具体的教学实践过程中，注重以课堂教学为主阵地，形成包括各式“师生作品展”②、笔会交流活动、在线网络开放课堂、闽南文化学术沙龙、海丝文化课题研究等全方位的教学模式。专业还逐步摸索出“过程管理导向”的考核方式，即实行平时考核与期末考核相结合、卷面考核与教学实践相结合、知识考核与技能考核相结合，将考核的重点放在平时的现场学习过程上，引导学生对泉州中小学书法教学有全面与系统之认知。不唯如此，在学校与学院的大力支持下，专门组织教师赴“一带一路”沿线国家与地区实地考察、学习、交流，并利用假期组织学生到闽南各地调研，从而将“闽南文化圈”中丰富多彩的海丝文化资源转化成开展德育、美育的现实资源，并将之融入“中华优秀传统文化复兴”的宏伟规划中来。

① 秦岩：《以爱润心，以德导行》，《中国德育》，2016 年第 24 期。

② 林智岚：《泉州师范学院在榕举办画展》，《福建日报》，2015 年 5 月 28 日。

三、返本开新：书法薪传的德育价值

有道是，“顶天立地促转型，协同创新写新篇”。综上所论，泉州师范学院“21世纪海上丝绸之路先行区”卓越书法教师培养模式的创新实践，体现了“闽南文化、中华美学、海丝主题进课堂”① 的教学宗旨，不仅能提升互联网时代新型中小学书法教师实战养成的教学成效，还能有效激发专业学生通过教师招考从事中小学书法教师之职业的热情与能力，从而在闽派书法之历史传承与现实发展的基点上，为中小学书法教师培养与福建发展“新闽学”、泉州创办“书法名城”的时代精神找到契合之处，春风化雨、立德树人的育人实效有口皆碑。

具体来看，一是学校领导充分肯定书法专业的办学成绩，将之作为典型经验全面推广。据了解，学校历来就对其作为“福建省内唯一的本科书法学专业”的办学经验很有兴趣，在不同场合将其“本硕一体”的培养模式作为亮点特色加以介绍，使之成为文传学院乃至整个泉州师范学院一道亮丽的风景。

二是与全国其他同类院校进行错位发展，获得校内外同行专家高度认可。据悉，其他兄弟院校都是在美术学的学科平台上办书法学专业，但泉州师范学院则充分运用省级重点学科中国语言文学一级学科的学科平台来建设书法学专业。正因如此，专业学生的人文底蕴特别是道德素养更显厚重，避免“重墨轻道”的误区。

三是教研成果及时发表，获得各级荣誉表彰，进入管理层视线。团队成员适时总结教学心得，及时凝练教改成果，诉诸笔端、见诸刊物，参加会议、求教方家。比如，教改论文《创新人才培养机制·打造特色专业集群·对接地方产业发展——关于泉州师院文传学院专业人才培养模式转型的几点思考》一文获“泉州市首届人才工作征文三等奖”；《夯实语言文字基础，传承闽派书法艺术，弘扬中华美学精神——以泉州某大学“海丝先行区”卓越书法教师培养模式为例》获“福建省第五届大学生艺术节艺术教育科研论文二等奖”。

四是学生道德修养高、专业素质硬，赢得用人单位青睐，特别是引起社会舆论关注。具体来讲，专业学生在校期间就崭露头角，以创作实绩显示卓越潜

① 王伟：《“海丝文化圈”中泉籍菲华作家的南洋想象与闽南书写》，《世界华文文学论坛》，2015年第3期。

质。例如，学生在“汉字规范书写大赛”“福建省教师技能竞赛”等各类赛事中纷纷获奖，在各级“大学生创新创业训练计划”的立项中捷报频传，已获得立项的项目也都如期顺利结题。这一培养模式的最终产品——书法学专业的毕业生，绝大部分都能如其当初职业规划所设想，顺利通过教师招考而成为正式在编教师。另据团队所做的调研结果显示，不仅用人单位对专业学生的满意度较高；更为可喜的是，不少学生响应“双创”的时代精神号召，在泉州本地乃至福建省内开办工作室或相关培训机构，在成为创业明星的同时弘扬闽派书法艺术、赓续中华美学精神。

四、致谢语

本文研究承蒙福建省本科高校教育教学改革研究项目（“十三五”教育科学规划课题本科高校教改专项）“‘本硕一体’新文科框架下的新时代闽南审美文化课程教材建设”（FBJG20180195）、福建省教育科学“十三五”规划2018年度课题“新时代闽派美育视阈下的闽南戏曲文化传承发展研究”（FJJKCG18-137）资助，依托平台为福建省省级精品在线开放课程“闽南审美文化专题”（2018110）。

（作者单位：泉州师范学院文学与传播学院，厦门大学中国语言文学博士后科研流动站）

新时代文艺美学视野中的福建网络小说①

尚光一

数字技术、信息技术、传播技术的发展，催生了互联网阅读、移动阅读、电子出版物、文学 APP 等新兴业态，网络文学成了备受关注的文学新形式。由中国互联网络信息中心 2018 年 3 月发布的《第 41 次中国互联网络发展状况统计报告》显示，截至 2017 年 12 月，我国网络文学用户规模达 3.78 亿，网民使用率达 48.9%；手机网络文学用户规模达 3.44 亿，网民使用率达 45.6%。② 基于新时代文艺美学的视野进行审视，网络文学作品呈现出与传统文学样式大相径庭的特质，越来越多的年轻读者对网络文学精品的呼唤越来越强烈。特别是作为网络文学最主要形式的网络小说，在青少年中的影响力，某种程度上已超越了传统的经典小说作品。习近平总书记在中国文学艺术界联合会第十次全国代表大会、中国作家协会第九次全国代表大会上指出“文运同国运相牵，文脉同国脉相连。实现中华民族伟大复兴，是一场震古烁今的伟大事业，需要坚忍不拔的伟大精神，也需要振奋人心的伟大作品”，强调“要适应形势发展，抓好网络文艺创作生产”③。网络小说正是当前网络文艺百花园中一簇夺目的奇花异卉。甚至，近年来网络小说已成为中国文化输出和“软实力”的新领域。例如，在 Wuxia World 等美国的中国网络小说网站和社区，一些“老外”粉丝自发成为翻译志愿者，共同翻译、传播着中国网络小说。据统计，目前 Wuxia World 在全世界网站点击率排行榜上排到了 1536 名，日均

① 国家社科基金青年项目“新形势下大陆出版传媒产品入台传播接受机制及策略研究”（17CXW003）。

② 中国互联网络信息中心：《第 41 次中国互联网络发展状况统计报告》（2018-3-5）［2018-3-7］. http：//www. cnnic. cn/hlwfzyj/hlwxzbg/hlwtjbg/201803/P020180305409870339136. pdf.

③ 习近平：《在中国文联十大、中国作协九大开幕式上的讲话》（2016-11-30）［2017-8-3］. http：//www. chinawriter. com. cn/n1/2016/1130/c407957-28915418. html.

页面访问量达362万次，网站读者覆盖全球100多个国家和地区，所登载的《盘龙》等网络小说在国外读者中产生了广泛反响。①

在这一时代背景下，对福建网络作家而言，要深入领会习总书记在文艺工作座谈会和中国文联十大、中国作协九大开幕式上的讲话，用习总书记的讲话来统领网络文学界思想，大力推进网络小说精品创作，加强对台对外网络文学交流，努力为打造“闽派文艺”品牌做出独特贡献。据初步统计，闽籍知名网络文学作家已达数百人，涌现出萧鼎、千幻冰云、翔尘、米西亚、李笑晴、孔令旗、大肥羊、文心、青菜炒番茄、聿天使、余静如、禾早、衣冠胜雪、浮生、blue安琪儿、林静宜、乱言、李鸿天、端木赐、清风莫晚等众多具有市场影响力的网络作家，以及《诛仙》《X修真》《元素之钥》《婚不由己》《乞丐也疯狂》《色衣》《异时空之大中华》《追爱三坊七巷》《绝品帝尊》《一不小心赖上你》《弃妇当嫁》《胭脂大宋》《无尽剑装》《我的漂亮女上司》《校草爱上花》《当心情透明的时候》《大贵族》《儒术》《菀心有晴天》等一大批优秀网络小说作品。同时，活跃在各网络文学平台的闽籍网络小说业余写手更是人才济济，囊括大学教师、在校学生、公司白领、公务员等各行各业的人才，使福建网络小说创作呈现出强劲的发展后劲和坚实的作者基础。

一、福建网络小说的发展历程

（一）福建网络小说兴趣的萌芽阶段

福建地处沿海，与台湾“地缘相近、血缘相亲、文缘相承、商缘相连、法缘相循”，受到痞子蔡《第一次亲密接触》等网络小说的影响，福建网络小说发展得风气之先，属于我国网络小说最早开始起步的地区，为中国网络文学发展起到了拓荒和奠基的作用。② 例如，福建网络作家“真邪”是第一批登陆台湾的大陆作家，所创作的《陆扣青传奇》等网络武侠小说系列，在20世纪90年代在台湾风靡一时。

整体而言，在这一时期，福建网络作家主要基于兴趣，采取自发创作的形式进行小说创作的网络拓荒，并取得了显著的成绩。其中，产生了良好声誉的

① 卢扬：《网络文学获海外市场青睐》，《北京商报》，2016年12月21日。

② 何强：《中国网络文学出版研究》，海峡文艺出版社，2013年，第333页。

代表性福建网络作家有“半只青蛙”“树下野狐”“萧鼎”等，他们勤于写作、态度严谨，在各种BBS论坛上根据兴趣发表各自的作品。不过，因为这一阶段网络小说还没有形成成熟的盈利模式，网络作家发表网络小说的平台也未形成，福建网络作家大多零散地活跃在各类BBS论坛，基本没有收入。同时，在这一阶段，福建网络小说的更新速度比较慢，但质量比较高。另外，因为网民数量有限，该时期网络小说的读者偏少，福建网络作家撰写网络小说主要为了以文会友、促进爱好者间互相交流。

（二）福建网络小说平台的收费阶段

随着互联网的普及和网民人数的增多，网络小说的读者群体日益扩大。特别是台湾的“鲜网”“信昌”“冒险”“说频”等出版平台为网络作家提供了创收机制，激发了网络作家基于商业化理念创作网络小说的热情。尽管盗版猖獗，这一时期网络作家通过实体出版获益并不多，网络小说的读者群体却获得了很大扩充，网络文学平台不断涌现。例如，这一时期许多网络文学站点先后从“西陆BBS”分出，许多新的网络文学平台也在这一时期创立。在这一背景下，该阶段福建网络作家创作网络小说时不再仅仅基于兴趣，而日益将其作为谋生的选择之一。

同时，这一阶段初期网络文学平台大多亏损，主要依靠网络文学站长各显神通去拉流量广告维持。不过，随着连载小说收费制度的出现，局面发生改观，网络文学平台不断涌现，例如“榕树下”“龙的天空”“幻剑书盟”“起点中文网”“逐浪网”“天鹰文学网”“红袖添香”“17K文学网”“91文学网”“纵横中文网”等，其中福州的“91文学网”是这一时期网络文学平台中的翘楚，在业内产生了巨大影响。“起点中文网”付费阅读设置了多层次的会员收费标准，体现了平台收费阶段的特征（表1）：

表1 “起点中文网”付费阅读收费标准

普通用户	单章订阅价格 = 单章字数 ×（标准定价/1000） 单章(72小时内更新的章节)订阅价格 = 单章字数 ×(标准定价/1000) ×160%
会员	单章订阅价格 = 单章字数 ×（标准定价/1000）
高级会员	单章订阅价格 = 单章字数 ×（标准定价/1000） ×80%
初级VIP	单章订阅价格 = 单章字数 ×（标准定价/1000） ×60%
高级VIP	单章订阅价格 = 单章字数 ×（标准定价/1000） ×40%

注：起点中文网默认标准定价为5起点币/1000字。

（三）福建网络小说的移动阅读阶段

伴随着移动互联网技术的突飞猛进，网络小说创作急速扩张，原有的创作生态发生了根本性嬗变，满足碎片化阅读、浅阅读、情节阅读成为网络小说创作新的指向。这一时期，福建网络小说移动平台异军突起，成为我国网络小说生产的重镇。例如，福建网络公司旗下的“91 熊猫看书”，曾在移动阅读软件排名前三，实现亿级用户规模，并拥有完整的网络小说原创内容孵化和培训的原创基地。①

2013 年，“熊猫看书”被百度收购并搬离福建，此后福建网络小说移动平台发展势头非但没有减弱，反而实现从“一枝独秀”到“百花盛放”的优化布局。例如，在这一时期，畅读科技旗下的“畅读书城”和“安卓读书”两个客户端产品年收入近亿元；“掌中文学”“爽文”“飞扬文学”“云阅文学”“神马阅读”“懒喵阅读”等福建网络小说移动平台也发展迅猛，大有后来居上之势。

在移动阅读所带来的渠道收入、打赏收入、点击量收入等多元化收益的激励下，撰写网络小说的福建网络作家群体不断扩大、新人不断涌现。例如“掌中文学”月稿酬过万元的作者已达 10 人，过 10 万元也有 1 人。据不完全统计，这一时期涌现的代表性网络作家有树下野狐、半只青蛙、千幻冰云、莫争、踏雪真人、大肥羊、羽民、恩赐解脱、真邪、豆苗、衣冠胜雪、翔尘、善文君子、端木赐、文心、牛凳、远征士兵、浮生、放下键盘、狗狍子、水安然、泣风尘、我吃大老虎禾早、天地知我心、米西亚等；萧鼎、孔令旗等网络作家甚至成了网络小说移动平台的总编、站长，显示出在进入移动阅读阶段后，福建网络小说正开拓着更广阔的发展空间。

二、福建网络小说的创作概况

据初步统计，各类网络文学平台上活跃的闽籍网络文学写手，人数已过万人，每年创作出的网络小说数量巨大。例如，“云阅文学”上有闽籍作家近百人；“晋江文学城”上的闽籍作家则达 1130 人，发表作品达 8889 部，其中出

① 阅文集团：《2016 移动阅读报告》（2016 -5 -4）［2017 -1 -11］. http：//www. cbinews. com/desktop/news/2016 -05 -05/249146. htm.

版作品113部，“楚衣寒青”“御井烹香”“修七”“爱爬树的鱼”等人的收藏数实现了“破万”。同时，福建网络文学平台也在扩张中日益成为网络作家聚集的重镇，例如福建网络文学平台“掌中文学”仅签约作家就有一千多人。类型方面，福建网络小说类型齐全，涵盖言情、都市、玄幻、异界、奇幻、热血、历史、架空、东方、穿越等。特别是当前“掌中文学网”已成为国内男频网络小说的典范，“晋江文学城”则是女频网络小说的旗帜。

就福建代表性网络小说而言，在业界可谓为数众多、反响深远。其中，“掌中文学”作家“真邪”的仙侠小说《劫修传》火爆网络，线下图书畅销，同名手游和影视版权也已售出；“掌中文学”作家“恩赐解脱”的《百炼成神》一书，两年半时间已更新600余万字，仅在“安卓书城”的点击量就达到5000多万，并获得中国作家协会2016年扶持基金资助，目前作品已改编为同名手游、漫画（点击量已过15亿）、有声漫画、有声读物等；此外，“衣冠胜雪”的玄幻和架空历史小说，“泛东流”的仙侠小说，“乱”的网游小说，“翔尘”“踏雪真人”“苦涩的甜咖啡”的玄幻小说，“皇家牛凳”的历史小说，“端木赐”的都市小说，“米西亚”“blue安琪儿”的女频小说等，也都为一时之大热作品。特别是“萧鼎”的《诛仙》，被业内誉为最成功的网络小说之一，由其所改编的电视剧《青云记》、游戏《诛仙》等，都获得了巨大成功；“树下野狐”的《搜神记》《仙楚》《蛮荒记》等，则被业界称为“开创了一个时代的顶级网络小说”。

此外，对于福建网络小说的延伸开发，近年来也展现出蓬勃的势头。其中，网络动漫方面，中国移动手机动漫基地2010年4月26日正式落户在厦门；网络视频方面，福建“掌中文学”总编孔令旗策划和监制的网络剧《谢文东》，是第一部由网络小说改编、网络播放次数过亿的网络剧；自媒体方面，“十点读书”微信公众号成为全国最大的阅读公众号，目前已经超过1000万用户，在“新榜”发布的“2016年中国微信500强”中位列第四。同时，其旗下还拥有“十点电影”“她读”“十点读书会”“小柚子童书”等众多子公众号，也都集聚了特定领域的众多粉丝，将成为福建网络小说未来拓展发展空间的新领域。

就美学特质而言，福建网络小说特色鲜明、影响广泛，是“闽派文艺”不可忽视的生力军。首先，福建网络小说在内容创意中含蕴了瑰丽多彩的八闽文化。各类题材的福建网络小说，无论是言情、都市、玄幻、异界、奇幻，还是热血、历史、架空、穿越，其内容创意都镌刻着浓厚的地域文化痕迹。在作

品的行文中，无论是情节设置、背景安排，还是人物言行、主题内涵，往往不自觉地展示出客家文化、妈祖文化、闽南文化、闽都文化、陈靖姑文化等地域文化对小说创作的深刻影响。其次，福建网络小说同时占据着国内男频网络小说和女频网络小说的双重引领地位。一直以来，福建网络小说依托“掌中文学”“晋江文学城”的主阵地，涌现出《绯色大陆》《谁在时光里倾听你》等男频、女频的现象级作品，在业界产生了深远影响，树立了“网文闽军”的业内地位。最后，近年来，福建网络作家在构思和创作中，集体主动、有意识地植入地域符号，以差异化的创作思路，彰显出福建网络作家的群体特征。例如，有的作品将朱熹的思想、话语作为主角绝世武功的招式名称；有的作品将故事发生的地点设置在三坊七巷、武夷山、湄洲岛等福建名胜，并顺带介绍相关历史文化和民间传说；有的作品则在情节发展中设置品茗、斗茶等情形，从而将武夷山大红袍、安溪铁观音、福州茉莉花茶等福建特产介绍给读者。通过这些努力，福建网络小说已呈现出比较清晰的识别特征，在网络文学界独树一帜。

三、福建网络小说发展的难题与对策

时至今日，无论作家群体、作品数量、创作题材种类，还是商业化运作模式、延伸开发水平，福建网络小说都取得了令业界瞩目的成绩，整体上实现了良好的社会效益和经济效益。与此同时，就福建网络小说的未来发展而言，也面临着一些亟待解决的难题。

首先，福建网络小说的价值仍有待得到主流文学界的承认。近年来，中宣部、中国作协都重视与关注福建网络小说的发展，采取了吸收福建网络作家参加鲁迅文学院网络作家班、发展福建网络作家加入中国作协等举措，推动福建网络小说创作。就福建而言，网络小说创作也受到了积极推动。例如，2016年12月，福建省文联文艺理论研究所隆重举办了“福建网络作家高级研修班”[①]；同月，福建省作家协会也专门成立了网络作家专业委员会，积极服务和促进福建网络小说创作。然而，在主流文学界，福建网络小说依然被边缘化，闽派文艺批评界仍对福建网络小说缺乏关注，比较轻视。甚至许多闽派文

① 董婷婷：《福建网络作家高级研修班在福州开班》（2016－12－12）［2017－1－10］. http：//fjyyjxh. com/class/zxdt/gongzuodongtai/5747. html.

艺评论家并没有真正完整阅读过一部福建网络小说，对福建网络小说中的优秀作品也缺乏了解。

其次，福建网络小说的作品质量仍有待不断优化与提升。毋庸讳言，福建网络小说在涌现一批精品的同时，也因写作门槛低而存在不少格调低下、粗制滥造的文字垃圾。一些作品含有暴力、色情、物质崇拜，容易对读者，特别是青少年读者产生不利影响，另一些作品则缺乏深度，描写暧昧，刻意迎合读者的隐秘欲望，例如《霸道总裁惹娇妻》《豪门缘，撞见邻居是总裁》等“总裁文”，在为福建网络小说“开疆拓土”发挥影响的同时，也在某种程度上拉低了闽派文艺的美学维度。

最后，福建网络作家的写作技巧仍有待进一步提高。随着网络文学平台实力的日渐雄厚，特别是移动阅读平台的勃兴，为了迎合大众阅读、快餐阅读，许多福建网络作家仅偏重对情节发展的叙述，欠缺对写作技巧的关注。甚至个别“大神级”福建网络作家也会为每天的点击率、更新量而疲于奔命，新近发表作品的文字缺乏雕琢、语言粗糙重复。这一情形，将影响福建网络小说未来长远的品牌塑造与发展后劲，尤其需要引起关注。

综上所述，福建网络小说在创造并延续辉煌的同时，也存在着当前网络文学领域的一些通病，面临着新的机遇与挑战。就今后的推进举措而言，首先，福建省作家协会网络文学专业委员会应发挥自身的协调和指导作用，坚持文艺“为人民服务、为社会主义服务”方向和“百花齐放、百家争鸣”方针，帮助和引导网络作家树立以人民为中心的创作导向，自觉抵制庸俗、低俗、媚俗的倾向，在作品中传递和弘扬社会主义核心价值观。其次，福建文艺界要积极推荐、鼓励福建网络作家到鲁迅文学院网络作家班、中国网络作家高级研修班，以及由莫言担任名誉校长的“网络文学大学”等机构进行培训和进修，提升其文学素养，改进其写作技巧。再次，福建文艺理论研究机构要牵头举办一系列活动和论坛，引导科研院所、高等学校的闽派文艺评论家留意、关注福建网络小说，并通过在《福建文学》等文学刊物开设福建网络小说评论专版等方式，积极推动对于福建网络小说的文艺批评。最后，福建省文艺系统要关心福建网络作家的成长，积极推荐优秀网络作家成为福建作协理事或加入主席团，发挥其示范作用，引导更多的福建网络作家努力探索网络小说的创作规律，提升网络小说审美价值，努力创作更多、更好、为大众所喜闻乐见的网络小说，从而从根本上树立“闽派网络小说”这一“闽派文艺”的新品牌。

（作者单位：福建师范大学中华文学传承发展研究中心）

福清空间元素的建构
——解读中国诗歌学会会员念琪的《芷叶集》

江少英

《芷叶集》是中国诗歌学会会员念琪在中国文联出版社出版的一部自选文集，包含小说、诗歌、散文随笔、电影评论等四个部分。该书由 2012 年诺贝尔文学奖获得者莫言先生题名（包括作家苏童、格非也都题写了书名），并得到文艺理论批评家童庆炳先生的好评。

“芷”是《离骚》中的香草名之一，用外在的香草比喻内在美好的品德与执着追求的理想。看来这是念琪先生很喜欢的一种植物，其千金的小名就叫“叶子”，谐音倒过来刚好是“芷叶”（或是暗含“子夜”之意），即是香花美草之叶，这是很有意思的。而文集中大量的插图亦是在中国美院就读的“叶子”的写生之作，图文并茂、画词同步，增添了文集的古朴和厚度。

文学地理学的批评方法是近年来学界评论文学作品的一种新兴方法，是以文学为本位，以文学空间研究为重心的交叉学科。这和念琪先生在其《芷叶集》中所探索的关于“福清元素”的问题是不谋而合的，评论者与创作者的不约而同，这是个很有趣的现象。当然，也与中国当代文学中关于民族性与世界性的探讨是相契合的，如莫言的高密东北乡、苏童的枫杨树系列、贾平凹的商州系列、格非的江南系列……

故乡是作家创作的重要原型地，作家生活的自然环境与人文环境是其取之不尽用之不竭的源泉。念琪是位挚爱家乡的作家，其作品主要是对福清空间文化的呈现，“福清元素”是其诗意灵魂的栖息之地。

首先，现实的地理空间的建构：包括风物、人、习俗等。丹纳认为，“作品与环境必然完全相符”①，指的是作家所描绘的事物一定是他所熟知的，只有这样才是自然与社会的映照，这样表现出来的才是充溢着积极健康的人性与生命力的艺术。福清沙埔是念琪的成长之地，这里是他开启人生转折点的重要港湾，这里有他挥洒汗水付出艰辛劳动工作卓有成效的美好回忆，《福清沙埔印象》之一中用“花生”“海带”“目屿岛”等沙埔镇特色的地理风物，展示在这海天尽头难得沉静的港湾；之二中用“沙滩”“飞燕狂风”“野菊花”“高山羊”等显示了在台风来临时大自然的力量；之三中用富有海洋特点的“赤礁”“紫菜”“海蛎”“蛤苗”“鲍鱼和海参”等地理文书彰显了“面朝大海春暖花开”的“耕海牧鱼”的愉悦心情。作家用独到的视角、饱含深情的语言抒写了“沙埔”之歌，表现了人与大自然互为一体的和谐，物是一道道观赏的风景，而人亦成为大自然的一道美丽风景线。亦如童庆炳先生在《芷叶集》的序中所说的：“他（念琪）写得很真，很自然，无矫揉造作之态，但篇篇都灌注诗情画意……”

《超越梦想》表现了作为一个福清人的骄傲，因为这里有福建的“小台湾村”——洪宽工业村，福清还有全世界最大的显示器生产基地之一——冠捷电子，有全球最大的汽车玻璃生产商之一——福耀玻璃，此外还有江阴新港、核电厂、风电厂等。除了这些现代的文明之外，福清还有悠久的文化，有“新石器时代的文化”、唐代的“天宝陂”、宋代的“龙江桥”、元朝的“弥勒佛”、明代的“瑞云塔”、清朝的“东关寨”、东渡创立日本三大佛教宗派之一黄檗宗的“隐元禅师”……福清的华侨遍布全世界115个国家和地区，这些共同构成了“福清哥”的地理空间元素。对福清这一片土地及土地上生活的民众保持着敬佩，也只有与这片土地血脉相连，作家才会感到充实与幸福。

因而，《芷叶集》更多的是展示了生活在福清这一区域空间中“人”的状态。《一个老人的教育》中的印尼第二代华侨何文金先生情系桑梓，兴办教育，不仅在东张镇办了华石小学和幼儿园，而且在印尼也兴办了一所有幼儿园、小学、中学的学校，其办学校之热诚、考虑问题之细致、对家乡文化之热爱皆给人留下了深刻的印象。《悼吴兴》中表达了对福清敬爱的文化工作者吴兴的深情悼念。文中对吴老的创作及其文化工作（特别是积极推动福清电影评论的发展）进行了总结，让人忆起“肝胆豪爽，廉洁奉公，清贫乐道，甘为人梯”的良师益友——吴老。吴老可以说是笔者认识的第一位福清文化人，

① 丹纳：《艺术哲学》，人民文学出版社，1996年，第71页。

其曾热情邀请大家共同去攀登龙山公园，然后齐聚一堂行酒令，吴老的豪情壮志给人留下了深刻的印象，吴老的音容笑貌，一举手一投足，宛若就在昨天……《山前姐夫》表达了对勤快、慈爱的大姐的感人记忆。《一起做慈善》通过带着孩子等全家人去南岭做慈善的经历，让接济者与受济者共同感受到人间处处有真情，亦可见作者的正直与高洁，令人感佩。

还有对习俗的描述，《石竹解梦》是对“春情荡漾”之石竹湖、“静默地守候”之鲤鱼岛、道教祈梦解梦的诗意呈现。而《石竹仙道》以随笔的形式描述了印尼华侨蔡云辉拜山祈梦、“我”读中学年幼无知玩签的故事，从而道出石竹梦文化习俗之“道无道而非人之道”的思想意蕴。《初二的困扰》中亦是对福清正月初二不能拜年的传统习俗的思考。

其次，想象的地理空间的建构，这是在真实与虚构之间徘徊的作家内在的地理空间。对熟悉事物的呈现既可以是田园风情现实状态的，也可以是内心的隐匿与精神的需求。作家善于观察生活的环境状况，抓住事物的特征，运用夸张的本能与思维的活力把其反映在作品中，他所描绘的物体被赋予了精神上的特殊内涵。

其诗作《一个人的寂寞》中运用“海浪”“台风”“秋叶”“秋阳”“麻雀”“阳台”等富有福清元素的意象传达出“我”的精神特质，想要远离城市的喧嚣，思维始游走于乡下，想象着到那儿享受“一个人的寂寞”：生活状态若是可以与树同呼吸，可以与鸟共命运，这是多么幸福的事呀，作者在尽情歌唱着生命的咏叹调……可是理想很美满，现实却很无奈，最后一节作者笔锋一转，黄昏时节“我”依旧蜗居于城市的“阳台”之中，诗歌的艺术张力自然得以形成。2012 年的 5 月 5 日，作者对其诗歌创作进行了一个凝练的概括，在《季节的诗歌》中多处用了拟人、比喻、夸张等修辞手法，用丰厚的想象力，对虚构中的“那一年”的“诗歌”从正月、腊月、春天、夏天、秋天、冬天来到“我”的身边进行时间上的“丈量”，把握住了“诗歌”创作的特性。正月由于受到诗歌“抚摸”的关爱喜欢上了诗歌并逐渐形成腊月诗歌“昂首挺胸”的稳健；而春天的诗歌是羞涩的，“追逐着风翻掀诗人的裙子/偷窥属于我的春光”；夏天的诗歌是热情万分的，各派纷呈比武论剑，“各种流派蜂拥而至/华山论剑/光明顶滋事”；秋天的诗歌是幸福的聚会，“在仲秋之夜吟哦人间团圆”，嫦娥和吴刚“赶赴青春诗会”；冬天的诗歌是捡拾“丝绸之路”的历史，追寻着海子的足迹。

《山居的脚步》在虚像与实体间游离，于午后阳光照耀下的草地上仿佛看见“童话中的人鱼小姐蹒跚地走来/她用哑语表达着对王子的爱”，可是“倏忽又化为泡影消失”了。小说《五叔阿来》通过一个讨海为生的瘸子五叔阿来艰难困苦依然故我坚持维持生计抚养痴儿的想象的故事，展示了生活在海边的人顽强生存的意志力，情节曲折，感人肺腑。《窗外》清新温和，表现了对逝去的美好清纯事物的找寻。《休宁论道》用“水墨沾湿”“烟雨柳巷”等词句表现了对充溢着“绿水”与“负离子”的如梦如幻的古蕴江南水乡生活的向往。

作品的创作就是在不断地用丰沛的想象与虔诚谦逊的态度来阅读自我，因而懂得文学的人生命必定精彩，懂得文学的人内心也必定强大。考察这方心灵空间的栖居之地，建构文学与地理之间的框架，丰富作品的共时性，深化了解作家的主体，从而架构作品与地理空间之间的审美关系。

最后，超越的地理空间的建构，包括对文化、时间、哲学的思索。当然，作品除了表现日常的生活状态、活力四射的梦想之外，还包括充满玄妙的哲理意味的思考，作家王小波在其杂文中曾表述过：一个人只拥有此生此世是不够的，他还应该拥有诗意的世界。《写给端午节》，诗人在品尝着“粽子”，抓到了文化的原点，抓住生活的“片片化石”往历史回溯，希望人们记住中华的文化根源是从中原文化而来的。而同样是 2012 年写的关于端午节的诗作《端午，端午》却是别样的风采，展示的是一个异化了的端午。这是一个“血腥和龌龊”，有“阴暗、潮湿、发霉”充斥着的端午，在这样的端午，“大地发霉、空气发霉、天空发霉/衣服发霉了，头发发霉了，内脏发霉了”，踉踉跄跄的屈原无以为生。诗作表现了对现代异化生活的不满，诗人想要超越当下的状态。

《醒》全诗共三节，展示了诗人对时间的思索，对生命哲学的探求。第一节用“碾过”“流过”说明了时间消逝之快；第二节用“克隆”了的“我”和“以后的日子”表现了人生之虚无缥缈；第三节“我顺着时间而走/就是逆着时间而行”，有哲学的意味，忙忙碌碌的众生顺着自己的生命轨迹往前行走的路途，从时间的角度来考量，实际上亦是时间表的倒计时。在这生生不息的宇宙洪流之中，时间在飞速往前，大浪淘沙，如何成为一粒粒灵动的沙子，放射出智慧与思想的光芒指引人类心灵的航标，这是诗作探求的问题。

《福清武术》对福清南少林、咏春拳、宗鹤拳等福清武术文化进行了弘扬，《让艺术离我们更近些（序）》弘扬了福清的美术，《文明赶考，在路上——与石智勇的邂逅》借福清创建全省文明城市的路上邂逅石智勇，表达了争做城市文明主人的渴望心情。《寻访外婆的澎湖湾》《日月潭水深几许?》《台湾行之“金门记忆”》等是对两岸文化的思索。

现代法国思想大师列斐伏尔的名言是:“空间从来就不是空洞的，它往往蕴涵着某种意义。”[①] 列斐伏尔将空间作为社会存在的本体，而文学中的空间描写是具有审美特性的。在对于福清地域性“地理空间”的描述中，构建“福清元素”是作家念琪“精神”之所在地，这是主要的而且必要的基础元素。当然，也正是区域内的这种独特的自然与人文形成了念琪先生特殊气质的元素，构成其文学创作的原点。对于地理空间的认识，对于所经历的自然与社会的观察与表达，能够改变作家的观念与视界，并且往往体现于其作品之中。《芷叶集》对福清地域文化的建构是一个有益的尝试，在当前区域文化兴起的背景下，值得福清作家借鉴和弘扬。福清历史悠久，开拓多元而包容，这方土地上的文化值得有志之士共同去耕耘，我们期望更多的作家来共同探讨富有福清特色的文化元素。

在这科技信息为潮，功利主义思想越来越盛行而精神生活越来越委顿，“狄更斯已死”，灵魂缺乏重量的年代里，念琪先生通过他的《芷叶集》告诉人们，放慢你的脚步，等一等你那被落下的灵魂吧!

(作者单位：福建师范大学福清分校)

① 转引自刘怀玉:《历史唯物主义的空间化解释:以列斐伏尔为个案》,《河北学刊》, 2005 年第 3 期。

美学视域下农业文化遗产的价值研究

——以福建茶文化系统项目为例

郭　莉　刘海栋

一、农业文化遗产概述

“农业文化遗产”属于“遗产”“文化遗产”的范畴。“文化遗产”的系统表述最早出现在联合国1972年10月17日公布的《保护世界文化和自然资源公约》，1985年中国成为公约缔约国之一。狭义的“农业文化遗产”即“全球重要农业文化遗产”（GIAHS），是“农村与其所处环境长期协同进化和动态适应下所形成的独特的土地利用系统和农业景观，这些系统与景观具有丰富的生物多样性，而且可以满足当地社会经济与文化发展的需要，有利于促进区域可持续发展”①。广义的“农业文化遗产”是人类遗产不可分割的重要组成部分，是历史时期与人类农事活动密切相关的物质、非物质，以及物质与非物质融合的综合体系，是生产方式和生活方式结合的农事活动统一体。这些农事活动是“大农业”的概念，既包括农耕，也包括畜牧业、林业和渔业；既包括可持续的农业生产系统，也包括满足农业生产生活需求形成的农业生活系统，以及人在内的农业文化还与农业相关的衍生知识系统；既包括农业生产的主体（农民）和对象（生产资料），也包括农业生产的环境、农业生产的过程、农产品加工及与其直接相关的民俗文化。从外延上看，“农业文化遗产”大致包括农业遗址、农业物种、农业工程、农业景观、农业聚落、农业技术、农业工具、农业文献、农业特产、农业民俗等10个方面。

综合上述概念，“农业文化遗产”主要是指人们在与所处环境长期（一般

① 李明，王思明：《多维度视角下的农业文化遗产价值构成研究》，《中国农史》，2015年第2期。

应为100年以上）协同发展中世代传承并具有丰富的农业生物多样性、完善的传统知识与技术体系、独特的生态与文化景观的农业生态系统。[①] 农业文化遗产主要范围指联合国粮农组织推进的全球重要农业文化遗产与农业部推进的中国各级重要农业文化遗产。

“全球重要农业文化遗产的地位”与“世界文化遗产”相当。联合国对于全球农业文化遗产的保护始于2002年，在南非约翰内斯堡可持续发展世界首脑会议期间发起。2002年8月，联合国粮农组织（FAO）、联合开发计划署（UNDP）、全球环境基金（GEF）、联合国教科文组织（UNESCO）、国际文化遗产保护与修复研究中心（ICCROM）、国际自然保护联盟（IUCN）、联合国大学（UNU）等10多个国际组织或机构及一些地方政府，启动了“全球重要农业文化遗产系统”（GIAHS）保护和适应性管理项目工作。该项目的目标是在经济与文化全球化、生态环境变化、政策不确定性及人类活动对环境影响越来越大的背景下，建立全球重要农业文化遗产及其有关的景观、生物多样性、知识和文化保护体系，并在世界范围内得到认可和保护，使之成为可持续管理的基础。[②] 2012年农业文化遗产保护的重要性写入联合国安理会第二委员会第67次会议的决议中。2014年联合国粮农组织（FAO）章程及法律事务委员会第97届会议报告确立了“全球重要农业文化遗产系统”（GIAHS）在FAO组织框架内的正式地位，标志着GIAHS成为FAO的一项常规性工作。

至2018年4月20日，全球共有50个传统农业项目入选“全球重要农业文化遗产”名录，其中中国拥有15个，在数量和覆盖类型方面均居世界首位。

二、福建茶文化系统项目的重要地位

福建是中国第一产茶大省，不论从茶叶产量、茶园面积，还是从茶叶种类、茶叶创制上，都在全国居于首位。福建首创了乌龙茶、红茶、白茶、茉莉花茶等茶叶品类，福建茶最早进入欧洲，引领了世界茶饮风潮。因此福建茶文化系统项目在农业文化遗产项目中占有举足轻重的重要地位。

福建省共有2个项目入选全球重要农业文化遗产，即福州茉莉花种植与茶文化系统、尤溪联合梯田（中国南方山地稻作梯田系统）。中国入选全球重要

① 福建省政协科教文卫体委员会等主编：《天有丰年——福建农业文化遗产综览》，福建人民出版社，2018年，第14页。

② 李明，王思明：《农业文化遗产学》，南京大学出版社，2015年，第42页。

农业文化遗产的茶文化系统项目仅有 2 个，福建就占有一席之地。还有 4 项中国农业文化遗产，即福州茉莉花种植与茶文化系统、尤溪联合梯田、安溪铁观音茶文化系统、福鼎白茶文化系统，其中 3 项是茶文化系统项目。

2016 年全国农业文化遗产普查，有潜在保护价值的农业生产系统，福建有 25 项，其中涉及茶文化系统的有 7 项（其中福鼎白茶已于 2017 年列入中国农业文化遗产）：福建丰泽清源山茶文化系统、南安石亭绿茶文化系统、永春佛手茶文化系统、永春闽南水仙栽培系统、云霄古茶园与茶文化系统、龙岩斜背茶文化系统。

根据 2017 年 3 月福建省普查的数据及福建人民出版社 2018 年出版的《天有丰年——福建农业文化遗产综览》，福建的省级农业文化遗产项目十大类共 272 项农业文化遗产中，涉茶农业文化遗产有 56 项。具体内容如下：

1. 作物类 11 项：福州茉莉花茶（福州）、安溪黄金桂茶（泉州）、安溪毛蟹茶（泉州）、安溪铁观音（泉州）、华安铁观音（泉州）、福鼎白茶（宁德）、福鼎白琳工夫茶（宁德）、福安坦洋工夫茶（宁德）、白芽奇兰茶（漳州）、永春佛手茶（泉州）、武夷山大红袍母树（南平）。

2. 技术类 15 项：福鼎白茶制作技艺、安溪铁观音制作技艺、福州茉莉花茶窨制工艺、晋江灵源万应茶制作技艺、武夷岩茶制作技艺、正山小种制作技艺、武平绿茶加工技艺、政和白茶制作技艺、政和工夫茶制作技艺、漳墩贡眉制作技艺、邵武碎铜茶制作技艺、佘家青草茶制作技艺、邵武擂茶制作技艺、浦城丹桂茶制作技艺、龙团凤饼制作技艺。

3. 工具类 3 项：武夷岩茶制作工具、正山小种红茶制作工具、白茶制作工具。

4. 文献类 10 项：林业文献中主要是记载福建茶的古籍文献有（宋）蔡襄《茶录》、（宋）宋子安《东溪试茶录》、（宋）黄儒《品茶要录》、（宋）熊蕃《宣和北苑贡茶录》、（宋）赵汝砺《北苑别录》、（明）喻政《茶书》、（明）余怀《茶史补》、（清）陆廷灿《续茶经》、（清）郭柏苍《闽产录异》、民国财政部贸易委员会《闽东闽北红茶产制指南》。

5. 特产类 11 项：福州茉莉花茶、灵源万应茶、漳平水仙茶、武平绿茶、龙岩斜背茶、蕉城天山绿茶、罗源七镜茶、永泰绿茶、南安莲花峰茶、永春佛手茶、诏安八仙茶。

6. 景观类 2 项：云霄古茶园与茶文化系统、建瓯东峰百年矮脚乌龙茶园。

7. 聚落类 2 项：福安市社口镇坦洋村、武夷山市下梅村。

8. 民俗类 2 项：武夷山祭茶、安溪茶歌。

由此可见，茶文化系统在福建农业文化遗产中占有重要地位，在农业文化遗产中也是保护和发展较为成熟的项目。

三、福建茶文化系统项目的美学价值

1972 年的《保护世界文化和自然遗产公约》列出了世界遗产的多方面价值，即“历史、艺术、考古、科学、审美、人种学或人类学、保护等方面的突出的普遍性价值”。目前国内通常所说的文化遗产价值主要包括两方面：第一是遗产对自然、社会经济发展的积极作用；第二是遗产作为一种经济资源的实物产出和特殊资源而开发的产品的交换价值。目前国内对于农业文化遗产较少有专门针对美学价值的研究，因此借用世界遗产的价值考量方式，从美学角度看福建农业文化遗产具有独特的意义，可以多视角、多层次探讨农业文化遗产的价值所在。农业文化遗产的审美（艺术）价值是其在形象、色彩、意境、风情及艺术、哲学、宗教等方面带给人们精神上或情绪上的审美感染力。不是所有的农业文化遗产都具有审美价值，具有审美价值的农业文化遗产包括农业景观、农业聚落、农业工程、农业民俗等。而具有审美价值的这些农业文化遗产，其审美角度也有所不同。农业文化遗产的审美价值是农业社会所独有的属性，与生产实践紧密结合，农业文化遗产的多样性反映了人们不同的审美观，使我们看到了不同时空下人们对于美的理解与追求。农业文化遗产的审美价值有着多方面的体现，就其主要方面而言，可以说体现为审美感知价值、审美体验价值和审美理想价值。[①] 从美学角度研究农业文化遗产中的福建茶文化系统，可以为其他遗产项目起到示范作用，对于保护农业文化遗产具有重要意义。

（一）景观价值

景观类农业文化遗产保护对象是具有观赏价值、但规模较小的农业设施或农业要素系统，包括农（田）地景观、林业景观、畜牧业景观、渔业景观、复合农业系统等，不仅具有生产价值，而且具有审美价值。福建茶文化最著名的景点当属武夷山，武夷山是世界自然和文化双遗产，产生了武夷大红袍茶文

① 李明，王思明：《多维度视角下的农业文化遗产价值构成研究》，《中国农史》，2015 年第 2 期。

化和正山小种红茶文化，除了福建云霄古茶园与茶文化系统、建瓯东峰百年矮脚乌龙茶园属于景观类农业文化遗产，还有各级各类农业文化遗产也展现了景观美的价值。

1. 全球重要农业文化遗产——“福州茉莉花与茶文化系统”

其景观价值在不断提升。目前福州市范围内有1.5万亩茉莉花种植园，尤其是闽江沿岸湿地、岛屿的茉莉花园具有很高的自然景观价值。如“南仙茉莉岛”清雅的花香、优质的空气、多样的生物、潺潺的江水构成了该系统独一无二的自然美，受到联合国粮农组织、央视的重视，成为央视摄影基地。同时还有历史文化景点，如著名景点乌山天香台就有宋代的摩崖石刻。近年来福州市为了保护福州茉莉花，提升福州茉莉花景观的文化品位，在闽江公园、金鸡山公园茉莉馆、五凤公园、飞凤山休闲步道等都设计了主题茉莉园，并且还打造了6座福州茉莉花主题文化园，包括洋下海绵公园茉莉花主题园、义井湖茉莉花主题园、牛岗山公园茉莉花主题园、桂后湖茉莉花主题园、东山佳园茉莉花主题园、天马山休闲公园（三期）节点茉莉花主题园。还有春伦集团的福州茉莉花主题园，成为茉莉文化旅游的重要景点。连江长龙镇万亩制作茉莉花茶原料的绿茶基地，成为刘德华电影《失孤》中的风景如画的茶山。

2. 中国重要农业文化遗产——“安溪铁观音茶文化系统”

泉州安溪是铁观音的发源地，历史上流传着“王说”和“魏说”两种铁观音起源的神奇故事。两处都有铁观音百年母树和发源地文化景点，成为探寻安溪茶文化的重要景点。同时安溪大力发展茶文化产业，不断提升茶企的文化景观，八马厂区、魏荫厂区、华祥苑生态园、桃源有机茶场等都成为农业文化遗产的观光点。

3. 中国重要农业文化遗产——“福鼎白茶文化系统”

福鼎白茶与国家重点风景名胜区、国家地质公园太姥山紧密联系，形成了独特的山海奇观、茶叶奇缘。福鼎白茶起源于太姥山，福鼎大白茶的茶树原产于福鼎太姥山。传说，太姥山古代名叫“才山”，尧帝时有一老母在此居住，曾将其所种绿雪芽茶作为治疗麻疹的圣药，救活很多小孩，人们因此把她奉为“神明太母”。汉武帝命东方朔给天下名山校对名称，于是太母山被封为天下三十六名山之首，改“母”字为“姥”（mǔ），因此这座山就叫“太姥山”。

相传太姥山还留有太姥娘娘亲手种植的福鼎大白茶原始母树“绿雪芽”古茶树、太姥娘娘发现绿雪芽的山洞和浇灌绿雪芽的丹井。清咸丰七年（1857年），福鼎柏柳乡竹栏头村（点头镇过笕村竹栏头自然村）陈焕把嫩芽遍布茸毫、雪白晶莹的“绿雪芽”移植家中，繁育了福鼎大白茶，现在此树有160余年树龄了。这些传奇故事都增添了福鼎白茶文化系统的神秘美感。

4. 福建省级农业文化遗产

建瓯东峰百年矮脚乌龙茶园位于南平建瓯市东峰镇桂林村，面积约10亩，共有6000多株矮脚乌龙，该茶园历史至少127年以上。1990年9月，台湾茶业界泰斗吴振铎教授考证，确认建瓯的矮脚乌龙为台湾青心乌龙的始祖树，此处的矮脚乌龙茶园是台湾享有盛誉的“青心乌龙”和“冻顶乌龙”茶的祖籍园，见证了海峡两岸同根同源。这里成为大批茶界人士的观光之地，成为文物基地、科教基地、旅游胜地。东峰镇还有北苑御焙遗址，2006年6月被国务院正式公布为全国第六批重点文物保护单位，北宋柯适所立的记载北苑龙焙盛事的凿字岩历经960多年的风风雨雨依然矗立于此，见证了北苑贡茶历史的辉煌。

云霄古茶园与茶文化系统位于漳州云霄县火田镇白石村和云霄园岭国有林场的大帽山、小帽山及周边山地，连绵到马铺乡坪水村，总面积7028亩，与附近的水源林、排灌系统和其他人文自然景观形成了独特的文化景观。这里的古茶园野生茶树群树体较大、数量众多。2016年被列入中国农业文化遗产具有保护价值的名录。

（二）文献价值

文献类农业文化遗产保护对象是古代流传下来的各种版本的农书和有关农业的文献资料，包括综合性文献和专业性文献，专业性文献具体包括时令占候、农田水利、农具、土壤耕作、大田作物、园艺作物、竹木茶、植物保护、畜牧兽医、蚕桑、水产、食品与加工、物产、农政农经、救荒赈灾等。① 具有审美价值的不仅包括文献类福建省级农业文化遗产项目，还包括历史文化名人的诗词歌赋等文学作品，成为中华民族代代相传的千古名篇，从而使农业文化

① 李明，沈志忠，陈少华：《多学科视角下的农业文化遗产保护理论研究与实践探索——中国农业历史学会第五届会员代表大会暨第二届中国农业文化遗产保护论坛会议综述》，《中国农史》，2012年第1期。

遗产的美学价值不断得到升华和发扬。

1. 其他历史涉茶文献

除了上文所列福建本省的（宋）蔡襄《茶录》等文献具有很高的茶文化审美价值外，历史上还有许多文献涉及福建茶文化遗产，具有重要的地位。

最早的文献为秦汉时期的《神农本草经》中记载“神农尝百草，日遇七十二毒，得荼而解之”，“荼”是古籍中出现最多用于指茶的字，是神农氏尝百草滋味的过程中最早发现了茶。东晋常璩撰写的《华阳国志》记载，周武王伐纣，南方有八个小国参加盟会，其中濮国就曾经带去产于闽越（今福建）地方的茶叶，一种闽越山间野枞献给周武王。西汉时期，王褒撰写的《僮约》是全世界最早的关于饮茶、买茶和种茶的记载，说明汉代人们已用茶待客了。《新唐书》记载江南道福州长乐郡是唐朝贡茶产区，福州蜡面茶成为珍贵贡品。唐代陆羽所写的《茶经》是世界现存最早、最完整、最全面的茶学专著，称岭南出产茶叶，其中福州和建州的茶已经非常出名，福州的方山露芽和鼓山半岩茶是当时两大著名的贡茶。宋代茶书记载北苑茶的有一半以上，其中宋徽宗赵佶所著《大观茶论》乃中国古代唯一由皇帝撰写的茶书，也是继《茶经》之后最具影响力的茶学著作。他在《大观茶论》中专门设立“白茶”之目，当时关隶县出产的白毫茶，通过建州北苑御供到朝廷，宋徽宗喝到这种白茶龙颜大悦，赐年号“政和”给当时的“关隶县”，改县名为“政和”，即今天的福建省政和县。明代顾元庆（1564—1639）《茶谱》的“茶诸法”中对花茶的窨制技术做了较详细的记载，茉莉花窨茶的技术逐渐成熟。

2. 文学作品

春秋时期，中华民族最早的诗歌总集《诗经》中，就出现了《邶风·谷风》《豳风·七月》《大雅·绵》等与茶有关的诗歌，成为中国茶诗的源头。众多文学作品也歌颂了福建茶，为其增添了浓墨重彩。

（1）建溪茶文化体系

建溪茶文化体系包含建瓯北苑贡茶、元代御茶园、清代武夷岩茶，主要是建溪流域的茶文化，对应的农业文化遗产为武夷大红袍系统、建瓯矮脚乌龙系统、松溪茶文化系统、政和白茶文化系统。

文学作品对于福建茶文化遗产的推动作用巨大，尤其是促进了宋代龙团凤饼的饮茶之风流行于上流社会。

唐代孙樵写了一封向达官显贵送茶的信《送茶与焦刑部书》，用拟人化手法将建茶赞为“晚甘侯”。从此，“晚甘侯”成为一种建茶茶叶的别名。徐夤《尚书惠蜡面茶》收入《全唐诗》卷七百八，吟咏了其时武夷山采茶的时节、制作工艺、煮茶品饮、运输及受赠人的感激之情。该诗是闽地最早的茶诗，至今已 1100 多年，印证了武夷茶的悠久历史。

宋代茶诗词达千首以上，足以证明福建北苑贡茶的辉煌，其中名人名篇众多，是不可多得的美学作品。范仲淹不仅是北宋著名的政治家和文学家，同时也是一位品茶专家，曾作《和章岷从事斗茶歌》，盛赞建溪“奇茗冠天下，武夷仙人从古栽”。此诗在茶文化史上占有相当的地位，后人皆简而称为“斗茶歌”。斗茶诗全文 280 多字，层次分明，先讲建茶悠久历史和声誉，次写斗茶场面——斗形、斗味、斗香和斗色的情景，最后使用排比手法，赞美建茶：“长安酒价减千万，成都药市无光辉。不如仙山一啜好，冷然便欲乘风飞。”北宋文学家、书画家苏轼也有许多茶诗文赞美福建茶文化，其所写《叶嘉传》是一篇以拟人化手法记述武夷茶的佳作，寓意“叶子嘉美”，以拟人手法歌颂武夷茶受贡的经过，记载了汉武帝时，为了加强中央对福建的管辖，于天汉元年（公元前 100 年），将“武夷君”列入国家祭祀的神位，汉武帝得知武夷山有好茶，就让管辖武夷山的建州太守搜寻武夷茶纳为贡品的历史故事；其《荔枝叹》诗，说明宋代建州贡茶包含武夷茶品，是武夷山茶史的重要资料；他还写下了不少脍炙人口的咏茶诗词，如《水调歌头·桃花茶》《记龙团》等。北宋文学家、史学家和政治家欧阳修也是北苑茶文化的代表人物，他的《归田录》成为记录北苑盛事的珍贵史料，他写的《尝新茶呈圣俞》成为北苑茶诗的名篇佳作，细致地描绘了建安（今建瓯）凤凰山采茶时，击鼓喊山、呼泉催芽的情景；欧阳修在官居枢密副使时，还为蔡襄的《茶录》写过一篇《龙茶录后序》，为建安龙凤团茶立下丰碑，流传于世。北宋黄庭坚《品令·茶词》中开篇“凤舞团团饼”，形象地描绘了龙凤团茶。

南宋诗人陆游于宋孝宗淳熙五年（1178 年）受皇帝召见，被任命为管茶事的官（“提举福建路常平茶事”，简称“茶使”），任所在建安县（今建瓯市），提举司在现建瓯市二中附近，他在官邸写下了《建安雪》一诗，首句即是“建溪官茶天下绝”。朱熹出生在福建，在武夷山收徒讲学、著书立说时，以茶醒心，以茶解困，以茶交友，对建茶情有独钟，其咏武夷山的诗有 50 多首，写下了《茶坂》《茶灶》《春谷》《九曲棹歌》等茶诗文，其中尤以《九曲棹歌》最为精彩。宋代还有梅尧臣诗作《答建州沈屯田寄新茶》、白玉蟾

《水调歌头·咏茶》、周亮工《闽茶曲》一首和《闽茶》一文。

明末清初武夷山僧人释超全所作的《武夷茶歌》《安溪茶歌》中出现了“岩茶”的茶品名称，说明了在十七世纪中后期，武夷山已出现了乌龙茶制作工艺的雏形。清书画家、文学家郑燮（板桥）曾在《蒙兖州太守赠茶》诗中赞美武夷岩茶。清高宗皇帝乾隆性嗜茶，赋有茶诗230余首，是历代咏茶诗最多的皇帝，他的茶诗中多次提到并盛赞武夷茶，如《冬夜煎茶》《夜雪烹茶偶作》《建阳茗事》等，对于提高武夷茶的知名度产生了很大的影响。清代袁枚平生嗜茶，有《试茶》等茶诗30余首，还于乾隆五十七年（1792年）出版的《随园食单》一书中，介绍了武夷乌龙茶最早的工夫品法。此法很快传到泉州和漳州，产生了“诏安工夫茶”，并延至潮汕等地演绎出了“潮汕工夫茶”。还有清代诗人查慎行曾写《御赐武夷芽茶恭记》诗赞武夷茶；梁章钜《归田琐记·品茶》一文中简述了武夷茶的历史及盛况，以及武夷山天游观静参羽士的一席武夷茶论。

（2）福州茉莉花与茶文化体系

福州茉莉花与茶文化系统的覆盖区域，以福州为核心，覆盖传统十邑地区，还包括宁德、莆田部分地区，形成了独特的文化，自古至今为世人所喜爱，也令很多文人墨客为之倾倒。代表茉莉花茶文化的茉莉花自西汉引入福州，历代诗人将茉莉花的雪白、浓香推崇到极致，反复浓墨重彩地描绘和赞颂。

如唐代李群玉《题法性寺六祖戒坛》歌颂佛家四大圣花之一茉莉。北宋柳永《满庭芳·茉莉花》，以拟人手法描写茉莉花和茶作为情侣。南宋时用香花加工花茶的工艺兴盛起来，施岳生于公元12世纪所作的《步月吟·茉莉》中对用茉莉花窨制茶叶进行了详细的描述，上阕描写采摘茉莉花，下阕描写制作茉莉花茶过程，茉莉花晚上开花，为广寒宫特有，所以有“广寒霏屑”说。南宋张镃《杨柳枝》，用“绿蜡芽疏雪一包”指芽尖有白毫的茉莉花茶。南宋辛弃疾任福州太守时写下《小重山·茉莉》，该词用“国香”“冰肌”写指茉莉花。南宋杨万里《茉莉》一诗中说龙涎为香料之最，雪为纯洁之最，却均要避开茉莉花，从而突出茉莉的优雅气质。朱熹也写下了《茉莉》，用“预恐芳菲尽”表达对茉莉花的珍爱。明代唐寅在《佳人插花图》中题诗：“春困无端压黛眉，梳成松鬓出帘迟。手拈茉莉猩红染，欲插逢人问可宜？”勾勒出这样的场景：佳人花了很长时间梳洗打扮，画眉理鬓，出闺房时意欲用红色茉莉花插在头上增添魅力，并询问侍女：“这花插在头上是否好看？”展现了茉莉花文化的流行。

国色牡丹、天香茉莉，自古以来都是画家笔下渲染的对象。牡丹和茉莉是富贵、纯洁、高雅的象征，因此常被画家用于表现王公贵族妇女的富贵高雅之气。唐代画家周昉所作的《簪花仕女图》、北宋赵昌所作的《茉莉花图》、南宋马麟《茉莉舒芳图》等皆是以茉莉花为题材的画作。

冰心曾在《茶的故乡和我故乡的茉莉花茶》一文中写道："中国是世界上最早发现茶利用茶的国家，是茶的故乡。我的故乡福建既是茶乡，又是茉莉花茶的故乡……而我们的家传却是喜欢饮茉莉花茶……"她还在《我家的茶事》一文中写道："茉莉花茶不但具有茶特有的清香，还带有馥郁的茉莉花香。"老舍先生曾写过一首七律赠给冰心夫妇（诗中有"中年喜到故人家，挥汗频频索好茶"句），怀念抗战时与冰心夫妇一起饮酒喝茶、诗歌相和的情景，他最喜喝的花茶叫"香片"，是有名的福州茉莉花茶中的一种，茶是他们友情中的重要元素。

（三）民俗价值

民俗类农业文化遗产保护对象是历史上关于农业生产和生活的仪式、祭祀、表演、信仰和禁忌等，主要包括农业生产民俗、农业生活民俗、民间观念与信仰等。农业文化遗产项目中有全国普遍的民俗，还有许多福建独特的风俗，展现福建文化之美。

1. 三茶六礼婚俗

属于福建茶文化系统项目的共有内容。"三茶六礼"便是中华传统的婚庆习俗。茶与婚礼的关系可以追溯到唐贞观十五年（641 年），文成公主入藏时，嫁妆中就带去了茶叶，至今已有 1300 多年了。福建"三茶"礼俗始于宋朝，"三茶"即订婚时的"下茶"，结婚时的"定茶"和同房时的"合茶"，直至民国时期尚流行"三茶六礼"。如今，福建各地民间还延续着婚事的"三茶"之礼，只是相对于古代在形式和程序上进行了简化。全省各地都十分注重婚礼茶俗，用当地所产的茶叶，延续着"三茶六礼"的传统。尤其是茉莉花茶代表"茉莉——莫离"成为婚庆喜茶的首选，为福州茉莉花与茶文化系统增添独特韵味。

2. 茉莉簪饰习俗

属于福州茉莉花与茶文化系统的民俗。佛教壁画中绘有把茉莉花蕾穿成串挂在颈间作为装饰品。汉朝陆贾《南越行记》已有女子以茉莉花为材料，制作装扮饰品的记载。将茉莉结成球作为装饰品，挂在床帐中，或拴在衣服纽扣上，或插在头上，也是传统的装饰方法。唐宋以来，妇女都有头上簪花的风俗，茉莉花是花中的“人间第一香”，成为女性喜爱的簪花，“倚枕斜簪茉莉花”“香从清梦四时觉，花白美人头上开”都是形容女子佩戴茉莉的美。福州至今还保持端午到重阳节之间卖茉莉花串的习俗。

3. 武夷山祭茶

属于“双世遗”武夷山范畴、省级农业文化遗产民俗类项目。祭茶与喊山仪式是连为一体的，是种茶、制茶过程中举行的一种古老的祭祀仪式，起源于宋代建瓯北苑贡茶产区。北苑御茶园，为了使御茶生产先声夺人、提早开春，形成了一种每年在早春惊蛰之前举行的特殊开春仪式，民间俗称“喊山”，据说击鼓喊山可以呼泉催茶芽，还能惊走虫蛇，更重要的是图个吉利，祈求神灵保佑茶叶丰收。元代武夷山创立御茶园，沿袭了北苑贡茶祭祀喊山的习俗，正式成为武夷山御茶园的一种官方祭祀仪式，规模更大，设施更完备。元至顺三年（1332 年），在武夷山四曲溪边御茶园建有高 5 尺，长、宽各 1 丈 6 尺的喊山台。每年惊蛰这一天，负责督造御茶的崇安（今武夷山）县令率县吏和差役，备祭品到喊山台举行“喊山”仪式。县令念完祭文，就下令差役鸣锣击鼓，同声高喊“茶发芽”“茶发芽”。传说在喊山时，通仙井的水就会应声而涨，故又称“呼来泉”。后来仪式简化为在茶叶开采时由茶师在茶厂叫喊“好收成”“好价钱”之类词语代替。

4. 安溪茶歌

属于中国农业文化遗产安溪铁观音茶文化系统中的内容、省级农业文化遗产民俗类项目。安溪茶歌由茶农创作，以口头形式相传，在采茶时消除采茶劳作的疲劳，抒发情绪，被广泛传唱，形成安溪独特的茶歌文化。朱熹曾在安溪清水岩寺留下“茶乡三月茶歌满，不辨红装与绿装”的诗句。安溪茶歌历史悠久，生动反映了茶乡劳动人民在日常劳作过程中的自娱自乐和情感交流。

5. 施茶习俗

属于福州茉莉花与茶文化系统的内容，同时也在北苑贡茶系统中体现。

福州茶摊施茶习俗。古代时福州大街小巷遍布着“茶摊”，提供免费的茶水给劳苦大众和过往行人。2010 年在方炳桂老先生和翁文峰的共同努力下恢复了传统茶摊民俗，市民每周固定时间都可以到“南仙茶摊”喝免费的福州茉莉花茶，聊天听故事。

建瓯“阴功茶”，就是乡村间的寺院、茶厂、笋厂、柴厂、放木排溪厂、庙宇、小店或积善人家常常在交通要地的三岔路口、亭子，设置茶桶，每逢夏天冲泡清茶，让过往行人饮喝解渴，不收分文，称为“阴功积德”。

松溪廊桥施茶。在大大小小的廊桥之上，大多都有施茶善举，供过往行人免费饮用。各施茶点一般供茶时段从端午节至中秋节，为期三个月左右。施茶者大多是附近乡村的住户，每户或几户联合自订轮流施茶日期，在村里红榜公布，也有的家族各户在其祖上所建亭桥上轮流施茶，还有集市商户或人家在门前施茶。

6. 祭祀敬神

属于福建茶文化系统项目的共有内容。自古以来，茶就是圣洁之物。祭祀是我国古代社会中经常的一种礼制和生活内容。用茶为祭的正式记载，见于梁萧子显撰写的《南齐书》。福建人在佛祖、菩萨的生日、成道日等，都要备清茶奉拜。福建境内有不少寺庵宫观位于山清水秀的环境，适宜茶树生长，名山僧人多为“禅茶并重”，一边修行一边种茶。例如福州鼓山涌泉寺的柏岩茶、宁德支提山华严寺的支提绿、武夷山天心庙的岩茶。至今，宁德寺庙还沿袭着唐代流传下来的佛教“普茶”仪式，在春节来临之际，他们手捧茶杯或茶碗，既敬奉佛祖，又品饮自制茗茶，祝贺新春佳节。寺院中还设有茶堂或茶具，香客游人到达寺院，僧人必汲取甘泉活水，烹煮新茶招待客人。闽中福州、古田一带有用福州茉莉花茶供奉临水夫人“陈靖姑”的习俗，在临水夫人诞辰，“临水宫”还会向香客赠送临水茉莉平安茶。寻常百姓家传统节日祭佛、祭神、祭仙、祭祖等民间活动中，也用茶作祭品，可以在茶碗、茶盏中不注水，只放干茶；也可以不放茶，只置茶壶、茶盅等作为象征；现代还有供奉整包整盒茶叶的。福建农村建房上大门梁、屋梁及砌灶时，择吉时要放一个“七宝袋”（红布缝制，三角形），内置“七宝”为茶叶、谷类、豆类、干果类等七样食材干品，以祈富足吉祥，体现出“民以食为天”的思想。

7. 供奉茶神

属于福建茶文化系统项目的共有内容。陆羽是中国“茶圣”，很多茶区都以陆羽为“茶神”。福建各地产茶区域都有祭当地茶神的习俗，但是各地祭祀的茶神却有所不同：北苑贡茶区建瓯祭茶神张廷晖、武夷山御茶园祭茶神杨太伯、安溪祭茶神观音和茶王公、福州茉莉花茶区祭茶神临水夫人、政和锦屏村祭茶神真武大帝。

（四）演艺价值

由农业文化遗产项目中的茶文化系统，还衍生了许多精彩的演艺作品，为人们带来视觉和听觉的美好享受。

1. 茉莉与音乐

中国传统民歌《好一朵茉莉花》已经征服世界，一跃成为世界音乐舞台上的中国符号。

1982 年，联合国教科文组织向世界各国人民推荐的优秀歌曲中就有这支歌。歌曲除了在国内传唱，对国外的作曲家的创作也有莫大的启发。1904 年，意大利作曲家普契尼就由《好一朵茉莉花》一曲得到了创作灵感，创作出充满浓郁东方情调的作品，这就是享誉海内外的歌剧《图兰朵》。2003 年，“中国公主”《图兰朵》终于“荣归故里”，由张艺谋执导搬上了京城的舞台。

2013 年，由“十醉九星窨花阵法第七代传人、南仙茶品有限公司翁文峰作词和福州本土音乐人林书文作曲合作创作了中国第一首茉莉花茶歌曲，用福州方言演绎了茉莉花与绿茶的“莫离”之情。这首歌很快传遍大江南北，成为福州茉莉花与茶文化系统的使者，被央视作为大型纪录片《茉莉窨城》的片尾曲，还传唱到海峡对岸台湾，以及马来西亚、美国等地。

2. 茶文化纪录片

央视《武夷山茶文化》2 集纪录片《武夷问茶》《万里茶路》，讲述了 2007 年 10 月一个特殊的收藏仪式在国家博物馆举行，产自福建武夷山的茶叶——大红袍作为藏品，这对于专事收藏具有重大历史文化价值藏品的国家博物馆是前所未有的。央视 6 级纪录片《茶，一片树叶的故事》中福建作为茶文化发源地之一，在片中占了大量篇幅，将福建茶文化一一呈现。8 集纪录片《茶叶之路》的研究主题则是细化到了中国茶业贸易的历史发展，如“丝绸之路”一样，呈现出福建茶在中国历史上的地位与价值，明末清初，正是这么一条路使中国福建的武夷山能和俄罗斯的圣彼得堡有着密不可分的关系。10

集纪录片《茶界中国》揭示了茶如何诞生于天地间，又在人的追随下世界传播的故事，拍摄了福建茶在对外传播上的重要地位。还有央视大型茶叶纪录片《中国茶业通史》《中国茶文化》《一茶一世界》《美丽中国：福建茶文化》等。央视还专门拍摄了4集大型纪录片《茉莉窨城》，专门介绍福州茉莉花与茶文化。中央电视台三套《文化十分》栏目播出《丝海寻迹》系列节目之二《安溪铁观音的“丝路”变迁》。另外，《源味中国》拍摄了农产品地理标志登记保护产品，福建省福州茉莉花茶等3个地标产品成功入选拍摄。东南卫视和海峡卫视拍摄的国家文化部项目“福建文化记忆”12集大型纪录片《福建茶文化》正在播放，还有东南卫视《丝路百工》也介绍了制茶大师的工艺，东南卫视百集文化纪录片《海峡名录》——名风名产也介绍了福建特产茶类。另外，《发现档案——福州茉莉花茶》《茶城——福州茉莉花茶专题纪录片》《茶频道》《美丽的行走——安溪铁观音专题纪录片》，以及福建新闻频道的“一周说茶事”“说茶”等栏目，也拍摄了许多茶文化精彩纪录片。

此外，社会各界也在积极拍摄福建茶的纪录片。英国BBC电视台拍摄的《茶》讲述了福建茶传播到英国的过程。国内首部白茶主题纪录片《遇见白茶》已于2018年8月在腾讯视频、爱奇艺、优酷等平台正式上线，这部纪录片分为“缘起福鼎”“寻味建阳”“复兴小白”三个部分，从新生代年轻人的视角切入，真实记录了一位“90后”新媒体从业女孩与白茶世界偶遇的故事，以及她实地了解白茶并参与复兴建阳小白茶行动中的心路历程，平实而生活化地呈现了近几年来新兴的白茶产业现场，反映了当下白茶行业方兴未艾的发展趋势，体现了“爱白茶、爱生活”的主题。美国Actionfliks传媒公司CEO克里斯汀一行拍摄的武夷茶文化国际宣传纪录片《武夷茶之心》在第二届旅游产业发展大会开幕式上发布。

另外，中央电视台摄制的中国重要农业文化遗产大型纪录片，福建的3个茶类项目也在拍摄之中。中央新闻纪录电影制片厂（集团）的《大国开放》摄制组选取乌龙茶铁观音制作技艺的国家级非遗项目代表性传承人魏月德作为拍摄对象，以他的故事讲述改革开放四十年中国农村、农业的发展变化。

3. 茶文化动画片

《乌龙小子》动画片由福建省时代华奥动漫有限公司、上海美术电影制片厂、海峡茶业交流协会联合制作，该片共78集，分为三个系列，以海上丝绸之路为背景。传说在福建有一座世外茶园，住着以乌龙小子为首的可爱的精灵们，他们在寿山石精——福天仙翁的带领下守护着一棵千年老茶树，还有一件神秘的宝物——《乌龙茶真经》，能够让人青春常在、拥有超人的力量，用现代化高科技手段和拟人化形式讲述象征和平友谊的中国茶文化和以“俭、清、静、和”为精髓的茶文化历尽艰险传播到世界各地的不凡历程，让青少年在娱乐中认识中国传统茶文化的渊源和精髓。本片得到了全国政协原主席李瑞环的大力支持及肯定，李瑞环亲自为本片片头题名。

4. 茶文化大型舞台剧

《印象大红袍》是由著名导演张艺谋、王潮歌、樊跃共同组成的“印象铁三角”领衔创作的第五个印象作品，以武夷山为地域背景，以武夷茶文化为表现主题的大型山水实景演出，造就世界上最大的剧场，占地面积约为 11.2 亩，全球首创 360 度旋转观众席，是世界上第一座“山水环景影院”，巧妙地集武夷自然山水、武夷茶文化及中国精英艺术家创作于一体，把悠远厚重的茶文化内涵用艺术形式予以再现，把美丽的自然山水浓缩成一场高水准的艺术盛宴，使之成为可触摸、可感受的文化旅游项目。《印象大红袍》现在已成为武夷山文化旅游的必看演出。

5. 茶文化民间歌舞

龙岩采茶灯、政和茶灯戏。“茶灯戏”也叫“采茶灯”，是茶农为庆祝茶粮丰收和企盼来年好收成的活动，每年正月是其主要活动期，特别是春节、元宵节，常会形成“茶灯闹元宵”的盛景。演员全系当地农民。舞台除了节庆晚会与会演、茶园、村头村尾外，更多的是以农家小院为主要演出场所，到普通农家上演或应邀到寿星和新娶媳妇人家捧场。龙岩茶灯戏又称“采茶扑蝶”，列入国家非物质文化遗产。通常由茶婆 2 人、武小生和小丑各 1 人、茶姑 8 人组成。女角由男人扮演，以歌舞演唱小戏为主，因其在乡村演出时，摆出“天下太平”“五谷丰登”字样队形，故被视为吉祥戏，流传到永定、漳平、长汀等地。政和茶灯戏以采茶调为主，流传到闽北一代，茶姑为主角，手提采茶篮，头戴花包巾，腰系围裙，表演采茶动作，一男一女对舞说唱诸如前文的唱词，表现出优美的身段和动作，东家唱完到西家，挨家挨户轮着唱，每家唱上半半辰，今晚不够次晚唱。

（作者单位：福建社会科学院）

守望乡愁：文艺美学视野下的美丽乡村建设

——以闽北广贤村为例

林丽琴

一、前 言

村落是农耕文明的载体和源头，传承着民族底蕴，也是现代文明的根基和依托，寄托着浓郁的乡愁。几千年源远流长的中国农耕文化的根在农村，传统村落传承着中华民族的历史记忆、生产生活智慧、文化艺术结晶和民族地域特色，维系着中华文明的根，寄托着中华儿女的乡愁。① “记住乡愁”是习近平新时代中国特色社会主义思想中“乡村振兴”的思想之一。守望乡愁，就守护住了村落发展的原动力。乡村振兴战略的贯彻为村落女性内生出一种巨大的发展力量，推动村落女性蜕变为美丽乡村建设主体力量，强化她们的乡愁依恋，增强她们的乡土文化自信。乡愁可寄的村落，既要有人与自然的和谐共处，又要有现代生活的舒适洁净；既要有传统文化的原汁原味，又要有守望乡愁的人情温度。故从社会性别的视角挖掘村落女性建设美丽乡村的内在机理，对村落女性守望乡愁的实践与理论，具有一定的示范意义和启示作用。

二、研究方法及被访者基本情况

本研究主要采用个案深度访谈和定性分析方法。本文对 19 位广贤村女性进行深度访谈，在个案的选择上，本调研按在生活生产中形成的不同群体进行分类抽样，选择了有代表性的个案。19 位女性个案的基本情况如下：（A 群

① 刘彦随，周扬：《中国美丽乡村建设的挑战与对策》，《农业资源与环境学报》，2015 年第 2 期。

体）70 岁以上的 5 位女性，她们日常生活联系密切，归类为一个访谈群体；（B 群体）40—55 岁 9 位女性，按其生活与生产联系的密切程度，分为三个访谈群体；（C 群体）30—40 岁 4 位，均为户籍迁出村落在城市工作的女性，归类为一个访谈群体。

三、调研分析结果

（一）乡愁之基：母亲的守望

广贤村是移民村落。新中国成立后，中央人民政府根据发展生产、建设社会主义的需要，有组织、有计划、有步骤地开展移民工作。闽北于 1955 年上半年成立移民工作机构，负责接收、安置移民。1955—1966 年，沿海的福州、福清、莆田、惠安先后有一些居民迁入定居，成为志愿支持山区开发建设社会主义的劳动者。1965 年 9 月 20 日，55 对年轻夫妻从莆田移入闽北偏远的广贤村。在迁入地的 53 年生存与发展历程中，他们的乡土关系经历了一个断裂、融合、扩展与重构的过程。从人民公社时期生产队的共同劳作模式到家庭联产承包责任制时期的分田到户，这些移民女性的生产生活都围绕迁入地的土地展开，迁出地断裂的乡土关系在迁入地得到重构。乡愁之“乡”指的是具有特定地理位置的特定“地方”，如老家、家乡、乡村、农村、故乡、故土乃至故国。这些移民女性的原生乡愁情感来源于迁出地，她们对故乡的眷念，没有因 53 年时间的流逝而消失。每逢村里有人开车去莆田，她们都会委托一车的土特产带回故乡。“你们爱娘家，我也爱娘家啊。莆田是我的娘家。”但必须认识到，虽非生于斯，但老于斯，她们在迁入地乡土关系的重构，构建了新生的田园依恋。森林覆盖率达 73.5% 的广贤村，本身是大自然的一部分，原生态的自然环境令城市人向往，而居住在村落里的移民女性更是用自己的创造力成就了村落的美丽。“男工女耕”是这些莆田移民家庭的典型生产模式，移民女性是村落生产劳动的主体，为美丽乡村建设打下了基础。乡土关系涉及的不仅是人与人之间的社会关系，还包括了人与自然即农民与其耕种的土地之间的关系，它的外延要大于仅仅作为一种社会关系而存在的地缘关系。① 访谈的 A 群体 5 位移民女性均已 70 岁以上，因为勤劳的特质，劳动依然是她们日常生活

① 周晓虹：《传统与变迁：江浙农民的社会心理及其近代以来的嬗变》，生活·读书·新知三联书店，1998 年。

的主旋律。青青菜园，美丽庭院，鸡鸭成群，是她们为在外工作的孩子们守护着的家园。“只要我这老母鸡在，无论在哪里的小鸡们总会咯咯地回到母鸡的翅膀下。”母亲在，家则在。逢年过节，村落是家家团聚的盛况。离别时，车上满载的家乡土特产，是母亲的牵挂与乡愁的温情。

（二）如画村落：诗意乡愁的画家

20 世纪 90 年代，2.6 亿农民工进城，农村劳动力大量向城市转移，城市建设日新月异，农村走向衰落，农田荒芜、村落萧索，没有一点儿活气。贫困村、老人村、留守儿童村已成为广大村落面临的严峻的客观事实，留给人们的不是乡愁，而是乡衰。如何处理好城乡一体，走出一条中国特色社会主义的城镇化之路，成为我国乡村发展必须解决的问题。近年来，党和政府采取了一系列措施，进行了有益的探索，如提出“城乡统筹”“城乡一体化”“新农村建设”“美丽乡村建设”“特色小镇建设”，等等。党的十九大报告提出的“乡村振兴战略”，正是这一探索的集大成。① 乡村振兴战略实施是一个不断积累、不断丰富的过程。美丽乡村的建设是一个渐进的过程。田园美、村落美、家园美是美丽乡村的形式表现，家园意识和乡愁依恋是美丽乡村建设的核心内涵。对广贤村村落女性美丽乡村建设的调研，是从如诗如画的村落审美印象开始的。一条沥青公路穿过广贤村，是村落的中轴线。从村头到村尾大约四千米，一幢幢风格相似的现代乡村庭院布在公路两旁，大自然掩映着白墙黑瓦如江南水墨画。正值盛夏，每家院落盛开着各种花卉点缀着家园美，院前停放的家用轿车实现村民交通的便捷性，院后的鸡鸭与菜园为村落女性保存了田园生活的归属感。村落女性是建设这富有“家园感”乡村庭院的行动者。院子、花卉、鸡舍、菜园等要素，是村落女性建设美丽家园的综合要素。家园是一个具有归属感，融合对空间、色彩、光线、气味、声音和意义等要素的综合感知，是能够慰藉心灵与精神的场域。“环境美的根本性质是家园感，家园感主要表现为环境对人的亲和性和人对环境的依恋感、归属感。”② 人在此场域的生活体验、审美体验就会发出“乡愁”。平坦的农田环绕着村舍，相伴而不相离，构成一幅田园牧歌式的乡村景观。夕阳西下，我带着读小学的儿子漫步在一片绿油油的田间小路，清新空气，习习凉风，远处农舍升起袅袅炊烟，农民日落而归，

① 范建华：《乡村振兴战略的理论与实践》，《思想战线》，2018 年第 3 期。

② 陈望衡：《环境美学的主题》，《中南林业科技大学学报（社会科学版）》，2011 年第 1 期。

老人结伴散步田间，如画的乡村美景都让儿子即兴填了一首诗：“连绵青山白鹭飞，溪水潺潺土地肥。漫步行走绿田间，绿水青山景色美。”村落女性用双手把农田耕耘成田园风景画，让游客体验到自然丰裕之美，增强游客对美丽乡村的审美鉴赏。“许多在乡间漫游的人对眼前的景物油然而生喜悦之情，自己并不知道，他的快乐也许要归功于这些卑微的画家。他们首先打开了我们的眼界，使我们看到平时的自然美。”①

（三）产业兴旺：村落女性劳动力回流

广贤村是武夷山脉中一个偏远村落，自然资源丰富，是竹子之乡。生产竹器产品是村中传统的小产业，由于没有形成规模化生产，竹器产品生产产业一直无法实现全村人民致富。自 2009 年开始，基层政府结合当地水土资源引进烟叶种植，并按政策给予种植户定量补贴，激活村民种植烟叶致富的热情，广贤村摆脱了依靠生产竹器产品为主的产业模式，探索出适应本村落发展的道路。产业多元化、政策支持及多年打工赚钱建起的美丽家园，吸引了外出打工的村民回流。回流的村落女性是美丽乡村建设的主体力量。移民二代女性阿春是村落的种植大户，今年承包了一百二十亩，一季种植烟叶，一季种植水稻和草籽。“前几年，随大流我们夫妻俩在县城办厂，每天一开门就是要支付工厂固定开支，想想有点后怕，最后正好遇到政府征收厂房得到一些补贴，才没有亏钱。回到家，就开始踏踏实实种田。由于没有种烟叶的经验，第一年只敢承包了二十亩，很辛苦但也赚到钱了。后来有经验了，我开始扩大规模，今年承包了一百多亩，也就是你看到的田几乎都是我种的（自信地笑）。”“一百多亩，你怎么种？”“种十亩是种，种一百亩也是种，都是要雇人。规模越大，钱会赚得更多。刚从城里回来种田时，大家不相信我有能力承包那么多田，现在大家都很佩服我种田的能力了。做女孩子的时候，我在娘家一个人都种了二十亩田。”少女时期的种田经验为阿春现在脱贫致富打下了扎实的基础。阿春的规模化、集约化的耕耘模式消化了村落中闲置的中年劳动力，增加了村民的收入，实现了不离开家也一样打工赚钱的田园生活。村落中 40—60 岁的中年妇女大部分是回流农民工，现在形成就近就地就业的局面。例如：春季时，满山遍野都是采茶女；农忙时，或自己种植烟叶，或在田野里以一天 150 元的价格帮助耕耘；农忙间歇的时段，到村里筷子厂打工。这些回流的农民工女性，均

① ［英］贡布·希里：《艺术发展史》，范景中译，天津人民美术出版社，1998 年，第 233 页。

可以看到城市文明在她们身上留下的印记，具备了“有文化、有信息、懂技术、会经营”的新型农民的基本素质。她们携带着这些现代化的文明因子回乡，必然为美丽乡村建设带来有意义的贡献。“在家里打工，关键是自由，同时可以照顾到家庭。”村落女性的回归，让村落呈现出安居乐业的发展趋势，实现了田园牧歌的生活方式，推动了美丽乡村的建设。田园生活是在实现小康生活的基础上，在耕耘之余，人们为日常生活注入生活美学建构的生命状态和行为方式。田园生活是满足人们对美好生活向往的生活模式，因此也强烈地建构了浓浓的乡愁。

（四）依恋乡愁：村落女性精英的反哺

据田野调研发现，考上大学在外工作的村落女性虽然青少年时期离开村落外出求学、就业，与土地、自然、村落长期疏离，但她们对家乡依然保留有许多情感记忆。“那是生我养我的土地啊！童年都是在田里和山间野大的，游泳是自然学会的。小学时期，帮助家里忙双抢印象最深刻，很辛苦的记忆，所以深刻体会到父辈们养育我们的辛苦。”她们对乡土文化的记忆虽是碎片式的，缺乏父辈对山水林田湖草系统的生命体验，但生于斯、长于斯的乡愁根植于她们的思想与灵魂深处。在乡村振兴战略的背景下，在乡愁的魂牵梦绕下，她们对乡土文化价值的认识具有更高的理论站位并具备推动美丽乡村建设的实践能力及个体担当。2018 年 6 月 14 日，习近平总书记在山东考察时强调：“乡村振兴，人才是关键。要积极培养本土人才，鼓励外出能人返乡创业，鼓励大学生村官扎根基层，为乡村振兴提供人才保障。”2018 年中央的“一号文件”提出了相关的政策建议：“建立有效激励机制，以乡情乡愁为纽带，吸引支持企业家、党政干部、专家学者、医生教师、规划师、建筑师、律师、技能人才等，通过下乡担任志愿者、投资兴业、包村包项目、行医办学、捐资捐物、法律服务等方式服务乡村振兴事业。”① 她们为村落带来了知识回流、信息回流、服务回流、财富回流。有了这样的精英群体支撑，广贤村的美丽乡村建设风生水起。阿春的妹妹阿琳说：“因为爱这片土地，爱自己的亲人，我整合自己的社会资源与从业经验，帮助种植大户的姐姐走农村合作社的生产道路，申请到更多的政策支持和补贴，引进先进的种植业运营模式。”那份乡愁，让这些乡村女性精英把握住乡村振兴战略带给家乡的机遇，科学整合村落离散型的耕耘业

① 《中共中央国务院关于实施乡村振兴战略的意见》，新华社，2018 年 2 月 4 日电。

态，引导村落农业走规模化、品牌化的农村合作社道路，实现“产业兴旺”，反哺乡土。

村落拥有丰富的乡土文化，是我国传统文化与民俗文化的重要载体之一，凝结着浓浓乡愁。随着乡村振兴战略的实施，乡土文化迎来了一个生机勃勃的发展期。保护、利用与传播乡土文化资源需要集合政府引导和个体担当的力量，让乡土文化在乡村振兴中发挥其作用，强化其功能，让乡土文化在乡村振兴中凝心聚力，在美丽乡村建设中大放异彩。村落女性精英阿红用立足当下的眼光发现村落中乡土文化的当代价值，实现乡土文化的创造性转化和创新性发展。“这儿满山都是竹子，生产筷子已成为这儿的产业。初中时，在筷子厂手工做筷子打工赚学费，我记得所有制作筷子的工序，妇女都是用一个有半圆齿的铁刀削圆筷子。她们的每个手指都用胶布包着，十分娴熟地制作一批批发往外地的筷子。因为是帮手，我技术不熟练，所以我的手经常都被竹丝刺得鲜血直流。可以想象她们都是经历过这满手血泡才掌握了娴熟的技艺。现在已是机械生产筷子了，原来手工生产筷子的工具已淘汰。我已收藏了一整套原来的生产工具，也收集了各种款式的筷子，想建立一个小小的筷子博物馆。它们承载着一段文化与记忆，看着它们，我记得当时简陋的厂房里的欢声笑语，也记得筷子成就了许多美好姻缘，那是非常美好的记忆。而且，这些传统技艺也是文化创意作品的源泉，我在城市里主要从事文化创意产业的工作，在为家乡这些传统技艺的文化创意创作寻找资本的合作，一是用数字创意保存这项技艺，转化成 VR 就可以让游客体验这项传统技艺；二是这项文化创意可以衍生出许多赚钱的渠道，专业的人做专业的事（笑）。”阿红把筷子的传统制作技艺转化为数字化文化创意作品就是对乡愁的活化利用，传播乡愁，丰富乡村旅游内容，实现乡愁博物馆与旅游的实践融合。“生活本身就是文化”，乡土文化存在于村落中和村民日常生活中，如传统技艺、传统礼仪、各类土特产品等，这些特色资源是最能唤起人们乡愁记忆的载体。乡土文化是哺育她们成长的土壤，也是中华文化的宝贵遗产。对乡土文化价值的充分认知与深耕，有利于保护与传承乡土文化。源于对乡土文化的敬意与感恩，村落女性精英对乡土文化历史价值进行再认识，发现乡土文化的当代价值，践行乡土文化的创新性发展和创造性转化，用创新引擎强化乡土文化在乡村振兴中的功能，守护乡愁。

村落女性精英的反哺行动多元化。“记得小时候，母亲为了让女儿们穿得漂亮，织出各种复杂花案的毛衣。因为钦佩不识字的老母亲能针织出款款创新毛衣花案，我深度思考：这就是非遗啊，现代人已不穿手工针织毛衣，这种手工针织高难度花案的技艺快失传了。为了抢救这项民间技艺，我现在正在申报传统针织技艺的非遗传承人的工作，成功与否并不重要，重要的是把老母亲的技艺保存下来。这是源于对母亲的爱，对家乡的爱，让我一腔热情地为家里、为家乡主动服务。”“我周围的朋友，被我发在朋友圈里的家乡美景迷住了，他们委托我定期采购一些家乡的原生态农产品。物流的发达，已能实现新鲜食物第二天送达朋友家中。虽然我知道这是帮助村民增收的一条好路子，但农家肥种植出来的蔬菜产量有限，所以我也只能小范围地供应。因为我也担心一旦供不应求，村民为追求经济利益会大批量地化肥种植，这是市场的规律。我为村里的有机农产品注册了品牌‘广贤良品’，意为‘广聚贤德之地种植的农家良品’，这是我依村名深挖出来的美好寓意。”村落女性精英的自觉反哺行动，是乡愁的外化行为。共同的乡愁唤起了她们把自身主体融入美丽乡村建设的热情。乡愁是村落女性从私域提升到公域的平台，是村落女性自我价值实现的驱动力，衍射到村落男性的场域，实现女性主体性的价值成长与话语权的提升。

四、结　语

美丽乡村建设虽是时代的命题，但始于父辈们在这片土地辛勤耕耘的基础上，得到飞跃式的发展。“教育始于母亲膝下”，莆田移民女性的勤劳品质以“润物细无声”的方式促成子女的奋进与勤劳美德的养成。勤劳美德和城市打工的社会化经历，建构她们成为美丽乡村建设的主体力量。故乡地理、童年历史、家庭情感和社会活动强化了村落女性精英在美丽乡村建设中的责任担当。她们通过对村落生态资源与城市资源进行优化整合，将绿水青山变成农民致富增收的金山银山，实现村落与城市在精神与物质层面的双向对接，让村落真正成为时代的前线，灵魂的后方，成为让城市向往的地方。

（作者单位：福建省委党校社会与文化学教研部）

新型社科智库建设亟需加快构建“互联网+”模式

刘桂茹

党的十八大以来，以习近平总书记为核心的党中央就十分重视“中国特色新型智库建设”问题。中共中央办公厅、国务院办公厅印发的《关于加强中国特色新型智库建设的意见》中明确提出：“到2020年，统筹推进党政部门、社科院、党校行政学院、高校、军队、科研院所和企业、社会智库协调发展，形成定位明晰、特色鲜明、规模适度、布局合理的中国特色新型智库体系。”党的十九大报告中，习近平总书记又强调指出“加强中国特色新型智库建设”的重要意义。社科院、党校行政学院、高校等是社科智库建设的主力军。推动新型社科智库发展是新时代背景下加强中国特色新型智库建设的关键环节，是建设“具有强大凝聚力和引领力的社会主义意识形态”的重要任务。

当前信息技术快速发展，互联网深度普及，大数据应用如火如荼，“互联网+”已成为现阶段最高效便捷也是最重要的资源和工具。借助新科技应用推动新型社科智库发展，以“互联网+智库”的模式创新智库咨政建言、引领发展的“智”生产体系，提升智库的前瞻性科学研判和高效运营的“库”运作体系，既是网络和大数据时代新型社科智库建设的新方法、新挑战，也是中国特色新型智库建设的新要求、新任务。

一、基于互联网思维的新型社科智库建设情况

现阶段，互联网及新媒体无疑是各类信息数据发布、传播和应用最广泛的媒介。社科智库的门户网站、微信公众号、微博、手机客户端APP等，可以充分展示智库成果；社科智库的数据平台，可以提供专业、全面的数据搜索和数据模型；社科智库联盟、社科智库云，可以聚集社科研究的相关资源，协同

创新智库成果。目前，我国各地新型社科智库基于互联网思维的建设情况也大体包含了以上几种类别。

（1）在官方网站栏目中设置“智库”板块

如四川社科院官网有“新型智库建设”、辽宁社科院官网有“新型智库”、吉林社科网有“智库瞭望”。这些板块内容基本上集中于发布国内外智库成果资讯，以及本单位智库研究成果。整体来看，智库相关的内容在官网的版块布局上没有特别突出之处。

（2）设立智库门户网站

如成立于2009年的上海社科院智库研究中心，是全国第一家专门开展智库研究的学术机构，在其门户网站“上海社科院智库研究中心”设置有几个板块，包括智库视野、智库声音、智库调研、中国智库数据调查、中国智库排名调查、智库议题影响力调查等。主要展示该中心智库建设的相关成果，并利用网站平台做网络问卷调查。湖南社科院主办的“湖南智库网”，有智库成果、智库建言、智库专报、智库专家等板块，集中展示湖南智库建设的研究成果，以及智库人才团队等，是湖南智库建设的三大新媒体平台之一。江苏省委宣传部主办的“江苏智库网”，聚集了江苏的高端智库、培育智库、智库专报、智库专家、智库索引等内容。其中“中国智库索引”（Chinese Think Tank Index，简称CTTI）是“南京大学中国智库研究与评价中心”和“光明日报智库研究与发布中心”共同开发的大型在线智库信息系统，能够“为用户提供数据整理、数据检索、数据分析、数据应用”① 等功能，创新了数据共建共享的采集机制，针对不同用户的分层服务，以及智库数据管理和在线评价的功能。

（3）成立智库联盟

贵州社科联打造贵州社科特色新型智库联盟，集高校、社会智库于一体，以“智库联合体”打通政府决策部门需求与智库供给的连接渠道，推动单一智库向智库联盟转型。主要功能包括咨政建言、信息共享、培养人才、推动交流、决策咨询服务等。其主办的“贵州社科特色新型智库”网，也分为相应的几个板块：智库专家、咨政建言、评价评估、服务社会、数据中心等。

湖南智库联盟是湖南省委党校（湖南行政学院）、中南大学、湖南社会科

① “求是网”：“中国智库索引”（CTTI）系统上线发布 http：//www.qstheory.cn/qsgdzx/2016-09/28/c_1119642595.htm.

学院、湖南大学、湖南师范大学等9家单位联合发起成立的独立智库联合体。联盟旨在共建信息共享平台、协同创新平台、媒体推介平台和人才培养平台，“在平台建设、数据库建设、人才队伍建设、调查研究、成果应用和咨询服务等方面开展广泛合作，实现咨询与决策无缝对接和工作互动”①。其主办的“湖南智库联盟”网聚集了联盟的发起单位和成员单位，以及智库专家团队，提供了信息共享、成果展示、智库动态等几个板块的内容。山东社科院倡议发起成立“山东智库联盟”，联合省内高校、重点智库、各地市社科院共同打造开放型研究平台，并开通“山东智库联盟”网站、微博、微信公众号。联盟网站有智库平台、智库合作、智库论坛、信息共享等内容，并开通英文（测试）网站。

（4）建设智库平台

湖北新型智库平台是武汉市决策信息研究开发中心和湖北华楚报刊传媒有限公司联合打造的融媒体平台。旨在打造“智库成果的传播转化平台、各类决策的借智引智平台、智库与决策的沟通平台”，“推介智库专家与项目，传播转化智库成果与经验，实现智库与决策的实时沟通；把握‘技术驱动’特征，推动智库网络平台的资政功能；利用‘互联互通’条件，推动智库网络平台启智的功能；加强融媒体建设，推动智库网络平台的育民功能”②。湖北新型智库平台以“智库云”的方式将各个智库连接起来，网罗了不同学科的专家，并把政府、企业等决策者一同放入平台。

以上几个分类大体体现了在当前网络和大数据应用发展的潮流下，我国新型社科智库建设的基本情况和问题。首先，新型社科智库建设的步伐存在较大地域差距。有的智库已经朝着高端智库转型发展，有的致力于推动社科智库联盟，也仍有大部分地方的社科智库按照传统发展模式，智库成果分散于各个机构的纸面文件，成果不能得到更广泛的应用，智库知名度和影响力范围很小。其次，大部分社科智库网络建设都处于探索阶段。有的智库只是被简单放入官网的一个小板块，各种相关的研究成果不加分类地放入其中，看不出其研究特色；有的智库单独设立门户网站，分板块推介研究成果，不过也仅将网站作为成果展示平台，其他新媒体平台比如微博、微信、社区论坛等较少涉及。再次，新型社科智库建设的“互联网+”应用基本都还处于起步阶段，在信息

① “湖南智库联盟”网：http：//www. hnzklm. com/zkgk/.

② “湖北新型智库平台”网：http：//www. hbxxzkpt. com/aboutus.

资料库建设、思想产品库建设、专家资源库建设、品牌影响力建设等方面还未能充分利用“互联网 +”的资源载体优势和融合创新作用。

当前社科智库转型发展遇到的挑战和困境是我们在讨论新型社科智库建设时不可回避的问题。问题产生的原因主要有三个方面：

（1）转型能力较弱的社科智库普遍缺乏智库人才

熟练掌握信息技术和大数据分析能力的人才不多，也没有形成智库研究梯队。有的研究团队是为了完成课题临时组建，课题完成团队也就解散了，他们做智库研究通常只是为了完成相关部门交办的任务，“应急”式的研究成果多，“前瞻”性的分析报告少。久而久之，智库研究成果就无法形成特色优势和品牌影响。

（2）一些社科智库的信息平台和数据资源建设落后

有的智库并不重视信息平台建设，相关部门和大众对智库的研究成果、研究人才等情况并不了解。在数据资源建设方面也远远不能满足科研需要，相关的信息处理部门在数据整理、数据更新、数据分类等方面仍停留于传统模式，缺乏建设大数据库的理念和执行力。

（3）社科智库与实践部门的交流往来不够深入

地方社科智库的行政管理部门很少能够参与智库服务相关环节的事务性工作，智库与相关实践部门也较难建立长期有效的共享信息体系，因此智库专家所需要的数据资源只能自己寻找相关的渠道获得，不仅花费大量时间和精力，所获得的材料往往也不一定是即时的数据，导致智库成果的时效性、针对性不强。而智库信息共享平台的缺失，也会导致各种低水平重复研究现象，智库的创新力和生产力就无从谈起。

基于新型社科智库的发展现状与困境，借助先进的信息技术和互联网条件推动智库转型，使“互联网 +”成为新型社科智库建设和机制创新的重要推动力量，是当前新型智库建设的发展潮流和时代抉择。

二、“互联网 +”新型社科智库的创新优势

“互联网 +”指的是借助信息通信技术的发展及互联网平台，推动传统行业与互联网深度融合，并运用大数据思维将传统行业发展模式改造为互联网时代的新模式，变革原有的业务生产、组织管理、传播流通等模式，从而提升传统行业的生机和创造力。“互联网 +”新型智库平台构建能够为当前新型社科

智库发展提供重要载体和有效路径。推动“互联网＋”新型社科智库发展，有利于创新社科智库的知识生产方式、资源整合方式、成果传播方式、经营管理方式，全面提升智库成果创造、运用、管理和服务水平。

（1）“互联网＋”可以创新智库知识生产方式

蓬勃发展的网络时代为新型社科智库提供了诸多新课题，也对智库的研究手段、研究理念提出了新要求。如何应对网络这个最大变量，以及8亿网民的庞大需求，成为考验新型智库能否充分发挥为党和政府的决策提供思路和建议作用的重要内容。传统的数据收集、分析整理方式囿于技术手段和研究范式，要处理体量巨大的社会科学发展问题往往效率不高，且对策研究的针对性也不足。“互联网＋”大数据的平台，一方面能够为智库研究人员提供查阅文献资料、开展调查研究、进行数据分析的基础条件；另一方面能够运用平台实时收集的网络数据，对相关领域的发展情况和发展趋势做出合理高效的分析预测，提升智库创新能力和研究水平。由此，新型智库知识生产方式将会由以往的“应急”式经验总结报告向“前瞻”性的精准分析预判转变。

（2）“互联网＋”可以创新智库资源整合方式

现阶段，各地社科智库信息资源仍较分散，而各党校、社科院、高校等智库之间的资源也缺乏整合，尚未建设能够共享智库成果和信息资源的平台，智库整体水平不高。借助于互联网和新一代信息处理技术，可以更加合理地统筹利用智库资源，增强智库服务能力。一是可以实现人才资源集成。利用网络平台将“人才数据”转化成“人才智库”，搭建智库专家在线资料库，能够突破各专业各学科领域的现实局限，展示智库成果及研究特色，也能够促进专家之间、专家与网民、专家与相关部门的交流。同时，专家库还能整合本地智库的研究人才，以智库团队的形式提升智库的知名度。二是可以实现数据资源集成。“互联网＋”网络数据中心，可以将散落在智库机构内部各个部门的数据资料进行集中整理，可以分专业分类别进行数据收集和更新，成为智库内部共享的专属信息化数据库。而跨部门、跨机构的共享数据库和数据分析公共平台，能够为专家学者分析研判大数据提供科学便捷的条件。

（3）“互联网＋”可以创新智库成果传播方式

互联网已经不是新型智库建设的竞争优势，而是建设新型智库的一个基本条件。智库在互联网的影响力和传播力越大，通常来说对决策的影响力也就越大。因此，新型社科智库成果除了运用传统的传播方式，比如将研究成果结集出版、举办智库论坛、举办智库成果发布会等，还需借助互联网和新媒体移动平台拓展传播范围。目前，许多世界著名智库也很重视新媒体传播，纷纷在Twitter或Facebook等受众广泛的载体上传播智库成果，提升智库影响力。新型社科智库通过“互联网+”平台建设，可以将阶段性研究成果或者品牌项目及时发布传播，大大加快智库成果的传播速度；可以拓展智库成果在政府相关部门、公众及智库同行的影响范围；可以对突发事件或社会舆情发布评估分析，对热点问题及时进行网络跟踪评判，引领网络舆论风向，树立智库品牌；可以转化智库成果的传播形态，以视频或音频等方式丰富智库产品形式，推动智库产品在网络平台的多层次多领域传播。

（4）“互联网+”可以创新智库运作模式

传统智库的服务运作模式，往往是党政部门向智库提出咨询，或是智库提交分析报告供相关部门选择使用。“供需”双方的需求缺乏有效的平台沟通渠道，不仅效率不高，双方还要在烦琐的项目管理事务中花费大量的精力。“互联网+”智库的运作模式，可以借助“互联网+”大数据的技术支持，打造智库联盟，协同各学科智库进行预测研判，并借助智库云管理平台，及时沟通“供需”双方要求，最大限度地减少双方信息对接的多重环节。一方面，智库云平台可以将智库信息数据、智库专家、智库团队等资源以云存储的方式收入平台，并通过“云计算”方式为相关决策部门提供全新的在线智库平台服务。另一方面，智库平台还可以协助专家收集资料、开展调研、组织项目评审，并协助最终完成决策咨询任务，从而大大提升智库的服务效率和工作运转能力。

三、加快构建“互联网+”新型社科智库模式

（1）人才队伍建设

智库人才是新型智库建设最关键的要素，不仅要兼备深厚的基础理论研究和应用决策研究功底，还需提升网络素养，掌握网络文献资料检索方法、网上调查方法、统计分析软件使用方法、大数据分析方法等，对专业人才和综合性人才需求量大。

要加强培养和引进数据管理的专业技术人才。在大数据、互联网的信息生态圈中，信息数据是新型智库建设的基础。专业的数据收集、整理、分类对于现代智库来说至关重要。智库自有的文献信息平台、资料数据库、数据分析平台等方面建设都亟需加强专业技术人才的引进和培养，要设立专门的数据管理和运作部门，打造专业技术人才团队，为智库建设网站，开发App，管理运营

好相关的媒介传播平台，建立完善的智库内部信息管理系统，提供文献资料在线服务，研发大数据分析软件，为智库研究做好数据支撑。同时还要对外开展智库间的合作与交流，创新智库运作模式。因此只有加快自主培养与配套引进人才，才能适应快速发展的现代智库需求。

要提升智库研究人才的专业水准。大数据时代要求智库研究人才需具备信息搜集能力、信息筛选能力、信息甄别能力和信息研判能力，能够从海量数据中迅速提炼、挖掘关键信息。智库研究人员要借助大数据技术，对智库项目相关领域的研究进展状况进行了解梳理和分析评判，通过建立数据分析和数据模型，提高智库研究成果的准确性和精确性。这就要求智库人才在熟练掌握理论知识的基础上，还要不断提升大数据全样本分析和预测分析能力，以复合型人才的标准投入项目研究之中，将严谨的科研理论与精准的分析方案相结合，为决策部门提供视野更加开阔、论证更加科学的思路和对策。

（2）平台建设

要加强建设基础传播平台。首先要科学规划建设智库门户网站，从网站的内容分布、目标定位、板块设立等方面，把智库网站建设成集智库资讯、智库专家、智库成果、智库论坛于一体的高端信息发布平台，使智库信息得到广泛传播，提升智库的专业影响力。二是要办好智库微信公众号、官方微博等移动新媒体平台，不能简单地将智库网站的内容复制粘贴，而要根据新媒体的属性及传播特点、传播人群，为用户提供专业可靠又富有特色的智库资讯，提高用户关注度和“用户粘性”。

要打造品牌项目发布平台。新型社科智库要通过先进的研究方法和技术手段，对各种类别的数据投入大量时间进行跟踪、测定、评判、研究，逐步形成具有权威性和科学性的数据中心库和项目品牌。要打造权威数据和品牌成果的发布平台，定期推出具有重要参考价值和现实意义的智库产品，扩大智库平台线上线下的品牌影响力。

要打造综合型数据共享平台。数据中心部门首先要将零散的信息数据进行分门别类的整理和整合，把纸质资料和各种专业理论书籍进行电子化，并将智库电子资源进行高效的信息化、网络化处理，建立一个可供智库成员共享的数据平台。其次，数据平台要建立与相关决策部门的对接，及时将相关部门收集的数据信息导入平台，定期更新补充数据储备。最后，综合型数据共享平台不仅为智库建设提供数据支持，还要为智库研究提供技术支持，研发大数据分析软件帮助智库专家进行大数据分析，提供研究问题和解决问题的新思路、新方案。

（3）大数据建设

要建立数据连接机制。作为智库工具的大数据，能为新型智库建设提供精准的信息来源、强大的技术支撑和科学的研究工具。新型智库的大数据应用，需要涵盖各行业各领域的长期发展的数据信息，需要大数据技术的科学运用，才能为党和政府的政策决策提供有效的信息采集、信息研判、发展预测等数据分析服务。因此，为了保证数据的真实性、可靠性、科学性、及时性，亟需改变目前受政策、制度限制而产生的数据“孤岛”现象，建立大数据连接机制。切实有效的数据连接，可以将各行业各相关部门的数据库进行整合运用，帮助智库完成数据采集和数据样本分析，能大大提高智库借助大数据开展项目研究的能力，促使新型智库在服务决策、创新理论、引领思潮、资政启民、辅助决策、解决问题等方面发挥不可代替的作用。

要建立数据挖掘机制。大数据时代的社科智库建设不仅要建立智库与智库、智库与相关决策部门的数据连接，还要突破现有的数据来源采集模式，拓宽多渠道的数据挖掘机制，建立“群智”大数据。要开辟各类互联网数据采集平台，拓展“互联网+”信息交互平台的功能，吸引民间学者、社会公众参与智库数据整理共享，不断丰富完善数据采集库，为智库研究提供更真实、全方位、多维度的数据支持。

要建立数据共享机制。新型智库建立长效的数据连接和挖掘机制后，可以在高层级智库交流平台上实现数据的对外共享，提升智库发展水平。建立数据共享机制，需要多部门多领域协作打通信息交互渠道，需要加强智库与互联网深度融合，合力打造优势互补的新型智库大数据协同研究平台。成熟的数据共享机制，能够借助“互联网+”、大数据、智库云的强大推动力，将来自政府相关部门、智库、社会公众等多渠道的信息数据进行有效整合；能够以新型智库大数据协同平台为基础，加快进行多层次、多元化、跨学科、跨行业的智库建设；能够不断提升新时代环境下社科智库提供决策服务的能力，为党和国家事业发展提供强大的思想武器和智力支撑。

（作者单位：福建社会科学院文学研究所）

性别伦理视域下对临水夫人俗世生活文化内涵的再解读①

郑小莲

清朝的《竹间十日话》有云:“闽多女神，国朝祀典，女神仅二，莆田天上圣母、古田临水夫人也。”文中与“莆田圣母”妈祖娘娘并称的“临水夫人”，又被称为大奶夫人、奶娘婆、陈十四娘娘等，是一个在闽、粤、江、浙、台一带，乃至东南亚和其他地区信者甚众，以救产佑童、降妖伏魔、呼风唤雨等神迹著称的女神。历代文献关于临水夫人羽化前的俗世生活的记载不尽相同，总的来说，随着时间的推移，这种流变中呈现出内容越来越具体、细节越来越丰满的趋势。值得注意的是，这些细节展现了异常状态下的封建伦常关系，这种异常揭示了彼时两性意识的博弈格局，而这种博弈的紧张关系，本质上是通过儒、释、道合流走向缓和乃至共生的。

一、裂缝：伦理的异常状态

本文从宗法观念出发，认为如果要考察一个封建时代女性的俗世人生，就很难绕开对其社会伦理身份，即女儿、妻子、母亲等角色的梳理。临水夫人被学界公认为历史上确有其人，那么她生前除了神职生活外，也理应存在俗世的伦常身份，理应依附于家族和宗族。目前的文献记载可以以明成化、弘治间黄仲昭编纂的《八闽通志》为界，在此之前的记载几乎不涉及她的俗世生活，有关她的伦理叙事在其间是缺席的。在此之后则多有一些饶有趣味的、与封建伦常秩序格格不入的叙事演绎。

① 本文原发表于《宁德师范学院学报（哲学社会科学版）》2017 年第 3 期，部分章节有删改。

（一）被忽略的伦常

在记载临水夫人的文献中，现存最早的是南宋时期黄岩孙的《仙溪志·祠庙》："神姓陈氏，本汾阳人，生为女巫，殁而人祠之。"① 此文献只提到了她的姓氏、籍贯和职业，并未提及其伦理身份。至元末明初张以宁的《临水顺懿庙记》里，仍未告知其俗世信息。明朝周华的《游洋志》关于临水夫人俗世生活的记载依然不涉及其宗亲："广福娘庙，在县西兴泰里，姓陈氏，福州侯官人，世以巫显。"② 虽然简略，仍然填补修正了一些信息：临水夫人应是来自福州侯官，而非宋《仙溪志》中的汾阳③；她不仅自身从事巫，而且家中历代行巫。在明万历笔记《搜神记》卷六《顺懿夫人》里，则简单说她"未字而卒"：未及婚嫁就去世了。明成化、弘治间黄仲昭编纂的《八闽通志》卷五十八《祠庙》是最早记录其俗世生活的地方志，而她的一生也仅仅是"神姓陈，父名昌，母葛氏，生于唐大历二年，嫁刘杞，年二十四而卒"④ 25个字而已。

从时间序列上看，南宋至明朝中叶，是临水夫人从地方"野神"不断加封晋升为可享国家祀典的"正神"的几百年，也是宋明理学控制力不断增强走向极端的几百年，换言之，是她被统治阶级主流文化认可、吸纳乃至同化的几百年。但有关她的记载中，父族、母族和夫族却长期处于失语状态，她不是婚姻的私有物，也不需贴上宗族的标签，单单以她个人的神迹就足以撑起整个信仰，甚至在众多男性神佛主宰的世界里仍能独树一帜，信徒遽增，散发无穷的女神魅力。这是一个很值得深思的文化现象。

（二）被挑战的男权

综合《八闽通志》之后的各类文献⑤可知悉，临水夫人俗家姓陈，讳靖姑，又讳进姑，生于唐朝，生时是个通鬼神之事的巫女/道姑，娘家在福州下渡，父母兄弟俱全，十八岁嫁给古田县的刘杞，二十四岁时，怀胎七月的她怜悯地方久旱，自行脱胎（堕胎），登高台做法祈雨（后又流变为斩蛇），不幸

① （宋）黄岩孙：《仙溪志》卷三《坛庙》，福建人民出版社，1989年，第63页。

② （明）周华：《游洋志》，《第三届闽台陈靖姑文化学术研讨会论文集》，第117页。

③ 此处汾阳应指的是仙游县城西郊的大济乡汾阳村。

④ （明）黄仲昭：《八闽通志》卷五十八《祀庙·古田县》，福建人民出版社，1996年，第373页。

⑤ 参见（明）无名氏《三教源流搜神大全》卷四《大奶夫人》；（明）陈鸣鹤《晋安逸志》；（明末清初）无名氏《临水平妖传》（或称《临水平妖》）；（清）里人何求《闽都别记》等。

青春夭亡。在这短暂的二十四年俗世时光里，她就像无数湮没在历史尘埃中普普通通的封建女性一样，是一个父亲的女儿，一个丈夫的妻子，一个胎儿的母亲。

然而，性别对峙的裂缝不但没有消失，反而正出现在这里。一个俗世中的封建女性，通常必须面对她无法逃脱的男权环境：在家从父（父权），出嫁从夫（夫权），夫死从子（族权）。可当我们用今人的目光透视陈靖姑的传说，就能在其叙事缝隙中发现，她恰恰是一个出走的女儿（貌似不孝）、一个强势的妻子（貌似不从）、一个脱胎的母亲（貌似不慈），是一个非常有自我主张、干练、叛逆的“职业女性”形象。

1. 出走的女儿

“女儿”角色的“出走”表现在两处。首先，在《闽都别记》和《临水平妖传》中，陈靖姑虽然熟读儒书，却不能接受儒家“父母之命，媒妁之言”的礼教观念和“父母在，不远游”的孝道思想，离家逃婚修道。这暗示了陈靖姑对儒家思想、对父权观念的反抗。其次，“一日为师，终身为父”。师在儒家文化中可以类同于父。师父许真君建议她学扶胎救产之术，她以“未嫁之人怎便入人秽室”拒绝了；许真君让她下山的路上万万不可回头，她依恋师徒之情，下到第24级台阶时忍不住回望师父。对师父教诲的不遵从，隐蔽地印证了她对父权的叛逆，也为她二十四岁时母子俱亡埋下了伏笔——其中隐藏着微妙的叙事链条：或许因她对“父”的反叛，所以没有善终。以上说明，陈靖姑是一个自我意识相当明确的女性，对比《谷梁传·隐公二年》中的“妇人在家制于父”，她不但清晰地知道自己要什么和不要什么，主动规划了自己的人生，还有为此冲破思想藩篱的勇气和行动力。

2. 强势的妻子

夫妻关系在宗法伦理中是人伦之首。陈靖姑在师尊教诲和父母慈谕下同意出嫁，从此确立了她俗世中的人妻身份。但据《闽都别记》，她的人妻扮演截然不同于传统女性伦理观中“曲从卑弱”的标准。封建女性行为准则《女诫》的第一篇《卑弱第一》就表明了“明其卑弱，主下人也”；在《敬慎第三》中则指出，夫妇之间应“男以强为贵，女以弱为美”。男主外，女主内，女子应以闺阁为天地，侍奉翁姑、听从夫命、照料家务，而《闽都别记》中的陈靖姑却非常强势，她不但尽力拖延婚期，在婚前尚云游四方，祛恶行善，在婚后

也仍然持续驱鬼辟邪的工作，甚至还帮助丈夫断案，是一个很有事业心的独立女性。“刘杞莲……过于仁慈，案情难于立决，幸靖姑安人在内为师，断皆如神仙。不但代人除鬼怪，尤能佐婿断民情。”① 一个地方官员的工作需要夫人帮助才能顺利展开，这颠覆了传统意义上的“男主外，女主内”角色分配。后来丈夫刘杞莲被蛇精所捉，陈靖姑斗法救夫，上演“美救英雄”，更是雌雄颠倒的证明。

3. 脱胎的母亲

在父权制社会，“丈夫在家中也掌握了权柄，而妻子则被贬低，被奴役，变成丈夫淫欲的奴隶，变成单纯的生孩子的工具了”②。父权制的宗法结构由血亲关系派生而来，嫡长子继承制是其中的核心。“传宗接代”是封建女性在夫家最重要的任务，汉代的《大戴礼记・本命》里甚至把“无子”列为休妻的正当理由之一。陈靖姑婚后数年才有孕，这一胎对于她加强和丈夫乃至夫族的联结都有着极其重要的意义。我们难以想象一个被宗法伦常观念彻底教化的有孕妇人，在风雨中做剧烈的科仪，甚至脱胎做法，毕竟从常理上说，闾山派就在福州闽江，即使她不出马，也未必不能及时找到其他道士祈雨。但明万历《古田县志》中记载，心系地方百姓的陈靖姑最后决意脱胎，母子俱亡。陈靖姑的选择，从信仰角度说，是殉道；从儒学角度说，是舍生取义；从性别伦理角度说，却是对夫族和族权的冒犯。

二、成因：时代与地情的共谋

在以上文本中展露出的临水夫人异常的伦常状态乃至叛逆意识，有可能来自其真实事迹的口口相传或稍作加工，也即历史上确实存在这种异常；也有可能是信徒在宣扬其事迹时的想象和杜撰，也即民间希望存在这种异常。

不管是出于何种原因，我们可以认为，临水夫人俗世事迹的流传有赖于其特殊的时代和地域土壤。

（一）历史事实的产生区间

临水夫人陈靖姑生时所在的时间区间是唐朝中叶，地理位置是福建福州至

① （清）里人何求：《闽都别记》，福建人民出版社，2008 年，第 118 页。

② ［德］恩格斯：《家庭、私有制和国家的起源》，人民出版社，1972 年，第 54 页。

古田，时空坐标携手将她推向了一个相对宽容自由的环境，使其强大的自我意识乃至女性意识有了存在的可能。

第一，陈靖姑生于唐大历年间。在风气上，李唐宗室有鲜卑血脉，对男女大防不如中原的门阀士族看得重，对女性相对尊重宽容。在政策上，李唐为示皇位正统，自称老子后裔，尊崇道教，“道士女冠隶于正寺，以宗亲之礼款待”，成为女冠就意味着获得更高的社会地位，“天下观一千六百八十七，道士七百七十六，女官（女冠）九百八十八”[①]，可以看出彼时女子修道的盛行。

在对陈靖姑的俗世生活的描绘中，降妖伏魔、祈雨纳吉、云游四海成为她生活的重点，可以说，陈靖姑对自我道姑/巫女的职业认同超越了为女、为妻、为母的角色认同，她对自我职业水准的要求超越了对自我伦理身份的要求。唐朝特殊的宗教政策和性别氛围，使得陈靖姑决心以她的神巫职业——而不是她的家族——来完成自我身份建构成为可能。

第二，陈靖姑生前活动的空间集中在福建。福建地理位置环山背海，百姓生存艰难，女性自古就需要和男子一样承担重体力活，抛头露面亦为常事。彭光斗就在《闽琐记》中描绘过这一景象：“闽妇最勤劳，乡间耕种、担粪、砍柴等事，悉妇女之为。单裙赤足，逾山过岭，三五成群，有头插花枝而足践肩负者。”《临汀汇考》记载：“闽中风俗之险，至于妇女务勤劳，无若永定者。每日戛至锅蓐食，披衣衽，抹花帕罩髻，少长，什伍为侣，樵采一二十里林莽崖谷间，造夕阳衔山，各荷薪刍而返。”[②] 这里有几重意味，一是在福建，像陈靖姑这样以巫为生、走家串巷是能够为舆情所接受的，也即夫族和父族的阻力相对中原较小。二是这种经济的自立和眼界的开拓增强了当地女性精神独立的底气。三是女性的经济自立和精神独立自然就进一步削弱了女性对家族、宗族的附属依附关系。

第三，陈靖姑的婚姻生活是在福州府古田县度过的。古田除多山地丘陵之外，还多畲民聚居。畲族文化讲究女尊男卑，此地畲汉两族相处融洽，民俗文化相互尊重和认同。这就意味着她的夫家对其独立强势的性格有容让的心理空间。

（二）信仰辐射的沿海地情

如果临水夫人俗世生活的记载只是出自想象和杜撰，如果有着这样内部张

① （宋）欧阳修，宋祁：《新唐书·百官志》，中华书局，1987 年。

② （清）杨澜：《临汀汇考》（卷三），清光绪四年刻本，第 26 页。

力的故事千百年来仍为人所津津乐道，甚至在传播中叛逆性的细节得到不断丰富，就说明信众完全能够接受、欢迎甚至期待这些故事，乃至接受、欢迎甚至期待故事背后的叛逆性和现代性。传说临水夫人能够在程朱理学控制力不断加强的岁月里持续流变，离不开其信仰辐射的地区特殊的地情民俗。

临水夫人信仰主要辐射于闽、粤、江、浙、台等江南、沿海地区。这些地区都具有以下特点：自然条件湿热严峻、妇女需承担户外劳力工作；远离中原的王朝教化，社会风气相对宽和；是西风东渐的窗口区，资本主义思想和萌芽最早在这些地方产生。也就是说，它们和临水夫人的生息地有着相似的自然、民俗基础。这种相似的地情民情，不仅轻易地使当地的汉族土著居民全然接纳了临水夫人的俗世生活故事，也使客家人民和畲族人民接纳了这位女神。其中的畲民甚至将其涵化为畲族女神，将其神诞日设为极其重要的民族节日——“奶娘节”。

综上，临水夫人传说中表现出的对自我人生的安排、对自我追求的坚守、对自我角色的定位，不但不会使南方沿海信众感到作伪的可疑，反而吻合了该地域女性信众的自我期待。临水夫人自我意识和性别意识的形成，是有其现实基础和心理基础的。

三、消解：神权与儒教的合流

在临水夫人与儒家礼教博弈的叙事中，神权起到了至关重要的作用。它不但在因果链条上化解了二者的紧张关系，还以丰厚的功德果报回馈了陈靖姑的亲族，使她内在强大的自我意志和外在感人的“忠孝义”得以融合，成为一个得幸于庙堂、取信于江湖的有机整体。

（一）神权在伦理博弈中的缓和作用

第一，礼佛学道与父权。在清初《临水平妖传》里，为了增加一个封建少女违命逃婚的合情性，叙事必须给她安上一个无可指摘的精神之母，那便是观音；必须给她指明一个合法走向，那便是学道。违抗父母是因为立志礼佛，父权固然强大，神权更高一筹，行为的叛逆性被遮蔽在三教磨合的宗教视野下。

不仅如此，在明中叶及更早版本中，陈靖姑是个普通的闽地姑娘。至明朝《绘图三教源流搜神大全》卷四之《大奶夫人传》里，她的来历突然大有出处，是观音菩萨剪一指甲的化身。如果说指甲不过是人体长出的死物，不特具灵性，那么接下来的《临水平妖传》里，她便是观音菩萨“弹指血化生”，与神族建立了“十指连心”的血亲关系，观音不仅是她的精神之母，更是她的血缘之母。这样一来，礼佛学道便是遵从母命，从而契合了儒家孝道思想，神权在陈靖姑与父权的紧张关系中起到了缓和的作用。而陈靖姑在返家后，割肉医补父母疮疽，更是侍奉父母至孝的证明。

第二，神授婚姻与夫权。陈靖姑既与观音有此渊源，她的逃婚已有了足够的伦理筹码。但为了进一步满足儒教对人伦大义的期待，在《闽都别记》里，这段婚姻被处理成观音的一掷之缘：观音曾在江上戏言择婿，结果吕洞宾用术法让路过的王小二中选。观音急忙隐遁，王小二投江而死，为了这段因果，观音决心将自己指血的化身陈靖姑许配给王小二的转世刘杞莲。通过神权在其间的演绎，陈靖姑的婚姻便成为带有补偿性质的神授婚姻。既然是神的补偿，婚后云游、妇佐夫功、降妖救夫等情节中女强男弱的叛逆感进一步被冲淡，取而代之的是神的慈悲。

第三，术法神威与族权。明万历《古田县志》中，陈靖姑脱胎祈雨后“遂以产终”，描述的是一个在子嗣和职业中，在宗族和自我中选择后者的女性。但在后来的《临水平妖传》里，脱胎的细节为“化胎”所替代，即使用障眼法等一类术法将腹中胎儿转移。神力的加持使陈靖姑在大义和小家间的取舍变得充满人情味和悲剧性：作为一个母亲、一个妻子和媳妇，她确实竭尽所能想要保护胎儿，想要保证家族的传承，只苦于“世间安有双全法”。

在后来的《临水平妖记》和《闽都别记》里，陈靖姑殁后重回闾山学保赤佑童之术，这段神迹起到了表达陈靖姑对丧子后悔痛惜之情的作用，也是她对自己未完成宗族繁衍的一种变相的致歉，更不用说其保赤佑童的神威完全可谓儒家《礼运大同篇》中“幼吾幼，以及人之幼”和“不独亲其亲、不独子其子”的实践了。

（二）神权在功德果报中的回馈作用

前文认为，在某种程度上，临水夫人把自己的事业置于私人伦理生活之上。在追逐自我实现的过程中，她对宗法家族的贡献势必不能全心全意。神权在弥合这一叙事矛盾上表现为使其亲族飞升成仙、享世代香火供奉。

在清朝《绘图三教源流搜神大全》卷四之《大奶夫人传》记载中，临水夫人的父亲成为圣父威相公，母亲葛氏成为圣母夫人，义兄成为圣兄陈二相公①。在古田县临水祖庙中，临水宫后殿主祀其母葛夫人，被害胎儿亦受供奉，被尊为“灵通舍人”。② 与临水宫一水之隔的顺天府则主祀陈靖姑夫妇二人，后殿祀其公婆二人，至今香火鼎盛，每及神诞，周边各省乃至海外信徒请香如沸。可以认为，通过神权的回馈，临水夫人最终完成了宗教意义上的封夫荫子、回馈娘家、光耀门楣，对亲族家风做出了远超一般女性可比的贡献。

通过对临水夫人世俗伦理生活的版本梳理，我们看到了隐藏在神迹背后倔强的自我意识、反叛的性别思想和完成自我实现的毕生追求。正是这些颇具个性的品格，临水夫人才成为一个在千年神坛上仍面目生动清晰的“至真”的神女。神权的力量不仅仅使临水夫人在传说中多了保赤佑童、消灾解难、呼风唤雨等传奇，更重要的是，释、道两教在消解临水夫人与儒家纲常伦理的紧张关系中发挥了极其关键的作用，使她从貌似不孝到至孝，从貌似不从到至贤，从貌似不慈到大慈，它们成全了临水夫人教化子民的“至善”的形象。在富有东南沿海地域风情的临水夫人传说中，可以感受到，不论自然环境如何湿热严苛，生育繁衍如何艰难不易，在这里拼搏的人们对生活总是抱有美好的期待，不断进行乐观的想象和积极的改造，这种努力，是隐藏在临水夫人信仰背后“至美”的精神。

（作者单位：福建师范大学文学院）

① （清）《绘图三教源流搜神大全》卷四《大奶夫人传》（刻绘本），上海古籍出版社，1990年，第183页。

② 龙福梅：《女性民俗视野下的临水夫人信仰》，福建师范大学硕士学位论文，2012年，第18页。

通识教育创意写作教学的有效路径刍议①

方晓璐

一、文艺美学和语文通识教育发展的内在逻辑

通识教育作为大学专业教育的补充，是传统大学语文教育的优化升级。大学语文作为一门公共必修课程，是培养学生人文素养的重要途径，承担着提高学生文化审美的重要使命。然而，传统的大学语文课程依旧停留在对于文本的解读，对于经典文学篇目的阐述，不能帮助学生系统提高文学艺术审美。本科院校大学语文教育应该脱离传统中小学应试语文教育的窠臼，避免大学语文课程沦为“大四语文”，成为高中语文教学的单调延伸。将大学语文课程转换为语文通识教育课程，融入文艺美学的理论成果，符合应用型本科院校面向社会的人才培养需求。结合实际，面向社会，需要有审美意蕴支撑，引入创意写作教学模式，不仅能加强学生的语文素养和审美能力，更能提高学生的综合能力和创意表达能力。

文艺美学通常作为中文专业的核心课程，在通识教育课程中影响甚微。通识教育不等于简单地将大学语文课程替换成通识类课程，而是需要文艺美学这种宏观的根本性的理念作为一种顶层设计，将创意写作实践作为检验教学成果的重要手段。通识教育理念的课程设置不能仅仅是艺术人文鉴赏类课程，缺乏根本性的文艺美学教育理念。文艺美学的经典性在漫长的历史发展中经过理论家们长期的检验，在无数优秀的文学作品之上总结提炼出经典性的文学理论成果，同时对后期的作家作品创作起到指导作用。我们应该扩大文艺美学在通识

① 本文系2017年福建省中青年教师教育科研项目立项《应用型本科院校语文通识教育教学模式研究》（项目编号：JAS170808）的研究成果。

教育中的比重，通过大学语文课程改革，将美育纳入通识教育的课程体系，超越学科边界，让更多非中文专业学生能够参与接触文艺美学，提高艺术审美，实践创意写作。

通识教育作为高等教育的大众化产物，有助于全面提升学生的人文素养，而非将大学仅仅作为职业化教育的跳板。通识教育的审美性和人文性，正是符合文艺美学的要求。正如朱永君所认为的——“通识教育以彰显教育的人文性质、追求知识的完整性和统一的文化为宗旨，既是对自由教育思想的革新，也是对现代社会急功近利的专业教育的补充和纠正。”① 文艺美学的经典性和语文教育的通识性深层相遇，文艺美学作为提升学生艺术审美的重要方法论，为语文通识教育教学指明了方向。加强创意写作训练，提高学生的艺术审美，强化艺术审美的素质教育首先离不开文艺美学课程的熏陶。

二、文艺美学理论在语文通识教育中创意写作教学的应用

文艺美术是理论基础，通识教育是鉴赏分析，创意写作是输出实践，三者相辅相成，互为促进。在通识教育中注重创新性思维的训练，通过创意写作的表达，将文艺美学理论和写作实践相结合。理论是实践的源泉，文学理论对于作家作品规律的解释，有助于学生带着问题意识解读作品。透过文学作品了解背后的文学规律和技巧，提高学生创意性的文学表达力。文艺美学作为一种理论话语，对于具体的文学作品具有很强的指导性。根据文艺美学对文类的划分，把语文通识教育分为诗歌、小说、散文三大模块，将创意写作的理念融入语文通识教育的应用实践。

（一）诗歌教学，在艺术直觉中感悟诗性

艺术直觉是创作主体在瞬间直接把握客体审美意蕴的思维方式或能力②，这种艺术思维在诗歌中得到不断强化，从而升华为一种强烈的艺术情感。在诗歌教学中，通过对名家名篇的解读和结构解析，让学生了解诗歌的优美意蕴，体会独特的诗歌魅力。通过改写名篇的创意写作诗歌教学，提升学生的“诗性”。

改写名篇的创意写作教学方法就是模仿名家诗作，在保留一定的原词上，

① 朱永君，马凤余：《通识教育与应用型人才培养》，《三明学院学报》，2015 年第 2 期。

② 《文学理论》编写组：《文学理论》，高等教育出版社，2014 年。

把握原诗的内部结构不变，通过动词名词的替换，将诗歌写出新的意境。这种改写名篇的创意写作方法训练，能够让学生快速把握诗歌的格式要领，在原诗的基础上，寻找不一样的意境表达。通过诵读原诗，不断体会原诗的感情和意境，从而在保证框架结构不变的基础上，旧瓶装新酒，融入自我的生命感悟。例如，在改写席慕蓉的《为什么》一诗中，将整首诗的结构提炼分析，下列原诗例子中画线楷体字即为保留的部分，“我可以……为什么，却……”形成一种转折反差，在一个时间周期里，“为什么……总是……”后面紧接着事物形成的前后矛盾，最后提炼中心升华。

席慕蓉原诗：

我可以锁住笔
为什么
却锁不住爱和忧伤
在长长的一生里 为什么
欢乐总是乍现就凋落
走得最急的都是最美的时光

学生改写例1：

我可以回忆
为什么
却回不到夏日和过去
在长长的一生里　为什么
烦恼总是凋落又乍现
回到过去山丘便是生活

学生改写例2：

我可以去健身
为什么
却管不住嘴和身材
在无聊的一天里　为什么
快乐总是出现就消失
喝得最快的都是最胖的奶茶

学生改写例 3：

我可以看见你
为什么
却看不清你的心
在这熙攘的世间里　为什么
人们总是戴着面具
笑得最大声也未必是真

创意写作诗歌改写教学的核心是主张学生大胆进行文学作品的创作，借名家诗作的外壳，表达自我的心声。席慕蓉的原诗表达的是以时光匆匆、欢乐短暂的感慨，而学生的仿作都脱离原始主题，表达“00 后”大学生独特的内心世界。例 1 表达的是大学生时常陷入回到过去的不舍和留恋中，却又无可奈何的心态，对过去投入留恋的一瞥最终也无法回到过去。例 2 表达的是在消费时代奶茶成了众多大学生日常的必需品，但是又逃不过健康生活的心理阴影，奶茶产生的暂时性快乐和肥胖负罪感时常成为大学生的心理纠结。例 3 表达的是在快节奏的生活中，每个人都戴着面具，看似快乐的背后是一种习惯性的虚妄。从这些例子中，可以窥见“00 后”年轻一代大学生的心理状况，从而有意识地进行疏导，将日常的情感升华为一种诗意的表达。

（二）小说教学，在叙事学中解构叙事模式

叙事理论古已有之，叙事学是在结构主义理论基础上建立起来的叙事理论。通过结构主义的方式提取故事的基本成分，分析叙述构成，进行重写结尾叙述，以训练学生描述情节反转的能力。行动元是情节的动因，决定人物推动故事情节发展的行动要素。创意写作的小说教学，通过人物故事情节反转的训练，帮助学生了解情节突变的叙事模式。

根据《烛心》的微小说，进行结尾改写，删去原文的结尾（例子中画线楷体部分），让学生展开艺术想象，重新进行结尾续写。根据不同的小说风格进行改变，不设定主题，悬疑、科幻、言情等题材都可以让学生展开自由想象，重新设置人物角色，跳开小男孩身份设定的框架，完成结尾的叙事反转突变。

原文《烛心》：

乔迁新居，还没收拾完毕，突然停电了，室内一片漆黑。

“笃、笃、笃”，女主人刚摸到蜡烛和火柴，门外便传来了敲门声。

打开门一看，原来是一个小男孩，仰着小脸，背着手：“阿姨，你家有蜡烛吗?”

怎么？刚搬进来第一天就支使孩子来借东西！真是欺负新来的，这怎么行？今天借给他家蜡烛，说不定明天又来借葱、蒜之类的。不，不行！女主人的脑筋急速地转着。

“哎呀，真不巧，阿姨刚搬来，也没有蜡烛。”说完就准备关门。

“阿姨，你看，我妈妈让我送来的。”小男孩变戏法似的从背后抽出手，高高地举着两根粗粗的蜡烛。

面对孩子澄澈的眼睛，女主人一下子惊呆了，继而无力地倚着门，双手捂面，不敢与孩子对视……

改写例 4：

小男孩笑了，还带着一丝得意：“我就知道你家没有！妈妈怕你害怕，让我给你送蜡烛来了。”

她自责、感动得热泪盈眶，将那小男孩紧紧地抱在怀里。然后她点燃了这根掺有迷香的蜡烛，晕倒后被卖到山区给人当媳妇。

隔天大龄单身女子感叹：“唉，终于嫁出去了。”

例 4 结尾设置了三层反转，先是小男孩主动献上蜡烛，让女主人感动自责。但是紧接着发现蜡烛只是幌子，女主不幸被拐卖到山区，揭示了妇女拐卖和农村娶妻难的社会问题。紧接着，第三层反转在于调侃了城市化进程中大量大龄单身女青年结婚难的问题。在内容安排上，结尾的三层反转造成一种叙述节奏的变化，完成了叙事聚焦的转换。

改写例 5：

“阿姨你看，这是我送给你的。”小男孩从背后抽出手，手中赫然握着一把手枪，面对这一幕，爱丽丝害怕得尖叫，随着一声枪响，回归平静。

突然电力恢复了，爱丽丝家的电视上播放着一条警方通缉新闻，无名小区日前发生连环杀人案，侏儒症嫌疑人系该小区物业管理员，通过事先切断电力，询问住户有无蜡烛，诱骗住户开门并击杀。嫌疑人作案手段极其残忍，请广大市民加强防范。

例 5 结尾的设计意料之外、情理之中。小男孩系侏儒症嫌疑人，也就解释了其实小男孩是成年男性，且为该小区的物业管理员，利用职务之便切断电力作案轻而易举，呼应上文爱丽丝家突然停电的原因。最后爱丽丝被嫌疑人残忍杀害，也表明了不要随便给陌生人开门，单身女性随时要有防范意识。

（三）散文教学，在抒情性中把握理性哲思

在抒情文学的门类中，除了抒情诗的部分，散文同样是抒情文学的代表。散文教学需要情感宣泄的升华，重视日常化的体验，将所思所感所悟通过文字表达出来，勇于表达个体独特的自我经验。通过同题动物写作的框架限定，展开创作主体的想象，引发学生思考动物特点和人类性格的异同点，充分挖掘个体经验，创造出独特的联系。

例 6：如果我是一只锦鲤，我将承受岁月的蹉跎，龙门的洗礼，定将那凡躯褪去，成为一条叱咤的蛟龙。

例 6 将自我想象成锦鲤，展现了鲤鱼跃龙门式的豪迈之姿，志向宏大，意境深远。将锦鲤和蛟龙二者进行紧密结合，展现了通过个体不懈努力，麻雀也能变凤凰。

例 7：我是一只独住在深山的狗。守着一幢空荡的房子，守了十年。

十年前的一个冬夜，农夫将我抱起，带回他深山的家。家中只他我两只活物，我整日陪他去田地，日出而作，日落而息。我也常和他在冬夜围炉烤雪，在迟夏看他给山外的人写长信。或是独自去采摘春天的野花，看秋日的落叶。

如今我守着一幢孤房，风声萧瑟，残灯枯烛。想我的时间，也到了尽头，我拖着身子，爬向了那座野坟。

例 7 抓住了狗对人的忠诚品性，以狗的动物视角切入，表现了狗对深山农夫的真诚情感，陪伴深山农夫的孤独寂寞，即使多年之后，也独自守着空房，依旧没有离开。

正如南帆所言：“把握特定文本的创新性，读者必须先拥有文类有别，以及特定文类有着自身传统这一基本意识。”① 教学也应该针对不同的文本类型，把握文本内部的规律，通过不同的创意写作的方法训练，真正提高学生创造力。教学的重点不单单局限在文本解析，更是要强化学生的不同文体的写作训练，提高学生创意写作表达的能力。

① 南帆，刘小新，练暑生：《文学理论》，北京大学出版社，2013 年。

三、基于文艺美学视角的语文通识教育创意写作教学的对策

（一）立足于本土，注重文艺美学理论深度探究，提升学生的思想觉悟

美国通识教育在20世纪70年代基本形成一个完整的知识体系，渐而被我国于20世纪90年代初引进，并不断学习和借鉴，积极推进人文教育。[①] 文艺美学也是西方文化的舶来品，在20世纪80年代，接受西方美学学科方法以后，不断地从中国传统美学中汲取经验，逐渐开始文艺美学的本土化转换。创意写作在20世纪20年代末创生于美国爱荷华大学，后作为新兴学科在欧美各国进行推广，在21世纪被引入中国，以适应新时代的中文教育改革的需求。[②] 通识教育作为一种西方先进的综合性的教学课程体系，注重知识的全面性。文艺美学作为一种文学理论，为分析考察文学活动提供了科学的方法论。创意写作作为一种行之有效的教学实践，成为激活传统中文教育变革的核心力量。立足于中国本土化，将三者加以内在融合，能够结合当下中国语境，积极促进应用型本科人才的培养，以适应新时代对于人才的综合性需求。

马克思主义文论对于文艺美学的理论建构具有深远的影响。我们在培育民族审美心理中，要重视中华古典优秀民族传统精神，以马克思主义为指导思想，不断提升中国古代文论的理论占比，激活中华传统美学的现代化。确立文艺美学在通识教育中的理念，作为一种宏观的思想论用于指导开展语文通识教育中创意写作的教学实践。培养学生的创新性思维，能够在中西文学理论中，不断提升思想觉悟，探究文艺美学理论和创意写作实践的深度融合。

（二）强化文艺美学作为方法论在通识教育中的广泛运用，扩大经典阅读的积累

美学关注研究的对象十分广阔，对于教师知识面要求较高，不但需要教师具备文学素养，还需要具备艺术素养，尤其是绘画、音乐、戏剧、舞蹈、建筑等具有审美要素的专业素养。高校教师需要不断强化自己的知识素养积累，不断提高不同领域的审美能力，达到通识教育的融会贯通。优化课堂环节安排，

① 杨静：《文化视域下通识教育本土化的再认识》，《中国成人教育》，2013年第11期。

② 葛红兵，高尔雅，郭彩侠：《高校中文教育改革与“创意写作”学科建构》，《当代作家评论》，2014年第5期。

通过课前阅读分享，定期完成师生共同阅读的课题作业，有意识地提升学生的阅读积累。通过布置经典阅读任务，确立课后阅读积累在教学安排的核心位置，在课堂上通过师生的共同讨论，让课后阅读能够长期有效实践。通过美学、社会学、哲学、心理学、文学、艺术等多领域的经典阅读，能够让学生形成系统的知识体系，强化文艺美学在通识教育中的广泛应用。

通识教育是多学科的交叉渗透，除了经典阅读以外，还需要学生不断积累生活阅历。激活学生的创意写作思路，也需要学生不断深入生活，积累对生活的独特体验，对生活中的事物具有敏锐的观察力和捕捉力，将日常中经常被忽视的重要事物提升到文化美学的高度，展现出创作主体的独创性。发挥校园雕塑、文化景观、横幅标语等载体的美育功能，通过创新的表达方式，让这些校园随处可见的文化标语都能够作为传播美育的重要途径。定期举办文化沙龙活动，邀请相关领域知名专家学者举办学术讲座和交流，注重培育重学重思的独特的校园学风。依托图书馆、美术馆、博物馆等公共资源，组织学生开展第二课堂，为社会提供稳定、高质量的人文艺术的志愿服务，同时也不断强化学生自身的艺术修养。

（三）结合创意写作，运用新媒体的形式展示文艺美学理论和通识教育、创意写作深度融合的教学成果

正如张晶所提出的在媒介时代传媒和艺术迎来深度融合：“电子传媒大行其道，并没有给文学带来灭顶之灾，而是带来了形态变异。电子传媒整合了多种艺术形式，并由此产生了新的审美特征。”① 随着移动互联网的兴起，新媒体的传播方式逐渐占据主流，也成为文学传播方式的重要媒介。文字、图片、背景音乐、视频影像、VR 虚拟等通过科学技术达到有机融合，并且打破过去作者和读者之间单向的传统纸质书籍传播，实现读者和作者之间的双向沟通融合。通过设立微博账号、微信公众号，用于展现学生创意写作的教学成果，并且让学生的作品得到发表，能够大大增加学生的创作积极性。读者和作者之间阅读距离的缩小，能够让创作主体和读者及时反馈交流，有助于学生找到自身创意写作表达的弱点和问题，及时修正，针对性地调整，以满足大众阅读市场化的需求。文艺美学不再高高在上，通过作为通识教育创意写作教学部分的顶层设计，为更好地服务创意写作而服务。

① 张晶：《文艺美学：从奠基走向深化之途》，《现代传播》，2015 年第 7 期。

通识教育创意写作教学在文化创意时代尤为关键，能提升一个人的创造力、想象力，更能提升社会的文明创新的能力。设立系统化的艺术实践课程，通过书法、美术、音乐、舞蹈等传统美学课程，作为学生实践文艺美学理论的重要手段，融入通识教育体系。在文艺美学的视域下，做到通识教育和创意写作的有机融合，从而大大提高学生的整体素养，满足新时代对“00后”大学生提出的新的文化要求。

（作者单位：福建师范大学协和学院）

转变思路——创新动画色彩的教学模式

黄春霞

近年来，在国家重视动漫产业发展的政策引导下，在动漫行业迅速发展后对动漫人才需求的就业市场驱动下，动漫高等教育迅速扩张。在进入21世纪后的今天，全国有数千所高校开设了动画专业，也凸显出一些问题。

作为动画教育工作者，要推动动画教育的发展，必须透过现象发现本质，深入思考，发现问题，解决问题，并从以下几方面进行教学改革：

一、创新动画色彩的教学模式，由“传统型”向“风格型”转变

通常一说到“色彩”自然会想到“素描、速写”这些美术范畴。而在动画色彩课程的教学中，不能只是客观的写生或是照搬美学中简单的色彩原理。面对当前日新月异的动漫时代，传统型的教学模式制约了学生能力的培养，所以动画色彩的教学改革迫在眉睫。动画色彩开设在第一学期，学生刚从高考的绘画风格模式出来，进入大学后依然是按照考前的风格进行绘制，这必然导致了色彩风格的局限性，而开放性、多元性、个性化的“风格型”教学是动画色彩教学的第一步。

作为动画专业的色彩基础训练，要求学生要在一定的色彩理论基础上与艺术实践相结合，掌握色彩的多种表现形式。所以，在这一阶段应该培养学生风格型的绘画风格，应在以往传统的水粉画模式上进行风格创新。例如，可以学习凡·高艳丽色彩的笔触感或莫奈的点彩画风格等。同时，在这一阶段教学生如何画出水彩画的风格，在动画风格中，水彩画的风格经常应用在场景中，水彩会给人一种轻松愉悦、一气呵成的感觉。在动画艺术短篇中，艺术家追求风格上的个性，经常会以水彩工具作为绘画的媒介。在绘画媒介上，绘画工具同

样可以进行多项选择，不简简单单是以往常用的水粉颜色，可以拓展到油画棒、水彩颜料、油画颜料、蜡笔、水粉笔、彩色铅笔、钢笔、马克笔、宣纸墨水等绘画相关材料。不同的绘画材料，绘制出来的画面风格有不同的效果，结合艺术创作和实践，通过对材料的运用，表现不同风格的动画色彩。

二、渗透动态表达，突出动画专业的特点

相比较其他专业的色彩课程，动画专业的色彩教学有其自身的特点。因为动画是根据“视觉残留”的原理发展起来的，就是说人的眼睛看到一幅画或一个物体后，在一定时间内不会消失。“视觉残留”会给人一种流畅的视觉变化，这种变化有时空、场景、人物及各种物体，它打破了传统的静态观念。所以动画色彩教学在动态造型的基础上应该进行多幅连续动作的色彩练习，可以立足于减少单幅画面处理的时间，多做 4 到 6 幅的动画色彩训练，同时要求分组进行团队合作，利用编剧与创作两方面进行多幅画面的有机结合，来培养学生对大局色彩的整体把握能力。

三、表达色彩情感，由“客观”向“主观”转变

自然界中物体的色彩都不是孤立的，它们是相互影响、相互联系、相互存在的。物体间的色相、明度、纯度、冷暖在特定的画面中所产生的色调和情感的表现是十分丰富的，其变化也是无穷无尽的。如蓝色是最冷的色，它象征着天空和大海的辽阔景色，无论深蓝色还是淡蓝色，都会使我们联想到无垠的宇宙或流动的大气。因此蓝色也是永恒的象征。蓝色与白色调和会产生不同程度的浅蓝色，使蓝色的色调趋弱。蓝色与灰色、黄色、黑色等调和会形成纯度与明度各异的蓝绿灰。当蓝色作为主要的颜色或小面积点缀色时，在深色的或黑色的卡纸上会显得很明显，在白色的纸上则相反，会有后退感。

红色是热烈、温暖而富有生气的色彩，最容易引起人们的注意。不同程度的红色从明度和纯度，以及冷暖的变化会产生粉红色和灰红色等其他色彩变化。从上面的例子可以得出，应用不同的色彩对比，可以表现画面的情感和色彩冷暖的氛围，从而更加主观处理画面中的色彩关系。要引导学生用视觉去思考多种色彩造型，让学生保持一种原创的态势，用源于生活而高于生活的态度进行再创作。在动画制作中，往往要面对各种不同的场景、环境、时代与虚构

性角色，有时可能是完全不同的时空与环境，这就要求学生应更多地自主开发想象空间，更多地去了解天文、地理、历史、宗教等各种人文方面的知识，由单纯的客观被动性到自身的主观能动性。

四、根据“包豪斯”的教学理念实行艺术与技术相结合，开创创意色彩

现在大部分教科书从理论原理展开色彩训练，偏向色彩原始本质的分析，忽略了对色彩创造性的主观分析。与国外的学生相比，我国学生缺乏的是创造性思维的培养。以往的色彩教学大多偏重以自然色彩写生的感受为主要内容，忽略了对色彩本体语言的研究，造成了学生离开了写生就不会画色彩，不敢大胆地想象和诠释色彩。毫无疑问，这样的教学是有很大局限性的。

在教学中，创意色彩的教学手段有多种多样，笔者在教学实践中摸索出一些方法。例如教师布置一个课题给学生，之后师生一起讨论探究，一起分析总结，这是一种互动式教学。在德国和法国的艺术学院中经常开设这种有主题性系列的作业。这样做，可以在主体性设计课中，把设计观念引入动画色彩课中，使学生在学习色彩的同时，提高创新能力的培养。另外一种方法是借用多元的视角提高学生的知识量，可以让学生去收集喜欢的素材元素或图片资料，对原有的素材或图片进行个人创意的自由想象，用夸张、变形、重组、打散等手法进行主观性的创造，同时注重与民族传统色彩的结合。

总之，动画色彩是动画专业非常重要的一门基础性必修课程，培养学生对色彩的认识、审美、整合和主观表现的创新能力，使他们在学习的过程中发挥自身的优势，从而尽显各自的特点，为以后的专业学习打下坚实的基础。

参考文献：

［1］陈守义：《综合绘画基础课程教学》，中国美术学院出版社，2005 年。

［2］顾大庆：《设计的视知觉基础》，《室内设计与装修》，2002 年第 9 期。

［3］苏华：《色彩设计基础课教学研究》，《装饰》，2009 年第 6 期。

［4］［美］布朗·科赞尼克：《艺术创造与艺术教育》，马壮寰译．四川人民美术出版社，2000 年。

［5］邓进：《动画基础教程系列丛书——动画色彩教程》，辽宁美术出版社，2014 年。

［6］［美］埃克斯塔特：《色彩的密码语言》，史亚娟、张慧琴译，人民邮电出版社，2015 年。

（作者单位：福建师范大学协和学院）

陶瓷艺术与传统建筑在历史演变中的关联

林则钦

一、以陶瓷冥器的形式表现的建筑元素

中国自古有厚葬的习俗，用陶质器皿陪葬的风气自秦汉以来就很盛行。为陪葬而生产的陶器的制作技艺也因此得到了极大的发展。为了能在来世继续享受生前的荣华富贵，中国古代的王公贵族大都修建豪华陵寝，并且在陵寝中安置了众多陶制的建筑、仆人、日用器具等，用于转告古人的生活习俗与社会地位。

如河南出土的汉代建筑冥器，大到住宅、水榭、亭台、门楼，小到仓屯、围炉、水井、灶台、石磨等，其中运用的高超技艺对当代陶艺都有很大的借鉴意义。在河南的古墓中，不同时期的陪葬品各有特征。战国时期有墩、壶、鼎、罐，到汉代则是围炉、灶台、水井、仓屯。其中西汉有酒壶、果盘、食盒、酒杯，东汉则流行坞堡、住宅、水榭和家畜。陕西关中地区常见的冥器有扁壶、香鼎、陶屯、方形仓、圆形仓等。在西汉中期，釉陶多体现为壶类，晚期至东汉则有很大发展，出现了各种型号的壶，还有陶钵、樽、仓、屯、储物罐、杯子、水洗、勺子、食盒等餐具。东汉末年，又增加了博山炉、瓶型器，还带有人物、动物等各种俑的形象。黄河流域的山西、河南、甘肃等地出现了水榭、仓房、坞壁、高楼、陶树等建筑模型。在广东、福建、四川等地还出土了鱼塘、水田等模型。如此丰富的内容，极其生活化的釉陶把古代社会的生产劳动，生活情景，人们的衣、食、住、行，到娱乐文化、人际关系甚至意识形态等方面都形象地表现了出来，具有很高的艺术价值和历史文化意义。

二、以陶瓷绘画形式表现的建筑元素

中国画有种门类叫界画，作画中使用界尺引线，用于描绘传统建筑中的宫室、屋宇、楼台等。陶瓷装饰绘画往往以中国传统绘画为参照，传统的界画在陶瓷装饰中也得到了很好的体现。陶瓷装饰中的界画相对于宣纸上的界画略显年轻，但所展露出的艺术魅力足以压倒群芳。陶瓷颜料特别是釉上彩料绘制的界画，立体感比宣纸上的界画更强烈，陶瓷界画的颜色也比宣纸界画的颜色更加绚丽。

在古代陶瓷绘画中就有很多经典之作，例如清代宫廷绘画高手郎世宁的代表作《雍正圆明园十二行乐图》。《雍正圆明园十二行乐图》表现的是清帝雍正与其众多子女在圆明园游戏的场景。作品按十二月份来表现，场面宏大壮观，建筑气势恢宏，意境深远，人物刻画精细并与建筑浑然一体，整体风格细腻、精致。观者能从这组画面中真切地感受圆明园在未被破坏之前的风光。作品按春夏秋冬四季排序，每个月主题内容依次是正月观灯、二月踏青、三月赏桃、四月流觞、五月竞舟、六月纳凉、七月乞巧、八月赏月、九月赏菊、十月画像、十一月参禅、腊月赏雪。不论是雪后的楼宇、庭院，还是绿水青山掩映下的楼阁亭台，在艺术家的笔下，“如鸟斯革，如翚斯飞”的中国传统建筑比真实更美。

在陶瓷上表现界画是件很有难度的事。首先，作者要面对的是弧面的器型或不太平整且溜滑的瓷板，还得配合专门的瓷上作画工具。其次，罐、樽、瓶、缸等器型要使用通景构图法，才能做到无论观者从哪个角度欣赏，都能感觉到画面的完整性和场景的连贯性。再次，瓷绘材料与国画颜料不同，尤其是釉下的五彩釉烧前的颜色和烧制后有很大区别，这就要求画家有很丰富的彩料经验。烧制是陶瓷绘画压轴的一关，如果这一步出问题，则前面的所有功夫全白费。由于陶瓷界画的难度较大，所以能较好掌握这一技艺的人数不多。陶瓷界画打破了艺术间的界限，把界画艺术推向了一个崭新的空间，使界画艺术更加贴近生活，让人更加亲近他，更加方便感受其艺术魅力。

三、建筑元素在现代陶艺创作中的具体运用

1. 传统建筑的主体——中国民居

民居是中国各地广泛分布的居住类建筑。它的数量庞大，分布广泛，面貌各异。之所以有各种不同的面貌，一是由于地域风俗和地域文化的区别，二是由于地域环境的区别。

中国民居特别是汉族民居强调整体布局的方正、对称、规整，老北京的四合院就是其中的典型。四合院整体规划上采取中轴对称方式布局，分前后院，正房居中，是接待重要客人的地方，一些重大仪式也在这里举行。正房是整栋房子里地位最崇高的空间。其余的所有房间门都朝向院内，由走廊将各个房间连接。老北京四合院典型体现了古代中国家族的礼仪、制度、观念。此外，四合院中的庭院很适合人们在足不出户的情况下进行室外活动。合宜的面积和适度的空间，整齐的花木，宁静而亲切。这样的布局在华北东北地区比较多见。

南方民居因平地少，山地多之故，相对于北方民居而言则显得紧凑些。典型结构是堂屋。屋中心为长方形或正方形天井，面积也不大，比不得北方的民居的庭院。南方民居外观特征明显，方正如印，粉墙黛瓦，素洁典雅。

南方民居中有一支特别派系是客家土楼。土楼主要集中于闽西、桂东北、粤北等区域。土楼一般形制较大，从空中俯视其形状以圆形居多，也有部分方形。楼中主要分两部分：居中心的单层建筑，为家族祠堂；周围一圈是楼房，高达二十多米，一般分四到五层，这是人们居住之所。此类建筑的初衷是聚族防御。典型例如永定土楼、南靖土楼。土楼在传统住宅中特色鲜明，数量较多，规模宏大，十分适合聚族而居。

少数民族地区的民居形态更是丰富多样。因环境、民俗差异较大。从西往东，西北有新疆维吾尔族民居，以土墙砌成的两三层平房为主体，再用土墙围成一个大院子，整体外形呈方块状。北部则有草原上的蒙古民居，即人们常说的蒙古包，它以白色为主在草原上移动，犹如白云在蓝天上飘浮。最西边则是青藏高原上碉堡般的民居。为抵御严寒用厚石砌成外墙，中间层是木结构，平顶，最内层是动物皮毛等软装。大西南则比较统一为干栏式楼房。其共同特点是依山面水，通常建于斜坡上，以木柱支撑，无需地基，一楼堆杂物，二楼住人，三楼放粮食，典型的如土家族和苗族的吊脚楼。还有黄土高坡地区的窑洞式民居，也很有特色。其中涵盖了陕西、山西、河南、甘肃的黄土区域。当地

人们沿坚硬土壁并列开凿窑洞，并将相邻的窑洞凿穿相连通，然后在某些需要加固的地方加砖。这样的民居不占耕地建造成本低，而且耐火隔音、冬暖夏凉。黄土民居充分体现当地人们的智慧和因地制宜的建筑观念，同时也表达人们对这片土地的热爱。

2. 建筑造型在雕塑类陶艺中的应用

建筑易于制造出作品强大的气场，现代陶艺家们偏爱以此为造型，陶艺家梁文伦是其中的典型例子。梁文伦的作品被业界称为“中国的小房子”，这个系列的作品以超写实的表现技法真实的再现徽派建筑的神貌，给人们留下深刻的印象，引起很多老华人的共鸣，他们从中体会家乡的味道。据梁文伦介绍，他选择徽派建筑为创作题材，是因为这是南中国最典型、分布最广、数量相对多的一种建筑样式，具有很高的文化价值，是我国重要的文化遗产。当前徽派建筑在南中国已越来越少，梁文伦以这种特殊方式留住正在逐渐消失的文化遗产，具有重大意义。陶艺界泰斗、清华大学美术学院副院长、博士生导师杨永善教授高度评价梁文伦的作品，他认为梁的作品中饱含着深深的人情味，亲切、沧桑、苦涩、苍凉、令人回味。

例如梁文伦的经典作品《隙》中有老旧的土墙，水磨的青砖，还有雕花的窗棂，从中可以看出在岁月的痕迹下透着原先的精致和细腻。断檐残瓦是对岁月的怀念和感慨，也是对时代变迁的反思。该作品为了更好地表现这个主题，采用了这个特殊的角度。设置了夹缝装置，让观者透过缝隙观看一座老宅，增加了历史神秘感和厚重感。

作品《曲陌阁》从建筑的形制和装饰上能想象到老宅的原有风采。虽然现在一切都旧了，依然有一种恬淡的美。该作品运用了大量的瓦片来营造肌理，以艺术的手法表现老宅的沧桑。

笔者在这方面也做了许多尝试，比如作品《水墨徽语》，以江南水乡民居的整体村落为原型来设计。一直以来徽派建筑被看作江南的一个符号，它与传统水墨神似，青瓦白墙，高低参差，大小错落，静沐于江南烟雨中，整体意境唯美和谐。同时有着强烈的节奏感、韵律感、秩序感。此外，笔者在白墙中融入水墨元素，使古典之意境更加深厚。

作品《家、国》以江南民居为单位组合成一个中华鼎的形状。中华鼎象征国家而江南民居则指代百姓。作品讲述一个关于中国梦的故事。这是笔者《水墨徽语》系列的新作。在整体构成上，使用腾空式代替之前的落地式，取得一股向上的力量。另一方面也能使整体造型更加契合中华鼎的形状。徽派建筑的元素依然是主体。画面上的点、线、面、黑、白、灰依然是形式语言的重点，这也是徽派建筑元素的精华。

3. 建筑造型在绘画性陶艺中的应用

目前有部分现代陶艺家采用这种方式创作，且人数在逐渐增加，其中较早的一部分是以陶瓷装饰为主要手法的陶艺家。后来有一部分外地画家尝试将陶艺与绘画相结合。有的以高温色料为媒介来表现建筑。更有意思的是部分人以高温色釉为媒介来表现建筑，而且采取这种方式创作的陶艺家呈现上升趋势。

陶艺家刘伟是景德镇人，他擅长瓷画，人们在欣赏他的作品时极易引起乡愁式的共鸣。故乡是每个人心中永恒的眷恋，古今中外几乎所有的艺术形式都反复表达过这个主题。近的有语文课本里的余光中的诗歌《乡愁》，还有大家耳熟能详的费翔的歌曲《故乡的云》。而陶艺家刘伟以其所长之陶艺来表达乡愁。他的很多作品极典型，如釉上彩瓷板《春风又绿》、新彩作品《雨沐春山》，还有釉上粉彩瓶《月光曲》、窑变高温色釉粉彩综合装饰箱器《徽乡情》等等。刘伟对于他的作品在形式上和内容是都做了极认真的研究，在他的作品中我们能看到立意高远的构图，瑰丽变幻的色彩，兼工带写的手法。乡情系列是刘伟作品的重要组成部分，成为他的鲜明标签并为海内外藏家所熟知。

无论是高温色釉还是釉下五彩或釉上五彩，刘伟都能运用自如、把握到位，在他的作品中我们常能看到高温色釉所散发出的独特魅力。他的作品中的主角江南建筑多是运用颜色釉来完成主体部分，而细节处因颜色釉的特性所限，他改用高温色料。建筑周围的山林以颜色釉为主要手法，与建筑相映成趣。比如他的作品《牧歌短笛》，画面中的大面积渐变铁锈红，渲染出山花烂漫的意境。傍山农舍在绿树掩映下，飞檐轻灵，墙头黛瓦依稀可见。飞檐下，门窗刻画细腻，与开阔的粉墙形成黑与白、密与疏的对比。同时与泼彩般的大山林形成工写对比。在色彩上，面积上，形状上，手法上都安排巧妙。再点缀以牧童短笛，牛群悠行，林间鸟鸣，池中游鱼，一股恬淡安宁的水乡味弥散于整个画面。

4. 建筑造型在生活陶艺中的运用

紫砂艺术仿生的传统由来已久，仿生技艺高超，仿生的对象也是包罗万象。其中传统建筑也是重点模仿的对象，是紫砂艺术最先将传统建筑元素引入

生活陶艺的创作中。紫砂工艺师也将仿生建筑作为重要的训练项目，这也是很多紫砂大师乐于表现的题材。

经典作品有周定芳的《老屋系列》。本作品以一间老房子为主体造型元素，生动刻画了斑驳的石砌墙，破旧参差的屋顶烟囱，仿佛打满了补丁的老门，以及门上的细节。这件作品将老房子的多个元素与茶壶的各部分巧妙契合，如壶嘴与烟囱的结合，壶盖与屋顶结合，壶把与屋后的老树结合，不仅整体造型上充分展现老房子的形态，具体的细节上、形态上、肌理表现等方面都有生动的体现。只有作者对老房子有深入细致的观察，以及对茶壶的结构功能的心领神会才能达成如此巧妙的设计。随着当代陶艺进入国内当代陶艺家的视野，越来越多的陶艺师开始在生活陶艺领域自觉加入建筑元素。

对于建筑元素在生活陶艺中的运用，笔者一直十分感兴趣。茶具《江南春》便是引入徽派建筑的元素进行的设计。作品以江南水乡场景为意境，主体茶具为高低错落的徽派建筑，重点突出了白墙上的黑色屋顶和门窗。鲜明的黑白灰与点线面组合，基于茶具的实用功能达到美观且意境深远。茶壶的壶身为白墙，盖则为屋顶，门窗黑色泥片粘成，可为茶壶的装饰，而壶嘴则与烟囱相结合。细提梁为红铜锻造，意指黄昏时分，夕阳余晖。茶叶罐和花插的手法亦同。茶杯与杯托则取其在钢化玻璃茶盘上的倒影貌似一座建筑。如此则虚实相生别有一番水乡意境。这几件建筑型茶具，再加上桥型的箸搁，船型的香插以及茶色玻璃的茶盘，共同组成一个安静祥和清新的江南意境。

四、小　结

在以时间为轴线的历史长河中，中国建筑与中国陶艺不仅在各自领域高度发展而且相互有着密切的交汇融合。而随着建筑与陶艺在新时期的进一步发展与繁荣，两者将会产生更多样，更丰富的交流与新生。这也将吸引更多的陶艺家投身此中，为我们带来更加多元化的审美享受。

（作者单位：福建师范大学协和学院）

枷锁中的水仙情结

——中国广告中的自恋表现探析

黄秀莲

一、无所不在的自恋情结

我们所处的时代，可谓是一个自恋的时代。通讯交流工具的日益发达、传播渠道的日益多元化，使得自我展示变得愈加便捷与无处不在，也为现代人的自恋情结提供了更加丰富的表现平台。当下全球最大众化的社会行为之一——自拍，可以说是自恋情结在现代社交网络时代的显著表现。智能手机功能的不断升级和美图秀秀等易操作软件的出现，使自拍从摄影爱好者的行为变成一项毫无技术含量的社会大众行为。2013 年 11 月 18 日，英国牛津大学出版社发布 2013 年度热词“selfie”（自拍），在过去的 12 个月里，它的使用频率足足上涨了 170 倍，“自拍”已从社交媒体流行语发展成了人们普遍接受的词汇。英国《卫报》称：“在一些人看来，自拍已成为自恋时代的终极象征，其即时性让肤浅更加泛滥。”①

“自恋”属于心理学的范畴，英国精神病学家、性学家霭理士最早借用“narcissism”即“自恋”一词来阐释这一现象。“narcissism”一词由 Narcissus 衍生而来，Narcissus（纳西斯）是希腊神话里一位长相俊美的少年，对倾情于他的少女无动于衷，却深深地爱上了自己在水中的倒影，终日顾影自怜，最终憔悴不堪，落水而亡，化为一丛美丽的水仙，因此“自恋情结”也译为“水仙花情结”或“纳西斯情结”，用以描绘一个人爱上自己的现象。弗洛伊德则将其引入精神分析学系统，并以《论自恋》一文对自恋的产生及其根源进行

① 谢来：《selfie，自恋时代的终极象征?》，《国际先驱导报》，2013 年第 15 期。

了深入分析，指出自恋是人类“普遍的原始的现象”①。弗洛姆也认为，“从生物学的生存观点看，自恋是正常的合乎需要的想象。”② 自恋情结是人类普遍存在的心理现象，人类通过自我欣赏产生对自己的认同，通过自我肯定给予自己自信，暂时忘却自己的平凡。同时，现代心理学也证明，自恋情结在不同个体上体现出来的强烈程度或表现方式各有不同，特别是在聪明、貌美、成功人士等人身上体现得更为明显。

不论在精神分析领域、社会学领域还是文学创作领域，自恋情结都成为备受研究者关注的研究对象。美国加州大学教授霍尔·拉斯金（Hall Rskin）于1979年设计了一套自恋性格评测表（Narcissistic Personality Inventory，简称NPI），经过历年修订，如今仍是使用最为广泛且具有权威性的自恋测量工具。测试者通过完成56道题的测试，表明自己在多大程度上同意或不同意其中的陈述，根据得分来判断自己是高度自恋者、中度自恋者或是低度自恋者。在文学创作领域，自恋情结作为一个永恒的母题也始终受到广泛关注，成为文学家们重要的创作源泉之一。在中外文学作品中，不乏对这种带有自恋情结人物的深度刻画，如《麦田里的守望者》中的霍尔顿·考尔菲德，塞万提斯笔下的堂吉诃德，《白雪公主》里的皇后，《红楼梦》中的林黛玉，《尘埃落定》中的塔娜，《笑傲江湖》中的东方不败，等等。这些人物在自恋情结的影响下，充分表现出诸如自怜、敏感、清高、自尊、自卑、自傲、顽固、自我崇拜、自虐等个性特征。在文学作品中，这些特征被特定的人物形象表征，并通过一定的叙事情节放大、凸显，这些性格特征往往决定了人物的人生际遇与最终命运，成为文学作品叙事的重要隐线。

通过中国知网全文数据库以“自恋”作为关键词进行搜索，共得到相关文献7957篇，其中研究数量排名前几位的分别为中国文学（3240篇），中等教育（716篇），心理学（534篇），社会学及统计学（455篇），世界文学（422篇），中国政治与国际政治（346篇），人物传记（262篇），戏剧电影与电视艺术（211篇），而以“自恋”和“广告”同时作为关键词进行搜索的，只有1篇相关文献；以“自恋+广告”进行篇名搜索的，也只有1篇相关文献。广告传播作为大众文化主力代表之一，在间接反映社会现象中对“自恋情结”也多有涉及，但与文学、心理学等学科中对“自恋”的深入研究相比，

① ［奥］西格蒙德·弗洛伊德：《弗洛伊德后期著作选》，上海译文出版社，1986年，第334页。
② 黄颂杰主编：《弗洛姆著作精选》，上海人民出版社，1989年，第689页。

学者对于广告中的“自恋”还鲜有研究。

二、广告中自恋情结的表现

作为现代社会文明的产物之一，“如同空气、阳光和水一般存在”的广告已成为大众文化不可分割的一部分。广告既是行之有效的营销工具，又蕴含着丰富的社会文化内容，在传播商品信息的同时也反映着社会文化，并潜移默化地对社会文化产生一定的影响，对受众进行价值观念与生活方式的引导。创意来源于生活，广告创作者正是通过对日常生活的不断观察、体验与感悟，挖掘出商品与广告表现之间的最佳契合点，使受众接受广告传播的商品信息和价值观念，形成最终的购买行为，从而完成广告最初的使命。自恋情结作为人类普遍存在的一种本能心理倾向，广告创作者很早就开始有意识或无意识地在广告中运用这一心理特征，使受众在观看广告时对自恋情结及其外在表现有所感知，并参照自己或社会产生共鸣，进而影响消费心理。“王婆卖瓜，自卖自夸”这一经常用来形容广告的俗语可以说是自恋情结最直接、最形象的表现。

（一）自恋的商品

广告作为商业社会的营销手段之一，与生俱来的商业属性决定了广告对自恋情结的展现与文学作品创作中对自恋情结的刻画有鲜明的区别。文学作品中的自恋情结多表现为人物对自我身体的自恋、对自我精神的自恋或二者兼而有之，表现为对自我的强烈关注，贵我贱物，通常承载着耽溺、肤浅等负面意义。而广告无论采用什么样的表现手法，永远是“戴着镣铐跳舞”，广告的主体和核心永远是商品而非其他，因此在广告作品中自恋情结往往体现于对商品的偏爱和抬高，尽可能地美化商品，对商品的优点进行放大表现，对缺点避而不谈，有意识地采用直接或间接的方式使自己比同类商品显得更优越，使之成为同类商品中最理想的选择对象，如“不是所有牛奶都叫‘特仑苏’”“巴黎欧莱雅，你值得拥有”“时间因我存在，罗西尼表”“做最好的自己，我能”等。企业对自己生产商品的热爱，广告人对投放商品广告目的的清醒认识，这些都导致了广告中商品的自恋型表现。但需注意的是，当商品过度自恋，或自恋方式不当时消费者反而可能产生逆反心理，非但不接受广告传达的信息，甚至产生排斥，如脑白金的“今年过节不收礼，收礼只收脑白金”被评为当年最恶俗的广告之一。因此，如果广告采取“正话反说”的创意策略，即把优点当作缺点来说，能避免自恋之嫌，有时反而容易为消费者所接受，如瑞典某钟表公司的广告："本公司在世界各地的维修人员闲得无聊。"

（二）自恋的广告人物

有时，广告中并不直接通过商品的自恋来传递信息，而是借助商品代言人的语言和行为等方式间接体现。如由陈好代言的"自然堂"化妆品广告中，通过陈好姣好的面容、自信满满的微笑和简单的几句话："羡慕我漂亮吗?""看得出我几岁吗?""女人的脸，是会撒谎的哦"，展现了代言人通过使用"自然堂"而更加自信甚至自恋的情节；在 DeBeers 广告"都是钻石惹的祸"篇中，女模特走在大街上经过透明的落地窗时，为了欣赏颈间的钻石项链，忍不住当街大胆撩低衬衫的领口，对着落地窗尽情地展示，完全自我陶醉于其中，全然没有想到落地窗的另一面此刻正有一对年轻情侣看到了全部场景，而男生也由于对女模特自恋的关注而使女生产生不悦拂袖而去。人们在观看广告时，假想将自己置身于广告精心设置的情境中，感觉自己就是广告中的模特儿，想象当自己用上广告中的商品时也是如此年轻美丽或者英俊潇洒，自身潜藏的自恋情结瞬间被激发，对广告中人物的自恋表现产生心理认同，这样的情境下自然更容易接受广告传达的信息。虽然广告中表现的是广告人物的自恋，但毋庸置疑的是，人物的自恋与商品有着最紧密的联系，人物正是因为拥有了商品，而使其自恋情结得以外显，对自己有了更强烈的肯定，这一点可以通过广告人物对自己的认知或旁人的眼神、语言等表现出来，其最终目的仍然是为了强调商品的优越性。

当然，与文学作品中能够通过人物丰富的心理活动、语言、行为等多层次、多角度对人物的自恋情结进行深度细致刻画不同，广告表现的重点是商品，再加上受制于时长、篇幅、预算等多方面的因素，广告作品中对人物自恋情结的表现通常是简短的、直接的、零碎的、片段式的，与文学作品相比，这些广告中对自恋情结的表现通常并不深刻，而是直接浅显、浮于表面的，无需也不太可能交代人物自恋情结产生的生活背景、环境因素、心理活动等，也不像文化创作中通常将人物性格与人生命运紧密相连。广告中摒弃了所有铺陈，撷取最具张力、最直截了当的表现形式，希望一击而中，完成广告最终极的目标——销售。

此外，文学创作关注的是社会百态，在刻画人物的自恋情结时具有丰富的表现类型，甚至跨越了正常人的心理而呈现一种病态的自恋主义。而广告由于其先天的商业属性，成为一种为大众而设计的、通俗的文化，其创作的主题通常选择普罗大众能够广泛接受的价值观和意识形态，因此广告中人物的自恋情结通常表现为优越型的自恋，而少有如抑郁寡欢、顾影自怜等其他几种类型的自恋，这是因为广告表现的主体是商品，人们由于拥有商品或使用商品而获得长于别人、强于别人的优越感，如生理方面（体形、相貌或体力等）、心理方面（智力、知识、技能等），这种优越感正是人人所渴望得到的。因此，广告借用优越型的自恋类型可谓是顺理成章，通过广告中自恋情结的表现，如自我欣赏、别人羡慕的眼光等，呈现商品能够带给消费者的物质利益、情感利益。

三、广泛运用的“镜子”意象

纳西斯被水中镜映的自我形象吸引而不可自拔，这是一个不需他者存在的空间。具有自恋情结的主体，通常对自我比对他人表现出更高的兴趣和更多的关注，甚至完全活在自我的世界里，与他人隔离开来。他们沉迷于自我的镜像中，赞赏、崇拜自己的身体，就如同没有魔镜的肯定，《白雪公主》中的王后就无从自恋一样，镜子在自恋中扮演了不可缺少的角色。

镜子具有真实再现客观存在的功能，在人类几千年的历史进程中，一直承担着重要的角色。镜子是人类自视、发现自我、认识自我的工具，它是女性眼中男性的目光、女性被看的反映，它还被赋予了自省劝诫的意义。与纳西斯时常对着湖水顾影自怜一样，揽镜自照，正是自恋行为的外在表现方式之一。在中外文学作品中，特别是在反映具有自恋情结的女性生活的文学创作中，镜子意象频繁出现。自恋从其本质上来说是一种自我陶醉，镜子在这种自我陶醉中起到了至关重要的作用。他们通过镜子投射自己、展示自己、冥思自己，假想别人的眼光凝视自己，自我欣赏、自我陶醉，达到对自我的认同和肯定。

广告中对自恋情结的表现也常常使用“镜子”这一道具。除了家中化妆台上的镜子、浴室的镜子，镜子还可能是商店的落地窗、车窗、车后视镜、大理石桌台、电梯壁面、手机屏幕等一切光滑的、能够映射物体的介质，通过反射，营造出一个镜像的世界。如上文提到的 DeBeers 广告“都是钻石惹的祸”篇中，正是通过女模特对着落地窗情不自禁地展示项链来凸显商品；而在比亚迪 F3 汽车 2014 版广告中，当女模特经过比亚迪 F3 时，不由自主被其外观所吸引，拿出口红俯下身来对着驾驶座的车窗玻璃开始补妆，补完后还抿了抿嘴唇露出满意的微笑，当车窗被摇下来，女模特看到坐在车里微笑的男士，只好一脸尴尬地走开；在德芙巧克力的“橱窗篇”广告中，小女生经过帽子商店时，橱窗里展示的帽子吸引了她的目光，她旁若无人地借着橱窗的反光，想象、比画着帽子戴在自己头上时的模样，当她走到隔壁展示珠宝的橱窗时，她仍然沉浸在自己的世界里，想象着珠宝加身，并自我陶醉地摆出几个 pose。在这些广告中，通过借助“镜子”这一道具，明白且直接地通过自恋情结的表现，突出广告的主体——商品。

自恋现象似乎是女性的专利。女性对于镜子的热爱似乎与生俱来，相对于男性来说，女性更关注镜中的自我，“女为悦己者容”，这是几千年男权社会留下的社会刻板印象，被人类社会广泛接受。但心理学通过实验研究发现，男性的自恋程度并不比女性轻微，纳西斯的自恋也证明了自恋情结并非女性的专利。不同的是，女性的自恋情结较多地表现为对身体的自恋，而男性的自恋情结除外在形象外，还表现为对内在的自我思维、精神、能力等方面的自恋。法国女性主义思想家西蒙娜·德·波伏娃认为：“只有女人才会企图去捕捉她的影像而成为银色镜子的俘虏。”[①] 显然，到了今时今日，波伏娃的话语并不符合当今社会的现状，因为除了内在外，这个时代的男性同样重视其外在形象。

相较于女性而言，男性的自恋情结针对的客体更为丰富，但由于社会认同因素的影响，男性在公共环境下的自恋情结表现得较为隐蔽，他们对镜子的需求不如女性强烈，通常不会随身携带小镜子，随时随地取出来察看自己的仪容仪表。且另一方面，在对待“自恋情结”的问题上，男性远没有女性来的率真坦然，他们很少会接受“自恋”这个字眼，而更愿意听到“自信”“自重”甚至“自负”这样的辞藻来形容自己。因此才产生了“女性比男性更自恋”的一般判断。但在私密空间里，男性也与女性一样，关注自我形象，对于镜子同样有着强烈需求。

现代都市男性已经越来越注重自己的外在形象。全球市场研究机构欧睿国际（Euromonitor International）的调查显示，男性护肤美容产品在全球迅速增长。过去是 20—30 岁的男性主导流行，但现在 40—50 岁的中年男子也加入了爱美的行列。美国男性 2011 年在化妆、护肤产品方面的花销就高达 48 亿美元，其中增长最快的产品包括洗面奶、润肤霜和除皱霜等。2011 年中国男性护肤品市场也以 40% 的速度增长，约为女性护肤品市场增长速度的 5 倍。[②] 而

① ［法］西蒙娜·德·波伏娃：《第二性——女人》，桑竹影，南珊译，湖南文艺出版社，1986 年，第 419 页。
② 《男人也爱俏》，《新民晚报（美国版）》，2012 年 5 月 10 日。

在更早的2007年，零点研究咨询集团针对北京、上海等七个城市进行的《城市居民生活变迁报告》显示，美容、护肤、照镜子已经不再是女性的专利。北京和上海的男性最舍得在“面子”上花钱，上海男性平均每天花在照镜子上的时间高居各省首位，达到17.1分钟。[①] 另一方面，有助于提升男性外在形象的产品如男士香水、男士洗浴产品、男士护肤品甚至化妆品等也被不断研发出来，虽然很难确定，到底是市场的需求促进了产品的研发，还是新产品的问世激发了男性潜在的需求，但可以肯定的是，随着现代社会人与人之间的交往越来越频繁，男性比以前更注重个人形象的管理，原本隐藏于隐秘处的自恋情结有了更明显的表现。因此，在这类男性用品的广告中，为了突显商品，镜子也成了常备道具之一，在广告特定的场景中，男士们专注地面对镜子审视自己的发型、整理自己的着装，甚至搔首弄姿把自己从头到脚仔细端详一番，再来个自信的微笑，不论是在私下还是在公共场合，他们不再拘谨，大大方方地自恋一把，欣赏自己或俊美的容颜或健硕的体格。当然，这一切自恋的资本都归功于他们代言的商品，广告是一面放大镜，它放大商品的优点，广告中的模特儿使用了商品，瞬间提升魅力指数，男性隐藏的自恋情结有了更通畅的输出通道。

除了具有魅力的外在形象，追逐更高的权威、更大的成功也是男人自恋情结的典型表现。由于社会对男性成功的评价通常与经济实力和社会地位相关，使得男性更在意其在事业中的出色表现。他们自我欣赏，又渴望得到别人的认同或赞美，体现自己的优越感，这在广告中得以充分体现。广告中的男性形象大多是一种理想的人物模式，他们自信、成功，是各个领域的佼佼者，还常以智者、专家权威等身份给大家专业建议，有时甚至表现出舍我其谁的王者风范。他们代言的商品不仅仅局限于提升男性外在形象的商品，保健品、汽车、白酒、金融服务、科技产品、房地产等多个品类的广告中都能见到男性由于事业成功而彰显出来的自恋情结，这些在日常生活中隐藏于男性内心的、没有得到释放的心理倾向通过广告得以彰显，满足了消费者对于成功男性的向往和对商品的期待与渴望。

① 《男人也爱俏》，《新民晚报（美国版）》，2012年5月10日。

四、结　语

这是一个比以往任何时候都更加自恋的时代。技术的进步和社会文化的发展共同促使人类的自恋情结从内隐逐渐变得外显。“广告作为服务于社会现状的仆从，将自己同自20世纪早期至今的价值观的剧烈变化，以及生活方式和道德观方面发生的革命联系了起来。”① 广告作为反映社会文化的一面镜子，真实地再现了现代人无所不在的自恋。广告创作中对自恋情结的运用，一方面符合现代人的心理趋潮，另一方面也利于消费者对广告信息的理解和认同，有效提升了广告的传播效果。自恋情结作为文学创作中的永恒母题之一，对广告文本创作也同样具有重要意义，如何有效地运用这一心理进行广告创作是广告人必须不断思考的问题。

（作者单位：福建师范大学协和学院）

① ［美］克里斯托弗·拉什：《自恋主义文化》，陈红雯，吕明译，上海译文出版社，2013年，第68页。

文艺美学的历史、现状与再出发

郑海婷

11 月 17 日，福建省社会科学界学术年会“新时代文艺美学的使命与创新”青年博士论坛暨福建省美学学会第三次会员代表大会在福州成功举办。会议由福建省美学学会、福建社科院马克思主义文艺理论与批评研究中心、福建师范大学协和学院、东南学术杂志社、福建省海峡文化研究会和福建省艺术教育协会联合承办。省社科联副主席王秀丽、陈文章，省社科院副院长刘小新，中华美学学会副会长杨春时，省美学学会会长杨健民，以及来自省内各高校和科研机构的 90 余位专家学者参加了本次论坛。

首先举行的是福建省美学学会第三次会员代表大会，选举出学会新一届理事会，杨春时当选为学会名誉会长，杨健民当选为学会会长，傅小凡、代迅、谢宗贵、胡明贵、伍明春、陈舒劼当选为学会副会长，郑海婷当选为学会秘书长。中华美学学会发来贺信，对福建省美学学会成功改选表示祝贺，并祝愿学会在第三届理事会的努力下越办越好。

换届会议后，进行了福建省美学学会首届优秀论文奖的颁奖仪式。本次评奖经专家严格评审，在申报论文中遴选出 3 篇优秀论文，分别是厦门大学中文系副教授仲霞《梅洛-庞蒂的绘画空间观探微》、福建师范大学文学院副教授颜桂堤《文化研究与中国当代文论话语体系的建构》、福建社会科学院文学所助理研究员郑海婷《论雅克·朗西埃的文学介入观》。福建省社科联王秀丽副主席、陈文章副主席和福建社科院刘小新副院长为获奖青年学者颁发了奖状。

福建省美学学会于 2005 年成立，今年是学会第 8 次承办省社科联学术年会分论坛，在省社科联的支持下，美学学会每年一次的研讨会已经成为省内文艺美学研究和教学讨论的重要平台。近年来，学会分别以“三坊七巷名人与中国文化的现代转型”“共享发展与审美参与”“文艺的人民性与人民美学再出发”等论题举办学术研讨会，紧密结合当代文化实践与审美问题，影响力不断扩大。

本次论坛将新时代文艺美学与文化创新相联系，以习近平新时代中国特色社会主义思想和十九大精神为指引，共同探讨如何立足于当代中国的文化实践，不断开拓21世纪中国马克思主义文艺美学新境界。论坛得到了省内外学者的积极响应，共收到论文58篇，近80万字。以文参会的形式带动了论坛的学术氛围，不时有精彩的思想交锋和碰撞。

在新时代文化建设的语境下，论坛聚焦于以下五大方面的文艺美学论题。

一是探讨马克思主义文艺美学的意义及其中国化实践。陈舒劼的《人民性：马克思主义文艺思想及其中国化的实践与发展》认为，在马克思主义中国化的伟大历程中，以“人民性”为核心的马克思主义文艺美学对中国的审美文化实践起到了重大的指导作用。在新的历史起点上，一个高举马克思主义理论大旗、实践马克思主义文艺人民性思想“再出发”的历史机遇已经到来。习近平新时代中国特色社会主义思想为当代文艺美学确立了价值坐标和前进方向。周伟薇的《中国当代马克思主义美学教材研究》简要回顾了马克思主义美学教材在当代中国的建设历程，认为唯物论美学教材、实践论美学教材、新实践美学教材的消长，都是对中国社会现代化进程的美学回应。颜桂堤的《文化研究与中国当代文论话语体系的建构》分析了从文艺美学到文化研究的话语转换，认为文化研究为文艺美学的再出发打开了新的空间，具有激活文艺美学的危机意识、提升文艺美学的实践品格、直面“中国经验”、坚持“历史化”思维这四个方面的参考意义。谢慧英的《新时期以来文学审美论的多元建构与中国现代文论的建设》同样关注了文化研究对文艺美学的影响问题，认为文化研究的兴起构成了当下文艺美学建设的新的问题情境和学理背景。孙恒存的《“文学本质—建构/主义—关系主义”，抑或思辨唯物主义美学视域中的文学本质》从历史唯物主义和辩证唯物主义出发，重新探讨了文艺的本质问题。巫洪亮的《〈人民诗歌〉与新中国成立初期诗刊“人民话语”的建构》梳理了20世纪50年代初的《人民诗歌》杂志构建人民话语的历程，从“人民话语”的空间构筑、话语体系的构建和话语资源的整合，探讨新中国成立初期“新的人民的诗歌”生成与发展过程。吴静的《身份、角色与图像》以陕甘宁边区的“劳动英雄”图像为文本，力图探讨20世纪50年代文化宣传美学图像的逻辑基础。

二是研讨西方文艺美学史及其前沿问题。杨春时的《空间解释学论纲》

提出了“空间解释学”这个崭新议题，认为在后期现代社会的历史条件下，对时间性的强调转向对空间性的强调，建立空间解释学具有了迫切性。解释学中存在着空间性的因素，并且已经发生了时间解释学向空间解释学的转向。空间解释学为新时代文艺美学的发展提供了一种新的思考方向。贺昌盛的《“是其所是”的本然呈现》以法国“新小说”为分析对象，深入阐释了“新小说”中语言与主体的关系，“新小说”的书写参与了对世界及其自身意义的建构。王伟的《文学叙事与社会团结》在建构主义视野中探讨罗蒂的社会团结思想，认为罗蒂由文学而团结的思想具有积极的现实意义。仲霞的《梅洛-庞蒂的绘画空间观探微》关注梅洛-庞蒂的绘画空间理论及其意义，从现象学出发解读其绘画空间观之流变，意图拓展绘画空间研究的现象学之维。基于牛津系列期刊发表成果的考察，郑竹群的《巴赫金怪诞身体修辞》提出怪诞身体修辞是把握世界的矛盾、不确定、又富有斗争性的方式。苏立君的论文探讨了“星丛”与“关系主义”的同异，李欣池的论文讨论了感官、身体与视觉文化的关系，叶蔚春的论文讨论了创新、差异与文化记忆的关系，朱盈蓓的论文讨论了译介对文论教材的影响，卫垒垒的文章探讨了消费和审美的融合及其内在矛盾。

三是发掘文艺美学的传统资源。中国传统优秀文化资源对新时代文艺美学的重构具有重要意义。论坛从各个层面以各种案例对这一问题展开了较为充分的研讨。夏敏的《神与物游：中国民族神话的仪式性审美》讨论了中国民族神话的审美意义，认为中华民族独树一帜的仪式性审美具有独特的审美价值。中国大地上与众不同的生命意识，构成了这种神话的仪式性审美创造的原动力，为东方美学提供了一个独特的审美视域。邱蔚华的文章探讨了朱熹涉佛序、跋中的文艺观。王毅霖以日本书法为中心，分析了日本书法美学的现代性源点与文化结构，认为其对于中国当代书法美学的重构具有重要的参考价值。戴冠青的论文聚焦于张祥龄《半箧秋词》的序录，探讨其中蕴含的审美创造论意义。郑珊珊的论文力图从现代性的角度重新解读中国古代女性文学与女性审美意识的当代意义。林朝霞系统探讨了名士文化的三大精神原型，李金梅介绍了当代英语世界的《水浒传》研究状况。

四是重读中国现当代文论与文学。杨健民的《现代文论二题》探讨了现代汉诗的精神取向和闽派文论的中国经验表述命题。认为闽派批评为文学批评提供了中国经验表达，为我们的学术发展提供了正能量，以及许多超越理论意义的观点。闽派批评这个平台所表现出来的文化底蕴和思想传承，它所激发出来的理论质量，已经产生了普遍的学术影响，并具有超越地域的能力。刘小新重读了胡适“容忍比自由更重要”的相关论述，认为胡适把“容忍异己”和“承认别人有尝试的自由”作为自己的“根本信仰”，在今天仍然具有特殊的意义。胡明贵以电影摄像的用光技巧在张爱玲小说中的运用为例，探讨了张爱玲小说中的电影美学。伍明春评述了杨健民诗集《拐弯的光》的抒情姿态和黑夜意识。郑成志的《形式美学诉求的错位》讨论了《诗镌》的形式探索问题。余娜的论文聚焦于论语派对新市民文化趣味的培育。许莹的论文触及意志哲学、中国抒情传统与现代浪漫主义的关系。郑斯扬探讨了新世纪以来女性乡土写作的伦理命题。本次论坛还对台港暨海外华文文学创作及其美学问题进行了专题研讨：萧成分析了陈雪风批评的美学追求；李诠林介绍了奚密的台湾文学研究；陈美霞讨论了 1970 年代的台湾左翼美学思潮；倪思然反思了台湾文学史的书写问题；张帆探讨了台湾新世代作家的魔幻书写与社会关怀；蔡榕滨介绍了台湾作家杨逵对郁达夫的译介情况；林斌从美学角度分析了台湾歌谣《望春风》的意义。

五是关于区域文化与美学实践的讨论。本次论坛一如既往从文艺美学关注区域文化及其美学表述实践问题。王伟从新时代美育角度分析了闽南文化的传承与创新；林则钦探讨了陶瓷艺术与传统建筑的历史关联；郑小莲关注了临水夫人世俗生活文化内涵；林丽琴探讨了文艺美学视野下的美丽乡村建设；刘桂茹探讨了如何构建社科智库的“互联网＋模式”。

参会学者一致认为，文艺美学的再出发要以马克思主义为指导，立足教学和研究实践，吸收传统审美文化资源和西方前沿研究成果，积极回应当代审美文化需求，在参与当代文化实践中获得新的发展，努力开拓新时代文艺美学研究新境界。

（作者单位：福建社会科学院文学研究所）